泉州文庫

選堂題

（清）楊浚 著
何丙仲 點校

冠悔堂全集（上）

泉州文庫整理出版委員會 編

创于1897
The Commercial Press
商務印書館

前　　言

泉州建制一千三百多年，爲中國歷史文化名城和古代海外交通的重要港口。“比屋弦誦，人文爲閩最”，素稱海濱鄒魯、文獻之邦。代有經邦緯國、出類拔萃之才，歐陽詹、曾公亮、蘇頌、蔡清、王慎中、俞大猷、李贄、鄭成功、李光地等一大批傑出人物留下了大量具有歷史、文學、藝術、哲學、軍事、經濟價值的文化遺産。據不完全統計，見載於史籍的著作家有一千四百二十六人，著作多達三千七百三十九種，其中唐五代二十九人三十二種，宋代二百人三百九十一種，元代二十一人四十種，明代五百三十六人一千五百八十五種，清代六百四十人一千六百九十一種；收入《四庫全書》一百一十五家一百六十四種，《四庫全書存目叢書》五十六家七十四種，《續修四庫全書》十四家十七種。二〇〇八年國務院頒布第一批國家珍貴古籍名録，屬泉人著述、出版者十三種。

遺憾的是，雖然泉州典籍贍富，每一時代都有一批重要著作相繼問世，但歷經歲月淘汰、劫難摧殘，加上庋藏環境不良，遺存至今十無二三，多成珍籍孤本。這些文化遺産，是歷史的見證，是泉州人民同時也是中華民族的寶貴文化財富，亟待搶救保護，古爲今用。

對泉州地方文獻的搜集與整理，最早有南宋嘉定年間的《清源文集》十卷，明萬曆二十五年《清源文獻》十八卷繼出，入清則有《清源文獻纂續合編》三十六卷問世。這些文獻彙編，或已佚失，或存本極少。二十世紀四十年代，泉州成立“晋江文獻整理委員會”，準備整理出版歷代泉人著作，因經費短缺未果。八十年代，地方文史界發起研究“泉州學”，再次計劃編輯地方文獻叢書，可惜後來也因爲各種條件的限制，其事遂寢。但是這兩次努力，爲地方文獻叢書的整理出版做了準備，留下了珍貴的文獻資料和書目彙編。

二〇〇五年三月，中共泉州市委、泉州市政府決定將地方文獻叢書出版工作列爲國民經濟和社會發展第十一個五年規劃的一項文化工程。翌年，正式成立"泉州地方典籍《泉州文庫》整理出版委員會"，着手對分散庋藏於全國各大圖書館及民間的古籍進行調查搜集，整理出《泉州文庫備考書目》二百六十七家六百一十四種，以後又陸續檢索出遺漏書目近百家一百八十餘種。經過省内外專家學者多次論證，最後篩選出一百五十部二百五十餘種著作，組成一套有一定規模、自成體系、比較完整，可以概括泉人著作風貌、反映泉州千餘年文化發展脉絡的地方文獻叢書，取名《泉州文庫》，二〇一一年起陸續出版發行。

整理出版《泉州文庫》的宗旨是：遵循國家的文化方針政策，保護和利用珍貴文獻典籍，以期繼承發揚中華民族優秀文化傳統，增進民族團結，維護國家統一，提高民族自信心和凝聚力，加强社會主義核心價值體系建設，增强文化軟實力，爲泉州的物質文明和精神文明建設服務。

《泉州文庫》始唐迄清，原著點校，收録標準着眼於學術性、科學性、文學性、地域性、原創性、權威性，具有全國重要影響和著名歷史人物的代表作優先。所録著作涵蓋泉州各縣（市、區），包括金門縣及歷史上泉州府屬同安縣，曾在泉州任職、寄寓、活動過的非泉籍人氏的作品，則取其内容與泉州密切相關的專門著作。文庫採用繁體字横排印刷，内容涉及政治、經濟、歷史、地理、哲學、宗教、軍事、語言文字、文化教育、文學藝術、科學技術等領域，其中不乏孤稀珍罕舊槧秘笈，堪稱温陵文獻之幟志。

值此《泉州文庫》出版之際，謹向各支持單位、個人和參加點校的專家學者表示誠摯的感謝！由於涉及的學科和内容至爲廣泛，工作底本每有蛀蝕脱漏，加之書成衆手，雖經反復校勘，但限於水平，不足或錯誤之處還是難免，敬請讀者批評指教。

泉州地方典籍《泉州文庫》整理出版委員會

二〇一一年三月

整理凡例

一、《泉州文庫》(以下簡稱"文庫")收録對象爲有關泉州的專門著作和泉州籍人士(包括長期寓居泉州的著名人物)著作,地域範圍爲泉州一府七縣,即晋江(包括現在的晋江市、石獅市、鯉城區、豐澤區、洛江區)、南安、惠安(包括泉港區)、同安(包括金門縣)、安溪、永春、德化。成書下限爲一九四九年九月以前(個别選題酌情下延)。選題内容以文學藝術、歷史、地理、哲學、政治、軍事、科技、語言教育等文化典籍爲主,以發掘珍本、孤本爲重點,有全國性影響、學術價值高、富有原創性著作優先,兼及零散資料匯總。

二、每種著作盡量收集不同版本進行比較,選擇其中年代較早、内容完整、校刻最精的版本爲工作底本,并與有關史籍、筆記、文集、叢書參校,文字擇善而從。

三、尊重原著,作者原有注釋與説明文字概予保留。後來增加者,則視其價值取捨。

四、凡底本訛誤衍漏,增字以[　]表示,正字以(　)表示,難辨或無法補正的缺脱文字以□表示,明顯錯字徑直改正,均不作校記。

五、凡底本與其他版本文字差異,各有所長,取捨兩難,或原文脱訛嚴重致點讀困難,或史實明顯錯誤者,正文仍從底本,而於篇末校勘記中説明。

六、凡人名、地名、官名脱誤者,均予改正,訛誤而又查不到出處之人名、地名、官名及少數民族部落名同異譯者,依原文不予改動。

七、少數民族名稱凡帶有侮辱性的字樣,除舊史中習見的泛稱以外,均加引號以示區别,并於校記中説明。

八、標點符號執行一九九六年實施的國家《標點符號用法》。文庫點校循新版二十四史及《清史稿》例,一般不使用破折號和省略號。

九、原文不分段者，按文意自然分段。

十、凡異體字、俗體字、通假字，如非人名、地名，改動又無關文旨者，一般改爲通用字；異體字已經約定俗成、容易辨認者不改。個别著作爲保持原本文字語言風貌，其通假字則不校改。

十一、避諱字、缺筆字盡量改正。早期因避諱所産生的詞彙成爲習慣者不改正。

十二、古籍行文中涉及國家、朝廷、皇帝、上司、宗族等所用抬頭格式均予取消。

十三、文庫一般一册收録一種著作，篇幅小的著作由兩種或若干種組成一册，篇幅大的著作則分成兩册或若干册。

十四、文庫採用横排、繁體字印刷出版。每册前置前言、凡例。每種著作仿《四庫全書》提要之例，由編者撰寫《校點後記》，簡略介紹作者生平、著作内容及評價、版本情况，説明其他需要説明的問題。

泉州地方典籍《泉州文庫》整理出版委員會辦公室

二〇〇七年二月五日

目　録

冠悔堂詩鈔

叙

廿年前與表丈雪滄先生晤於京師。時先生方辭湘陰之幕，自秦中出嘉峪關，循河套，歷統漠，度雁門，以入居庸塞，行數千里，仲春抵都。衣上斑斑，猶有拂廬雪也。會星變求言，先生抗疏論時事，多所指斥。不報，遂請急歸。既余亦以親老田居，相聚於廈門者又數稔，而先生則亦耄且病以没矣。越歲癸巳，哲嗣幼雪、希滄昆弟刊先生遺著若干卷，屬引其端，因得盡讀先生之詩千數百通，不禁焦姸累欷，掩卷長太息也。先生形體魁梧，才氣超邁。與人語，嚅吶若不竟意。比一搦管，則苕發穎豎、風驅潮涌，刺刺不能自休。弱冠舉於鄉，槖筆薇省，交遊皆一時英儁。中歲擁鋒車，遊關輔，歷吴、楚、兖、豫、幽、并之域，徧覽岱、華、恒、嵩諸勝。放棹瀛海，策馬邊磧。所至輒訪耆宿，攬形勢，躋高俯深，慷慨懷古，慨然有獨立蒼茫之感，寫志拓抱，無不於詩發之。孫琴西、許海秋諸先生服其才，且比之亨父張氏，諒哉其言之也。比晚，無所遇。感時慨事，俯仰身世，嬉笑怒罵，骯髒壹鬱之氣，勿可復遏。格益老，氣益蒼，篇什亦益富。較諸少壯之作，一身若判初盛。嗚呼！令琴西、海秋諸先生見之，其傾倒不知又當何似也。本朝自乾隆中葉以後，考據之學盛行，其以詩文顯其業而名於世者，指寥寥可僂也。洎赭寇盜弄，海氛繼訌，魁壘英偉之材，又率而説事功、講經濟，向所謂寥寥者，益無俚矣。先生稽經籍、收金石，未嘗不言考據也。帕首弓衣，從軍三輔，未嘗不究經濟、志事功也。卒落落不合，無尺寸之獲，引身歸田，以著述老。語曰：詩人少達而多窮。其信然耶？抑窮而後工，天固嗇其遇以昌其詩耶？顧閩詩數十年來，旗鼓中原者，獨一亨父。既落寞不得志，而先生之才與亨父埒，亦復悠悠無所於遇，得不爲長太息哉！余學殖檮昧，於先生無能爲役。有所述製，輒復不自存録。回憶春明聯袂，朋樽致歡，忽忽如前日事，而先生則墓已宿草，余亦星星漸出，兩鬢皤矣。讀先生之詩，自恧益以自慨也。

光緒癸巳孟夏，晉江表愚姪陳棨仁拜序。

題　辭

閩詩人昔見張亨父，後乃得交林穎叔。亨父既不可作，穎叔遠宦秦中，殊不得有所施爲。今年至京師，穎叔書來，爲我言雪滄，遂得相見，示以新詩。蓋才華似亨父，格律似穎叔也。同輩多才，深爲斯文慶慰，不獨閩中山水之光也。

戊辰八月朔，瑞安愚弟孫衣言讀畢記。

卷中各體，均深穩有骨。七言律尤高邁，間有似冬郎、玉溪生者，而風格轉勝。蓋韻味非常，不可以貌襲也。七古有逸氣，略近太白。《題魏午莊鷹鹿圖》一作，又似元遺山，皆非近時率爾爲詩者所解。盥讀數過，聊書記之。他日成集時，當再論也。

戊辰中秋雨中，弟許宗衡識於我園意隱齋。

七閩詩人二百年來，以亨甫爲第一，道光間獨步海内，垂三十年無異詞。稍後則吾友林穎叔以堅重之筆，運深曲之思，於亨甫天才踔發外别樹一幟，允推勁敵。余性嬾交寡，未能徧識當代豪賢。屈指交游中，惟許君海秋、王君定甫、孫君琴西及穎叔，皆卓然已自成家，敬愛畏服，友而兼師者。其已經論定，與方精進未已者，不在此列也。今又讀雪滄道兄之詩，奇肆似亨父，堅粹似穎叔，將來鼎足二公，又不當爲七閩私也。穎叔與君書，推許數君而謬及鄙人，殊爲失言，然足信余之非阿好已。至君詩之妙，則海秋論之最當，故不復贊。以余折服張、林兩君，君詩可知矣。

戊辰中秋後三日，弟王軒識。

目　録

冠悔堂詩鈔卷一

丁　未

銅　鼓　歌

冬雷闐闐迴天風，狻猊四足雕青銅。千年神物埋蒿蓬，土花重拭斕斑紅。相傳留鎮蠻方雄，訇訇一擊千軍聾。不須雷獸橛骨撞，金精上應牽牛東。

讀　離　騷

人生不得志，長歌以當哭。去日不可留，來日常苦促。采采蕙蘭花，清芬動盈掬。且卧湘江頭，濁酒一壺足。靈均遐棄我，在手日三復。天下傷心人，千載惟君獨。

箜　篌　引

河當我前，虎逐我後。我不渡河，肉在虎口。渡河而溺，疇援我手。

戊　申

正月三日洛兒生

白髮重闈笑，今朝孫抱兒。嚴親教命字，慈母更含飴。酒國春如海，星橋月似眉。充閭添一索，正好上燈時。

城　上　烏

城上烏，悲復悲。朝朝啄肉歸，哺子無已時。昨日城南飛，相逢挾彈兒。母欲高飛，子不能隨。母不高飛，北山有機。吁嗟烏兮將何之？

書留侯傳後

競逐中原鹿，韓亡受漢封。初心終不負，大度孰能容？定策憐功狗，遺書笑祖龍。穀城山下路，喜爾重相逢。

己　酉

陳少香明府偕燦六十誌感和作

十年辛苦錬丹沙，鳳泊鸞飄一例嗟。中散嬾猶琴作伴，次公狂借酒爲家。秋風吹醒塵中夢，杜宇啼殘雨後花。迴憶觚棱天尺五，春明幾度聽宫鴉。

其　二

人世升沈總不驚，蹉跎歲月歎無成。名場樓閣千層幻，畏路風波一紙生。斗石無端違婦諫，文章只合老躬耕。最懷鱸鱠家山好，如練秋江白露横。

其　三

琴劍蕭然去住難，此心久薄折腰官。蘭成宅裏仍枯樹，神武門前且挂冠。木石銜將平海恨，泡漚幻作六時觀。公非公是知何限，論定從來重蓋棺。

其　四

笠屐相逢自寫真，底須怪事犬狺狺。衣冠南渡中年感，絲竹東山未了因。三載漫懷知己刺，千秋好定苦吟身。鷗汀别有垂綸樂，去作扁舟散髮人。

其　五

月明華表鶴襹褷，歸路迢迢魂夢疑。三島神仙壺嶠地，一篇風雨蓼莪詩。南州有客應懸榻，峴首何人更讀碑。賸有丹青磅礴在，生涯不讓虎頭癡。

其　六

詩案烏臺亦偶然，塵寰小謫乞誰憐。箋天自訴吹毛苦，去國寧輸强項賢。大樹蚍蜉憑我撼，小臣蟣蝨笑誰傳。祝公健在茱萸把，且盡千觴重九前。

灞橋風雪圖

溪流已斷寒冰結，凝雲十里黑如鐵。三千銀界一鞭寒，木僵空山鳥飛絕。老奴瑟縮不能走，竊笑先生嘔心血。

庚　戌

七月二十九日涇兒生

呱呱阿洛已三齡，一夜花間添鶺鴒。排卦即今稱再索，贈詩未敢詡雙丁。未成譽癖憑人笑，欲試啼聲與客聽。好識家中無長物，他年還借汝傳經。

小西湖夜泛

不見當年水上鷗，煙波十里使人愁。梅花零落亭臺圮，和靖歸來已白頭。林竣村宫保曾植梅花千本環帀湖干。今歲歸田，無有存者。

其　二

石倉以外少知己，秋室之中無俗聲。我欲招魂陳叔度，白楊殘月一狐鳴。

素　心　蘭

生世亭亭獨倚樓，夕陽西下謝家秋。琴尊話舊三生夢，風雨思君一世愁。如玉有人在空谷，前身多事覓封侯。江蘺辟芷非吾耦，好向瑶臺託蹇修。

其　二

靈均别後歲華深，紉佩誰留一寸心。有客相思訴明月，懷人無語託瑶琴。春華秋謝仍終古，露冷風寒直到今。我已此中忘臭味，人間何處斷黄金。

其　三

修禊亭前日又斜，更誰晨夕數年華。遺思猶幸留香久，握手何曾入夢賒。之子遠離在空谷，美人待字豈無家。芳鄰問訊知相近，此是春秋第一花。

秋　夜

明月何皎皎，寒蛩何唧唧。碪杵千家搗，篝燈長夜織。寄語倚樓人，莫吹斷腸笛。玉關笛一聲，深閨淚如滴。

辛　亥

貍奴偶失復得，有感作

小醉無因飼薄荷，紗帷一去斷仙哥。追思莫及亡羊悔，慰藉其如失馬何。來日渡江休翦紙，癡心補屋欲牽蘿。難忘書味青燈夜，呵護論功借汝多。

其　二

喧噪兒童拍手呼，再來喜得玉猧奴。簷龍未化猶平地，厠鼠於今有畏途。七日無家誰解豢，十年舊主肯恩辜。疏簾清簟棋聲永，從此無愁博局輸。

輓鍾梅汀比部宜年。

東山絲竹怨華年，一枕盧生謝木天。慧業已成靈運佛，羽衣曾唱大羅仙。騎鯨江上長明月，鎖燕樓頭有暮煙。惆悵曼卿誰作誄，芙蓉滿地擘吟箋。

訪陳大弼臣桂林。

水晶簾外待飛觴，榾柮鑪寒漏未央。深巷沈沈無吠豹，空階寂寂有啼螿。月明古堞夜如晝，僧打破鐘天欲霜。自倚孤燈煨落葉，萬梅花下碧醪香。

壬　子

夜　坐

一葉飛梧已報秋，小窗人静月華流。此間容我蒲團坐，心抱靈犀夢十洲。

十月十三日過烏龍江

帆檣歷歷去來忙，潮急風高撼夕陽。卧看好山青未了，半江橘柚水雲鄉。

十四日過常思嶺

寒雲片片草萋萋，黄葉風乾蹴馬蹄。小憩郵亭成獨坐，萬山如笏一鴉啼。

十六夜宿塗嶺

浪迹東西一水濱，鄉音漸近若爲親。長空得月成良匹，古驛無花思故人。落落衣冠皆過客，悤悤襆被此風塵。勞生敢悔輪蹄苦，四海而今是比鄰。

十七日抵泉郡

八族衣冠久卜居，當年避地溷樵漁。西來同聽三生偈，南渡長留一束書。古堞刺桐幸無恙，小山叢竹近何如。相逢風月多耆舊，阿對泉頭且種蔬。

北行有日，弼臣繪洪江揖别圖見贈，詩以答之

洪江揖别判西東，相送勞勞一席風。知爾丹青多著意，懷人都在不言中。

諸君子餞别鐘峰，寄謝

餞别鐘峰後，山程更水程。懷人隔千里，知己譜三生。江樹思鄉苦，漁燈入夜明。梅花應似雪，風雨不勝情。

其　二

不儘河梁感，風波悔遠游。偶於明月夜，權作醉鄉侯。夢續陳蕃榻，謂魯泉。詩分江總籌。謂仙航。何時征旆返，重訴别離愁。

上　灘　行

一灘突水出，水故攫之入。一灘攢水入，水故推之出。殷雷市地鳴，亂石輪

困立。萬馬吼奔濤，千鈞一髮力。水骨昏青銅，水齒堅白鐵。牽挽稍不支，請入馮夷室。明朝抵建州，三十六灘畢。酹酒告神功，喃喃江月白。

夜　坐

霜打孤篷天四垂，荒山唱月野雞遲。倚鑪自剔寒燈坐，檢點溪行記日詩。

七里灘斷縴作

風波矗立孤舟起，牛頭七里大小米。諺云“大米小米，牛頭七里”，謂其險也。蜿蜒匍匐足蹣跚，枉費推移不踰咫。中流一箭十丈奔，飛篷旋轉如磨蟻。四顧茫茫無一艘，砰訇幸未碎石齒。須臾天風東南來，衝波突上水中沚。乃知天公呵護多，敢以無良怨舟子。今宵大醉祝更生，白酒三杯飯二簋。時同舟者爲陳魯泉同年泗、江仙航孝廉舟。

南　浦　橋

水複山重路八千，銷魂猶是草芊芊。荆榛大地愁過客，砥柱中流看逝川。未必鄉心全爲鱠，最難世道直如弦。而今風月銷沈盡，恨不逢君作宰年。江文通曾宰浦邑。

癸　丑

寄　鄭　叟

悵别經年閉户居，維摩消瘦近何如？空山明月襳褷鶴，珍重春風一紙書。

花朝偶成

雨打棠梨杜宇哀，中原寥落幾詩才。好催羯鼓拚花醉，不管漁陽動地來。

對　月

簫管成灰往事傷，揚州回首已滄桑。卻憐明月仍無恙，二百年來又戰場。

端午有感

畫鼓無聲刁斗驚，風風雨雨暗羅城。翦鬚無復調靈運，呵壁重來吊屈平。外府泉刀成左計，重門鎖鑰報嚴更。卻愁一夜銅山毀，大厦何人獨木撑。

苦雨行

六月十九日迄二十五日，大雨如注，晝夜不息，田廬漂没，作此紀災。

天符速下催行雨，龍宫新得布衣侣。指麾不準黄驄鳴，一滴人間三尺許。江河水決田里空，破塊裂地扣石鼓。七日七夜無時無，如聞灌壇嫁神女。天河倒瀉不周頹，得毋洗兵在此舉。嗟爾破屋孤寒士，待甓衡門守環堵。病妻淚睫稚子啼，上書乞米涉川苦。安得廣厦安如山，大庇天下慰老杜。

家中盆蘭爲雨所損，聞弼臣處盛開，訪之，亦爲蟲傷

遥知雨後茁新芽，來訪湘沅處士家。底事又遭蜂蜨妒，羡他叢竹不開花。

陳曉亭軍門輓歌

公諱勝元，同安人。官江南福山鎮總兵。赭寇之難，中礮落水，卒。

三千犀甲奔怒濤，陣雲羅列森寶刀。將星一夕忽西落，鼓鼙聲死悲風號。將軍生長習水戰，碧海赤手掣鯨鼉。辛丑七月夷氛熾，手握金翅三百艘。如此寒暑凡十易，殲渠殪醜心力勞。天子命扼福山要，汝往欽哉勿矜驕。正月二十有六日，歲在癸丑白戰鏖。四合山頭望江水，腥風吹浪赬征袍。勸公得意莫再往，須虞陷阱墜塵牢。公乃張帆蕪湖去，飛礮忽落僉噭咷。至尊覽奏亦灑淚，優典闡揚璽書褒。河嶽正氣泰山重，畏葸者流直鴻毛。吁嗟乎！高浦區區彈丸邑，天何萃生蓋世豪。李忠毅後一公耳，奇劫同列水仙曹。李壯烈伯亦同安人，擊海盗蔡牽，中礮卒。滿願靈旗助征伐，英風烈烈下九皋。明年寰海烽煙息，爲峻祠宇酹葡萄。

七夕雨

盈盈一水暗生潮，灑淚同心訴寂寥。天上髻鬟自離合，人間風雨已漂摇。漫傳挈盒蛛絲巧，但見填河鵲尾焦。兒女何知鈴曲恨，凭肩猶説可憐宵。

其二

濃雲慘淡暗江亭，重遇良辰不見星。今夕如何難束楚，他生莫更作浮萍。愁添湖海無期别，悟定升沈大夢醒。爲問羽書烽火後，報章組織可曾停。

苦雨行

雨師西北來，風伯東南抗。各挾萬馬聲，砰訇九天上。雷霆助洪威，彼此不肯讓。田夫引領號，蒼蒼不我諒。千里禾稼傷，何以庭闈養。淫霖已二旬，未平大地浪。沈竈生秋蛙，中庭足乘舫。哀哉螻蟻生，無筏便淪喪。安得免飢羸，事蓄全俯仰。默禱赤日中，萬家拜天貺。

哭王陶菊茂才晴光。

桐花如雨落莓苔，昨夜山陽聞笛哀。别後不曾音問斷，感深猶冀夢魂來。一方明月成陳迹，半局殘棊付刼灰。小謫塵寰四十載，教人淚眼望蓬萊。

新樂府十首

擎天柱，頌德政也

河山獨立擎孤柱，峩峩節使東南撫。東南億萬姓生靈，燕雀處堂魚游釜。外難未平内釁萌，十室九空一何苦。中天嚴令忽宣號，寶刀作響斷狼虎。萬聲載道口碑歡，欣欣草木生霖雨。寢饋不曾忘痌瘝，此心報國足千古。

杞人憂，苦烽火也

紫荆山險飛蝨賊，妖鳥一聲天下黑。乘機狐兔亦縱横，寇我南州桑梓域。傷哉捐軀守土臣，糜肉誰吊烏鳶側。魂兮有靈應嚼牙，陰風助戰幺麿殛。會見鯨鯢靖海隅，木棉花下炊煙直。安用杞人苦憂天，抒懷日灑杜陵墨。

鷺江别，嗟行役也

漳南脣亡寒到齒，游魂昨夜鷺江抵。羽書絡繹苦徵兵，妻别夫兮母别子。少小不聞鼙鼓聲，荷鍤灌畦終田里。豈知上天好干戈，青山日夕哭聲起。肥男瘦男不得安，府帖夜捉守孤壘。瀕行嗚咽牽裾啼，異鄉此去長已矣。人生弧矢志四方，食君升斗爲君死。

杼柚空，匱國帑也

桑麻蹂躪泣田叟，悍吏催科喧雞狗。餱糧已竭杼柚空，大東小東終撒手。元戎頻上籌餉書，九府何從權子母。天恩縱有内帑頒，一十萬兵徒困守。不聞破敵一矢加，調發煩重但掣肘。渠魁未殲畎畝荒，問爾將軍何畏首。

涸轍魚，弔西賓也

布韈青鞋欣有託，無税硯田且耕作。狂飆悠忽天際來，短檠長檠束高閣。載酒門停問字車，嚮窟紛紛逃南郭。先生休矣胡不歸，歸對妻孥雙淚落。自是儒冠多誤身，末俗無情敢嫌薄。脯脩未上壺酒空，庖蛙煮鱔難再嚼。聖教不使兒孫知，無復鼓篋擔囊橐。鮒魚車轍千古哀，幾見西江水不涸。

紫標癖，鄙搢紳也

諸公衮衮蓬萊客，曾上金門萬言策。涓埃未報解組歸，行藏出處何偪仄。毁家紓難更何人？一紙府帖喪羈魄。哀哉區區闤闠氓，杯水車薪究何益。爲語多藏必厚亡，不見蕭宏紫標癖。

楓亭歎，悼荔子也

楓亭老翁仰天歎，白髮不見刀兵亂。無端宣言夏木繁，深叢恐匿狐兔竄。斧彼鋸彼片時空，方紅陳紫萬花斷。十年樹木呪成村，成得村時釜下爨。物猶如此人何堪，三十四譜今塗炭。

沈竈蛙，紀淫雨也

冶南六月天殼破，雨工騷驛蟻旋磨。豹頭山上雉堞傾，司閽膽落馳戍邏。商旅束手待哺嗷，日中市斷行人過。彼蒼豈好爲不仁，動戕百萬窮途餓。昨夜鄰家乞米歸，仰咽簷溜復僵卧。語我盈旬禁釜煙，沈竈已生蛙箇箇。

桑田變，傷禾稼也

桑田千里變滄海，負郭滔滔黎民駭。登場漫喜新稼收，醫得眼瘡肉安在。云誰得拯八口饑，稻根已朽爛石改。苦天不雨閔且勤，一雨如何成渤澥。乃知雲霓慰望難，膏澤失時亦危殆。嗟爾過旬黑蝝灾，凶荒何以來年待。

忠魂補，哀大令也

登陴苦守地百里，兵寡糧空群醜起。城存與存亡與亡，書生報國頭顱耳。翠帷四月生干戈，羽書重叠血灑紙。黠吏何人擁重兵，臣心已誓如此水。一家節烈化烏鳶，鬚眉立志當如是。官階七品何足論，忠魂留補河山圮。

王蓮叔夫子師儉籌防嵩口賦呈

一曲驪歌又戒途，悤悤燒燭讀陰符。森嚴健卒屯貔虎，叱咤先聲遁鼠狐。百里要津聞擊柝，萬山明月看投壺。篋中詩卷腰間劍，猶是風流盾墨儒。

其　二

滿眼干戈鬢欲絲，從容畫策獨登陴。不愁狂兕仍鳴柙，爲鑒亡羊欲補歧。東海幾人司節鉞，南州無路問瘡痍。妖氛至竟成泥易，拭目譙樓捲旆旗。

七月十六夜，大風振屋，達旦不寐

千里銅烏入夜鳴，刁刁萬竅撼孤城。難將天上雌雄判，此是人間疾苦聲。宋玉蘭臺不同夢，杜陵茅屋最關情。挑燈我亦成長嘯，爲盼封姨靖甲兵。

久不得温陵諸友消息

涼風天末感同袍，涕泣温陵百戰鏖。群醜梁間原渺小，諸侯壁上幾英豪。塵沙有夢悲笳角，羽翼何年脱網牢。三兩晨星零落盡，不堪人事曰蕭騷。

其　二

桐花梅石半蒿萊，朋舊從無一字來。地僻狐貍應得寢，天荒鴻雁有餘哀。

彎弓李廣封侯相，仗鉞孫堅大將才。努力東南靖烽火，歸田猶可答涓埃。李潤堂提軍廷鈺、孫儀國都尉雲鴻均在籍團練。

其　三

妖鳥啄城忍再論，萬山野燒月黄昏。飢驅南下淮陰客，文字西來太白魂。幾姓樓臺都冷落，十年裙屐半生存。王郎宿草莊生夢，兵燹曾無苦墓門。莊謙佩爲環、王陶菊兩茂才今歲均赴玉樓。

其　四

河梁别後碎銅鉦，回首滄桑淚欲傾。一事漏卮終釀亂，百年樂土不知兵。衣冠一輩登臺省，風雨連天黯旆旌。苦問南豐舊賓客，尺書何日到江城。謂曾乃西茂才及諸君子。

秋夜不寐

一番秋雨簟生寒，喔喔雞聲夢未安。正憶當年評蟹譜，卻愁無地覓魚竿。幾家刀尺懷人苦，此夜江關行路難。側耳不堪笳角聽，西風黄葉又征鞍。

其　二

烽煙何處望江南，有客登樓弄笛三。生世多才關閲歷，知書左計近空談。及時行樂今安適，無用浮名我亦慙。顑頷不勝風露感，門前衰柳正毿毿。

其　三

庾信頻年苦寂寥，不曾悽絶似今朝。棄繻誰是封侯骨，聽鼓何來壯士驕。局變方知無事福，愁多偏在可憐宵。蠻花犵鳥終無恙，爲爇旃檀禱九霄。

其　四

唧唧蟲聲度砌苔，長空鶴唳亦銜哀。無愁明月仍千古，容易秋風又一回。王粲傷心寧作賦，杜陵多病漫登臺。平居莫問滄江事，殘律黄花爲底開。

秋　燕

歸去海天寬，來時棲一幕。學語漫呢喃，寄身終飄泊。年年苦依人，此計毋乃錯。

中秋無月

碧海青天人未歸，片雲冪䍥賞心違。大難顔色同圓滿，終古江山有是非。北望星辰仍昨夜，南飛烏鵲可無依。沈沈門巷催刀尺，來日天涯好寄衣。

結客少年場行

人生行樂耳，有酒吾何憂？少壯倘寂寂，老大歸山丘。上有白雲飛，富貴心悠悠。下有不息水，逝者如斯流。跨驢飲燕市，且與屠狗儔。感君杯酒意，遠報洛北讎。明朝重歡會，大笑淩滄洲。

贈陳少香明府

金戈鐵騎滿塵埃，逆旅於今叢菊開。垂老偏逢多事日，濟時誰是出群才。一身牛馬思家苦，四海雞蟲歷劫哀。安得青天西向笑，平蕪落日射雕來。

即事

鯤身七日快談兵，一檄何難更蕩平。終是在天心未厭，不關諸將事無成。熊羆已老經三月，鼠雀無多哭一城。誰與南洲收海瘴，重圍吹散百篪聲。聞漳城乏食，外援猶未至。

其二

横海樓船下百蠻，將軍持節獨登壇。萑苻莫以營巢易，舴艋如何轉粟難。太息養疽多白袷，漫憑得籙幻黄冠。水仙對壘吾能縛，赤手看迴絶島瀾。粤兵環海飛來，與我師合圍，鷺島不日將蕩平矣。

雨後觀月

獨於殘漏一登樓，似水銀河宿雨收。得月最難如此夜，多愁終古不宜秋。仍望雲氣思人海，自向星辰問斗牛。寂寂千山烽火後，不逢南雁話離憂。

題林鶴修同年壽齡梅褐庵詩草

松風謖謖天上來，前山後山生飛霾。當路不管森虎豺，閉户獨酌鸚鵡杯。故人忽至敲荊柴，投我一束南海苔。是何傑作羅瓊瑰，百獸懾伏蹲怒獅。湛然秋水雙眼揩，脱巾快讀心顔開。十年跂仰天一涯，把臂共道飢渴懷。卻恨晚見謫仙才，座中今得杜陵偕。千金駿馬呈異材，與君同上黄金臺。更欲躡屐游九垓，朗吟把臂凌蓬萊。干莫豈久風塵埋，拔劍斫地何須哀。古來英雄安在哉，千秋萬歲遺其骸。措大生涯多癡呆，留名天地惟詩牌。顛倒一任造化孩，劫火雖燃難爲災。問幾枝筆祛纖埃，刻劃廟堂金石諧。

詠　　史

泗上一亭長，龍顔而隆準。入關斥秦苛，逐鹿項王刎。千古稱英雄，我獨發微哂。畫策三不如，自屬才力窘。枕宦戮功臣，事事一何惷。既輕待士恩，復縱司晨牝。若翁分杯羹，此語毋乃忍。

其　二

窮不保一身，忍受胯下恥。達不保一身，頭顱送吕雉。垓下戰功成，何不棄敝屣。乃欲戀真王，一語禍胎起。傷哉大將才，不鑒赤帝子。分羹既無父，安有君臣紀？

其　三

項羽婦人仁，大事終難託。范增宴沛公，此計亦乖錯。我卻羨重瞳，能踐入關約。未肯乘人危，生就卯金縛。胡爲碎斗唉，亞父獨驚矍。當時殺義帝，不聞拔劍斫。

越王臺晚眺

越王宫殿已蒼涼，獨上高臺瞰大荒。滿眼興亡空霸業，舊時歌舞總收場。八州襟帶餘衰草，半壁江山易夕陽。一自屠龍人去後，飢鴉啼徹幾昏黄。

其　二

東來保障拱皇州，雉堞平臨落日秋。草莽有靈留隙地，山川無色怕登樓。幾家桑柘人千里，異代衣冠土一丘。莫更無諸誇虎踞，滔滔事業付江流。

送郭翰江同年福沅之袁浦

男兒志在弧與矢，安能久居鬱鬱之田里。飽看江山萬里行，壯游亦是人生快事耳。去年南浦還，逢君水之湄。今日東門道，送君路之歧。千山明月離亭笛，痛飲且盡酒一石。一石亦不醉，四座無言僕夫睡。南鴻北雁幾時返，遥天早寄平安字。

黄忠端公遺硯歌

孤軍獨立淛江滸，血戰功成一片土。文山草檄西臺銘，瓦質當年各千古。誰知人世四百秋，遺硯復見黄漳浦。此心不辱身可污，淋漓大筆報明主。六十二年守黑身，出師抗疏寸心苦。其堅也可以止謗，鑠金衆口憑毒蠱。其重也可以壓險，江山半壁擎天柱。神龍呵護生碧光，留作人間忠魂補。

林鶴修同年枉談有感

柴門一路長蒼苔，剥啄傳呼子羽來。卻喜風塵多物色，相當旗鼓幾詩才。千秋合定吟身苦，半世能狂隻眼哀。同是天涯淪落客，西風莫上越王臺。

其　二

無端搔首問青天，生世如何不後先。小草在山多遠志，枯桐未死感中年。前身畫馬誰能幻，餘事雕蟲未算賢。卻羡長卿貧不諱，梅花一褐伴青氈。

雪中人歌

極天鼙鼓勁風疾，茫茫大地不見日。有丐曳杖口銜枚，自稱我是人中鐵。三十六州陶鑄成，暑煽炎威寒嚼雪。亡何驛卒困奇才，來去關河窮南北。丈夫豈屑人下居，不如遠作海寧客。自悔讀書識字差，此身日受嗟來食。飲以醇醪三十鍾，飄然一去難重覓。暮春湖上放鶴亭，相逢更貰酒錢百。乃知家世出延陵，拔山身手萬人敵。相期血戰飲黄龘，轅門唾手降王得。一宵酣唱别河梁，璽書已進元戎秩。昔爲糜丐今將軍，酬恩敢與淮陰匹。吁嗟人生知己難，古來多少窮途泣。漂母進飯哀王孫，千金之報尚吝惜。輸公獨白舊交冤，叩閽一紙語嗚咽。縐雲片石未蒿萊，留與行人吊遺迹。

鶴修同年來詩索和，叠前韻以答之

三生夙契訂岑苔，尊酒論交舊雨來。憂患漸多關識字，昇平未答枉生才。西風一夕思鱸苦，華表千年唳鶴哀。儘有東南金甲恨，浮雲蔽日鳳凰臺。

其　二

羽衣同唱大羅天，枉説文章酬世先。射策已辜拜衮歲，封侯細數棄繻年。有親可養齏鹽樂，得婦能貧裙布賢。且買青山安穩睡，世間何地不鍼氈。

三叠前韻答鶴修

摩挲敝匣劍生苔，十載愁魔得得來。幻境覆蕉空説夢，天心幽草總憐才。長檠不照登堂樂，短褐相逢置酒哀。回首一竿風雪夜，江湖何處子陵臺。

其　二

鬢絲漸换鏡中天，誰是便便邊孝先。苦海難償填石債，名山容乞著書年。耽吟略判詩門户，解飲來參酒聖賢。明月一龕花四壁，等閑高卧紫茸氈。

游俠傳題後

下走風塵給埽除，何人惜汝是刑餘。早知肝膽輸君等，十載名山悔讀書。

疏　柳

西風憔悴不成行，長板橋頭漏夕陽。垂老争禁攀折盡，送人明日又河梁。

橙

落盡西風幾度秋，儋南霜信上心愁。無端入手年年緑，海上羈人已白頭。

二十四歲初度，讀蔣鉛山“我到人間廿四年”句有感，即題其集後

抗席藏園謝搢紳，雞鳴埭下一詞臣。官閑未敢叨餘俸，親在應難獨致身。屈膝錢馮高弟子，低頭袁趙兩詩人。九州山水留緣遍，愧我幽居廿四春。

十四夜對月懷鶴修，四疊前韻

獨酌花間衣卧苔，長空有月幾時來。成仙太白今陳迹，小謫吴剛算棄才。塞北千山寒柝緊，江南一曲暮笳哀。何當山上刀環返，好夢重圓入鏡臺。

其　二

涼露滿階欲曙天，高樓東畔吐華先。銀河莫挽三千界，玉斧教修廿四年。此夜梅花孤鶴守，有人空谷白駒賢。暮寒知否城中苦，如水江山一幅氈。

林翊仲同年纕惠贈和章，作此答之

雨雲世態自沈浮，難得天涯臭味投。獻賦何人逢隻眼，論詩我輩肯低頭。十年琴劍生辰舛，四海干戈逼歲愁。儘有苦懷託歌嘯，夕陽西下仲宣樓。

得王蓮叔師來書

河梁唱别閉門居，容易年華逼歲除。斥堠如今少飛檄，酒鑪何日更停車。英雄落拓雙蓬鬢，文字因緣一卷書。慚愧才非蘇玉局，廬陵青眼達雙魚。

其　二

廉吏頭銜絶點埃，河陽暫屈士元才。一家骨肉團圝樂，師眷被困漳南七閲月。來書云：全家無恙，不日將赴任。千里音書迢遞來。俸薄稻粱堪著述，庭稀桎梏長蒿

萊。遥知長嘯登高日，抗席滄浪百尺臺。綏城有嚴滄浪詩話樓。

十七夜對月

生平無所好，與爾最多緣。少小呼盤誤，而今對鏡憐。倘教無缺憾，寧忍惜遲眠。幾度晨雞喔，相看一愴然。

其　二

千里關山白，團圞萬古愁。懷人隔滄海，好景上江樓。詩思涼於水，名心淡若鷗。何堪三五夜，命酒恰當頭。

其　三

一自秋風入，相逢令我悲。梅花仍似雪，游子半無衣。有客停杯問，故鄉回首非。青天如解恨，莫遣片雲飛。

招謝淡臣茂才贍洛、方素汀瀛舟、陳魯泉泗、林鶴修諸同年集玉簸吟館小飲，分得邀字

大風萬里鳴蕭蕭，我欲騎鶴游九霄。人生三萬六千日，安得大醉暮復朝？風雨在手摇五嶽，淋漓尺素蛟龍跳。高談雄辯驚四座，命僕且解紫金貂。古來留名惟飲者，聖賢身後多寂寥。與君瓣香拜李白，長安市上群仙邀。

將　進　酒

我曾夢入八萬一千三百里，醉眼朦朧雲邐迆。仰視三十萬丈鐵額兵，東西南北三千億萬人，夜摩兜率行且止。來訪天宫城上飲食第四市，貝闕嵯岈立仙吏。交梨火棗排果餌，整冠下執弟子贄，飫以玉醴金漿不我棄。將進酒，揚我觶。傳呼捧觴玉女侍，一曲霓裳花滿地。人生百年，有酒且醉。富足何爲，浮名亦累。不如朝朝暮暮嗑嗑眠，解卻斗大頑印腰間懸。上訴九閽乞歸田，自稱臣是千秋萬歲酒中仙。

擬老杜諸將，用原韻

百萬軍聲撼鐵山，如何虎豹竟當關。欃槍未埽孫盧醜，籌策難紆伊吕間。

野馬昏天車騎突,哀鴻塗地土膏殷。衝冠爲問干城侶,五載相看未破顔。

其　二

衆志堅同萬仞城,貔貅隊裏拜蜺旌。萑苻終入恢恢網,草木寧輸碌碌兵。祖逖渡江應慷慨,范滂攬轡願澄清。遥期早落幺麿膽,射虎南山拜北平。

其　三

援師何日息邊烽,盼斷紅旗慰九重。養士全軀誰穴擣,浮詞告捷枉囊封。苞苴久釀蒼生禍,桃棘虚傳王事供。安得千秋遺笏在,衣冠重見段司農。

其　四

金湯百二挺孤標,生盼妖氛一鼓銷。劫火紅羊終氣運,浮雲蒼狗獨淒寥。賣刀野老難歸犢,蒙帕將軍尚插貂。回首君恩河嶽重,韜弓努力答熙朝。

其　五

蕪城絡繹羽書來,鷺島今猶鼓角哀。苦挽天河誰洗甲,每懷人物獨登臺。未灰文字蟲三食,如火江山水一杯。我欲叩閽真宰訴,天心厭亂早生材。

飲　酒

幽居絶塵俗,築室三兩間。春蘭與秋菊,榮枯相迴環。吾愛此静坐,閉門即深山。羲農遐棄我,舉世誰與歡?人生如逝水,去日不可還。泛此杯中物,歲歲駐朱顔。

宋文信國鐵如意歌

我欲青原寺前吊孤桐,瑶琴一曲悲松風。又欲臨平湖上覓蟬腹,洮河血碧萇弘哭。文山青原寺琴,爲吾閩舊寶。緑端蟬腹硯,迺漁父獲於臨平湖。謝臯羽銘背曰"洮河石,碧於血,千年不死萇弘骨"。袁簡齋購得之。杭州漁父七閩客,此物相傳年六百。六舟上人金石僧,鐵如意復風塵得。土花斑駁三摩挲,鵝膏無色愁奈何。當年捧詔贛州郡,可曾擊碎珊瑚柯。元金耿耿忠肝赤,浩氣不磨心鐵石。至今爪杖足清談,孤魂猶守厓山夕。厓山軍破變麻衣,萬里封疆難指揮。大柄忽落他人手,關河回首城闕非。城闕非，泣俘虜，知心更數謝皋羽。西臺晞髮來高吟，一作楚歌一楚舞。悔不從公死五坡，竹石與公俱千古。

病　　齒

癸丑嘉平小除夕，楊子右齒蟲所蝕。噱函癭腫寒熱鍾，一飯艱辛下咽食。鎮頤倚枕苦呻吟，持粱齧肥難著力。舌藩垂涎輔頰咸，利喙痛擬噬膚匜。有時如刺畫沙錐，呼吸不支存一息。有時如灼艾十重，斑斑衂血唾壺滴。有時蠆尾百萬鑽，掉頭痠瘋狂跳擲。丹朱九呼竟不靈，皓華齶鋒何失職。虵脂礬石元膽湯，抱朴曾教服九棘。淮南子謂當割脣，此語毋乃太慘刻。齊中大夫病齲痓，曾仗倉公灸其脈。日嗽苦參湯三升，禁方一何遜疇昔。癡來欲學伍子胥，編貝搖落毀以石。更欲飲堇拜張仙，鐵如意借燋縮擊。聰明長壽護智牙，三十六叩華池液。明朝祭詩補精神，隻雞斗酒一口喫。

除夕祭詩，用坡公寄段屯田韻，和鶴修感懷

大儺驅群陰，鼗鼓擊夜半。我獨挽詩魔，莫作思歸歎。周旋廿四年，鉛槧同心玩。酒脯供億繁，忍使雨雲散。天下傷心人，微爾我誰伴。我過爾必斥，咿唔昏復旦。我善爾必揚，驚呼相拍案。放飲三百杯，抒我心緒亂。雒誦來清風，爲我手重盥。今宵祭如在，酒食不可緩。勿憎苜蓿盤，奠錢不盈貫。攜手入糟丘，借醉恕慵偄。願爾築降城，相愛如冰炭。歲歲跂脚眠，酣卧浣花館。明發揖東君，笑索屠蘇煖。更盡杯中物，高歌南山粲。

甲　　寅

林穎叔水部壽圖、薩樹堂茂才大滋看劍圖合影

風雲飈，日月光。生不逢竊位張安昌，安用叩闕請尚方？黄河清，白雉翔。生不逢邊畔樓蘭王，安用霍霍磨干將？堂廉翕化四海一，壯士無功老蓬蓽。西

湖年少有心人，按劍獨與雁門匹。喑啞叱咤仰天呼，欲拔不拔胡爲乎！焉知三尺物，他年不藉爾鯨鯢屠。鋤奸去害答我后，魑魅魍魎爾勿走。蠢兹小醜何足汙太阿，造化乾坤在吾手。吾手空空，橐擊雷公。一飛一伏，何雌何雄？行將破壁入雲去，照人肝膽閃雙龍。安能鬱鬱久與鯖魚伍，苔花頑死若耶銅。君不見祖豫州、劉越石，聞雞起舞中夜泣，誓清中原渡江擊。今之畫圖毋乃師其意，請君更學萬人敵。

久雨未晤林翊仲、林鶴修兩同年，書寄

不見林逋久，孤山梅盡花。那堪三五夜，無復駐游車。風雨青燈夢，樓臺燕子家。何當重把臂，尊酒話桑麻。

其　二

小住爲佳耳，翻愁日掩扉。鳥啼花落去，苔滑過人稀。舊雨相思苦，片雲入夢飛。流光如不負，莫遣壯心違。

答陳幼仙茂才鏘。

神交一紙訂雷陳，文字西來悟夙因。壇坫幾家矜跋扈，琴尊何日奉清塵。元龍豪氣求田諱，司馬生涯賣賦貧。聞道奚囊新嘔血，莫拚心力作詞人。

忠愍公名印歌印藏林小銘孝廉齊韶家。

司農倒壓朱斕斑，千秋遺笏留人間。孤臣時窮節乃見，後來更數吾椒山。青銅手澤光如漆，模糊血迹哀荆蠻。一官狄道墨綬黑，死生浪寄煙塵寰。公有“死生浪寄乾坤外”句。我嗟金甌明社破，玉璽不歸飛龍閑。廟堂百器付劫火，腰間安得如汝頑？英魂或憑方寸在，萬言押尾鈐名銜。迺知物以人不朽，浩氣可走仇嚴姦。爲語林逋須護惜，吾家故物何時還？不信楚弓當楚得，請質榕園李與雷鄉顔。顔文忠公名印藏顔小岱制軍處。辛丑遺落鷺門，制軍懸千金易之。李忠定公名印藏李蘭卿觀察家，張亨甫孝廉曾歌詩爲贈。

正月二十九日滋兒生

火樹銀花卜紫姑，蘭徵早叶第三雛。漫誇好夢投懷玉，難得奇才上掌珠。佳節記曾鳴異雀，是日俗傳爲後九節。小同今合字於菟。余以庚寅生，今兒復生於甲寅。萬家桃粥調飴遍，來佐香糊酒一壺。

烏山戚公祠

靈旗滿願息征鼙，一瓣心香下拜齊。留得三椽乾凈土，犬羊未許借身棲。

其二

射烏猶是舊河山，廟貌巋然夕照殷。南望剌桐朋輩老，一篇正氣在人間。

送林鶴修同年之沙村

最是送春時節近，河梁一曲若爲哀。殘宵話別心如醉，遠道依人首重回。去日河山懷駐馬，即今風雨怕登臺。郵筒咫尺休相忘，七朵峰頭好夢來。

采茶曲

建溪山上春風香，建溪山下春晝長。清明寒食都過了，穀雨不采立夏黄。

其二

郎向山北采葉瘦，儂向山南采葉肥。山南山北不盈掬，年年出入無完衣。

其三

郎采石乳傾筐擲，儂采白乳纖手摘。將儂顏色比郎心，儂顏白玉郎心石。

其四

儂隨郎去天如漆，兒飢兒寒啼在室。東家結伴西家呼，吹火出門不見日。

三月二十六日哭涇兒

五載相晨夕，浮漚一夢驚。天何慳福命，我早怕聰明。强語堂前慰，啼痕枕上生。夜臺迢遞苦，慟汝此間行。

送春和曾于樂同年兆鍠作

去去東君又著鞭，無端愁恨竟年年。江山容易過千劫，風月何曾值一錢。大塊鶯花成舊夢，片時電露證生天。傷心爲築黄金壟，雛燕亡歸已化煙。

寄林鶴修同年沙村

自君劍浦别，吾道竟孤鳴。斯世原難合，餘氛今又兵。參天看渭樹，歸劍待豐城。風雨渺何處，相思空復情。

何伯希同年嵩祺遊福廬，來話其勝。賦此視之

孤墩一撮山不童，我名公字争荆公。臺山亦改郭廬字，奪歸福里將毋同。嵯岈怪石天門立，萬千氣象森玉融。狻猊蟾蜍不一足，此語記曾聞吾宗。己酉聞家蓉卿孝廉略談一二。六年幻夢躡飛屐，卧游時與山靈逢。何郎挈榼竟消受，侈口具道山之容。爲言黄土摶人後，頑質難施斤斧工。何來干霄矗天柱，古仙鷹碣淩雲中。異香不散鳴玉答，右聳榕臺左玲瓏。虎溪泉咽危石語，羊腸路窄飛泉通。巖巔箕坐腋兩海，波濤萬叠開心胸。更有比丘膜拜地，蛇首龜腹嵌碧空。帝閽咫尺足呼吸，秀出南斗何巃嵸。他年倘許石芝采，芒鞋篛笠相追從。下瀕牛田上石闕，袖中天地歸牢籠。千秋勝迹勿淪滅，刊碑請讀開山功。

和伯希游福廬作

燕昭採藥求不死，瀛洲方丈拜仙子。狂風引去不得前，望之如雲參差似。人生何福瞰龍門，直與日月相吐吞。五千三百七十麓，鶴背下上窮晨昏。盪胸人海紅塵謝，無爲蹩足長守舍。黄鵠聳身入雲中，汗漫寧忘秉燭夜。

寄鶴修同年

千里共明月，團圝竟夕看。公私蛙鼓吹，來去雁平安。作客他鄉易，依人一

飯難。相思不成寐,斗柄已闌干。

不　寐

微雲散盡漸星稀,千里銀河獨雁飛。坐對空階如水月,一簾桐影露侵衣。

鼓山水雲亭

盤旋危磴攝衣登,極目江天一水澂。萬里松風催去櫂,十年芋火話孤燈。此間小住堪容我,天下名山半屬僧。太息再來人事换,蓬蒿滿地落饑鷹。時東際樓爲外人占住。

翊仲小飲齋頭,并寄鶴修

十載清貧賣賦悲,河梁别後夢何之。臨風有客低徊語,劍白燈青憶汝時。

其　二

未必儒冠誤此身,艱難吾道久風塵。傷心練葛西華語,任昉當年有故人。

荷花生日

笙歌十里隔紅塵,載酒人來過白蘋。多壽所嗟稀絶色,幾生無恙似君身。皈依入座先成佛,髣髴淩波竟作神。難得衣裳仍汝集,相逢楚楚降庚寅。

其　二

此夜稱觴盥碧筩,田田菡萏倚燈紅。苦心自許嘗千古,歡會如今祝六宫。健在水鄉弄明月,長生香國享春風。靚妝知有鴛鴦拜,七二成行太液東。

荔支詞

翩翩裘馬逐風塵,曾憩山郵一愴神。回首不堪生意盡,萬花愁絶再來人。

虬髯客觀弈圖

擾攘中原局,何來妙手空。百年悲世事,一著定英雄。兄妹風塵俠,河山劫運終。東南看自大，餘子入囊中。

七夕用白華樓原韻

銀河雙敞合歡屏，天末風高墜亂螢。兒女何知争巧拙，神仙有累亦飄零。一鉤黯黯不成月，四海茫茫尚此星。悽絶伯勞飛燕苦，看人幾度駕征軿。

鸚　鵡

滯汝籠樊久，何年振羽翰。思鄉心太苦，惡夢懺應難。莫以能言慧，須防易地寒。隴山相憶否，借汝問平安。

驛　柳

毿毿一曲暗銷魂，亭短亭長日又昏。記否新愁添少婦，不堪舊事問公孫。關山來去長爲伴，煙雨迷離不見門。莫惜章臺攀折盡，當年走馬亦君恩。

宣和畫鷹歌

華楹豐殿繁聲號，珍禽千百巢林皋。宣和天子斥凡鳥，淋漓大筆盤金條。塵沙十月黄雲滅，草枯風勁去如瞥。女真獵火燭天來，胡不飛喋海青血。臂此礪吻決雲兒，野羊孩虎無一遺。爾饑飼以肉，爾飽側其目。五國城頭鼙鼓來，丹青留與後人哀。爾鷹爾鷹棲何所？無復萬壽延福之亭臺。

醉後贈林翊仲同年

天胡爲乎生我七尺軀，不作虎頭燕頷之壯夫。生砍逆豎頭顱作酒器，葡萄一飲三百壺。天胡爲乎困我萬卷書，遺世獨立一腐儒。不自我先不我後，衣冠衮衮成泥塗。斗室四顧懸桑弧，與君攜手龍岡廬。君乘青鸞天之衢，我控白鶴淩寰區。上覽三辰下五嶽，不愁棄我去者日已徂。科頭箕踞拔鹿盧，今宵且擲金杯呼。天既生我必有用，跼蹐莫作轅下駒。我既生世豈無裨，齷齪羞死牧豬奴。乾坤造化借洪鑪，藏名酒肆非吾徒。領取十年腰間符，未必故吾即今吾。

獵　户　曲

餓鴟叫澤耳生風，鉦鼓千山霹靂弓。生擘黄麞拚血飲，短衣年少最英雄。

壽　山　石

山以静而壽，石以貞而久。刻劃臣能爲，纍纍大如斗。胡爲補天才，流落風塵手。棄取殊不情，我欲詰媧后。

喜鶴修同年自沙村來

問訊征鴻一一飛，知君劍浦早應歸。相逢好訴吹虀苦，生計休嗟橐筆非。升斗依人新寄食，風塵游子尚無衣。勞勞去住何須説，輸與江干辦釣磯。

田　　家

結廬背山青，開軒面水緑。幼婦挈榼來，殷勤餉黍肉。既耕亦已種，負耒歸原陸。短笛不成腔，夕陽下靡犢。鄰翁招近局，隻雞雜蔬菽。劇説稻粱肥，課經晴雨卜。路聞簦笠者，甌窶滿篝祝。一飯一豚蹄，田祖請飲福。

正德内較場歌

風霾動地八虎飛，東宫毬馬相追馳。君王角觝歌舞倣，皇莊三百張鼓旗。雕弓豹韃短後衣，魚須鳳輦鳴六騑。中書伴食啼子規，不聞皇介征四夷。風翎霹靂穿麕麋，十旬更打官家圍。韓文野店騎驢歸，西華國事朝夕非。宫人白髮談者誰，豹房倒挂紅葳蕤。

臺　江　八　景

太　平　松　籟

不辨地天籟，孤山松自鳴。老龍應未睡，獨抱月華明。

湘 浦 荷 香

來去采蓮舟,相逢一水流。紅衣零落後,誰解别離愁。

龍 潭 春 漲

龍去潭無主,潭深龍自靈。春風一夜至,已破海門扃。

白 馬 秋 潮

無恙神祠在,將軍白馬驕。此心真似水,化作大江潮。

蒼 霞 晚 照

天地易黄昏,江山半壁存。蒼涼洲上望,節度此開門。

天 安 曉 鐘

爲底雙江夢,蒲牢百八驚。寒雲不肯曙,閣住兩三聲。

三 橋 漁 火

明月奪殘燈,寒霜壓破罾。一江秋水長,人語隔篷膺。

越 嶺 樵 歌

舊事問樵夫,無諸國已墟。高歌牛背上,短笛和啼烏。

冠悔堂詩鈔卷二

乙　卯

送林鶴修同年之泉州

消盡輪蹄鐵,西來南下人。饑驅多我輩,如汝豈長貧。薪米愁生計,鶯花負早春。此行逢驛使,爲問故山親。

送林翊仲同年入都

人生長聚首,不識離别難。人生無離别,不知聚首歡。浮雲出天漢,聚散無定端。一朝隔山岳,江水兩漫漫。故人從此别,永夜起長歎。執手各無語,但云勸加餐。

寄林鶴修

零落桐花劫火秋,輪蹄何日再來游。故山有約辜猿鶴,大地難平歎馬牛。莫問冬郎曾挈族,可憐王粲又登樓。天涯朋舊浮雲散,獨夜悲歌對酒愁。

鶴修來詩,倒疊原韻答之

如此關河夜,哀吟山月高。誰投青玉案,恥進鬱輪袍。吾道貧非病,離家夢亦勞。同群多不賤,無負五陵豪。

送林虹屏廣文星炳之官松源

一片西湖水,年年慣送人。何當詩酒地,又是别離辰。日暮他鄉苦,時艱吾道貧。干戈猶未厭，努力靖風塵。

其　二

親串難爲别，中年感謝家。河梁仍落月，潭水有桃花。我亦風塵客，行將天一涯。槐黄如聚首，尊酒話京華。

年伯孫復生鎮軍雲鴻由鎮江旋，命題竹裹尋詩圖

長江萬里走蛟鼉，一片歸帆大將過。天意似將收劫火，君恩暫許託巖阿。舊時部曲千官貴，待命蒼生四海多。曾看紫泥重賜詔，新詩好奏鼓鐃歌。

其　二

翩翩裘帶古鬚眉，我悔風塵識面遲。敢以緑衣參末座，不堪髀肉説當時。乘風投筆今宗慤，使酒談兵有牧之。最是草堂秋雨夜，十年心事籜龍知。

重游鼓山，和壁間前作韻

十年四度此山登，依舊長江徹底徵。塵世何心看落月，樓臺無恙賸孤燈。談兵劫後誰知己，命酒宵深欲索僧。看取碧天飛跕跕，因人饑飽漫呼鷹。

白　雲　堂

一鉤殘月五更天，百八蒲牢閣曉煙。重寫新詩留迹去，碧紗籠句待何年。

和蓮叔師秋簾重校韻

大羅天上續前游，重泛星槎問女牛。明月回看仍此夜，西風奉使是中秋。與人好把金鍼度，得士都教夾袋收。領略當年辛苦味，木樨香近最高樓。

送黄少仙明府奉樾之官西川

聚散浮雲無定端，乾坤踽踳布袍寬。即今血性推同輩，如汝多才豈一官。談笑喜無城府見，饑驅半爲斗升難。洗杯今夕須豪飲，莫謂離筵酒不歡。

其　二

流光四載負黄花，一曲驪歌感歲華。同向風塵作行客，怕聽兒女説離家。長隄衰柳猶明月，古道斜陽有暮鴉。此去劍門驢背穩，待題詩句遍天涯。

其　三

酒緑燈紅共笑言，騷壇牛耳久推袁。敢耽鄉土偷閑樂，好答天家養士恩。霖雨蒼生期謝傅，秋風賓客夢梁園。來春早寄平安字，付與征鴻入薊門。時予將北行。

其　四

蓮社追陪翰墨因，一生肝膽向誰親。高談六博懷良夜，敝帚千金享此身。自笑蚍蜉空撼樹，由來鷹隼不風塵。名山事業知何限，爲問成都賣卜人。

曾于樂同年伴梅圖

去年聚首歡，花賓我作主。今日别離難，我賓花是主。人生如浮雲，安得長相侣？比如萼緑華，來去無定所。朔風吹面寒，茅舍净塵土。胡爲擁貂裘，獨與梅花伍。人羡君福清，我識君心苦。君心非愛花，借以瀝肺腑。爲感故交稀，何日來舊雨。或攜琴鶴游，遠上成都府。謂黄少仙明府。或讀東觀書，高爇金蓮炬。謂鄭仲廉庶常。或戀苜蓿盤，圜橋司鐘鼓。謂林虹屏、何蘭疋二廣文。去者不可留，暮雲空相佇。况復王事勞，日日不遑處。阿兄欲出山，秋曹列簪組。謂令兄曉滄比部。恖恖赴春明，我又風塵旅。同行兩三人，買櫂江之滸。時予與林麗村、邱彤臣、王德夫計偕北行，亦有日矣。縱使東閣開，吟詩有水部。謂林秋阪水部。驪駒亦在門，非久故鄉聚。轉眼自怡軒，君所居。人遠關山阻。相思各一方，花時愁何許。角巾漉新醅，不再花間煮。六博縱高談，不聞花下語。獨留此花身，聊伴南豐墅。枝頭惜别聲，啁啾鳴翠羽。明月照屋梁，長空來青女。一笑與君言，努力期三五。好結歲寒心，讀書且閉户。三載再花開，花又將别汝。執手輭紅塵，有人具雞黍。

入都雜感

逆旅天昏共枕戈，不愁宦海有風波。故人勸我陽關酒，長夜慚爲白石歌。

自笑詩書真措大，肯令歲月久消磨。腰間尺劍摩挲遍，看取雙龍躍太阿。

其　二

初冬預作橐囊謀，檢點當年舊著裘。脈脈離懷如醉夢，悤悤人事太句留。高堂健在官原好，中饋能賢我不愁。且逐五陵年少去，不教心迹付東流。

寄林秋阪水部駿聲。

窮豈工詩累，詩人例水曹。勸君休咄咄，笑我亦勞勞。去住愁生計，風霜感鬢毛。出山須及早，莫負五陵豪。

寄曾曉滄比部兆鼇。

知爾應寥寂，天涯有故人。同群多不賤，吾道未全貧。見月關山感，論交肺腑親。好謀升斗養，莫厭輭紅塵。

寄林麗村同年星耀，兼視令弟煌甫星聯。

竟誤同舟約，文園渴未除。斯人今不出，消息近何如。天地愁逆旅，艱難悔讀書。羡君兄弟樂，故國足平居。麗村有同行之約，因病不果。

寄林虹屏廣文

執手各無語，離情江水長。此身知護惜，異地有風霜。矗糲吾儒福，輕裘俠客裝。敢忘珍重意，使酒尚猖狂。

臨溪旅邸

三椽破屋倚江干，料峭風來撲面寒。泥壁有塵堪作字，菜羹如水强加餐。孤燈焰小殘膏剔，朽木牀攲高枕難。自笑名心猶未冷，夜深相對説長安。

山行曉起

殘月黯無色，疏星猶在天。雞聲何太急，游子不成眠。短菜壓霜白，凝泉斷澗懸。迴看紅日上，已到萬山巔。

十二月二日甌江晚泊

鹿角山頭倚夕陽，悤悤又宿水雲鄉。遥知今夜談游子，酒後相思天一方。是日爲内子生日。

寄曾曉滄、于樂兄弟

剥啄柴門夜不驚，挑燈煮酒話平生。十年壇坫論交地，心識君家兩弟兄。

丙　辰

露　筋　祠

朔風吹水浪花麤，落日荒祠下暮烏。利喙可能爭血食，偷生强半惜皮膚。絶憐昏夜他鄉滯，誤博人間小字呼。我欲湖西親展謁，月明殘碣讀模糊。

元夕，年伯郭芷脩觀察禮圖招飲碧蘿山館，賦此誌謝，兼視瀚江同年

過江名士如鯽來，一一爭上黄金臺。不知主持二百載，誰爲今之壇坫才？先生蓬萊舊仙侣，綺歲文章冠燕許。宦餘不廢金石聲，大笑倒屣仲宣迎。愧我風塵遲識面，紫芝眉宇今得見。咄嗟忽報東閣開，張燈邀作元夕宴。長空古月明到今，魚龍百戲青春深。明朝小别隔山嶽，六鼇何處扶桑濯。

劉　伶　臺

一笑諸君盡入褌，遺篇頌德至今存。論交絶少稱朋輩，敢諫何曾聽婦言。土木形骸來日忘，蘧廬天地一星尊。如何作達工營葬，荷鍤相隨到墓門。

樂　毅　墓

坏土茫茫感客卿，燕南趙北兩無成。觸蠻社稷興亡易，冰炭君臣去就輕。

多故一家傷骨肉，歸心五載待蒼生。遺書賸有英雄淚，屠市群兒莫弄兵。

孟嘗君墓

土偶相逢笑此公，齊雌總不敵秦雄。盜裘急智關生死，彈鋏交情見始終。渺小丈夫原棄種，豪姦子弟尚遺風。萬家生齒知無恙，書券飛灰往事空。

滕文公廟

滕公不可作，遺廟已千年。接壤鄰齊楚，行人吊井田。古碑衰草没，廢隴老牛眠。猶是狐駘路，河山息暮煙。

大雪過孟廟

楊墨横流日，東周未竟天。此間多轍迹，斯世有遺篇。雪壓頹垣亞，鴉巢叢木巔。巖巖瞻拜後，舊址訪三遷。

東阿項王墓

中原逐鹿歎西風，百戰河山霸業空。垓下可憐無子弟，人間不更數英雄。功成赤炬餘焦土，義釋杯羹到若翁。太息江東流水逝，至今父老説重瞳。

其二

蒼天不相上將軍，古碣荒苔賸廢墳。同命當時惟鬼母，微辭終古有龍門。故人已博封侯貴，亭長空懷賜馬恩。自是東南王氣盡，拔山蓋世不須論。

陳思王墓

千年廢隴長蓬萊，吊古驅車得得來。死羨遮須猶自大，生哀西館竟無媒。然其餘火同灰燼，薦枕微辭是禍胎。太息楊修空羽翼，只留山賊識君才。

其二

繡虎東歸百感新，山丘零落易傷神。諸王同日驚讒語，穉子能文豈倩人。

銅爵分香無片土，首陽作誄有孤臣。獨憐白馬金羈地，我欲招魂漳水濱。

題魚山神女智瓊祠

瓠子吾山滿草蕪，淒風苦雨有啼烏。可憐入洛雲車渺，一曲迎神賽女巫。

晚渡黄河，宿桐城驛

天上河流駛斷冰，一車飛渡水能膺。訛聞僻地多雄虎，不見高城下暮鷹。枯木有巢烏啄肉，平沙無月馬馱燈。何當兩戒分南朔，盼盡家山恨不勝。

寒　鴉

盤空古木入天低，滿地寒鴉逐馬蹄。路僻漫容群喙集，巢寒誰借一枝棲。伐毛雖苦難成白，飼肉無多便住啼。堪笑朝朝自來去，曉霜城北夕陽西。

茌平題壁

星霜載道苦征鞭，差喜輕裘漸暖天。淺草茌山生意滿，春風一夜入寒氈。

茌平懷馬賓王

琴劍飄零逆旅身，勞勞去就歎風塵。微官助教多招謗，解事中郎算得人。鄉曲大難公月旦，英雄强半屬孤貧。二千里外饑驅苦，獨酌新豐酒百巡。

東方曼倩故里

長安索米事堪傷，卌載依然執戟郎。卿相無權憑玩弄，神仙竟盜總荒唐。生輕帷薄真無賴，隱到朝廷不礙狂。但得愛才有天子，俳優如汝亦何妨。

樂陵臺懷古

雁門去後梧桐死，寂寞無人五百年。一夜金陵山上夢，露華如水月如煙。

河澗徐市求仙處

美人鐘鼓奄諸有,阿房所欠惟一壽。採芝採藥遍人間,茫茫碧落黄冠走。相傳徐市此求仙,丱兮城上生人煙。中有蛟龍不可得,山鬼來報卅六年。卅六年中日月駛,蒼天偶醉稱天子。善神真人無時無,諱死竟説祖龍死。吁嗟乎!長城白骨咸陽儒,赭山燔石毋乃愚。輸爾浮生得樂土,冠男笄女家蓬壺。

自汴梁口至月村塗多卧鐘

廢廟殘碑枕草眠,夕陽猶是木蘭天。白頭僧去行人語,不打破鐘三十年。

大風渡無定河

黑風捲地牛羊飛,黄沙滚滚堆山肥。桃花奔浪疾如矢,行人墜淚桑乾水。桑乾渡頭白日昏,寒威刺骨裘不温。僕夫僵死羸馬倒,躡足欲行入泥潦。來者去者心爲傷,道是挾策上帝鄉。徬徨四顧立無所,後車嗚駝來大賈。

别王德夫孝廉夢修。

殘星欲曙月來遲,正是河梁執手時。世路敢云平似砥,江山待我遍題詩。客中相送難爲别,酒後無言各有思。莫以輭紅塵土好,北堂晨夕盼歸期。

挈伴出都,示邱彤臣孝廉書勳、林翊仲同年

辜負槐花逐逐忙,敢嗟誤我是文章。號咷莫灑英雄淚,下上憑登傀儡場。此去名山容著述,再來好夢豈荒唐。思量一事差堪慰,吾舌猶存未許狂。

其　二

去矣驅車出薊門,飛鴉滿地一銷魂。人真如海吾何恨,心未成灰念尚温。北斗望深依劍佩,南皮事去憶琴尊。與君且結求羊侶,小隱何妨學灌園。

樓　桑　村

童童羽葆説兒時,籬角桑高督亢陂。結客少年販馬貴,使君心事卧龍知。

重生髀肉憐垂暮，易老英雄泣出師。滿地黄沙遺廟在，孱王至竟不西悲。

平　原　驛

一枕黄粱未熟時，青衫落拓夢來遲。此間有酒堪澆土，何日逢君更買絲。未必美人敢相笑，可憐相士尚無期。生平肝膽向誰是，説與邯鄲挾瑟兒。

晏　　城

傳是晏嬰邑，囂塵此卜居。豚肩能示儉，狗國亦成墟。渤海三朝相，春秋一代書。我來彈子地，踊屨近何如。

濟　　河

濟水出王屋，伏流入地中。經過華不注，潛發歷城東。東阿掘井得，取液煎膠工。下儲鬬口淀，歸與海相通。實司太皥祀，封作清泉公。巡揖奠以璧，獸鼓鳴河宫。當年陳牲潔，此地祀年豐。懷德瞻洪律，釃酒告蒼穹。我來麥秋節，陽烏苦爞爞。驅車不用渡，焦土駕飛虹。地脈倏然斷，肥瘠竟不同。齋心默相呪，吐醴慰三農。浪花濺夏雪，川雲潤鴻濛。舉頭但松柏，巖巖見岱宗。

杞梁妻祠

明璫翠羽儼稱神，曾是當年善哭人。留得范郎疑案在，一篇琴操説亡秦。

長城堡皇姑寺

批鱗苦説六師班，風雨居庸夜度關。知禮胡兒空下嫁，蒙塵天子幸生還。河山再造炎瑺爐，昆季重逢老淚潸。自是艱難能益悔，吕尼新拜詔書頒。

雨中過羊叔子故里

斜風細雨風經秋，衮帶飄零吊古丘。豈有酖人猶饋藥，大難折臂尚封侯。

羞稱王衍蔡邕爲親串，不數荀勗馮紞之在下流。惆悵南城衰柳地，幾多浪迹爲君留。

其　二

峴首應登千載魂，江陵西望陣雲屯。受降吴卒非關戰，避諱荆氓盡感恩。舞鶴可曾甘對客，懸魚至竟有傳孫。生平一事邊疆恨，未許角巾歸里門。

李　家　村

四載金甌墜地悲，眼看禾黍已離離。閨門有策書生遜，諍諫能賢士卒知。牧馬當年誇入贅，負驢噩夢竟亡兒。可憐花項稱天後，留享衰齡作母儀。

二疏故里

人苦不知足，如公千載難。都門争祖道，漢室竟辭官。生計田園諱，分金耆舊歡。所嗟羊叔子，東路未容棺。

雨中宿郭芷脩年伯一鶴園，知爲王蓮叔師讀書處

鎩羽歸來獨鶴飛，每聞清唳不勝悲。先生少小停車地，弟子如今話雨時。無恙樓臺逢舊主，不才詞賦愧新知。春明往事休相訊，憔悴征衣已化緇。

漂　母　祠

天意將興漢，王孫寧久飢。千秋此逝水，一飯竟專祠。不受黄金報，相望墓草悲。即今城下過，淪落愧鬚眉。

端午阻舟邵伯埭

絲竹銷沈事可嗟，江山無復舊繁華。依然野水如瓜蔓，不見歸舟有藕花。去日濁醪難在手，異鄉佳節易思家。獨憐驅使無兒輩，鼙鼓中原日又斜。時訛傳髮匪已入丹陽。

和林翊仲作

飄蓬斷梗認前身,襟上猶留薊北塵。自歎勞薪供一飯,每懷寸草報三春。窮途又值徵兵苦,得味初嘗旅況辛。惆悵衣冠成醉夢,過江舟楫屬何人。

游來鶴寺

曲欄十二倚紅橋,緑葉聲中咽暮蜩。敢信江山多樂土,卻愁烽火到今朝。哀鴻滿地流民苦,沿途多維揚流民。猛虎當門喊卒驕。寺前列虎頭礮。自歎薄游成底事,焦琴短劍太無聊。

舟中望惠泉山

風利不得泊,名山一瞥過。樓臺空似此,詩酒近如何。天地留殘劫,中泠有逝波。不堪翹首處,金阜尚干戈。

友人招飲虎丘

酒杯借我散離愁,打槳重來虎阜游。去日白蘇真厚福,即今李郭尚同舟。江山無恙拚歌舞,壇坫何人續唱酬。悽斷夜闌燈火灺,不堪重與聽吴謳。

平望泊舟

忽憶去年事,孤舟逢歲除。如何不天上,依舊返吾廬。流水笑過客,生涯遜老漁。早知飄泊苦,左計悔當初。

皁　林

松際上明月,江風吹作濤。孤舟此天地,古寺有蓬蒿。螢火青千點,魚梁水半篙。夜深愁不寐,詩思太牢騷。

本覺寺東坡三過題詩處

先生三過題詩處,我可重來無一詩。滿地蔓蒿鴉寂寂,歸帆人趁夕陽時。

三　茅　觀

江風吹上九松巔，躡屐來尋句曲仙。七寶鼎鐘猶祕府，一家兄弟竟登天。頹垣蝸篆留荒草，枯木蟬聲咽暮煙。莫問授經王母事，神芝零落已千年。

鐵崖讀書處

訪勝增峰下，吾家有鐵崖。當年誰築室，此地獨捐階。晨夕梅同語，胚胎月入懷。小官原狷直，正統費編排。湘水笛三弄，松江天一涯。鳳琶調白雪，金馬夢天街。身世滄桑感，君恩雨露乖。白衣仍老婦，緇子是吾儕。蹈海孤臣志，歸山净土骸。井依郭氏鑿，碑近鮑家埋。焚草鬼神泣，遺音金石諧。蒼凉談往事，痛飲酒如淮。

吴山觀潮

青山不埋文種骨，流水不朽鴟夷皮。一朝穿脅持頭去，獨能擊鼓驅馮夷。五丁六甲供指役，顛倒河伯如嬰兒。公曰吾將上入蒼天九萬里，隻手操戈日馭追。少焉天爲之呑日爲沃，鴻濛一色無東西。公曰吾將上躍青山一千仞，雙脚跨鯨東海歸。少焉山爲之摧海爲倒，排空洶湧來旌旗。憶昔錢王苦衝激，齎書水府函以詩。借塘爲城瓣香禱，三千强弩誇吴兒。河山已沼無復道，公其白馬少爲馳。請看叠雪樓前水，鐵幢猶繫蒼生思。

過西湖行宫恭紀

翠華十度幸江皋，草木欣欣沐雨膏。此日山僧猶福地，當年天子是詩豪。每懷劍佩趨鑾蹕，同樂鳧鷖刷羽毛。飲澈一杯明聖水，可能清到侍臣曹。

其　二

月泉飛瀑夜泠泠，青瑣重收筦鑰扃。隔寺幢幡資聖福，滿江菱芡讀漁經。曝書循例陳千帙，宫中每歲猶陳御書曬之。灌畝餘波及百靈。野老即今猶望幸，逢人指點御碑亭。

蓮池庵古水仙王祠

水國清涼净暮埃，四山落日廟門開。素車白馬魂如在，爲乞寒泉薦一杯。

白蘇二公祠

祠宇湖西羡卜鄰，千秋循吏屬詩人。魚羹有味休思去，酒税能添未算貧。十里芰荷仍在水，兩家楊柳自成春。不堪落日聞啼鳥，荒草門前疊作茵。

艤舟江口同翊仲説鬼

錢塘江頭多蘆葦，腥風吹碧一江水。孤舟枕水不能眠，大開談藪曰鬼鬼。林侯素性直且愚，治經久闢彭生豕。豈知大地久陰霾，日中漸漸將成市。露牙森髮日嗚號，陰房燐火集如螘。九州寥廓無處無，我難一一窮其技。君不見東坡聞鬼顔色喜，泥人自首説至尾。又不見嵇康披衣滅燈起，争光魑魅吾所恥。

雨後泊清風亭看山

雨洗山光青幾重，江干猶是草茸茸。白雲莫作無心態，似我歸家意轉慵。

其　二

清風亭下漫生愁，過客相嗟水不流。誰使黄沙新漲滿，累人卻憶白杭州。

重過南浦橋

重過舊地是知津，春草依然碧似茵。不信五年仍故我，可憐萬里作勞人。蟬冠未著貧誰卹，匹錦相還夢豈真。今日與君同恨事，孤舟凝滯尚江濱。

延　津

輕裘肥馬著征鞭，曾逐溪山十里煙。回首不堪烽火燼，雪泥鴻爪已多年。

答李星村上舍應庚。

我聞扶桑東，六鼇之睛如炬紅。又聞碧海北，長鯨噴煙如漆黑。乾坤濁浪浮千秋，我生少小不識憂。顛倒河伯豚犬耳，壯氣盤薄淩滄洲。青蓮拍掌西向笑，招我鶴背游九州。手持酒瓢腰詩卷，俯視人海但蜉蝣。紅輪吞吐流光改，忽忽頭顱二十載。輕裙短劍來幽燕，五陵年少人中僊。鶯花百萬選歌舞，崑崙山上酒家眠。鄭鷓鴣海騶、陳鶯座肖丞，舉杯爲我賀。明朝把臂上蓬萊，九天謦笑落欬唾。春明一夢不得意，歸來題詩寒山寺。六橋三竺十日歡，西湖西子供游戲。滿腔熱血付江濤，誰換金陵宮錦袍。籠樊豈是鷹隼具，當作萬里之翔翺。李侯李侯吾待汝，春風同是薊門侶。高文典册需此才，大筆留作金華語。

坡公笠屐圖

去年今日在杭州，風雨漫天生客愁。依舊歸來無一事，夢魂長在望湖樓。

其　二

觸蠻後起漫相争，多少文人浪得名。此膝不曾輕下屈，一年一度拜先生。

宛在堂懷古

小西湖上一片土，蒹葭秋水相思苦。白蓮萬頃不再花，題詩我欲寄宗吕。相傳此堂三百年，丁戊山人結吟侶。石倉死後生蓬蒿，滿地夕陽泣杜宇。後來好事潘毘陵，一瓣心香祝栗主。孟陽少谷及臺山，配以子羽作初祖。傅高曹謝大小徐，十君子列騷壇俎。伊人宛在水中央，松月蘿雲足千古。舉杯西酹梅亭山，風雨如聞翁仲語。吟魂無恙儻歸來，拍肩大呼趙十五。

詠　塵

長安盡日屬車馳，憔悴征衣已化緇。濁世可能容屈子，汙人未必是元規。清貧猶賸牀頭帙，俗眼何知壁上詩。無限生涯飄泊感，夕陽天末看游絲。

促　　織

零亂機絲忍再論，哀吟誰與訴黄昏。江山南渡渾閑事，風雨西堂易斷魂。涼夜一鐙驚嬾婦，無衣九月感王孫。卻憐處處催刀尺，籬豆花開獨掩門。

八月十四夜雨中寄于樂

既月復得雨，老天未肯晴。銀河真似水，烏鵲不聞聲。佳節明朝近，故人此夜情。酒尊休錯過，相待破愁城。

雨中復示于樂

風雨幾時至，秋齋人共閑。礙門多小草，閉户即深山。剥啄無過客，塵埃净此間。空庭無箇事，凡卉逐年删。

和于樂苦雨原韻

三暮復三朝，此雨亦奇耳。樹杪洗盆傾，簷際亂潮起。破塊非盛時，斯語毋乃是。吁嗟沮洳場，陸沈誰所使？昨日課陰晴，占爻值塗豕。故人隔城西，不見腹生痞。忽讀新詩來，我亦癢其技。同是高陽徒，蹤迹混城市。赤日禱再中，上慰天顔喜。草廬金石聲，高歌勿變徵。

蘆　　花

無衣游子又經年，揺落江湖思黯然。老雁一聲秋在水，野橋十里月如煙。此中呼飯多寒士，竟夕生風有釣船。七二灣頭蕭瑟苦，不堪送客未明天。

王蓮叔師洗硯圖

先生長公之後身，淋漓大筆如有神。生平工書復嗜硯，所蓄不輕以示人。七年教胄客燕市，功成片石九重喜。飛來鳬舄莅三山，翰墨不惜頒餘子。自慙抱璞落人間,天風咫尺回蓬山。座中得士百四十,許我獨出彭宣班。酒闌傳觀蕉葉白,醉呼小子爲鐫石。道曾攜櫝洗心亭,秋風兩度文章役。更示梁園瓦硯圖,長生無極顏其廬。曉嵐贈行覃溪跋,史才經術相稱譽。翁覃溪跋梁芷庭中丞長生無極硯語。硯爲曉嵐贈物,師新得是圖。梁園石交重授受,先生此圖尤不朽。多謝頻年拂拭功,愛才於我亦云厚。及時化雨遍吾曹,我欲從之乞彩毫。傳衣事業各千古,一硯抵得王祥刀。

十一月十九夜待月

知是明月上,繁星忽轉疏。四更猶不寐,自檢案頭書。桐樹脱無葉,梅花静有香。空天過一雁,忽白滿頭霜。

歲暮懷人五首

林秋阪水部駿聲。

車塵黯黯上衣襟,回首燕南秋又深。道左相逢如昨日,春明一夢到於今。舊游壇坫晨星散,夕照河山抱膝吟。難得故人勤問訊,太阿猶是少年心。

鄭海騶孝廉守孟。

送客何堪是客中,月明時節别悤悤。功名漫説同殘蠟,身世誰能繫斷篷?此興婆娑仍老子,有人憔悴歎涼風。遥知此夜添名紙,書記平安報相公。

陳肖丞同年慶年。

平生意氣最相親,同踏京華十丈塵。不信馬周仍逆旅,可憐王粲尚依人。離愁如織書初達,豪氣難除酒再巡。長憶天河殘月夜,雷聲共聽七香輪。

孫夢九同年長齡。

君方北去我南還,錯過胥門執手慳。經歲離懷如中酒,此行無事當看山。重來舊地憐猿鶴,努力清時埽觸蠻。幾度郭隗臺上望,可曾心迹逐雙鵰。

鄭仲濂水部守廉。

未妨惆悵是清狂,曾作雲龍逐醉鄉。騎省閑居工作誄,詩人水部例爲郎。緇塵後會遲三載,落月相思各一方。知爾畫叉多逸興,黄花初寫破籬霜。

丁　巳

秋夜感懷

晚近多人物，論詩我輩存。江湖仍帶甲，壇坫此開樽。莫遣黄花老，相嗟白日昏。萬千肝膽事，澆酒對平原。

其　二

天地有今夕，照人月太明。相看同不寐，生我豈無成？過雁逢愁侶，聽雞喜惡聲。關門隔萬里，誰是棄繻生。

校刊明張襄愍公經半洲詩集成，繫以詩

泖湖逝水夜滔滔，風雨英靈響寶刀。誰使金牌來漢上，卻看牧馬過臨洮。同時寃獄吾家偶，謂楊忠愍。蓋世詩名似舅豪。謂鄭少谷。獨對狂瀾思砥柱，瓣香重與酹葡萄。

贈黄蓮卿孝廉瑞麟。

輕裘短劍入幽燕，曾是三河美少年。襆被同群多不賤，艱難一第竟如天。羊曇乞墅貧誰恤，王粲登樓事可憐。太息天涯無長物，輭紅塵土滿青氈。

其　二

脚根十載遍齊州，五萬春花感昔游。嗜好此生有丘壑，笑談當日傲公侯。驚人才豈一官老，多病天教萬事休。最是夜深燈火絶，知公和淚看吴鉤。

其　三

中原鼙鼓欲何之，末路蹉跎兩鬢絲。著述半生哀鑿齒，高談六博憶南皮。春婆好夢真同例，録事何人尚寄貲。讀遍奇書有今日，始知左計是毛錐。

其　四

八口嗷嗷莫療貧，年來混迹到風塵。姓名敢信登科記，天地還容再世人。

不死拔心寧小草，可憐折脚作勞薪。垂簾從此談忠孝，蜀市君平有後身。

陳楠齋茂才宗英索詩

謝家庭院奉清塵，紡授堂前見故人。依舊元龍豪氣在，名山厚福著書身。

其　二

玉溪身世諒予癡，知己重逢韓畏之。一事羡君守家法，清聲雛鳳亦能詩。

其　三

裙屐風流數老儒，如何索句及狂奴。秋風一瞬黄花放，選得團尖報我無。

戊　午

送梁禮堂孝廉鳴謙之姑蘇

秋風催汝上蘇臺，傭筆依劉亦可哀。强别况當戎馬苦，饑驅真爲斗升來。頻年送客嗟羅友，待價同心望郭隗。一事應增惆悵感，離家時節菊花開。

其　二

當代論詩有幾人，如君今日又風塵。晨星朋輩中年感，短褐英雄獨客身。濁世共嗟難合轍，才人終苦作勞薪。不堪大地看牛馬，吾道蕭蕭一味貧。

題吕西村孝廉世宜書後

英雄心膽向誰論，大海蒼蒼望鷺門。書法清高人品峻，一生低首吕西村。

贈粘樹三琴師熙光。

别後荷花十度開，故人今喜海南來。蕭蕭白髮談遺事，同調王郎已草萊。謂香洲茂才。

西湖憶舊

仙鬼湖光七百秋，銷沈遺事説金牛。六陵弓劍冬青穴，一櫂江山鐵笛舟。

至竟相公多睡語，即今太守幾風流。赧郎詞曲來婆卜，白日狂歌感舊游。

其　二

樓船歌舞尚繁華，衰柳斜陽入暮鴉。南渡杯羹天子醖，西泠絡索美人車。三年强别思蓴菜，百感重生聽琵琶。舊事從頭都歷歷，小紅門外馬塍花。

春日感懷和于樂韻

草色當窗緑不除，晴天雲薄卷還舒。萬花叢裏春如海，消受清閑一卷書。

其　二

茶煙斜颺細如絲，一櫂舣船手自持。莫負青青楊柳色，江南庾信别多時。

江仙航孝廉舟亡已三載，夢述苦況

故人死三載，時事太艱辛。天上修文俸，人間一例貧。墓門嗟宿草，大地看紅塵。無語夢中慰，孤兒是石麟。

石倉園懷古

委鬼當頭明社蠹，威焰極天成怨府。獨有生祠不入閩，争説海濱小鄒魯。曹公抗節歸故鄉，一坏净土開石倉。滿腔熱血託毫素，森嚴大筆摧貂璫。妙峰山下一輪月，長照忠魂來林樾。樓臺無恙人事非，滄桑以後復何説。遺書萬卷空搜求，江濤嗚咽春復秋。白蓮開落不知數，艑聲西下洪塘舟。吁嗟遺迹足游賞，盛名留與先生享。森軒澗室浮山堂，至今結構誇里黨。同時勝地傳五人，墓門千古生公鄰。回頭東廠成灰燼，茄花踏作陌上塵。

擬　詠　史

丈夫生清時，無能良足恥。苟爲濁世人，韜光亦可喜。韋布吾自尊，浮名如敝屣。浩歌歸去來，匿迹溷閭里。不隨淮南王，丹鼎殘膏舐。冷眼笑神仙，雞犬成囂市。

其　二

伏波立銅柱，大名垂邊疆。薏苡雖遭謗，此心日月光。不圖南越使，多金壓歸裝。遂使魋結輩，跋扈恣飛揚。斧柯不在手，空令懷抱傷。中夜攬衣起，拔劍歌大荒。

其　三

結纓有終童，我將出門去。棄繻有班生，我將玉關度。白雲空際來，清風忽相御。招手游九垓，排閶廓天步。飄然出塵寰，手執大人賦。

其　四

陶朱豈不富，富者弄扁舟。曲逆豈長貧，貧者亦封侯。男兒當自立，勿甘處下流。達不失伊吕，窮不失巢由。嗟彼賣菜傭，請益何多求。蒼蒼早位置，吾自著羊裘。

過李忠定公墓

一代衣冠吊故墟，游山好夢事非虚。空留杯酒三京淚，難返塵沙二聖車。華表幾時歸獨鶴，孤樓殘劫火遺書。安危誰是天南障，鼙鼓如今尚里居。

其　二

斷碑枕草入田園，十載重過歎墓門。南渡可醒群小夢，上書誰識相公尊。絶憐先後摧梁木，無恙丹青付子孫。聞有裔孫存公真像。滿地飢鴉翁仲語，蓬蒿冷落幾黄昏。

論次閩詩

東宫明月上團團，庶子歌詩苜蓿盤。收取廉村好風景，滿林松桂不知寒。薛令之。

其　二

御溝新柳賦宸游，綺歲才華謝鮑儔。一樣芳輝清到骨，長安明月看中秋。歐陽詹。

其　三

松姿柳態尚蒿萊，北薛齊名歎俊才。難得詩人兼孝子，虎山獨立不須哀。陳黯。

其　四

黄菊花時百感生，思鄉長作苦吟聲。絶憐社燕歸來句，家法傳孫有四明。歐陽澥。

其　五

小隱西山衣碧苔，思清如水絶纖埃。春閨好夢河邊骨，更有何人敢脱胎。陳陶。

其　六

釣磯西畔閉門居，歲月蹉跎賦遂初。題遍屏風金字滿，低頭渤海讀遺書。徐夤。

其　七

清丰才調本無雙，賓客韓崔氣盡降。大有貞元長慶體，泉山領袖屬文江。黄滔。

其　八

自笑乘軺客子忙，獨山杯酒送斜陽。碧天雁陣淮魚鬣，一軸新詩壓晚唐。翁承贊。

其　九

蕭寺題詩最少年，清詞曾動帝王憐。殘膏丐與林君復，好句梅花便欲仙。江爲。

其　十

鹿鞹爲裘骨格奇，鍛吟未就已聲馳。景陽禾黍傷心日，酒地花天受戒遲。陳覝。

其十一

龍尋祠下百鱗光，事事關心問稻粱。解識長官回曲意，一時歌唱寄甘棠。顔仁郁。

其十二

徽之巨眼識風塵，野鶴閒雲自在身。一例詩窮明主棄，襄陽以後有傳人。孟貫。

其十三

寒食秋千往事傷，逐臣涕淚説先皇。獨憐微雨雙飛燕，江館蕭條覓畫梁。鄭文寶。

其十四

傭筆商州感寓公，依人終愧借春風。十年淪落詩狂在，蜨夢翩翩入刺桐。劉昌言。

其十五

冰甌雪盌玉玲瓏，濡筆天池浩渺中。贏得君王問名姓，十聯詩在御屏風。楊徽之。

其十六

一卷遺編子美尊，江河不廢賴君存。獨留宗派開中晚，老嫗從頭解汝言。陳從易。

其十七

酬唱西崑變體工，同時三虎表江東。天衣組織真無縫，一洗頹唐五季風。楊億。

其十八

詩家機括手親開，切響浮聲有別才。能向九天作欬唾，探驪已得頷珠來。李虚己。

其十九

騎牛吹笛樂天真，元夕詩成筆有神。星斗一天樓十二，至今人誦玉梯春。黄通。

其二十

池館雙飛燕子高，亂雲春思太牢騷。愛才不有文忠輩，誰識人間謝法曹。謝伯初。

其二十一

棚鶻同升三諫官，薦詩御座得君歡。一篇竟值千金易，前有雞林後契丹。蔡襄。

其二十二

兀兀能消酒百杯，題詩姑孰亦雄哉。遥知十詠添明月，太白無詩待汝來。張伯玉。

其二十三

楊方徐廖重閩南，曾與髯蘇促膝談。合向騷壇陳俎豆，四先生配子瞻龕。楊蟠、方子容、徐大正、廖正一。

其二十四

弄月江頭醉不歸，吟魂一縷獨依依。後來誰入青蓮室，吊客才名采石磯。胡璞。

其二十五

紅梅絶調冠吴中，换骨凝脂奪化工。解識閉門獨招隱，滿山松檜養秋風。方惟深。

其二十六

冠帶佯留楮筆償，栟櫚不礙酒詩狂。傷心花石東南貢，泣諫君王十一章。鄧肅。

其二十七

忠憤詩歌本至情，北風池館月初明。繁華舊事從頭記，燈火樊樓夢汴京。劉子翬。

其二十八

陣馬風檣知稼翁，眼看十子一群空。斷腸好句成詩案，滄海相逢東復東。黄公度。

其二十九

一卷廬川讀仲宗，麥秋亭上浪花風。借鈔有客耽佳句，三十年前已識公。張元幹。

其三十

長脚能容不算才，西山歸隱早心灰。無多遺墨風雲護，觀妙堂前聽雨來。李彌遜。

其三十一

異書借讀不辭勞，海録收羅亦足豪。能使吏胥同禮佛，六衙如水笑禪逃。

葉廷珪。

其三十二

江湖一葉艇爲家，自著簑衣託水涯。百二詩篇三字獄，表忠何處吊棲霞。

李安期。

其三十三

兩瓶有酒平生負，儋石無儲歸計貧。惆悵鳳山耆舊盡，五湖明月屬何人。

廖剛。

其三十四

巧婦嘉賓幻卜居，彪多鯽少近何如。砮溪流水依然碧，無恙莆陽一卷書。

黄徹。

其三十五

角巾羽氅思華年，落筆人驚小謫仙。老卻碧桃花簌簌，小旗亭畔酒家眠。

林外。

其三十六

金屋銀屏字字收，婿鄉海嶽亦風流。飄零一寫琵琶恨，舊部梨園已白頭。

吴激。

其三十七

待詔金門軼蕩開，上皇厚賚侍臣才。春風奎藻年年恨，曾動龍顔一慟來。

康與之。

其三十八

葛巾簪下無多髮，茅舍門前有好山。膾炙至今傳七字，推官名句不曾删。

湯莘叟。

其三十九

四朝聞見笥便便，籍甚才名靖逸篇。曾見漁洋親手録，無多古柳聽新蟬。

葉紹翁。

其四十

誠齋敵手同機杼，畏友真堪配范尤。一世肝腸苦相反，但聞蟋蟀便悲秋。蕭德藻。

其四十一

喬木斷垣家兩三，迪功曾住法華庵。破寒一覺秋風夢，紅柿林中曉日酣。林象。

其四十二

艾翁不愧爲詩祖，長吉於今有替人。更喜紅泉得高弟，月魚亭子網山鄰。林光朝、林亦之。

其四十三

曹劉屈宋是吾師，曾共朱公上下隨。餘事琴書尤卓絶，不惟古調近騷詞。黄銖。

其四十四

別才別趣非關學，了了禪心詩話樓。領取羚羊香象妙，一時文士盡低頭。嚴羽。

其四十五

蕩雲沃雨寫潺潺，妙律江湖豈等閑。把臂有人呼國士，五更鼓角夢金山。謝克仁。

其四十六

疎櫺流水劍津西，八面風生月一溪。如此高樓如此夜，獨留好句待君題。馮取洽。

其四十七

一代齊名劉子寰，尋詩曾入武夷山。怪來仙骨清如水，身在寒梅皎雪間。劉清夫。

其四十八

腹稿先成羡妙齡，鐔津樂府墨花青。玉天明月金盤露，陪祀同看五夜星。潘牥。

其四十九

逋仙有後君真鶴，清供山家獨擅場。一笑季春坊席上，化龍魚種出花房。林洪。

其五十

評詩獨許杜工部，上下千年子細參。幸有三元樓句在，不愁易姓誤升庵。敖陶孫。

其五十一

脈絡西山自一家，十年詩案誤梅花。傷心身後盲翁語，負鼓來聽唱琵琶。劉克莊。

其五十二

飛筆能教四座驚，花窠鶴食苦營生。遺詩付與劉原父，留取山中百首名。趙庚夫。

其五十三

擊石哀歌天地間，故人朱鳥不飛還。六陵空種冬青樹，一曲西臺兩鬢斑。謝翶。

其五十四

心史沈埋四百年，抱香寒菊哭南天。不勝落日吴王感，夏駕湖頭一惘然。鄭思肖。

其五十五

不教詩卷付蒿蓬，仁壽僧寮護惜功。讀到鳴鳩春問答，吟魂知在雨聲中。真山民。

其五十六

載酒論詩虞伯生，健兒百戰獨心傾。宗陽宫月涼如水，留與人間譜玉笙。楊載。

其五十七

月泉韻事開壇坫，第一才名冠衆芳。何似謝家偷五字，一齊春草夢池塘。連文鳳。

其五十八

栗里愚溪躡後塵，勞勞足繭遍齊秦。四檐明月茅亭夜，獨對秋風思故人。彭炳。

其五十九

海濱人物幾雄才，太守論交山寺來。長憶題詩留木筆，土花仍上讀書臺。林清。

其六十

雁門濫入笑紛如，幾作齊丘盜化書。幸有興公能賞識，圭齋遺句剔蟫魚。盧琦。

其六十一

山林別樂奏鈞天，提唱能開十子先。莫笑無才甘下位，二難兄弟即神仙。藍仁、藍智。

其六十二

雉扇龍衣入畫圖，金鑾承旨聽宣呼。詩成拜舞江間殿，臣是乾坤一釣徒。林廷綱。

其六十三

清麗才名百寶天，臨洮作吏富吟篇。風流競誦花王什，一曲尊前問絳仙。莊希俊。

其六十四

卻笑欺人閩派開，虞山豎子漫論才。禮星檄雨三唐調，字字都從肺腑來。林鴻。

其六十五

寸心甘苦更誰知，品彙詩成一代師。能使藩籬初盛判，論功合享浣花祠。高棅。

其六十六

半壁東南一木撐，大紳學士競才名。可鄰同作南冠泣，自誄呼天了一生。王偁。

其六十七

丘壑徜徉老布衣,斧柯無恙竟言歸。顧郎好句何須説,輸與蘆花白雁飛。王恭。

其六十八

仙霞關吏詫仙人,鑿壁能飛絶點塵。一笑十洲乘鶴去,紫虚樓上海桃春。徐貞一。

其六十九

車盤驛畔閣猶存,當面青山别有村。難得歸裝無薏苡,風流長憶許黄門。許天錫。

其七十

半洲流水夜滔滔,蓋世詩名似舅豪。長抱黄金臺下感,河山落日吊蓬蒿。張經。

其七十一

春風滿座子衡詩,千里神交寄所思。一任末流空叫噪,苦心獨有少陵知。鄭善夫。

其七十二

霞居仙子高宗吕,丁戊山人傅木虚。不負鼇峰衣鉢授,師門恩重護遺書。高瀫、傅汝舟。

其七十三

琳瑯滿目寶山游,燈市遺編次第收。知有公卿虚席待,竹溪位置已千秋。魏時敏。

其七十四

書在何愁四壁空,敗鑪燒筍火初紅。憐才太守如相訪,認取西郊破屋中。朱汶。

其七十五

洛陽橋上望長安,不守言筌亦大難。自與今人門户别,泠泠古調五絃彈。王慎中。

其七十六

飢驅終歲詩爲命,曾向金陵賣卜來。缶竈席牀塵迹遍,膀扉傭作亦堪哀。

陳昂。

其七十七

千秋名將屬名儒,袖底新詩五嶽圖。賸有角弓蕭寺淚,寄心一集唱烏烏。

陳第。

其七十八

滑稽天許作頑仙,長衣襴衫事可憐。且喜療饑得耆舊,新詩正達嶺南箋。

鄭堂。

其七十九

秋磬沈沈日影昏,暮山深處滯吟魂。休嗟生世無知己,身後傳名尚有孫。

陳籥。

其八十

故人鄭鐸多良醞,日與醉歌三十年。曾藉柳根醺卯酒,棠梨花下抱琴眠。

林春秀。

其八十一

百十餘年拜下風,好音清越滿吟筒。不愁子羽都消歇,博士如今續考功。

薛欽。

其八十二

錢王祠宇望湖隈,來讀荒碑首重回。信有才名高十子,鄧林合抱算君材。

鄧原岳。

其八十三

一家父子三祠客,插架遺書涕淚頻。獨惜蛾眉遇謡啄,茂陵風雨老斯人。

林章、君遷、古度。

其八十四

格摹六代品三唐,海内文人奉瓣香。一事奇能符甲子,化身昭代作漁洋。

曹學佺。

其八十五

雪山銀海寫秋濤，赤幟從風一角高。老去知君詩律細，六和塔下首頻搔。謝肇淛。

其八十六

晉安風雅師前輩，綠玉齋中什襲多。能奉唐人作圭臬，興公詩派幔亭歌。徐熥、徐𤊹。

其八十七

馬邑吹笳烽子急，雁門獵火健兒歸。邊疆絶調何人識，一曲春游和者稀。鄭翰卿。

其八十八

不合時宜鄉曲嗔，黄金散盡走風塵。窮愁博得詩千首，虎阜相逢贈故人。陳遯。

其八十九

荔支歌後去來忙，七載天涯覓孟陽。知汝相思一尊酒，板橋西望有垂楊。宋玨。

其九十

獨恨無人作鄭箋，莫將踳駁笑遺篇。文章道德今無兩，萬丈光芒上燭天。黄忠端。

己　未

題鄭海騶孝廉曾祖王母疏影軒遺集後

小住羅浮感舊游，艱難門祚賴持籌。思兄竟返滇池旐，奉母同歸粤海舟。寸草春暉來日惜，梅花清福幾生修。洞簫儻譜新詩調，字字辛酸四十秋。

枯　桐

追思手植到於今，未忍教人代作琴。但呪再春生意滿，雨風不負十年心。

何稷垌茂才學遠出箑索句

絶代何平叔,雄詞似健兵。此才真不易,吾道貴孤行。湖海存知己,風霜助老成。文章千古事,春夢總浮名。

其　二

憔悴青衫夜,相逢酒肆中。神仙憎肉眼,箕斗困身宫。書在裘何惜,丹成鼎不空。請君看大地,一笑付雞蟲。

送鄭海騶孝廉入都

昔年别君薊丘市,今日送君洪江水。人生聚散無定端,天下銷魂别而已。長空明月卅回圓,故人此去六千里。城南把酒追舊游,回首燕臺壯心起。君今此行亦快哉,同上計車有令子。謂心雅。更聞遍訪名山川,布帆一夕南昌抵。滕王高閣看飛霞,可有都督相爲理。武昌門外鄂城西,柳陰一葉扁舟艤。千年黄鶴儻歸來,題詩莫讓崔與李。舉杯直酹郎官湖,知向沔州采蘭芷。蘇門嘯臺樊樓燈,請君一一書牘尾。桃花時節潭水深,付與南來江上鯉。春明舊侶聚首歡,林侯爲爾置酒醴。謂秋阪。黄金絡索五陵豪,百分觥船酌仲氏。謂子恂。梁生陳子笑口開,謂禮堂、肖丞。親串重迎各倒屣。况復樂事叙天倫,農曹大阮執手喜。謂虞臣。一門冠蓋駐京華,他鄉更得老兄弟。謂仲濂。酒邊爲我道相思,屋梁顔色長如此。男兒意氣重千秋,膠漆能投便知己。但期共葆金石姿,天涯雖隔寸心邇。

送邱彤臣孝廉入都

深山鹿豕羞群居,出門大笑乘驪駒。婦人戀戀慎勿學,請君高挂腰間弧。熊羆意氣足千古,識子已在十年初。茶山兄弟開壇坫,滿堂賓從高陽徒。酒詩共賭元夕月,風雨不催重九租。此時君歌我亦舞,雲龍下上天之衢。乙卯驅車同上計,收拾江山歸畫圖。三竺僧鐘六橋雪,虎丘燈火吴宫梧。片帆直抵淮河水，據鞍新跨袁江驢。齊州指顧煙九點，智瓊祠宇成丘墟。東華人海暫投足，晨夕卧起牀頭書。黄金散盡生鄉思，南轅並駕斑騅車。風塵二百二十日，日日依輔卬蹷如。笑譚到此見肝膽，浪語不較矗狂奴。木樨聞香自無隱，鍼砭鼓吹今所無。嗟我蓼莪已廢讀，君仍挾策游皇都。少時同學多不賤，處爲不懌出爲愉。攬衣中夜看牛斗，雞聲四起心轆轤。送君行矣無多語，莫教厚禄音書疏。千秋定計各努力，雪霜容易催頭顱。

李少卿答蘇武書題後

悲風動地來，騷屑不可理。異國誰與歡？胡笳聲四起。故人隔參商，迢迢書一紙。相思無羽翼，飛入君懷裏。中天看明月，低頭思故里。死生從此别，羈臣今老矣。夢魂儻相親，願言謝知己。黄花不再開，皓首羡吾子。

司馬子長報任少卿書題後

人生不可測，溘先朝露悲。魂魄儻長逝，私恨無已時。朔風生蠶室，日暮將何之。乾坤作羅網，安得游俠兒。區區未死心，訴與故交知。名山多事業，千秋以爲期。辱身埽除吏，來者尚可追。麟經已絶筆，天下無仲尼。

魏文帝與吴質書題後

歡會難再得，朋舊多爲鬼。悲從樂中來，年華如逝水。古人秉燭游，乃知良有以。雪霜催白頭，萬年不可恃。絲竹滿塵埃，故交存者幾。零落傷知音，中夜攬衣起。何當重接席，觴酌呼諸子。和淚讀殘篇，此事屬後死。

邱希範與陳伯之書題後

青青江南草，撫絃心悲傷。顧此雜花開，良辰懷故鄉。人生貴適意，莫作牢中羊。燕巢在幕上，不如鴻鵠翔。今昔何顛倒，跼蹐天一方。知君聞鼙鼓，中夜心徬徨。去日已代謝，來日正苦長。及時不自返，滄海易爲桑。

庚　申

鄭仲濂水部過寓齋,適劉幼田茂才學鎡惠酒索詩

剥啄無過客,論心來鄭虔。青山難止謗,逝水誤華年。骨肉存亡感,江湖帶甲天。因之懷往事,相對一淒然。

其　二

幸有劉郎在,贈予雙濁醪。愁城從此破,文字敢辭勞。一醉吴鉤看,千秋左券操。空山期與汝,風雨讀離騷。

和鄭仲濂水部四十初度原韻

醉眼看飛十丈塵,才如曲逆豈長貧。窮途莫説乾坤隘,故我猶留面目真。太史文章牛馬賤,左徒啼笑薜蘿身。年來塊壘如山積,仗汝澆愁亦可人。

其　二

桂子荷花一曲歌,吴山立馬奈愁何。過江風景傷心易,濁世衣冠造劫多。未必毛錐能我誤,可憐短墨當人磨。千秋事業吾儕在,努力中原好枕戈。

其　三

入世當爲千古奇,向君肝膽繡君絲。網羅世界寧存拙,杯勺生涯不礙癡。血性孤行男子事,肚皮不合老妻知。相逢儘有銅駝淚,出匣吴鉤正及時。

其　四

獨卧滄江歲欲除,一篇劫火讀秦餘。人生憂患知書累,綺歲頭顱好月初。未死名心留榾柮,相望苦海狎鵁鶄。命途也是庚寅舛,嫛女申申莫詈予。

黄香圃太守貽檀采芝圖

金風玉露滿高臺,太華青蒼跨鹿來。三十六莖同一醉,襟裾如水上蓬萊。

其　二

牧龍游戲感華年,我是人間小謫仙。舊夢到今都了了,崑崙山下月中天。

采　蘭　曲

空山人不見,天地來高秋。斧柯不在手,四顧心爲憂。左徒不可作,大地多馬牛。吁嗟乎！此日可惜難再留,人生幻泡如蜉蝣。黄鵠在天領吾意,我欲招作汗漫游。請從荷鋤出塵壤,大醉一千仞糟丘。

送曾曉滄太守之官秦中

送人作郡事尋常,此日因君百感長。天下更誰肝膽向,名山容我酒詩狂。盛時冠蓋看朋輩,無味蒓鱸厭故鄉。相對一燈重話舊,瀟瀟風雨六年强。

其　二

饒人一著歎名場,五載蹉跎鬢尚蒼。待旦敢忘呼畏友,題橋從古屬貲郎。最難樂事留春草,始覺中年愛日光。無限孤雲惆悵意,送君執手上河梁。

送曾于樂同年入都

緑衣年少兩心知,九載相看鬢欲絲。自笑在山雲意嬾,送人又唱渭城詩。

其　二

遠宦於今始離家,河梁明日是天涯。相思好看江南柳,三月青青正著花。

和梁愛樹司馬植榮歲暮聞雞感賦原韻

百感重生夜雨餘,濁醪在手且澆書。天涯作宦渾如寄,名下論才定不虚。逆旅幾人呼士雅,梁園舊事夢相如。空山我亦離騷注,啼笑靈均一起予。

其　二

平生蕭瑟自哦詩,皮相何人識牡驪。抛綫可憐僵一指,品茶先苦上雙眉。晚花殘律華年愛,宦海孤舟浪迹追。無限春風來日感,滄江歲暮總相思。

鄭友石茂才守英來書索賦春柳

燕子重來雨又風,年華逝水太悤悤。他鄉有客過寒食,盡日何心説永豐。

此悔易生離别後，相看多在病愁中。行人莫問顛狂態，張緒如今鬢欲蓬。

送馮茂溪明府榮萱之官江右

共逐京華十丈塵，孤燈相對笑言親。黄金但買愁千斛，法曲難忘酒百巡。同輩喜君今作宰，名場愧我不如人。蹉跎賸得牀頭帙，無恙詩書卧起身。

其　二

天際扁舟一夕歸，可堪相見又相違。清時無累官原好，綺歲如流事易非。踠地自添春柳恨，在天長羨白雲飛。馬當此去風應利，高閣重登看落暉。

曾于樂同年灌菊圖

中天古月尚如襟，八度秋風感到今。故里好拚元亮酒，孤舟終繫杜陵心。及時護惜宜妨雨，斯世艱難欲鑄金。莫歎生涯仍冷淡，凡花開後此勝簪。

黄少仙司馬由蜀旋，贈秦良玉夫人鐵印一紙，篆云“太子太保總鎮關防”八字，明思陵所賜也

銷沈神物出蒿蓬，重拭斑斑押尾紅。兵法千秋留白桿，頭銜兩字豔青宫。大難合室完忠孝，子婦張氏兄邦屏、弟民屏、姪拱明先後俱戰死。竟許全軀到始終。看取勳名高石砫，至今繡幄拜英雄。

其　二

玉音樓上錦袍詩，思陵召對平臺，賜夫人詩四章，建玉音樓奉之。歎息平臺賜墨遲。銅柱有孫真將種，夫人爲秦葵女，歸馬千乘。馬爲伏波將軍裔孫。戎裝如婢豈男兒。夫人既領職，遂卸裙釵，晉冠裳從戎，侍女皆改男裝。中原塗炭關奇劫，連帥衣冠負盛時。回首不勝桑海感，英風滿願助靈旗。

和梁愛樹司馬登樓

落葉譙樓感暮蛩，百年逝水太淙淙。遺祠白馬餘殘碣，大地紅羊幾夕烽。

萬户同看今古月,雙潮遥答海天鐘。悲秋信有東南恨,鼓角何來助九龍。

其　二

射鱔屠龍豈渺茫,騶兒赤手拓巖疆。千秋福地真成讖,八族衣冠此擅場。人世滔滔傷往事,江山莽莽看斜陽。不堪鎮海樓前望,誰是遷城著作郎。

送梁愛樹司馬旋粤

一副西風淚,故人今日還。宦途原傳舍,樂事在家山。此去重陽近,相思短鬢斑。南來如有雁,書札付田間。

其　二

時事忽如此,東南真可哀。莫忘垂别語,及早出山來。大厦需梁木,儒冠愧草萊。何當攜斗酒,重就菊花開。

劉幼田茂才惠釀,適鄭仲濂水部在座同飲

如此乾坤夜,能容只酒杯。故人真我厚,懷抱爲伊開。多謝豬肝累,重添芋火灰。都官西向笑,嗑嗑玉山頽。

其　二

喜見王弘使,聞香知舊醅。不廉惟此嗜,有漏豈仙才。拚作澆書用,何須拔劍哀。窺壺怕將盡,可再一瓻來。

重九劉幼田茂才招飲宛在堂

扁舟南下金牛塘,昔年再謁三賢堂。孤山聖水兩無恙,詩人配食水仙王。歸來忽忽過五載,蓬萊桑田化滄海。眼看浩劫滿江南,紅塵插脚吾儕在。劉郎九日開瓊筵,勝會重結湖山緣。閣筆不愁題餻字,麴車在路先流涎。揺衣大步出門去,宛在堂前香半炷。來參一十四先生,輕艭櫂向湖西渡。坐中都官仲濂。詩先成,湖海意氣誇平生。林侯程甫。妙語論人物,四座解頤心爲傾。更有二陳與小鄭,弼臣、仲溪、心雅。人濁我清争賢聖。葉公群季尤翩翩,石林兄弟。酒龍詩

虎五君并。主人令弟嘯舲。最妙齡,仰天但喜風泠泠。佳節放膽作游戲,紙鳶飛上鏡湖亭。獨笑何郎不傅粉,戟髯偏與美人近。稷垌是日游城南,未到。此事當依金谷罰,留爲後來逃席訓。酒闌回首夕陽殷,游蹤大半登烏山。天邊明月忽東出,開尊重醉石芝間。主人盛意不一足,酩酊還持豚酒祝。但願年年水中央,一杯寒泉薦秋菊。

哭　妹

與爾同生罹百哀,可憐一病赴泉臺。傷心垂死無多語,但説雙親昨夜來。

其　二

戚戚高堂黯黯雲,長風悲節不堪聞。夜闌一掬燈前淚,重讀淵明祭妹文。

冠悔堂詩鈔卷三

辛　酉

五　禽　言

稽古稽古，何物阿堵？堂堂列廡，下有識字人，終歲攢眉苦。

力作力作，耕且鑿。溽暑滐，悍吏來，豬羊攫。

蓋屋蓋屋，茅茨一束。東家來乞漿，西家來丐粟。

開溝開溝，溝水不流，使我心憂。皇天未雨，莫祝汝鳩。

瘦兒瘦兒，汝胡爲饑？汝父不汝知，後母曰汝肥。

王雲衢司馬修通毛夫人灌園圖

提甕桓少君，出汲本婦職。荷鉏翟氏妻，栗里相作息。何來膺東公，早歲得嘉匹。一燈無曠時，九鮭佐日食。對此盤中餐，寸心長惻惻。榮樂不及身，陽烏已西匿。秋風吹黄花，從之見顔色。披圖識君意，留爲後人則。

蔭樹堂茂才遺詩題後

填海勞勞木石寃，故人何處許招魂。空齋黄絹都塵迹，末路青氈有淚痕。鬼録可勝親串感，謂鶴修同年。遺詩賴有大兒存。絶憐一付干將劍，烽火連天苦墓門。

蓮叔師贈素心蘭

素心不受雨風欺，贈我初開第一枝。多謝先生珍重意，十年辜負在山時。

和蓮叔師作

生計真如燕，栖栖覓舊窠。文章杯水值，世事角星多。天地有今日，江河但逝波。猗蘭夫子操，予亦託狂歌。

陶舫星石歌

我聞精流於天者爲星，質隕於地者爲石。又聞隕石非全星，如石之殼偶棄擲。鹿原好古生苦遲，所嗜乃有金石癖。天公畀此石一拳，摩挲三復心顏懌。胡不鑿爲杯，盛以日月液？胡不斵爲硯，漬以蟾蜍魄？樸學齋中年復年，無人知汝天上謫。吁嗟乎！此間位置毋乃窄，爲爾高歌心惻惻。舍人去後舍人來，我亦名山占一席。

劉幼坡沅由江左旋將之鷺島，賦此贈行，兼寄海騶

執手翻疑夢裏親，天教虎口脱君身。河山造劫成長夜，皮骨生存見故人。落月不愁天末路，西風重説石頭塵。全家喜汝都無恙，九折輪蹄亦苦辛。

其　二

十年相别在江干，短鬢如今老大歎。貴米持家生計累，殘棊當局去留難。干戈逼歲長憂患，文字論交待校刊。爲語此行得良匹，平生肝膽鄭都官。

壬　戌

陳肖丞同年辛酉客武林。城陷，比四月，脱難南旋，聚首十旬，復有南嶠之行，詩以贈之

鴻毛未肯此身輕，天意憐才許再生。得見故人疑是夢，破愁有酒不須兵。江湖范蠡歸何晚，肝膽平原繡汝成。一笑相知天上月，照人離合獨分明。

其　二

秋風時節又離家，十載饑驅事可嗟。未死拔心寧小草，每愁作客負黄花。

此行不唱登樓賦，舊地重停問字車。難得知交蕭穎士，時重就澤之太守幕。屋梁顔色慰天涯。

蘇少伊同年瑞書讀史圖

命僕群兒薄稗官，遺篇在手獨鉛丹。及身好定千秋計，支厦休愁一木難。幸有喬馨留石硯，君爲鼇石制軍文孫。不曾稷契誤儒冠。年來自笑毛錐戀，許國文章共校刊。時刊《蘇許公集》，爲之校讐。

贈蔡養甫茂才肇柱。

絶代丹青手，君善繪。人争識蔡侯。仙禽雖鎩羽，明月易當頭。肺腑論交見，山河小别愁。莫嗟遲出匣，珍重拭吴鉤。

友人舉杯邀明月圖

長空贈我以明月，天下知心惟酒杯。但得十分如滿鏡，不妨一醉獨登臺。迢迢碧海嫦娥在，莽莽青山太白來。此夜清輝仍汝照，平生懷抱爲誰開。

王南卿明經式金筆展圖

天涯橐筆故交親，繭足勞勞莫療貧。不識一生能幾兩，可憐十指爲他人。空山著述多風雨，斯世衣冠易濁塵。好謝群兒休怪事，千秋左券在君身。

步漁洋山人壬戌年作摩崖碑詩原韻

山人生於勝朝甲戌閏八月二十八日。兹值閏月，余集石芝社同人於烏山新建望潮樓上，爲祝生日。在座者爲鄭虞臣農部世恭、農部兄子仲濂水部、海騶明府、明府子心雅孝廉孝銘、林程甫孝廉一鵬、翊仲明府兄弟、何稷垌茂才、硯劬茂才念慈父子、陳弼臣上舍、陳仲溪孝廉紀、葉協恭孝廉大同、艺恭拔萃大湜、子翔茂才大泳、朗如拔萃大焴、迪恭孝廉大焯、敷恭茂才大遒兄弟、劉幼田子忱忱、嘯舲學性茂才兄弟。

漁洋正宗今指歸，典型具在婁水碑。亘天元氣二百載，厚植不隨流俗漓。談龍相輕多文士，此語毋乃蚿笑夔。豈知百川匯滄澥，一朝先道公驅馳。我生苦晚撫遺像，尸祝奉爾堂堂師。遺音正始留一綫，繫髮叵測千鈞危。期以閏月覽揆日，瓣香下拜羅群兒。等身著作滿天地，嗟今斯文誰護持？博奕小技公所屏，宋商丘云：山人無聲色博弈之好，惟嗜讀書。何不壽之金石詞。公也窮年好汲引，三昧授法初桄梯。壯觀更得海嶽助，雲煙吐納西南陲。矧兹道山一片石，爲我壇坫開崇基。起衰此責屬後死，願勿點素成爲緇。在天吟魂倘相鑒，年年酹酒池北湄。

和郭遠堂觀察柏蔭被命入都，感懷原韻

大地紅羊换劫塵，天心偏眷在山人。十年甘作勞薪飯，一髮能懸獨繭綸。無恙枌榆相飲福，不辭矢石爲攀鱗。先鞭記著雙溪夜，棨戟門前細柳春。

其　二

薦牘留名國士知，中興日月拜恩時。東山憂樂同安石，日下文章屬左司。舊地再來人海幻，在山一騎使星馳。相看晚節秋風好，開到黄花不算遲。

其　三

手種柯亭竹一叢，笛聲辛苦爲移宫。可曾有虎言成市，不道如蛇影是弓。入世雨雲多反覆，中流涇渭自西東。海鷗相見應相狎，心迹當年識寓公。

其　四

晞髮山阿天一方，無端身世歎茫茫。袖中詩本傳司馬，去秋蒙贈《吴箋録》、《出隴雜詩》賜讀。柱下官階重伯陽。已見簡書當夕捧，早留尺地許眉揚。寒閨重出抛金綫，不數人間左右坊。

吴春波鎮軍鴻源小影

虎門山色壯旌旗，一夕威名婦孺知。蔡下論功韓子筆，雲間折節孝侯詩。樓船風利思横海，鈐閣宵分話出師。翻羨中年絲竹樂，平苻餘事付群兒。

鄭梅岑司馬同年逢昌修梅第二圖

一别春明又六年,悤悤重見汝歸田。湖山好夢成灰劫,婚宦勞人易白顛。共説餘生同草芥,但修清福便神仙。西泠獨鶴如相訊,三夜思君雪月天。

鄭梅岑司馬出其尊人瑞軒年伯蒔蓀圖囑題,兼示梅岑

曾是東京胄,重開通德門。百年留矩矱,一卷教兒孫。家誡屏風在,山人布褐尊。遥知紉佩意,采采託湘沅。

其　二

林下休官好,遺書抱六經。難忘心寸寸,相對髮星星。世事棋同局,勞人酒易醒。猗蘭歌一曲,我欲問山靈。

春　草

天盡平蕪下夕陽,玉門關外妒垂楊。愁生游子長經歲,嫁與東君莫斷腸。未報寸心終戀戀,可堪四顧但茫茫。蒙茸笑汝隨人慣,曾逐乘輿入建章。

其　二

不須南浦已銷魂,一路斑斑緑到門。細雨無端歸燕子,天涯何處吊王孫。六朝好夢相思夜,十里離亭未燒痕。莫更鬱金堂下望,蘼蕪生世是同根。

癸　亥

贈黄喈南同年梧陽。

四載重相見,故人尚黑頭。蹉跎同一轍,著述待千秋。小住驚春去,清貧替汝愁。何堪更言别,風雨下孤舟。

陳曉秋學博同年騰鯤之官建陽

不作春明夢,雙溪夜泊船。幾人盛冠蓋,如汝獨青氈。將母無多俸,生兒竟

象賢。相期湖海士，努力在中年。

荷花生日過何稷坰齋頭索飲

重對紅衣説乞漿，不堪爲禮笑何郎。苦心得壽原天予，此日無詩爲底忙。良夜幾逢花四壁，伊人尚在水中央。莫愁風月銷沈盡，兩部笙歌好侑觴。

和魏子安孝廉秀仁來詩原韻

七歌成絶調，相對泣黄冠。作者江山助，捫之星斗寒。青氈家法在，白眼世人看。羨爾能高詠，栖栖蜀道難。

贈龔詠樵庶常顯曾。

扁舟一葉吴淞下，破浪人歸大海風。早歲多才真福慧，使君如汝幾英雄。宦成共訂千秋事，書在何愁四壁空。差喜長吟同抱膝，天涯知己有詩筒。

送陳肖丞同年之東游

橡栗無多獨夜寒，霜花吹上客衣單。暫於酒肆埋名好，如此江山行路難。一飯驅人真束縛，十年見慣是悲歡。何堪顔色仍天末，好月圓時正泊灘。

題東坡像

公年三十四，手寫蓮華經。冥漠多厚福，欲以資二人。我今及公齒，感此秋露零。堂前有古木，風聲不肯寧。人世真叵測，我亦磨蝎身。讀公紀年録，悽惻圖公形。老翁山下路，松柏長青青。榮名倘可慰，努力歲華新。

題坡公真像，用公除夜贈段屯田韻

鍵户理殘篇，一日常得半。時復抱膝吟，咄咄仰天歎。埽來圖公像，更把詩句玩。如聞嬉笑聲，百憂斯須散。華堂列鬚眉，呼作神仙伴。同是識字人，許身託伊旦。世事如弈棋，覆局吾能案。自堯及元豐，一治間一亂。微雲污太虚，公以道湔盥。袖中南風手，争似迂儒緩。千載拜星精，生氣斗牛貫。不著西方力，豈學凡夫愞。奴亂切。我今爲公壽，煮酒獨吹炭。梅花識人意，先春開庭館。東南有壇坫，此席何人煖。公曰思無邪，我歌子之粲。

叠前韻題坡公笠屐圖

訪舊竟得雨，纔及途之半。誰云晴日多，翻令濕衣歎。戴笠非卓午，躡屐殊游玩。假以聚公身，少焉當復散。此農勝卜子，可約歸田伴。仰瓦學窺天，占月共昏旦。遐哉李伯時，圖畫成公案。群犬漫狺狺，一步不肯亂。公心本空洞，無垢何須盥。不虞泥塗沾，長見衣帶緩。富貴成逆旅，面目仍舊貫。留爲儋耳人，聞之立其愞。片雲忽催詩，笑我熱鑪炭。煮酒復論文，貪客過山館。亦有柳州篇，可博一瓻煖。《貴耳録》云："公在儋耳無書可讀。黎子家有柳文，盡日玩誦。一日遇雨，借笠屐而歸。"此時公儻來，更邀飯白粲。

叠前韻題王見大縮刻坡公像

紀夢笑王郎，爆竹驚天半。何來古衣冠，對之相敬歎。世人道公肥，斯言褻而玩。不見瘦鶴姿，眼光能四散。既爲不繫舟，豈同彌勒伴。前身乃鄒陽，降於丙子旦。嗟我生苦遲，撫此供几案。迂疏百無成，題書心緒亂。汶汶章蔡流，水清何時盥。醫俗欲呼公，此手假和緩。公亦顧之嬉，以道當中貫。斯文長在兹，一振庸與愞。胡爲鑪冶門，仍復争挾炭。結交貴黄金，羞死郭隗館。我獨展公詩，讀向南檐煖。稱壽醉今宵，角亢星星粲。

和陳肖丞作用前韻

薄暮關山落日寒，嗟公又作雁行單。君方喪弟。清貧敢悔知書誤，活計先愁數米難。長憶危途九折苦，可能廣厦萬間歡。鴻泥振觸當年事，紀日留詩黯淡灘。

和何稷垌游鼓山作

秋風吹我鼓山行，合掌闍黎一笑迎。十載再來芋火熱，撥灰重與話平生。

其　二

水雲亭上暮煙多，争奈重思往事何。鴻爪至今零落盡，有人揩眼識王播。

其　三

如此樓臺付夕陽，借人杯酒話滄桑。卻愁破廟承塵日，天許容身到犬羊。

其　四

獨倚危欄思悄然，一燈相對未明天。無端百八蒲牢吼，下界人家正早眠。

畫　松

曾是大夫者，棲棲澗底居。窺人孤嶂月，閉户一牀書。生此才何用？休嗟畫不如。請君爲直幹，風雨著吾廬。

甲　子

寄鄭梅岑同年，並視陳肖丞同年

聞道鵝湖水，元戎又點兵。他鄉迫烽火，入夢話平生。良匹濁醪在，微官敝屣輕。嗟予守風雨，萬卷作長城。

其　二

半屬飢驅者，陳侯向我歎。五陵同學賤，一飯借人難。生路羊腸歷，浮名雞肋餐。可堪復傷别，之子隔江干。

代邵佑人太守啟元賀李宫保克復蘇州五古百韻

皇帝二載冬，十月之戊戌。元戎大徵兵，筮者卜云吉。象緯迫中階，魑魅忽驚逸。坐覺銅鉦明，吴山挂晞日。流民置壺漿，遮道慰士卒。悽惻訴顛連，來去無家室。大地生荆榛，長夜黑如漆。往事不可追，欲言更悲咽。桓桓李將軍，乃今汾陽匹。萬騎從天下，風雨爲咤叱。策此千熊羆，驅之排山出。誓將縛長纓，生飲月氏血。人願天固從，濟時資上哲。擎天一柱孤，鳴鞘萬竈徹。上爲國屏藩，下爲民袪疾。鬼蜮多叵測，誠僞難區别。道左豎降旛，終虞寒灰爇。何惜此蟲沙，窮搜膏斧鑕。種蘭不除艾，久必傷根櫱。安危當慎終，所期在永謐。帝曰惟汝功，畀以青宫秩。北極有前星，干城託輔弼。賜服獨酬庸，異數錫綾纈。短衣色中央，榮於大夫韠。君恩重疊來，一門更英傑。烏臺守遺箴，庭誥今猶揭。在山具遠志，許身皆稷契。有弟參帷幄，阿兄亦陳臬。冠蓋滿東南，陰符各一帙。清時勵前修，大器出閥閲。源遠流自長，遥澤探恒碣。倘非手足良，何以勝符鉞？至尊示顔色，顧問諸舅列。瑣細一家言，煌煌聖人筆。回首十七年，歲月如電瞥。飽讀東觀書，旋持江左節。當其欃槍興，故山潰貙貗。奉使還比閭，什伍同心結。某也職斯土，新知遭拭拂。巢湖乃要津，涉波足幾齧。相依細柳營，指麾飲馬窟。一别隔昭關，中宵朔風颲。羽書旁午馳，思公如饑渴。磨盾得重逢，對之心顔悦。陣雲正倉黄，公力含山拔。雄虎嘯空巖，石花爲之裂。胡天倏覯閔，從戎以墨絰。蕩蕩廬州城，萬幕懸日月。量沙夜唱籌，饑鴉卧車轍。賤子適于役，同舟增忉怛。自此兩暌離，慰藉勞短札。郵筒來雅歌，因緣感鴻雪。平生知己少，患難交愈密。南北苦相望，憂心長惙惙。我歸嬰藥石，公亦赴天闕。既擊渡江楫，來修後堂謁。相公勤延攬，弟子能勇決。皖國握珠鈐，大剖群狐穴。妖鳥何東飛，蘇臺獨木折。守土半捐軀，誰錯六州鐵。天子以公往，外閫寄專轄。軍中得范韓，西賊心俱慄。駐纛滬瀆濱，萬靈更全活。中有懸磬城，群蛙雜亂聒。誠心馴犬羊，敂關多胡羯。所懷德與威，助順同翦伐。公心持其平，春温兼秋殺。成者予懋賞，僨者示撻罰。破敵若摧枯，塵垢隨蕩析。瓣香追南豐，不愧爲召畢。況復衡度支，黄金儲萬鎰。四鄰獲輓飛，歡呼函夏溢。遠邇此身肩，指臂聯爲一。何來棄繻生，雨沐而風櫛。緬仰築節樓，人力天能奪。惟其富經綸，乘時可振發。大功屬吾儒，文通必武達。三少古所尊，一襲亦云烈。會當上淩煙，勒石宣化闥。千秋萬歲名，日星耿綽楔。嗟予思田里，多病甘守拙。十稔荷滋培，勸駕語懇切。不以貴易交，此誼猶崒兀。好風到海隅，吹萬滿林樾。豈不振衣起，顧影傷華髮。驅兒侍鈴轅，爲公執鞭紲。雨露濡衆木，沾溉及橡栗。受福已足多，敢忘井水渫。方今赤日中，歡見天門豁。旋轉乾坤手，借公左右挈。閭閻再造勳，竹帛難畢述。婦孺競欣欣，萬喙呼生佛。側身望蜺旌，埽除下金秣。淮水佐軍聲，噓枯起白骨。並世有門徒，上補天緯缺。不數周宣時，石鼓走鬱律。我持一千言，金石出蓬蓽。空山且安絃，高吟入天末。摩崖百丈碑，大書紀其實。長此輔軒羲，有道歌佩黻。

送葉敷恭茂才之泉州

名山一席開石芝，濁醪在手常盈巵。少年意氣各如虎，何鄭林陳分鼓旗。其間蒼霞六君子，翩翩群季何瑰奇。談詩論文不一足，識子乃在慘緑衣。袖中泠泠南風手，空對青山愁鬢絲。柴門剥啄來吾子，時作下上雲龍隨。風塵四載嗟離别，高歌一曲心爲悲。温陵乃爲故鄉地，明月好拜歐陽祠。倘逢耆舊問賤子，爲我一一言相思。階前梧桐大如斗，年年屈伏空山雌。

趙壽林同年伯燾移居，用田山薑韻

舍人長物書一車，買鄰新得城西家。迎仙門内多仙客，我欲從之歌麏麚。隔垣小巷曲如篆，繞屋好山排作衙。晴窗糊紙作奇字，一笑蛇蚓相横斜。高堂需酒好蒔菊，隙地更種須曼花。飯餘執卷各長嘯，坐數牆頭翻金鴉。十年足不出里黨，道南道北柴扉撾。五陵同學盛裘馬，與汝兀坐談羲媧。

呈王蓮叔師

秋風一病卧繩牀，遲我彭宣到後堂。欲向先生索詩本，袖中山水看韓洋。

送魏子安孝廉之泉州

春明逐客無聊賴，我卻歸來汝浪游。十載重逢都老大，幾人早達已通侯。袖中閑煞泠泠手，水上輸於汎汎鷗。莫説著書有良策，青山萬笏是吾愁。

其　二

西風獵獵逼人來，百事無成亦可哀。未許炎方銷傲骨，每愁箕斗困奇才。窮交數子同肝膽，吾道千秋不劫灰。怎奈爲君更傷別，狂歌白日一登臺。

夏陔平廉訪家泰公餘展卷圖

幢蓋翩翩鳥雀馴，六箴在手酒初巡。遺經萬卷歸吾輩，循吏千秋屬此人。斗室琴書稱長物，故鄉蘭芷作比鄰。記從風雨商文字，我是黎家舊部民。

贈蔡養甫茂才

君從南州來，時事忽顛倒。相逢執手歡，少復傷懷抱。豈知三載別，一見乃草草。烽火苦連天，欲語心如擣。明月正當空，驀地狂風埽。變幻何叵測，掉頭入孤島。努力惜顔色，未許春華老。會面當有期，與君永爲好。

齊貞女遺集

多才女子終無命，此死真堪抵泰山。留得娟娟明月在，白蓮詩句滿人間。

巖上梅花

石壁挂明月，垂垂一樹高。初胎和雪孕，絶頂耐風饕。已隔紅塵斷，相思縞袂勞。危松千尺吼，伴汝作寒濤。

黄　金　臺

荒臺置酒吊蒿蓬，歎息居諸戰壘空。上客千金寧重賄，亞卿一顧竟成功。獨留明月長城在，已渡堅冰下博通。料得忠魂來往地，年年黍谷作春風。

青　　冢

爲澆一勺留犂酒，生惜蛾眉落此間。坏土有靈環隴水，夕陽無色下燕山。斷碑三尺成苔字，古木千年認黛鬟。付與行人吊陳迹，寸心長在玉門關。

長恩小像

《致虛雜俎》云:"司書神曰長恩,除夕呼其名祭之,鼠不能齧,蠹魚不生。"同治甲子歲滿日,夢癯貌長髯,手書一帙侍予側,殆即神歟?弼臣以意橅寫既成,奠以清醑、蔬果,命兒輩獻禮,并繫以詩。

年年歲歲爲君忙,不惜百金購散亡。留得千秋真種子,始知秦漢有文章。

乙　丑

贈陳肖丞同年

一别過三載,吾鄉萬事難。卻愁詩社散,未飽腐儒餐。棋局南皮夢,星辰直北看。因君長離恨,潭水正漫漫。

其　二

烽火忽相迫,此身何日閑。親朋書萬紙,風雨屋三間。正氣銷魑魅,名場看觸蠻。無端識文字,憂患竟如山。

賑米行

一升米,四十錢。平市糴,大官賢。一解。大官賢,小民苦。一斗米,九升五。二解。九升五,觸手熱。沙和水,乃八折。三解。八折米,兩日耳。大者一日二合四,小者一日一合二。大者小者饑欲死,權者衡者飽欲死。四解。

家伯初廷楨由武夷旋,將返鷺島,以詩代函,寄其叔紫庭鹺令鳳來。

去年别君時,秋風動鼙鼓。歡會苦無多,倉皇執手語。書來道殷勤,字字出肺腑。入山有慈親,嘯歌足環堵。次言及蔡侯,謂香叔司訓元祁。群雛得生所。辛苦賊中來,無火君爲舉。邱生磊落人,謂策臣司訓錫熙。亦爾肝膽侶。文字近無靈,已返東華旅。時事多滄桑,故鄉非樂土。安得患難交,意氣重千古。落月滿屋梁,相思在何許。今日阿咸來,爲我談顧渚。謀生殊大難,江湖行路苦。珍重贈君言,息機且鍵户。

鼓山謁水雲亭朱子像

儒門一柱賴扶持,下界何人尚著棋。説與山頭頑石聽,不須努目且低眉。

寄龔詠樵庶常

過雁初聞一笛横,敗荷故故作秋聲。空齋卧病雲俱嬾,長夜懷人夢易成。笑我閉門學攤飯,多君短札析狂酲。著書自分中書事,按日編排南面城。

呈蓮叔師

一鶚曾居薦牘先,入闈衣鉢付三千。琴絃海上存知己,文字人間幾謫仙?自喜問奇容載酒,相期待旦早揚鞭。春風淡蕩先生座,翻愧蹉跎十五年。師以己酉入闈,辛亥分校秋闈,浚受知最先。

其　二

師門一脈笑言親,帆海勞勞十萬囷。差免沙糜負閭里,敢將韉綫比經綸。群公拂拭人倫鑑,百事艱難獨行身。且逐五陵裘馬去,天涯吾道未全貧。師出中丞徐太夫子門。浚復荷太夫子命,招米舶前後徠米十萬有奇。太夫子贈句云:"爲霖一片潤桑梓,天下經綸初起時。"

將入都,留别諸子

出門西笑望長安,横海來登百尺欄。獨倚長天看雲日,敢從囂市問衣冠。姓名兩字留科斗,詩卷千秋付釣竿。自是壯游男子事,文章不耐换粗官。

其　二

肚皮一副更誰論,使酒無端託罪言。人駡狂癡黄魯直,世知疾苦鄭監門。

牢根翻笑蚍蜉撼，下界真愁蟣蝨奔。安得終南袍笏者，手持虚耗出開元。

其　三

談笑相驚殊臼科，獨彈古調滿山阿。百川已逐狂瀾去，一木其如大厦何。共説揚眉留尺地，不應攘腕達微波。和詩喫飯吾能辨，時宰無煩殺老坡。

其　四

前席空勞問鬼神，秋風催我别承塵。濁時自分君平棄，少日寧辭曲逆貧。未肯功名同竈養，不貪夜氣識金銀。臨歧多謝群公意，惜玉先妨抵鵲人。

和中丞徐樹人先生宗幹七十自壽韻

雨露丹沙七十年，四朝元老藉安邊。北門鎖鑰歸專閫，東海波瀾納百川。殿外潞公真大度，軍中魏國許齊肩。相看春酒羔羊地，孝弟同科正力田。

其　二

齊蜀雙鳧欵欵飛，儒書治譜足龍威。紅薇滌籀錢塘水，赤羽迴風皖國旂。節鉞方資分土寄，蒓鱸未饜故鄉肥。天心用作蒼生福，霖雨東山蓋世稀。

其　三

保障東南砥柱才，雙旌重上越王臺。夾林齊唱金桃曲，黍谷先吹玉琯灰。兩袖生風知政肅，千艘負米感恩來。記曾滄海經三度，覺岸天光一鑑開。公著《測海録》，有“覺岸説”。

其　四

文墨應持第一功，入官貞白本仙翁。角巾雅範人倫表，金石誠心帝謂通。九派導源滋地脈，萬間拓厦庇秋風。大羅天上看鵬鶚，都倚青雲毛羽豐。

其　五

階前玉立羨亭亭，家誡能書六幅屏。種木十年成大器，循陔一曲采芳苓。等身豪翰巾箱業，列宿文章璧府星。差幸揚眉留尺地，生徒嗣復眼同青。浚受業於王蓮叔司馬師，師出公門下。

丙　寅

花朝同何稷坰飲酒家樓，游慶城寺，觀花陳氏園，謁忠懿王祠，復歷義倉，歸聚藤樓，與陳弼臣、鄭心雅夜話

東皇健在遥稱壽，杯酒同君一中之。萬事上心成大噱，百花俯首待題詩。候門稚子如相識，説偈山僧恐不知。重向琅琊看姓字，閑廊小立讀殘碑。

其　二

耆舊銷沈三十年，獨留片石壁中鐫。一行漫漶官書在，重鑰荒涼勝地偏。得近上方猶有月，未過寒食半無煙。挑燈莫話當前事，看取藤花瘦可憐。今歲紫藤不甚花。

贈何硯劬孝廉念慈之秦

婦人戀戀慎勿學，長笑出門乘驪駒。且喜同舟爲戚亞，不妨明月作奚奴。大江此去多佳日，行者無勞重戒途。一語而翁須記取，于今算不負桑弧。

其　二

專經一席傳兒輩，付與張憑享盛名。盡道長安真日近，得依淯水况冰清。故居猿鶴莫相詑，入助江山俱有情。好作家書寄桑苧，爲言醉尉待雙旌。

送鄭心雅明府孝銘之官皖南

翩翩裘馬宰官身，衣緑曾爲郄幕賓。遠志所期在湖海，此行看汝出風塵。十年同癖神仙字，三世論交肺腑親。自笑一燈猶有味，黄樓西畔校書人。

送謝枚如孝廉章鋌之晉

丱角論交日，蹉跎二十年。故鄉知己重，當世使君賢。舊雨懷天末，高歌託酒邊。那堪復傷别，秋色上華顛。

題韓魏公像

祥雲五色此登壇,一曲邊謡心膽寒。同是温陵生長地,我來重拜古衣冠。

孟綺序廣文際元自鑑圖

嶙峋道貌見精神,獨向空潭自瀉春。一第芙蓉卜諸子,四門明月有傳人。不愁吾面真如楪,未許靈臺著點塵。留得千秋肝膽在,襄陽水鏡屬君身。

陳惺齋司訓煦桃源圖

山川一一君能語,白髮蕭然六十霜。當代幾人稱作者,生涯何福得漁郎。贈將明月長無恙,看到閒雲爲底忙？羡爾扁舟自來去,不知人世有滄桑。

饒枚臣鎮軍廷選遺像

嗚呼！將軍之生如長城,屹立不動萬夫驚。嗚呼！將軍之死如泰山,轟轟正氣留人間。生將軍者天、死亦天,我欲上訴真宰前。九閽虎豹憒憒爾,竟擲頭顱付流水。問天不語但自苦,一夕吹下錢塘雨。同時王中丞,吾鄉雙忠者。視死亦如歸,相逢應下馬。西風蕭颯執手泣,三千猿鶴作人立。戴頭城上倘前驅,助戰陰功爲第一。嗚呼！將軍有生必有死,鴻毛未肯同豎子。將軍雖死尚如生,千秋遺貌在丹青。

何稷坰自立圖

畫圖笠屐吾看慣,怪事何人咄咄驚。遺世所期能獨立,故鄉如汝算孤行。無多益友來三徑,自買奇書抵百城。今日滄江真歲晚,一樽相屬話平生。

其　二

卻書自分老夫潛,説孝談忠獨下簾。母教卅年留髮髻,經師一代幾鍼砭。讓君作佛稱尊在,笑我殊科與俗嫌。莫借酒杯澆塊壘,相逢飯顆且掀髯。

其　三

尺幀嶙峋古貌恭，先生有道是猶龍。暗中摸索誰知己，皮裹春秋半附庸。難得海鷗偏泛泛，不愁磨蝎竟重重。青鞋布韈堪千古，健步來登第一峰。

其　四

酒脯精神報若何，開函一笑復高歌。當春未許龍蛇蟄，下界真愁蟣蝨多。長羡星辰依大澤，每同欬唾在天河。韓陵片石君珍重，行矣余將盾墨磨。

丁　卯

贈李華峰廣文雲誥。

松寥不可作，今復見斯人。入室有高弟，能文各等身。鬚眉留浩劫，談笑出風塵。吾道足千古，何傷苜蓿貧。

其　二

執手無多日，嗟予將遠行。星辰看北極，車馬話西征。草草勞人夢，汪汪送我情。輪囷肝膽事，慎勿忘平生。

西行有日，孟綺序廣文際元邀集正誼書局同人葉香侍蘭臺、馮贊卿榮圖、王荔丹葆辰、陳秋帆鴻波、高惕臣紀、施聘侯鑑槃、吴維貞叔章、陳棨門慶禧、張燮鈞亨嘉、曾鼎三鏞、蔣魯士錫璠、梁德鄰濟謙、陳瀚秋鴻濤、范韻笙繼聲、王子明星庭、吴耀西榮庚、陳鼇齋則誠、葉恂予大焯、葉鐸人大遒諸孝廉，林省軒祚曾、林虞卿鳴韶兩同年，王肖曾沂、陳弼臣桂林兩明經，餞别黄樓，并視令似伯演上舍宗疇、叔莘茂才宗伊、夢石孝廉宗湜。

牙籤三百典嫏環，執手黄樓一破顔。得遇成連來海上，不愁脈望落人間。扶持世道存吾輩，部署文章重故山。留與千秋作盛事，姓名都在衆仙班。

其　二

干戈草草催離别，櫜筆戎軒天正西。未許吴鉤長在壁，獨抛金綫出寒閨。

連雲此日看栖燕，逆旅重來蹴舞雞。約取群公各努力，中興磨石要人題。

夜泊羅星塔

還家十二載，今又作勞人。未醒金臺夢，來看渭水塵。樓船楊僕事，環塔柳孃身。一瞥榑桑曉，天雞正及晨。

虎門晚眺

雄風鞺鞳日黄昏，矗立中流五虎蹲。異派波濤區兩界，極天鎖鑰鎮重門。東來赤嵌邊烽靖，南下青山霸業存。惆悵片帆今夕去，卻從滄海望崑崙。

過定海

負山瞰海聳危樓，濁浪掀天日夜浮。赤菫草荒仙子路，米囊花滿估兒舟。斷流最易撑孤島，鑄鐵何辜錯一籌。曾是逐臣辛苦地，滔滔廢壘使人愁。

滬上行

層樓堊白千夫築，啾啾鬼語滿滬瀆。鐵車如箕走大陸，路上行人各頓足。四山燐火間朱緑，荷鋤更欲地根劚。不須斷帶向前續，能作通宵十萬燭。中有漢裘號司獄，掠人但索黄金贖。嗟爾闤闠何重複，尺土不入官租粟。窄衣鴃舌相徵逐，與鬼爲市習鬼俗。登堂膜拜日匍匐，牓書一一占來復。達官驚呼烏啄屋，能事祗求遠人睦。高軒駟馬曳羅縠，至今未洗河山辱。比鄰商女不解哭，纏頭潛伴赬窗宿。歌臺日夕雜絲竹，猶唱江南阿蠻曲。

王蔭齋鹺使曾樾招飲

江南江北客愁中，舊部青山識寓公。好夢長縈三泖笛，歸心莫作九秋蓬。十年酒肆埋明月，百軸詩名付塞鴻。難得金樽相對夜，兩行雲樹蠟燈紅。

南社聚紅樹，同人徐雲汀孝廉一鶚、李星村上舍應庚、梁禮堂銓部鳴謙、陳彦士茂才文翊、宋已舟孝廉謙、劉壽之茂才三才、陳子駒上舍通祺、王子舟司訓彝、劉贊軒司馬勷、家子恂庶常仲愈餞别簪堂，鏖吟竟夕。四月二十四夜宿鄂渚，雨中寄贈

一席天風下武昌，好山未改鬢毛蒼。六朝濁浪通侯夢，萬里輕裘俠客裝。明月勞勞共顔色，晴川歷歷是他鄉。題詩黄鶴樓前路，付與仙人遠寄將。

其　二

煮酒談兵正少年，五陵裘馬各翩翩。繡絲幸有吾儕在，借筯慚呼孺子前。近事多艱愁罔兩，春華努力葆嬋娟。不堪去住論鄉土，南望煙波一惘然。

漢皋宿劉雲圖茂才紹綱寓齋，即贈

潭水桃花深復深，一燈對話兩人心。此行飽看秦時月，與子重題漢上襟。生計最難支八口，病軀及早葆千金。臨歧多謝殷勤意，買得葡萄十斛斟。

題江城别墅

策馬西行日，登臨一攬衣。桑田三度淺，黄鶴幾時歸？留壁多奇句，憑欄看落暉。摩挲雙劍在，未許壯心違。

送高翔卿司馬舉歸楚南

扁舟南下洞庭湖，執手長亭日又晡。入世幾人全木雁，故鄉多福屬莼鱸。一官去住秋蓬散，將母歸來斗室娱。今夕因君起離思，荔花如雨夢平蕪。

送陶少雲觀察桄入都

小住纔經月，君今又北行。輪蹄催暫别，風雨話平生。一柱需西蜀，重來待渭城。梅花消息近，及早計歸程。

和馬莪園總戎復震武夷道中原韻

九轉奇峰千尺潭，勞勞人海此停驂。仙槎未朽虹橋板，神筆重題白石龕。一席西風催去櫂，四山木葉下晴嵐。幔亭可有孫曾在，欲倩賓雲奏曲三。

周雨生作霖與梅比瘦圖

春風一夕瀟湘來，飛入羅浮最上之高臺。中有仙人字緑蕚，贈我一束南海苔。五銖衣，七寶釵，冰肌不著纖塵埃。三分明月對花猜，問君消瘦胡爲哉！飯顆山頭有笠子，苦吟毋乃勞筋骸。或言姑射絶煙火，遺世獨立天之涯。天寒日暮翠袖薄，我欲攜鶴淩蓬萊。襟裾如水鳴璚瑰，巡檐一笑心顔開。與子葆金石，留作歲寒材。明年花滿南山隈，高歌且酌鸚鵡杯。請君更拓三千界，玉龍鱗甲生風雷。

詠團扇同計芾村司訓棠作

水精簾幙夜團圝，金綫芙蓉手自盤。人影一雙隔雲母，月華十五上冰紈。流螢小院沈沈燭，夾蜨春風曲曲欄。長信宫中銅輦歇，美人懷抱不勝寒。

其　二

琉璃一片翦鮫綃，巧樣新翻鳳尾蕉。紉佩明珠不盈手，空箱黄竹可憐宵。九華好夢迴環繞，卍字同心屈曲雕。付與燈前歌燕子，桃花三月話南朝。

過諸葛草廬，同吴子儁觀察觀禮作

孱王遺廟已蓬蒿，卅六陂前夕照高。未易文章當世露，不辭耕鑿故鄉勞。兩朝造化資梁棟，八陣風雲壯羽毛。留得英雄心膽在，一篇梁父敵風騷。

其　二

棨戟排空走屬車，攬衣重訪故侯居。大材幾見參天柏，巨壑寧愁失水魚。終古替人期管樂，平生知己在崔徐。天王欲靖炎風地，敢以艱難畏簡書。

再叠前韻視吴子儁

小隱隆中三尺蒿，空山誰識大星高。桓靈社稷先朝涙，荆益旌幢上將勞。但祝天心能久祚，不愁群盗尚如毛。登臨更望儲胥地，蛇鳥紛紛一感騷。

其　二

羽葆相逢正下車，卧龍曾此閉門居。早時期許推司馬，一紙稱藩薄子魚。東望琅琊愁去住，西歸綿竹夢紆徐。雲雷天下經綸日，種菜何如此著書。

三叠前韻視吴子儁

銅鼓沈埋一徑蒿，寓公姓氏獨清高。蒼涼華表來丁令，長嘯秋風撫孟勞。且喜茅廬容抱膝，不妨名紙久生毛。由來相業歸名士，痛飲何人更讀騷。

其　二

樓桑勝地昔停車，一代君臣兩故居。貧賤論交原販馬，英雄入夢合占魚。河山寂寂看碑古，壁壘行行按轡徐。重記故鄉文字役，校刊遺帙到心書。

四叠前韻視吴子儁

三椽風雨長藜蒿，卜築春陵託足高。大耳何人争割據，黄頭有婦共賢勞。短衣干禄羞牛角，片席談兵落麈毛。回首種桑生計在，靈旗西下日蕭騷。

其　二

錦亭效命赴徵車，輪鐵悤悤别舊居。並世才名公瑾宅，殊途出處子陵魚。壺漿饋食煩籌策，刁斗傳聲辨疾徐。儘有生平征戰事，夜來談與樂君書。

五叠前韻視吴子儁

陣雲壓地長春蒿，百尺譙樓白日高。雪海陰山過客夢，刀環馬策健兒勞。九天搏擊開雕眼，三輔縱横礫蝟毛。珍重萬牛一迴首，南陽古木正騷騷。

其　二

五千貂錦列征車，黧黑生民歎穴居。青海帶刀誰牧馬，昆明刻石尚飛魚。

同心部曲呼劉鄧，右臂河山護兖徐。惆悵沙場磨鏃苦，敦煌西有紀功書。

左季帥宗棠邀謁關陵

成皋處左澠池右，伊闕當前大河後。森森華表拱嵩雲，炯天正值星躔柳。似有靈旗下大荒，浩氣直塞神州九。衣冠遺蜕瘞西川，慟此墓門一函首。舊時部曲列兩行，崔巍綽楔題漢壽。君臣之倫長在兹，麟經一卷入吾手。嗟今盜賊尚縱横，神算安得斯人授？元戎整旅來西陲，我亦風塵稱下走。三十六陂舊草廬，更番請奠中州酒。

軍中禳疫，和吴子儁韻

三峰日月旌旗下，萬劫沙蟲水火中。檄雨每愁關塞黑，籲天新捧朵雲紅。東陵第宅黄圖拓，西畤河山白帝雄。敢爇瓣香仙掌禱，此間呼吸即蒼穹。

其　二

森嚴虎豹正當關，休養兼旬士卒閑。終遣國儺消瘴癘，絶憐民命繫茆管。一篇山鬼文貍夢，萬里交河汗馬殷。留得終南好身手，不愁魑魅尚人間。

題虞愷仲太守紹南愚山獨酌圖，兼以送别

愚山高，高插天，爛醉山頭跂脚眠。上有吞吐不死之日月，下有長鯨嘘吸之百川。一杯在手天地窄，獨立四顧心茫然。人生三萬六千日，惟酒可以稱聖賢。烹麟炰鳳，是何戔戔，爲君高歌獨漉篇。歸田好種五畝秫，若有人兮同流涎。靈均踽踽在澤畔，君其招之向酒泉。一醒一醉年復年，買得清風明月不用錢。

送計芾村廣文歸均州

我從海上來，君自均陽至。同揖王公前，彼此通姓字。萬幕列平沙，所居與君次。晨夕相過從，笑談多妙諦。無端重行行，買櫂去汧渭。秋風滿蒓鱸，一夕生歸思。長歌送故人，武當約仙吏。君倘寶此詩，爲我名山置。

七夕感懷，視張聽庵觀察樹葵。

惜别經年感雨雲，微茫天語此中聞。河源已許仙槎問，營室何當債券焚。容易秋風真似客，艱難一水况逢君。天孫自有絲綸手，不數人間乞巧文。

其　二

娟娟涼月入新秋，萬里天河日夜流。我祝星辰仍昨夜，人言西北有高樓。曝書餘事教兒輩，贈石重來覓故侯。未必匏瓜終不食，平生良匹待牽牛。

寄丁星齋述鴻。

江海日滔滔，相逢在漢皋。平生重肝膽，我輩豈蓬蒿？遠道看明月，西風上寶刀。登樓一回首，與子願同袍。

其　二

萬幕列潼關，新詩互往還。河流天上水，月色華東山。泥爪身如寄，星霜鬢欲斑。勞勞傭筆者，何日夢刀環。

齊萊序司馬壽昌招同林翊仲同年夜飲麟山閣下，話舊達旦感作

大河流水華山雲，執手天涯正夕曛。萬里他鄉同作客，一篇樂府話從軍。重逢舊雨連牀夢，爲唱陽關置酒勤。惆悵兩行官燭夜，談兵何似杜司勳。

謁臨潼段忠烈公祠，同謝麐伯庶常維藩作

北庭禾黍遍荒原，汧水西流百事繁。一笏可能扶正氣，六軍至竟負雄藩。衣冠無恙留莊宅，烽火而今苦墓門。莫更鬬鷄臺下過，傳孫遺血忍重論。

雨中宿年故將軍宅

長安列戟看排衙，破瓦青青草著花。華表幾時歸獨鶴，垂楊無恙集昏鴉。主恩前後論功罪，國步艱難惜爪牙。寂寞空庭狐兔語，更無人説故侯家。

其　二

快馬西來萬里游,無端書劍此句留。五更好夢刀環卜,一紙勞人羽檄投。風雨極天何太劇,樓臺如水況經秋。寒聲處處聞刁斗,青海而今尚濁流。

魏午莊觀察光燾鷹鹿圖

君不見雲夢山頭獻鷹客,雪毛雨血雛鵬翮。又不見突圍震澤作人言,日得一鹿登君門。楚王好鷹享群鹿,至今飛將誇食肉。虎頭燕頷滿東南,天子畀之服不服。桓桓魏侯正少年,輕刀快馬霹靂絃。梅花萬本作幕帟,獨乘明月飛九天。入雲一點金眸怒,生擘黃麞勝甘露。風塵具此不凡材,罝罘豈數長楊賦。我曾邑邑來車中,餓鴟叫澤生長風。瑶光一瞥星斗焕,忽聞元距聲摩空。角仙入彀好身手,中有肉芝能益壽。歲寒合葆神駿姿,競奏騶虞答我后。櫓泰山兮陸江河,痛飲一石醉顔酡。更得白狐祀清廟,告功我作平西歌。

贈周雨生將歸湘潭。

戎幕連牀共起居,不辭暑雨一登車。護持遠道勞相照,真率論交迫太初。熱血拚爲知己淚,歸心説與故人書。寂寥苦憶中天月,嶽色河聲恨有餘。

其　二

青門西畔待銜杯,爲底驪駒故故催。再見豈真慳一面,相望何止日千回。干霄劍氣藏秋水,下澤車聲走晚雷。珍重君山風雨夜,懷人及早寄書來。

其　三

山林未返陶貞白,少雲廉訪。散騎重逢虞伯施。愷仲太守。離合無端類蓬梗,醉醒與子共糟醨。西風語燕都如客,大野歸鷹半苦饑。我亦東華約耆舊,萬梅花下坐催詩。

其　四

三十年來鬢欲絲,不成雌伏不雄飛。輪囷近事添憂患,去就何人識是非。

文字詎愁牛馬賤，家山長羡鱠魚肥。遲君阿對泉頭約，初祖當年本布衣。

秋　興用杜韻。

萬騎傳呼出羽林，角弓風勁夜森森。饑鷹掠地黃沙闊，健馬窺邊白草陰。瀚海但望飛將在，雲霄重見老臣心。授衣連日嚴寒戒，細柳門前待早碪。

其　二

危途轉饟歎褒斜，憂患如山鬢欲華。得士可能資洗甲，鑿流何日達靈槎。絶憐赤阪三旬雨，未厭胡天九月笳。珍重宗臣牛馬役，不勞鐵舳泛桃花。

其　三

陽烏西匿退炎暉，萬竈沈蛙火力微。獨雁埋雲歸塞遠，暮鴉啄肉傍城飛。重來秦殿諸郎老，回首殽陵往事違。知否人間缾水苦，黃頭翻控玉驄肥。

其　四

兩戒河山一局棋，側身西望有餘悲。漫勞蟣蝨争肥瘠，幾見蜉蝣閲歲時。星象豈真群虜應，棟梁莫恨替人遲。九天顏色非常賜，宵旰何當慰夢思。

其　五

東流清渭繞黃山，聚米圖形指顧間。在網游魚終入釜，磨牙猛虎正當關。背嵬最易收全力，見晛行看一霽顏。幸斷河潼萬條路，元戎計日捷師班。

其　六

齊聲誰唱大刀頭，千帳宵深一雨秋。舊部貂蟬多厚禄，故山猨鶴長離愁。迢迢去路惟奔馬，汎汎何人竟狎鷗。難得健兒作豪語，葡萄生在古涼州。

其　七

攬轡馳驅百戰功，麈毛長落笑談中。千金盧雉留孤注，萬里鯤鵬負大風。共祝清塵飛蝀黑，都消浩劫换羊紅。息機倘向名山問，崆峒原多矍鑠翁。

其　八

風塵輪鐵獨逶迤，一縷微煙皇子陂。市駿即今多朽骨，栖鸞何處是高枝。欲書憂憤銜碑在，自惜流光斗柄移。終古英雄有神筆，苦吟天許大名垂。

落葉視林穎叔方伯壽圖。

迷離寒雨客愁中，萬里關山一轉蓬。鴉背影添秦塞北，馬蹄聲在灞陵東。兵戈阻絶孤城暮，天地蕭條百代同。差喜託根尚牢固，支撑一柱耐西風。

其　二

點點飛來古道旁，四山野燒陣雲黄。天涯何處多流水，木末於今有夕陽。大樹可憑諸將老，春華如夢少年場。絶憐滿地無人埽，金甲銷沉已十霜。

重九游大雁塔

放眼河山一解憂，雄關依舊拱神州。無多鈴鐸西風語，如此旌旗夕照收。勝地何人來九日，題名與子共千秋。莫談往事貞元曲，朝士相逢半白頭。

戲呈穎叔方伯

九日題詩太華巔，無端博得杖頭錢。座中知有方平笑，狡獪麻姑尚少年。

夜起有感，贈謝尺瑚明府同年輔纓。

自得劉公冰如語，相思數計程。關山都入夢，戎馬太勞生。知己文章重，微官去住輕。茫茫身世感，何處問君平？

其　二

飽看秦州月，歸來兩鬢皤。材官涇渭守，大地雨風多。未醒中山酒，誰工鐵勒歌。夜闌同不寐，清淚上銅駝。

愁　霖　行

萬軍列幕天氣蒸，一宵風雨來高陵。長安城頭邏者哭，黑雲壓臂譙樓崩。沈竈多蛙罷舉火，抱薪入屋群兒争。通衢掬泥作山立，室家洞澈車過庭。兼旬不得求升斗，側聞攘食多饑兵。材官席地守涇渭，卧起與豕同一橧。折梁爲爨苦不足，滔滔八水夷畦町。秋禾生耳實水府，種粺復届寒霜凝。挽輸忽傳過灞滻，高椿森立循長繩。負囊彳亍毛髮重，臨流喘息雙脚赬。羽書重叠來相告，陽侯又跨興安城。黔黎十萬作魚鼈，桑田西望開滄溟。寇深何以邊帥滯，群公努力當輸誠。天心敬畏在咫尺，勿使陰氣汙太清。

敝 裘 曲

號寒戰士風刺肌，路隅抱泣何襤褸。共道世爲洴澼絖，欲語復咽聲酸悲。自從兵荒不得食，質裘在庫恒苦饑。蒙茸敗絮資卒歲，得錢今已無完衣。天陰夜長不能寐，難忘慈母手中絲。南州尺布賤如土，鳴駝大賈來何遲。

劉冰如觀察齊衔招飲，即借園觀菊

晚晴庭院貼昏鴉，詩句重題天一涯。塊壘未澆當命酒，風塵何事各離家。山中問訊仍無恙，籬下依人亦可嗟。贏得故園都歷歷，不曾作客負黄花。

回紇和謝鏖伯庶常原韻

勁弓童馬朔風衝，黯淡陰山起夕烽。養士十年資李牧，長城五利借刁雍。邊庭已報天驕困，大地愁看水潦重。一紙軍書分漢虜，春耕何日盡堯封。

夜飲來鶴亭，劉冰如觀察、何硯劬孝廉皆有和詩，疊前韻答之

瑟瑟西風點點鴉，借人杯酒作生涯。他鄉容易過重九，小隱何妨共一家。宿雨頻燒天近妒，鑄金已錯事堪嗟。莫愁此夜秋容瘦，絶頂能開仙府花。

疊前韻視林穎叔方伯、劉冰如觀察、吕曼叔觀察儁孫。

嵯峩古堞下神鴉，汧渭迢迢水一涯。何處長楊游俠窟，早時金狄帝王家。

其　二

聖心此地專城寄，零雨如今百事嗟。約取高臺留盾墨，先春題遍舞陽花。

宿　槐　省

氍毹貼地一燈深，片月團圞照客心。故里待拚元亮酒，登樓誰倚仲宣襟。可曾作賦輸杯水，新得家書敵萬金。莫話有無螃蟹事，黄花此夜正勝簪。

贈桂庭都護喜昌。

雄關百二望雲霓，邊徼飛來八駿蹄。列宿星辰看直北，刊碑文字待平西。元戎此日多神武，大地何愁有狄鞮。努力簡書同在抱，天心至竟厭征鼙。

贈謝尺瑚明府

敝車羸馬下邊城，河曲層冰熱血成。幾見座中容短鋏，獨愁牆角作孤檠。挂冠自古多嚴武，薦牘長慙誤禰衡。儘有萬千塊壘事，一尊何日爲君傾。

讀劍俠傳

輪囷心事近何如，風雨摩挲百感餘。畢竟恩仇都未了，一燈我欲火遺書。

頭顱如雪肝腸熱，兒女英雄共一心。星斗滿天作文字，十年辛苦老龍吟。

田家雜詠二首。

稼穡本艱難，西人乃苦惰。得土生荆菅，不解犂鋤荷。况值兵燹匾，天意測誠叵。破屋驅群雞，前山復峩峩。亦有周公詩，無人歌流火。何以待來年，推食足食我。大吏請屯田，天子制曰可。

其　二

皇天何久雨，十室九告罄。吁嗟虎縱横，人今亦疲病。有田不得耕，所居易數姓。不聞碌碡聲，但覺笳鼓競。一紙分漢虜，新讀軍中令。田畯走相語，可有更生慶。

周公廟古柏行

岐山崔嵬高插天，中有古楸年八千。東周好夢不復作，一宵風雨來西偏。五陵健兒走駿馬，青幢紫蓋何翩翩。高花萬層一回首，舉杯直酹蒼冥巔。豈知造化鬱奇氣，留此文章供豆籩。雲雷護物惜遺廟，摩碑重讀中興年。吁嗟乎！滅此蚩尤足挂甲，軒轅老柏今巋然。東山零雨儻助戰，瓣香我向公告虔。

送沈梅史同年文熒入都，謝尺瑚之秦州

行行燕市沈梅史，去去秦州謝尺瑚。相送他鄉成强别，主持大雅屬吾徒。干將補履才何用，酒肆藏名計未迂。贏得冰天能躍馬，不愁萬里正修途。

王咨善司馬諏贈古缾梅花，作此謝之

世無東陵侯，誰是種瓜者？日短苦天寒，夕烽生四野。安得素心人，結屋青門下。贈我園中梅，清香恰盈把。一似九方皋，前身爲汝寫。空山有古琴，十指泠泠瀉。

家湘雲觀察寶臣擘窠大字歌

觀察郵寄“福壽龍虎”、“飛鴻天風”八大字，分贈穎叔方伯與予，同作《大字歌》謝之。

奎星圜曲嵌天高，化作人間千丈毫。吾家老鐵得奇氣，指麾六合魑魅逃。雨風在肘天地窄，黄河倒挽飛沙洶。張顛濡首不足數，飛白更笑中郎勞。我公元精獨耿耿，萬千塊壘成肓膏。欺人不作摩崖頌，招隱獨采中山毛。忽傳尺幅來邊徼，開函尋繹重爬搔。公將丏福壽聖主，毒龍猛虎同拘牢。冥冥鴻飛足吾願，拂衣一嘯天風號。此筆足支十萬載，配以蟾肪昆吾刀。嗟余書劍兩無具，雲山咫尺心滔滔。敢告詩成有快事，歐齋許我持雙螯。

同林穎叔登西城樓

建章宫殿鎖寒愁,雉堞同登最上頭。東望潼關迎曉日,南來渭水瞰清流。支撑自古雄藩恃,辛苦如今借箸籌。一曲西謡韓范老,懷人三十五層樓。

招林穎叔、劉冰如灌園觀蠟梅

空山伴群玉,小字稱黄香。金粟幢幢月,羅衣點點霜。凡花多間色,一水正中央。長憶昭陽殿,新城漢額妝。

其　二

同作探花使,如君占早春。黄鐘剛在序,羽帔屬斯人。辛苦成崖蜜,婆娑弄麴塵。東君書札到,一笑問來因。

送世五觀察桂昌之西川

雨風相送洛陽城,蜀道如天又計程。長揖軍帷同作客,卻愁隴坻未銷兵。河山百戰支殘局,骨肉重逢慰此行。共話觚棱十年事,東華舊夢尚分明。

游八仙庵

萬千門户望昭陵,撥火來尋退院僧。殘律年華催畫角,他鄉滋味話孤燈。相逢杯水嗟浮蟻,已脱韝絲看暮鷹。猶是天王風雪地,河湟重踏馬蹄冰。

坡公生日,林穎叔方伯邀同劉冰如觀察、何硯劬孝廉、秦子衡别駕毓麒、陳同叔比部景綸、陳春石上舍東來、梁少嵐副郎佟年集歐齋分韻,拈得水字

我降本庚寅,公生乃丙子。摶土下六合,造化何取爾。嗟哉元豐朝,天地正屯否。怒罵成文章,大節惟公恃。一治復一亂,咄咄誰爲理? 大書思無邪,可識風騷旨。我憶望湖樓,瓣香謁冠履。今歲過黄州,又得扁舟艤。投詩祭公靈,不

值一杯水。勞生三十年,對此欲羞死。遲縛終童纓,空迎王粲屣。主少外憂重,天驕未就敉。安得杯中物,日夕澆塊壘。多謝歐齋翁,約我具簞簋。大笑出軍帷,爛醉長安市。撫兹七尺軀,胡爲執鞭弭?汶汶章蔡流,奸魄何時褫。公豈安島夷,老死甘儋耳。涕泣説先皇,寧忘河山恥。幸有黎子雲,風雨相戾止。借得柳州文,天對殊僪佹。呵壁謝公卿,相思寄蘭芷。

方元仲觀察鼎録示東坡生日詩,次韻答之

蕉葉當前玉版斜,寒泉獨薦爲公嗟。重來北客休相問,小隱南荒便是家。風雨殘生存篛笠,文章餘事付琵琶。一杯相屬岐陽廟,無恙寒梅壁上花。

方元仲觀察檢書看劍圖

出門西笑向長安,三尺摩挲一卷攤。得劍真如添僕健,取書每當對君看。乾坤戎馬愁方大,風雨關山别亦難。遲汝鳳凰池上到,賜袍重憶早春寒。

送王咨善司馬官耀州

灌園小駐忽經秋,一騎西行上耀州。知有兒童迎竹馬,每談家世乞春牛。君爲閩忠懿王之裔。河山在手資消劫,風雨傳書遠寄郵。我亦東華尋舊夢,懷人天末各登樓。

題秦子衡别駕黄端木向堅萬里尋親圖

石衣有子生象賢,間關九死來黔滇。畫圖一一貌心迹,事在皇初辛卯年。人間瑰寶神鬼護,不隨胡絹飛雲煙。泠泠十指出生氣,豈知中有南陔篇?崇孝庵頭一回首,碧雞三唱罡風騫。倉皇鬼國麻鞋破,面目黧黑心旌懸。枯藤倒挂鱗蛇沫,猿狖把臂巢其顛。羊腸一綫落蝹蠂,猩猩向語争摩肩。怪石蹲虎齧予足,掌鳩數十金沙湔。雄關萬仞矗霄漢,况值鋒鏑當吾前。連營怒馬齕缺月,妖旗森立千山拳。四郊邏者馱象出,飛魂逐雞塒上眠。某也髮膚何所受,疾苦惟

有呼蒼天。白雲咫尺望官舍，招引似有安期仙。已過大瀧逾柳塞，清夷皇路忘胝胼。瓊枝閣上負暄返，歷歷往事題蠻箋。摩挲一掬孤兒淚，縮本重與收山川。吳下奇才不易得，後有吾子前向堅。借此妙墨支萬載，天地生色秋毫妍。嗟予戒途惜遺體，名心百一留幽燕。

冠悔堂詩鈔卷四

戊　辰

題方元仲子穎鼎鋭觀察兄弟春風並轡第二圖

君家兄弟繩祖武,遺硯在橐閲今古。江干同泊孝廉船,驅車又入天尺五。紫薇一樹花雙垂,後先法曲霓裳舞。璧門金殿倚雲開,翩翩裘馬登天府。無端滄海望蓬萊,一麾西向來三輔。乃弟更踏錢塘潮,分手應官各聽鼓。時艱需才作棟梁,努力簡書答聖主。經綸天下藴早時,輪蹄所至成樂土。青門楊柳浙西月,兒童竹馬争迎汝。畫圖一幅生春暉,不負傳家有治譜。鳳凰池上我重來,紅塵敢説馳驅苦。更尋機雲舊游處,玉勒花驄春萬户。

答吕曼叔觀察

我曾毘陵爲過客,君亦鼓山登屴崱。鶯花回首成舊游,兩地鄉關都歷歷。青門今日重相逢,圍鑪煮酒破岑寂。愧持文墨來關中,極天戎馬愁鋒鏑。一朝不樂居長安,雪花如掌催征鞍。多君新詩贈我别,佳句抵得千琅玕。曲江春色壯囊橐,更依直北星斗看。倚天長劍在吾手,去矣不愁行路難。

人日集歐齋,分韻得題字

紅雲一片南山齊,春聲萬户鳴天雞。座中我是東華客,一醉不聞漁陽鼙。拂衣長嘯出門去,捫參歷井登舟梯。我居韋杜天尺五,俯拾星斗如丸泥。薇垣冠蓋何簇簇,今夕爲我歌銅鞮。畫圖七子分主客,祭酒乃今之歐齋。從來佳日借人重,歲時逸事傳吾儕。不有浣花足詩酒,草堂何以名瀼西。感君意氣逼霄漢，群仙交揖雲中排。青冥浩蕩虎鼓瑟，起弄明月揚輕袿。蓬萊三淺毋復道，離筵且酌金盤犀。曲江流水灞陵柳，鞭絲明日黄金隄。鶯花如海重回首，捷書早付青驄蹄。我向天公乞神筆，爲君一一燕然題。

蒲州普救寺

黄河一綫渡堅冰，鐵騎金戈此地曾。如夢因緣天上月，未灰劫火佛前燈。哀時自古多詞客，舊事從頭問老僧。猶是青青條華路，浮圖相對十三層。

謁韓侯墓

萬山絶頂日黄昏，仗劍西行上墓門。天下幾人爲國士，當時乞食是王孫。一軍多事驚年少，百戰何曾負主恩。惆悵衣冠靈石路，我來翦紙重招魂。

其二

釣臺南望水滔滔，風起雲揚戰壘高。爲伍豈甘同絳灌，功人何福屬蕭曹。分羹可忍才寧惜，借箸能籌計亦勞。贏得千秋留血食，韋家孫子奠蓬蒿。

雪中過元遺山故里

冷日西沈朔雪飛，秀容城外讀殘碑。河山同下新亭淚，甲子重編彭澤詩。絶塞才名尊一代，平生慧業冠群兒。憂時樂府吾能唱，何處嵩雲慰所思。

曉雨過程侯山

譙樓生曙色，風雨正離離。趙室無完土，程侯有故祠。頭顱報知己，塊肉護孤兒。一掬存亡淚，空山閲歲時。

夕　陽

殘霞一抹賀蘭山，廢壘蕭蕭晝戟殷。雲白如羊栖樹暝，鴉輕於葉抱村還。美人顔色都遲暮，逆旅光陰付等閒。苦憶庾郎年少日，平生賦手動江關。

雁門大雪

冰天躍馬吾能事,一騎重登紫塞門。漫捲詩書來絶徼,可憐鼙鼓尚中原。白頭蘇武相思日,青冢明妃何處村?又向他鄉過冷節,萬山風雪一銷魂。

代州雪晴

北風獵獵斷人行,微露山尖朔雪晴。萬樹梨花兩隄月,牛羊西下代王城。

宿土木城

頹垣東挂月輪孤,土木城頭下暮烏。遺宅空勞尋宦豎,諫書悔不聽皇姑。河山如昨猶飛檄,車馬重來正戒途。聞道築壇新授鉞,元戎誰是李金吾?

花朝宿八達嶺

居庸山色望岧嶢,纔見青青柳放條。萬里他鄉共明月,百花生日是今朝。車塵待浣尊前酒,帕首新添塞上貂。到此入關真不遠,春風送暖馬蹄驕。

謝麐伯太史招飲謝文節公祠一琴一硯齋

十年前過建陽市,逆旅蕭蕭卜者居。今日憫忠留古刹,與君卻聘讀遺書。江南似此人才少,盱水寧難女子如。莫問滄桑而後事,君家朱鳥亦欷歔。

其二

一琴一硯長無恙,天地之間吾舌存。事去龔生惟有死,身爲南八復何言。未乾茶阪麻衣淚,終報厓山塊肉恩。安得更尋廝養語,茫茫人海重開樽。

餞春日同黄霽川舍人同年貽楫,葉敷恭、黄敬堂謀熙兩孝廉花之寺看海棠

聽鐘一路到花之,禪榻茶煙上鬢絲。竟日雨風留小住,吾儕裙屐獨來時。

十年已覺紅塵夢，絶頂能開碧玉枝。看取捲簾人第一，仙官倚醉正籠詩。

其　二

萬香如海泛舼船，金屋題名字字圓。紅燭高燒傳日暮，聘錢作嫁思華年。四垂珠琲東皇宴，一曲氍毹西府眠。自寫緑章親奏事，春陰乞得養花天。

龔梅坡廣文丕謨招同令嗣詠樵庶常顯曾、陳戟門桀仁、義門儀仁孝廉兄弟謁諫草堂

獨騎纔從馬市來，予新從大同來。重披諫草有餘哀。半洲生死同謡諑，公與吾鄉張襄愍公同日論罪。狄道文章未劫灰。長板終爲天子德，青詞誰是相公才。卻憐遺宅留人海，無恙梨花一樹開。

慈仁寺雙松歌

雙松詩價重閩海，奇人幸有吾儕在。漁洋已死誰高歌？元鶴不來百五載。摩挲古物青銅斑，紅塵偃蹇將安待？閲人已歷金元朝，青蒼可能顔色改。莫言直幹多支離，會生風雷成渤澥。寂寞未甘身後名，留得霜苓千歲採。

窑變觀音

我曾鼓山游，膜拜瞻瓔珞。手持碧玉瓶，能驅旱魃虐。閩鼓山亦有窑變相，祈雨每應。群道出洪鑪，天公爲鼓橐。今兹重皈依，我佛空中著。寶冠何峩峩，緑帔珠璣爍。梵宇見圓光，上掌分輪廓。趺坐一尺餘，造化咸驚愕。聊以警凡夫，庶幾善心作。

毘盧閣晚眺

尋鐘更上最高臺，如滴西山入抱來。嵐影四垂天末樹，夕陽一片雨餘苔。危欄自著單衣倚，古堞愁聽畫角催。何處勞人盛車騎，蘆溝歷歷正鳴雷。

隋　塔

行行知是天寧寺，瞥見浮圖落眼中。十二層臺出南斗，三千鈴鐸語西風。

古碑誰覓開皇拓，劫火難燒舍利空。儻問當年說經處，露盤一佛啓鴻濛。

同何硯劬孝廉重游慈仁寺

信有伽藍夢，來尋皇舅親。河山存古剎，骨肉話斯人。尚挂上方月，都消十丈塵。槐樓何處是，吾更惱比鄰。

其　二

壁上留長句，佳辰三月三。快然惟酒榼，遲汝共詩龕。盛會僧能說，浮生我亦慙。懷人望秦樹，兩地正毿毿。壁間讀穎叔展禊事詩。

招謝麐伯太史飲花之寺

悤悤九十春光過，吾意今日何蹉跎。禪房閴寂海棠老，六時一夢同花窠。獨醒不醉予豈敢，與君且酌金叵羅。大塊文章儻我假，浮生那計懽幾何？古人作達具微旨，不愁四序如飛梭。落花我能吹返樹，手奪造化驅天魔。鴿王大怖鹿女走，共道此子真婆娑。達官幾人託大厦，足迹不到西山阿。園柳鳴禽無復省，笑爾冷宦能高歌。

崇效寺訪牡丹，無一存者，感作

不爲尋春去較遲，梵王無力此扶持。看碑寂寂游人少，贏得樊川兩鬢絲。

其　二

參天古柏尚婆娑，其奈闌珊花事何？誰是當年親手植，慈恩朝士已無多。

鬻芍行都門芍藥盛時，每雜市蔬以鬻之。

瓜朋蒜友紛登籠，中有花相亦盈束。仙姿付與賣菜傭，惜無有人三薰沐。一錢購汝當西施，位置毋乃相逼促。吁嗟乎！事人顔色能幾時，世間那有黄金屋。

黄敬堂招同鄭海騶謁國學韓文公祠

封事無靈亦可嗟，圜橋西畔獨停車。蹉跎斯世寧吾意，文字如公算大家。

身作雲龍同所願，去爲柏馬計何差。到秦更憶西行日，湘子祠前頃刻花。去歲入秦，曾謁湘子廟。

龔詠樵太史移居，用山薑先生原韻

門前久盼來麴車，得書喜汝今移家。絶似沙哥引崔嫂，轡手一笑驂麐麚。俸錢雖薄鶴可豢，冷宦不礙蜂爲衙。多君拓室儲金石，牙籤三百森横斜。怪來題壁足神筆，天公賜與辛夷花。一身骯髒藏人海，清新輸爾騰金鴉。蘭臺走馬吾何事，聽鼓忽觸漁陽撾。北斗相依愁獨宿，一蒲團地參羲媧。

和龔詠樵太史作，叠前韻

酒甎書簏同一車，終南進士新移家。錦囊百軸負馬後，壓煞奴背如奔麚。位置長恩留斗室，命官屈宋排雙衙。剛逢上方明月挂，字字瀝汁金壺斜。蓬萊絶頂人盡樂，可憶刺桐城北花。紅塵莽莽足春夢，十三行樹棲烏鴉。嗟予插脚無定所，鞭策畏向侯門撾。儻有靈槎吾待渡，支機抱石尋媲媧。

萬　柳　堂

拈花寺畔三椽屋，人道廉園萬柳堂。獻卉不甘天子媚，徵歌誰識相公狂？一泓寒碧沈明月，數畝新荷淡夕陽。往日風流都寂寂，白頭松雪費詞章。

其　二

隴蜀論功賜宅開，替人重見益都來。階前修竹多佳日，門下春秋幾俊才。近事不無枯樹感，僅存一柳。前塵猶記看花回。獨留大筆儒臣篆，阮文達公篆“元萬柳堂”四字爲扁。文采千秋不劫灰。

寓齋見歸燕，視黄霽川、鄭仲濂、林錫三太史天齡、葉恂予、龔詠樵

雕梁一桁傍雲坳，汝尚歸來覓故巢。同是依人生計左，不曾殊衆賤時交。春風容易過花信，落月相思在柳梢。儘有羈愁消不得，烏衣門巷看垂髫。

同人和作，再叠前韻

歷遍山坳更水坳，重來猶許借枝巢。最無聊賴逢孤客，如此因緣亦夙交。一角夕陽搴繡箔，雙飛微雨上鞭梢。絶憐大厦都如夢，待汝殷勤下玉髾。

竹醉日游夕照寺，觀壁間陳壽山松畫松五株，王平圃安昆書沈休文高松賦。小憩挹翠軒，與静修和尚談。静修爲杭之昌化人，道光三年到此，年五十有九。寺前歲不戒於火，畫壁獨無恙

驕陽生在長官宅，車中邑邑褦襶客。廣渠門内夕照多，誰歟戀此清涼國。老僧趺坐四十年，對我喃喃話陳迹。廢興歲月無復論，牓門猶是勝朝敕。紅羊換劫曾幾時，閲人一片西山石。王侯排戟豈無人，護持遜我牟尼力。回首鄉關一愴然，聖湖往事休重憶。三千强弩叠雪樓，付與金牛作潮汐。鉢龍上天鹿走地，孑身長寄薊門食。寺東隙地拓三弓，招余小坐同晏息。挹翠軒前蒔雜花，絶無俗韻何幽寂。平臨古堞玉帶環，昏鴉閃背飛來黑。破空一瞥長風號，怪哉古松生粉壁。道昔高皇全盛時，游人觀者日如織。寫生妙手屬陳侯，五株能作蒼虯色。王郎補以休文賦，淋漓大筆與之敵。前年五丁將下取，餘灰幸未雜瓦礫。人間清氣得來難，我欲盤桓分一席。卻慙骯髒賦頑軀，頻年書劍爲人役。河山兩戒馳夢思，浮生安得如汝適？相約嬾殘無多言，尚留芋火足今夕。

天　橋　行

紅塵十丈雲中逵，高車生翼交衢飛。行行嘶驄驕不得，五陵游俠真健兒。千金不惜鞍韉費，手持七寶鞭梢馳。靚妝更欲實尤物，前有南鄭中西施。雷聲一瞥走千里，鬬風直迫封家姨。路傍觀者各斂息，儘道快馬人間稀。年年此會不可少，一十五日端陽期。歡騰但解飽苜蓿，芻豆那復愁西陲？我從物外辨牝牡，迷離雙眼空相皮。呼兒將酒過燕市，一醉恐遭騶卒笞。鬬雞無檄王勃死，劉賁挾策將奚爲？安得雨師一灑道，閶闔雖高聽或卑。

去夏與懶雲和尚同舟至九江，别我將游廬山。余遂由鄂而豫而秦而晉。洎春入都，懶雲亦以請藏經來，輭紅重聚，話舊益懽，詩以贈之

潯陽九派浩東去，送子江頭天欲曙。金繩萬丈月上船，催人離别何悤遽。君向匡廬杖錫游，言尋太白讀書處。白蓮不花已千年，遠公待廓虎溪步。嗟予汗漫作勞人，片帆又指漢陽樹。黄鵠磯頭頻夢君，銅駝故里忽西顧。我車鄰鄰馬蕭蕭，丸泥函谷龍逢墓。戈刀相撥夜半行，秦關百二皆愁具。茫茫苦海望蓬萊，一朝解纜風陵渡。三晉雲山眼底過，千峰争向雁門赴。春明投館似還家，鶯花勸客紅塵駐。多君萬里來相訪，禪榻鬢絲重道故。猨鶴道我倦游矣，江上借人留長句。何不付與勤上人，長慶一篇追白傅。

遣　僕

豈愛才如我，相隨直到今。窮愁誰解送，力役汝能禁。纔脱軍中苦，來從馬後吟。飄零何所戀，應識主人心。

夜宿直廬

朦朧禁樹月華圓，宫漏遥傳尺五天。紫誥通宵承内史，黄冠奏事待奎躔。棲鴉地白中庭悄，附鶴書稀閬苑眠。自笑應官初聽鼓，此身猶是轉蓬年。

題張温和公祥河薇垣寫勝圖後

華亭妙手寫芳菲，高捧紅雲出紫薇。左掖郎君三昧宴，大羅仙子六銖衣。參天樓閣星辰近，得地根荄雨露肥。三十五年重到日，階前金帶欲成圍。

赤　蜯　謡

漢皇重珠置峻法，六宫充牣多蜃蛤。慎莫懷寶入關來，此事豈是生民業?

河渚老翁相向啼，官書昨日來重叠。纍纍百琲貢王庭，淘沙何恤筋皮乏。赤水渡頭津吏訶，性命出没蛟龍匣。誰知錯落不堪煮，萬户正書乞米帖。

謁顧先生祠

獨冠儒林傳，文章草昧天。諸陵殘淚在，遺世布衣賢。尺木題名姓，三椽供豆籩。有鄰卜吾道，侍立一張顛。旁供張石洲先生栗主。

胡小藹少司馬家玉祖太夫人、熊夫人事狀題後

波瀾不起西江水，嗚呼死生亦大矣。誰云天地終無情，迴天乃一奇女子。願君善葆千金軀，剜肉未足酬區區。支牀雞骨儻起立，一死何惜身代夫。瓣香日夕叩天閽，三五明星出復没。似有鬼神嚄喈聲，束衣起别牀頭月。血痕在袖紅斕斑，心與黄鵠同飛還。干霄百尺作雲氣，鴻毛一擲成泰山。吁嗟乎！蟪蛄春秋人事促，愛生畏死何碌碌。鬚眉巾幗土一丘，至今零落幾華屋。豈知誠心開蒼冥，生死死生天爲靈。留作人間孝婦式，千秋家誡書於屏。

酒樓題壁

落魄江湖四十春，舊游歷歷夢來頻。酒鑪一醉渾無事，誰識當年射虎人？

贈葉隼平參軍滋鈞。

在手有黔書，君生虎口餘。干戈赴知己，肝膽話平居。余亦戎旃客，偏乘下澤車。六鈞弓挂壁，相對一欷歔。

其二

闊别重相見，三旬共短檠。無親升斗賤，多難雨風驚。縱酒非吾事，彈棋莫不平。中年須努力，行矣慰蒼生。

贈葉恂予庶常

群季翩翩望若仙，識君乃在白眉前。十年愧長廬山社，一第看登杜曲天。

冠蓋京華容我懶，雲龍日下幾人傳。可堪北轍南騆夜，執手秋風各黯然。

喜桂庭都護凱旋，相見都門，叠原贈韻

旌旆飛揚萬丈霓，輭紅蹀躞五花蹄。朝酣勞酒津沽北，夕拜天書閬苑西。壯士同心摧鐵勒，仙人拍手唱銅鞮。受降城上看明月，且喜中原息鼓鼙。

將出都門，寄林穎叔方伯秦中

薊樹秦雲悵索居，商量去住爾何如。扶摇豈分南溟息，狂簡空投西嶽書。熱血經秋作頑鐵，歸心一夜滿蘧廬。不祧事業名山在，那計人間有毁譽。

林錫三太史贈詩，和原韻

兀兀三杯奈醒何，投閑已分灞陵訶。著書敢許稱游俠，喫飯真難學老坡。不羡因緣燕頷貴，幸論交道狗屠多。萬山繭足吾行倦，重理當年補屋蘿。

其　二

隍鹿迷離夢一場，誰留尺地待眉揚？文章悔不妝時世，箕斗從來困翕張。人海孑身商去住，風塵雙鬢閲炎涼。悤悤十載青春負，赢得談兵杜牧狂。

酒人行贈海騶

天涯酒人不易得，鄭三嗑嗑呼將伯。世人二十九日醒，惜哉腐臭填胸膈。君日以此淪其天，我亦從之稱聖賢。紅塵咫尺飛不到，大笑同拍洪崖肩。入門意氣三千丈，人海重來雙打掌。蓬萊絶頂君獨行，嗟余鞭朴空背蛘。輪囷熱血吹作冰，長慚下士如蒼蠅。狂歌白日亦何用？恐有醉尉來灞陵。了未看花一破涕，鑄金那得大夫蠡。人生行樂貴乘時，獨醒何必效沅澧。甕中天地真醯雞，人言勿聽劉伶妻。不如拍浮恣大嚼，熟視無覩泰山低。千秋萬歲識此意，惟吾與子堪把臂。糟醨共事二十年，封侯寧乞酒泉謚。今日别君天一方，吾行吾藏庸何傷。不管在天有箕斗，且盡十日平原觴。天帝醉醒無復道，竈養功名都草草。

我能下上作雲龍，停杯莫説秋風老。

黄霽川同年贈詩，和原韻

天荒地老覓同群，燕市騎驢獨有君。許我駢肩作邛蟨，避人袖手待風雲。邊關未雪兵戈恥，酒肆從教姓字聞。自倚崆峒看長劍，十年繡翌負龍文。

謝夢漁給諫增工集杜律，近復集李句贈别

李杜歸驅策，君才信倍之。感時三輔淚，惜别五言詩。吾道繫若綫，斯人鬢有絲。峩峩豸冠者，早問夜何其。

陳同叔比部蒼茫獨立圖

蓬萊三島不可尋，煙波隔絶成連琴。明朝散髪扁舟去，招子巢父掉頭處。千年幾見海水枯，滔滔濁浪寧吾徒。腥風吹醒魚蝦夢，不勞擊鼓馮夷送。玉皇鞭龍下九天，翼我片帆扶桑巔。金光一綫指天闕，但見雙輪躍日月。競道勿爲蟣蝨臣，從來下界多紅塵。珊瑚釣竿長在手，靈槎舊渡待君久。君也獨立自詠詩，我將刺船相從之。崑崙雲氣三千丈，平分天福陳芳享。

柬林訪西明經賀峒。

不見忽三日，君胡靳足音？風催天地老，月識别離心。斗室藏吾悶，深卮待子斟。停雲儻相念，黄鞠正勝簪。

過忠王故壘

七二津沽落日寒，蕭蕭戰壘瞰狂瀾。大名天許歸勳戚，諸將生存愧一官。填海未枯精衛恨，習船誰諒博昌難。慰公底定中原日，賜祭新頒第一壇。

牛莊晚泊，視鄭海騶、林訪西

雁門雪與牛莊雪，來去邊關春復秋。一騎曾馳代州馬，三人同上海城舟。

西沈顧兔煙光暝，北望崑崙雲氣收。等是勞勞名利客，吾生到此欲何求？

己　巳

陳楠齋廣文秉燭補讀圖

堂堂去晷吾能補，不信今生讀已遲。風雨斯文千載事，丹黄滋味一燈知。遺編涕泣思歐母，舊學商量付衮師。自與名山相旦暮，夜游不羡五陵兒。

雨夜贈何子逸茂才暐。

少小論文日，梁園一見之。謂禮堂。不甘同學賤，獨許寸心知。夙有士龍癖，能歌祖德詩。空山滿風雨，甚事要人爲。

其　二

足迹半天下，上心山水多。不圖共奔走，有汝亦蹉跎。吾道孤行貴，清時百事過。生才豈無意，况未息兵戈。

其　三

大海出明月，三年重見期。解弢話騶卒，將酒唤吴兒。文字終何益，肚皮太不宜。莫嗔謡諑者，生悔作蛾眉。

其　四

有口俱喑啞，銜碑不得言。向誰肝膽是，猶幸髮膚存。休矣且開徑，傷哉勿牓門。死囚如越石，算受一人恩。

六月十九日，招吴春海太史鴻恩游鼓山，謁水雲亭朱子像，用壁間吴桐雲前輩大廷韻

螺江馬瀆尚深深，墜緒誰從此地尋？片席長留孤嶂月，空山對話兩人心。儒門一柱扶終古，人海千年閲到今。領取水流雲在意，故鄉何日許抽簪？

贈張藻農孝廉鑑如。

一千八百年前事,同向胡天話劫灰。萬帳騊駼半輪月,雪花飛上李陵臺。

其　二

塵痕深淺肖征衣,一曲琵琶和者稀。自酹拂雲堆上酒,蛾眉生悔作明妃。

其　三

穹廬明月照深卮,早起悤悤睡又遲。攬夢猧兒同一笑,懷仁城上聽鐘時。

其　四

尋橦窄袖兩盈盈,百戲魚龍上掌輕。記得居庸山下事,酒邊雲樹忒分明。

悼　　亡

酴醿落盡子規啼,傷別傷春薄命齊。自嫁黃門成汝錯,白頭幾見大夫妻。

其　二

耿耿深宵卧後長,燭花滴淚爲誰忙?不應感極翻無夢,蝙蝠看飛上畫梁。

吴春海太史瀛海朝宗圖

黄河之源星宿海,爲水發蹤所生在。千流萬派走風霆,到頭滴滴歸溟澥。人生猶水行地中,飲源誰解思鴻濛。巢父東入隨煙霧,此語毋乃井蛙同。豈知刺船有深意,萬里歸來謁初地。蓬萊絶頂公已登,瀛洲更把群仙臂。一帆風利乘黿鼉,閩山點點如青螺。下瞰馮夷顔色喜,爲子起唱明堂歌。百二十年君子澤,西山南海同一脈。武夷九曲幔亭開,大呼孫曾酌金液。白雲在舍月在天,祖洲倏遍神山巔。魚龍叫嘯不一足,兹游氣象羅萬千。還朝可告聖天子,中流砥柱屬臣里。儒門大手挽狂瀾,後有考亭前羅李。

和林小銘舍人贈行原韻,兼示子逸茂才,并寄子恂庶常滬上

七度看雲海,勞勞又遠行。扁舟吾見慣,尊酒汝多情。有約青山在,新慚白

髮生。西風作人語，底似不平聲。

其　二

幾輩儒能俠，知書悔少時。江湖成獨往，天地狎群兒。逐客都如夢，封侯不敵詩。故人況飄泊，相望海山歧。

九月十四日游臺陽，十六日抵安平。家楚榮鎮軍在元招駐署中，夜談有感

又作盧敖汗漫游，雄風相送海山頭。衣冠衮衮成闤市，椰竹蕭蕭近暮秋。且向窮荒尋禮樂，敢將長揖傲公侯。年來我已然犀倦，爲語支祁不用愁。

十月二日，家敬堂總戎鉀南邀同安平觀水戰

我聞在昔昆明池，魚龍起舞揚旌旗。天子教士習水戰，驅使河伯如嬰兒。又聞三千水犀甲，錢塘酣鬬何爽颯。金牛出没叠雪幢，至今江上談兵法。吾家威武稱樓船，將軍横海多象賢。邀我安平同拭目，此事道隔三十年。一朝訓練百廢舉，火光轟烈波心炬。馮夷慴伏支祁愁，桓桓羆虎艨艟旅。夾岸觀者如堵牆，都盧妙技登牙檣。盤旋百戲不一足，疾風西下如鳥翔。更入水中列鵝鸛，重開一幅麒麟幔。高臺鼙鼓正三撾，喊聲直欲干霄漢。歸來慰問弓衣寒，持杯勞酒三軍懽。書生長揖參末座，紀述大筆迴紫瀾。軍容從此留圖畫，赤嵌城頭明月挂。障川一柱立東溟，知有七鯤中流拜。

嚴懷谷司馬同年成儀招飲，賦贈

長沙光禄稱吾師，黄黼卿夫子。貢登王室羅瑰奇。十年讀禮慚跧伏，更得左伯相攜持。左季帥。叩門訪友道衷曲，邀我校書陪天禄。延陵季子及周侯，周受山中丞、吴桐雲前輩。日夕下上雲龍逐。一朝銜命馳秦關，羽書告捷歌刀環。人生壯游須萬里，來看海外三神山。鳳皇岡下逢嚴助，懷人歷歷洞庭樹。多君樽酒特地開，縱談如讀玄虚賦。千秋文字歸鼎鐘，公也大筆扶蒼穹。吉金樂石供搜討，掎摭星宿昌黎功。嗟余風塵把臂晚，悤悤又載扁舟返。側聞途民鼓腹歌，萬

家都飽芋田飯。

澎湖吊古歌

河山半壁足千古，海上孱王留片土。三十六嶼邸苑開，蠣灘咫尺生風雨。憶昔千艘金厦來，七年監國胡爲哉！將軍騎鯨去不返，空令賦手歌大哀。扁舟塊肉今已矣，大難孤注稱天子。自古蛟龍失水愁，豈知燕雀處堂喜。一封降表落中原，蕭蕭椰竹誰招魂？丁字門前挂明月，忽聞嚣樹啼饑猨。同時更有五妃泣，桂子山荒斷碑立。玉魚寂寞尚人間，西流一角看日入。吁嗟乎！田横穿冢五百人，至今絶島争嶙峋。桑田三淺無復道，付與漁郎來問津。

庚午

游寶藏巖寺

平疇萬頃繞修篁，一水泠泠下夕陽。不分名山有絲竹，儘收大塊作文章。息機羨汝聞清梵，厚福何人占上方。自笑袖中東海小，且攜拳石入詩囊。

題邱子春景山采芝圖

祖洲一角跨東海，三千童女紫芝采。人間異種苦搜求，豈知徐福扁舟在。耕煙劚月飛九天，二十四莖生瓊田。茅君一笑授顔色，眉宇爽氣盈大千。崑崙山下重回首，東方頑仙是吾友。襟裾如水上鴻隄，與子大酌浮丘酒。珊瑚在手葳蕤紅，長生一曲歌玲瓏。君樂荷鋤汧谷宅，我懷承蓋甘泉宫。牧龍舊夢無復道，四十年來風日好。相期葆此金石姿，三田聚寶多瑶草。

歐陽文忠公生日，繪像祀於鄭稼田觀察如梁之竹西亭

醉翁亭上文章伯，七百年來無此客。泉香酒洌溪魚肥，山川一一都生色。我從海外遥稱觴，圖公容貌如生覿。竹西位置非偶然，主人乃公之遠戚。公母氏鄭。當年遺表借海神，爪痕宛在瀧岡石。瀛壖解事讀奇文，婦孺猶能師畫荻。

公也相逢笑口開，天生書劍吾儕役。故人范韓不得意，西謠一曲嗟何益。蓬山舊侶有小宋，袖中七論驅戎狄。椽燭雙行且著書，與公風月談今夕。

鄭稼田觀察獲紫芝於竹坑山，作長歌贈之

牧龍忽忽四十載，一夢乃在崙崑山。珊瑚夜光出空谷，别有明月非人間。主人示我以紅玉，祖洲髣髴相登攀。豈真卯星方墜地，變幻能作茅君顔。當世文章不易露，天生異穎寧等閒。此即方壺佳麗地，其中龍虎仙所寰。芝田税駕歌一曲，吾令帝閽開九關。集英殿上華蓋轉，通德門前書帶環。慚愧寓公仍草草，辟蠹日檢書中菵。三十六莖儻在手，不愁雙鬢成霜菅。

淡水南北各有八景，且多牽强足成者。庚午十月修廳志成，綜爲全淡八景，各繫七律一首

指峰凌霄

霄漢分明五指開，孤城南面送青來。諸峰羅列尊初祖，大海鴻蒙闢俊才。關外已聞驅虎豹，雲中何事幻樓臺。橋門日夕看山色，天馬行空亦壯哉。

香山觀海

茄冬西畔導雙旌，俯瞰滄波似掌平。村落幾家田畯宅，夕陽一櫂估兒鉦。山荒草木秋聲借，風定魚龍晝睡成。誰上將軍籌海策，堠亭把酒話屯兵。

雞嶼晴雪

三千銀界望嵯峩，如此炎方耐冷何。天爲重關消瘴癘，我從殘碣一摩挲。鑿坏安得山能語，漏網真愁水不波。曾説聞雞先見日，更無人借魯陽戈。

鳳崎晚霞

梯田直上有高岡，天外盤迴集鳳凰。何處赤城張火繖，此間碧海近榑桑。平沙一片開秋獮，古木千叢挂夕陽。料理詩情應更遠，且收餘綺入奚囊。

滬口飛輪

頃刻花開十丈蓮，嘘空歷歷眼中煙。戍臺日暮聞吹角，坌嶺雲平看泊船。

新法不愁同厝火，異流未許更垂涎。海波如鏡吾能繪，一幅東瀛淡墨天。

隙溪吐墨

溶溶新漲水鳴渠，黯淡溪流潑墨如。一炬犀光勞入照，百重蜃氣漫呵噓。風塵待浣三千牘，海國誰磨十萬書？解識尺波留混沌，不教至察歎無魚。

劍潭幻影

劍氣宵騰匹練明，荷蘭舊樹尚留名。重參色相誰非幻，莫説人情汝亦鳴。天上神光看北斗，塵中凡物笑豐城。化龍一夕春雷起，大海何愁浪不平。

關渡劃流

萬派千條束矢中，雙潮滚滚判西東。濁流本自臼科異，至味真難水性同。一櫂來時乘蟒甲，百年前事夢鮫宫。投鞭晝扇人何在？南紀長懷砥柱功。

潛園觀菊

天涯海角久離家，四度秋風鬢欲華。一事不曾愁客邸，借人亭館看黄花。

自庚寅洎庚午四十一年，惟今歲閏十月，兩度生辰，適寓北郭園感賦

名園兩度笑銜杯，四十年來第一回。天下即今半耆舊，他鄉重見好樓臺。豬肝累主多慚色，馬齒加人不算才。贏得神仙文字福，欲從脈望問胚胎。

其二

秦雲薊樹鳳凰山，丁卯是日在秦，戊辰在都，己巳在鳳山邑。北轍南帆指顧間。浮海著書容我拙，韜弓挂壁笑人閒。千門夜氣看星斗，百戰名場付觸蠻。敢分中年絲竹樂，東山情性尚癡頑。稼田觀察爲予演劇。

除夕祀長恩

同治庚午，客游艋川，纂修《淡水廳志》甫成。聞十一月二十五夜，祝融扇虐，吾家藤樓，僅隔一垣，回風者三，卷帙喜獨無恙。遂恩恩買舟，於醉司命前一

日抵里。除夕陳酒，以答神眷，并誌一律。

未賀參元失火書，多君呵護喜何如。頻年琴劍慙奔走，此夕杯盤慰起居。入抱不曾辜萬軸，感時長與惜三餘。海天一笑吾何幸，徐福歸舟正歲除。

辛　　未

虎門夜泊，視徐雲汀孝廉、葉恂予庶常

虎門小泊聞雷夜，此是春來第一聲。倦眼漸看滄海小，鄉心仍逐雨風生。應官催醒千門夢，挾策慚爲萬里行。看取五雲最深處，金光一綫擘空明。

舟至温州，視雲汀、恂予

萬馬聲中走鐵車，布帆十幀飽風斜。同登絶頂金鼇背，來採交柯玉樹花。作賦盧生能語海，載書徐福此爲家。舟人指點蒼茫外，一髮青山是永嘉。

牛山舟次視雲汀、恂予

已到牛山下，今宵入甬東。雨風孤嶂外，天地一舟中。好夢憑推轂，勞生笑轉蓬。儻逢賀祕監，爲我寄詩筒。

送何稷垌秉鐸金沙

洪江水深一千尺，行者送者日如織。二十年中四泊舟，琵琶老大無人識。勞生萬里正南來，故人又作金沙役。猿鳥笑人畏簡書，名山事業虚前席。平生所向殊時賢，冷官胡爲屈老稷？茫茫宦海慎風波，就中差覺心神逸。繫馬階前莫逡巡，讀書萬卷得今日。槎枒文字苦撑腸，一笑爾我同木石。當代求羊有幾人？多公開徑來三益。頻年末座幸追陪，素心相對永晨夕。公乃掉頭不肯住，道將去爲六月息。此行升斗亦君恩，蔗漿讓與大官食。涼風天末作秋聲，别恨一一生蘆荻。來書問訊儻殷勤，天下不愁山岳隔。

六月十二日黄山谷生日，招同鄭虞臣農部、梁禮堂銓部、陳弼臣、何稷垌兩廣文、謝枚如舍人、邱彤臣孝廉、家子恂庶常飲簪堂，用山谷演雅原韻

虹蟜促絲苦封裹，腐蠸得瓜日守邏。鷊宇愛形羅網投，姑蠪善齧稻粱破。作俑終愁蝌蚪文，公私大集蝦蟆課。塗錢蜥蜴棄母逃，束玉蠛蠓抱頭卧。鳳凰已非類我肥，蹇驢何苦爲人磨？墜身黄鵠霄漢卑，奸計通烏大觜賀。甲兵分國争蝂蝓，筠管窺天匿蝸蠃。竊丹自屬棘鳶才，善詈勿召山膏禍。脈望穴書不療饑，蝍蛆甘帶何曾餓。神丘須虞鼷鼠熏，仰天一嚇鵷雛過。蝤蛑計代嗟不如，蟰蛸灼事知誰可。全材幾見雁能鳴，昂首毋爲雀所涴。啄木原難松柏餐，郭公早計田疇播。佯喜衆狙分果多，憂讒一兔緣山跛。蚰蜒多事耳癢生，鯸鮐請息氣毬大。肥遺御癘善殺蟲，猪貛在薪寧死火。坐看蚶蟹休缺甆，欲呪蜻蛉化珠顆。借人爲目海鉏愚，問天無力魟堆鏁。鯤鵬有池在南溟，鸒鳩與處真卑瑣。今朝呼酒同浩歌，座有蛤蜊且食我。

題林戟門刺史振棨八十自壽詩後

歸去來兮操，柴桑正乞漿。占星懽八夕，排日富千章。晚節盟金石，吾鄉託棟梁。曾修文獻筆，一代魯靈光。

其　二

如公真健者，不減地行仙。我輩書爲命，斯民石共鐫。細侯歸騎日，伏女受經年。願種麒麟玉，香名飲後賢。

立春日折庭梅一枝贈林穎叔方伯，用坡公饋歲韻

故山猿鶴懽，埽徑延參佐。同抱冰雪姿，鹿裘待充貨。數點雖區區，已具乾坤大。天心非鬱塞，肯許玉龍卧。持此循鄉風，送煖先生座。窮歲如修蛇，身宫誰蝎磨。公曰思無邪，把詩今日過。更煮蓋碚茶，當有碧雲和。

壬　申

生肖體元旦和潁叔除夕作

廚娘洗手烹竹鼠，廧東招飲儈牛侶。門前畫虎桃人尊，兔園我獨祀糟酭。雙龍解事護娜環，入握靈蛇同汝頑。馬通自焚不炙手，羊胛忽熟嗟投閒。衣冠謁者楚猴立，五陵鬭雞群兒習。路逢屠狗不肯醒，儘道豬肝累安邑。

再用前體，和潁叔元日作

山中鼠卜一千年，萬牛梁棟全吾天。文章虎視空壇坫，突過魚兔筌蹄篇。玉龍今夕飛東陸，杯蛇解惑屠穌熟。公也馬鄭解傳經，我向羊求覓芳躅。卻愁村巷聚玃猴，此雞豈是會稽儔？白衣蒼狗多變幻，不如豬肉謀黄州。

三用前體和潁叔

兼山止止占艮鼠，任人呼牛作囈語。天風不腥抱虎眠，取兔直入廣寒府。不愁藥店落飛龍，崑崙繞蛇九萬重。生計豈出柏馬下，一夢且蹴蔬羊中。戲猴諸公都入畫，雞肋餘味寧齒挂。笑同犬子溷市傭，燒得花豬添酒債。

四用前體和潁叔

饑鼠碭冰走且僵，蝸牛小舍粈盆光。雪花如鹽未幻虎，共呵寒兔搜吟腸。毒龍我欲掣東海，當路何愁蛇母在。上方斬馬苦無聞，卜式豢羊終好賄。不如同證猴池禪，甕中吾道醯雞天。群犬勿令吠所怪，鹿豕今亦奔舜羶。

有懷往事，五用前體和潁叔

紛紛厠鼠多大官，何清何濁牛醫歎。虎頭燕頷豈易得，自來牧兔任人難。上天看龍作雲雨，羨汝四蛇爲之輔。我獨走馬滯蘭臺，不隨販羊貢天府。巧言記室能刻猴,雞碑小智今通侯。嗟哉警夜倩瓦狗,負塗豕亦名清流。

六用前體和穎叔

視天夢夢泣鼠思,觸牆大呼牛識字。虎皮韡不走終南,憂讒跛兔甘棄置。士龍笑疾不礙狂,神蛇太尉言何詭。壯志輪囷負馬革,世途曲折愁羊腸。楚人烹猴欺鄰里,連雞往事吾與子。狗竇公卿多俊才,聽經且牧圈中豕。

五日劉炯甫刺史存仁招飲,七用前體和穎叔

長恩司書鼠不盜,牛日開觴故人告。鏖吟已罷虎賁馳,敢請治兔雄師犒。乖龍不雨寂雷神,一尊侑客黿蛇陳。前身畫馬待評幹,博士取羊誰訪甄。猨猴賦手濁酒下,獲雞共話陳倉夜。悠悠功狗何足云,賫豬作啓庾郎謝。

正月十六日杜茶村生日,穎叔招飲,分韻得闢字

三綱委地同嘆喈,扶天一老作頑石。啾啾饑鳳啼大荒,破縠遲汝上元夕。傷哉家國成滄桑,孑身四顧河山窄。憂患多從識字生,劫灰不墜文章戹。公也散髮獨浩歌,瘦軀百鍊冰霜脊。鍵户酣眠傲達官,排門忽出雜廝役。嗟爾三十年後生,生人無可論胸膈。奇窮乃天遂吾嬾,人間祝穀多雞栅。我曾扁舟泊黄岡,夢魂飛入橘洲宅。歐齋命酒展公詩,苦吟又共町畦闢。蔣山山下梅花村,一杯重吊飛仙迹。滿堂坐卧金石交,丹霄待奮神鷹翮。

答何稷垌廣文

萬千胸臆不平事,塊壘真難滌大河。欲語今人誰並世,得如長者已無多。中年最苦持門户,冷宦何妨託嘯歌。同是極無聊賴夜,著書天許事巖阿。

其　二

監門鬢髮添霜雪,每到愁深唤我來。商榷千秋文字苦,艱難八口米鹽哀。此身去住都非計,散木輪囷豈是材?一笑東方明月上,看人近水起樓臺。

題萬孝廉秋江別思圖,即用顧亭林贈孝廉韻

窮鳥啼蔣山,不入聖人網。持此忠孝心,泬寥恣來往。至味飽乾坤,六經一口爽。儒林獨行人,吾道寧夭枉。我曾拜遺祠,苾芬薦公像。展卷見平生,秋江結長想。萬子駱丞儔,早脱名利鞅。公亦歸雁門,出處不肯兩。嗟哉蟣蝨臣,嗜豕爲肥壤。豈知漢陰槔,百機空伏莽。在天少微星,耿耿仙人掌。且卜華峰廬,長開雲母幌。帝座吾能通,羅胸洞夔魎。浩氣塞太虚,一絲懸板蕩。利病非空言,留作千秋賞。題門大可思,兩字君親榜。

大明二年,爨使君龍顔碑在陸涼州,爲滇中第一古石,劉宋一朝,存者僅此。林小颿副郎迴淑出其令祖文忠公督滇時手拓本,集同人鬮詩鬮獲。予與沈幼丹中丞葆楨各得其一,作此誌謝

馬卿使滇制文字,征南更讀武侯記。昆明劫火動地來,眼前突兀失贔屭。陰霾長泣夜郎天,天留此石開其先。群酋築室日敲朴,不隨樵採爲雲煙。使君白蠻本西爨,鬮班遺裔吾能案。戰國襄也乃魏人,建寧有習歸季漢。洎晉曰深仕晏平,僕射肅孫多簪纓。義熙秀才佐記室,剖符始識龍顔名。帝心簡在宣天邑,邛郡重令侯封襲。五千鋭卒捷南荒,磐石不動如山立。六十年中一刹那,史官闕筆遺亡多。土花剥蝕留尺碣,揩眼飽讀三摩挲。儀徵阮文達公。闡幽曲阜桂未谷。跋,惜哉青浦王蘭泉。猶簡脱。文忠嗜古載歸舟,難得文孫將愛割。一詩换得青琅玕,打碑何處尋雕剜。阿畸蝌蚪亦澌滅,烽煙南望天漫漫。

癸 酉

陳蘭鄰大令徵芝歸舫載書圖

我生何所嗜,於書獨不廉。搜羅三十載,卷卷敵紈縑。非周秦不讀,頗爲時俗嫌。冠蓋盛春明,兀坐愁窮檐。夢逢長恩語,五味今尚甜。六經成糟粕,何用

言炎炎。不圖展公帙,與我同虀鹽。宦海甚風波,得此多安恬。勝於鬱林石,石頑難爲砭。通靈十萬軸,能愈天下痁。

送淩言箴茂才文藻歸湖州

故人滄海别,荔子花時節。廣寒八萬户,行見修明月。咫尺入青天,雲帆去如瞥。君言倚閭苦,歸慰雙華髮。耿耿寸草心,難得三春熱。况更熟金丹,可换蓬萊骨。長安地多寒,裝棉能禦雪。遥知手中綫,高堂更密綴。我亦將聽鼓,應官青瑣闕。萬人如海中,待汝金鼇掣。

何稷垌廣文習静圖

養心當若魚,以潛守其宅。養氣當若雲,肅然見天白。勞生復何爲,公侯同博奕。不如一蒲團,趺坐且安適。喧豗人海中,吾豈爲形役?太古壽名山,學頑如汝石。

和王補帆中丞凱泰闈中即事原韻

萬仞風煙種樹年,衆仙下拜大羅天。竦身太華諸峰亞,吹暖黄鐘一管先。明月偏修門户肅,今屆闈務,釐剔一清。梅花清結宰官緣。梅花書屋爲公先世樓村公所居。公於粤及吾閩各建書院,俱植梅以勖多士。我生猶是韓王地,爲憶書雲奏日邊。韓忠獻生於泉州官廨,登進士第一,唱名終,太史奏日下見五色雲。樓村公大魁天下之年,闈中亦有此瑞。

其　二

甓社湖光咫尺求,樓村公居近氾光湖,時有珠光。星辰長在古揚州。脱韈騠駃真神物,樓村公有"騠駃困鹽車,脱韈真可賀"句。移宅蛟龍最上流。樓村公有"何當咫尺起風雲,恐有蛟龍移窟宅"句。江左才名當代冠,宋商丘選江左十五子,以樓村公爲第一。蠻方節鉞到今留。"蠻方節鉞",亦樓村公詩語也。白田覃字重拈日,慚愧劉惔短什收。樓村公有《白田唱和集》,悉用覃字韻。後與劉雨峰駕部叠韻,有"當年白田恣唱和,韻拈覃字相伍參",及"愛君名士同劉惔"之句。

其　三

九霄沆瀣養靈株，"夫子琅霄姿，沆瀣爲供養"，樓村公在王新城座中分賦榆耳句也。茸屋湖西心賞俱。公於西湖書院建致用堂。天下奇才歸藥籠，公先世予中公呈吾閩鄭魚門先生有"薑桂參苓在藥籠"句。公今撫閩所得，又多名下士。相公記事授明珠。所期晨夕開三益，如此溪山勝八愚。好趣驅車重繞郭，嬰兒道左正提壺。

其　四

弢弓已謝少年場，丙寅，左爵督招浚總校正誼書局，旋調馳參秦幕。戊辰春，入都供職。洎秋，爵督入覲，復約同西行，未赴。裘馬同群各濟蹌。與浚同辭帥幕入都者，仁和吴子儁已得館選。巴陵謝廖伯留館，即典試廣東，今又督學山左。黄石空勞求孺子，黑頭幸未老馮唐。河山兩戒撐南服，星月千門夢建章。願乞干霄公彩筆，一爲白也賦明堂。

林穎叔方伯招飲六一泉觀蓮，兼示秦中與予倡和諸作，及前後各稿有感，用山谷卧陶軒韻

公墩即我屋，日月爭一窗。白蓮西揖笑，得主能吸江。浮螘似人小，天地皆糟牀。且散扁舟髮，不引紅旌雙。鷗行爾何炯，湔祓同水邦。勞生治足繭，往事傷耳逄。袖中攜長句，讀之顥鬢霜。幸不著猩屐，今酒非昔缸。摘心並房苦，君曰毋相忘。

潘偉如方伯霨乘槎入覲圖

扶桑初日挂銅鉦，照見神山點點明。咫尺君門示顔色，東南人海識威名。桓寬著述留三島，召虎旬宣遍八瀛。知有閭閻漿酒拜，萬家臘鼓送公行。

其　二

滿牀袍笏有傳孫，百尺樓臺倚璧門。王謝世知江左貴，韋平親受殿前恩。瞻依星斗三台近，指顧虹霓六纛尊。更喜起居團聚樂，春暉長戀北堂萱。

其　三

弟兄聯袂大羅天，公弟味琴、辛芝、椒坡皆予壬子同譜。歲月蹉跎二十年。敢許客

兒原是佛，丙辰游靈隱寺，五百羅漢有蘇頻陀尊者像，酷肖予貌，恍惚有所振觸。公亦有是談。自嘲曼倩未成仙。觸蠻久謝蝸牛夢，鎧胄生無蟣蝨緣。有感西事。贏得下簾重點易，憑公消息問坤乾。公與予喜談《易》。

其　四

歷歷榕陰説舊游，雙驂識路展驊騮。萬言忠孝吹藜校，公在閩恭刊《聖祖庭訓》、《小四書》等。百事艱難借箸籌。芻粟獨勞完大局，秦隴協餉，公頻年清解，今已告肅清。河山兩顧定中流。乘槎我亦蓬瀛問，把臂重尋博望侯。予於春初亦將入都供職。

郭幼安茂才慎行印譜題後

青天一璺開，中有蝌蚪字。誰操昆吾刀，割石發奇氣。郭侯視之笑，隻手蒼冥寄。片片紫雲腴，大足神吾器。飽讀周秦書，斯邈衙官侍。腕底備四時，師古參金燧。嗟予嗜好同，持鉛爲俗棄。天生如此頑，藏之便便笥。啓君青琅函，萬笏心爲醉。人生多憂患，請貞金石志。

甲　戌

和王補帆中丞留别詩，步前韻

春風次第入新年，一朵紅雲捧九天。帝許蒲輪將命下，公於棋局慣饒先。定知顔色非常賜，重結文章未了緣。看遍青青梅柳長，萬家歌吹在湖邊。

其　二

天上乘槎星宿求，如煙九點瞰齊州。獨培大翼風能負，不競臣心水漫流。金璧千門排夢醒，珊瑚一樹借詩留。禁中應有呼才子，仙籍當年姓氏收。

其　三

絶頂栖鸞第幾株，女牀移植此中俱。已成刻楮三年玉，儘解涂脂九曲珠。白虎諸儒能應詔，蒼蠅下士不愁愚。東門祖帳離筵近，且載芭茱酒百壺。

其　四

薝蔔花開選佛場，春明有約待趨蹌。我仍丹汞同參魏，公是江河不廢唐。

匡斗每瞻天六府,雨風常送木千章。儒林佳話從今記,得句先題鳳味堂。

陸存齋廉訪心源臺江送别圖

松風堂下水迢迢,獨木參天夜寂寥。問事每愁來北客,憂時重與話南朝。臺江有松風堂,爲李忠定公舊居。敢望鐵索中流鎖,莫使棋枰一子饒。官燭雙行椽筆在,故人爲汝誦西謡。

其　二

棨戟森嚴幕府開,安危還仗使君才。防秋笳鼓千官帳,横海闌干百尺臺。宣室正虚前席待,中山何礙謗書來。從公脱略看時輩,天地青蠅亦小哉。

其　三

福地嫏環並代居,成仙脈望事非虚。蹉跎敢悔觀經晚,憂患都生識字初。莫露文章苦螻蟻,真愁禮樂失鶢鶋。厝薪早讀長沙語,不負平生十萬書。公十年前題《隔韡論後》,即見及今事。

其　四

人海滔滔一舸還,談兵了未破愁顔。請收蘭錡軍先實,欲會衣裳事或艱。雙鳥終囚迴日月,萬牛可要重丘山。相期並轡隨飛將,射虎東郵控百蠻。

贈謝枚如舍人

傭筆勞勞往恨論,雪花如席太銷魂。西來一笑渾無事,君度天門我雁門。

其　二

二十三年一夢醒,酒人零落感晨星。樽前可有何戡在,唱與貞元朝士聽。

七夕摘牽牛花贈鄭仲濂

人間天上數年華,一樹垂垂近著花。拚與牽牛杯酒醉,天孫今夕正還家。

其　二

浮雲一角有高臺,勞燕西東去復來。如此星辰如此夜,卻從滄海望蓬萊。

過梅妃故里

曾尋羅韤吊興平，草草干戈去就輕。今日楓亭重駐馬，兩家恩怨一分明。丁卯，隨左帥屯兵秦中，有《興平吊馬嵬坡作》。

其　二

荔花開後我重來，一騎郎當爲汝哀。終是樓東好明月，不隨雲雨下瑶臺。

其　三

生小能將禮法持，性情偏與二南宜。珍珠一斛休輕棄，此是開天絶代詩。

其　四

滄江歲晚更憂時，瘦到梅花不算癡。自有聖明天子在，人間多事妒蛾眉。

游清源山純陽洞，懷吕道人

虎乳千年接上流，飛仙遺迹此淹留。漫論滄海經三淺，獨占名山勝九州。朝市幾人成大隱，丹沙多事誤封侯。勞生愧未黄粱熟，四十年來尚黑頭。

南　臺　巖

背山成小築，面海發奇觀。水氣昏昏接，田紋曲曲盤。萬家動鱗甲，雙塔亞闌干。卻笑浮名累，題詩借石刊。

海上感事呈李子和制軍鶴年。

颵颵飛輪一羽輕，載書曾上赤嵌城。空傳雷雨三千劫，未斷波濤十萬程。幻作伶官愁販鴨，生從鬼母笑騎鯨。婆娑洋上如圭月，莫遣蟾蜍蝕太清。

其　二

七二津沽歇怒湍，陽冰未冶識天寒。鑄將頑鐵千秋錯，爛到樵柯一著難。絶島田横身易許，卯城徐福淚何乾。蔽江木柹忠魂在，誰拜當年上將壇？

其　三

層樓堊白净紅塵，市舶西來競卜鄰。一綫天光通紫電，萬家地脈走青燐。

參軍亦學娵隅語,王會能圖馬服人。猶是吴墟歌吹夜,隔江蘆葦吊春申。

其　四

花田簇簇米囊斑,長使英雄老淚潸。補網卻愁遲海上,殘膏誰許舐人間?四溟日月囚雙鳥,一角江山鬭百蠻。國事莫憑杯珓問,平章萬里不生還。

其　五

石船鐵履奠山河,别有將軍下瀨戈。廟貌已祠黄石貴,櫓聲定識白衣多。全收官物歸陶侃,未捧天書讓尉佗。聞説博昌能習戰,千金虚牝莫蹉跎。

其　六

劍佩頻繁卉服猜,神京拱衛仗三台。憂時一老滄江卧,扈蹕千官羽獵開。緜蕞叔孫仍議禮,封侯王歙是通才。如何日出稱天子,又見羊僧入夢來。

其　七

月窟衣冠萬國同,尉侯何以判西東? 漫論突厥知文字,偏豢蚩尤作雨風。五餌誰紆宣室策,三年未翦鬼方雄。無端厠鼠争清濁,上蔡齗齗欲奏功。

其　八

杯水寧愁汩汩靈,扶桑如薺島如萍。竟看蒼狗浮雲幻,未掣長鯨跋浪腥。大海不辭填木石,晴天無事下雷霆。乘槎犯斗吾何卜,世有君平恕客星。

龔詠樵太史倚柯覓句圖

掉頭東海不肯住,又騎款段長安路。煮字療饑事大難,天下幾人能長句。多君閉户獨著書,家有長松容箕踞。蓬萊絶頂秋風騫,歸田一一蟲魚注。袖中詩卷開江山,我欲從呼將伯助。冷官自笑今贏才,帕首鞾刀時來去。道左相逢執手歡,論功何必問大樹。浮世除詩多强名,底須頑印封侯鑄。滄江善葆千金軀,相期努力廓天步。藻繪乾坤筆兩枝,東浴踆烏西顧兔。

林勿村中丞鴻年惠詩,和原韻

西時韜弓謝健兒,又從瀛海見旌旗。奇章賣塞言何補,王粲登樓事可悲。

笑我口中容飲酒,避人劫後看彈棋。朝朝攬鏡都成夢,混沌如何中畫眉。

其　二

盾墨磨人愧此行,多公贈語重平生。河山長夜千官醉,文字憂時一紙輕。未許終童繫南越,已聞趙鬼誦西京。艱難吾道何須説,奇福原無竹帛名。

題袁子才小影

何曾岌岌戀予冠,十萬文章自校刊。未肯摧眉事權貴,已拚强項謝麤官。及身難得湖山福,垂老重收骨肉驩。記過蔣侯祠下路,神絃一曲爲君彈。

乙　亥

王補帆中丞閩海飛航圖

我聞翩翩三青鳥,乃在蓬萊之巔、瀛洲之表。龍伯修職效百靈,時一鳴兮天下曉。神物降集非尋常,况得其五水中央。馮夷拱手立,一波不敢揚。下有巨蚌初胎之明月,上有天弓高挂之扶桑。君門萬里臣心邇,五鳳樓前夢天子。無端一夕生迴風,簡書催拜將軍幢。蜻蜓小國公能鎖,狂瀾力挽中流柁。一片仁心,格天來禽。大千雁户足飲啄,此恩直同海水深。海水深兮海天闊,津梁遍度萬人筏。紫泥重叠銜命來,仙使行將出金闕。人言華陰雀,三公環;封侯鵲,報常山。公今五瑞爲之兆,畫圖更上淩煙間。

贈彭紀南軍門楚漢。

横海樓船十丈開,軍門椎鼓夜如雷。曾從大纛陪清賞,細數登壇見將才。鴟塞同心望廉藺,龍岡舊侶話徐崔。平生鐵石吾能識,付與峻嶒萬本梅。軍門善畫梅。

杜林列傳題後

子夏門庭别大冠,扶風家世此篇刊。漆書不廢儒林傳,赤伏中興列宿官。竹馬迎人朋輩少,井蛙稱帝寓公難。此身骯髒存吾道,席草簪蒿一淚彈。

其　二

西去推車家弟痛，南來饋馬故人存。卯金著作無餘子，京兆門楣有外孫。述孔遺言刑法減，駮堯大議禮經尊。滔滔丹水留温詔，漢室優賢亦至恩。

王丹王良列傳題後

新莽河山不辱身，千金買隱豈愁貧。責兒未易全交道，薦士何曾悔失人。千斛餱糧資鄧禹，一縑組織愧陳遵。青宫羽翼東京重，道左無勞拜後塵。

其　二

蘭陵生世屬清流，一卷書耽小夏侯。自有忠言能納誨，不堪病骨屢歸休。拒門朋輩真知己，徒跣夫人不解憂。赢得衰齡天子問，兒孫徭役復何求。

馮衍列傳題後

馳馬三關吊戰場，屯兵當日亦飛揚。微官去就期千古，故帝存亡覓八荒。不及識時田伯玉，已輸高爵鮑君長。知交悔受諸王聘，謡啄蛾眉更可傷。

其　二

揭節懷金百念空，如何老去更途窮。文章正脈離騷淚，門第通侯上黨功。婦弟寄書愁吠狗，祖姑遺事感當熊。一篇官録分明在，誰説奇才九歲童。

申屠剛郅惲列傳題後

史汲於今得替人，一篇對策悚諸臣。僻經有詔姑從姪，外戚無官帝不親。廊廟大難歸玉璽，頭顱何惜付車輪。蕭蕭一騎平陰路，猶是三巴去住身。

其　二

星辰來去獨倉皇，能識天心漢不亡。恥向兜鍪尋捷徑，欲從漁釣謝明堂。春秋著述經師傳，生死論交俠客場。太息汝南牛酒夜，至今人説郅君章。

宿　垛　莊

舺棱北望五雲端，自笑勞人戀一官。世路不平誰轉石，天心未弱或知寒。

牛羊低草無聲畫，昏曉青山未了看。二十年來重回首，雪花仍舊上征鞍。

宿劉智廟

重踏平原十丈塵，夕陽漸下衛河濱。苦飢悔不如臣朔，笑士何曾有美人。我敢千金享敝帚，天教一飯作勞薪。無端濁酒澆寒夜，猶是東西南北身。

十二月十九日抵都，吳春海侍御招飲觀善堂，拜坡公像，用公集除夜贈段屯田韻

驅車齊魯來，嘉平月過半。峴屼拜先生，肚皮爲汝歎。時局紀元豐，將詩并日玩。在天奎宿靈，元精未肯散。涕泣説先皇，幸有蓮炬伴。一醉吾何言，箝口待昏旦。蹉跎久不雨，飛塵上廳案。都如赴壑蛇，薄暮心繁亂。西方不著力，此手何時盥。譬彼病維摩，灌頂無和緩。口腹或養廉，鰥魴誰柳貫。石鼓不再持，安得震頑懦。今宵且煮酒，座有勞人炭。乞恕面黧黑，賤子初投館。一曲鶴南飛，得氣天應煖。行將見新歲，昂頭北斗粲。

謝夢漁給諫來詩和作

天生木雁幾全材，付與人間一一猜。西望可堪論賣塞，東歸猶許夢登臺。痀瘻蜩翼承何技，混沌蛾眉畫不開。莫説庾郎工射策，江南天醉爲誰哀。

禹陵窆石歌

金棺千載生寒灰，土花斑剥稽山隈。禹祠禹井下群鳥，中有片石埋蒿萊。古碑有銘窆無字，行人競拜天王地。一坏樸陋猶卑宫，不見好文負贔屭。後來好事加雕鐫，相傳或漢或吴年。孫皓無功銘其背，乃覆一丈東巡船。何人尋穴訪李白，摩挲五尺看陳迹。欲將岣嶁互鉤參，啞口無從辨波磔。中存九字真模糊，推移枉費牽千夫。王靈屹立長無恙，龍瑞宫前聞鷓鴣。

丙　子

題龔禹疇前輩履中四世循良傳後

傳鼓豐鎬居，舉臿溝洫志。善繼得孫曾，國本無逾二。自周及西京，溥哉群氓利。識大緊誰賢？不尸小官位。我思川楚區，一麾萬命寄。十郡集良家，累石獨勞瘁。創論運掌中，直如身使臂。更溯七星渠，瀹濬軼禹治。是何法上乘，兵農一身備。吸水見淵源，乃知世德畀。軍書佐皇初，馳驅爲先轡。此手能活人，枯骼四荒醉。王父抱傳薪，藏之便便笥。濟水發其端，趙州沃其地。引泉惠民河，三葉象賢嗣。維公綜大成，萬言洽廷議。保民與養民，合室稱能事。安得天壤間，數典守公鼻。時局正艱難，檢書三復淚。湖西猶瓣香，勿憂片碣墜。血食已千秋，祠宇遍所莅。觸我誦清芬，積石牢牢記。冠蓋滿東南，百衍魚龍戲。高爵豈無人？勞心疇撫字。差喜賢中丞，闡幽能不置。伏莽愁腥風，徙流嗟北異。居今憶往哲，搜采人中驥。下植百官箴，上邀天寵賜。史傳請留名，蔚爲渤海瑞。天子制曰可，四世汝循吏。

贈王四

汗泉生在大官宅，日取蔗漿消飽食。不如嗅此墨花香，腹中汩汩三升汁。摩挲麟篆振榑桑，秦耶漢耶吾能識。科頭箕踞商打碑，難得王四搜殘石。自來交道屬狗屠，燕市奇人如漆黑。氈椎似汝足生涯，勝於衣冠褦襶客。

題山陰吴貞女傳後

女子生深閨，不識人間事。紅塵擾攘中，孤行守一意。皎皎無二天，詎以死生異？家難况頻遭，孑身安所寄？三尺栗主魂，一香皮金字。亘天氣如虹，入地復出地。持此報郎君，日盼螟蛉至。不餒慰先靈，大哉春秋義。

題陳卓亭同年進銜悼亡詩後

歡顏難得侍重親，相對牛衣慰苦辛。執手不忘中婦枲，到頭誰佐大夫蘋？卅年小劫原關命，百事堪哀是食貧。我亦人間荀奉倩，營齋營奠一傷神。

丁　丑

丙子除夕，同龔藹仁觀察易圖游僧寮，擬用坡公粲字韻，未成。今春觀察將乞假南旋，臨別書此贈之

少小文酒驩，生存僅及半。故人隔之罘，天各一方歎。時局苦紛厖，罽賓戈鋋玩。左右得支撑，西顧積憂散。驅車入春明，喜見南皮伴。縱談恒夜深，聽雞忘叫旦。日出正海東，叩舷時一案。門庭愁洞開，此手誰撥亂？公也具遠謀，能以道湔盥。循吏有傳孫，兵農何敢緩？南歸豈爲鱸，望蝨將輪貫。巖疆求棟梁，待立頑與懦。歲除萬事新，且煮洪鑪炭。銜杯更話別，梅花照驛館。天心厚所屬，珍重南枝煖。生逢堯舜時，莫教白石粲。

同謝麐伯、何鐵生金壽兩太史、謝夢漁給諫游釣魚臺，和徐叔鴻同年樹鈞原韻

勞生忽夢千年玉，至今渭水西沈緑。短簑輕篛話前塵，寒江何處尋滕六。謝公心迹嗟余同，同辭秦幕入都。歸來挈榼呼鄰翁。一官悔不作陽鱎，避人重訪桃花叢。平原交錯暝煙織，高皇輦路苔衣碧。昆明片石生春寒，西山一角看日入。不愁花事催人老，酴醾如棘離宮繞。一竿借汝擎海天，曉策金鼇十五島。

同謝麐伯、何鐵生兩太史、張雨珊孝廉游天寧寺，觀緑牡丹，分韻得射字。鐵生爲予補緑牡丹圖

花冠簇簇自天下，鼠姑一夕東君嫁。梵王好諦歡喜緣，琳宮高挂鞦韆架。

報道仙人蕚緑華，已與羊權作姻婭。託根天上勝人間，千紅萬紫塵樊謝。寫生妙手屬何郎，綵筆能奪天造化。儻題花葉寄朝雲，九霄引矢將書射。

同弼臣游花之寺，觀海棠作

韶光百五不嫌遲，絶代佳人信有之。一笑東風猶待字，海棠如我未開時。

鮑子年前輩康顧祠雅集圖

齊州九點如煙小，眼中獨以萬言了。天荒地老布衣尊，公能一手割昏曉。利耶病耶復何言？朝市如聞風過篠。亘天浩氣盤雙松，精靈儻化爲大鳥。我來跽拜已十年，座中祭酒初識鮑。一時冠蓋盛京華，或得頷珠或鱗爪。愧予潦倒百無成，負腹屢得餕餘飽。公也馳驅歷九邊，雁門我亦驂騕裹。腐毫到今一字無，起看雙鬢將成槁。今日展圖更惘然，長空無恙春月皎。年年健在祝群公，小子執鞭敢辭老。吾徒兩事屬君親，毋忘忠孝人倫表。

大北河舟中寄都門諸友

醉歌朝市日營營，雌伏雄飛兩未成。痛哭有時同賈誼，升沈何事問君平。不隨傀儡牽絲戲，自辦頭陀帶髮行。回首崑崙望雲氣，神山顏色尚分明。

大北河舟中

篷底荒雞唤夢譍，一鉤殘月正東昇。篙師跂脚渾無事，十五孩兒轉柁能。

其　二

雙隄緑樹排如薺，十畝黄雲捲作波。怪底濁流仍日夜，天涯歸客浣衣多。

其　三

中流緩步當安車，風激波迴轉櫂徐。生羨來船帆正飽，漁歌一片出籧篨。

其　四

青鞋布韤重行行，一笑横江津吏迎。爲道南歸吾見慣，當關莫打放船鉦。

吴縠生水木清華亭圖

如入清華境,因君一爽然。琴書吾道福,山水故鄉賢。門第懷初祖,塵心愧老禪。况多親串感,相待早歸田。謂穎叔方伯。

芝岑中丞葆亨出示虹橋板題後

仙人借天爲藻繢,虹橋高出飛鳥背。峰頭十丈架壑船,釣竿直挂三辰界。何來片木落人間,乘風吹下幔亭山。千年神物偶一見,修尺廣寸疑沈檀。霽園主人今侯伯,躬圭在手同珍惜。建牙競喜有前緣,武夷君早東道揖。况今德政敏蒲盧,連理軒中開畫圖。請持版築化萬億,活我百姓勝溱輿。

九月十三夜,金山寺望月感作

人海藏身事可嗟,年年插脚溷魚蝦。漸生白髪三千丈,苦滌恒河十萬沙。時有濬河之役。歸里陶潛寧爲酒,罷官嚴助久無家。憑欄儘有西風感,叢菊蕭條未作花。

其 二

朝市營營互醉歌,獨留古月閲人多。静中漁火千星奪,遠處青山一髪拕。羡爾病僧能蹩躠,住持僧病足。敢云老子尚婆娑。二分記渡揚州夜,十年前曾游揚州金山。如此樓臺等逝波。

其 三

滔滔涇水至今寒,一卷遺詩我校刊。曾同吴維允觀察鳩貲刊張襄愍《半洲詩集》。上將威名傳海外,英雄老淚付江干。同時寃獄吾家偶,襄愍與家椒山公同日棄市,天下寃之。蓋世才華似舅難。襄愍爲鄭少谷之甥。留得鬚眉入圖畫,荒祠付與子孫看。

其 四

丱歲光陰此卜居,曹能始先生少時在此讀書。忠魂來往一欷歔。桑田莫問經三淺,泡影新參悟六如。天上大廚愁每飯,能始爲天廚星降生。人間熱血抱遺書。石倉園畔藤蘿在，澤國同傷百歲漁。時有老漁在側，諵諵話舊事。

倪耘劬少尹鴻花陰寫夢圖

鶯子銜香下緑蕪，新歡舊恨忒模糊。酒闌如對迦陵語，親見填詞第一圖。丙子人日，飲袁篠塢司寇宅，出《迦陵填詞圖》原本相示。

其　二

馬塍花謝感春風，一曲簫聲覓小紅。二十四橋回首處，斷腸人在月明中。

芝帥雙紅梅館花盛開，除夕寄詩索之

萬香如海鶴飛還，雙著緋衣壓衆班。願祝陽春真有脚，一枝先賜到人間。

除夕大雨，用東坡守歲韻呈勿村中丞

寒雲垂雨脚，紛如添畫蛇。天殼啄久破，無石當空遮。沮洳已三月，騎歲更奈何。兒童不解事，撒鹽雜笑譁。門前催租吏，馬策愁頻撾。生柴濕難煮，竈涑突煙斜。漫言桃符改，此去寧蹉跎。詰朝見烏足，吾筆書春誇。

除夕祀長恩作

光緒丙子五月，水患甚亟。予在都門得家書，幸圖籍未入巨浸。今歲五月八日，甫抵家，河流仍駛，更有甚者，兒輩述兩度搬運之苦，水至没膝，皆度處得當，意神力也。神於我家一火二水，均得呵護，不可無詩以紀之。

馮夷作虐竟登堂，南望滔滔感故鄉。滄海横流關浩劫，詩書漫捲悔多藏。青燈如命兒能護，白酒言勞汝一嘗。知否年來臣朔苦，五千文字獨撑腸。

冠悔堂詩鈔卷五

戊　寅

丁丑十二月十九日坡公生日，戊寅正月二十日白太傅生日。予以二公在杭，有功水利，因出家藏内府南薰殿本摹像，刊置塔江小金山寺。同人拜祀禮成，并繫長言，呈葆芝帥

忠州有東坡，樂天種花地。黄州有東坡，子瞻師其意。遥遥千里區，兩公同一致。千漚發南城，六井更濬泌。白隄與蘇隄，功德先水利。嗟哉忠信臣，古來多猜忌。不獨孔戡吟，衆面互驚異。樂府聞禁中，謗書已隨至。即如論進身，未肯他途厠。宣仁識奇才，磨蝎終爲累。文章能得名，獲罪亦易易。三復太傅言，老髯當涕淚。何若方外交，空洞絶怖畏。上有如滿師，長慶謀位置。次參佛印禪，留帶金山寺。此地雖具體，浮生差可寄。夜來風雨多，江神不敢睡。側聞拱階前，願爲一介使。憑公在天靈，呼吸通帝謂。叫閽驅黑蜧，欲懾魚龍氣。旱潦固天時，感召屬人事。自唐及有宋，憂患在識字。莫以今宵歡，杯盤供一醉。中流障百川，相期仰不媿。

贈嬾雲和尚

西山片石尚嵯峩，燕市騎驢互醉歌。公解洗腸作開士，我慚帶髮學頭陀。蓮池文字前身幻，芋火功名去日多。自笑此生亦磨蝎，水光何地著東坡？

其　二

無著天親本弟兄，十年小别夢神京。游人幸訊雷公在，我佛休嘲孟顗生。劫海撥灰成往事，山廚饒舌悔知名。霜顱鑠骨吾仍健，羡汝西方隻履行。

郊行雜詩

田車軋軋鳴，退水非進水。泥深衆草生，没膝難爲理。不聞叱犢聲，壁犂繡生齒。哀哉沮洳場，鵝鴨還棲止。

其　二

天寒穀不芽，久浸仍成顆。凝陰遏生機，瓦盆難著火。朔風不肯東，解凍測誠叵。不勞布穀催，群鳩樹上坐。

其　三

冬雷何闐闐，十一月十一日、二十六日均雷。春雷亦虢虢。正月初十、十三日又雷。收聲與發聲，月令難繩尺。阿香催雨來，止之汔無策。莫言燮理乖，陰陽萬事隔。

其　四

行行南城隅，環視五丐婦。争食稃與糠，鯁喉不遑歐。昔爲舉火資，豈料能充口。刺肥彼何人，朱門呼煮酒。

題楊升庵先生像

苴力橋邊垂柳哀，昆雞三唱逐臣來。再生終是天王賜，大禮無如宰相才。塵世風波歸洱海，文章日月出蓬萊。一家父子全忠孝，撼樹蚍蜉亦小哉。

其　二

何曾思蜀悔他鄉，公述少師公言：蜀之士夫多卜居别鄉，太白寓江陵、山東，老蘇欲卜居嵩山，東坡欲買田陽羡。僰舞夷歌總斷腸。侍側螟蛉羞與伍，能言鸚鵡事非祥。笑啼世自多山鬼，星斗公今豈夜郎。知有平生黄葉感，師門難忘李東陽。

鼓山水雲亭謁朱子

儒門一柱賴扶持，下界何人尚著棋。説與山靈渾不管，金剛努目佛低眉。

題張襄愍公像

嗚呼！趙胡忠，公不忠，此語乃出自嚴嵩，是非顛倒天何聾。蜻蜓國醜已日蹙,東南第一誰戰功？叫閽有孫鳴冤獄,公如日月懸蒼穹。死生早識關河黑,昔爲人傑今神聰。公生六月初四日,十月晦日乃公終。洪塘遺廟足俎豆,至今四氣風雲同。嗚呼！趙胡不忠,公大忠！

李香君小像爲芝帥題

絶代香魂扇底收,胭脂淡寫秣陵秋。鶯花債帥成千古,絲竹排場换九州。不戀黄金公子貴,空陳碧璽寡人愁。繁華往事憑誰記,雪苑文章在上頭。

其　二

盲翁負鼓説當年,生薄中郎擘四絃。一别佩環真似水,二分明月已成煙。難除噩夢鸚哥懺,莫唱權門燕子箋。如此江山付圖畫,桃花應結再來緣。

唐六如像爲芝帥題

我生亦降庚寅歲,一第蹉跎竟似公。未肯末光争鬼魅,不曾醇酒廢英雄。千村黄葉家何在？百樹桃花月可中。記過横塘吊今古,才人多屬梵王宫。

其　二

論才南郡天生獨,卻聘西江亦善癡。不礙徉狂爲國士,何妨乞食是吴兒。青山幸近要離冢,落日平分短簿祠。可有當年遺嫗在,松花如雨讀殘碑。

重午日再題六如像

情懷連日中醇醪,展卷因之首重搔。無限雨風蘭芷感,空山一士讀離騷。

其　二

雁鶴蟬猿太費聲,蘇門底作不平鳴。何如四大空空者,净土長留一代名。

褚稼軒云：蘇門公嘯有六如：一如深溪虎,一如大海龍,一如高柳蟬,一如巫峽猿,一如華丘鶴,一如瀟湘雁,謂六如之號取此。

葆芝帥鄂不孔懷圖

神皋獻璽錫彤弓,帝賚重重爵上公。西套雙旂歸掌握,東華一佛啓鴻濛。

櫜鞬抱見家人禮，駝馬來朝異姓忠。爲拜君恩歌世德，十亭雁列棣花紅。公爲札魯特多羅貝勒裔。天聰二年來歸，掌西套，凡旗二、爵四。秦"受命於天，既壽永昌"八字璽，流傳至元，遺於和林，歷明一代未見。公先世獲此寶，并嘛噶佛一尊，敬獻太宗，遂編佐領，隸滿洲正藍旗，可補我朝之掌故。佛今建廟於京都東華門内南池子，祀之。

其　二

西川節度重專城，桃竹橦花萬里迎。孝謹一門稱石奮，久勞在外念東平。天垣咫尺司喉舌，國步艱難惜股肱。留得甘棠視此芴，十圍喬木向春榮。宮太師公丙辰通籍，即令晉、隴，歷仕豫、秦，由川内擢大司寇，而告終於蜀。民思之，爲建祠西郊二仙庵。同治元年壬戌，公兄芝舫司馬丞重慶，公適奉張石卿制府檄入蜀，集同人拜飲宮太師公祠下，亦天倫樂事也。

其　三

白山百丈矗嶙峋，公子振振是石麟。香國胚胎無垢佛，生祠跽拜太平民。楗流萬福潛河伯，樾蔭千尋慰暍人。更欲姜家借大被，襟裾長願海天親。公前身爲净香童子，湘民多爲公建生祠。閩中比遭水患，公奏請濬河，凡籌米、備荒有便於民者，必任其勞，民甚德之。

其　四

花萼樓前有世臣，絳趺又見一家春。文章珍重金壺汁，門地清華玉麈身。好夢長圓思綺歲，求忠先事在天倫。黽池已報開圖畫，連理枝柯雨露新。公陳閩臬，署中蓮開並蔕。及綰藩條，復有木連理之瑞，公以名軒，即《黽池圖》所謂德治精通者。

竹醉日，招鄭虞丈，何稷垌、硯劬父子，陳弼臣飲閏竹居。稷垌出銅爵相贈，文曰"朔州知州郡人楊啓克置"。似明代物，爲孔廟祭器，賦此誌謝

朔州乃古楊侯國，《廣韻》云：楊氏出弘農、天水二望，本自周宣王少子尚父，幽王邑諸楊，號曰楊侯。後并於晉，因爲氏。吾宗筮仕名啓克。惜無年代資參稽，摩挲遺爵重太息。閏竹齋頭搜吉金，適來三足居筵側。酒酣起舞壽此君，楚弓應合楚人得。衣裳顛倒毋復論，時閩學有異。此中可飲吾知默。晉祠禱雨已回天，吾儕生今得

肉食。不辭珍重爲公斟,惜物安得重鐫勒?戊寅五月日十三,贈者故人曰老稷。

家蓄一犬,三月二十三日忽失。五月二十日重來,到門數睨。比入,跳躑不已,周帀堂室,繞衣若欲語狀。作此誌之

獨能掉尾不能言,一飯寧忘豢養恩。安得世間如汝輩,回頭知戀主人門。

其　二

別來似亦苦朝飢,瘦骨重摩一慰之。莫負柴門明月夜,艱難顆粒爾須知。

五月二十八日,顧亭林生日第一集,稷坰、硯劬父子招同虞臣、弼臣及大兒輅飲於黄氏園亭。稷坰詩先成,和作

蔣山絃曲遣相邀,布韈青鞋老一瓢。草昧初開能道任,世人欲殺竟生聊。諸陵來往冬青珏,奉谷逋逃飲藥譙。太息遺祠依古刹,雙松風雨夜蕭寥。

六月七日,瑶華帝君生日第二集,到者稷坰、硯劬父子、虞臣、弼臣,飲於養雲書屋,大兒輅、三兒韜侍

到秦我憶西行日,湘子祠前載酒過。十載如花開頃刻,今朝將壽補蹉跎。重逢骨肉他鄉慰,自古神仙好句多。贏得九重親受籙,潮陽爲汝靖風波。

六月十二日,黄山谷生日第三集,到者稷坰、硯劬父子、弼臣,大兒輅、四兒韎侍

破涕翻爲笑,同公喪二妻。山谷有二室墓誌。稷坰、弼臣近均斷第二絃,予前者亦喪一妻、一妾。文人難鰈合,往事有鵑啼。且酌大江水,來看雙井題。汶汶章蔡輩,已作陌頭泥。

和稷丈瑶華帝君生日原韻

簫聲吹度碧城霞,莫説桓王是故家。畢竟人間遜天上,不如大理换瑶華。

公爲魏安定桓王九世孫,曾仕大理丞。

其　二

逡巡酒量可能加,祛暑相招醉麴車。奈不成仙仍學佛,逃禪終日誦無遮。

和稷文山谷生日原韻

兩家父子能文者,公與東坡有夙緣。遠宦思兄輸鹿養,"槲葉風微鹿養茸",公思兄作。閑曹如我把鷗編。木樨無隱參先透,荔子能餐貶亦賢。公再貶戎州,有《賞荔》詩。敢請漢書同下酒,一言質厚重雕鐫。陳蘇庵評《漢書》"奉公質厚"一語爲本。

六月十八日范忠宣公生日,越日補祝,林省軒同年招同林虹屏、何稷垌飲於萬安泉

讀公封事青苗彈,面垢談詩彼一時。我輩更尋童子樂,此中真與冷官宜。莫言北客同棋局,且向炎方盡酒卮。洗卻紅塵三十丈,世間何處有元規。

稷垌來詩述古香太守延楷郡齋蓮花重臺,紀瑞索和,即步元韻

紅衣仙子下蓬萊,紀瑞知爲太守開。趺座雙層春六月,一齊跽拜梵王臺。

其　二

嫏環福地託根靈,照水分明是德星。一種清華數門第,風前玉樹立亭亭。

其　三

波心一顆月輪呈,聽唱滄浪濯我纓。好似畫船花四壁,萬家篘酒飲香名。

其　四

重叠仍參妙法駢,六衙吉語玉環連。冰夷不作群花舞,寫出承平一幅妍。

禽言三十二首

骨託,骨託!鐵石在口,如食餅飥。心腸一片,梅花嚼。

武游郎,武仙郎!金輪羯鼓催花忙。阿蘇步步踏蓮露,戴蟬新著綠衣裳。鳳花臺下花多少,年年自在奉君王。

阿春看客，笑言虩虩。數日不見郎，郎面爲何赤？

竦斯，竦斯！天聽最卑，籲天應速籲人遲。

傷魂，傷魂！魂兮在天，誰司天閽？虎豹雙蹲不見門。

鉤輈，格磔！行路跛躄，一生著得幾兩屐？

但南不北，西方有人將汝弋，汝去難爲六月息。

杜薄州，且句留。空山見卧佛，津梁疲亦休。

苦，苦，苦！堂上姑，吃婦乳，小姑終日聲如虎。

伯勞，伯勞！伯兮負米手親溞。汝獨兩肩荷一口，得錢沽酒日陶陶。

阿得脂，阿得脂！甘旨奉阿姑，而夫心不知，曰汝何肥。

勃姑，步姑！勃者色，待姑愉。步者聲，尾姑趨。屏息立堂隅，小姑聲細，若有若無。

蓋屋，蓋屋！茅苴一束，東家來乞漿，西家來丐粟。

食火煙，非神仙，四足能飛何翩翩。無怪鼠拕腸，舐丹學登天。

兒回來！娘家炒麻誰知來？兒來舍娘誰知哉！兒饑娘唉，兒飽娘咍。兒身久墜地，兒心在娘胎。

懊恨也母兮，白日沈西，中有烏棲。烏飛在天，何不能啼？

謝豹，謝豹！有筍有蝦趁墟鬧，妾夢厭厭不曾覺。

歸飛，歸飛！汝既言歸，復飛何爲？北山有羅，且息機。

意而，意而！汝意乎而，無如而不知。而心如石，汝何不亦化之？望夫石上舞僛僛。

獨足，獨足！稻粱在前，不敢躑躅。爲汝祓不祥，葆此豐年玉。

烏烏啞啞，後有大賈駝，前有高官車。一夫中跛，是耶非耶？

精衛，精衛！去去來來，年年歲歲。木石自無窮，汝勞何人替。翻海洗青天，汝當一破涕。

呵，呵，呵！大事由他，小事由他。葫蘆依然畫，吾末如之何。

金，金，金！汝能語，是何心？富者汝答貧者瘖。

甘,甘,甘！一而再,再而三。先生和事世情諳,能容人所不能堪。

淘河,淘河！千夫楗竹,語雜聲多。偏東則東吁,偏西則西呵,中流容與不如他。

壓油、壓油！汝且休休。阿婦嬾梳頭,雖多反汝尤。

莫摘花果,摘果可,摘花叵無花,安得汝顆顆?

三阿姑,梳頭未?嫂在牀頭立,卯酒嫌無味。阿姑會有作嫂時,小姑詠汝寧無畏。

姑姑嫂嫂,行人苦,潦我心如擣。

迦陵頻伽,帶髮笑頭陀。梵嫂著袈裟,出家忙比在家多。佛現了,天下曉,放大光明如月皎。

高茶庵司馬望曾繪臺江送别圖贈芝帥入覲,索題

苦浣元規十丈塵,雙江臺下碧粼粼。水中吠蛤迎生佛,天外飛鴻謝弋人。宣室定垂前席問,湯師好結再來因。停橈指點松風路,去住艱難繫一身。臺江有松風堂,爲李忠定公讀書處。

六月二十一日歐陽文忠公生日,稷垌爲主人,以二十四日觀蓮節補祝於烏山願學堂,到者弼臣、硯劬、予與輅兒

遥識生辰受賀辭,劬勞難忘瀧岡碑。不如覽揆遲三日,且共荷花進一卮。君子從來本各黨,美人宛在最相思。千秋顔色西湖老,公終老於潁之西湖。知有紅衣拜少師。

宋肇慶太守陸侃碑,同治癸酉出土。林穎叔方伯欲購嵌書院,予審物主人爲船廠書胥,屬沈幼丹制軍求之,以取值昂,遂止。今歲芝岑中丞竟獲之。予以侃爲林文昭公壻、鼇峰院長郭遠堂中丞母族,即文昭裔,宜嵌院壁,芝帥韙之。遠丈有詩紀事,和作

好事終如願,重重結石交。五年勞入夢,一臠勝群肴。喜得他山助,頻求于

野爻。飛牋報耆舊,應當異書鈔。時穎叔客鄂。

其　二

顯晦原無定,誠心石自開。爲耽文字飲,同撥海天灰。嶺外稱能吏,塵中少棄材。况聯親戚話,一片近蓬萊。

芝帥得漢玉印一枚,篆爲"在是居士"四字。適訪遠堂中丞,見鼇峰書院有康熙間黄中丞秉中匾曰"道在是矣",遂以此印持贈,永鎮院中。中丞賦詩紀事,和作

徽國紹真傳,一脈道在是。巍巍鼇岫巔,榜書寄深旨。幸遇賢中丞,漢章得之喜。墜緒搜窮年,兩字追芳趾。持以贈皋比,厥德稱君子。紉佩不去身,賓主東南美。緊昔三鱣堂,銜環我伯起。鵲印忠孝侯,梁相足高企。方寸雖區區,鈐朱能黜紫。縝密更無瑕,朝夕供棐几。念兹長在兹,手澤思羅李。文苑萃門庭,吾道不踰咫。願保永鎮心,披綬式多士。玉帶笑坡公,語猶參佛理。不及青琅玕,留笏甘棠視。赤虹尚亘天,源頭照活水。

芝帥榕陰撫馭小照

此手能調馬,平原草正肥。拳毛感牢養,髀肉話戎衣。一水新涼洗,千秋大樹依。天顔應示喜,教控九花騑。

伏日芝帥邀游鼓山,兩公子湘帆怡齡、麗生悋齡隨侍。先後來會者,吴縣王眉生壽祺,山陰王畹香鼎九、潘小帆燦、虞子畊榕,會稽陳芷湘嘉禄、魯登四祖壇及陳子良承裘、郭轂齋式昌、家子恂,刻石紀游

入山不見寺,入寺不見山。石窪成破鼓,毒龍潛其間。此心長不競,白雲時往還。開門識馬瀆,嘘煙落百蠻。山門可望馬瀆船廠。帥以千里鏡照之,諸景畢見。

其　二

迢迢東際橋,埋金事奇誕。竇窖獲甆龕,布地佛何袒。夜氣識無人,細讀天

禧款。陶者九百年，可作蓮盆伴。東際橋相傳有金窖。前數年爲林姓所獲，在佛龕下，龕爲宋甆。帥與予登坡視之，乃天禧二年物。東嶽蓮盆亦宋甆，爲元豐元年所造。

其　三

西廊有古松，道是蕭梁物。圓織覆十圍，曲曲何盤鬱。不見六朝僧，蒼官參一佛。嗟哉老龍鱗，大材如汝屈。西廊且過堂前有古松，云是蕭梁時物。

其　四

更愛靈源游，相見不妨數。品泉第一流，宦味都嫌濁。修竹奏泠泠，萬籟生古樂。上有水雲亭，儒門拜先覺。靈源洞極頂有水雲亭，祀朱子。

其　五

驟雨西北來，雲襲襟裾冷。樹杪生洪濤，飛瀑修如綆。凹凸肖巖形，直瀉無人境。名利笑何求，對此應清省。七月朔，在靈源洞小憩，驟雨如注。帥即景得八字曰"挹雲聽雨，觀瀑品泉"，書聯贈懷忠方丈。

其　六

雲海飽奇觀，且面達摩壁。古洞發幽香，聞濤萬慮滌。盡收緑榕城，畫圖開歷歷。擘窠書上方，悟曇宗派嫡。游達摩洞，帥書"雲海聽濤"四字刊石，署款曰"悟曇"。蓋帥前身爲五臺山僧。

倪耘劬明府出雲林瓦硯相示，云曾歸唐六如，後在羊城復得之。書贈，兼呈芝帥

如登清閟閣，片石重摩挲。桃塢曾相伴，榕陰又一過。飛蓬隨宦轉，短墨當人磨。寶汝真同玉，朝朝助浩歌。

湘颿太守同游石鼓，書贈

石鼓山頭潑舊醅，樊南忽報衮師來。一燈振觸觚棱夢，十載商量芋火煨。且喜授經傳七葉，新從列宿接三台。鳳毛羨汝朝陽日，王謝門基有雋才。

麗生六公子同游石鼓，書贈

紀群兩世重交情，喜汝清於老鳳聲。此日勝游隨笠屐，他年吾道作干城。

前緣共結三生石，發軔初登萬里程。愧我八分書草草，幸同阿買一留名。

鄭司農七月五日生日，先一日登春臺預祝，稷垌爲主人，到者虹屏、省軒、弼臣

不甘爲吏但爲儒，此詣商量千載無。食舊我仍稱弟子，美新世自有狂奴。文章能下黄巾拜，時事難勝日蝕吁。休道山東無足問，且拚一醉唱烏烏。

韓魏公七月二日生日，登春臺小集。稷垌來詩，云兼補祝爲禮，疊前韻答之

近事寧愁將不儒，膽寒西賊似公無。温陵共憶桑弧地，秦塞曾親觱篥奴。且快雄風成一醉，自安戇叟復何吁？來朝有巧休言乞，枉費填橋髠首烏。

七月七日漢武帝生日，招稷垌、硯劬父子，弼臣飲於養雲書屋，大兒畧、五兒鞸侍

君王誕降雙星節，無怪求仙拜李欒。今夕洗車見河鼓，當年承露有銅盤。漫言異地生瓶乳，竟笑神人食馬肝。醉倒良辰多樂事，不須兒輩更爲瞞。

稷垌疊前韻，再和

大好東西勞燕會，黄姑相見一團欒。帳中愧乏蘅蕪枕，市上傳來苜蓿盤。幸有晉盟執牛耳，不妨安邑累豬肝。星辰昨夜仍如此，那復人間淚雨瞞。

予書聯贈稷垌，三疊前韻

天下但能肥涸涸，吾儕不礙瘦欒欒。漫勞説鬼虚前席，自分非仙敢唾盤。解夏頑軀愁似蠟，入秋酸味在於肝。折釵屋漏嗟何見，一笑平生被眼瞞。

稷垌四疊前韻，再和

山經一卷消長夏，蔭暍如依弱水欒。漫説長空張火繖，不愁内熱薦冰盤。

詩清解飲煎魚眼，語小争奇切蟣肝。自笑逍遥捫腹者，終朝飲食敢瞞瞞。

寇萊公七月十四日生日，越日補祝於道山亭，弼臣爲主人。到者林八虹屏、何大稷垌、硯劬父子，予率大兒略

西行曾記拜公阡，丁卯秋過渭南，曾謁公墓。薦壽新開十丈蓮。自分齊天吟太華，豈真孤注策澶淵。蒸羊相饋容能大，咒竹重生告亦虔。今日游蹤還憶宋，道山亭上瓣香然。

道山觀賞雨，再叠前韻視稷垌

剛逢甘雨遍南阡，生氣應舒陸地蓮。能悦山光惟鳥性，不枯岸色有珠淵。清談如我輸安石，賓主於今半鄭虔。且學長齋思繡佛，足音相訪一跫然。

喜雨，五叠瞞韻答稷垌

一笑蒼蒼竟如願，濕痕潤礎上榱欒。争看出岫雲疑絮，暫掩當空月似盤。挽得天河思濯足，放將大筆苦雕肝。雨師詩伯頻催戰，瓦硯重磨走阿瞞。

稷垌復來詩，六叠瞞韻答之

百感漸隨秋雨長，多君氣味勝香欒。詞源直倒水三峽，詩境如尋山七盤。笑我逢場食雞肋，輸人媚竈乞龍肝。不才安敢爲門户，一卷南華校液瞞。

夜坐不寐，雨聲漸止，七叠瞞韻視稷垌

新松漸茁葉爲爪，舊竹增高笛作欒。如洗月華蟾尚濕，最寬天步鶴能盤。炎歊已解烘頭腦，爽氣都消渴肺肝。自笑染鬚學塗抹，衰顔欲向鏡中瞞。

七月十八日西王母生日，虞臣、稷垌枉過齋頭，作半日談，稷垌來詩和作

華鬘見説語音存，如斗蟠桃守舊根。天上偷兒嘲曼倩，人間賦手愧含元。

靈臺曾侍長生帝，右幄誰爲百代孫？五嶽嗟予游缺一，真形圖籙負胎尊。

七月二十六日張睢陽生日，翌日補祝。到者何稷坰、硯劬父子，弼臣，大兒略、六兒輔侍

銜花野鹿誤黄裙，慘淡孤城日暮雲。班史不曾忘一字，美人何惜飽三軍。痛心寺塔男兒指，嚼齒河隍厲鬼齦。重與持杯話遺廟，筍江春社尚榆枌。予祖籍晉江南鄉，立社多祀公像。

睢陽生日，和稷坰韻

峩峩雙廟峙江防，異代求忠奠一場。帝許稱仁比孤竹，天留完局待汾王。千秋虎氣騰猶活，百足蟲號死未僵。保障東南財賦地，論功端不愧封章。

再叠睢陽生日韻，示稷坰

石壕家室少完裙，六纛蒙塵起火雲。誰捧心肝南八義，相從骨肉陸姑軍。雨鈴蜀道存亡淚，波齒淮流日夜齦。太息出師同未捷，英雄遺恨滿鄉枌。公爲南陽人。

三叠前韻示稷坰

荒祠草色緑於裙，汴水南來苦望雲。半壁獨支靈武祚，空城枉乞賀蘭軍。帳前餓卒甘同燼，河北姦猖付一齦。記取誕生年己酉，乞漿長醉鄧州枌。

睢陽生日，再和稷丈韻

胡腹欺人不易妨，觸蠻竟幻戰争場。畫圖涕泣羅諸將，璽綬模糊託大王。誰棄妻孥甘自叛，卻愁節度走何僵。新城未必心懷異，定論昌黎有報章。

高茶庵司馬空江吊影圖

江流日夜愁未央，四無人迹心旁皇。美人不見隔秋水，予髮日短天何長。下有比目之魚仍煦濡，上有比翼之烏相翱翔。人生不如魚鳥親，我欲從之問江

神。江神不語,朝朝暮暮。東升踆烏,西墜顧兔。上天下天自吞吐,誰人識得江心苦？波淼淼,木欒欒,寸膠投水膠魂難。江楓已脱葉,吹不返林端。我所思兮,乃在汨羅之曲,盱水之歧。翻江欲洗天淋漓,潮枯到底鞭蛟螭。雪花如席來湘妃,天上人間相見期。

八月六日梁元帝、何仲默同生日,稷垌爲主人,招飲西園,兼補祝初二日范文正公生日。到者弼臣、硯劬、予與大兒輅。

西出枇杷門,天下大事畢。非讀萬卷書,乃始有今日。當璧且勿論,好學更誰匹？上口曲禮篇,五齡方繞膝。脱帽授湘東,目盲何礙一。落落布衣交,文字能評隲。風雅幸尚存,獻壽薦芬苾。欲策忠孝心,拜借三品筆。

其　二

北地創復古,信陽獨和之。體裁雖一變,門户紛争持。即如二公者,同中亦有歧。書札互往返,齗齗無已時。惜哉諧雅音,世人相其皮。遺此刻劃痕,剽竊來群兒。座中有同宗,壇坫開鼓旗。手披大復集,請護唐藩籬。

其　三

四十四昕宵,一家重覽揆。謂六月十八日范忠宣公生。斷虀念公清,敬酹一杯水。小子請具陳,焉敢秀才比。誰先天下憂？赤子在毛裏。羅胸萬甲兵,戈鋋西夏指。躍冶鍛干將,吾道平如砥。千秋身後名,吴江馨蘭芷。猶有萬頃田,行人道姓氏。

稷垌出示梁元帝、何仲默、范文正公生日三詩,和作

入座談元舊事賒,文章何似玉無瑕。七符留字千秋璽,三品分書五色華。往日風流感人柳,一時鼓吹廢官蛙。金樓賸有零星墨,生悔江陵帝子家。

其　二

董賈無慚國士風,混茫直接奪天工。一生出處中涓避,正始文章大匠功。北地論交能解獄,華泉餘子漫稱雄。詩亡别有千秋感,吴下何曾數阿蒙。

其　三

封章樞密關生計，韓富之間獨建言。骨肉不忘將族贍，功名相續賴兒存。當年長白仍韋布，終古延安有塞垣。師爾平生能實踐，老坡仿佛莫重論。

八月初八日黄梨洲生日，初十日陳無己生日。十二日補祝，弼臣爲主人。到者稷垌、硯劬父子、予及大兒輅。

滂母章妻禍亦奇，天留忠義一孤兒。力持殘局儒能勇，泣訴寃詞帝不疑。斷指賀蘭江上塔，快心朱亥袖中椎。南雷文字終千古，學海寧愁匯合遲。

其　二

瓣香辛苦禮南豐，詩派涪翁刻劃工。師友相依真并命，妻孥能餓亦奇窮。累書笑謝微官謗，一第寧輸若輩雄。知有吟魂來索醉，閉門連日雨和風。

和稷垌補祝六月一日太真生日、八月五日明皇生日原韻

紅塵來一騎，可是祝長生。擫笛翻歌調，催毬進姓名。君王空好色，牛女笑渝盟。記過驪山日，猶聞鷃爛聲。

其　二

金綫盤龍繡，真容見華嵩。霓裳天上曲，銀燭大明宫。事去嗟妃子，時過念相公。千秋遺鏡在，雖瘠不忘忠。

陳芸敏太史琇瑩由厦赴漳卻寄

近得南州信，知君又遠行。稻粱謀足食，潭水慰深情。排夢觚棱醒，憂時髀肉生。嗟予霜鬢改，攬鏡一分明。

八月十六日，稷垌在閏竹居補祝牡丹生日，到者虞臣、弼臣，大兒輅、四兒轃、五兒軿侍飲

漫説春風真富貴，誰知生日在中秋。恰逢今夜多明月，重見傾城到白頭。天上清光共顔色，人間凡卉幾公侯。記將二仲平分日，各占花神第一籌。

和稷堋補祝七月二十九日王伯厚生日韻

南渡儒宗繼永嘉，官奴城下世臣家。出關文字群疑破，賣國平章一局譁。能識忠肝冠多士，忍論正朔易中華。種蠹餘痛鬚眉在，莫説湖光似若邪。

和稷堋補祝八月十四日湯臨川生日韻

茗花開遍白星星，海内文名貫耳聽。令子能知軍旅事，山人豈在相公廳。私門有蠹連章彈，宦味如鷗萬息停。贏得衰齡破猜忌，縱情絃索畫旗亭。

和稷堋牡丹生日韻

麟篆榑桑一代王，名花名句比陳芳。金天自悟生身貴，國色何須著意妝。且喜星辰來曼倩，稷堋是日生辰。相逢鸞鳳有仇香。虞臣在座，論畫論詩，娓娓可聽。畫叉笑勸胭脂買，又累時人寫照忙。余勸弼臣畫花卉。

八月二十一日朱竹垞生日，和稷堋韻

南宗壇坫控當途，胸次宏開納五湖。世有奇才憐相府，帝稱博物重吾徒。殿前筆札修文給，日下椎輪大雅扶。留得草廬朋輩在，質袍翻羨婦能愚。

八月二十八日王漁洋生日，再和稷堋韻

征車四出感修途，秋柳銷魂歷下湖。不向權門留曲筆，早清公牘集仙徒。文章一代和聲著，人表千秋正氣扶。天許尚書作喉舌，何曾稷契許身愚。

九月二日秋社，弼臣爲主人。到者稷堋、硯劬父子、予及大兒輅、五兒輧、六兒輔。

勞人蹤迹判西東，燕子言歸一夕中。重與醵金醉耆舊，漫將宰肉説英雄。種榆何處仍稱健，啼鴂如今漸不同。剥啄厭聞風雨事，第三廳畔社公聾。

九月十五日子朱子生日，稷垌爲主人，集藤樓，到者弼臣與予

能繼龜山後，三傳道更尊。高山同仰止，飲水每思源。皓月千星没，狂瀾一柱存。武夷歸櫂日，詩法亦專門。

九月二十二日楊誠齋生日，二十日預祝。到者虞臣、稷垌、弼臣，大兒輅、七兒轤侍

薦士朱袁拜下風，批鱗累疏動王公。力存江左思安石，生薄南園玷放翁。未許女真鼾睡側，大書誠意牓門中。積憂成疾臣心瘁，十四遺言字字忠。

題滕縣漢梅福篆書殷微子墓碑後，呈鄭虞臣農部、周少絨司馬麟章。

白馬東奔客，何人載骨還？穹碑題漢篆，坏土拜微山。安得公孤在，重參寶玉班。衣冠仍宋祚，子姓豈殷頑。結網人千户，成村水一灣。王孫已歧路，尸祝共塵寰。卻羨彈琴宰，如承祭器頒。歸裝餘長物，换劫爲開顔。禾黍嗟雙亳，魚龍護百蠻。亦知吾意重，幸破故人慳。好古偏生晚，逃時且習閑。比干盤欲叩，朝鮮碣新攀。比干銅盤銘及孔子題碣字，予舊有之。朝鮮陳、唐各碑，爲新得也。星斗捫天上，金絲起壁間。僮侯甎范布，碑爲匡衡立石。衡侯封樂安鄉，在僮屬臨淮郡。仙尉墨花斑。一例臣躬瘁，同傷國步艱。扁舟自滄海，福地此嫏環。能壽多貞石，相親獨掩關。沸羹猶在誦，諫草不曾删。振鷺西風急，狐駘落日殷。何當滕邑路，一爲翦茆菅。

稷垌赴汀州後，古人生日會遂輟。長至日，補行祝禮。集虞臣丈、弼臣、硯劬於養雲書屋，大兒輅、五兒輤侍，得詩十四首，郵寄稷垌索和

九月二十九日文潞國公生日

元老人争問起居，帝知三篋謗終虚。殿門示貌能吞虜，温室論功諱建儲。公

在洛陽長畫壁，我來緜上且停車。公介休人。滔滔天下思王佐，去就艱難一紙書。

九月三十日王文成公生日

姚江一水猶嗚咽，百戰功成付是非。閹寺從來持大柄，儒臣不負著戎衣。誰分門户争言學，且斂風雷共息機。鐫石臨汀遺貌在，年年酒脯報春祈。孫文靖公鐫公像於汀州府庠。

十月八日陸君實生日

一角金甌易陸沈，支撑猶見老臣心。手書大學言如昨，淚拭朝衣浥到今。塊肉厓山孤注去，扁舟越海萬重深。忠魂來往知誰訴，夜雨青原有斷琴。

十月十二日宋景濂生日

承明著作富鴻篇，賜綺裁衣獨問年。天下大經黜黄石，軍中餘事付青田。求文島客兼金貴，呼字廷臣一代賢。爲憶龍門讀書處，漢家制度要人傳。

十月十六日盤古生日

鴻濛歲月豈荒唐，誕降予先八日强。予刊有“先盤古八日生”印。未制字成猜六甲，竟傳兄在屬三郎。成都有盤古三郎廟。毗騫不死遲成佛，蝙蝠相逢説姓張。十二萬年彈指事，逡巡酒熟一登堂。

十月十七日陸放翁生日

驢背崎嶇上劍門，每逢細雨黯銷魂。才名易觸當途妒，禮法寧爲我輩存。難忘告功祝家廟，最傷晚節失南園。嚴陵勝處須留筆，知遇詞章亦主恩。

十月二十一日陳白沙生日

陽春築室謝塵氛，再世龜山獨有君。萬里痛連曾母指，一官歸戀狄公雲。登臨杖履存吾道，飛躍鳶魚悟大文。静坐窮年長兀兀，天倪何處見氤氲。

十月二十八日蔣心餘生日

太行山色馬前過，一卷柴車母教多。獨感主恩戀星斗，欲蘇民命挽江河。幾微肯假權門柄，餘事争求樂府歌。生羡盛名壓袁趙，百篇忠雅不曾磨。

十一月六日文待詔、祝枝山同生日

卻金亭上獨思親，耆舊當年各要津。未肯摧眉事權貴，不辭嘔血作傳人。望塵争拜雞林賈，招隱先歸鶴澗身。幸有佳兒足文采，六詩三筆數家珍。

其　二

狂奴故態入門高，呼雉通宵六博勞。四海求書署枝指，一生好貨付檀槽。酒徒相溷多知己，債帥成行笑若曹。何物儻來過十萬，琵琶如甑亦人豪。

十一月十一日司馬温公生日

日下江河潰百川，力除四患中興年。再生骨肉群黎拜，垂死封章萬口傳。未敢挂冠傷主幼，每於圖像祝公先。井亭走卒猶清絶，飲水休投吕直錢。

十一月十二日王荆公生日

薦書潞國禍留根，鄞水飛騰虎豹尊。在手漫揮王衍麈，更名難奪謝安墩。計臣言利秋毫析，餘子聞羶晝夜奔。道舊我猶坡老意，金陵山下重開樽。

十一月二十四日吴淵穎生日

神人一夕夢西來，碧水雙瞳閃電開。著述不曾游子廢，門庭早識相公才。聞雞大海披衣起，病鶴寒天置酒哀。自有文章能變態，風雲百戰獨登臺。

十一月二十五日先文靖公生日

遺祠笑受無知侮，日月終光爝火消。汀郡有公祠。癸酉歲，舉人賴姓將奪改名宦祠，族人力訟得直，李子和制軍一言之功。南紀干城斯爲道，東山俎豆不曾祧。公捨宅爲文廟。諫書涕泣排和議，俗學荒蕪去異苗。早闢凫鷖留説誤，種將花石禍天朝。

除夕補祝五君子生日，郵寄稷垌汀州索和

十一月二十七日謝康樂生日

不慧如何得此兒，翩翩書記擅當時。彭城歲月千軍勞，江左文章六代師。世有謗書惟主聖，人傳山賊爲公疑。阿連春草西堂夢，佳句相期慰所思。

十二月十九日蘇文忠公生日

養望遲教大器成，先皇潛邸久知名。浙燈罷市忠言在，汴水横流獨力平。壽世必傳有文字，羡人多福到公卿。微臣蟣蝨何須説，四海如今幾弟兄。

十二月二十三日趙豐國生日

金鑾視草擅高文，砥柱南朝獨有君。封事殿前斥諸子，談兵淮上張吾軍。

薏珠易雪空流謗,箕尾能騎許策勳。賸得清涼一知己,西湖甲鏡久離群。

十二月二十五日楊鐵崖生日

百年公論豈悠悠,三史新看正統修。蹈海仲連寧下嫁,學仙梅尉諱言愁。千金卻聘能移宅,一鐵成名自築樓。回首鳳琶歌舞地,松江風月尚春秋。

十二月二十六日王魏國生日

梁棟參天翼帝居,槐陰三帀護門閭。替人幸有萊公在,似鬼愁難瘦相除。異數君恩比魚水,力存國體散糇儲。茂陵一事平生恨,封禪東巡竟報書。

勿村中丞除夕惠詩,即和原韻,兼懷穎叔方伯武昌

修蛇赴壑日,愁看六州兒。知己來鮑叔,扶衰賴退之。山林吾道在,富貴彼神疲。相慰調饑者,春來一解頤。

其　二

楚水仍無恙,懷人在雁前。難除湖海氣,笑謝蔦蘿緣。著作長終古,衣裳漫倒顛。滔滔王鳳輩,不敵一梅仙。

其　三

愧作韓陵石,時時語故人。文章袁淑事,婚嫁向平身。世濁官真贅,書多歲易貧。兒童渾不解,簫管羡南鄰。

己　卯

正月二日季漢昭烈帝生日

屠蘇再熟年加長,髀肉重生老尚雄。滿地蕪菁寧寂寂,舊時羽葆已童童。改元章武三分定,借郡荆州萬里通。太息孱王不思蜀,空傳玉璽永安宮。

正月三日孫思邈真人生日

河清易俟望中原,新舊徵書各主恩。一室相師盧孟輩,盧照鄰、孟詵。百家能

述老莊言。昆明池側曾求藥,太白山頭獨閉門。時有鄭公問遺事,齊梁人物付重論。

正月五日毛子晉生日

七星橋畔結茅庵,人世滄桑老淚含。能副天心有朋輩,不辜母教亦奇男。劫灰文字千鈞繫,草昧河山一手探。曾記蟠龍吞吐日,明珠入夢已成三。

正月十二日李忠定公生日

年年俎豆預元宵,近楊卧雲舍人編公年譜,定正月十二日爲生日,正月十五日爲卒日。遺集梁谿昔校雕。陳慈圃方伯刊公集多訛字,周壽山方伯曾囑予重校。千古痛心容北狄,一身孑立繫南朝。倉皇去國雙鳧感,涕泣防秋萬馬驕。曾向大嘉山下拜,荒涼坏土酒親澆。公墓在桐口中房大嘉山。何小宋制軍、葆芝岑中丞欲重修之,去夏命予履勘。

正月十六日杜茶村生日

衰鳳年來正苦饑,西風落日過烏衣。天留文字娱貧賤,身與厠輿溷是非。千竹閉關權貴謝,萬梅守冢酒徒稀。故人健在曾稱壽,佳句相思黄鵠磯。先生生日,林穎叔方伯曾集同人鬮詩。方伯今罷官,寓武昌。

正月十七日倪雲林生日

濁世何人識汝才,閣門清閟不曾開。千金棄産鴟夷老,一卷編詩甲子哀。小技誰能解磅礴,潔身生自有胚胎。五湖三泖多明月,了了梅花悟去來。先生忌日爲十一月十一日。

正月十九日吴文正公、丘長春真人、董文敏公同生日

風雨三椽識草廬,名山華蓋夢非虚。辨誣獨力群經定,薦福何靈二氏除。曼碩論交題片石,公神道碑爲揭奚斯撰。納蘭有子護遺書。公所著《易》、《書》、《儀禮》、《孝經》,成容若刊入《通志堂經解》。紛紛朱陸嗟同異,歸里重乘薄笨車。吴文正公。

其　二

白雲觀裏祠丘祖，燕九相逢一簸錢。都門是日，燕九集白雲觀之丘祖殿，擲錢於洞。北極猶留歸命帖，西游重記著書年。靈石楊氏近刻《真人西游記》，爲張石洲、何子貞所校定。殿前説孝聞雷夜，塞上談元諫獵天。萬里雪山羡行脚，虎符新例爵神仙。丘真人。

其　三

書畫通禪小技傳，我懷清節一愀然。先朝制度官箴在，宣室求賢帝席前。濡筆不曾媚餘子，挂冠早已謝中涓。一生謹慎吾知免，姓氏休登黨錮篇。董文敏公。

正月二十日白太傅生日

百花如雪我重來，公詩有"二月五日花如雪"句，或傳生日爲二月五日。考《年譜》實生於正月二十日。古人生日多不受賀，改日宴客也。淪落天涯識俊才。不惜諫書丞相彈，苦陳神策要人猜。經年逃佛寧無意，垂老談兵亦可哀。賸得青衫紅袖淚，江州遺廟未蒿萊。

和稷垌清明日陪祀汀州沈太妃墓作沈太妃爲明唐王妃，墓在汀郡。旁有傅、周二公墓。謝雨亭明府新定祀禮。靈龜廟爲永寧王長子之妃彭氏縊所，太守劉賓臣同年新葺之。予别爲考，稷丈索詩，先以此答之。

殘山一片卸戎裝，鄞水西流易夕陽。墜璽已難歸故國，知書終古屬孱王。杜鵑蜀道春心碎，石馬昭陵淺土香。可有人間金盌在，青燐來去傍宫牆。

其　二

波浪何曾古井生，九瀧一死最分明。承恩獨貫宫人寵，判事空勞帝子驚。東海銜寃返精衛，上陽啼恨出宫鶯。麗春門外傷離别，鼙鼓倉皇正五更。

其　三

榆火銷沈吊戰場，宰官重與薦馨香。莫談累騎交相舞，誰爲湔衣袚不祥。片石在山完太璞，一星如月挂中央。墓門幸有忠魂衛，拜起榛蕪淚數行。

其　四

靈龜遺廟近峥嶸，翠羽明璫一曲迎。太息群公能誤國，最難女子尚知兵。劫灰重撥收餘燼，宇宙長垂補大名。我羡漢陽賢太守，行春五馬拜朱甍。

積翠寺老梅寺在烏石山。相傳此樹爲宋朝物。道光丁亥間,家雪椒光禄都門結吟社,命題,有《憶梅》之作,即指此也。自辛丑後爲外人占住,或言近已戕耳。

五十年前事,春明首重回。無端失風雨,一夕换樓臺。仙子雕弓弛,離人鐵笛哀。山頭閑袖手,休更問花胎。

鼓山古松湧泉寺西廊,旦過堂前有古松,相傳梁朝所植。戊寅六月,與葆芝岑中丞盤桓樹下七日不忍去。

天籟蕭蕭下,洪濤一片過。青山如我嬾,古木閲人多。六代留煙雨,千章答嘯歌。最難閒歲月,退院共婆娑。

延平王祠再生梅同治己巳游臺陽,謁王祠,甚隘。洎甲戌沈幼丹制軍莅辦海防,奏請追祀,報可,予謚忠節,因拓土重修。近聞掘地得枯梅,俄而發花,洵足異也。

赤嵌城頭月,何知地下根。大難成碩果,未敢出降旛。奇局天重創,原心帝有言。蟄龍能飲露,應感再生恩。

汀州試院雙柏紀文達公按試時,嘗見紅衣人立樹梢拱揖,因贈句云:"參天黛色長如此,點首朱衣或是公。"咸豐庚申間,徐學使亦見之,乃蔽門不遽進,俄而寇氛突至。或傳已燬,比讀郡伯劉賓臣同年所作,欣其無恙。此樹歷年無可考,亦千百歲物也。

神物或千歲,幾如四十圍。未遭螻蟻苦,自得雪霜肥。直幹當門立,交柯抱綢歸。頻年望顔色,點首見朱衣。

四月八日同謝玉田觀察家瑞游鼓山感作

三十年前夢一場,蒲牢百八禮空王。山僧卻笑渾無事,袖手樓頭看夕陽。鐘聲向不斷,近已無聞。

其　二

片石題名手重摩,故人天末尚蹉跎。向平婚嫁何時了,辜負青山歲月多。

去歲同芝帥駐此七日，題石留迹。帥近莅山左。

其　三

在山翻笑白雲忙，抱甕年來脚力强。不管風旛連日動，當門努目有金剛。時寺僧多争端。

其　四

蛙黽盈池長草萊，可曾頑石一爲開。下山老衲知吾意，如水襟裾自去來。癸亥亦建大醮，視今不免慨然。三才上人年近九十，比移駐西禪焉。

鼓山放生池觀魚歎

大魚翩然反，止水撥不動。小魚入其腹，充斥難脱空。膨脝爲爾族，一死殊惛懵。哀哉放生場，鮒鱔方辭桶。傾瀉無孑遺，佶屈如走汞。詎知供巨鱗，吸吐能兼總。譬肆蛇口吞，旋疑馬背腫。非餌亦隕生，令人發大恐。或言往西方，頗嫌頭腦重。老僧學掩埋，謂留清净種。小魚葬大魚，彼此終一冢。吁嗟肥已流，罪梯在利孔。

題葉鐵傭頤真集要

祖述丹家事，黄農舊有言。心苗容我養，軀殼賴君存。磨鍊能資壽，蹉跎尚感恩。七籤雲笈在，相賞一開尊。

徐雲舫水部士泰遺照

出門長乘款段馬，鄉里善人近亦寡。一官落拓歸去來，羡君獨立幽蘭把。服脩十束足養親，都講集堂多董賈。教忠教孝付後生，不愧古今稱長者。

海鶴仙女圖

一别神州過十年，佩環如水月如煙。蓬萊好事吾能説，子晉吹簫已得仙。

其　二

淩波羅韤步來遲，采采靈芝獨立時。萬里海天開一鏡，西飛青鳥下雲旂。

傅子式太守栻瓦當文字册

周豐宫瓦不易覓,阿房一炬成焦礫。我曾西行盾墨磨,借硯來草青門檄。丁卯,在秦幕借得歐齋方伯阿房宫瓦硯,質堅如石,敲之以鐵,星火四出,終不刓損。雲煙變幻十三年,眼中老矣蟾蜍滴。披圖如作咸京游,重聞一曲驪山笛。難得搜羅抵萬金,抱殘長守東南壁。

子式古甎文字册

避炎日尋打碑客,景元忽喜雙甎獲。丙子六月游廠肆,亦得景元二甎拓本。歸來更得永和年,大吉出自長官宅。戊寅禊日,芝岑中丞贈予晉永和六年大吉甎硯。故人牢牢贈别心,不重黄金重白石。晴窗鎮日三摩挲,呵水欲作上天澤。太行王屋萬雲屯,寸鐵請助邯鄲役。吁嗟磨人無已時,俯拾毋忘中唐迹。君看當年運甓人,膚功終奏青溪栅。

莊翔初侍衛起鳳百馬圖

馬蹄得意莊周筆,千載而還有畫師。絶代拳毛支遁愛,一生心事郭隗知。房精入世關天象,汗血成功付健兒。記取平原春草長,將軍倚戟看多時。

其　二

等是天然水墨梅,九方皋後得公才。且乘款段言歸里,誰解黄金爲築臺。生面别開曹霸引,翠華如見穆王來。崆峒仙仗關山笛,振觸蒲萄酒百杯。

六月十二日山谷生日,和稷垌韻

似僧有髮俗無塵,鷗國平分寄此身。待罪每持先帝泣,幸灾笑謝相公嗔。追還大雅開專派,寥落天涯臏故人。重話卧陶軒下事,寒虀薄飯祀嘉辰。

六月二十一日歐陽文忠公生日,和稷垌韻

西湖湖水獨盈盈,開到荷花酒又傾。垢面莫談臣虜輩,謗書翻重樂君名。

母言涕泣思前事,史筆嗚呼得正聲。洗盡象犀金玉陋,一篇集古慰平生。

七月二日預祭中元節,兼祝韓忠獻公生日,和稷垌韻

一朝人望侍中官,帝念書生禮數寬。能向天潢全母子,每談新法識權奸。温陵敢忘生身重,秦塞真當時局難。欲借前驅消國厲,黄蕉丹荔祝於餐。

七月五日鄭高密生日,和稷垌韻

先生能發公羊學,畏友重開此日筵。後至莫辜賓客會,清時那有黨人篇?石犀取悦終爲病,木雁論材或自全。奈此洛陽風雨感,且拚一斛醉來眠。

七月十四日寇萊公生日,和稷垌韻

不用樓臺百尺尋,衆峰都亞華山吟。北門自重朝廷局,境上能明長厚心。枯竹再生春尚在,青幃獨處冷何禁。秋風亭子重西望,濟世誰人識淺深?

贈汝勵上舍炳榮。

勞勞五載重相見,執手西風一慰之。鄉黨幾人談孝弟,文章祝汝報君師。敢言淮水能知弈,欲爲平原更繡絲。清紫朋羅山色好,酒中明月正圓時。

贈施應濬茂才士沅,兼示令弟雲舫舍人士潔

海外數人才,難兄今又來。與談忠節廟,誰讓尉佗臺?獨樹西風獵,遥城大纛開。五湖宜一舸,泛宅問蓬萊。

十二月十九日坡公生日,稷垌爲主人,集予新蓋三千年吉樂之樓,賦長句題笠屐圖右。是日到者虞臣、弼臣,大兒輅、五兒輶、六兒輔侍

元豐天下公卿肥,公乎壽骨何支離。到今八百四十有四歲,掀髯大笑如生時。同時新學多許子,垢衣裹魄神爲褫。精靈在天獨不死,命以奎宿夫何疑。

公生身宫困磨蝎,顛倒造化之小兒。南儋耳,西峩眉,去鄉萬里長奔馳。借人笠屐亦何怪,乃有百犬吠聲相隨之。嗟哉虎而冠者公所見,幸未載車見鬼於路歧。生平泥人説此事,非真把臂終南馗。雲軿頫闞天一角,應笑下士凍立青蠅癡。未見之書公難讀,已矣周孔非吾師。自來蟣蝨小臣好忠信,毋乃自爲桎梏其膚肌。左山息鼓,右山偃旗。寥寥舊雨,千古相思。中有一坏乾净土,築樓百尺將公祠。手執孟博傳,口唱淵明詩。年年一度一屈膝,瓣香儻許補糟醨。公行雖不及閩嶠,靈兮或來海之涯。南飛一鶴不到地,勝於鳳凰居九夷。

小除日和稷坰祝坡公生日詩原韻

乾坤難得吾儒腐,和詩祭以除夕脯。晉人飲酒多欲眠,吴市買獃誰能數。修蛇赴壑不須愁,有書百城勝胙土。祀公已過十昕宵,一醉熟與泰山覩。故人佳句如醍醐,灌頂瞥爾見初祖。且作南華抱甕人,不隨桔橰石仰俯。曾聞北客發浩歎,時局何曾蜀黨樹。天下之事尚可爲,逋臣切勿效終古。鍾山騎驢儻相逢,一一請道别後苦。吁嗟相公豈溘然,惟善未必目就乳。莫令箝口諫書稀,浙燈已罷甦萬户。愛君身在玉樓寒,汶長識字諱書祐。更拜畫圖看姓名,月宫第一新修斧。宣仁知汝此一時,起酌屠蘇椒花舞。

除夕祀長恩作,示諸兒

購求豈是儻來錢,萬卷艱難手創年。長爲剔蟫延壽脈,每同祭虎護良田。多藏卻被時人妒,能讀還期後起賢。爲語而翁心血在,債臺終不易便便。

庚　辰

魄婦行示稷坰

世間絶無羞恥事,五十老婦學塗抹。蓬頭攣耳笑向人,欲賺羊權金條脱。東家阿姨遺燕支,道我顔色山能奪。自詑何來换骨丹,鳩盤荼豈變菩薩。同群推挽趣登車，大賀夫壻門楣闊。阿承之女已黄頭，悦己安得逢諸葛？卻慚障面逐歌姬，沿門如託韓郎鉢。吁嗟人苦不自知，畫牆每翊仙姿活。他年周昉倚屏風，應驚醜怪留惡札。行矣何惜筋力疲，攬鏡偷將二毛拔。無鹽女子太强顔，齊王思女果如渴。

上巳移居法源寺

已過寒食清明節，草草移家又一時。獨步尋鐘天欲暮，丁香如雪月如眉。

首善圖一紙，相隨行篋二十五年。游蹤所歷，皆旁注之，不忍捐棄，重付裝池

駑馬於今漸識途，觚棱在望辨方隅。千官門第仍塗牓，四序風花一按圖。入寺看碑商楮蠟，趁墟排日課瓜壺。西山應羡勞人健，廿五年來媵故吾。

陸篤齋比部學源所藏費曉樓繪林若華校書西湖秋泛圖

如此西湖付阿誰，扁舟我已再來遲。莫談蘇小鄉親事，油壁香車彼一時。

其　二

富春江上月如煙，往事追思更惘然。留得河源光一綫，支機人去已千年。

其　三

舊恨深於海底天，不勞精衛爲平填。美人薄命都如此，可但浮梁錯四絃。

其　四

身是胡僧鬢未華，劫灰零落底須嗟。癡心欲借嘘枯筆，天與辛夷一再花。

篤齋出陳章侯梅竹圖索題

董飛仙去後，少乞畫蓮人。知己媵明月，高齋絶點塵。虚心此晨夕，傲骨許比鄰。好事庚申憶，西湖三百春。

其　二

翛然物外侶，位置雪溪宜。歲晚耽殘律，天寒寄所思。關山羌篴夢，風雨籜

龍知。記取太平日,神宗識畫師。

潘翘江舍人成清芝蘭梅花牡丹畫幀

君家八芝蘭,君居淡水八芝蘭里。得此應成九。更得萼緑華,國色濃於酒。氣味集門庭,富貴吾固有。百花頭上開,一枝爲汝壽。紅塵飛不到,卓立寫生手。姑射本天仙,鼠姑與之偶。滿飲卅六莖,紉佩勝瓊玖。明月認前身,同作蓬萊友。

再題翘江牡丹圖

瑶臺長著五銖衣,霧鬢雲鬟絶代稀。夢見沈香亭上月,美人顔色是耶非。

其　二

一曲清平羯鼓催,仙人勸盡掌中杯。莫愁國色多遲暮,已有東君爲汝媒。

張章堂孝廉贊忠文姬歸漢圖

胡笳拍後更囊琴,去住誰明一片心。難得憐才逢魏武,冰天萬里贖黄金。

其　二

烏孫不返明妃老,往事和親莫更持。生羡能窺中祕帳,入關猶是漢官儀。

潘紱庭前輩曾綬招同徐李侯前輩鄴、張香濤同年之洞飲憫忠寺觀牡丹,時適文官花亦開

鶗鴂聲中易夕陽,借人亭館數姚黄。老僧也解陪清賞,爲説天彭是故鄉。

其　二

紅塵不到梵王家,一度春風一作花。生羡文官成正果,階前獨立玉無瑕。

其　三

品茶味苦上雙眉,酒後商量一局棋。滿地松釵天欲暝,捲簾坐待燕歸遲。

其　四

摩挲片石酒醒時,獨立閒廊看打碑。爲話當年雙礎在,故將軍是李雲麾。

寄林勿村中丞

徐子近好道，謂公可。周郎仍解經。謂孟伯。相思隔明月，耆舊散晨星。羨彼紅塵浣，嗟予宿酒醒。十年前事幻，芋火尚熒熒。

贈古明上人

紅牆一角夕陽明，稚子磨門拱立迎。三載重來華髮長，蛛絲仍挂碧幢旌。

送魏午莊觀察之官甘肅

卅年奔走長安道，牆頭日見西山好。騎驢下山逢故人，燕市酒徒吾漸老。相看不似年少時，秦關百二呼健兒。公誇得鹿示圖畫，我持文墨哦新詩。河聲嶽色長無恙，賢勞獨數中興相。多公不忘南顧憂，海國一書睎掌上。滔滔天下迴狂瀾，近局莫説支撑難。太牢賣塞一著錯，補救幸有臣心丹。側聞將軍富土境，酒泉地脈開俄頃。不徒使馬更使船，旋轉乾坤發清省。相期六合清塵埃，西陲生面鄭侯開。上報聖明多快事，念我可有書函來。

芝岑中丞贈予梅化石，乃華峰所産。子良比部喜聚奇石，遂移贈之，并媵以詩

悟曇贈予梅化石，中有兩人樹下立。似披風帽策杖行，探花偶語枝南北。前身明月久婆娑，一拳乃復示顔色。藐姑仙人真狡獪，堅固歡喜身千百。冠悔拜兄揖洞天，移投所好都官側。斗室如今得石交，勝於松精求虎魄。昨聞西風海上嚴，萬牛梁棟何其瘠。牢牢請葆歲寒姿，此骨千年足支壁。

胡月樵觀察鳳丹將歸金華，予出所藏張怡亭紳鐫繪黯淡灘石硯贈行，并繫長言

延津神龍不可迹，劍光入水化爲石。黯淡灘頭千百年，風濤幻作馬肝色。

怡亭主人斵硯材，怡亭工詩，爲亭甫友。左右松寥日拂拭。一朝流落下塵寰，獨有賤子雲煙覿。持此牢牢不自私，用佐金華文字役。著書兀坐三摩挲，訂汝石交永晨夕。五兄弟兮四客卿，自古多食陶泓力。竟言未必非今宜，許子新學從何益。牀頭一枚倩持堅，正音乃在金絲壁。公也紀游儻毋忘，中有牛毛山水刻。

贈陳省三舍人望曾歸臺灣

同是鳳凰池上客，客中相送又重陽。疏星淡月觚棱夢，執手他鄉話建章。

其　二

滄海横流百事非，腥風吹水上人衣。魚龍變幻天何極，獨櫂扁舟看落暉。

其　三

近事因君喚奈何，吠聲吠影一何多。飽詩飢飯須先辦，時宰無煩殺老坡。

其　四

三輔皇圖夢似煙，短衣匹馬感當年。海東耆舊如相訊，末路英雄一領氈。時主紫陽講席。

吴麗山協戎菁華遺照

聖明湖水尚蒼茫，萬古溪毛薦豆觴。合配三忠祠下享，男兒南八盡同鄉。謂王雪香中丞、饒枚臣軍門、莊二庵鹺使與公均殉杭城難。

其　二

一門稚子喜能文，遺簏蕭蕭課夜分。難得龍眠好畫手，而今小李亦將軍。哲嗣綸堂善繪事。

索吴綸堂縣尹大經繪雁門策馬圖

躍馬冰天出雁門，雪花如掌氣能吞。棄繻本是西來事，望斗難忘北極恩。李牧祠前猶紫塞，明妃冢上幾黄昏。衹餘幕府弓衣在，起舞寒更看酒痕。

其　二

帕首鞾刀昔健兒，十年前事夢醒時。獨焚諫草嗟何補，一卧滄江寄所思。

歲月已非髀肉長,風塵漸飽鬢毛知。舊游歷歷憑誰記,辛苦天涯覓畫師。

索彭紀南軍門畫梅

將軍畫梅如畫龍,水晶鱗甲排長空。起弄明月自吞吐,海天一鏡羅心胸。興酣落筆奪卉服,高挂百尺扶桑弓。天與棟梁一回首,萬牛直逼丘山重。心腸鐵石腕雲雨,龍耶梅耶毋乃同。我乞餘波來海上,古香四壁嗟化工。書生長揖一再請,願留此墨支蒼穹。

林漢章都閫捷雲晴軒讀書圖

應官同是轉蓬身,難寫青山一療貧。自笑胸中雲氣在,嵩恒泰華識勞人。五嶽予游其四。

其　二

記曾丱角謁軍門,君尊甫龍江軍門殉鳳山之難,爲先大夫舊交。似戟長楊日又昏。與子他鄉話耆舊,隻雞何處吊忠魂?

其　三

射虎殘年一笑迎,新來酒肆漸埋名。莫談醉尉相逢苦,我已人前諱北平。

其　四

檢點晴窗當卧游,羨君清福幾生修。名山位置須商略,獨抱靈犀夢十洲。

贈蘇笑三守戎元。

昔年相見邱遲宅,人事蹉跎感歲華。執手西風重話舊,路傍瓜熟故侯家。時邱伯貞爵鎮已逝。

其　二

萬香如海一含毫,幕府中天夜月高。難得梅花作知己,將軍原是九方皋。君依彭紀南軍門幕。

其　三

能將能儒識鄭畋,胸中丘壑具雲煙。嘉陵圖畫如相待,天子傳宣到殿前。

君善丹青。

其　四

避風海鳥獨飛時，草草勞人又別離。卻喜歸裝無長物，一廚乞得虎頭癡。紀帥、綸堂、漢章、養甫及君贈畫頗夥。

笑三屬題琯樵畫蘭

竟夕西風一忍饑，娟娟顏色是耶非。美人遲暮都如此，獨抱瑶琴月滿衣。

笑三出文文山琴拓本屬題

破碎河山白雁飛，獨留尺木鎮相依。西臺如意稱同調，回首人間萬事非。

其　二

九州絲竹換排場，十指泠泠吊國殤。莫問滄桑而後事，宫人已別水雲汪。

小榕林題壁

樊川雙鬢漸霜如，禪榻茶煙伴起居。絶好清音有山水，一燈重讀選樓書。

贈陳逸樵桂元。

將門有子書能讀，博物賢於張茂先。助我添修耆舊傳，蓬萊三淺話當年。

其　二

天風吹水幻千漚，蜃氣樓臺日夜浮。我且掉頭歸去也，故山儻足稻粱謀。

贈曾少霞

翩翩書記羡清才，入海登山虎口來。留得干霄雙綵筆，雲煙一埽蜃樓臺。

其　二

平分鷗席水中天，話舊他鄉月正圓。不管人間有蠻觸，與君一櫂泛舫船。

歲暮得家茂脩茂才安國書

歲事正峥嶸，來書百感并。文章遲報國，婚宦累平生。得藥身同健，逢僧髮愧萌。歡娱翻羡爾，潁谷有餘羮。

除夕即事，索王退山明府惟叙和作

修蛇赴壑感同袍，歲事峥嶸更一遭。屋券已拚陽羡棄，債臺曾許赧王逃。相傳衛宅宜桃梗，自戒機心謝桔橰。儺母衣襦隨杖出，英雄日月付沙淘。豬肝累主居真愧，馬齒加人食尚牢。椒頌正逢歌擊壤，萍蹤翻笑逐擔篙。卅年蹭蹬千官底，兩字飢驅百苦操。婚宦羈韁負禽慶，旅游汗漫豈盧敖。替人有恨壓鍼綫，司命何靈啜酒糟。且趁粆盆添夕燎，更燒樺燭照冬醪。辨方吉語憑占鏡，餽歲多情競獻糕。臧獲歡娱貪博簺，兒孫起舞戲嗚鼗。嫁將繡舄聯雙鼠，商買火城戴六鼇。笑語一堂參艾艾，勞心此夕慰忉忉。誰成金鳳能鎔水，獨馭班驎爲奏璈。貌古不妨拜葵首，詩多安敢祭菘羔。庭中更爆通宵竹，廚下先封元日刀。竈帝薦羊寧暴富，門丞畫虎恍能嘷。祀天虔淅青精飯，佞佛争然波律膏。自笑史公走牛馬，側聞異種帖鷹獒。時豐卻喜風生艮，身健何須輪化尻。驢磨謀生仍自轉，雁行列帥不聞嗷。群書漫剔依籤蠹，一醉重持隔座螯。更祝長恩勤護惜，來年俎豆足豚臑。

冠悔堂詩鈔卷六

辛　巳

步退山辛巳元日書懷原韻

春風次第醉緋桃，座有元龍意氣豪。節序初開雞一日，文章競埽兔千毫。宣仁天上銀旛影，興慶池頭羯鼓條。夢到京華依北斗，先於農事祝東皋。萬家猶尚衣冠拜，四始長占日月滔。舊釀謀歡蠲秏磨，新符禳惡等耘薅。臣門燕雀憑誰賀，人海魚蝦笑我撈。有餅能煎天可補，一官如戲世何饕。漫燃窣堵石湖范，争寄草堂常侍高。斗室荔香原是粉，冷齋松長漸能濤。及時愧未涓埃報，筮仕羞爲著作曹。去日苦多嗟老大，前塵如洗謝軒旄。短衣空射殘年獵，懷刺偏生小字毛。久别西歸關月缺，如聞東唱海雲颾。防將罅漏持巵塞，賣盡癡獃入市廛。新法即今覘象魏，故人幾輩息龍韜。殿前旌直知傳罼，塞上修文請卧橐。民版儘教登衽席，儒冠何福飽藜蒿。呼兒執帚求如願，卻鬼藏刀撫孟勞。隨俗得囊躬自佩，行廚有脯背休搔。禱來富貴成癡想，鞭出聰明笑善褒。良友昨逢比金石，嘉辰餘事且風騷。桑榆有幸田歌和，蓬蓽能光尺幅叨。天許吾儕留法曲，紫清吹下薛陽陶。

和退山立春韻

閶闔重開軼蕩天，鞭春人語一歡然。句芒足下乘雲日，忠懿祠前乞土年。萬户篝車農告祖，六街簫鼓吏如仙。羡逢五日擕陶令，風物斜川看放船。

蔣南香先生心矩齋讀書圖

談忠説孝蔣山傭，又見先生古貌恭。至性過人有曾閔，象賢得子是夔龍。

一門食報靈根茁，三徙成名綽楔封。留與吴中視圖畫，歲時伏臘共支笻。

其　二

海上仙龕拜寓公，片帆長挂往來風。故人焚券多遺愛，童子銜環自報功。鄉里即今思款段，河山何處息哀鴻。好憑家祭襄時局，南紀春歸五馬中。

漳州雜詠

草昧河山赤手分，一家父子玉鈐軍。陳王廟食終千古，史筆無勞更策勳。

唐歸德將軍陳一民政，與其子廷炬、元光建堡設屯，開漳郡衣冠文物之先。廷炬戰没，廟食兹土，累封王爵，唐書失傳。

其　二

五十五傳抱器來，尼山廟貌手重開。衣巾長奉觀瀾地，卻喜城西未草萊。

建炎間，孔子五十五世孫任率其子克權避兵入漳。至明正德，始給裔孫篤堯衣巾，主觀瀾書院。後奏改家廟，在城西隅，甲子燬於寇，里人重修。

其　三

古今玉壘變浮雲，大筆名山屬使君。莫道虎賁多貌似，行人猶説漢將軍。

漳浦縣學之西，有碑鐫"玉壘山"三字，字高可二尺，反刻，書法由隸入楷之漸，旁款"漢左將軍劉備書"。或曰掘泮池得之。相傳明有宦蜀者摹歸重刻。然則蜀碑亡而摹者存，亦可寶也。

其　四

石泐金寒一炬空，獨留遺塔認咸通。大難文字仍無恙，未墜昆明劫火中。

甲子之變，開元寺所存劉鏞書《佛頂尊勝陀羅尼經幢》，俗呼爲"咸通塔"者，剥蝕不過數字。今移植林健侯孝廉廣邁家。

其　五

十二峰頭過雨青，訪碑空復遍郊坰。更無人識懷恩尉，説與靈飛六甲經。

唐鍾紹京曾官漳之懷恩尉，改梁山十二峰爲三十六峰。當年或有其石刻，今不可考。懷恩即今雲霄，屬詔安也。

其　六

冥福能資事渺茫，千年神物土花香。隴西已别南州去，感逝猶題十二孃。

鐘今在郡城育嬰堂後，東畔乃宋建隆四年南州刺史留從願爲其亡室隴西縣君李十二孃造。

其　七

英英重見白雲開，意果根芽一雨猜。同拜解經山下路，蹲鴟何處問胚胎？

白雲巖，朱子解經處，中有意果園、百草亭諸勝。

其　八

東溪故宅北溪村，宋室文章一代尊。差喜後先更扶植，南天雙柱立儒門。

宋高東溪先生登集，浚已搜其遺本，刊入《正誼堂全書》。先儒陳北溪先生淳集，近聞里人重鐫，將蕆事。

其　九

木棉花下易斜陽，負鼓盲翁話一場。千古快心題碣在，更誰頑鐵鑄錢塘。

木棉庵在城南二十里，明俞虛江立。碣書"鄭虎臣誅賈似道於此"九字。

其　十

南渡河山忍再論，一家遷謫亦君恩。蠻煙瘴雨無人問，可有金陀幾代孫。

岳武穆被誣後，二子霖、震謫嶺南，後移家於漳。震子玭，嘗官連城尉。霖子珂，著有《金陀粹編》。

其十一

山河箕尾事堪傷，一幅銘旌付謫鄉。難得故人饋醪米，音書猶寄趙平章。

趙平章鼎，爲秦檜所忌，徙知泉州，謫興化軍，復徙居漳州。

其十二

一旅倉皇末造年，梁山舊夢已如煙。千秋血食屯兵地，香火人間尚有田。

文信國公由漳入潮，駐師漳浦。至今建祠祀之。

其十三

松楸來吊南夫墓，猶有勤王子弟兵。三十八人同一燼，史官太息未留名。

連學士南夫因金人歸河南地，表賀，爲秦檜所嫉，謫泉州，尋隱龍溪。當文信國公拒元兵於五陂嶺，學士一家戰死者三十八人，而史不傳。

其十四

曾隨塊肉赴厓山，丞相朝衣濺淚斑。不用勞勞訪祠宇，子孫今或在人間。

陸君實丞相嘗從少帝至此。相傳銅山有祠，志弗載，或訛言也。又據富允諧《九百稗誤》云：嘉靖末，潮州守葉元玉得公遺譜於其裔孫陸大策家。兵燹之餘，僅存二葉，中云"公四子有曰繇者，好漁獵。公怒逐之，遂居濱海。及厓山之變，公盡驅妻子入海，而此支僅存"。

其十五

一日未能亡宋祚，天心特爲賜甘泉。昏昏海氣孤舟淚，誰弔當年玉帶圓？

玉帶泉在漳浦大海中，至今周圍一玉帶地，水獨甘。相傳宋少帝航海至此，儲水已竭。楊太后取帝玉帶投於海，祝曰"天未亡宋祚，願海湧甘泉"。果得，故名。

其十六

匹馬曾持短後衣，一官敝屣采芝歸。著書歲月從頭記，腰帶量松已十圍。

明陳季立先生第，著述宏富，有《毛詩屈宋古音考》等書，兼精孫吴兵法，佐戚少保討倭，後棄官歸，講學芝山。

其十七

兩字黄山鬼斧成，風雷常爲護先塋。當年教子曾辛苦，拱立書廚拜百城。

黄忠端公父嘉卿先生年十八，督造戰艦，手刃兩叛卒。帥欲上其功，笑曰："大丈夫不斬樓蘭、郅支，乃欲殺叛奴自賣也。"不顧而去。性耽《性理》諸書，嘗購裝籃轝，躬自隨後，停息必拱立，曰："此聖賢精神，天下性命所關也。"家居時，以此教子，故忠端公卒成大儒云。

其十八

石倉園畔今千古，紅雨樓中彼一時。儘有寓公湖海感，煙青霞紫讀殘詩。

明曹能始先生學佺、徐興公先生𤊹，均嘗游漳。

其十九

滔滔大海掣鯨魚，異數桓圭拜簡書。太息東南風雨夜，懷人爲式上公廬。

鄭氏窮踞絶嶠，恃巨浸爲長城。平和黄忠恪公梧識天命所屬，率海澄數萬衆來歸，特封海澄公，屬以沿海機務。輸忠效命，所向無弗克。

其二十

江園日與老漁親，桃李先開第一春。共説釣龍好身手，南宫風月畫斯人。

陳鐵山先生常夏，順治辛丑春闈第一人。閩自國初至今，得會元者僅先生耳。先生少讀書齊天巖，晨之海釣，得白魚，巨浪立如山。有僧見之，曰："此龍精也，世將多故矣。"所著《江園集》，浚家有藏本。

其二十一

傭筆曾登海上壇，窮荒手創亦艱難。釀金卻喜成完帙，遺事牢牢付寫官。

原刻大本《藍鹿洲先生鼎元全集》，版久散佚，近其裔孫補刊，足成之。

其二十二

亘天碧血出漳河，井水千年不復波。曾聽相公傾倒説，勝於信國七哀歌。

甲子九月十四日，髮逆陷漳。長泰楊荎香孝廉繼書具衣冠詣井，與其叔母茂才宗薌妻郭氏及其妻許氏、妾許春娘、長子錫年、三子樗年，舉家六口同時殉之。今湘陰相國每談漳城死難，以孝廉冠。當逆猝至，次子增年有僕負之逃，越歲旋死。其四子肖年未及於難，早殤。族人更爲之後，聞未能世其業。然忠魂血食已足千秋，不争此一脈也。

其二十三

繡衣此地拜崇川，梁木蕭蕭一愴然。慚愧高歌青眼望，十年未改在山泉。

漳郡名宦祠近增祀崇川中丞徐清惠公，蓋嘗分巡此郡也。當甲子之變，公命浚督辦團練，招徠米舶，且贈詩有“爲霖一片潤桑梓，天下經綸初起時”之句。回首師門，不勝愴然。

其二十四

霓裳同詠大羅天，裘馬翩翩各少年。惆悵碧桃零落盡，東方猶許作頑仙。

壬子同譜，漳郡凡七人：李疇五如崧、張温如鳴珂、吴景唐虞祥、曾壽山熾、鄭澤農宏苞、沈子銘世勳、孫夢九長齡，距今僅三十年，俱歸道山矣。

其二十五

俎豆猶新達魯祠，讀書種子賴扶持。一家骨肉完忠孝，難得當年帖木兒。

肄業生帖木兒炳樞來謁，忠裔也。癸酉，李子和制軍校射泉郡，有官同安千戎者，制軍異其姓，曾口占七絶書牘尾，刮目相待，問之，即其父也。生爲元迭理彌實之後。考迭理彌實字子初，合魯温氏，西域人也。祖名蒲速兒，父名默理馬合麻，均仕，事其母滿速兒回回氏，以孝聞，累功遷至監漳州路達魯花赤，階亞中大夫也。詳王忠文公褘所撰墓表。當陳友定據全閩，民苦朘削。力爲釐正除害，民咸德焉。洎明師入漳，獨引佩刀刺血書笏，曰“大元臣子”，置案自刎。其母率一門三十六人同殉於井。今即其井爲墳，與郡民僉葬。子初之墓在東門外相連。子二，長速古兒，次普顔帖木兒。後遂以其名爲姓。成化間，始建表忠祠，立石楔。其子普顔帖木兒，官吏部尚書，率所部守廣西鬱林。朱亮祖合兵攻之，戰殁。雍正九年，亦附祀於祠。子孫近甚式微，存者僅八人，生其一也。

其二十六

耆舊銷沈往事談，元戎小隊此停驂。絶憐大淼今蕭索，猶抱遺書得二藍。

肄業生在漳有漳浦藍炳璋、在厦有占籍同安藍兆斌，來謁，均已入庠，爲鹿洲先生之旁支也。詢其嫡派甚寥寥，罕業儒者。湘陰相國入漳時，曾訪求漳浦黄、藍二家子孫。今則黄忠端公之後不絶如縷，無應試者。僅得二藍，亦足慰焉。

贈王贊乾同年甥鄭甲峰廣文

卅年闊絶吴航夢，朋輩凋於浴後蠶。今日他鄉重話舊，西州門外見羊曇。

贈施手民

靖海將軍有子孫，一家小隱寄廛樊。莫言末技安民習，袖手能知獨樂園。

施燕庭孝廉開昌課兒圖

八年前事感，並轡上皇都。一别舢棱隔，重逢瘴海隅。多君話雨夜，示我課兒圖。小駐春仍滿，比鄰德不孤。環階培玉樹，空谷見生芻。行集九苞鳳，來驂千里駒。河山今再造，門祚此重扶。事業名山在，文章斗室娱。光芒看若輩，淡泊屬吾徒。網喜求珊近，雲期出岫俱。全家足騏驥，遠牒溯葭莩。先大母、先慈俱氏施。霞紫煙青地，生綃勝嶠壺。

施砭愚廣文開先小照

朗朗鬚眉古貌恭，能騎白鹿采芙蓉。琴絃調後仍垂手，雲氣來時一盪胸。歲月寬閑歸冷宦，兒孫羅立等諸峰。草玄我愧無奇字，雛鳳新來數過從。

送陳仲鸞觀察鴻翊歸天津

海天風急片帆催，家近燕南市駿臺。歸里正當蓴菜熟，感時況值柰花開。仲弓門第將車在，一拂生祠讀畫來。回首輭塵騎馬日，因君清夢上蓬萊。

贈吕肖村茂才登元。

平生低首吕嘉禾，今日相逢雛鳳過。莫道金寒石泐後，眼中爲子一高歌。

湘簾和林鷺雲司馬鶴年作

君山萬里認依稀，反挂珊瑚待燕歸。人影幾重仙子瑟，淚痕一桁女郎衣。數峰不見垂明月，流水無情漾夕暉。下卻玲瓏望顏色，九疑對面是耶非。

蘇仙根觀察瑞楨抱琴圖

西下峨眉第一峰，蕭蕭緣綺抱天風。浮沈自分千官底，辛苦都歸百衲中。曠代知音寄明月，當年良匹賸飛鴻。海山執手還相慰，吾道孤行有鞠通。

戴荆夫小照

雙柑斗酒結比鄰，又見君家得替人。賸有看山兩不厭，一方明月認前身。

其二

虎溪獨立笑相膺，人在危峰最上層。難得浮生閑似此，過從大半六朝僧。

文信國琴拓本

萬事滄桑尺木寒，瀟瀟暮雨别黄冠。傷心劫火厓山日，白雁飛來莫再彈。

吴怡棠太守惇南陔采蘭圖

身爲循吏二千石，手補風詩三百篇。縱老江湖猶魏闕，能完忠孝本神仙。空山欲下生芻拜，一水重煩有獺箋。差似畫圖題郭巨，隴東留頌石雕鐫。

又題采蘭圖

林鳥嗷嗷未肯飛，獨留寸草戀春暉。莫言大雅今寥落，此是人間東廣微。

輓曾生題華。

福慧雙修不易逢，曼卿可是主芙蓉。無窮天上人間恨，但祝遺孤一亢宗。

其　二

何妨綺語效風詩，曾説奚囊許我窺。一事今朝索遺草，報將昌谷玉樓知。

虎溪題石

姮娥一䩄然，少女亦粲可。色色即空空，何處天花墮。大笑成三人，明月清風我。

留别彭紀南軍門

海天三度挹波瀾，長揖將軍禮數寬。新息威名撑一柱，鄭侯文墨冠千官。當城鼓角秋風壯，如李星辰永夜看。儘有艱難時局感，數行珍重勸加餐。

留别馮詠裳太守^{祖}。

緑楊雙樹結比鄰，風月平分互主賓。入座敢忘都講日，論文時見宰官身。慚於牛耳稱盟長，累卻豬肝謝故人。相約明年樽酒地，海山依舊石嶙峋。

歲暮懷林鼇雲，即步其贈行原韻，寄鷺門

沈酣栗里客，朝夕耽醉鄉。陽烏不肯繫，去日已堂堂。每懷群仙侶，之子奏八琅。永夜不能寐，皓月懸千章。遐哉南飛鶴，與雲何頡頏。梅花開百本，使我孤山望。一病連三月，天地變炎涼。甚感故人意，念舊書數行。頻年走湖海，結交成老蒼。草堂欲栽花，長思録事王。修蛇嗟赴壑，牡蠣看成房。祝汝乘春令，一陽生百昌。茫茫煙霧中，何來操杙郎。釣竿挂珊瑚，能作魚欹腔。高歌鷺何食，茄蔤非他邦。此洲即白鷺，諫者口誰防。蒼生得環堵，綺翼毋分張。請挾萬言策，百丈見危檣。君家寄珠海，來去屯門傍。簸潮指一髮，招手騎鳳凰。陽冰不可冶，獨立愁炎方。竟發爲長句，乃吟李白狂。茗荈闢町畦，力鉏千頃荒。稻粱謀亦足，南雁多隨陽。高堂儻得養，何妨九譯商。况乃群季儔，佩刀在王祥。此才勝趙璧，城可十五償。水仙樓上客，感時闚天槍。誰爲青銅柱，萬牛迴棟

梁。呼兒更翦燭,勸我累十觴。忽别隔顔色,思君心浩洋。海水知天寒,彼此守一畺。君其崇明德,努力愛時光。余亦餌雲母,差喜筋骸强。千秋金石姿,歲晚毋相忘。視彼腐雛輩,奚須較短長。勿言老醜婦,曾炫金蟒裝。風雲時叵測,天許冥鴻翔。泠泠倚修竹,翠袖美人傷。相期謁東君,旭日解嚴霜。黧面轉春華,葆此冰雪腸。剡藤足牢守,化爲墨蛟香。

柬吴綸堂

將種能文見幾人,陳驚座外即君身。謂穆齋、逸樵。千年碧血衣長捧,六代青山筆有神。蠻觸縱多吾舌在,羊求難得故鄉親。昏昏海氣天寒夜,幸抱靈犀可辟塵。

柬陳逸樵

門前大樹尚扶疏,老屋三椽奉母居。猶有夕陽留畫戟,每於雨後飽園蔬。能言世自憎鸜鵒,甘帶人還嗜蝍蛆。羨汝滄江逢歲晚,挑鐙能讀未燒書。

贈陳穆齋太守聯科之秦

隴月催人早出門,離離春草一銷魂。昭陵石馬心如寄,函谷青牛背尚温。羨汝及時能報國,遲予何日重開樽。晨星部曲如相訊,爲道年來髀肉存。

除夕題長恩小像

蟫蠹能除祝汝仙,策勛循例上雕鐫。追逋已了尋常債,辛苦相依五十年。孺子前言感黄石,我家舊物賸青氈。微聞歎息空中語,文字如今浪直錢。

壬　午

喜黄生渭川肇麟入泮

曾許黄童第一人,相逢江夏舊知津。秋風金粟聞香夜,卻喜如來有後身。

視林十篠軒

卅年前事話而兄，謂秋阪水部。翦燭論詩坐到明。今日他鄉見林十，對牀風雨似彭城。

柬蘇笑三

執手華林馬射天，同舟李郭盡神仙。將軍下士容長揖，門地多才喜象賢。暫託丹青爲活計，每逢絲竹感中年。艱難百事論肝膽，末路英雄我一氈。

贈家蓁舲縣尹廷樾。

漫言老驥識征途，又見吾家千里駒。蒼莽海天期子遠，艱難門祚要人扶。題橋卻盼成司馬，蠟屐何妨學阮孚。一語臨歧須記取，毋忘歌詠是瓜壺。

海澄北水門外女牆旁，有抹麗一叢，常發異香，無敢翦伐。相傳康熙十六年，提督段公應舉守海澄，與鄭氏鏖戰，援絶殉難，其義女投城而死，碧血化爲此花。曾習軒孝廉有詩紀之，予亦繫以七言律。時施軸三孝廉主海澄講席，因刊寄請嵌院壁云

亭亭一樹玉鉤魂，别有花田見淚痕。幕府曉風吹汝下，女牆明月至今存。長埋碧血仍生氣，未脱青衣獨報恩。賸與老梅能再世，海天各戀主人門。甲戌，沈文肅公奏請拓建臺郡延平王鄭氏廟。地下掘得老梅一根，逾年復生花。文肅公曾命浚作詩紀異。

家岳夫協戎嵩生小影

海東話别十年强，執手重逢水一方。喜見西風好顏色，門前棨戟似長楊。

其　二

領袖銅陵月正圓，森森細柳綰鞍韉。商量使酒談兵夜，一訪南朝玉帶泉。

其　三

難得佳兒侍起居，百花環繞愛吾廬。檀珪家事真通達，一與傳弓一授書。

其　四

百尺干霄大樹高，海天莽莽話同袍。丹青貌女非無意，毛髮他年即鄂褒。

稷垌書來，述虞臣病起能步矣，予爲之喜。嗟夫我兩人喜世或有不喜者，一飯之難，於今可謂變極矣。感賦

故人一紙書，告我一事喜。棲霞剥啄來，新病霍然起。老至思肺腑，相依脣與齒。回念少年場，死者長已矣。座有卅年交，此誼古所美。嗟予去年病，一間争生死。君亦日旁皇，規以養生旨。涕泣感輪囷，不敢迂談視。鄭侯好不寐，性命輕敝屣。問否憶君言，一一猶在耳。願葆金石軀，昨非今或是。欲殺笑世人，所見毋乃鄙。年來貧賤交，寥落驚臧否。隙者自翻雲，全者猶止水。夜闌看東方，晨星大如李。我敢學息關，橐橐竢雙履。

答稷垌

絮垢無能辨僞真，冷淘餌飥惠來頻。换羊有例吾何敢，得此差安五臟神。

坡公生日，稷垌招飲

坡公南行不到閩，閩人誰祀公如神。君家歲歲禮不廢，饙羊具在公毋嗔。吁嗟文字不堪煮，今日燒豬吾待汝。食蠔勿令朝士知，此味幾恐分華膴。公不解飲予亦廉，煎茶試雜薑和鹽。南雪從來不下地，惜無有人歌掀髯。世人争擲百萬戲，晝叉錢少公應避。公曰吾室思無邪，生平一事作詩累。

擬左太冲詠史

排雲出天漢，高臺多金銀。遂令方士流，聯臂西入秦。祖龍誠奇異，自署爲真人。遮得山鬼璧，更夢戰海神。一舸遣徐福，載書問水濱。或言童男女，丱兮

結朱陳。復訪安期宅,笑談極三晨。匡君毛女輩,左右若比鄰。此亦關氣運,神仙多所親。下界生歆羡,拱手蠛蠓臣。

其　二

部五諸侯兵,既已入彭城。獲寶日置酒,美人逞歌聲。豐沛僅咫尺,何不眷屬迎?坐使太公縶,一杯幾成羹。野雞亦岌岌,完卵若無情。豈真忘家者,國事乃有成。子房獻金玉,項伯心爲傾。酇國收圖籍,尤能權重輕。藉非二侯力,得鹿誰先烹。萬年請回首,砥柱賴支撑。

其　三

下獄縶貫赫,謂布無機心。丞相殊深厚,大柄能勝任。怪哉陳曲逆,袖手待淮陰。上變不爲諱,一如衆口瘖。僞游託雲夢,功狗已成擒。吁嗟鍾室語,千載淚涔涔。龍門留曲筆,啼笑真良箴。後來思猛士,空作大風吟。

其　四

憤王喑嗚氣,睥睨廢千人。生平乃恭謹,能爲姁姁仁。或曰所任愛,諸項多相親。更及妻昆弟,印綬實輪囷。請誦虞兮歌,鍾情在一身。烏騅亦護惜,泣别傷問津。嗟彼舞劍者,毋乃薄天倫。八千成楚舞,子弟况爲塵。英雄論成敗,此語殊非真。

其　五

伉莽有樊噲,譙讓來鴻門。詞嚴意獨婉,英氣相吐吞。不惟氣桓桓,能盡酒與豚。排闥見宦者,涕泣亦名言。艱難同締造,心肝奉至尊。卻怪屠狗中,要語何不煩。戰國去未遠,遺風猶衍髡。

其　六

古人作一事,生平足名家。緬彼叔孫通,禮儀示儉奢。陸賈工游説,著書終歲華。各如分量止,譬以斛盛沙。誰效搬薑鼠,左右恣盤拏。訾此復顧彼,學術紛如麻。溯源賈太傅,濫觴亦可嗟。後來更聚訟,諸子成群蛙。

其　七

之罘隔海東,一拳田横島。未必五百人,死綏都草草。或疑太雷同,何曾朝聞道。不見存亡間，臼嬰各懷抱。骨肉重友朋，此心金石葆。附和成一爐，姓名誰搜討。渺渺望尸鄉，烏鳶啄肝腦。

其　八

賈傅謫長沙，盈廷誰毀之。絳侯馮敬輩，千古有遺詞。嘗讀治安策，不肯大臣卑。又曰陛下臣，尊崇無已時。大計關天下，未聞憾以私。鼂錯對賢良，所陳多紛歧。高第何足算，阜囊空四馳。誼也如健在，久壓公等夷。宣室重前席，敢借一揚眉。

再　　擬

漢武招才士，屏棄徒自傷。汲黯多諫書，涕泣何旁皇。避世金馬門，乃有臣朔狂。晚歲頗見悔，亦如良弓藏。我懷嚴君平，羊裘日徜徉。谷口鄭子真，躬稼殊倀倀。誰曰東西京，大度屬興王。山林多隱逸，豈爲國之祥？

其　二

幸倡郭舍人，新寡卓文君。同傳固不惜，風流天下聞。淋漓託豪翰，龍門有大文。細行不檢束，游俠真軼群。走卒笑牛馬，幸能讀典墳。名山有著作，清娱同宵昕。金匱石室中，請自張一軍。

其　三

龍準區平勃，知人關神授。復有赤伏帝，雄才出天胄。晚得金日磾，俘虜非求舊。方當入省闥，牽馬殿下走。天子已屬目，恩寵日以厚。卻笑一紙書，若若賢良奏。莫爲掩鼻過，天下無乳臭。

其　四

戚里多貪功，競起爲將帥。衛霍雖云得，旋失李廣利。如何文學流，亦爲功名累。嚴助稱將軍，罷官良足愧。買臣及長卿，紛紛謀位置。下瀨能將兵，建節亦天使。後來有卜式，父子互攘臂。喪身南越區，釣奇乃本志。吁嗟熱中人，真如傀儡戲。

其　五

危言不肯露，乃有郭林宗。孺子與叔度，淡漠明其躬。稱尚吊知己，人間一留蹤。隤然不如憲,風旨更沖沖。或言有仇香,並世得茅容。有道勸游學,猶墜習氣中。名山有位業,一席開鴻濛。莫令多表見,深淺測凡庸。

其　六

人情怨黨錮,或恐成黄巾。善類賴以赦,吕彊語何工。繼有千里草,鐵鑕叩蒼穹。陳蕃竇武冤,帝謂爲之通。小人心叵測,市恩一何同。此豈榮君子,能爲諱奸雄。是非勿深論,且酌酒千鍾。

其　七

何武有去思,梅福本仙尉。能抑莽大夫,藴蓄語何貴。劉向亦精忠,直陳殊不諱。苦諫成空言,卻羡無怖畏。王氏雖耽耽,機事罷羅罻。吁嗟厥子歆,一門太涇渭。父死之謂何,薰蕕忽異類。佐命獨美新,慕羶成臭味。藜閣火無光,詩書爲短氣。

其　八

孫家有複壁,峩峩一趙岐。三輔決録外,復綴要子詞。或云即孟子,章句垂及兹。紈袴多餓死,束書久不窺。嗟爾絶羞惡,求富每從之。齊市執鞭者,何如賣餅兒?人生能壹志,何處非吾師?

閩　中　吟

船　　廠

誰習博昌船,乃爲今創局。立國貴自强,彼此交相勖。捷徑開終南,天豈生使獨?别有海外書,孔孟何須讀?揚眉舉趾人,談笑傾流俗。惜無御者妻,晏子逢路曲。棄置復棄置,難謀升斗粟。金石歌草廬,無怪吾徒促。

煤　　洞

曾言五百年,有龍渡滄海。三伏更三起,崔嵬祖山在。俗謂雞籠山爲祖山。鑿坏能傷脈,禁碑今已改。得煤論塊尖,況利能十倍。油井與礦坑,袖手復旁待。海東鬱佳氣,生植誰主宰?藏富儻在民,何妨日采采。

禍　　油

古有占城國,來輸猛火油。入水能愈熾,用爲魚鼈讎。自後周暨宋,琉璃瓶中收。不同施短檠,慘烈時爲憂。祝融多煽虐,得此勝燧牛。或云神實主,於油復何尤。吁嗟貧家女,當機烝烰烰。貪明價更賤,永夜星光稠。點衣災及身,毒重罕能瘳。翻羨嬾魚樂,歌舞十三樓。

洋　　藥

鶯粟自成漿,近亦解蕃植。福寧、安溪多有之。莫云土力薄,能變心肝黑。一管誤黄鐘,漏卮何日塞。榕陰七百户,列肆恣卧食。省會城廂内外有七百餘家。或斥卧食非,聚談不可測。此藪即逋逃,何止藏奸賊。清源既已難,截流當先亟。榻前鼾睡人,含沙盡鬼蜮。勿貪利市多,曰此能裕國。

津　　吏

横江津吏來,打槳一何疾。估客首如鼈,屏息聽窮詰。循例有私金,凡物加什一。得錢既已多,按貨抽乙乙。厥名曰乾水,更取充口食。㲄餈及腒鱐,勝於千頭橘。國家有常供,彼民何敢失。吏呼稍加怒,膠舟不得出。

溪　　舋

胡馬解漢行,馬豈分胡漢?如何建溪船,亦有雌雄判。建溪運貨有江西之雞公船與南安、惠安之牳船,俗言牳即雌也。雄雞昂然來,聳身游汗漫。惡聲驚四鄰,雌者如星散。舟中成敵國,一一分强偄。哀哉群母號,有卵都成毈。彼雄真桓桓,金距能叫旦。

鄉　　械

漳泉習械鬬,此風亦已久。兩姓互尚氣,一時群從糾。臨陣滅親串,不分童與叟。海東曰分類,郡邑更堅守。擄人贖以金,抵屍相計口。富翁真可哀,論罪爾魁首。近聞興安郡,殺人如屠狗。車裂遺路旁,慘及肝腸剖。黑白樹兩旗,何時鋤稂莠。

倉　　鼠

厠鼠何太瘦,倉鼠何太肥。厠鼠羨倉鼠,少值人驚之。果腹居華廡,不論公與私。嗟爾壁生苔,無有讀殘碑。昨日社公雨,社母前致詞。但祝大有年,可以弛防飢。年來多海舶,糴鄰福亦奇。皇天佑吾民,野老樂含飴。

田　租

悍吏來田間，叫囂亦常事。雞犬不得生，向爲若曹醉。徵收乃十倍，同井苦相累。夜拜十字神，涕泣祖先棄。栗主已焚如，無用凶拳避。明晨忽歸家，嚇煞催租吏。有鬼挈之來，稱爲我同類。按例趨縣衙，十者只輸二。蠢哉我良民，一一化魑魅。更憤上舍生，書銜用奇字。同安有"耶穌監生"之稱。

鹾　商

開門日見海，海水易成鹽。此利民固有，久爲他人兼。捐金作搬運，司者果能廉。毋令百萬貲，一醉成厭厭。嗟爾春多雨，開霽難爲占。三韭欲作鮭，抱甕愁窮檐。忽聞配食條，鹾賈令何嚴。萬家苦敲髓，一室樂掀髯。

膳　士

清時貴布衣，千里尋師表。擇賢在道義，文字兼通曉。尪瘦非駑駘，豐厖豈騕褭。嗟哉禮樂場，攘臂何時了？區區賣菜傭，求益但嫌少。撐腸五千卷，下士將成殍。

結　盟

尺布尚可縫，兄弟不相容。吁嗟同根生，鬩牆多素封。遺子金滿籯，直如兵器凶。路上見高車，投刺聯新蹤。真者陌路棄，僞者肝膈通。登堂請交拜，而翁即若翁。世人重贋鼎，今古將毋同。

養　子

負負笑螟蛉，但祝能似我。無兒偶爲之，此計已稱左。胡爲八九子，枝葉不曾墮。尚嫌繞膝少，添丁學蜾蠃。彼哉曰强房，多男盛荼火。同室或操戈，森列資擔荷。不愁非族類，少長相隅坐。嗟爾漳泉人，譜牒僉日可。

嫁　裝

古人重生女，謂足光門楣。得壻誇乘龍，毋乃近相皮。况更女子心，外嚮易轉移。父母比掌珠，所愛良亦癡。不若五尺童，門祚能扶持。如何足穀翁，顛倒互是非。千金肯嫁女，百金吝教兒。國奢不示儉，古道棄如遺。當年賣犬者，我懷吴隱之。

美　服

被褐有高士,鄉里習其風。裙布有山妻,亦不廢女紅。海濱稱樸素,未聞服不衷。奈何華膴者,耀閭誇石崇。踵事易增華,遍成羅綺叢。路逢狐貉兒,一望但茸茸。深閨鬬妝束,滬俗日相從。安得伯通廡,重見梁家傭。

錮　婢

是亦人子耳,女大自當嫁。胡乃困其身,不聞車來迓。執爨無已時,鉛華都退卸。生子歸主人,呼名仍叱咤。峩峩鳳山高,澆風何日化。更及霞漳城,禁錮不肯赦。白頭尚無郎,終天如長夜。

争　墳

向背相陰陽,良法乃師古。本以藏爲安,惟城卜環堵。嗟爾惑青烏,劃界難爲主。遥遥測中傷,群起曰外侮。匍匐遍公庭,案牘十居五。更有仕宦者,品秩耀厥祖。安問域短長,量弓不計武。觳觫謀更遷,小民亦何苦。能語儻山川,葬師面如土。漳、泉、臺多此習。

賽　會

鄉儺驅群陰,禮法自古設。非冬乃夏秋,造舟將楮爇。有鬼名塔骨,隨行真躄躠。短黑長者白,或言魂魄别。妖女時豔妝,果爲神所悦。縻費索窮黎,吞聲不敢咽。嗟爾送迎神,戲劇火宵徹。薌澤滿天街,舉國狂成列。儻能除不祥,取義亦桃茢。

鵝　眼

滇山萬餘里,採銅良亦難。海舶連翩來,億貫成鉅觀。紫色多倭鑄,聊以充市闤。頻年忽不見,付之洪鑪丹。或變爲鼎銚,或更爲盂盤。遂令鵝眼小,貿易仍人間。鼓橐既無資,燬絛時相干。百物何時賤,最苦堂上餐。

茶　市

茗荈有常經,在昔重武夷。比年及琅口,買山選槍旗。海外有淡水,或言地脈肥。不似建溪土,山童易竭之。白琳近紛若,厥種分高卑。趨利真若鶩,嘗苦上雙眉。豈知生産衆,積蓄多不支。江河已日下,變幻如白衣。

臺、厦雜詠十首

負　販

周官善理財，誤讀亦疲民。流爲門攤貨，秋毫析計臣。病在須藥石，已霍可離身。誰知瀉地者，將水化爲銀。不聞桑孔輩，細及頳肩人。仲氏欲負米，何以養吾親？

宅　税

買宅自有券，匿者何其愚。波及尋常人，安辨立錐無？一税復再税，只論官下車。擇肥噬已慣，謂爾必增租。嗟彼桀黠流，書空更善誣。華屋屬他人，贋本署爲吾。藏以遺子孫，歲久公庭趨。誰知王安石，争墩乃子虚。

佛　藥

人生難免病，神農解嘗藥。寒暑固不齊，秉性有强弱。雖云肘後方，用者時或錯。庸醫多殺人，亦有憑之霍。如何載神行，藥店飛龍索。鳴金稱佛靈，薑桂紛前攫。至死無悔心，家家猶抱脚。

神　降

木筆走沙盤，能作龍蛇字。或箕翕以舌，左右交使臂。更有赤身者，滿口雌黄恣。僉曰神能言，羅拜都在地。不惟庸俗人，如癡復如醉。側聞士大夫，亦稱香案吏。好譿苦搔頭，捧書求神庇。南人本信鬼，誰歟解竈媚？

摴　蒲

蠢爾牧豬奴，所戲無貴賤。不知流品淆，達旦猶鏖戰。廢業更失時，乃有從旁羡。如疾入膏肓，囚首都忘倦。届冬有花會，别自開生面。三十七名中，一日凡一見。吁嗟流毒多，四時今復遍。吕宋一紙飛，按月速傳箭。

蟻　衣

螻蟻能食人，聞聲若解鬬。每依樹根生，大者真如豆。哀我東瀛洲，僻處嘯群寇。仇家曾被擒，裸身猶窮獸。手足塗以飴，繫樹牢相守。引彼蚍蜉來，附體少罅漏。皮肉倏無餘，此慘勝斷脰。名曰著蟻衣，慕羶更逐臭。卻歎三蝨訟，偏嫌一家瘦。

没　宅

華屋羡生存,誰識金銀氣?姬妾正滿前,珍羞羅百味。忽有滅門來,喊聲如湯沸。少長同殲旃,彼宅一易位。臧獲拜新主,篋物牢牢記。白刃加之頸,從者仍珠翠。俗呼曰紮厝,相慶不爲諱。哀哉彰化人,浮生真如寄。

符　呪

仙家有夫婦,呪桃復呪鯉。誰傳此祕術,能令人生死。非蠱以金蠶,實同雷雨市。死者驗腹書,群愈神其技。將死亦能生,索金價頗侈。復有善攝魂,伺酒如招妓。健隸率相戒,捉人不入里。授徒且築館,鬼畫日滿紙。淡水、彰化多有之。

鬻　兒

生爲沿海居,有子難長養。番舶或災風,取償猛若獷。不論貧富家,直者亦成枉。群攫已高颺,老羸受以杖。富家能傾囊,一洗憑打網。貧家無儋石,咨嗟板屋仰。夜闌語老妻,且棄懷中襁。拳島小如萍,哭聲時來往。惜無鄭監門,一幅丹青像。

紀　節

避債古有臺,除夕愁逋負。每聞臘鼓鳴,索欠同一口。海外殊不然,樂飲屠蘇酒。但逢日長至,債帥紛奔走。變夏嗟用夷,此風亦可醜。佳節鬭中元,肉山叠萬肘。攘奪俗更奇,群誇好身手。乞兒啼路隅,果腹多鬼母。

癸　未

趙又銘觀察新升嶽浮海圖

卓哉揚子雲,觀書得至理。如升東嶽巔,如浮滄海水。介丘與枯澤,拳勺亦善擬。故人師此意,珍重遺諸子。五經即舟舵,請於彼岸艤。

讀四公子傳

夕陽古碣薛城秋,五月生兒不用愁。土木豈真能偶語,券書難得借恩收。

莫嘲幻術雙狐腋,獨見交情一蒯緱。眇小丈夫事何礙,萬家任俠尚椎牛。孟嘗。

其　二

東武離離草似茵,高樓矗立已成塵。不妨錐末居公等,未敢頭顱惜美人。蹈險寧辭十日約,散財能識一軍貧。繡絲如汝真無愧,坏土重澆酒百巡。平原。

其　三

食客無人説姓名,邯鄲歌吹不聞聲。孤墳置守千官拜,醇酒消讒一命輕。危急未曾負公子,死生可託贕侯嬴。驅車記過夷門路,屠市群兒解弄兵。信陵。

其　四

郢曲銷沈識者稀,吴淞一櫂去如飛。故城宫室嗟興廢,游説文章善是非。固寵誤從人種贈,出身空脱楚囚歸。卻憐遺俗多珠履,百戲魚龍未息機。春申。

家郁山課子圖

潼關種菜有家兒,回首黄花飼雀時。滿地清陰天尺五,沙哥新習鯉庭詩。

贈得蔭源協領泉。

胸中塊壘知多少,去住艱難一倚樓。豈有蛟龍雲雨閟,肯爲鴻雁稻粱謀。孤行吾道原非病,生世能才不易休。昨夜酒闌看北斗,亘天奇氣鍛吴鉤。

蘇笑三繪贈群盲評古圖,題此誌謝

擿埴索塗非碌碌,邀人共飲文字福。口耳鼻舌俱爲功,天地生才何必目。厖然海蜇多資蝦,明珠空抱鮫人哭。嗟爾倀倀今何之,五色瞀迷不一足。周秦彝鼎漢文章,一坐再坐三薰沐。摩挱莫辨贋與真,從吾所好出諸櫝。爲語雙瞳不易開,暗室由來妨舉燭。滔滔天下是非場,請君負鼓歌一曲。

贈　鄒　生

齊名枚叔有臨淄,照夜珠光十歲時。難得愛才逢太守,步趨正路要人爲。

四月七日石碼訪江秋驅楓不遇

彼此神交三十年，每於畫裏見神仙。扁舟相訪吾饞甚，要與先生索渭川。

題彭軍門畫梅

三湘七澤感同袍，大樹將軍異數遭。願祝長依明月下，萬香如海讀龍韜。

喜家幼蘭入泮

丱時頭角已峥嶸，果掇宫芹第一名。斯世文章相努力，吾家手足最關情。書香不斷由天眷，門祚中興賴汝成。昨夜談心逢大阮，所期萬里在前程。

紀北洲封翁小照

古貌重看杜德機，教兒親手束弓衣。門前近事堪圖畫，舊種榑桑已十圍。

家宜西雙影

沙哥未引碧油幢，小隱蓬廬戢影雙。留得幽人對明月，一行煙樹鹿門龐。

其　二

笱江潮汐鷺江濤，兩地家山一葦舠。差喜遺書長在抱，齒牙清歷有兒曹。

李遠泉孝廉廷瑛釣臺燕息圖

鷊氏江山片席開，釣龍人去客重來。青氈共笑英雄老，白袷誰爲將相才？圖畫即今勝松菊，文章終古豈蒿萊。西風不用吹華髮，六十平頭尚壯哉。

林子石明府豐璹循陔圖

三神山下荷鋤歸，拜賜金莖露未晞。瑶草况耕壺嶠地，生香長著薜蘿衣。無柯自昔嗟尼父，有獺於今補廣微。領取一庭醇酒味，天留顔色足春暉。

稷垌拄杖圖

野狐辟易墜地走，惶恐乃在東坡手。手中何物是真禪，一枝鐵杖爲吾友。當年戴勝曾飛來，祝公不噎胡爲哉！廢食未肯從新學，有酒且盡尋常杯。敲門看竹殊寡合，與爾晏坐日三帀。無獅何必心茫然，請邀彌勒同一榻。吁嗟老瘦節乃堅，吹火照字多神僊。區區六尺莫嫌小，能支丈室三千年。

又題拄杖圖

吁嗟杖兮僅六尺，成童十五歲與敵。乃具持顛之大材，歷佐家鄉無曠職。摩挲在手更十年，鑄同頑鐵資搏擊。公開笑口謝不敏，叩脛今無聖門賊。彼相就列亦穌穌，何必漆園疑蹩薛。馬蚿百足將誰憐，吾學揚子且擿埴。緣山見鹿一何踦，大牢告疲傷筋力。自古索塗多苦行，惜無有汝相扶植。大厦如傾要萬牛，支撑一木請求益。蹇跛何爲笑美人，無名半是平原客。人言擲地能作聲，野狐聞之皆辟易。此事儻真吾亦起，敢騎龍背游八極。天荒地老覓同群，吹火不愁太乙熄。一枝晏坐足澄心，勝於拄笏看山色。丈人荷蓧我能耘，長祝不噎殘年食。百錢沽酒今朝歡，那管人間有荆棘。時海氛未靖。

稷垌七十生日索句

將進酒，問青天，歲星不見凡幾年？乃在右旗左鼓之山巔，文史已足成頑仙。蟠桃如斗大，飽啖花九千。朝廷即今無闕事，譎諫何必王公前。將進酒，捫腹何所有？嫦娥昨宵分外明，長生擣藥墜君口。登科記裏多閑名，人見蟾蜍我蝌蚪。且酌一斗復一斗，年年此日祝汝無量壽。

黄俊生太守家鼎西征日記後

春申江上識而翁，丁卯在滬，與尊甫子穆太常訂交。十七年來一轉蓬。時局艱難話流馬，故交零落感冥鴻。專家幾免多才謗，有子何愁吾道窮。留得南車好圖畫，韄羈餘事付終童。

其　二

我亦西傭文墨人，短衣匹馬賸前塵。羊公有鶴嘲難舞，老子猶龍望尚親。歷歷關山憑聚米，勞勞輪鐵笑炊薪。因君振觸長楊路，嶽色河聲夢舊秦。

侯桂舲軍門名貴疏勒望雲圖，用工部北征韻

西行我到秦，公亦利涉吉。先皇丁卯夏，賤子司記室。列幕華山陰，奇峰吐赤日。憤著短後衣，彼此辭圭蓽。截裾大有人，爲霖争岫出。與公雖一隅，把臂猶相失。軍書熟姓名，紀勳待帛匆。涇渭多材官，輪囷互磨切。我持鄭侯墨，公執莊君習。家山隔千里，託足同岐畢。甫脱函谷災，竟渡空侯瑟。饑鷹挾雹飛，河雜馬牛血。冰橋架龍門，終夕不肯滅。韓侯嶺下陂，狐兔紛營窟。歎息未建瓴，自天瀉滓滈。觥觥侯將軍，於時雙眥裂。獲鹿屯旌旗，帕首復北轍。銘背守母言，元戎聞之悦。已分裹革材，不舐犢角栗。鴟鴞驚夜啼，四顧天如漆。載馳衛皇畿，量沙數軍實。努力策自强，未敢弛吾拙。回首果健營，不隨衆星没。萬丈翥鳳鸞，亘天出林末。既鞏右扶風，直犂螻蟻穴。厓巖五丁山，重圍幾炊骨。母兮能教忠，功業當勉卒。一襲游子衣，寸寸手中物。群醜幸告平，鄂褒存毛髮。回鶻敏關來，蠻氛起魋結。蒼狗幻須臾，胡笳清曉咽。卯金奔命書，重叠如白雪。萬騎趣前行，翦足時解韤。戈壁月生毛，天山霜夾膝。進規得有涯，迅雷忽排折。關掠正洞中，焚衝毁馬褐。霹靂真如神，陰陽賴申泄。遍下南八城，犬羊皆縮慄。帝覽捷書懽，彤弓錫上列。疏勒付畀專，雨風臣沐櫛。西南望莎車，夕陽紅一抹。東北有焉耆，莽蒼海水闊。飲器月氏頭，且療酒後渴。法曲聽龜兹，何似蜩螃喝。我懷班定遠，此地鼙鼓聒。至今訪遺黎，前事猶能説。公既屯名區，種蔬教戍卒。異域開繡棚，天宇霁埃豁。大力積爲雄，群拜抉門紇。自撫七尺軀，爛額未黔突。築臺寄所思，西郊練一匹。捧日戀君親，去住難引決。將母嗟不遑，歲月如梭疾。天半看游絲，時恐涼颷奪。隨節謁觚棱，恩寵荷知拔。一檄下閩疆，不寐感明發。願祝中興朝，武事題獵碣。殘年過北平，有虎都射殺。持以報慈親，垂天息六月。合繪

家慶圖,大笑冠纓絶。反哺會有期,勿傷朝暮别。海氣近拍天,涓流誰寸折。請繫樓蘭王,不受有蘇妲。得時能自駕,負荷資來哲。嗟予識面遲,見公肝膽烈。遠志勝當歸,出山生意活。古有甘泉宫,丹青應懸闥。公其捧朱輪,徵詣雲中闕。興慶點朝班,首行當補缺。碧霞在泰巔,一雨天下達。

自題自鏡圖

冰天萬里霜蟠紐,長安日近鍛炙手。採遍凡銅五十年,風塵負局傷奔走。磨光倩書事豈虚,屈刀未成嗟背厚。罔兩窺人白晝過,唐突瓦礫疑爲偶。老龍自潛不肯飛,人境朦朧待鑿牖。或言混沌難畫眉,厥質宜瑩予曰否。生平礪淬悔分明,皮骨幸存嫫母黝。李尤汝善正衣冠,堅牢請謝鑠金口。多少青春檻上人,好花四照持前後。玉匣争誇時世妝,古貌誰爲膏蓬首?天公似惜明月孤,水開顔兮石刮垢。日辰處所何多乘,請問萬乘軒轅友。封侯世自有容成,願期無缺如仁壽。昔肥今瘦休較量,爾銘不滅視蝌蚪。朝服毋爲鄒忌流,好惡之言憑箕帚。此鏡原非照面材,自照我心儻不醜。

再題自鏡圖

世間怪事真叵測,此鏡能照人千百。豈真伊尹無須麋,凡銅至今能刻劃。田文眇小亦人豪,莫以美麗許城北。秦時鶉首不爲醉,見膽尤能生怵惕。面團心涸縱相因,袖中可有千秋識。卻憐如椈復如田,澡豆欲療天生黑。在昔蒙倛稱至人,不夢斷菑久惻惻。箇中勳業試探看,故吾今吾何顔色。靈丘一握生陰霾,山雞舞罷傷形隻。海氣拍天未肯平,日月出匣太偪仄。黑雲吞吐赫連城,蓋卮深爲盲人惜。鏡兮鼻獸尚未訛,勿喪其精化頑石。磨甎自古成玲瓏,傅粉那能便媸嫿?請捫背字辨星辰,莫使龜龍失夷則。嗟爾四旁何無人,獨我與我相欣戚。敢持百鍊貢明堂,臣今髯也非巾幗。

坡公生日和稷坰作

吁嗟笠屐行且跛,群犬猘猘欲噬我。彼吠所怪乃見公,吠影猶可吠聲叵。

黎家借書不爲奇,遇雨亦是尋常時。小兒攔街拍手逐,少不更事寧非癡。世人祝公繙月曆,尚宰黄州豬肉喫。豈真我輩不足論,始許進士來吹笛。公曰吾道交以神,衣冠半屬陌路人。不及堂前二三子,聚首年年德有鄰。一篇飽讀柳州柳,勝於離騷痛飲酒。古今名士不虚生,天問天對自爲偶。過江鯽魚近無多,大笑其如蒼蠅何。一家父子不寂寂,斯世何必相詆訶。羡公察書動顔色,拊背早識章惇賊。斗膽何人自命豪,履險如夷見脚力。寄言循例爾休狂,開口更盡今宵觴。座無一錢不值者,怒罵莫便成文章。

除夕題長恩小像

座中客少論文者,汝尚知書事亦奇。儘騙商人偷冷字,誰從吴市賣獃兒?真仙今日魚能變,福地何年犬獨司?無限世間心計感,賸君解唱渭城詩。

甲　申

題查梅壑山水畫册

五日一水十日石,天下江山羅咫尺。玲瓏主人重交游,胸中丘壑成千秋。一朝雲煙入閩海,真蹟即今之王宰。紅塵喜隔人世間,置身蕭爽辭朝班。十二峰頭兩不厭,山南山北時相念。贈此聊表區區心,伴君壓裝歸鬱林。

端午日贈李秋農司馬邁平。

滄海横流一舵持,再來島上見旌旗。長官依倚投醪合,巧婦艱難淅米炊。重唱細侯時雨曲,回看何武去思碑。黄童白叟仍歌舞,眉宇軒軒拜紫芝。

其　二

飛鴞近喜好音多,角黍家家祀汨羅。我愧一氈稱長物,民争五袴續前歌。支撑大局消魋結,著述先芬誦甲科。難得談心樽酒夜,百年文獻念嘉禾。

閏端午日贈郭教授

他鄉兩度逢端五,喜見緜田折角巾。矗糲百年吾道在,劫灰重話老僧親。文章楚些傳真脈,冠蓋京華夢比鄰。同是南州高卧者,夜闌搔首看星辰。

傀儡馬行厦有是諺。

繞場萬里寧逾時,手中巧綫工策肥。穆王八駿瞠乎後,此馬破敵真神奇。主人顧之顔色喜,是能枵腹游九夷。不勞芻豆日豢養,一旦用之行如飛。天閑古有三品料,隸圉毋乃金錢縻。

瓦　狗　行

瓦上巍巍立一狗,不眠不食獨箝口。吠聲吠影世何多,卻羡崖柴守户牖。汝獨頑皮耐雨風,一朝剥落歸培塿。蒙茸有尾不能摇,投骨豈爲人所嗾?陶者象形曰汝功,逐兔不在淮陰後。

芻　靈　行

芻靈七尺何似人,峩衣博帶厖然真。世間多少骯髒者,飲食與汝相比倫。惜哉咸陽成一炬,陌頭踏作去來塵。不如柳車縛奴輩,歲歲解逐東家貧。

土木偶人行

土偶木偶成衣冠,於人克肖稱長官。一時羅拜小兒女,循例晨昏來問安。不逢雨淋與日炙,誰識中藏非膽肝?吁嗟面目多如此,古今真者何其難。

頑　石　行

天生塊石毋乃頑,醜態何似黑白蠻。廢興治亂都不管,森森萬笏藏空山。有時幻相作人立,攫雲挐霧寧非姦。五丁力士不汝鑿,至今扼塞嗟當關。

翁仲行

不隨群俑埋高塋，墓門拱立能偷生。飛來華表千載鶴，唳空似汝長嘯聲。牧童敲火或賴汝，日與耕夫相送迎。頭銜不知是何品，簪纓袍笏何其榮。

蝙蝠

既非麟鳳侶，生世是神仙。盤古開天後，無人爲紀年。

瞎馬

嗟爾雙眸翳，於今敢夜行。孫陽未肯顧，師冕若相迎。難辨關山險，長依隸圉鳴。三升芻豆飽，不識有榛荊。

祝勿邨丈八十壽

一枝天賜辛夷花，探源更泛張騫槎。珊瑚鐵網紛椏杈，行春五馬先排衙。苴力城頭鳴清笳，節樓高建紅蜺牙。浮雲富貴吾何加，回飆直指滄溟家。玄亭載酒來侯芭，天根月窟參羲媧。臣能稽古窮津涯，金門宣詔維汝嘉。名山一柱騰晨椵，銜芝穿竹驂麢麚。問年正坐磻溪車，聖人歌耋觴紫霞。雨前新採中孚茶，海上不數安期瓜。嫏環福地書歲華，先生忠孝爲丹沙。

和勿邨丈原韻

横流獨立等閒身，千萬泡漚有善因。無迹易迷三里霧，此心待辟十洲塵。風中把舵嗟争渡，天上尋源請問津。願息劫灰化胡海，漢陰抱甕作勞人。

鍾馗按拍圖

擫笛吹笙鬼一車，終南進士拍紅牙。此中大有英雄在，不是秋墳唱鮑家。

其二

絲竹生涯善解憂，性能啖鬼獨風流。而今牙齒饒餘子，法曲教傳菊部頭。

香篆匣

花下紫薇郎，歸攜滿袖香。御鑪煙不斷，銜鳳出宫牆。

其　二

一例含雞舌，氤氲夜未央。朝衣餘澤戀。褶叠在匡牀。

其　三

明月東華夢，臣心卍字長。憑將方寸篆，時刻見君王。

留别郭教授，即用其贈行原韻

天際萬松亞，城頭一月高。頻年離别地，無恙去來濤。欲浣衣仍素，真愁紙有毛。饑驅吾與汝，誰識舊仙曹？

其　二

問訊東華客，難教世慮删。六州成鑄鐵，寸草結連環。有木憑支厦，無書懶敏關。故鄉正多事，繭足悔荒山。

其　三

録事貲新寄，蒔花葺草堂。晦明幾風雨，懷抱剩文章。未遂三層隱，難尋一味涼。斷蛙何處是，往事説陂塘。

其　四

劫火銷沈後，青氈兀坐前。多君商舊學，愧我作頑仙。未脱頭巾氣，重生髀肉年。艱難話時局，一著問誰先。

二喬觀兵書圖

流水江東認埍鄉，英雄心膽兩相當。大難姊妹知韜略，勝卻人間執戟郎。

其　二

阿瞞畢竟是麤才，銅雀春風枉築臺。只解西陵教賣履，此生不爲讀書來。

鄭香巖廣文景陶遺照

海天一櫂每傷離，惡耗遥傳夢轉疑。誰料浮瓜沈李日，故人異物竟南皮。

其　二

重見鬚眉紙上親，勞勞身世苦生辰。爲君破涕翻成笑，早脱人間十丈塵。

送何筱宋制軍璟歸香山

京華樽酒雪花時，文節祠堂話别離。歸里正當壬子破，在山自分甲辰雌。泛舟議賑勞相訊，楗竹防流有去思。猶記塔江燈火夜，澹災萬户爲刊碑。

其　二

長揖能容禮數寬，愛才謀及腐儒餐。浮沈我愧千官底，去住公知一飯難。太息漁陽動鼙鼓，卻從神武挂衣冠。此行飽看羅浮月，珍重梅花慰歲寒。

張友山中丞兆棟將歸濰縣，賦呈二首

一片誠心金石開，笑談末座許追陪。能言卻厭雕龍技，不舞偏憐病鶴才。氣挾風霜仍養晦，胸無城府絶疑猜。韓陵此後將誰語，惜别蘭成首重回。

其　二

白雲蒼狗感浮生，何日天河洗甲兵。一局輸赢原有數，千秋功罪每難平。銜杯苦恨監州蟹，漏網空愁大海鯨。定有君恩念耆舊，樓臺重上望滄瀛。

温陵道中

一介攔街導我行，到門稚子笑相迎。故鄉難得逢知己，重疊豬肝累弟兄。謂黄香圃、霽川兄弟。

其　二

人字𡾰山足底經，悤悤車馬出郊坰。勞生自笑馳驅慣，細雨斜風愿一亭。

其　三

虢虢春雷第一聲，盤龍大雨忽盆傾。阿咸敲火勞相訊，悔不親持笠屐行。

途遇世鵬、世雍二姪。

海上後感事

枯桑風急穴成虚，天遣虬陽走傳車。誤聽重冰真左計，不持一旅易成墟。療貧難典黄金餌，灑血空投碧海書。痛哭何人原禍始，秦庭那有僞包胥？

其　二

此虜如何應彗星，未施斧鉞厭膏腥。鯤身幸脱濤澎湃，姑米偏吹霧晦暝。安得道心逢鸜鵒，誰知插翅走蜻蜓？百年人物風騷地，應抱遺書涕淚零。

其　三

丱兮城上結朱陳，徐福遺書話獮秦。縱改衣冠仍著卉，已灰鐘鼓欲成塵。一時馬隊拋殘帙，千古雞林羡賈人。幸有高樓開八詠，長恩重與拜比鄰。

其　四

新學相從滚滚流，許行簦屩遍齊州。百官捷徑開生面，十字殊途控上頭。爾雅幺蟲幻科斗，離騷衆鳥雜鉤輈。堪嗟陰火潛然地，誰挽丘山仗萬牛。

近事偶感

月脇天心破碎哀，電光頃刻去還來。重山鐵柱千竿立，萬里銀濤一綫回。不斷清時替郵傳，每愁洩處啟嫌猜。日中最苦難爲市，大地終南捷徑開。

其　二

南歸肅慎轉飛蓬，幻術如何借火攻。空把萬金虚牝擲，枉勞六甲鑿山通。計臣幾輩工毫析，逆旅無人怨道窮。誰憶龍興辛苦地，柳邊磐石話鴻濛。

猛虎行

陳友三明府益以《短衣射虎圖》屬題，因賦此，書其上。

朝作猛虎行，暮作猛虎歌。南山之南白額多，健兒身手何蹉跎。與君交臂長安道，三十年前顔色好。冰天躍馬四無人，一醉功名都草草。六鈞弓在腰間鳴，中原忽報黄巾平。君韜錢塘叠雪弩，我歸西時仍書生。笑謝金僕姑，清時無用爾。髀肉長英雄,古今都如此。一朝蒼狗生白雲,爪牙渡海成妖氛。百萬艨艟付兒戲,惜無人識李將軍。請君結束舊時裳,廉頗雖老能挽强。吁嗟峩峩白面郎,持禄養交真豺狼。

達　官　行

達官歸田不作達,鍵户日逐錐刀末。鮑魚涸雜甘如飴,一朝毛羽變鶬鴰。撾門豈真乞米來,閽者但絶瓜與葛。奴顔婢膝爾何人,醯雞入甕同生活。昔時自許亦不凡,夜識金銀豪氣奪。功利之弊何代無,嗟汝諱飲盜泉渴。題午若鳴肥遯高,視人碌碌都席割。誅心請聽月旦評,董狐有筆能塗抹。

贈 家 聲 甫

勞勞琴劍尚飢驅,喜見吾家千里駒。難得一門醇謹味,春蘭相對海山隅。

其　二

夕陽記過烏衣巷,謂漳州楊老巷。猶有尋常燕子來。努力當年門地在,丘山重與起樓臺。

輓葉生其年。

占星纔慰入天廚,俗傳食虀𩟔者,必有天廚星照命。照水寒光夜月孤。生世多才偏汝惜,玉樓文字屬吾徒。

其　二

抱甕相扶侍老親,黄花開日少斯人。豈真天上今差樂,摩頂應歸白玉麟。

胡 貞 女 行

漢水兮湯湯,因緣兮天一方。丱歲兮倚東廂,書聲起兮開曉窗。比今思兮心悲傷。

夢虺蛇兮何祥,溯寄生兮申江,嬌小兮不離母傍。授詩兮琅琅,乃柏舟兮心藏。

祝父齡兮無量，寫生綃兮擅長。日隨身兮筆硯忙，嗟福慧兮難相當。

鍼神兮善繡旛幢，胡天不度兮鴛鴦。顧影兮十指僵，一燈兮夜未央。心鐵石兮骨冰霜。

血涔涔兮衣裳，刲臂肉兮療娘。禱告兮彼蒼，兒願瘠兮母康强。母康强兮兒命何靡常。

羌獨坐兮繩牀，爲父鈔胥兮何敢忘。孝經在笥兮十八章，持此字字兮報姑嫜。

米鹽淩雜兮不遑，甘苦兮能嘗。今遠出兮黄鵠之鄉，代夫視膳兮作羹湯。

有弱弟兮相隨，將讀葩經兮日數行。唤六哥兮摧肝腸，何獨立兮徬徨。聞嫛婗兮淚盈眶。

阿姊兮同未亡，夫薄宦兮喪沅湘。嗟爾告歸兮更倀倀，磨笄山上兮長相望。

太璞完兮歌大荒，古井不波兮月流黄。帝有恩言兮下天閶，千秋華表兮香山香。

稷垌腰痛，走筆問之

廣文不是折腰官，酸楚新來可獲安。相與故人肥瘦較，豈真吾道屈伸難。量松漸長同呵護，束筍能吟許校刊。莫歎頻年衣帶緩，天留一飯請加餐。

以笑三所繪坡公像寄蓁舲

吾家小阮能好客，比之斜川不易得。懷德宫前德有鄰，四顧何愁天地仄。隔江一葉來扁舟，華堂小住數晨夕。花豬竹鼺日相款，童僕奔走無倦色。愧我平生磨蝎身，文章招忌多叵測。入世今知一飯難，撑腸煮字豈堪食。爾曹兄弟何殷勤，對牀風雨見胸臆。水木相思族譜亭，願祝年年留笠屐。

送沈吉田方伯應奎之臺灣

排難今之魯仲連，愛民不惜一身先。衣冠最苦塵中客，劍佩新迎海上仙。

但祝鯨鯢歸大築,都消鼋鼍足安眠。平沙記共元戎幕,回首潼關十八年。

題坡公像贈徐少青太守震燿。

年年壽寓祝蘇髯,客邸心香一瓣拈。繼起誰真同范滂,解吟敢詡和陶潛。自調琴柱風生袖,笑索梅花月滿檐。故里重逢賢太守,叉錢度日似公廉。

題蘇笑三繪坡公像

數典不曾忘奎宿,畫師乃公之賢胄。島上相逢妙寫生,先期三日遥稱壽。嗟今海氣日昏昏,那有蟣蝨生甲胄。偷閑我且作南風,一彈再鼓投雙袖。擫笛何人奏鶴飛,紫裘進士金樽侑。肉眼從來欺泰山,難得材官解篤舊。西園將種王晉卿,風流無出笑三右。即蘇即我何敢當,多謝同人買絲繡。

稷垌頻年爲坡公作生日,必招予飲。今秋已歸道山,坡公生日時,予適在温陵,比返,其長郎硯劬亦自蜀歸,賦此視之

稷垌年年具酒脯,今歲不見東道主。予亦奔走困風塵,客邸瓣香無可語。公家有孫工作圖,此圖乃蘇笑三於公生日前在厦所繪。歸來長句從頭補。吁嗟故人今物化,相依奎宿當得所。鰂生磨蝎尚身宫,學蘇太甚徒自苦。儋耳不逢黎子雲,笑人笠屐風和雨。沿途群犬漫狺狺,一身獨行長踽踽。修蛇赴壑事峥嶸,羨汝生天脱鼙鼓。儻助長公奏九閽,尚方請劍誅群虜。黄州買得花豬廉,斗酒我當祠欒土。

步毛蘭階茂才澍涵除夕原韻

萬千燕雀争處堂,空山一鹿臍抱香。高歌起舞星斗傍,九天拜賜丹沙漿。太歲在酉占金穰,不愁似虎東風狂。待看赤日懸榑桑,百神禱告焚都梁。殷雷何事鳴蜣琅,轉丸直欲飛八荒。願持大帚千仞岡,陰霾静埽天爲光。策勛痛飲崑崙觴,一時風義相激昂。更齎偓佺之餘糧,窮檐飽腹騰炎方。羽書赤白馳雙

囊,三軍賀勞歸帝鄉。門前棨戟森長楊,萬夫屹立能吞航。履端吉語書連行,劫灰從此銷紅羊。轟天爆竹輸酒筐,笙簫競奏東西廊。我登百尺元龍牀,謫居何礙依吴剛。嗟今在天箕口張,終開賢路觀堵牆。有人市藥知韓康,爲汝置驛交鄭莊。心肝何以奉君王,三台北望闌干長。

除夕題長恩像

倉皇未載五車行,問卜頻拈丗九莖。海氛急,凡三筮,皆吉,因未遷避。白虎談經仍此地,紅羊歷劫幸吾生。全家骨肉東頭屋,一幅鬚眉南面城。我欲繡絲重慰勞,折衝樽俎不須兵。

冠悔堂詩鈔卷七

乙　酉

和蘭階元日試筆原韻

三日纔歸海上舟,又看春色滿皇州。千村已熟屠蘇酒,一老仍披大澤裘。且喜晴天脯此蜂,不愁蠻氏角如牛。無端磨滅懷中刺,隨例年年謁列侯。

和蘭階見贈原韻

大雪絶飛鳥,吾游亦已倦。弋人邇何多,且避含沙箭。高歌佛現了,徒具犧牲麪。鵋鶀來惡聲,不如投林便。人生各因緣,莫彼青雲羡。感時有杜陵,老淚花間濺。何幸遇新知,天地留詩卷。他鄉去住難,妙語平生見。同悔著儒冠,竟被才名譴。鄉環窺洞天,獨抱青鐵硯。頻年愧依人,逡巡海上燕。鸚母雖能言,文章信今賤。雲夢空在胸,繭足齊州徧。烔烔看鷗行,自如復何戀。無翼遲奮飛,誰申國士眷?

喜陳溦生太守乃瀚自浙江來

天放陽烏一笑温,遠勞剥啄駐高軒。三千丈髮驚看鏡,十八年頭愧杜門。往事對牀如昨日,故人並轡幾生存。丁卯秦幕共事諸友,近存者公及魏午莊方伯、陶小雲觀察與予而已。相逢又值蓬萊淺,鼇背頻煩策海暾。

其　二

西時聽雞共著鞭,久生髀肉感華年。永嘉縋鑿防山賊,刑浦商量縛水仙。將母不遑重王事,元戎相濟仗時賢。請標銅柱扶桑外,毒霧吹開絶徼鳶。

聞津門和議成，感作

一綫飛傳七二沽，側聞赤鎧拜天吴。已通馬市開邊徼，長劃鴻溝作畫圖。銜命苦多九節度，受降恕縛五單于。安瀾自爲蒼生計，起舞蠡舟頌廟謨。

其　二

桂山遥聽碧雞鳴，上將軍威草木驚。誓斬樓蘭看舊劍，請從南粤繫長纓。千年銅柱無慚色，一夜金牌有哭聲。多事書生愁厝火，漢廷心苦自分明。

其　三

詔音新許郅支和，漫捲詩書説止戈。陰火已消烏海劫，清時那有白符歌？故人心膽真韓范，謂湘陰侯相張薌濤同年。舊帥頭顱老牧頗。謂彭雪琴、岑彦卿、楊厚菴三宫保，馮萃亭軍門。莫謂扶桑弓已挂，箜篌猶唱慎風波。

其　四

島上論交執手歡，謂程從周、彭紀南二軍門，奎樂峰觀察。萬家高枕喜相安。縱談不諱誠心見，長揖能容禮數寬。我愧蹉跎仍撫髀，公真矍鑠未離鞍。從今儻飽芋田飯，隱几何妨一鶡冠。

溦生秦幕舊友，今春來閩，重佐左文襄公戎務。出其尊甫堯農先生碧湘老屋八叟圖屬題，圖成於咸豐壬子。是秋老屋即爲赭寇所燬，文襄篆額尚存

獨醒大夫不可作，天下酒人何處著。湘南一叟飲中仙，招呼七子魚貫眠。挂冠歸田但種秫，草堂題詩恰人日。樂意相關枝上鳴，雙柑佐聽黄鸝聲。八人正當五百歲，山林把臂叙兄弟。豈知世事忽滄桑，秋風鼙鼓撾漁陽。三椽老屋付劫火，不見螟蛉與蜾蠃。天生楚材平時艱，萬牛回首如丘山。文襄墨瀋留科斗，喜有佳兒能世守。卅年前事話孤鐙，鬚眉一一呼欲膺。展卷令人重風義，醉鄉且博封侯謚。千秋萬歲垂大名，天地日月歸一瓶。

李子觀司馬望洋踏雪尋梅圖

故人剛從隴上來，十年手種梅花開。萬香如海籠雙袖，一帆東逐雲歸岫。

家山明月正團圞,回首瓊樓天上寒。玉龍幸報新戰罷,從此乾坤看不夜。九重天子要棟梁,儻逢驛使毋相忘。憶我到秦十八載,千帳騶駼萬人海。驢背悤悤過灞橋,英雄髀肉何時消。誰與歲寒葆金石,突兀獨立凍蛟脊。隴雲無際隴月昏,夢隨鸜鵒西銜恩。倚窗且話故鄉事,記取勞人數行字。

題坡公像贈林時甫京卿維源。

坡公宦游江入海,足迹未到東渤澥。雲旗獵獵來九州,七鯤身儻公靈在。林侯島上新卜居,避風同我如鶢鶋。幸聞西人不生事,掀髯一幅齊軒渠。篋中商略無長物,德有鄰堂指首屈。長祝蛟龍萬古眠,飫飥年年飽我佛。生平磨蝎嗟身宫,乘桴魯叟何奇窮。洋洋瀛奏軒轅樂,十指自笑生南風。即今上有聖天子,累詔呼名促君起。殿前待上萬言書,負瓢勿學行田里。涕泣共説宣仁恩,芥蔕一一胸能吞。毁家報國世所寡,博昌請習千艘屯。王夫人自喜春月,一宅眉山一魏闕。仙鬼水光變幻多,不妨更覓田文窟。處人家事隱見俱,撏撦玉局題作圖。且借酒杯澆塊壘,長言寄與孤山逋。

題坡公像贈竇溶溪協戎壯齡。

座逢艾子歡平生,將種乃是王晉卿。嬉笑怒駡見真性,江神環聽階前驚。汶汶冠劍何自苦,我縱書生亦好武。封章知遇感先皇,相約短衣射猛虎。羨君儋耳多鄉親,曾於奎宿覘星辰。儘説胸中不平事,築堂有德吾爲鄰。石盤陀上執手語,斷霞半空天欲暮。開頭萬里直須臾,韡文穩看金山渡。

題坡公像贈家怡堂副郎和聲,謝惠食品

眉山有弟生己卯,和詩得暇喫飯飽。閉門多樂課群雛,久香無過菜根皵。吾家列宿見郎官,他鄉雞黍時登盤。對牀漂泊忘風雨,饋遺每勸予加餐。自嗟年來齒摇落,篋笥苦無特健藥。斗室新參玉版禪,朝雲幸踐皈依諾。我非謫宦居儋瓊,載酒更喜多侯生。君如燒豬待佛印,此意可感真弟兄。雞林向祀白太

傅,請易以蘇心香炷。生兒但願到公卿,斯語諒能解老嫗。去年别日公千秋,月季再花逢子由。今年南莊值夏夜,醉面與子歌菱舟。

題坡公像贈黄佑堂前輩謀烈,由厦島赴金門,兼訊同人

去年嘉平十有九,公生曾瀝黄四酒。修途歲事苦峥嶸,一騎清晨登隴首。别後正思賢主人,鷺門執手重相親。三千犀甲付管領,階前唱諾環波臣。此行亦壯書生色,况值廟堂多良策。寰海須臾一鏡平,請君捫腹飽三白。昨日顛風語塔鈴,勸無渡河寧少停。北太武山見耆舊,爲言粥鼓秋來聽。

題王蘭卿坡公圖

坡公伉儷王夫人,最愛春月能和悦。王氏子孫多俊才,兩班婚姻稱閥閲。得圖應許誇門楣,有壻卓立元豐時。掀髯一笑親串洽,何須捫腹嘲肚皮。惜公未曾游兹島,海東日出見杲杲。平生奇事欲求全,請乘雲軿降羽葆。

林氅雲出感事詩相示,時值篋中有坡公像,拉雜題其上以答之

坡公謫粤不到閩,予爲閩産遲游粤。予歷游十四省,惟兩粤、滇、黔未至。惟君眷屬聯衣帶,兩地梅花一明月。昏昏海氣天低昂,我居五虎鄰五羊。公靈儻長在儋耳,應亦南望哀國殤。嗟哉七月初三夜,君子倉黄猿鶴化。兒戲本屬童蔡流,賴有文章善怒駡。君時嶠外長句持,示我勝讀和陶詩。汴州國事已如此,飲酒聊復一中之。借杯與子澆塊壘,島上酒人亦僅矣。雨風笠屐狗狺狺,惜無柳集儲行李。天問天對復何言?忠信桎梏多煩寃。身宫久坐困磨蝎,涕泣空説先皇恩。故人范韓不得意,擲筆四顧窄天地。况予下界蟣蝨臣,苦饑且煮撑腸字。側聞春蒽佐鼎烹,和事之草能調羹。書空咄咄胡爲者,每晤彭紀南、程從周二軍門,奎樂峰觀察,咸以停戰爲左計。聰明自有賢公卿。守戎工繪不好武,像爲蘇笑三所摹。嬉笑毋乃似厥祖。收藏請付乾荷葉,一副鬚眉共千古,嶺雲已開海不波,將壽同補

今蹉跎。有詩足抵侯萬户，負瓢莫問春夢婆。

題坡公像贈銅山周古愚守戎餘慶。

周郎千里如一室，郵饋真鮭二十七。作鹹聊佐三白餐，旅食勝於家食吉。坡公寬胃實者虚，商量價賤黄州豬。我獨嗜此一二寸，彈鋏差免歌無魚。感君意過六壺酒，海隅曾費網師手。甕頭盛滿時作香，何須魴鱮貫以柳。從兹每飯同不忘，安得盡醢月氏强？選取頭顱作飲器，杏花樹下羅天漿。

題坡公像贈家懷臣茂才炳奎。

逍遥堂上思弟兄，對牀時有風雨聲。我與懷臣訂交日，龍劍會合當延平。勞君剥啄話逆旅，門楣知屬同年許。君爲許守真同年之姪女壻。棣華多難傷一官，守真全家殉蘇門庚申之難。又弟信業以謗去官，抑鬱而卒。饑來文字何堪煮。海島今年重見君，他鄉差免嗟離群。有如儋耳借笠屐，故人相遇黎子雲。出一頭地先爲頌，廬陵待汝衣鉢共。明當高著玉堂仙，十二樓前稱侍從。

家修五萃奎端午贈雨具，題坡公像答之

坡仙借笠途遇雨，汝贈雨蓋剛端午。感君厚意憐濕衣，是夜天河鳴雷鼓。頻年執手疑彭城，千章夏木能作聲。冷淘槐葉時相累，壽骨知是賢弟兄。君今市隱獨好客，族譜亭中況一脈。笑談常及事冠昏，金石能開見胸膈。十二年前杯酒嘗，相見始於甲戌。東海倭奴方跳梁。今日西戎復和睦，憂時容易成老蒼。嗟予未髯心尚壯，不知蠟屐著幾緉？此地亦有虎溪巖，三笑且參乘最上。

題坡公像贈洪幼梅

東坡曾聽賢師琴，鳴盎中有宫角音。汝今亦洗筝笛耳，髯也當引爲同心。畫圖持贈託深意，海上潮聲近如沸。請君三復騶忌言，胸中能散不平氣。濁世誰澂千斛波，歐陽莫作琵琶訛。大珠小珠隨指落，獲實定比鮫人多。

題坡公像贈聲甫

潁濱愛兄公愛弟，一庭過邁能知禮。最難至性發文章，神仙自古出孝悌。我游海上今五年，汝曹隨父環階前。自笑安州喜食蜜，時復玉版來參禪。宵分促煮魚蟹眼，上眉一皺啜苦荈。蝦蟆碚下槐火新，膝行多謝百團餞。撰杖相依解索詩，寒流一掬清沁脾。年少好文亦罕見，不愧眉山生佳兒。嗟公今已歸奎宿，萬千心事黄冠奏。畫圖盼汝守門基，伯時亮功宅仍舊。

題坡公像贈張仲勛明府元鼎。

卅年前識老泉面，慘緑年少陪清醼。京華幸復交子由，公亦南來重相見。壽骨峥嶸知弟兄，城南執手歡平生。近聞宣仁許冠豸，一門知遇乘驄行。海隅對牀更話舊，剛薦荔支斫玉候。我仍寄傲倚南窗，公正薰風奏兩袖。山薑作花野桂開，廉泉一滌纖塵埃。博羅縣小有香案，看隨仙吏登蓬萊。權書家法鐃治譜，連日清風洗徂暑。天教好雨催豐年，萬家起拜伯雅語。

題放翁像贈彭紀帥紀帥頻年端午惠梅箑，受賜多矣，愧無以報，適蘇笑三畫放翁像在笥，漫題長句。

家家團扇公能畫，江城五月嘉重拜。客中長物愧蕭然，贈以圓笠添佳話。人言梅花是放翁，梅花謂公神化同。化作玉龍千萬億，直筆放使撑崆峒。劍南祇許一身比，那及棟梁貢天子。鼻觀於今功德多，起弄明月天如水。我謝清風來故人，驪黄相賞九方歅。敢憑一埽净六合，石頭不數元規塵。

題笑三繪放翁像

長公善繪竹石圖，傳孫今見霞溪蘇。不惟祖貌能逼肖，劍南笠子亦相符。君本畫梅得天界，筆端造化工游戲。即梅即陸身萬千，團扇家家稱近事。白菡萏與紅蜻蜓，江亭何處來公靈？爲言玉局亦到此，島上光芒添兩星。

題放翁像贈陸沛泉

百千萬億真面目，天下梅花皆姓陸。放翁幻相遍九州，又報明月出海角。小阮爲予傾倒言，今有公之賢子孫。亭亭一樹極蕭爽，置身福地如劍門。主人處以白鶴館，萬香如海時湔盥。歲寒長葆姑射姿，嗟我風塵相見晚。生平結交多老蒼，展圖重拜高士裝。況值王師底定日，化龍更祝成棟梁。

題放翁像贈家渭臣舍人熊飛。

放翁書寄朱元晦，曾感天下蒼生輩。遥遥精舍題武彝，努力春華各自愛。君産紫陽舊治鄉，當念先賢心瓣香。披圖有若劍南者，瘦樽一醉寧相忘。種桃暫許歸故里，八十一番花成市。拂衣時浣軟紅塵，我亦星辰夢聽履。同官幾輩能心知？細雨騎驢解唱詩。白雲龕下請回首，吾道自有窮通時。

放翁像題贈陸菊生游戎桂棠。

菊生近出樊蘭皋先生所著書相贈，並此誌謝。

放翁化身千萬億，梅花處處見顔色。相傳到今八百年，子孫清福猶修得。弓衣繡上渭南詩，翩翩裘帶真熊羆。袖中忽贈書一束，雅歌不減投壺時。乃知鹹神出中饋，名門彼此精文字。王師已報定中原，請鋤明月閑情寄。吴中團扇誰作歌，可能好夢家家多。紅蜻蜓與白菡萏，江亭近事今如何。

五月六日題雙華書屋

邇來真好道，斗室若無譁。山色牆頭見，林陰屋角遮。蝸涎盤薜篆，蛛網罥桐花。時有鄰鐘動，黄昏月已斜。

傅節子太守以禮六月十四日生日，題坡公像贈之

他鄉笠屐來同群，我是部民黎子雲。篋中可有柳州集，一鴟往返時論文。公曾石鼓鳳翔獲，昌黎以後得勁敵。好古同予苦晚嗟，勞勞文字耽糟魄。杭州

太守今稱髯,亦吏亦隱身能兼。一行南海朝市遠,且樂樵漁尋黑甜。卻懷吹笛紫裘李,臘月清尊窺玉蘂。君今十日先荷花,碧筩有酒請燕喜。宜冬宜夏兩生時,何人下界歌龜茲。更念元豐同宦輩,先芬爲誦傅欽之。

傅節子花延年室金石拓本

無諸疆土屬卉服,文雉未生音在鷇。六代以前天晦盲,少温乃鑿烏山麓。羊毫初祖逼臣斯,如馱白馬來西竺。是時觀察稱袞椅,濁羌始飲文字福。嗟予墜地千載遲,楮葉摩挲日三復。鷺江一鏡鑄平津,或言此是西漢獨。比入秦中得大觀,吉金樂石恣信宿。市廛偶賣阿房甎,耕夫迭獻咸陽鏃。探囊趙壹苦無錢,璆琳都飽大官簏。京華再踏輭紅塵,天家十器訪國學。中興玁碣色疑髹,惜哉不見濟南伏。亦知此事關六經,補闕勝讀爾雅熟。辨訛安得齊侯罍,吾鄉已老陳光禄。謂頌南先生。韓陵正苦片石難,介子忽抱藏山櫝。花延年室三千春,恍醉山陰道上麴。就中有詩贈退庵,虎丘遺鼎重商榷。疑與胡僧話劫灰,一方明月付炎熇。吁嗟慎葆金石姿,足傲鄴侯三萬軸。玉麟甲秀次第分,抵得葫蘆書一束。銅盤古有四字銘,兹焉是寶爲公祝。

陳穆齋太守隴上望雲圖

短衣匹馬青門塞,望塵許下群酋拜。一朝拂衣歸薇垣,隴雲回首故人在。健兒身手嗟投閒,閉户且種先生菜。青氈雄長環諸雛,乘桴漫受尼山戒。浮雲富貴我何加,禄不逮親甘虀糲。鷺江近幸得同心,蓼莪齊泣三章廢。卻愁時局蒼狗多,我已晴天學養晦。羡君出岫急爲霖,待慰天下蒼生輩。舊時棨戟森長楊,毋訓君恩看涅背。披圖爲汝感前塵,華山俯視河如帶。韓侯嶺上月正圓,雁門西逐雪花大。曾爲出塞入塞歌,英雄而今髀肉憊。

新製茶船,分詠十句刻之

一櫂落花風,解纜清人樹。不夜封沙棠,待月浮梁渡。不繫蝦蟆碚,鐵履瓊塵鑄。顧渚泛瓜皮,森伯挂帆布。甕蝗泊堂坳,樵青采菱賦。

題某册頁

羊胛光陰枯坐夜,豹頭鐘鼓中興時。我從初祖投弓祝,一乳都收五百兒。

張杏坡漁溪行樂圖

同是不忘初祖地,祀先祠宇話温陵。據鞍饒有輞川樂,射殺單于屬右丞。

其二

重山萬里繞漁溪,匹馬遲遲日正西。下有游鱗上古柏,一肩行李短長隄。

贈傅節子太守

韓陵一片石,乃在會稽傅。與君日往返,咄咄向空訴。彼此癖縋幽,共蠟看碑屨。山神驚我頑,是何文字痼。挽磴十牛功,不敵一鸛步。偶踏禹窆翻,有若甕走醋。上窺祝融峰,下拜比干墓。四顧口喃喃,持氈自來去。試問飢來時,煮石誰能飫?拱手謝山神,君那知其故?秦火赭六經,無人補斷句。福地此嫏環,我且雙龍護。

曹馴夫柳溪春泛圖

三十年前舊酒徒,我曾鼓櫂鴛鴦湖。欲覓梅花和□手,爲留煙雨開畫圖。柳溪夢想卻未到,見此如獲漁郎導。南渡衣冠久卜居,萬頃玻璨足嘯傲。有庵有橋先澤存,點綴自成朱陳村。縱隔城市不咫尺,扁舟來去多兒孫。當年種樹十圍大,鱗鱗一水限衣帶。魏塘明月伍塘潮,時挾天風作人籟。思喚鄉親劉伯倫,停橈醉卧船之脣。黄鶯高唱儻相勸,日月户牖爲比鄰。

丙　戌

張友山中丞頤園圖

璇題四語頤齡錫,母太夫人忻卜宅。山容未了齊魯青,百年林木人愛惜。

天恩慈訓尚如新，小窗且讀山雷易。曾是板輿游憩區，艮止時聞震虩虩。三弓拓地縱無多，黎庶噢咻環四壁。夜來不斷風雨聲，拍天海氣嗟何極。天王明聖許挂冠，未荒松菊暫休息。吾儕跂望岫雲興，爲霖再造蒼生澤。此園何異獨樂名，料理井亭付吕直。活我百姓公重來，賤子請以手加額。報親日短報君長，丘山回首萬牛敵。養賢及民所願同，敢借階前地盈尺。

用萬澐丞貳尹鵬韻，祝金門許静齋丈九十壽

島居自古集仙靈，鶴髪顔如丱角齡。榮子大年備三樂，汾王壽考拜雙星。筍廚兒女能調味，書帶孫曾解執經。且喜山中緜甲子，爲銘陋室德長馨。

其　二

昇平人瑞地何靈，天與期頤最上齡。二島慚予作時雨，一門羨爾聚奎星。太丘出有將車輩，徐福家多未火經。行祝璇題頒吉語，年年大雅誦穀馨。

其　三

采芝卅六勝威靈，綽楔題名錫百齡。太武鑪香生暖日，文昌珠氣列春星。一門衣鉢傳三昧，兩序笙簧奏六經。爲誦小山招隱句，中庭明月木樨馨。

其　四

一鶴南飛此萃靈，剛過好學衛公齡。不祧壇坫開文苑，無量觥籌應酒星。丁卯先芬富詩卷，庚寅吉日降騷經。島萍樹薺看圖畫，佳士長薰姓氏馨。

代許香庭和澐丞作

島上波濤順百靈，爲民請命喜增齡。千家飽德邀春社，一路叨光仰福星。隅坐近陪槐市讀，高軒深感蓽門經。買絲敢繡新詩本，至寶留丹字字馨。

其　二

曾從太武禱山靈，乞賜高堂最上齡。虚白室中人止止，叢青燈下火星星。叢青乃鍾斗公軒名。沈酣六藝眼如炬，閲見五朝身獨經。幸侍晨昏詩禮教，過庭小子愧寧馨。

漁樵問答圖

樵山漁水兩心交，道左相逢借火敲。前路莫愁知己少，有人正演玉門爻。

其　二

負鼓盲翁話一場，英雄得意許眉揚。千年渭水依然在，我正驅車趁夕陽。

贈吴霽軒軍門光亮。

百丈樓船夜枕戈，將軍下瀨七鯤過。醇醪共飲思公瑾，薏苡何傷謗伏波。緩帶羡能文字樂，連牀喜得弟兄多。京華冠蓋如相訊，爲語南中有牧頗。

再叠前韻和霽軒

廟堂講讓已投戈，廣武場中借醉過。近事真愁似棋局，清時誰唱慎風波。乾坤納納専城大，婚宦勞勞百感多。相約研朱讀周易，一從世路悟平頗。

三叠前韻和霽軒

鈴閣風清喜息戈，軍門長揖日經過。君恩最重同山嶽，臣節相期鑒水波。每累豬肝公厚愛，卻慚馬齒我增多。幸陪何氏園林樂，百斛龍文筆不頗。

傅節子富貴耄耋圖

七夕銀州字字符，倩誰繡上皁羅𧄍。鼠姑花下仙哥醒，閑搨滕王第一圖。

代唐蓉石司馬寶鑑，祝何筱宋制軍七十壽

一代香山伯，躋堂頌介眉。莊嚴稱壽佛，高密拜經師。近麗門牆峻，曾親節鉞隨。五千迎紫氣，卅六採華芝。命酒歡元亮，攜琴樂啟期。瓊筵明樺燭，璧月照深巵。瀲澈心如鏡，謳歌口是碑。請陳敭歷績，爲祝古稀宜。華蓋金鼇踏，莪冠驄馬騎。避人焚諫草，選士列宗彝。權貴威看劍，孤寒慰下帷。立監懲庾雀，

傫直侍坳螭。左掖封章重,先皇特達知。在天作喉舌,大地補瘡痍。帝簡烏臺彥,臣修豸甸儀。單車朝旭捧,萬馬夜霜窺。正掘空倉鼠,仍鳴大道貍。銜艫收木屑,拜井蓄軍持。隔水聞聲鶴,專城兀坐羆。麗譙喜無恙,英蕩賴兼司。赤白囊多滯,丹青筆不遲。債臺能止築,羽檄最先馳。良策通機變,無譁聽指麾。材官真慷慨,記室亦淋漓。不惜諄諄告,能安岌岌危。紫薇開上座,紅籥滌層漪。按户須登版,平衡未爽錙。昕宵忘寢饋,草木靖猜疑。轉粟民生急,飛芻國是裨。三章懸燦若,七印握并之。有蟹杯堪佐,無鳩枕獨欹。戈鋋憑禦侮,升斗預充饑。噎杖顛扶叟,妝花厄拯兒。皖南商益邃,江左卧應治。次第條毫析,艱難剜肉醫。陳遵好投轄,馬援約登陴。去去金陵路,行行鄂渚涯。忽聞吹笛客,又見舞花勢。一柱中峰矗,分途大府歧。調停期共濟,辛苦費相咨。潮長排官艦,風騫捲將旗。揭竿能首懾,圖蔓久心維。忍事群灾敵,無刑百念慈。良苗五畝足,廣厦萬間支。教養持何大,涓埃報弗遺。公從王屋莅,人作漢陽思。望切三農籍,荒虞一歲菑。米囊原禁物,麥箐是高貲。中路徇鳴鐸,窮檐度立錐。持輪集裘繭,飲水感瓠蠡。鄰洽都薰德,田修每屬耆。去殘終渡虎,誡小共投輀。薏苡弭流謗,萑苻受撫綏。水仙將縛獻,山賊不窮追。吏剔牢盆蝕,民慚贗鼎欺。江干舟自繫,河内粟常移。服善膺無失,延年意在兹。拳拳謝餘紙,軋軋理棼絲。通達文兼武,涵濡禮與詩。至誠推旦奭,同德輔軒羲。更喜雙圻領,争迎萬户釐。十洲甘雨渥,一路福星纍。近事嗟桑孔,編氓拜稷夔。回風欣向草,止沸息煎萁。沈竈無蛙黽,巡郊有驥騏。然犀仗温嶠,擊鼓罷冰夷。楗竹千夫力,淘河衆鳥厮。此功非在下,問夜欲何其。况復愆時令,偏教禱地祇。緑疇成拆字,赭石逼炎曦。但秉臣心赤,奚辭吾面黧。豐年問杯珓,衆命請壇壝。竟乞春膏沛,僉呼天聽卑。攙蓬歸故土,餐荔葺遺祠。新典昌平樂,重刊太上詞。祀先長惻惻,施惠最孜孜。關榷蠲糧食,門攤豁布蚩。更於同學輩,借得古人資。紹聖昔羅李,愛才今衮椅。圖書拓黌舍,鐘鼓助皋比。將相能爲用,文章此起衰。盈庭傳脈絡,大局護藩籬。爲底來烏弋,難料縱月氏。海東遲徙鱷,門外已歌驪。夕照催鞭策,名山返履綦。停車多問字,叉袖且觀棋。良夜飛烏鵲,春朝剥蛤蜊。堆牀積袍笏,合室奏壎篪。傳與諸孫硯,光將惟堉楣。觥連千日醉,衣浣十年緇。世仰型同斗,天留範錫箕。斯人雙鬢老,吾道一肩仔。貞白梁天監,柴桑晉義熙。所思如月滿,再出望霖爲。自爇檀心郁,來嘗蔗尾飴。前塵花躑躅,高唱阜厜㕒。百斛龍文健,雙行馬帳垂。筒歡吳楚釀,書賀浙閩貽。佳節觀蓮早,清泉種竹猗。武公真好學,百歲進期頤。

寄　省　軒

忽忽少年場,驚看鬢已霜。鄰孤感吾道,老至愛時光。松健頑軀稱,蘭醇臭味長。千金各珍重,酣睡羨柴桑。

其　二

艱難謀一飯,文字敢辭勞。日緩量衣帶,相隨學桔槔。他鄉寧客慣,片席且禪逃。時局何須問,飛蓬首重搔。

贈張春臺廣文宗詠。

廣文先生多清福,著書常滿三百軸。一朝來看東海雲,親家重訪今將軍。公與吳霽軒軍門連姻。雅歌投壺日往返,恨我風塵相見晚。公能批竅探真源,登山萬仞游崑崙。眉宇樸茂心淵懿,如飲醇醪令人醉。下交深喜德有鄰,强别又負浮瓜辰。韓陵與語得片石,門前獵獵森棨戟。他鄉邂逅佳弟兄,謂霽軒及鶴汀觀察。三人鼎峙歡平生。海天只隔衣帶水,尺素毋忘相礪砥。文章勳業屬吾儕,行藏努力謀千秋。

竇溶谿協戎精樂律,近於漳郡得爨後老桐,大合抱,乃數百年物。命匠斲爲琵琶,音極鏗亮。予錫以名曰“北窗將軍”,謂謝鎮西在北窗下彈此,有天際真人想,復繫以詩

不唱鬱輪袍,和戎笑若曹。請彈大道曲,牛渚識英豪。予亦知音者,多公手段高。海天抱明月,相賞紫檀槽。

七夕訪竇蓉溪游戎留飲，座上聽洪文珍彈琵琶，徐浩庭吹洞簫，三君皆精樂律者

黄姑織女正相見，我獨他鄉壓金綫。替人作嫁苦年年，何似東勞與西燕。竇侯款客開瓊筵，羊燈高照良辰宴。一聲四絃遏行雲，大小盤珠纍纍貫。良材得自兵燹餘，斲此鞶婆場屋冠。老子推卻奪化工，大漠如聞紫塞雁。座中有客吹洞簫，獨鶴南來沖霄漢。如愁如慕耐尋思，使我壯游愁汗漫。人間天上多别離，絲竹能令白憂散。長歌一篇贈故人，無恙星辰昏復旦。今宵有酒且盡歡，神仙應把鴛鴦羨。鷗雞三唱鳳高飛，我亦洗車歸不遠。

代聯鶴汀觀察祝毛大司馬張太夫人七十晉一壽詩

拜别宣文幔，於今五載强。一官巡海甸，萬仞仰宫牆。剛值中秋節，遥稱大耋觴。山河瞻象服，日月荷龍光。王母開西幄，彭宣到後堂。引年昭厥德，孅行得其詳。幼絜延陵膳，曾湔歷下裳。家君能治繭，夫子此求凰。佩韍名門習，虀鹽積歲量。六經皆背誦，十指不辭忙。明禮勤絲枲，歌詩弄瓦璋。餽時歡戚鄙，持墨助姑嫜。至日欣輪履，良辰盼滌場。民曹司領袖，國計念倉箱。差慰泥金報，僉云饋酒良。男錢囊漸裕，女布尺能長。井臼仍勞苦，裙釵善蓋藏。儉原關養福，善自獲餘慶。乃夢中原轂，偏跳下醜梁。立團資擘畫，軌里費匡襄。淅米刀頭佀，懸繒户上禳。解頤工語妙，樹背藉憂忘。丸嘸和熊柳，羹調進鯉姜。捧心朝視藥，支睫夜煎湯。左右修巾櫛，晨昏侍几牀。孤煢恩共體，築里義持方。尤篤篝鐙課，先分貢樹香。飼雛環四序，鳴鹿誦三章。子舍人倫鑑，孫班天步翔。猶耽寒士厦，不熱大官漿。况拓于公第，重開范氏莊。脱簪甦衆涸，賜匕救時荒。美意應延壽，祟年定卜祥。扶疏成杞梓，律度叶珩璜。實結三千果，根蕃八百桑。種田摩祖澤，擘脯戀仙鄉。敢上期頤頌，來參弟子行。錫齡符帝與，稽古祝親揚。樂府中州續，占經婺宿望。每懷依北斗，此笏即甘棠。

七月十八日，予寓樓火發，適命僕持書横幅登挂，因撲滅之，誌喜一首

挂壁呼僮尺幅持，祝融噀滅正逢時。莫嘲下筆羲之俗，此亦龍城辟火碑。

贈錢晴江通守宗漢。

海天聚首近論交，鏡水稽山話舊巢。最好蘭亭分少長，一篇禊帖手親鈔。

其　二

通守新参大纛衙，應官來聽鼓三撾。飲和本是君能事，醇酒如膠醉萬家。

林劭甫年伯懋烈柑酒聽鸝圖

栗留一聲能砭俗，微禽差勝人逐逐。况有雙柑搓手香，佐以斗酒脱巾漉。紅塵飛不到山中，耳根舌本足清福。衣冠典午率如此，突過大官多食肉。卻嘲鐘鼓祀爰居，彼烏旁皇衆何濁。三撾解穢亦多事，不若天機自斷續。幽人新諡醉鄉侯，平剖來聽合歡曲。春風次第到吾廬，且喜佳音簧炙熟。白雲初晴奇花胎，書之歲華時還讀。回看籢鳳尚人間，天外高歌惟我獨。

題董芸亭蝴蝶畫箑

栩栩蘧蘧夢一場，前身我識是蒙莊。南華讀罷渾無事，雙宿雙飛爲底忙。

除夕贈侯桂舲軍門

東坡重饋歲，後人師其意。臘鼓正三撾，叩門忽傳刺。贈我洞庭柑，勝於桑苧寄。餌香復團圓，作書題糕字。雅懷良足多，况屬故人遺。比聞鎮南州，春風次第至。小子壓綫區，將軍建牙地。來歲喜相依，昕宵獲並轡。我有三白飯，報君當一試。帝需砥柱才，飽德窮檐醉。從後請執鞭，再拜轅門使。

丁　亥

張韻舫太守僖眠琴小築填詞圖

白雲幽鳥午晴初，更寫迦陵第二圖。滿地緑陰人獨寐，峨眉西下學跏趺。

其　二

洗心高卧袖薰風，好夢華胥枕鞠通。爲譜去思來暮曲，千秋出處七絃中。

其　三

烏絲小字按紅牙，顧曲周郎手自叉。一幅江東好風景，起居鐵甕聽嗚笳。

其　四

海天日麗飽帆懸，晝睡魚龍我亦眠。揩眼望瀛歌一曲，知音咫尺有成連。

倪耘劬冰天躍馬圖

雁門雪花大如席，馬背拳毛森作戟。出塞入塞話前塵，弓箭在腰無人識。戊辰初春，予由秦入都，取道紫塞，冰雪載途，狐裘重襲，村甿環觀，詫爲飛將軍。告以應春官試者，僉曰"誑"。嘗繪《雁門策馬圖》。歸來咄咄時仰天，披圖爲君面生赤。齒兮加長將毋同，幸抱寸心比鐵石。我游已倦子未休，一騎更羡歌于役。幽燕自賞昔少年，湖海能豪今百尺。昌黎起家本賓佐，拍天奇氣鍊吟魄。此行喜見三神山，乘風談笑瀛洲客。長留詩卷珊瑚竿，天雞一唱東方白。

張蒼水破硯歌呈侯仙舫太守材驥。

甬東張子持破硯，彼銘我歌石一片。天邊缺月墜蟾蜍，只有孤臣心不變。延平幕下長摩挲，傭筆多年勞紀戰。獮猴跳擲能通靈，案頭吮墨日相見。一朝事去賸枯魚，南唐李後主得青石硯，破之，有小魚跳地。翻海洗愁淚盈面。半截江山寶氣收，吴梅村《破硯》詩云："江山形半截，寶玉氣全收。"紫雲割刀閃飛電。吁嗟乎！東陽以後有西溟，元人楊仲弘《東陽十詠》，《破硯》其一也。姜西溟有《破硯歌》，一時和者數十人。堅貞輸此水精鍊。蕭蕭椰竹吊鑾溪，我欲背鐫烈士傳。

濰縣張友山中丞出其師殉忠武平邑任，卹贈知府銜陳文垣先生傳，命題

師門一柱撑東魯，里居咫尺共出處。弟子不忘侍坐年，爲言浩氣留編户。别來忽忽三十霜，晦明几席多風雨。載酒空停問字車，懷人具説先生苦。先生起家宰武平，愛民如子真召杜。趙壹囊空乏一錢，原思歌聲出環堵。山妻裙布甘食貧，衣如百衲終年補。平反疑獄常支睫，施仁時開三面罟。防饑預創常平倉，廣厦萬間更拓廡。單車催租集耆老，噢咻一一躬自撫。袠繭持輪羅酒漿，送迎境上足簫鼓。連鄉軌里法夷吾，比鄰能遏出柙虎。震驚百里屹干城，黄巾不敢康成侮。第一戰功屬長官，上馬殺賊紛無數。欒公立社謙弗受，口碑改作詩書府。即公别名爲扁題，文垣兩字識初祖。坐言起行慰生平，彈丸且喜百廢舉。無何妖氛動地來，一木安能大厦拄？天心未悔恣欃槍，狹巷短兵難用武。常山舌在快痛罵，魂逐上天自飛舞。九重垂涕覽封章，卹以二千石珪組。至今俎豆薦溪毛，日月長懸照祠宇。我讀中丞表忠記，如見循牆銘傴僂。嗟夫此心石不轉，毅魄可塞蒼穹竅。惟我聖賢效步趨，孔曰仁成孟義取。世人師死率遂背，此誼即今棄如土。闡幽何幸得都講，比之昌黎傳張許。天風何疾百卉枯，若輩小草付一炬。惟有松柏後凋身，無損冱寒與溽暑。岱宗萬仞長青蒼，斯人獨立同千古。

温州和尚淮右師像

滄海横流日，荒山繭足秋。掩書三太息，面赤爲温州。

彭紀南軍門黄太夫人富貴耄耋圖

百竇平章宅，人間一品尊。彩貓依玉局，瑞蜨繞金樽。秉鉞汾陽胄，傳經礪阜孫。二旬逾巧節，織女拜恩言。

題麻姑像祝黄俊生太守馮太夫人壽

西王母命降麻姑，賜與華鬘酒一壺。有子斑衣二千石，年年此日進醍醐。

側生富貴圖

《蜀都賦》云：側生荔支。李義山謂其殼有富貴相。因繪爲圖，并繫二十言贈紀南軍門。

結子勝天香，孫枝列兩行。高堂點頷笑，箇箇盡侯王。

堂上好音圖祝樂峰觀察奎俊太夫人壽

翩然青鳥使，傳命西王母。新勑麻姑來，進以不老酒。年年長此日，爲太夫人壽。

題帳眉

天上熟羊胛，人間歲八千。莫嘲渴睡漢，第一玉堂仙。

七月别薌江同人

一夜西風作戰聲，閱人古木爲誰鳴。雨雲黯黯生鄉思，江海昏昏辨水程。衣食頻年困行旅，聰明幾輩到公卿。逡巡社燕如相訊，秋去春來重送迎。

"太華峰頭作重九"，蘇東坡句。蓉石前輩生日在重陽前，招同人九日飲於南普陀寺，猶坡公意也。因屬吕君仲熙繪圖申祝，並繫長言

天風吹送八千里，太華笑聲近在耳。主人命酒海山頭，卯君稱壽來子由。花豬竹鼬作重九，我是咸京舊僚友。平分出岫入岫雲，天涯聚首歡同群。人生位置關造化，難得洗盆且休假。陳摶墜驢彼一時，嬾殘煨芋今非遲。年年此日茱萸佩，弟兄健在偓佺輩。公能壽民民壽公，紫裘擫笛坐當中。西飛秋隼南飛鶴，起舞同斟無算爵。請攜好句問青天，題糕氣壓劉郎前。蓮花十丈開玉井，佳節萬家酬酪酊。知有仙人遥捧觴，跨龍來拜唐公房。

吕仲熙繪太華峰頭作重九圖相贈，賦此誌謝

屈原呵壁多鬼神，千年遺墨稱畫人。武梁祠及郭巨室，漢魏以降紛如塵。上擬罔兩鐫禹鼎，妙手刻劃開畦町。昭陵生氣石馬存，一代吴閻尤清挺。吕侯登山先崑崙，胸中丘壑時吐吞。放筆直挾風雨至，日月繪藻天能捫。頻年鷺島愧下走，論交幸獲畫禪友。磊落爲我寫不平，戊日難得逢重九。太華峰頭西復西，舊游咫尺聞天雞。我攜謝朓驚人句，多君粉本相攀躋。愷之一厨今暴富，收羅東海歸雙袖。莫言拳石何區區，支機有客探星宿。

寄題鳳山寺

千年皓月挂藤蘿，去古來今一刹那。能作神仙本忠孝，不愁寇盜尚關河。全牛已化絪緼氣，匹馬如聞叱咤歌。記取豐州羅拜日，黄蕉丹荔舞婆娑。

邱都戎小照

叫嘯魚龍白日昏，樓船横海有傳孫。草堂一卷陰符讀，年少黄驄本將門。

其　二

中原鼙鼓憶廉頗，幸有家兒起枕戈。爲訪君平簾下過，談忠説孝是同科。

再題侯桂舲軍門疏勒望雲圖

軍門擬將此圖拓爲春、夏、秋、冬四景。

我所思兮在都護，側身東望青陽樹。《漢書》：疏勒東至都護治所二千二百一十里。往來車蓋何紛紛，朱輪如捧雲之君。春光一夜度楊柳，玉關飛入班將軍。

其　二

我所思兮在莎車，側身南望生赤珠。《漢書》：疏勒南至莎車五百六十里。火雲正午奇峰吐，息戈且耕禾下土。小人有母長倚閭，萬里負米歸何所。

其　三

我所思兮在月氏，側身西望冠纓垂。《漢書》：疏勒西當大月氏，大宛、康居道也。

風高草木盡黃落,雲羅一雁歸大漠。嗟無羽翼難奮飛,刁斗令嚴夜寂寞。

其　四

我所思兮在姑墨,側身北望多磻石。《後漢書》:疏勒東北經尉頭温,宿姑墨、龜兹,至焉耆。天寒雲氣白如羊,跪乳阿母臣不遑。鎧胄生蝨攬衣起,朔風刺骨心徬徨。

戊　子

題先文靖公集後

大厦支撑一木愁,乾坤正氣幸千秋。此邦星象誰能識,吾道干城不易求。太息荆公自堅僻,儘言馮澥有私讎。紛紜國是爭何補,苦費旁人築室謀。

陳文叔司馬增鴻雪因緣詩册

出山仍是在山泉,清比西江一脈賢。片石即今見虞愿,刺船有幸遇成連。愛真冬日民猶子,修到梅花吏亦仙。記取萬家生佛拜,重重香火結因緣。

其　二

春明往事話皋比,公寓都,主彭瑟軒前輩家多年。捧檄勞勞又一時。將母崔邠千日酒,去思何武十聯詩。論交道義惟吾輩,匡俗文章是我師。長祝慈雲滄海庇,金莖卅六養華芝。

黄芷庭遺照

飯顆山頭日,儋耳黎家雨。瀼西與坡東,雙笠已千古。涪翁有後人,恥與闤闠伍。大笑忽歸真,道心寄一麈。

王婿緝廷熙入泮

孫曹繼武採芹香,七十年來又擅場。請酹烏山祠下酒,忠魂相慰有文章。

其　二

霓裳法曲記前蹤,能產佳兒是亢宗。爲祝春三更秋九,重重遇戊看登龍。

擬顔延年五君詠步原韻。

步兵真酒人，百榼肺腑洞。放蕩不自羈，帝王何足諷。此外少知音，厥中能容衆。幸遇蘇門生，非嘯乃長慟。阮步兵。

其　二

中散獨鼓琴，絶調傳何人。吹燈恥見鬼，采藥驚爲神。軀殼能解脱，冥心甘沈淪。笑彼鳥雀輩，階除得食馴。嵇中散。

其　三

參軍頌酒德，曠聞兼卓見。自足晨夕娱，豈爲世俗眩？養晦謝榮華，縱情溺游宴。鹿車本仙人，風塵偶一見。劉參軍。

其　四

始平官何卑，空山芝自秀。鵜鶘不解音，鳳凰能入奏。大夫空一麾，名士不數覯。嗟爾既知白，亦復黑能守。阮始平。

其　五

常侍嗜南華，幽人貞履素。鳳鴻善擇交，鵬鷃喜得句。洪鑪洛邑鍛，高翮漆園舉。聞笛獨愴神，不數季長賦。向常侍。

四月二十一日，移居挹翠山館

草草移家卓午時，借人亭館下書帷。世多狡兔營三窟，我比鷦鷯託一枝。揚子敢將居錯認，邊韶自笑睡還宜。英雄末路真如贅，賴有青氈可療饑。

挹翠山館雨夜即事

島居何所異，五月北風寒。雨歇林仍暗，星光路未乾。遠燈知客到，危石當人看。誰信炎洲地，蕭條一鶡冠。

其　二

老樹門前立，濤聲入枕來。感時啼鳥寂，防盜吠尨猜。四面空人境，三弓賸劫灰。浮生真似寄，兀坐且銜杯。

近事書感

蘆中呼飯一何窮,茅屋非秋雨又風。畢竟生材終有用,端倪難測碧翁翁。

其　二

争向鷦鷯借一枝,最難逢是稱心時。履綦不斷門前路,但説人材盡項斯。

其　三

廣厦而今事渺茫,别無新語坐偏長。腰支竟日勞伸屈,待李纔歸又接張。

其　四

一紙寒暄近若何,更言親故半蹉跎。開緘應博同儕笑,楊某書來薦禰多。

贈杜崧甫孝廉翰生。

他鄉重話舊,片石是韓陵。君策五花馬,我慚六月鵬。家山結蘭臭,京國夢觚稜。賴有文章在,相望頌中興。

挹翠山館即事

檻外田如罫,案頭峰列衙。丫衣逐倉雀,疊鼓罷池蛙。遠市只三里,近村過十家。芳鄰接豸署,卧枕聽鳴笳。

其　二

魁星一片石,爲底落人間。古冢荒初破,危樓高可攀。響桐疑竹徑,抽芋當荷灣。樹色當前辨,何分遠近山。

安溪沈生克繩廷勳家厦門,甫得一衿,丁亥冬以瘵死。未婚妻吴氏年纔十七歲,爲海壇鎮總兵朝祥之孫女、化元之女。結褵有期,忽夢其夫來行回車禮。既儐相散,獨坐廳事,久不去。女驚醒而凶耗至。即日奔喪,擗踊盡禮。茹苦守節,長齋繡佛,足不履中庭,即親串亦難覩其面。翁姑立族人子二爲之後云

忽夢沈郎過,妾心矢靡他。空山完大璞,一柱立嘉禾。綽楔恩言待,高牙彝

訓多。千秋傳樂府,井水不生波。

其　二

壓綫全無用,傷哉彼婦鬘。舅姑能代養,生死不忘家。鹿女棲孤樹,螟兒茁二芽。最憐冰雪窖,天護斷腸花。

寄吴霽軒軍門臺陽

畏途早唱慎風波,其奈中流蕩漾何。竟累平原彈鋏好,最傷樂毅謗書多。雨雲世態真如土,石火人情一刹那。終有天王明聖在,扁舟何必辦漁簑。

其　二

百戰功成汗馬勞,牙幢西折等鴻毛。棟梁共惜清時棄,薏米原難俗議逃。大海瀠洄存一柱,秋風顑頷感同袍。新從幕府談時局,尚爲丹青數鄂褒。近晤家石帥,極談公爲漳臺兵民愛戴。惜乎部曲多小人,爲其中傷,太息不已。

戊子端午呈蓉石前輩

饑驅四出久天涯,眼見菖蒲又作花。卻歎勞生真草草,十年重五九離家。庚辰在都,辛巳至今,或在厦,或在漳,或在泉。

其　二

春明舊雨漸無多,佳節相逢感蓼莪。同是無親空計米,艱難一飯客中過。

端午同客鷺江,視吴霽軒軍門

他鄉作端五,角黍祀三閭。呵壁天難問,餔糟我亦漁。蛟龍溷塵世,蘭芷稱幽居。每飯君恩重,申申任詈予。

湄洲志略成,謹擬五排十六韻,呈唐蓉石前輩時爲予集刊費。

海角生明月,清輝見聖顔。笄珈參吉蓼,俎豆祀怡山。古井仙官集,前身大士班。千絲治澤國,一脈篤鄉關。挂席帆能正,投杯鐵不頑。運修天水佐,夢剔介谿姦。斷柱羈雙孛,迴風埽百蠻。鯑江過客拜,螺港使臣還。每飯思君命,匡居濟世艱。燈光補暘谷,香火遍塵寰。白鹿依瓶鉢,紅蜓繞佩環。母儀來頃刻,民隱鑒憂患。龍檄滔滔定,鸞音納納頒。堂廉尊地媪,閭里識華鬘。位冠娥英上,書傳宛委間。鴻文紬石室,盥手五雲攀。

有　感

身宫磨蝎久風塵,箕斗奇才諱汝貧。卻笑雞蟲争得食,不辭鵝鴨惱比鄰。文章未易稱能事,禮法何堪欲上人。幸有史官留直筆,孝徵物議豈無因。

贈海澄家宏模鶴齡、遜志鴻儒、茂修安國三茂才

一曲神絃共送迎,先人祠宇費經營。敢從浮海呼將伯,卻喜修樓得老兄。衆鳥田園吾有託,萬牛梁棟世還驚。請看大府封章達,締造艱難見至情。

六月初三夜見新月有感

爛醉歸來策馬肥,廿年清夢繞京畿。依然天上如鉤月,獨照平生杜紫薇。

其　二

眉頭依舊寫初三,海上羈人百不堪。莫向酒邊談本領,渭城解唱幾何戡。

其　三

娟娟乍吐不成環,一片煙花老尚頑。同是揚州無賴夜,汝愁天上我人間。

其　四

疑雨疑風歲歲齊,懸弓仰瓦各東西。大難碧海青天路,往恨從頭問羿妻。

憶都城月

故人有語難忘處,月在他鄉向我親。廖伯每作是語。最憶朦朧三五夜,辛夷如雪酒逡巡。

瘦　鶴

自離高岫下遥岑,對竹相思費苦吟。每減晨炊因汝豢,不聞宵唳爲誰瘖。

生前丁令存華表,死後逋仙見玉簪。正值無窮家國恨,支離病骨况秋深。

饑　鴉

曉霜如墨月華低,故故飛來貼地啼。飼肉江干稀估客,聞鐘寺外擱闍黎。老痒易誤深宵聽,鴉宿每作痒聲。重足空連古木栖。試問劬勞八九子,可能返哺帝城西。

睡　燕

相依百姓事尋常,倦眼迷離玳瑁梁。掠雨自來無熱夢,避風最穩是甜鄉。漫呼黄孋當清晝,重話烏衣幾夕陽。卧起勞勞休笑拙,盧家新築鬱金堂。

凍　雀

紇干山上最銷魂,禾黍高低四五村。得食階除真厚禄,曾飛宫殿敢忘恩。布衾獨擁能知夜,大厦初成借負暄。多謝黄花巾笥日,銜環長戀相公門。

挹翠山館即事

詠　鷺

稻净水田寬,翩然下雙鷺。群兒拍手呼,奮飛若無路。一弱墜荒塍,一强貼高樹。咫尺判雲泥,臨機何失措。顛倒掌中繩,繫足侶野鶩。側目窺魚蝦,無從施爾咮。爲憐潔白姿,一朝雜塵汙。不如彼冥鴻,拱謝弋人慕。

詠　鼠

門外黄雲肥,碩鼠適樂土。果腹行蹣跚,窺燈不屑伍。昨朝見穫刈,束縛登倉庾。爲賀田叟秋,詎知吾廬苦。夜來窸窣聲,呼群鑽牖户。黠技善緣壁,無術將伊去。繙書復囓囊,塵迹遍環堵。似因不得飽,跳躑向我怒。五斗惜未叨,爲爾謀酒簠。撑腸煮文字,自笑儒冠腐。

詠　蚊

剥膚一何衆,大者比蒼蠅。乃知近田厠,穢氣時薰蒸。雷聲聚成市,迫暮恣奔騰。繞牀忽列隊,隔衣能搏膺。幺麽真骨重,如錐忽刺肱。揮扇屹不動,風力微難勝。上策宜火攻,商量付一燈。又恐多煙臭,觸念傷書縢。嗟予坐冷齋,有似退院僧。擾擾難入定,且待日東升。

詠　狗

四面闃無人,階前卧二狗。母子長相隨,投骨雜乾糗。潛蹤忽有盜,夜深聞汝吼。自念無長物,不比漫藏誘。弛足仍高眠,晨興失豚肘。攘者應自悔,徒勞撬門牡。感汝吠豹聲,狺狺使之走。不然篋中衣,恐亦歸烏有。一飯解報恩,嗟勝蒼頭守。摇尾太憨生,幸勿離左右。

贈邱上舍

一枝小隱託公門,香火因緣衆善根。年少幸多同學貴,主人真有再生恩。能知吾道蒙泉養,卻喜他鄉碩果存。我愧草玄奇字問,芭菜載酒枉高軒。

别鶴汀觀察聯興。

交游遍天下,肝膽似公稀。古道殷期許,人心歎是非。書緘三郡勖,禱告萬民肥。抱甕漢陰叟,斯爲杜德機。

其　二

真率見君實,開誠比武鄉。清言時娓娓,别意各悵悵。霞紫山千叠,煙青水一方。嗟予累婚嫁,壓綫作衣裳。

由漳回厦,病起視蓉石前輩,兼謝惠方時蓉石亦病,新愈,纔能行。

盈盈衣帶水,乍别又相逢。未訊多餐飯,驚看各病容。勞生似雞肋,學步異龍鍾。賴有後凋節,能吟百尺松。

其　二

一卧連三日,方書費手裁。故人重念我,奴輩豈知才。交道今如土,移居幸有臺。爲傷衮衮者,不食幾嗟來。

病起同人來視，書此謝之

河魚傷腹疾，乃似傾天河。胸中本空洞，餘滓一何多。三升非墨水，隱隱雷車過。我友唐公房，謂當遏其波。投以參與术，大雨止滂沱。如天忽開霽，一笑顔爲酡。侵晨躄躠興，丈室苦維摩。商量拔火宅，且尋安樂窩。故人勞問訊，起舞爲婆娑。數行前致謝，戒身玉切磋。清明貴養氣，方寸即太和。驤首見霄漢，我有日星歌。

仙游楊寨家琅舟封翁宴琳挈其令似心泉茂才承周來見，時虞笙正郎霽華亦偕至，同拜先祠，欣喜誌之

衮衮吾家彦，因君見紫芝。鯉湖仰高閥，龜阜拜名祠。道統千秋繫，宗功一脈持。同儕期努力，勸學答恩施。

勗丹霞諸生

回首丹霞路，階前樹長成。摳衣來濟濟，佩玉聽琤琤。昔是潛河鯉，今爲出谷鶯。青燈書味在，及早頌昇平。

題何門張烈婦傳後

嗚呼！烈婦之兄爲吾徒，一家愛好如掌珠。烈婦之翁乃予友，纔喜入門得佳耦。挽車出汲守布荆，禮法二字心分明。若公不禄未逮事，阿姑一如二親侍。相夫黌舍弓挽强，男兒蓬矢威四方。彼蒼何酷所天奪，誓死不曾甘獨活。似續得後夢魂安，同穴預卜埋雙棺。營齋營奠泣以血，入口如飴有金屑。嗚呼！一死重或比泰山，人倫大節風化關。亘天白虹留正氣，勝於首行興慶貴。帝有恩言綽楔題，大書温陵何某妻。戊子二月第六日，千秋人説婦命畢。

雜　感

披沙三萬斛，揀得寸黄金。寶氣世争妒，何人諒苦心。我獨略其迹，即事欣

賞音。胡爲淤泥濁,一瞥終銷沈。乃知學無本,斯道力難任。烈彼洪鑪火,百鍊還相尋。正氣自堅靭,白虹亘古今。

劉澮齋世講尚文爲予友倬卿儀部姪孫,嘗修先塋,得後邨書其夫人墓誌碑並輞川畫石,郵寄都門相贈,忽忽十餘寒暑,今秋來訪,書箑以答

後邨真有後,論畫更看碑。多載神交者,今朝面覿之。振懷三世好,展讀十聯詩。爲喜千家選,先芬尚在兹。

澮齋世講出其所作各詩,爲予親戚友朋甚夥。歎晨星之零落,喜舊雨之重逢,附繫四絶句

題句花間事可傷,昌黎老去賸韓湘。每懷極樂門前路,載酒無人問海棠。

君爲倬卿儀部姪孫。丁丑在都,予與倬卿攜酒極樂寺看海棠,前塵不堪回首。

其　二

墓門宿草漸成茵,大理家兒是古人。惆悵研朱同點易,文章憎達郭山民。

郭子壽公子近歸道山。

其　三

龔生不禄陳侯在,親串温陵近寂寥。記得打碑互商略,紫微花下雨瀟瀟。

龔詠樵贊善、陳鐵香比部,皆予戚屬後輩,每聚首論文,尤喜校讎金石,嗜痂有同癖。今則一亡一存。

其　四

峥嶸後起有吾宗,剥啄柴門喜過從。大筆應煩圖主客,一時下上羨雲龍。

吾家月三、懋祺、石臣諸茂才,今秋來見,皆時彦也。

葉廉卿賢友大年比捷優元,棐兒幸附末光,書此誌喜

鷺島論文日,交推第一人。同年附兒輩,入室得經神。貢樹今先兆,名花此早春。朝衣清露點,璧水繞成均。

送李菱舟前輩耀奎出守汀郡

紅藥階前月，刺桐城上花。重逢迎竹馬，一夢醒宫鴉。小别心如醉，相看鬢欲華。鄞江新父老，裘繭喜將車。

題墨牡丹

葉葉花花水墨香，獨留本色見文章。天然富貴行吾素，不羡胭脂時世妝。

家誡篇

親心盡愛子，遠勝子愛親。少時不及覺，恃愛恣嬌嗔。一旦爲人父，始知諸苦辛。兒饑急覓食，兒寒爲重茵。風雨偶不慎，聞兒吟與呻。兒疾如己疾，中夜三四巡。恍憶襁褓歲，撫摩遍兒身。深恩欲圖報，已化陌上塵。子長不逮事，忌日空愴神。勿視生我者，不如我生人。

其二

兒身已長大，擇婦爲論婚。結褵喜有日，殊足大吾門。吉蠲告天地，稱家備雞豚。美醜非所計，曰德宜先敦。不惜百十貫，星星汗血温。今幸汝有室，入廚佐晨昏。如何得所懽，入耳婦人言。二人不如新，顛倒妄乃尊。請看本撥者，枝葉容何存。况彼侮伯叔，讒口肆鯨吞。鳴鼓攻諸社，原非我子孫。

除夕偶作

枉説兒時氣食牛，明朝六十已平頭。蹉跎百事天還壽，著述千秋我自謀。文字始知關福命，聰明卻笑誤公侯。蒼蒼生我寧無意，爲底長城但築愁。

冠悔堂詩鈔卷八

己　丑

元旦謁先太師祠

吟臺傍光禄，來拜道南祠。幸得三椽庇，毋教一簣虧。階前留尺地，廡下看新碑。衆喙鳴應息，群謀力獨支。門庭汎埽日，風雨晦明時。更念潼關路，兒孫種菜宜。

墨匣題句

守黑以養晦，采銅以示堅。不知老將至，濡染年復年。

贈傅節子太守

楝子花開風信稀，鰣魚正好故鄉肥。無端又話江干别，壓綫年年作嫁衣。

其　二

韓陵片石惟君在，吾道於今幸不孤。菡萏蜻蜓知近事，江亭爲寫放翁圖。

題聯鶴汀觀察小影

五倫多憾事，補闕頼良友。六書重象形，厥字从兩手。翻覆薄雨雲，依倚託左右。憶君單車來，正我青氈守。一見洞肺肝，日飲以醇酒。四載交愈親，太歲剛在酉。請持牛耳盟，兄先而弟後。君真古史魚，與直長爲偶。我亦汲黯流，曰戇何足取。拙哉此兩人，風塵效奔走。道勝無戚顔，加餐勸三韭。如石誠能開，如水淡乃久。近局每問天，獨行只搔首。嗟彼機在心，惡卻柳生肘。但班道左荆，不羡腰間綬。好爵豈爾縻，括囊幸无咎。何勞用桔槔，願爲抱甕叟。兼善儻乘時,獨善且居牖。各葆千金軀,歲歲勿相負。畫圖寄此心,欲培風俗厚。

閩中懷古

一將開門揖盜來,逃難劫外亦堪哀。已飛白馬江頭浪,空換紅羊海底灰。瑜亮有才終鑄錯,種蠡餘氣尚如雷。柳孃遺塔撑天立,廢壘重巡酒百回。

其二

聞雞先見日東生,卅載重鏖兩度兵。誰信奇章能賣塞,空言徐福尚留城。電光石火嗟何幻,大纛高牙看此行。難得將軍是横海,闌干百尺障東瀛。

其三

借人亭館託烏山,梁燕年年自往還。卧榻豈能容鼾睡,銜杯有待破愁顔。蒼茫題石荒苔黝,慷慨彎弓落日殷。相約戚公祠下拜,腥風一洗犬羊頑。

其四

荒山四顧足音跫,保障東來瞰大江。一語競傳市有虎,雙蟠莫説地無尨。幸焚此日長公券,不負當年宿將幢。太息乘涼真詭計,科頭箕踞寄南窗。

贈鶴汀

自入南州路,論交道益親。十年忘爾我,千里結比鄰。牛耳提盟長,豬肝累主人。愧予呼祖日,潦倒尚風塵。

其二

近局艱難日,同心我輩稀。祥刑有餘地,捷徑是危機。衣帶迂能古,箏琶俗久違。獨行嗟踽踽,吾道未全非。

四月十四日喜得曾孫籌

平頭六十笑華顛,呼祖偏逢潦倒年。留得文章供壽考,有人錯認幔亭仙。

讀蘇集感作

从水从車从辵竹,老泉四代見孫曾。命名竊比眉山盛,從善還期筍水澂。

種我心田消旱潦，出人頭地盼飛騰。須知世事艱難日，舊德無忘祖武繩。

坡公生子三，長邁，知河間縣；次迨、過，皆承務郎。孫男十四，簞、符、箕、筌、籌、簣、篥、籥、籍、節、笈、箄、籛、竺。宋史"竺"作"箾"，與紀年録異。按周省齋集，蘇峴，東坡曾孫，過之孫，居穎昌，从竹之下又从山。詩以紀之

老泉延世澤，从竹更从山。爲紀曾玄輩，都參著作班。嗟予思傚則，盼爾得躋攀。長願楹書守，回旋脈望環。

憶揚州贈黄鑄卿明府桂巖。

記過揚州路，悤悤卅四年。丙辰過此，乙亥重游。二分明月夜，千里暮雲天。羡爾來聽鼓，嗟予懶放船。夢中仍説夢，禪榻老樊川。

贈　徐　生

南州高士傳，東海偃王家。奔走存皮骨，光陰歎鬢華。替人同壓綫，作客怕聞笳。振觸連山雨，鄉心天一涯。

題彭紀南梅花畫箑

喜神留譜在，善畫有將軍。海上前身月，階除大樹雲。投壺能應節，索酒共論文。腕底虬龍集，清時好策勳。

寄海澄家遜仲茂才

宸藻拜恩言，龜山廟貌尊。俸錢分帥府，時食薦儒門。得地星辰聚，參天木有根。寄貲盼海上，群策賴雲孫。

贈林資志茂才述存。

祖硯能傳遠大聲，柏舟有母飲香名。一家詞賦稱瓌傑，我識陳留阮步兵。

其　二

季男一一是同門，桃李新陰儘感恩。差喜司空座上客，後堂今日附彭宣。

丹霞講舍予辛巳所植刺桐，至今年花始盛開，喜作

九年前手植，今歲見開花。綻曉鮮經雨，烘晴豔奪霞。文章善渲染，節物競繁華。當户排瓊樹，横窗襯茜紗。牆頭然火齊，瓦上散丹沙。瓣瓣生棱角，温陵認舊家。泉州名刺桐城。

贈梁陶泉司馬錦瀾。

循吏是陽城，慈祥育衆生。有餘推月計，得味幸時清。野戢村雞惡，衢呼竹馬迎。吾門數王子，首擢感持衡。是年，邑試冠軍王生紫陽輒列上等。

其　二

光陰過逆旅，歲歲轉蓬身。垂老猶浮海，他鄉有比鄰。交情淡乃久，道貌藹然親。風雨思儋耳，黎家訪部民。

題彭紀南畫梅帳眉

將軍畫梅如畫龍，一宵飛入扶桑東。虬枝射日顔爲紅，迴環横埽張帝弓。高士長卧思邵公，美人好夢來師雄。衾天席地將誰同？騶騄萬帳酣千鍾。請看放筆尺幅中，如見羅浮離合之兩峰。

題吴春泉觀察世榮紈扇

韜光昔觀海，更障鷺門濤。晝静魚龍睡，時清狘楛弢。遠人應讋服，使者獨賢勞。坐對神山曉，扶桑策六鼇。

其　二

廉鎮古諸侯，炎方借節籌。士叨桃李植，民賴稻粱謀。執法衣披豸，羅胸氣食牛。朝廷思鯁直，參政是魚頭。

紫陽講舍桐花

京華迴首髮毿毿，一樹桐花繞舍南。錯認憫忠寺前路，丁香如雪月初三。

王輔芝副戎世明雙雞牡丹圖

春風次第入吾廬，雙宿家禽伴鼠姑。富貴年年祝如願，花間抱卵又生雛。

鷺江感舊詩六十二首

寄園如見古鬚眉，耆舊風流彼一時。不減山林何氏樂，緑楊走馬近昆池。

家立齋軍門繼勳，閩縣籍，官温州總兵、署寧波提督。移居厦城，闢寄園。一時如南澳總兵莊智庵芳機、寧波提督蒲樹亭立勳、陽江副將林篤齋志忠，歲時過從無曠日。長子禹門游戎，爲予父執。

其　二

風月婆娑感主賓，鳳凰一夢百年身。不祧幸有名山業，大小榕林見海濱。

黄荔崖駕部日紀，由諸生特用科中書，升主事，建别墅於鳳凰山麓。漳浦相國蔡文恭公題曰"榕林"。駕部與薛震湖孝廉起鳳輩結瀛洲詩社。後園歸其從子鏡塘司訓克明。予嘗題句云："樊川雙鬢漸霜如，禪榻茶煙伴起居。絶好清音有山水，一燈重讀選樓書。"

其　三

鯨鯢跋扈昔飛揚，换劫紅羊又故鄉。留與盲翁負鼓唱，一門忠孝兩周郎。

周碧峰副戎承恩，官安平，殉海寇張丙難。其子鑾石游戎向辰，官海壇，因勦土匪林俊，戰死於仙游紙山。

其　四

僧衣未遂叩禪關，摩頂曾親長者顔。認取蕪湖明月夜，素車白馬尚人間。

陳剛勇公勝元，字曉亭，官福山總兵。咸豐癸丑殉蕪湖之難，至光緒丁丑覓骸歸葬，南通州家述臣先生有詩紀死綏事。公赴省，多主予家。嘗製僧衣藏笥，語先大人曰："他日宦成，當披緇入山。"

其　五

虎節河干喜卜鄰，歲時伏臘去來頻。一家盂酒豚蹄飽，負腹於今四十春。

家禹門游戎靖江，官督標右營。予家虎節河西首，其東别有三椽，邀公駐焉。公不嗜豚酒，人或饋之，即以贈予。

其　六

典型曾見老成人，廬次頻聞慰藉親。難得虛懷能結客，千金散盡不言貧。

陳徽亭參戎興隆，官水師營護閩安副將。道光丙午正月，先王父見背，公馳唁先大人。咸豐初，檄援浙，以勞卒温州師次。

其　七

棨戟門前識故侯，竟拚生死付浮漚。慰公家祭重相告，穉子能文屬上流。

李謙堂軍門增階，爲壯烈伯忠毅公從子，從擊海盜蔡牽，功擢虎門提督。子鴻山，千戎；懋庸，初納粟國學，應鄉試，旋改職，出師海上，遇颶風，同其長子溺死。

其　八

功名惜未繪麒麟，忠孝傳經見替人。曾與兒曹文字友，一牀袍笏話前塵。

陳錦堂鎮軍世忠，歷仕福寧、登州、黄巖、温州各鎮。咸豐初，海上轉戰，稱驍將。赭寇踞金陵，朝命會勦，克復沿岸賊壘，力燬横江鐵纜，屯兵觀音門，斷其南北援，聲震一時。旋忤大帥，落職。其叔靖波、顯生，亦官南澳總兵。

其　九

漆園妙策本天生，一卷南華對短檠。卻喜連牀書滿屋，有孫近亦飲香名。

莊智庵鎮軍子誠甫上舍中正，能治古文，嘗預脩《厦門志》。

其　十

浯江鼓楫去如飛，天遣風驅破鐵圍。一自中流容與後，苔花繡蹬上弓衣。

顔梯航鎮軍青雲，官南澳，以休去。當小刀會匪謀奪金門，乘風破浪，先渡以扼其要，大軍繼至，獲安。

其十一

相對柴門日過從，一時下上盡雲龍。神仙眷屬懷王母，紺碧桃花見笑容。

林鴻軒軍門建猷，歷官寧波、厦門提督，爲篤齋副戎季子。五十年前，厦之水師塘務蹴宅，與予對宇，將弁或攜眷寓此，多至予家。

其十二

種蠡天教作怒濤，海東潮汐一週遭。蕭蕭椰竹生風雨，叱咤何人響寶刀。

林龍江鎮軍向榮，官臺澎時，殉土匪戴萬生難。弟禾江茂才向皋同日死。范新谿侍御熙溥爲奏請優卹。

其十三

征塵甫浣過高軒，曾侍榕陰見笑言。疑是當年羊叔子，翩翩裘帶出儒門。

薛鼎臣參戎師儀，風度温雅。

其十四

專城並命不須哀，血食烏山廟貌開。記得同心多部曲，千秋華表鶴歸來。

吴麗山參戎清華，殉辛酉杭州之難。時撫浙者爲王壯愍公雪軒先生有齡，予姻長親。今專祠在烏石山。

其十五

文露流根武露濃，風煙長護萬千松。盡看黛色參天去，四十腰圍各化龍。

厦之名將，道光末、咸豐初爲盛，皆陳忠愍公蓮峰軍門化成、竇武襄公升堂軍門振彪所培植者。文教振興，以道光中年周芸皋觀察凱，與光澤名孝廉高雨農舍人澍然，善誘稱最。

其十六

不惟滂喜訪遺書，尺素零縑更起予。絶好郙君神筆授，一生低首愛吾廬。

吕西村孝廉世宜，又號不翁，道光壬午舉人，善八分書，蓋得力於《郙君碑》與楊宗闕也。所著《愛吾廬文鈔》、筆記，吴縣潘氏採入《滂喜齋叢書》。隸書大字如《張公去思碑》、《吕孝子碑》，與漢人楮葉莫辨。小字如“四十九石”，亦不讓魯公《小麻姑壇》。近枋橋林氏又刻其《古今文字通釋》一書。

其十七

書畫齊驅動列侯，江山萬里掌中收。出人頭地廬陵許，青眼高歌第一流。

葉東谷孝廉化成，道光乙未舉人。是年，周芸皋觀察集諸生決試，於超等定額之上，獨標公一名，果捷者惟公也。善繪山水。

其十八

楓亭執手下車時，勞燕東西悵別離。記取臨歧珍重語，故人家事報公知。

林小潭方伯國芳，臺北枋橋人。先世居厦，公亦時住返焉。道光己酉，寓省，每夕招飲。咸豐壬子冬，下榻予家。予值赴温陵，比歸，遇於楓亭，諄諄屬以故人子姪，隨時情狀，當作書與知也。由淡水赴噶碼蘭，必經三朝嶺，多陰雨苦滑，公獨力捐修。相傳公爲嶺神降生者。

其十九

竹裏尋詩互唱酬，一燈同話隔鄰秋。卻憐意氣滄洲在，酒肆藏名已白頭。

孫儀國鎮軍雲鴻,官福山鎮,予年伯行。咸豐乙卯,乞病歸,寓予鄰趙穀士太史在田家,公戚也。談數十年事,歷歷如繪。出其《竹裏尋詩圖》命題,瀕行,贈予詩有"少年意氣淩滄洲","宦海應憐予白頭"二語。嘗航海,既溺獲免。晚更號復生云。

其二十

鍾山一角閉門居,清福何人許著書。今日銀袍看楚楚,臨風玉樹羡階除。

陳良田廣文駿三,道光甲辰舉人。二十年前與蘇少伊同年赴省,頻過訪。君授讀於金、厦二島,及門多聞人。

其二十一

爆栗烹荷白紙坊,曾過贈第索杯嘗。酒闌時有吴淞淚,翻海何年洗大荒。

陳莔塘比部廷棻、石香水部廷芸兄弟,一道光癸卯恩賞舉人,一同治壬戌舉人,忠愍公之四子、六子,均官員外郎。二人以父殉吴淞之難,計車誓不航海。

其二十二

筍江支派溯同宗,幸與孫曹舊地逢。香火因緣仍不斷,碧梧花下笑扶笻。

家瑞桐先生鳴鳳,歲貢生。由晉江遷厦,主紫陽講席。道光乙巳卒,此席遂廢。洎光緒庚辰,家止庭運同集同人謀復舊,以予承乏焉。

其二十三

雲笈相隨信手拈,神仙特爲下鍼砭。至今竹柏門前過,欲向先生借七籤。

林鑑塘太史春溥,寓厦時習修鍊。忽病,有異人爲錐其腹,霍然而起,不傳其姓名,殆仙之流亞歟。

其二十四

筆牀藥臼寄生涯,誰識巢居處士家。一笑暗中摸索得,玄亭此亦是侯芭。

郭遠堂中丞掌教玉屏,值課日,謁客停輿闤市,見有手執《詩韻》,即課題所得之字,心異之。及揭榜,獲一佳什,即其所作。予近訪同人,知爲林春波布衣崇光。

其二十五

春江載酒一扁舟,范蠡千金付壯游。爲底胸懷能廣博,閱人多在帝王州。

吴蒕畦司馬文標,兄弟五人,或舉孝廉,或官正郎。嘗繪《春江載酒圖》,子翹崧中翰廷材爲之徵詩,中翰葺書院,建義廒。壬寅夷氛,築石壁。乙卯防寇,總團務,損貲不吝。孫白甫二尹家駒。

其二十六

一門知禮羡延陵,孝子真能守戰兢。自有蘭陔傳至性,笙詩補闕付雲仍。

吴怡棠太守惇，乾隆乙卯舉人，與胞兄洪同榜，以孝子稱。嘗因母病，搜羅方書，遂精於醫。素耽《易》説及宋儒語録，守曾子戰兢十二字不敢忘。丁卯，泉郡修八卦溝。太守飭厦，抽閒架税。公請於廳，尊先淪雙溪之淤塞者，劃所集貲，以羡解府，而厦之文運一轉。文孫編有《蘭陔玉譜》。子五：長梅臣葆年，永定訓導，捐升鹽運副使。次式南葆濂，附貢生。三暘谷葆晃，户部員外郎。四宛南葆瀾，候選道。五繩南葆初，鹽提舉。梅臣與其子小梅司訓兆荃，均能詩。

其二十七

絶島誰爲著作林，楹書不負瓣香心。我從太武山頭望，如見詩人尚苦吟。

林遜甫茂才焜熿，績學工詩，嘗預修《厦門志》。

其二十八

佳壻乘龍亦快哉，機雲競説弟兄材。大難兩字稱端士，雲水師門洗眼來。

家鳴軒茂才廷球，爲吕不翁之女壻，亦工隸書。莊牧亭觀察志謙主講玉屏，每語人曰："介眉，端士也。"介眉亦其號。弟承淵茂才廷藩，亦能文。

其二十九

服膺公藝見生平，能解風詩本性情。長抱富陽知己感，校書中有老門生。

黄崑石觀察元琮，由諸生官户部員外郎。海氛助餉，上其功，加道銜。從周芸皋先生學，爲校刊《内自訟齋文集》。

其三十

綽楔恩言苦節貞，山川不語費經營。孝經一卷教兒讀，風木如聞啜泣聲。

黄君舟上舍濟川，少孤，爲母請旌表。子圭石州牧紹先，補弟子員。省會饑，捐粟得奬。英人擾厦，嘗助餉募勇。又子遯庵上舍紹言，善繪事，精醫術。

其三十一

羲獻家風一字排，購書入市日爲懷。畫叉我更思摩詰，琴録今難遇伯喈。

王香洲茂才衡之，一家父子、兄弟排行皆之字，效右軍家法。咸豐癸丑赴興化，陷賊中，刀劈額，仆而甦。洎冬忽以疾卒。同時爲林小潭方伯所羅致者，詔安謝琯樵穎蘇以畫名，甲子髮逆亂，死於萬松關。晉江粘樹三熙光，善琴。

其三十二

太史遺書一見之，誠懸再世復何疑。同時公綽稱能手，好事誰刊葛相碑。

林賓秋司訓鶚翔，善楷法，與兄晴皋太史鶚騰齊名。

其三十三

苜蓿生涯老故園，無端對簿爲争墩。長官遭駡非關醉，枉叩穹窿萬里門。

余和陔司訓良權，因訟事抑鬱而卒。

其三十四

寬博衣裳古處真，治聾社酒未逡巡。例將丞相車茵吐，禮數能容是醉人。

紀虞石廣文鳴球，道光丙午舉人，有文名。

其三十五

干戈草草催離别，竟約相從地下眠。曾記柳陰看習鍛，不堪回首緑衣年。

吴書林世丈家麟，又字得禄，與先大人交最篤。癸丑，温陵戒嚴，馳歸，不復赴省。詎知先大人以戊午八月見背，丈届冬亦逝。

其三十六

天子終知卜式賢，枌榆努力靖烽煙。驅車記過南鄉路，族譜亭前一惘然。

甲戌冬，予謁祖墳，夜過亭店鄉。族人留飲，談悉吾宗仙舟觀察濟川、仰成貢生超秀兄弟獨力捐修宗祠。當丁巳厦饑，林樞北都轉國華設局平糶，觀察告糴於異國以濟之。時匪徒乘機欲發，復延諸商於南普陀寺，怵以利害，召戰船守港以防他變。戊午，上游寇擾，捐貲爲衆倡。貿易於垊，即吕宋，不數年而口音番字皆通曉。貢生以兄久覊異地，馳往分勞，重幣延師教子姪，多成名者。

其三十七

敢忘先世是耕田，工賈勞勞託一廛。無限銷沈耆舊感，百年前事易雲煙。

先王父由農而工而賈，及予而士。故予於四民平等相待。乾隆丙午，先王父自晉江曾坑鄉遷居省城振紀鋪。嘉慶一朝，販玉入關之禁始開，遂貿易於姑蘇，折而厦門。一年一度，幾二十餘稔。至道光改元，始輟行役。每談泉厦戒途之苦，有族叔祖文玉公膂力過人，屢護送之。詩中所叙各先輩，先王父皆及見焉。先大人自嘉慶癸酉挈眷到省，以侍奉爲樂，足不出户，而金、厦同人冠蓋過訪，門外迹滿。予雖幼，猶能粗記之。予頻年到此，所交市隱如族中俊亭、貢生國英，今亦物化。回首舊交，至有子孫不可考者，所謂隱君子湮没無傳，可勝道哉。

其三十八

颯颯長楊認將門，難兄難弟一家言。怪來文思清於水，星宿虞山解探源。

孫夢九通守長齡、受百茂才長禄兄弟，爲復生鎮軍長子、次子也。通判壬子優貢，同年兩攝梅棗篆，與弟皆能文，曾師事常熟相國翁文端公。通守尤善岐黄術。又弟善百守戎長年、星五茂才長庚，近亦物故。

其三十九

西川節度有傳孫，五馬躊躇未報恩。太息一麾江海去，秋風翦紙獨招魂。

蘇少伊太守瑞書，壬子優貢，同年官浙江。甫到杭，與其子根實茂才奎先後卒。令祖鼈石制軍廷玉，予幼曾一見之。

其四十

吾家兄弟昔相依，惆悵陽阿髮已晞。不隱朝廷隱城市，空山一曲抱金徽。

家止庭運同鳳來，行六，遇事敢言，無唯阿習氣。曾欲出山，赴粵需次，途梗旋止。與其五兄端圭觀察鳳瑞兼善治生。

其四十一

魯鼓時參薛鼓聲，投壺絶技妙能神。恖恖一檄應官去，交臂風塵失此人。

家石松明府元華，通天文、算法、星卜、壬遁諸學，亦精棋習琴，諳諸樂律。鄭海駒太史每語予曰："石松諸技以投壺爲冠。"所發矢，或著地倒躍而入，或背擲之，百不失一。嘗同家止庭運同至予家，索《般若臺碑》，不知其爲禹門游戎之同懷弟也。嗣聞棄把戎，援例文職，攝廣東海陽篆，忽中惡卒。

其四十二

申江咫尺數郵筒，旅食艱難一飯中。有子將車能過訪，起居杖履訊春風。

陳曉秋廣文騰鯤，壬子同年。嘗爲滬上諸大賈司會計。

其四十三

來從虎口氣軒昂，抵掌高談易夕陽。羡汝葫蘆藏小印，一生恥較是非場。

陳蔭塘都戎廷荃，官閩安，忠愍公五子也。庚申十月虎門擒艇寇之役，隨報捷來省，先至予家，淋漓述戰事，至暮不休。大府傳呼，竟忘赴之，次日補獎以翎枝。嘗自刻小印曰"恥與群小計較得失是非"，帥不翕意也。

其四十四

再傳轂璧日摩挲，管領江南十郡多。一卧滄江成大暮，獨留明月挂藤蘿。

王小峰觀察朝綸，爲二等子爵玉峰軍門得禄之子，官至江安糧道，以病歸，不復出。

其四十五

亭亭一樹委塵埃，天奪名門將種哀。差慰生兒守蒲璧，星辰無恙在雲臺。

邱伯貞副戎炳忠，爲三等男爵、寧波提督剛勇公琢齋軍門良功之孫，南陽總兵、武烈公偉堂鎮軍聯恩之子。武烈殉捻匪難，豫人思之，爲建祠。届生辰，比鄉演劇，僉呼曰“邱老虎”。

其四十六

歎息囊空乏一錢，醵金誤汝計車年。忽驚剥啄無多日，已報元瑜入九泉。李冰如孝廉藍田，咸豐己未舉人。庚辰九月朔猶過訪，不數日訃至。

其四十七

瘦軀相對歎華顛，藥裹時時問鄭虔。翻羡歸田能早計，不曾坐破冷官氊。林謙谷廣文亨，同治壬戌舉人，選閩縣學。多病，每延鄭香巖司訓診視，屢勸其歸，即退。

其四十八

蹉跎歲月戀皋比，有弟能雄授命時。誰解外孫虀臼語，我來海上看殘碑。曾靖波司訓瀚，其弟香圃游戎濤，咸豐間土匪竄建郡，殉難，司訓爲立傳。二人皆蘇鼇石制軍外孫也。

其四十九

父書能讀亦佳兒，博浪空嗟一中之。聞我重來頻倒屣，誰知草木誤庸醫。家松友司訓毓材，同治癸酉副貢生。甲戌予隨制府到厦，掌記室。值撫局成，多暇。君集族人子忠上舍朝博輩置酒，累日爲歡。庚辰再至，君又來訪，不數日，聞其病，竟卒。君爲陳徽亭參戎之女壻。

其五十

蓮花半落傷周子，庭草猶存失鄭公。無限南皮瓜李慟，故人異物太悤悤。周雲汀嘉霖，同治壬戌舉人。鄭嘉士亨，同治庚午舉人。

其五十一

沖霄一桁飛千燕，航海群艘集萬緡。視膳原爲天下養，獻芹汝亦太平民。余節甫署正景鑾，向辦閩省燕窩貢品。燕窩産海外群島空中，衆燕蕃衍居之，自辰至午，沖霄直上，纍纍一貫，吸食雲氣，過午乃下。島無徑可入，必梟水覓洞，運木架取。燕身極小，一盞僅容之。

其五十二

滄海横流一櫂還，狂歌曾識舊時顔。鬢絲禪榻茶煙夜，腰鼓重煩説對山。李汝洲三尹觀濤，予己巳、庚午應臺陽修誌總纂之聘，一十五閲月。君時在淡水，尚能述予往事。

其五十三

幾生修到福清閑，抱甕澆花日往還。獨惜天廚空照命，文星一夜落人間。葉生淵其有年，蓮坂人，能文，食廪餼。

其五十四

夕陽門巷一停車，多難何堪感棣花。長歎堂前雙燕子，烏衣舊夢説繁華。

曾生梅仙聘棠，性聰穎。

其五十五

樓居縱酒日盈卮，倚醉張顛大筆持。知汝佯狂應有託，一篇錦瑟費猜疑。

家杰夫茂才依嚴，爲子忠上舍同懷弟。予屢宿其家。忽抱疴，語多恍惚。然樓居三年，作字不輟，仍能教子成名。

其五十六

披裘一老向江干，五月偏生草閣寒。更歎芙蓉城下路，後先花事太闌珊。

黄繩其茂才振先，體甚羸，雖盛暑仍著裘。主大榕林，其從兄吉甫主小榕林，近亦殁。

其五十七

藥階舊侶漸凋零，待漏曾同數曉星。早脱朝衣成小隱，田園生計付東溟。

陳鏡河舍人澄清，同治壬戌舉人。戊辰與予同到閣。里居厦門，君本淡水籍。

其五十八

一官我已傷匏落，多難何堪慟棣華。無限山丘華屋感，尺書從此斷天涯。

家怡堂副郎和聲，同治庚午舉人，籍晉江亭店鄉。先世貿易吕宋。乙酉重陽，猶寄書向予索李脯，不數日卒。

其五十九

封鮓頻煩寄故人，逝波如帶碧鱗鱗。紙山毅魄如重侍，一騎應隨荔子塵。

周古愚守戎餘慶，卒於銅山任所，忠裔不禄，悲哉！

其六十

桃鯉相隨望若仙，劉樊夫婦忽生天。繚衣萬里思親淚，生子都官是象賢。

沈西友廣文志中，同治壬戌舉人。其妻先一月卒。

其六十一

秉鐸尤郎生長地，一庭苜蓿飽春風。登樓記共元龍語，豪氣難忘矍鑠翁。

黄兼三司訓朝英，官尤溪。卒年將望八。

其六十二

妙手應稱第一人，唾絨合拜汝鍼神。武陵落盡桃花片，何處漁郎再問津。

李鏡湖茂才觀濤，工小題文。

蟬

問訊舉家清，最高枝上鳴。他鄉起歸思，一樹報秋聲。所飲多甘露，相逢慰晚晴。彈冠知有客，更借汝爲榮。

許茂才踏雪尋梅遺照

灞橋是我經過地，大雪漫天作席飛。振觸廿三年前事，玉龍鱗甲上征衣。

其　二

孤山鄧尉恣游觀，一騎南來正歲寒。輸汝蹇驢行得得，畫圖留與子孫看。

彭紀南畫梅竹

將軍身比後彫松，更畫梅竹成三友。精神躍躍尺幅中，與可東坡合一手。春風次第滿草廬，日以醇醪飲耆舊。此梅披甲勝玉龍，此竹干霄即天帚。功成麟閣享盛名，腰間金印大如斗。征虜雅歌誰等倫，清節今有湘江叟。

十月八日六十初度感懷十二首

綺甲春秋百感增，諸兒鞠脡挈孫曾。通家北海多修好，老子南樓且漫登。磨蝎一生嗟共命，杜鵑再拜望中興。鳳池東畔如鉤月，猶夢瑶臺見寶燈。

其　二

隱几無聊整舊冠，逃禪苦未破蒲團。近習凈業。百年强半鹹隅躍，一第真如鳥道盤。應春官試八度。孤負文章酬二老，先慈遺命"立品，讀書，會詩"六字。厭聞機巧謝千官。蹉跎倘補今生壽，粗糲寧甘來日餐。

其　三

白門赤壁數帆檣，一夕天風助馬當。幸脱丸泥出函谷，丁卯出函谷，水猝至。敢籌前笏入咸陽。粁惍自分書生醜，鸜鵒何曾鼓吏狂。左文襄謂予狂狷，未進中行。長憶隴雲關月夜，涓埃無補負沙場。

其　四

酩酊斯須散四愁，幸無災難不公侯。豈真日月囚雙鳥，漫説丘山要萬牛。杯酒論交全自鮮，篋書妒盛老應休。白絲寧肯隨時染，曾是頭銜碧海鷗。

其　五

封章叩闕望星辰，未撻羊僧按劍嗔。賤子今爲彈鋏長，故人喜是賜環身。近得李子和制軍書。十觴强醉懷山嶽，一曲高歌問鬼神。差慰三州二島地，種松近作老龍鱗。庚辰至今，主漳厦講席。

其　六

短褐蕭然兩鬢絲，勞勞繭足卅年期。一氈末路英雄老，萬卷名山子弟宜。十三歲購書，至今得十餘萬卷。珠貝頑仙欣健在，津梁卧佛苦云疲。笑鑽故紙蟲魚注，文字如今倘療饑。

其　七

槐市空傳太尉孫，模糊蛇鱣認衣痕。六官敢許兒窺幔，五女寧愁盜過門。共約蓴羹重下豉，且羅麴米一開樽。向禽應笑予生左，四嶽歸來辨冠昏。曾登泰、駐華，路經嵩、恒，獨衡山未至。

其　八

道勝誰言少戚顔，偏教識字長憂患。種田多石疑儒誤，近市無廛覺歲艱。北望横流魚幸徙，南飛久倦鶴應還。塔江可有江神笑，楗竹功成欠買山。丁丑濬河後，近水低二尺。

其　九

靈光屹立接烏峰，奎藻琳琅錫九重。一木豈能支大厦，萬金何幸醵同宗。謂家石泉制軍。獨存吾道千鈞髮，再見斯文列宿胸。莫謂路旁謀築室，負薪我敢惜龍鍾。石帥奏派督修龜山祠。

其　十

射虎殘年學息機，雁門餘雪尚征衣。戊辰春出塞復入塞。校書馬隊時還讀，賣藥牛車識自稀。遠志頓非成小草，夕陽無限愛春暉。十圍古柏重回首，獨掉艞船杜紫薇。左文襄生前予一日。漳、泉近建專祠多予贊成。

其十一

摩挲金石起歌聲，環堵終朝擁百城。戒祖豈同丙子誕，雌郎自笑甲辰生。支離一口餬何足，混沌雙眉畫不成。已届昌黎著書歲，修蛇赴壑日峥嵘。

其十二

蓬山咫尺覓丹沙，四海奇人舊一家。萬苣嗟遲出地雨，桑榆盼作滿天霞。廬陵曾否脣相着，屈産其如齒漸加。多謝鬻熊比年少，郵筒珍重賁京華。都友來書有言：鬻子年九十遇文王，君猶少也。

有感偶作

世風何不古，人心日趨薄。猶水就下流，汪洋成一勺。嗟我少年時，黄金輕囊橐。死者毋復論，存者輒作惡。獲咎不自知，省過徒自愕。千載翟公門，一例嗟蕭索。

鍾馗嫁妹圖

香車雙導羊燈紅，阿兄騎牛行悤悤。桃夭佳節正送嫁，頭銜進士知爲鍾。薜蘿門地無長物，鬼斧刻劃奩箴工。不須牽犬向人賣，壓擔喜有魒魒僮。壻鄉想亦無多路，只在捷徑終南中。

讀王安石傳

見微能知著，嗟哉不近情。先有安樂叟，津橋聞鵑聲。後有老蘇者，辨姦更分明。王衍與盧杞，何物一身并。真小人易測，僞君子難名。區區方寸地，幻作百重城。詎料匪膠漆，肝膽誤相傾。謬爲文字契，至語託死生。中心蓄鬼域，鱗甲森腹兵。所喜在儇慧，鷹犬集商英。幾誅我韓富，一網收老成。父子本垢面，囚首何髼鬡。未必誤天下，儘屬町畦嬰。早知好改作，終日不停睛。賣友是長技，陷穽況縱横。仰視九霄上，覆手秋雲輕。千載多一轍，奚獨彼舒荆。古來全交道，韋布勝簪纓。

檢書誌感

我生墜地來，衣食賴贏足。少飢亦少寒，抱帙如伏轂。三十廢蓼莪，米鹽日逐逐。畀以五百指，坐食嗟無肉。彈鋏入侯門，短衣形跼蹐。幡然旅京華，十載困矮屋。時命憎文章，歸田覓斗粟。厚禄多故人，雨雲易翻覆。一片游俠腸，白眼來鄉曲。肝膽森輪囷，忠信遭桎梏。妒盛嗟謗書，三篋恣鴆毒。愧爲筍江産，移家鐘阜麓。非鳳更非鱗，自署曰蝙蝠。生平嗜典墳，煮字充口腹。慈母予以錢，常助日盈簏。傾囊少悋惜，但願兒能讀。妻也亦夫從，簪脱兼釧鬻。巨眼出裙釵，幸得修清福。蒐羅具苦心，嗜痂亦云篤。不惜收散亡，插架十萬軸。爲告子孫知，什襲交相勖。抵彼置生芻，伊人居空谷。山高復水長，千載寄芳躅。即此話遺清，傳家當金玉。

歲暮感逝

西郊有老友，讀書真種子。風義實兼師，爲君屈一指。憐才出肺肝，太白慚予比。世人皆欲殺，獨汝相倒屣。何稷垌廣文學遠。

其　二

不惜齒牙芬，愛才誠若命。叩轅雖宵深，閽者急相請。風月霽顔親，高天見真性。無一語及私，冰心玉壺净。中丞徐清惠公宗幹。

其　三

翦紙苦招魂，忽頹痛梁木。一水隔吴航，愧遲負鏡局。歸旐不知時，置芻望空谷。生平未報恩，耿耿縈心曲。鄭介庵孝廉師應祺。

其　四

賞識爨下桐，火烈逢知己。命酒屢翦燈，善誘談文史。一官苦無田，抑鬱對江水。摩硯日咨嗟，欬唾猶在咫。王蓮叔司馬師師儉。

其　五

白雲歸去來，家難重爲理。秋雨病茂陵，文園竟不起。拂拭荷殷勤，寢門今萬里。夢幻想鬚眉，流光一彈指。鍾梅汀比部宜年。

其　六

鄭三今宿草，絮酒從何吊。髣髴廿年前，如聞語還笑。金石訂心交，寢饋寄破廟。更闌尚吹火，呼僮爇鑪銚。鄭海驄太史守孟。

其　七

袁江正元夕，百戲衍魚龍。瓊筵坐明月，萍水幸相逢。慚愧慘緑衣，空洞腹中容。羊公鶴不舞，長懷百尺松。郭芷舟觀察禮圖。

其　八

汝爲元戎戚，虚懷偏若谷。傭筆一吮毫，連牀每抵足。事事告予知，防身如愛玉。爲憂瘦比梅，欺人寡清福。周孟翔少尉翼樞。

其　九

競傳許丁卯，死作鼓樓神。更有莊子休，戒祖是前身。一時驚惡耗，涕泗爲沾巾。空嗟吾道喪，天涯失比鄰。許小山比部祖澇。莊小潭觀察爲瑶。

其　十

水曹屬詩人，過從樂文酒。任丘憶下車，悤悤一執手。焉知長别離，山嶽空驤首。重踏槐花黄，先生化烏有。林秋阪水部駿聲。

其十一

江田有陳子，同詠大羅天。結社論文字，落紙揮雲煙。賊中剛脱網，旅食寄一廛。如何炊黍氣，長吉忽成仙。陳肖丞教習慶年。

其十二

三晉依戚里，無衣苦汝寒。窮愁竟成病，噩夢驚長安。二子尚幼少，風雨滯雙棺。負梩差相慰，應破淚汍瀾。林鶴修孝廉壽齡。

其十三

列幕太華山，論詩伏魔寺。鎩羽歎襤褷，憐予世交棄。昭諫固不才，君何相位置。明月客中看，得句商一字。謝廔伯太史維藩。

其十四

斗室日縱横，敗簏搜泉譜。兒女工翦裁，槧拓學稽古。春明重買鄰，解綬歸夔府。以手代口言，捫腹題石鼓。鮑子年前輩康。

其十五

天上神仙府，多時侍杖履。丈人曰可教，刮目及孺子。吉金相怡悦，評隲動移晷。迢遞路七千，更寄書滂喜。潘紱庭侍讀曾綬。

其十六

除夜枋橋城，相邀共守歲。連雲看築場，貓迎兼虎祭。别後感書來，多累傷時世。結轖仗義衷，忽慟卜式逝。林巽甫觀察維讓。

其十七

半野軒前路，君家有諸弟。謂麗村、珠五。啖荔勝嶺南，真味甘如醴。遇事互商量，金石同託體。時艱失老成，相思每垂涕。林虹屏廣文星炳。

其十八

大厦一木支，不改歧陽守。病妻猶在牀，嗟彼悠悠口。誠心金石開，煮茗常話舊。殘臘展遺書，臨風重搔首。張友山中丞兆棟。

其十九

爲訪緑牡丹，來廓天寧步。三絶仰鄭虔，勁節託豪素。挈榼數過從，時局從頭訴。一麾壯江濤，斷腸蜀岡路。何鐵生太守金壽。

其二十

旅食北郭園，款洽真弟兄。茅龍更三椽，西山爽氣迎。東瀛論門地，樂善協公評。多功能寡過，可以慰平生。鄭稼田觀察如梁。

其二十一

松風一老人，巋然魯靈光。愛予比汲黯，傾瀝見衷腸。更結朱陳好，有孫能坦牀。九九悵騎鶴，山高復水長。林勿邨中丞鴻年。

其二十二

長袖本善舞，鄉里稱善人。華屋數晨夕，頻邀過客身。病中猶强起，肝膽話輪囷。長憶采芝叟，千秋德有鄰。黄香圃太守貽檀。

其二十三

翩翩佳公子，大樹森門前。一家忠報國，汝亦著先鞭。乘時持豸節，奔走析津天。所嗟命運舛，地下成長眠。袁子久前輩保齡。

其二十四

嗜書收散亡，有好真成癖。耆舊勝襄陽，多聞獲君益。曾許獨角麟，木天占一席。胡爲仙龕成，海上悲風笛。龔詠樵贊善顯曾。

其二十五

金石辨真贋，秦漢洞腹癥。借人摹累紙，建昭雁足鐙。鷺江聞秏泣，爲汝一椎膺。好官乃不禄，天道果何憑。何鏡山司馬澂。

其二十六

輭江塵十丈，煮酒摘春蔬。如何慳一第，辜負擘窠書。養生竟無術，歸里閉門居。漆園化胡蜨，栩栩更蘧蘧。莊養齋舍人正。

其二十七

下拜稱弟昆，八年東道主。輸誠一片心，談笑無城府。疾苦訪彼民，撫摩遍雁户。嗟哉别雙星，淚洒洗車雨。鶴汀觀察聯興。

其二十八

風月足怡園，與君共一宅。煮酒常論文，每見東方白。待榜獨勞勞，愧滯蘭成策。隔别過十霜，冠蓋成陳迹。家濱石太常泗孫。

其二十九

西畤結良伴，策蹇出雁門。雪花大如掌，馬通煨酒温。朝邑樂推轂，高擢拜殊恩。來書墨未乾，悵汝雲旗翻。高摶九京兆萬鵬。

其三十

繼起豸華堂，樞垣勤僇直。自知一肚皮，與我同抑塞。挂冠歸武林，落月想顔色。爲君賦大招，魂兮無羽翼。金少伯樞部曰修。

歲暮憶舊

明月隴頭圓，夜夜見顔色。大度真汪洋，文教喜扶植。編籬護藥苗，築圃謀稼穡。舊夢話德星，同侍龜山側。家石泉制軍昌濬。

其　二

塞外飽風霜，擁寒念朋舊。珍重捧郵筒，開讀勝醇酒。君恩喜賜環，歸營負郭畝。重看上瀛洲，望雲近北斗。李子和制軍鶴年。

其　三

冰天苦躍馬，寒盡多春風。有兒侍几杖，金陵作寓公。應念登石鼓，盤桓六朝松。大士儻如願，夕陽原上逢。芝岑方伯葆亨。

其　四

輦麓昔卧起，十二列上賓。惟公與潁水，謂陳淀生太守乃瀚。及予存三人。天山建大纛，獨闢萬家春。垂垂雙隄柳，群拜車前塵。魏午莊中丞光燾。

其　五

還讀我書齋，文酒無虚日。尊甫乃名元，君誤副車一。蹉跎隔大江，荻花秋瑟瑟。鳳皇久苦饑，飲啄少竹實。郭瀚江同年福沅。

其　六

祖硯摩丹魁，父書能善讀。爆栗白紙坊，憶翦西窗燭。近已奏祥琴，未許虞山伏。斯世多旱田，相望時雨足。季士周鹺使邦楨。

其　七

訂交四十載，兩世比紀群。滄海隔千里，坌嶺思暮雲。合室飽白粲，更感汝慇懃。狂瀾迴既倒，銀臺看策勳。林時甫通副維源。

其　八

身近紅崖碑，關河渺萬里。棘院曾掄才，懷人寄一紙。天子念前勞，蜚語爲消弭。濟時畀虎符，鄂渚促再起。汪泉孫同年元慶。

其　九

鯉城賢太守，罷官昔零丁。間關入秦幕，上應紫薇星。再已復再仕，保障佐東溟。同群多不賤，卧龍起春霆。沈吉田方伯應奎。

其　十

宿草念而兄，乃今鄭子産。馬瀆話連牀，一官歎偃蹇。傳家有治譜，難弟近通顯。文忠寄門楣，負荷君黽勉。周桂午太守開銘。

其十一

宣武城南夜，更番倒醁醽。憶弟忽浮海，苦望病能興。草廬重道故，仰天數晨星。盛會不可再，瘦骨同峻嶒。彭瑟軒前輩鑾。

其十二

藏書過十萬，此癖同嗜痂。良田亦足食，突過鄴侯家。當時苦恤商，猛虎竟磨牙。無官差身輕，足以傲煙霞。陸存齋觀察心源。

其十三

鳳池陪視草，席帽又同龕。喜得二千石，聚首海天南。狺狺多群犬，笠屐吠蘇髯。敢保以百口，曰維太守廉。李菱舟前輩耀奎。

其十四

鷺島鎮中流，撑天立一柱。挾纊遍艨艟，令嚴肅部伍。爲釀百花香，命酒將軍府。長揖容書生，侃直見肺腑。彭紀南軍門楚漢。

其十五

將母五羊城，起居侍左右。遠道寄一函，頻得雙魚剖。部曲嗟辜恩，反噬何人嗾。明聖有天王，大風終去垢。吴霽軒軍門光亮。

其十六

潼關舊麾下，高牙開鴻濛。望雲長憶母，疏勒苦從戎。領取天倫樂，側帽效兒童。他鄉每把臂，説孝復談忠。侯桂舲軍門名貴。

其十七

赤嵌城頭月，兩度圓復缺。謗書三篋多，一紙苦昭雪。拂衣歸湘江，隔歲傷離别。爲盼出山雲，終當雷雨泄。家楚榮總戎在元。

其十八

西行共馳驅，屯兵列華嶽。一騎復南來，馬江鳴曉角。鑿石築高臺，孤軍獨犄捔。翹首望海東，荒雞聽喔喔。戴少棠軍門定邦。

其十九

觀善堂前拜，顔色親若翁。謂尊甫崍郵先生。重看施五馬，枯木悲生風。五臺曾攬轡,君今復轉蓬。化俗持文墨,撞鐘應發聾。吴春海太守鴻恩。

其二十

成佛已西歸,遺笏思先澤。板輿戀南天,因官二千石。迦陵有替人,填詞工合拍。眠琴託緑陰,開徑來三益。張韻舫太守僖。

其二十一

北轍與南帆,彼此互懸榻。健談多夜分,神劍時出匣。别爾忽多時,輭塵未重踏。近事無可言,且爲椒口合。黄霽川比部貽楫。

其二十二

話别剛隔月,銅陵筦牢盆。趨公念薇省,花下共晨昏。豚兒長與七,薦剡感師門。因緣結翰墨,重重知己恩。倪俞宣司馬惟欽。

其二十三

近得浙東書,新權婺州守。三處苦爲家,奔走謀升斗。教我訓諸兒,几案勿離肘。夜雨思勞人,何時重翦韭。郭穀齋太守式昌。

其二十四

西川節度家,文孫能避囂。静坐理尺木,辨聲識尾焦。都梁鼻觀福,一炷爇通宵。比聞兼學佛,蒲團拜參寥。蘇仙根農部瑞楨。

其二十五

萃靈屬鐘山,牛耳執乃父。謂尊甫訒吾茂才。少時識英物,謂當貢天府。深幸予言中,洒洒賀黄土。寅謝已雲散,因之思舊雨。林迪臣侍御啓。

其二十六

蝯叟有傳孫,海嶠恣游覽。書畫稱作家,酒腸兼詩膽。令弟返磺溪,謂硯孫太史。忽抱鴒原感。君今侍藥階,十刹觀菡萏。何詩孫舍人維樸。

其二十七

饑驅入東門,款款温陵主。得婦苦節貞,榛笄撑門户。婚嫁儻早完,應官重聽鼓。擇木須高飛,摩霄好刷羽。黄佑堂正郎謀烈。

其二十八

東華急策馬,捧檄來海濱。一見顔色好,道故語津津。正欣禄逮養,胡忽萎靈椿。暌違又三載,珍重墨縗身。温杏樓舍人冠春。

其二十九

海東擁一硯,皋比亦足豪。時哉易白頭,逝水看滔滔。春明强别後,九日思題糕。少年當努力,爲底名山逃。施雲舫舍人士洁。

其三十

汝能思父執,啟事蜀中來。自拓杜陵像,草堂花若栽。天涯歎匏繫,有子慰多才。一經食舊德,意果生胚胎。何硯劬大令念慈。

其三十一

乍别隔延津,思家分兩地。風清苜蓿盤,米鹽幸無累。朋儕多子孫,汝獨篤交誼。下榻曾作賓,舊學商文字。林肖鶴廣文燿曾。

其三十二

翠帷謀一飯,熬波生計足。助夫女宅相,男錢兼家督。念昔情話長,晨夕來不速。方書能活我,五絲感命續。林雨蕃上舍喬芳。

除夕拜長恩像感題

班書充食賤黄金,終歲摩挲徧七林。貪得無端添舊債,遺清不肯負初心。甘爲牛馬嗟吾老,悔注蟲魚累到今。開卷年年望三益,柳車聊效送窮吟。

其　二

嗜好從教傖父嗔,四環誰與數家珍。兒孫能讀須知孝,兄弟多賢豈患貧。且養緗魚守文種,敢容馴牡拜經神。漢陰抱甕吾寧拙,至竟南華不誤人。

除夕再賦誌感

不信積書能餓子,黄石齋楹句。題楹七字豈予欺。同根幸急綈袍難,謂族弟輩。異本寧充葛帔饑。任昉多藏異本書。鄧禹笑人都寂寂,向長作嫁况纍纍。雒陽大賈天何厚,白眼終慳一寄貲。

庚　寅

元旦雨中讀游俠傳題後

輪囷肝膽徧齊州，弱冠年華氣食牛。自悔文章能任俠，已奇骨相不封侯。争光可恥寧吹火，禦謗無方且著裘。厚禄豈愁書斷絶，笑談我向古人求。

寄蘇笑三索畫

我識鷺江蘇笑三，十年前事話諵諵。請君春水方生日，爲寫桃花千尺潭。

和許星臺方伯應鑅緑牡丹七律八音原韻

午橋門第日當陽，不數姚家繡幄王。一曲闌干壓金玉，五雲樓閣想衣裳。榮華到老瞻三素，顔色非常示九蒼。鸚鵡銜杯蝴蝶舞，千秋樂府白公芳。

其　二

一窠恩謝翠微宫，大纛高牙雨露功。西嶺珠樓相旖旎，東窗玉樹共璁瓏。斑斑不暈争題石，瑟瑟無瑕笑倚櫳。憑仗青皇三五入，司花染作費春工。

其　三

参差晚起五侯煙，蠟燭高燒照夜眠。蓮域四圍波縠煖，蕉天兩度月華圓。二月十五日百花生日，八月十五日牡丹生日。歸時未過懷耆老，定所能來籍上仙。更喜醉筵逢立夏，欣欣一雨衆生憐。

其　四

九嶷磅礴接瓊臺，造化無私大地回。秋水妝疑成一色，朝雲書豈學重儓。芳春平仲真良匹，珠氣元輿是賦才。爲誦衣香新染汁，舍人近奪洛陽魁。

其　五

星斗光芒祝此宵，冰盤微嗅酒初消。歌翻玉佩雙垂手，舞折金裙一道腰。自埽黛眉勝秦虢，累封檀口數祁姚。天香圃裏隨人意，黄鳥催開二月饒。

其　六

夢傳綵筆萬香緘，親寫戎州緑字函。四見緇塵關眼福，一生青瑣豔頭銜。分張百卉能專國，總領群芳此發凡。嘉會慈恩朝士健，不風無霧水兼巖。

其　七

平蕪睆燕羽差池，勁骨天生上壽期。一品歐家今獨步，七言秦嶺昔通詞。仙胎百五原同命，佛髮三千羨異姿。伴取子孫拖艾綬，金絲重和御屏詩。

其　八

璇題碧落日研丹，暢春園有《御製緑牡丹》詩。天下由來正色難。尉氏竹林聯次第，太丘桂樹拱團欒。華濃競奏清平樂，子滿長留富貴看。共道萬花真似海，畫橋丁卯見瑶壇。

再和星臺方伯緑牡丹作，用王漁洋秋柳韻

通明借護海棠魂，一水參差蘸璧門。瀲灩欲流端綺態，酴醾不褪舊衣痕。油幢次第神仙府，羽葆高低帝子村。記得暢春園畔立，錦袍拜賜共恩綸。

其　二

託根瑶島幾星霜，彷佛容顔出柳塘。翠帚疑同承雀蓋，黑條差異服牛箱。佩翻雌霓迴天女，帶引雄風拜大王。合向青宫分侍從，羅裳左右認春坊。

其　三

領取斕斑宰相衣，雲中幻想是耶非。平章四命清時重，富貴千官閒色稀。金谷珍珠看錯落，越裳翡翠羨交飛。羊權條脱分明在，眷屬聯翩未肯違。

其　四

終朝洛下采還憐，碧落天開净曉煙。茅屋補蘿寒在袖，冰臺爆艾煖于縣。一生不識金銀氣，百歲渾如繡褓年。莫道上階遲蝴蝶，永寧風月最無邊。

閱文獻通考題後按馬貴與父名上字廷、下字鸞，爲冥官。嘗告其鄉人曰：“可憐吾兒讀書，將來有用處。”蓋鬼已先見之矣。閻潛丘有詩云“國論屬吾兒”，謂此也。先本生曾王父諱與貴與父名上下二字均同。

百軸摩挲一惘然，諱名符合感當年。冥官儻爲兒曹惜，慚愧身無國論篇。

讀先太師文靖公集

吾道南來守一中，擔簦雒下又悤悤。相公褫魄誅王蔡，祭酒歸心起李种。空訴凫鷖花石嶽，且看鵬鷃洞霄宮。思君每飯觚稜望，身是鏞州八十翁。

社日苦雨

枉求美酒欲治聾，心疾難於耳疾攻。百飲無靈何瞶瞶，千絲自亂太夢夢。已過二月思縣上，誰是三廳惱社公。最苦黑雲終蔽日，禁煙一似阮途窮。

雅噫二十首

有龍生九子，嗜好乃殊途。蒲牢鐘伏紐，囚牛琴弄胡。蚩吻集橋上，嘲風栖殿隅。贔屭與霸下，分列碑旁趺。獄門狴犴守，蓮座狻猊扶。更有稱睚眦，刀枋血模糊。食清而游濁，不及螭之徒。生性執偏毗，惜未朱泙屠。持犗且勿釣，羞爾多負塗。請看神靈者，雲雨升天衢。

其　二

昔聞有急足，驅人早出城。陰陽割晨暝，燕蝠何紛爭。鶡鴠能見日，出入持論平。彼哉太顛倒，謬爲混沌精。俾晝反作夜，天地若爲傾。鳳凰惜在假，赴愬猶宿酲。代者乃訓狐，可以見世情。吁嗟頃刻間，喜怒難分明。

其　三

蝴蜨化朽麥，一旦飛翩翩。好風偏送汝，著翅上青天。不圖荔支鬼，謬厠羅浮仙。玉腰無異賊，桃李苦顛連。紅紫儘破碎，泣訴花神前。如何輕薄子，乃日與周旋。須知工輭媚，穢史身難全。造物不生雌，獨陽促汝年。

其　四

鳲鳩豈云拙，爾性實大巧。鵲巢既占居，喚雨更相擾。本來鷹所化，搏擊善牙爪。勿言飼汝勞，旦暮謀一飽。自上復自下，得食日週遶。羽毛幸豐滿，翱翔出樹杪。弄聲竟打婆，字字何分曉。乃今之人兮，悍虐多如鳥。

其　五

猢猻入布帒，攫食日飽眠。況裂周公服，侵黍能奪田。昔聞有大狨，雄據蜀山顛。同群排次第，戴石跽其前。惴慄待牙吻，擇肥分後先。不獨傍沙門，三五工簸錢。嗟爾亦能冠，胡心獨慕羶。小兒何造化，咄咄欲問天。

其　六

仲尼絶筆後，天下多麒麟。覆皮藉粉澤，誤假以爲真。居然自厖大，馬足麕其身。既非終童見，謬言郊囿親。黔技不知拙，水精託星辰。罔人實自罔，楥也豈能神。嘉禾與珠玉，空羅席上珍。相士在牝牡，何用九方歅。

其　七

池沼來搢紳，陂渠求俊乂。奉表銅鐺門，臣鯝稽首再。校尉擢將軍，糁油恩下逮。綺席忽超昇，紫腴何爾愛。乃知承澤人，迥出鱣鯉輩。宛轉緑蘁中，逍遥朱脣内。不次登瑇筵，肥滑堪調鼐。何必守寒畦，味根苦喫菜。

其　八

妖狐鬼所乘，媚珠乃在腹。自命爲阿紫，誨淫天生獨。厥性本多疑，與貍相徵逐。九尾何綏綏，迷惑肆流毒。有時變冶容，亦見美如玉。或幻作書生，講易互往復。空令世間人，傾心交悦服。豈知汝無良，射影能飛鏃。千載雖好友，雨雲倏翻覆。明鏡誰當空，高照窮山谷。

其　九

流離本陰賊，稍長即喧呶。長嘴啄母目，高飛去母巢。凡烏汝心喪，奚足汙梟休。丘山既晝暝，蚤蝨空宵抓。誰爲好事者，巨礮爇枝梢。枉勞十三口，禳唾日相交。願言當反哺，報本在坤爻。無母豈獨活，慎勿忘吾胞。

其　十

姑螿非守爪，是爲米中蠹。又非能齧桑，跂行出場圃。厥名稱强蛘，秕穅獨自吐。既果其腹歸，廩廥復他注。嗟爾本幺麼，濕生易朝暮。黑甲雖能飛，視同蟯蜋汙。薨薨百蟲天，何慕竟奔附。鄰人相而舂，討賊先汝惡。

其十一

家鶩爾何名，自呼曰呷呷。長護筍根眠，輭莎雙脚插。幸開溧陽堂，日與東野狎。魯望誇能言，文翰豈足法。鷩鷘未成鵝，低飛忽出柙。既去不復來，芙蕖自唼喋。醉墨一枚泥，撲塵姓字押。詩人詡四郎，竟作杜荀鴨。

其十二

黄雞不汝啄，巧捷成蝎虎。繳尾技何長，一一飛蟲取。不惟緣壁工，銜雹復致雨。善呪來兒童，誤作蛟龍伍。相傳是蛇醫，點臂丹沙吐。風月能常新，深宫守門户。汝也小有材，防護亦云苦。陋質好司更，勿失譙樓鼓。

其十三

網魚得胡鱅，不如啗茅茹。當魱骨刺多，何以争登俎。乃有好文者，八足曰章舉。鱬鰗無尾足，高飛竟丈許。鱕鯌鼻生斤，嗜殺莫能禦。横公忽化人，誰解烏梅煮。鮤魮戀明珠，同穴出鳥鼠。一首而十身，何羅作犬語。異類屬南荒，水族恩加汝。白沫何濛濛，拍天無定所。

其十四

蝍蛆乃吴公，甘帶腦先嗜。蟾蜍乘其後，三者互相制。是能蓄機心，一如騎虎義。百足爾何多，禁蛇作兒戲。更有雞腸長，蠼螋稱名異。溺毒能殺人，猛烈當先避。山中曾列屏，託身珠崖寄。慎勿貪其珠，因之以爲利。

其十五

肝毒子亦毒，鯸夷即河豚。氣毬何喜怒，鼓腹妄自尊。或云肥而美，春岸楊花吞。曾封黄薦可，水府叨殊恩。坡公最嗜汝，真州多笑言。如何輕一死，但喜佐盤飧。余也不染指，未敢同嘗黿。知汝肉在鑊，猶蘇三日魂。小人固叵測，奚必過屠門。彼獺且弗啖，况人性命存。

其十六

肥鱧出太華，條鳙生獨山。蜍聽謷人哭，聳身入樹間。壁鏡具五足，視世同草菅。賴有桑柴灰，去疾一開顔。嗟哉乾餘骨，鼃蠙衣斕斑。晉蚋與腐蠸，相附日緣攀。側聞獨角蟒，吸毒如剔姦。欲覓圓丘藥，崑崙誰往還。

其十七

婢屣雜奴屬，次之惟戴星。魏武垂食制，且戒蕃蹹形。鮃鯞汝有毒，能促人修齡。伊誰似石首，吹沙浮黃靈。鼈魚稱饋尾，鱖歸亦不經。土拚斑自黑，織杼背何青。凡茲皆妾媵，下陳充伶俜。江湖密如織，噞喁逐浮萍。難以供匕箸，觸鼻紛膻腥。夜來感風雨，鯨魚開滄溟。

其十八

鬼車飛上天，纍纍九頭挂。毋乃似魖魂，惡聲一何大。鉤星獨夜行，滴血能爲害。莫更小兒衣，一桁巡簷曬。鵋䳢并鵋雀，是皆鳥中怪。禹鼎未鑄奸，置之六合外。詭異紀周家，不曾入王會。安得屈原呵，四壁森圖畫。

其十九

百房新結構，一寸闢樓臺。劇憐供採擷，百卉當春開。午衙鬧成市，蠟塞争爲媒。防饑更防惰，多少費疑猜。蜜母垂兩股，千百環而來。穿木苦不足，鑽竹復爲災。芒刺日在背，食苗剥初胎。敢以草衣蔽，避居南山隈。嗟無群飛燕，排窠將汝摧。遂令金翼使，縱横今盗魁。

其二十

噫嘻虎而翼，不獨一窮奇。况乃靦人面，孰湖出崦嵫。山獋偏工笑，狍鴞能噬肥。誰信汝窫窳，生在陶唐時。食父有破鏡，逐母有墠微。翹首北號山，猲狚朵其頤。哀哉無噍類，敢訴天闕卑。誰爲服不氏，皇路廓清夷。

喜晤雲舫太守吉昌感作，時公將入覲

囊橐蕭條吾道窮，此心獨對碧翁翁。膏脂不染辭羌市，鱗甲難防歎梓潼。何處乞符能得蟹，暫時避弋且飛鴻。天顔應喜來龔遂，優賚單車撫字功。

其　二

砥柱南荒一手擎，陽烏久匿撥難明。感君厚誼容長鋏，識我窮愁護短檠。燕蝠晨昏空自訴，雞蟲得失笑何争。風詩從古嗟童子，佩韘多爲長者行。

閏二月二十六日，迅雷從鄰屋起

黑雲翻作墨，流火屋頭驚。猛省朦朧夢，新過霹靂聲。排簷都瓦碎，擘木忽題傾。悍性應知改，嚴威底不平。比鄰銷腹甲，城府破心兵。虢虢真如語，時防汝再鳴。

上巳作

憫忠寺畔丁香發，如鉤依舊初三月。一別京華過十霜，未聞鶗鴂芳春歇。蘭亭流水在眼中，詩成金谷何須罰。人生放浪寄形骸，不飲翻愁坐兀兀。酒人零落嗟晨星，往事湔裙猶恍惚。眉頭顏色二分非，少年白袷今華髮。更憶羲之誓墓時，三月初九日。身滯江湖心魏闕。千門走馬多綠衣，何當再拄西山笏。

追憶修褉在都門日

垂老難忘少日情，春郊挈榼幾聽鶯。煮茶蕭寺重回首，槐火曾看七度明。

其　二

冠蓋同群並轡親，故鄉憔悴獨斯人。誰知冷炙殘杯日，蓬梗猶爲旅食身。

其　三

春蠶食葉正今時，殊俗臼科一肚皮。自愧阿婆好塗抹，小桃猶學畫燕脂。

蟲蝨吟

蟲睫未見人，聞腥簇如箭。蝨藏袒褌中，向不覿人面。宵小難作緣，彼但乘其便。狂噬無時無，何分晨與暝。既匿少游絜，不畏黄郎扇。真爲肘腋憂，可以觀世變。

郭嫂打婆禽言

郭嫂打婆！嫂肥羽滿，婆瘦髮皤。以少虐老可奈何！

郭嫂，郭嫂！不念婆老，汝何顛倒！婆竟可撾，乃心實皂。天公聞之應懊惱。

阿婆三五時，哺汝八九兒。今日有婦，胡爲號饑？人事叵測多如斯。郭嫂，郭嫂,嗚呼嘻!

婆餅焦,婆腹枵! 忽在婦口聲囂囂,誰其導汝日相招。

看蠶,看火! 在右在左,布穀布穀,忽揚忽簸。問誰打婆? 汝曰可。郭嫂大聲不諱我。

斯語古罕聞,今也乃何多。一百八箇苦相磨,無殊同室操爾戈。天道真偏頗,郭家嫂打婆。

丹霞一井,甲子亂後枯十八年矣。辛巳四月,予到書院三日,甘泉忽湧,追憶前游感作

眢井集蛙黽,不見水中天。一朝何汩汩,湧地來甘泉。土膏不肯閟,無復陰陽愆。非藉耿恭拜,若爲渴者憐。抱甕日出汲,不須投以錢。江干有百草,生香話當年。淵源北溪在,飲水思先賢。

追慟陳懷熙甥,少時常在予家,壬午以鬱憤卒,至今思之

少時與阿姊,嬉戲長在家。呼予曰舅舅,繞膝日呀呀。或撲東鄰棗,或摘中庭瓜。慮寒持裘繭,會飯烹魚蝦。宵眠同一榻,撫摩如摇車。稍識之無字,清歷喜齒牙。相隨諸中表,入塾學塗鴉。乃在舞勺歲,滿面天裝花。時發疹。走告汝父母,替汝憂搔爬。亡室愛汝姊,珍珠互比誇。汝更稱宅相,循謹衆所嘉。何爲娶妻後,鬱結多咨嗟。非占輿脱輻,薄待起棣華。苦貧難爲婦,滿腹生杈枒。垂涕屢相慰,句漏乏丹沙。倏忽過九載,憶汝夢非遐。生時未展步,辟諸鳳在篋。汝母今白髮,相思異路賒。泉臺侍汝父,聚首仍一涯。池塘多鳴鳥,歲歲愁聽蛙。

三月初八夜,憶春闈諸君作

十年前事宿風簷,食葉春蠶筆共拈。壯志未曾忘見獵,高才誰信諱言鹽。巢松不舞真如鶴,上竹難行可是鮎。欲買胭脂學塗抹,羞開明鏡一掀髯。

天津權烈婦題辭

寄生廣平宅，心腸本鐵石。于歸載之家，所願同窀穸。藉病全其天，大璞能完璧。析津浪滔滔，井水不潮汐。地下獨相隨，毅然化貞魄。羞煞世間人，偷生應面赤。不若巾幗賢，仰藥軀寧惜。天子賁恩言，綱常扶宗祏。死矣重泰山，迥異鴻毛擲。年年薦豆籩，爲汝存一席。

近　感

研桑心算出簪纓，忍聽嗷嗷澤雁鳴。多寵誰爲夫子妾，一廛我亦聖人氓。狙公賦芧空云暮，漁父餔糟敢獨清。太息元規塵撲面，西風憔悴石頭城。

紀　夢

夜夢太支離，醒時獨生懊。恍惚在耳邊，拍手群兒譟。或鬼化爲官，或官化爲盜。以鬼結盜交，因官行其暴。民既咎盜貪，更責鬼相導。彼盜自竊鉤，乃鬼所發號。靦然虎而冠，心算弘羊好。鱗甲滿腹中，城府真難到。窮黎一何愚，鬼前作神禱。豈料青面目，煢獨枉奔告。啾啾僞慈悲，實事寧有造。盜兮率剥膚，鬼兮不知耄。東家苦無錢，張老乏席帽。西家無米炊，泣對蛙生竈。盜竟挾鬼來，意氣殊篤騖。哀哉袍笏場，日暮殊顛倒。餤亂甘盜言，行步效鬼躁。上天儻好生，倚伏何時報。瓣香叩穹窿，奚以相慰勞。但願聞鵲鳴，不願聽鴉噪。

惜　别

嗷嗷雁户淚空彈，惜别無言祇勸餐。千斛汎舟勞手援，萬間拓厦慰顔歡。每愁滿月清輝減。好識群花晚節難。一念感恩休錯莫，回頭碑待去思刊。

有　感

有女争刲股，有男多廬墓。盡人驚曰孝，沽名曷足慕。羸馬乘敝車，菲食衣粗布。鄉黨稱爲廉,飾節亦堪惡。嗟彼矯情者,欺世乃自誤。真小人易防,僞君子可怖。一笑衣冠中,巍峩著面具。深夜誰捫心,出處行吾素。朝廷以實求,麟楥何群附。不如歌考槃,獨寐更獨寤。

訪故人不遇

故人厚禄竟予遺,到處酸辛杜老悲。行馬難窺東閣貴,啼猿空笑北山移。世多節度來天上,我豈王孫在路歧。暫分清貧甘賣賦,褒衣博帶避訑訑。

對月讀太白關山月,憶亡室初學詩,最喜此首,比予秦塞歸,病已深。忽忽至今二十二載矣

雲海蒼茫萬里長,登樓望遠獨神傷。一篇樂府關山月,往恨分明二十霜。

贈劉毓仲副戎萬鍾。

枕戈越石有傳人,先後同參相府賓。今日海天逢舊雨,當年關隴話前塵。艱難百戰高牙擁,傾倒千言執手親。儘抱元戎知己感,每從箕尾望星辰。

贈洪承茂上舍濤。

問歲十年長,應稱老友班。古稀留健步,道勝駐頹顏。虀臼門楣麗,聱牙斗室環。衛公真好學,文字壽名山。

贈家翊卿

水木清華族譜亭,潁濱今復集門庭。阿咸兄弟交相勖,一飲香名一蠹經。謂令弟壽卿茂才。

其二

邂逅他鄉一脈親,清言娓娓見輪囷。研桑心法能傳授,長袖應推汝上賓。

贈陳韞南游戎紹芳。

符離與新息,漢符離侯路博德、新息侯馬援,俱拜伏波將軍。今日合成三。好客人

争羡,封侯汝亦堪。片航真佛筏,斗室即仙龕。多謝醇醪具,殷勤結衆酣。

喜晤劉淵亭軍門永福。

丹青毛髮上雲臺,褒鄂威名震九垓。甌脱潛師貔虎伏,昆明造劫犬羊來。偃旗盡捲中天月,蜚石能轟大地雷。深喜將軍今會面,輪囷懷抱一時開。

其　二

别開生面尉佗鄉,下拜車塵異姓王。拓土自成陳北廟,思兒重見戚南塘。千山布子棋枰定,萬户留圖鬼魅禳。一事慰公青史在,天心仁愛恕蜩螗。

滬　雞　行

雄雞峩其冠,雌雞卑而縮。何乃脛毛多,相傳産滬瀆。卵生匪異常,羡爾能蕃育。厥雌忽善睡,栖窠將卵伏。雄者仍昂然,三唱東方旭。園丁來告予,鷇音聞應速。僂指約二旬,諸雛能破殼。生遲屬賤糧,生易屬貴粟。蠢蠢爾何知,此理費猜卜。或言凡鳥生,反哺母粥粥。爾雞初成形,飲啄自相逐。所異喜依人,馴階衆喙肅。偶或左右離,啁嘈若求牧。嗟爾猶嬰孩,傍母資顧復。造化悟生機,晨夕憐匍匐。墜地視同仁,呼朱更呼祝。

送竇蓉溪協戎之官銅陵

大樹參天百丈雲,銅陵今見小將軍。臨風杯杓相懷舊,横海艨艟待策勳。並命才人多獲忌,一家稚子喜能文。此行珍重加餐飯,砥柱中流要使君。

鍾馗捉虚耗圖題後

天寶而還盛陰氣,南内人稀鬼聲沸。寸魂尺魄互摩肩,竟竊香囊不曾畏。至尊正愁跳躑多,忽聞橐橐來烏韡。自稱臣馗敢再拜,殿前起舞持太阿。幺魔早識名虚耗,攫奪無殊梁上盗。嗟彼鼠目覷何纖,利市誤作冰山靠。鬼非鬼兮人非人,靦然千萬争買鄰。詎知終南善啖汝,腥風盪滌今天神。合繡鬚眉當户挂，襪祓權從團扇畫。羅胸成算具富强，日月重光國依賴。

題鍾馗妹饋節圖

哥哥嫁妹太辛苦，愧無長物精神補。壻鄉僻陋非五都，佳節何以酬端午。一缸春酒差生香，二孩肥腯可作脯。鬼車挽鹿原無須，此鹿持贈伴樽簠。去年有犬不曾賣，此犬未屠足守户。昨日釣魚進姑嫜，貫柳深喜得魴鱮。帶郭新獲二頃田，負米聊充作角黍。娟也共弋鳧雁歸，敢借羽毛表肺腑。聞哥近欲著皮韡，爲縛南山白額虎。更有十瓶海錯多，八人將物登堂廡。哥哥若嫌禮意輕，留下來伻一齊煮。請看大嚼過廚門，膨脝進士終南肚。

五月二日游白礁，謁西宫

真人正值飛昇日，獨掉扁舟冒雨來。百戲魚龍原幻境，是日演劇。一庭雞犬亦仙才。著緜未散環山霧，瞥火初驚出地雷。昨夕雷從宫東起。太息廟門丹艧蝕，故鄉誰葺好樓臺。

二十四日夜歸，過鎮南關

鎮南保障石爲城，邏卒關前擊柝迎。千家高低無鬼嘯，一池遠近有蛙鳴。海涵夜氣昏昏隱，月在他鄉故故明。差喜緑陰濃夏木，路傍小憩慰人行。兩旁經壽徵司馬八十一植樹多萎。乙酉，予函請淡水林時甫銀臺補種，近已蔥鬱成林。

冠悔堂赋钞

叙

誰昔郟鼎淪泗，雅風寖聲；荆纍懷沙，些只綴響。蘭陵體物之什，列在儒家；宋玉登高之辭，冠乎集略。古詩之流，兹其朔矣。嬴爐既炮，赤精乃光。竪儒不坑，斯文猶在。長沙謫傅，芬其投汨之篇；臨邛酒傭，富有凌雲之氣。揚班踵武，左陸代興。漢晉之間，其揆一耳。江南風流，劇於典午；唐始麗藻，未更永明。大抵沼洄陵信，排比王楊。搆思涔蹄，撮勝雪月。采豐於正始，骨弱於漢魏矣。洎乎神龍以後，律體肇興；貞元而還，閩材間出。於時緯乾還珠，去來得諸神助；行周明水，龍虎蜚其英聲。文江名章，布在楊録；厚象雋製，副乎誠文。新詞探龍，金書渤海之幃；小集麟角，名香江南之春。先民有作，來者可追也。觀其組纂八韵，經緯尺幅。疏密劑其格製，宫徵調乎脣齒。擅場於起結之際，争工乎章句之間。固未足攀附騷七，輿儓京都。比響簫笛之音，振華征殿之筆。然而秦筝趙瑟，不輟韵於鳴廉修營；輕紈香羅，詎掩美乎山龍黺黺。詩有試律，而沈宋亦偁大家；文有制藝，而王唐非無巨擘。况乎沿自有宋，以逮熙朝。令甲懸爲規繩，士子奉若圭臬。斯亦六義之餘波，八吟之極軌矣。

雪滄先生生於閩而工於賦者也。逸氣雲上，雋才飈馳；託體既高，食古能化。或佇興而就，寂寥乎短篇；或縱筆而書，唐皇乎巨製。偶然擬古，笑太白之類俳；刻意傷春，比安仁而尤怨。兼六代之藻而振其靡，規三唐之格而汰其率。孔門用賦，定在升堂入室之班；南人好文，抑亦枚速馬工之亞也。不佞少涉籬籓，壯黯瑑刻。鳳吐無夢，蟲雕匪工。未諧摩空之聲，終受倒綳之誚。而酸鹹之嗜，不乖於長者；詅癡之符，曾辱乎元晏。隸潘洪藻，彌觸前塵。輒爲籀澤升降之原，知其有合乎古；發明瀏亮之旨，知其不盭乎今。緗素未沫，金石有聲。儻合金筴颾言之編,先生所自刻賦。自足裒爲一集。誰謂閩南唐賦之外,先生手輯。不可别本單行也哉。

光緒癸巳日躔鶉首之次,表愚姪晉江陳棨仁拜撰。

冠悔堂賦鈔序

觀察雪滄楊君之詩，余既序而行之矣。君之令子復輯君賦四卷鏤版，丐余言。受而讀之，沈浸醲郁，各體兼備，洵能取材兩漢、追軌六朝，而深入唐賢之室者也。劉彦和曰："賦者，鋪也。鋪采摛文，體物寫志也。"蓋詩以情勝，賦以文勝。詩爲賦之發源，賦爲詩之流亞。以君聞見殫洽，蓄積而發，工爲詩歌，其優於賦，特餘緒耳。曩者君刊閩南唐賦，津逮藝林，爲邦先正文采，賴以不墜。他日有廣君之志，續編閩賦者，是集固鐵網中珊瑚也，將不唯有光家乘已也。是爲序。

光緒十九年癸巳季夏中澣，愚弟葉大焯頓首拜撰。

目　録

冠悔堂賦鈔卷一

擬何平叔景福殿賦

太和六年三月癸酉，行幸東巡，群臣拜手。雨師灑道，風伯去垢。龍驤驅前，虎賁翼後。鼓雷動左，鞭泉鳴右。鳳輿蜿蜒於康衢，貂蟬逼側於螭首。鏘和鸞之八音，舞副車之四牡。千官扶輦而趨蹌，萬靈扈蹕而奔走。夾玉戚之明月，颺朱旛之畫斗。簇霓旌之連蜷，肅翠虯之鳴吼。坦皇路之清夷，中雲韶而韖扣。承旂矯若扶桑，華蓋色侔楊柳。皇皇烝烝，桓桓赳赳。載瞻天顏，懽呼萬壽。爰乃肅甲騎而沃騆騢，嚴芻餉而備秏秅。率胥吏而擁翠華，列廬次而綴綺霞。至於許昌，遥矚騶牙。詔爾下民，聽命無譁。其有高年疾苦，毋復咨嗟。發太倉粟，感恤邇遐。出靈臺帛，給億萬家。裘繭輪持，壺漿道遮。老幼廢疾畢至，鬴鍾匹兩有加。俄而月在未，陽烏驕，化腐草，鳴夏蜩。帝曰：朕欲東履崔嵬之高峰，聽石溜之珠跳。鑿晶山而守閉，惟冰鳥之與遨。松林仰不見日，雪國紆而沈寥。邈哉仙人之解化，安得鶴背而相招。更欲西出九州之外，覽星辰之遼遥。懷冷蟾而入抱，飲黄流以瓠瓢。羽翰不可以插腋，安得舉身於丹霄。既思撫南薰之瑶琴，散霏微於綺寮。餐北方之鼠腊，承清露於夙宵。顧此溽暑，麟馬齊鑣。於焉戾止，何堪灼焦。矧藐躬之嗣位，紹鴻業於先朝。金虎秋踞，銅雀冬翹。靈芝地毓，天淵水漻。武功文德，累代光昭。靡不深池高臺，廣開峻雕。愜宸顏之茂對，威寰宇而風飈。惟順時而出，豫徵景運之沃饒。趣召百工，經營崇朝。設祕殿以祛炎，創景福之岧嶢。於時飛甍鳳翔，修棟虹指，風送涼也；軒檻曼延，榱桷駢逼，雲分章也；楶棁鱗攢，桁梧綺錯，日蔽光也；雙轅承枌，丹梁端直，露團瀼也；綺井崱屴，明窗列布，月流黄也；長廊步櫩，舊章兩觀，煙籠蒼也。望舒涼室，未秋先霜。應門金狄，不雪欲僵。伏應龍於反宇，詎聞雷而催阿香。

瞻大夏之穹崇,詎望雨而待商羊。信避暑之仙區,令煩酷之自忘。其得天清穆,有如此嘉祥者。爾乃環修竹而叢茂林,峙高山而帶流水。折穹穴而排層城,蔭玉階而耀金戺。旁齊秦而疏柱奔列,湊冀道而懸枑透迤。胸殷衛而臺敞辰角,跨燕趙而橋亘雁齒。仰恒碣而峰巒獅蹲,俯河汾而川澤龍起。瞻淇澳而王芻在目,臨漳滏而神鉦入耳。湧温泉而靈響四表,鑿鹽池而原隰千里。雙壺標危,重闈峻跱。陽靈曜表,陰祇霧裏。其宅地敦厚,有如此備美者。於是趙琴競奏,秦箏獻妍;越謳流麗,齊袖翩翾。才士羅列,絲竹駢闐。尚書附信,六女珠聯。才人次第,八坊雲連。掖庭灑埽,秩擬百員。衆技分習,履舄盈千。其爲歌也,絳脣錯雜,若春禽翔顛;散涣遝律,若寡鶴娱前;咇嘞互吟,若迴江流川;雷霆輘輷,若揭波澍淵。其爲舞也,珠翠的皪,若素蜺在天;兀動赴度,若游龍嘘煙;姁媮致態,若皓月華鮮;整裝形影,若臨風欲仙。極美人之奇巧,又如此嬋娟者。至若方國飛走,代興之符。納諸藪麓,今有古無。昆明嗽金,奇禽嬉娱。飲以龜腦,飴以真珠。避寒築臺,水晶牖樞。寶石溢湧,張腋郡都。靈龜彌丈,狀象負圖。麒麟東出,鳳鳥南呼。犧牛北貢,白虎西輸。更通引乎穀水,掀九龍之髯鬚。玉井綺欄,含受蟾蠩。水轉百戲,駕司南車。巨獸魚龍,曼衍散殊。弄馬倒騎,大備歡愉。萃庶物之異珍,又如此廣儲者。綜厥鉅觀,罔窮贊述。雖炎漢之先,建殿不一。如臨華步輦,神仙駐蹕。高門淩霄,朱鳥麗日。宣室流采,曾城邃密。昭陽鴻洞,飛雲慶霱。合懽揚華,鴛鴦秀出。承明轇轕,鈞臺嵂崒。降而洛陽之中,命名相匹。如徽音亘天,式乾參極。含章駢停,建始舒翼。仁壽晶瑩,嘉福整飭。芙蓉璀燦,華光刻飾。蔬圃鱗瓦,九華冰級。百福鳳來,崇光鸞集。咸宏敞之可貞,究德義之莫及。蓋斯殿也,膺虞夏之位,分畢昴之星。立天地之極,鍾山川之靈。爲萬幾餘暇,游豫之所宜營。亦冥心息慮,卻暑之所必成。時則太傅、太尉,國之典型;列侯、諸王,邦之藩屏。司馬、司徒、司空,刑賞胥明;中軍、撫軍、鎮軍,斧鉞克征。洪惟一人,高拱端庭。垂裳而治,寰海鏡清。雲生棟松,晷循階蓂。浚闢湯池,鞏固金城。足聖躬之頤養,將長享夫遐齡。自顧堂皇而色喜,奚虞畫外之多兵。百僚乃颺言而頌曰:昔先皇之饗國兮,烝民撫柔。

獲金爵之賞兮，禯祼惠周。媲有熊之興兮，地出大螻。等殷湯革命兮，白狼銜鉤。築靈壇於繁昌兮，設壝宮之深幽。瓜同心、木連理兮，甘露呈庥。紛雜遝於其間兮，白羽雉鳩。越我皇受命兮，恤鰥寡噢咻。先移風於禮樂兮，次習稼田疇。爰震天威兮，區宇肇宇。錫休祥之令名兮，駕雕輦而優游。高玆構爲四海式兮，群拜冕旒。覽芰荷净植兮，飲醴泉之清流。天爲蓋渤爲池兮，貽子孫萬歲千秋。

擬陶靖節閒情賦

夫何兩鬟之窈窕，步媞媞於東廂。結珠環於素腕，垂翠爵之鮮光。淡輕紅於鉛臉，約薄鬢以微黄。豔容華之整飾，凝志節於秋霜。笑伯勞之東去，駐仙車於七襄。何託身於天闕，獨在感而宵長。惟三五之歡笑，對清醥以泛觴。複紅羅之斗帳，繫四角之朱禶。既理曲於當户，復挾瑟於高堂。寒蛩在褥，翡翠集帷。飛蜨雙隻，此心莫知。倉空雀苦，水深鯉肥。高歌一曲，注睇持頤。閒盈盈之一水，正脈脈之蛾眉。欲神山之神嫗，託微波以通辭。恐過時而不采，遥引領以相睎。願在天而爲月，入羅幌而共明。悲一掬之在手，攬餘輝而不盈。願在漢而爲星，儷金天之寶婺。嗟牛女之别離，忽北回而南顧。願在井而爲水，汲鉛華於美人。悲千里之反唾，棄所奉而自嗔。願在塵而爲迹，惟來去之與齊。嗟清路之或判，恐濁水而成泥。願在東而爲榑，照陌上之秦姝。嗟公府之我先，空脱巾而捋鬚。願在西而爲柳，綰冉弱之楚腰。悲輕縠之羅帶，吹北風而飄飄。願在鳥而爲翼，託彩鳳而相親。嗟奮飛之不能，附寸心而無因。願在藕而爲絲，結萬縷之同心。嗟尺寸之無力，匪日常而曰尋。願在褏而爲書，長出入於懷中。悲三歲而字滅，復咄咄而書空。願在手而爲杯，沸浮蟻而沾脣。嗟清酒之或缺，啓金壺於夕輪。顧生平之未遂，竟甘言而我虚。致叩叩之金囊，何以繫於羅襦。致拳拳之臂金，何以結於明珠？踰參辰於一絶，抱此心之區區。趨衣帶之日緩，空翠蓋以峙躇。望東南之孔雀，登西北之高樓。上百尺之金梯，下一雙之瓊鉤。匪所思於太山，空梁甫之與謳。匪所思於桂林，隔湘水之悠悠。匪所思於漢陽，馳隴阪而神游。匪所思於雁門,霏白雪而心憂。傷彼姝之不遇,情百結而長留。於是積恨顔老,相思心然。耿耿中夜,眷兹嬋娟。仰天河之未落,指斗柄之北懸。啼汝南之晨雞,足一夜而千年。事不諧於張角,愁鹿盧而憂煎。要比目之鰈鰈,忽沈潛於深淵。要比肩之蛩蛩,倏舉動之相捐。歎登牆之反舌,何緘口而未便。嗤寒兔之濕露,空倚樹而不眠。託文章之麗則,寓蘭芷於當前。寂不平之萬籟,寄遐思於九天。

擬康僚漢武帝重見李夫人賦用原注“神仙異術,變化通靈”爲韻。

試一望兮甘泉故宫,懷美人兮蘅蕪夢中。《哀蟬》之曲未歇,芳苡之燈猶紅。非非入想,色色不空。人是白茅,好把此心同結;使爲青鳥,豈真有路能通。有中山夫人者,玉李生身,曇花偶見。君恩如山,妾命似綫。何顔色之未衰,竟光陰兮頓變。差幸通侯列戟,猶分女弟餘光;可憐垂死蒙衾,未許官家一面。帝乃悄居别殿,虔叩中庭。煎香玉卮,爇燭銀屏。鳳髓覓再生之續,犀心通一點之靈。問何見而何聞,所思滿月;疑若無而若有,長望三星。俄而絛脱微聞,佩瑲倏至。仍依落葉重扃,自埽修眉八字。巧笑如生,與人何異。傾城再顧,壺中尋角觝之歡;刻石三生,海上話潛英之事。胡乃十年往恨,一瞥傷神。搔頭無恙,賜簟猶新。甲帳已歸西母,壽宫空鑄南人。賺他多慾君王,團團此夕;訴與延涼侍女,了了來因。是耶非耶?疑真疑假。忽避地而啼,若自天而下。波豈囊盛,身非石化。殿角歔欷,簾前踸謝。無多日月,竟迴雲氣之車;獨立星辰,猶食露盤之夜。蓋非返魂覓藥,亦非句漏求仙。乃藉人間符籙,遂降天上輜軿。姗姗卻步,寂寂凭肩。不同織女相離,東勞西燕;猶勝羿妻獨駐,碧海青天。時也月泣珠房,參横璇室。畫衣殘霞,安髻如漆。訂後會於何時,感神君之幻術。賸西京一篇樂府,笑啼宛似當時;爲北方絶代佳人,生死都成良匹。

擬康僚漢武帝重見李夫人賦用原注“神仙異術,變化通靈”爲韻。并序。

太史公《孝武本紀》、《封禪書》云:上有所幸王夫人。夫人卒,少翁以方術蓋夜致王夫人及竈鬼之貌,云:天子自帷中望見焉。又《外戚世家》云:衛后色衰,趙之王夫人幸。有子爲齊王。王夫人早卒,而中山李夫人有寵,有男一人,爲昌邑王。是少翁術致重見者,爲王夫人也。按:武帝在位五十四年,少翁以元狩四年伏誅。計自術致王夫人及居甘泉宫,不過歲餘即死,而李夫人有寵,在王夫人卒後,且封李廣利爲海西侯,事在太初四年,尤後。班氏云:上以夫人兄李廣利爲貳師將軍、封海西侯,延年爲協律都尉。上思念夫人不已。方士齊人少翁言,能致其神。蓋誤矣。當李夫人卒時,少翁死已久也。桓譚《新論》云:李少君置李夫人神影於帳中,令帝見之。尤誤。李少君病死,事在少翁前也。又考齊陸厥,唐李商隱、李賀、鮑溶、張祜均有《李夫人歌》。惟溶云"方士夜降夫人神",餘詩無一語及方士。即曹唐作《漢武帝思李夫人》詩,亦未言方士。據《拾遺記》云:帝息於延涼室,夢李夫人授以香。殆夢中重見耶?爰就齊、唐各詩,檃括其詞,爲之賦。曰:

噫嘻乎!感極兮無夢,思絶兮能通。延涼室畔,甘泉宫中。芳苡千燈,獨照延年女弟;蘅蕪一枕,不須文成少翁。紫皇重開,夫人再見。分甲帳乙帳而居,列傾國傾城之宴。莫説阿嬌去後,金屋都灰;欲談王母來時,桑田已變。於時玉蟾水滴,桂花露零。商絲乍發,佩璫能靈。花撒衣裾,尚同心兮五色;圖留香粉,獨長望於三星。一夢了然,絶無他異。仍哀蟬落葉之鄉,匪輿馬山椒之地。惆悵風迎細荇,冰顔幸得歸期;依稀月墜白茅,安髻更思往事。爾乃葳蕤半露,窈窕相親。菱芙著色,佳俠傷神。白玉摩挲,猶效搔頭於昔日;象牙展轉,重懷賜簟於良辰。冉冉離魂,茫茫長夜。招靈閣畔釵飛,猗蘭殿中花謝。如拜阿環之顔色,青鳥初來;如聆瓠子之歌聲,絳衣頓化。俄而雞人唱曉,黄河盡天。耿耿此夢,姍姍欲仙。壽宫儻惜柔腸,繫蠻絲而欲斷;冰井相依瘦骨,擘蓮的兮誰憐。瞥眼長離,返魂乏術。所嗟青雲無光,誰悼緑香已失。雕梁翠壁,此間銷桂席之塵;渴鳳鰥魚,何處覓真珠之室。

擬黄滔融結爲河嶽賦以"天地爲鑪,陰陽爲炭"爲韻。

於鑠乎!子開丑闢,坤轉乾旋。氤氳一氣,埏埴無偏。萬象含囊,且胚胎於皇古;兩儀留笵,鑿混沌於先天。藉非媧后所摶,天公之戲。互錯綜以鋪排,極凸坳而位置。何以融結胥成,河嶽迥異。不敝四時之體,寒門暑門;獨播兩戒之精,出地入地。當夫泰元默處,大塊無知。覆槃具在,鼓橐何遲。未濟剛柔之水火,誰分南北之高卑。汩汩乍來,瀉鉛汞兮若此;濛濛甫散,比丹沙兮奚爲。豈知牝則川谷之匯,牡則丘陵之都。環以赤縣,廓然黄圖。如傾上帝神泉,潤分千里;如轉大空金柱,雄鎮四隅。陰火陽冰,競鑄窳隆之撮土;聖男智女,大開造化之洪鑪。則見下有潛介,上有翔禽。宅蛟龍於九派,擘日月於千尋。流舒地肺,形矗天心。恍勒鉤盤,門有三而曲有九;獨凝坱圠,嵩在陽而華在陰。厥後禹疏既渉,共觸尤荒。欲捧土而孟津塞彼,更負山而王屋移將。殆未悟乎化工,自有媪神受命;曷不求乎太始,是爲元氣闓陽。嗟哉!域中有象,天下可治。納大川以修湔祓,法靈峙以肅威儀。當其外腓内充,何鍊何冶。及乎居深積厚,无思无爲。彼勺水之可航,彼拳石之易爛。得氣無根,成形終涣。難推挽以助波瀾,靡聳拔以抉雲漢。曾是曰壑曰丘,不過一冰一炭。

擬黄滔融結爲河嶽賦以"天地爲鑪,陰陽爲炭"爲韻。

昔女媧氏啓鍊石之祖,居青冥之顛。既補缺陷,更擘山川。下視淫水,積蘆灰以束重淵;上立四極,斷鼇足以撑蒼天。混沌初開,胚胎具備。何所融而成,何所結而致。河也先兆,衹如一勺之泉;嶽也始基,不過一拳之地。炎帝繼位,陶冶四時。春夏則大火、鶉火命秩,秋冬則西火、北火分司。乃融不一融,而河以九别;更結不一結,而嶽以五爲。於是白阜既生,地形是圖。百步有湯城之匯,十仞有石城之都。本氤氲而下,宣兩條鉛汞;極磅礴而上,具列鎮錘鑪。則見澒洞出鑛,嶄巖蒙金。悟兹覆幬,蒸若釜鬵。歷歷兮,或牝或牡;茫茫兮,爲高爲深。坱圠無根,交錯之區在氣;凸凹有象,潛然之火屬陰。千里鼓籥,五神集房。剷衆窪於積石,聳叠嶂於中央。爲言造化小兒,何清何濁;儘道乾坤肖子,一陰一陽。迴念洪水濫矣,不周觸之。鎔鑄若兹其亟,谷陵何以咸宜?能無俯察浩瀚,仰觀厜㕒。益恍然女皇之世,固爲人所不能爲。今河之靈,既連勿斷;

今嶽之精，既聚勿散。而代極者，更神以鍛。引組入世，利名不廢乎梯航；摶土作人，富貴皆生於塗炭。

擬黄滔融結爲河嶽賦以“天地爲鑪，陰陽爲炭”爲韻。

夫何河有氣兮，榮光應躔。嶽有氣兮，雲雨升天。流行則爲動之直，對待則爲静之專。兩間亭毒，一氣斡旋。溯太始之瀛寰，極彌綸而淵懿。疇融於天，疇結於地。河以九著，列胡蘇簡潔之條；嶽以五稱，分泰華衡嵩之位。杳冥氣母，默相謀爲。扇風於八極，鼓橐於四維。蓬勃當春，如御東皇太乙；氤氲無際，實生造化小兒。於是水氣在鑛，火氣在鑪。既融爲浩淼，亦結爲巖嶇。參兩儀而燭四時，或渟或峙；比一人而陶萬室，自吸自呼。則見奔騰萬里，矗立千尋。下宅蛟龍之族，上巢鳳隼之禽。兩戒江山，奪天工於昊綍；千年川陸，涵月魄於太陰。彼夫環絶島而突兀，懸瀑布而汪洋。時或旁分精氣，因而交錯陰陽。立砥柱於中流，河本借山爲關鍵；發崑崙之涓滴，嶽亦與水爲濫觴。自兹以往，日出離奇。或投膠而理，或荷畚而移。人巧競紛，世亦因之多事；天心愈鑿，吾更不知所爲。盍弗斂氣太虚，養氣平旦。乃澄之不清，而聚者仍涣。長歎海邦爲市，恃源莫塞漏卮；卻憐鬼斧相加，斲石竟争伐炭。

擬唐人慶雲抱日賦用原注“雲日輝映，精彩相耀”爲韻。有序。

《歷代賦彙》：唐人此賦二首，韻注同，均闕名。兹步前一首原韻。曰：

氣象萬千兮，廓海寓而澂氛氲。君臣明良兮，覩復旦而歌卿雲。堂廉一德，天地大文。曈曈杲杲，郁郁紛紛。起兮如封中之生碩輔，中兮如嵩丘之位大君。周天而行，翼運而出。喜卿霄之有慶，秉陽烏以爲日。抱蜀是式，其象乃八埏同尊；抱珥有形，其氣亦五明莫匹。彼黄人之善守，雖不離乎範圍。乃擎跽以相向，非轉圜而如飛。有連璧之文，肖其拱立；僅鑄金之色，遜兹光輝。或捧以黄雲，日躋厥聖。比奉元后，以承天命。然而黄屬中央，有閒於慶。捧與抱殊，其儀未盛。固非輪囷在躬，綺麗交映者焉。蓋日者，象也，象麗天而明；雲者，氣也,氣應天而生。似雲實非,本三光所效祉;如日可就,斯四序以攸平。受采者,太陽之質;拱衛者,太虛之精。遂乃庖羲重離,苞符叠彩。若抱金鏡,赤霄再中;若抱土圭,暘谷環待。第見非霧非煙,一會千載者也。夫象何融朗,氣何混茫。有德則萬象輝煥,惟聖則一氣慈祥。歸於掌握,佐此榮光。彼和風起巽,景星聚房。曷若此億兆所仰,金玉其相者哉。是知氣以含宏,象由心召。惟在抱之無私,乃自天而有耀。

擬唐人慶雲抱日賦用原注"雲日輝映,精彩相耀"爲韻。

天何昭昭兮,抱蜀於君。常滿有節兮,太陽有文。上感蒼穹,光克被乎四表;旁扶黄珥,慶早兆於五雲。是蓋帝能格天,兄以事日。值春分之佳辰,朝東門而駕出。紛郁兮乍見天孫織錦而成章,端拱兮又如太白聚舍而居實。有糺縵八伯之儔,爲羲和二仲之匹。俄而南交宅夏,封中揚輝。絢采而午運復旦,迴環而炎方瞻依。歷四時之行不息,惟天下之心攸歸。太史氏乃紀瑞占天,齊明贊聖。雲之興,以太山爲功;日之中,以土圭爲政。欲施其旋轉之手,盡其天地之性。既油然而紛綸,復赫若而交映。緊天顏所霽悦,於以畀巨唐之偉慶也。夫惟天無言而有象,歲月邁而日征。有道之符,恒相望乎華蓋;非常之賜,時一見於陽精。就日兮,比景星之咸拱;鍊雲兮,識衆水之所生。我皇迺捧日兮出東海,息爝火兮彰五彩。更書雲兮繼天祥,翠羽帔兮白玉相。一準天人之應,寖明寖昌。於鑠乎凡輪囷之上瑞,胥候迎於四疆。天子曰善。朕躬涼薄,奄有崖嶠。覩若煙而非煙,悟萬物之神妙。靈臺含和,容光必照。敢不拜天之嘉,而與吾民保其耀。

擬陳章艾人賦用原注"懸艾爲人,以禳毒氣"爲韻。

有如此艾,亦竟成人。採靈均之舊地,值端午之佳辰。卻憐門户峩峩,相依爲命;不信鬚眉草草,生氣如神。雖具體而何小,乃五行兮相因。爰溯厥生,或近於水。下流與居,滿江曷以。幾同澤畔,能招蘭畹之魂;請問水濱,誰縛蘄州之鬼？笑此中别有肝腸，豈若輩吾能驅使？物性漫云上善，好之自屬國君；清時儻許獨醒，保爾欲歌君子。亦秉火德，其氣能剛。腰已盈乎緫緫，皮誰蒙以倀倀？壯壁上之軍容，觀真如火；譜天中之樂府，唱到如張。炙手可熱，攻心胥禳。問年疑是五旬，甫服官政；從俗不忘三楚，來吊國殤。視爾直躬，更木所屬。仍從繩而居中，殆强項而不曲。非同在野蒙茸，莫笑司閽局促。守於五夜，應無狗盜之驚；求汝三年，儻愈鴆媒之毒。比金夫兮既見，有土偶兮相憐。寸鐵何須於白戰，摶沙欲問乎先天。莫嘲一輩分班，棨戟亦將軍之亞；好藉五絲結束，葦苕或民命所懸。是雖小草無知，而亦五行有志。儼作衣冠中人，欲扶天地正氣。何似國中方相，衮衮在門；不殊世上芻靈，堂堂高位。嗟哉吉日，將復奚爲。消大千之魑魅，列重五之門楣。夫子猶有蓬心，人世大都是假；進士居然葵首，仕宦不過如斯。迴溯湘沅遺風，瘴癘爲害。角黍堆盤，冰臺束帶。昔辟惡於一隅之偏，今效尤乎四海之大。歌于思于思之曲，欲望泥泥；題鳳兮鳳兮於門，競呼艾艾。

擬陳章艾人賦用原注“懸艾爲人，以禳毒氣”爲韻。

冰臺舊客，醫草先天。幻胚胎於重五，袚魍魎於大千。蓬心不轉，蒿目在前。一束蒙茸，卻笑形骸自具；千門軼蕩，請看尺寸高懸。溯荆楚之遺風，值端陽之盛會。毛骨猶森，鬚眉誰繪？楓樹已化羽人，桑榆漫嘲駔儈。别有盈腰緫緫，紉共秋蘭；可堪炙手炎炎，縛來仙艾。當夫未採之日，初生之時。雖緯蕭以爲伍，豈與芝而相離。湘江在望，澧浦相思。三年可求，欲代斯民請命；一日不見，敢問公等奚爲。及其長也，青袍楚楚，綠袖匀匀。數莖可捋，一掬如嚬。不比支離稱叟，居然結束爲神。迴思往日根荄，相依土偶；絶好在門棨戟，長伴金人。爰有讀騷纍臣，鑄鏡仙子。擷筠籠以遺予，俯冰井而采彼。飲卯十觴，題午一紙。託薰蒸於神火，驅蚊豈末如何；肖牙爪於山君，呼虎亦良有以。至若璇閨翦勝，金屋茸香；更結宜男之佩，分攜侍女之囊。雙鐶長護，寸草不忘。儻鍵户以司時，尨兮無吠；或膺門而懺夢，鸚也能禳。是蓋人工逞奇，佳辰從俗。守於闌棖，勝他符籙。如揮蒲扇清涼，不藉蘭湯灌沃。山鬼亦無根之草，揶揄不過一時；天師有如戟之髯，呵叱能消百毒。曾幾何時，一年又至。仍獨立於門楣，表無名之姓字。重賦國殤，來供兒戲。可是鄂公毛髮，神荼亦上淩煙；不愁天寶宫闈，虚耗能乘陰氣。

擬温岐再生檜賦以“李唐之盛，一枝再生”爲韻。

天植物兮非無因，物應天兮有至理。國祚將興，地脈倏起。東隅日出，已非爲桑爲榆；西畤花開，試問何楊何李。不覩彼檜，偃蹇道旁。一樹婆娑，如生意之殆盡；十年顑頷，豈垂老之頹唐。胡乃敷顔還朱，沃葉疑黛。參化工所爲，非人力能逮。九垓默運乎絪緼，四序不關於灌溉。自有雨風相慶，歲已盈千；敢云林木無心，時乎可再。見夫松身勃勃，柏葉垂垂。朽質甫成乎繁蔭，枯根更挺以奇姿。烏鵲重來，忽訝借栖之地；虬龍久蟄，終伸鬱律之枝。是蓋下轉人寰，上繫王室。木之七星兮兆自今，天之五瑞兮此其一。迴溯翅鴻未展，穴螘欲傾。何久甘於寂寞，竟大慰其縱横。天命有歸，此材豈無過問；聖人在上，所懽重見平生。維時雨露滋培，日月輝映。向朝陽以自翔，知晚節之逾勁。有應而瑞競呈，不孤而德彌盛。易疲癃態，爲髫齔時。真棟梁所寄託，賴山川之護持。此中有天也，惟聖能化之。

擬温岐再生檜賦以“李唐之盛，一枝再生”爲韻。

夫何天地黝冥，林木昏晦。若枯槁而靡窮，競葆真以自愛。蔥蔥望氣，誰得天下之先；兀兀待時，共仰日中之再。獨有一檜，早兆千祥。已矣六朝，土地不歸於大業；挺然千尺，風煙長護乎巨唐。勿謂凡材，是有至理。宗祏既已更新，山林亦爲興起。九重雨露在天，泯不施之虞；兩戒河山行地，叶無疆之喜。向暖何異於梧桐，成蹊無殊於桃李。於時陳根畢茁，朽質含滋。非復昔之顑頷，若有人兮扶持。厚地高天，惟乾坤資生資始；三槐九棘，有公卿爲幹爲枝。則見柏葉凝暉，松身藹吉。有困皆甦，易疏爲密。雖物性各有攸分，與天心合以爲一。蓋非極抑塞,何由敷榮。顥穹之機必轉,窮谷之才待成。看取蓬蓬,自具通靈之妙;不愁寂寂,未有無用而生。嗟夫何幸良辰,得申明命。將飛翅以遠揚,咸拱手而相慶。兆千載之馨香,布八荒而豐盛。彼古柏多溜雨之色,枯楊有生稊之期。以方玆檜,非俗所知。請徵天所瑞也,詎徒栽者培之。

擬賈餗太阿如秋水賦用原注"如彼秋水容色"爲韻。

是何神物兮,若秋水之容。斷馬牛而飛霜獨閃,擊鵠雁而疾風不衝。但見奪日月,走蛟龍。石匣千年,藏之則波瀾不起;寒潭一匹,用之則來去無蹤。僉曰:楚王之遺太阿者,是乃三湘七澤之精,非巨闕豪曹所比。毗陰毗陽之消長,八月涵虛;乍離乍合之神光,七星照水。淬矣有聲,鑑之若止。彈鋏者在,湛湛千尋;礪鍔者在,茫茫兩涘。琉璃化於九華,鉛汞陋乎五匕。正伴湘江之瑟,得地能靈;恍乘西畤之旗,極天可倚。涼風乍發,大冶何儲。出清潤,淩斗墟。金鉤則射斜象緯,冰輪則敲碎望舒。儻磨白帝之碪,似江濯錦;或挂黄姑之角,借雨洗車。首山之銅終亞,天河之練恰如。其沈也泥滓自澂,其見也光芒不蝕。淺深豈刻舟可求,蕩漾使塵橐失色。貫晶熒之霄漢,天上凝銀;笑黯淡之篆文,人間何墨。龍泉爲匹,干鏌競留;兩美必合,同氣相求。佩向中央,如南北條之匯;操從大澤,如大小珠之流。際此江湖,静鸊鵜秋。能令魑魅泣,天地愁。迴念南服手提,上方睨視。仗三尺之神乎,能萬人而敵彼。洎今雲中夢中之雄,猶以君山爲砥。

擬賈餗太阿如秋水賦用原注"如彼秋水容色"爲韻。

漢汭之澨,郊郢之墟。胡爲亘天矗爾,但見秋水湛如。深淺難窺,若銀漢之晶瑩;短長無定,恍白雲之卷舒。陽文浴鳳,陰縵游魚。既下臨於不測,復上涵乎太虛。是爲太阿,楚王所倚。皎然其光,神乎其技。王曾仗此,於棠谿之坳、魚陂之涘。指麾三軍,決勝千里。旗搴太白,而斗柄相流;匣出龍泉,而濤頭不起。水耶劍耶,何此何彼?天地鼓鑄,日月浮漚。爲鬼神所鍛冶,有出没之蛟虯。宛在一方，閃中央之蒹露；剛逢七夕，贈待渡之女牛。星辰見，河漢秋。千尋素湏，百丈寒湫。欲淆之而不濁，誰刻兮而獨求。於是四座無言，金精在水。鄰封睥睨而心慢，壯士摩挲而色喜。十年砥礪，淬荻花楓葉之中；一匹虹霓，貫孤鶩落霞之裏。王乃截飛雁，起潛龍。竦我軍之鍔，摧彼敵之鋒。萬金耿耿，四照淙淙。不染汙泥，垂腰間之蓮葉；有靈神鐵，濯肘後之芙蓉。撫兹瀲瀲，扼彼要衝。巨闕不足方其潤，吴鉤不足奪其容。迄今回首霸圖，土花重拭。無恙水精，相依澤國。恍惚兮乍合乍離，直與長天一色。

擬白居易黑龍飲渭水賦用原注"出爲漢祥，下飲渭水"爲韻。

渭涵西畤之天龍，抱北方之質。地既窪兮獨清，物能靈兮乃吉。下吸影雙，中流畫一。覩來降乎秦川，實徵祥於漢室。值兑爻之正位，灞滻支分；占乾象之在淵，蜿蜒首出。匪潛震澤，匪化葛陂。攸居何所，涇水之歧。鐵翻鱗甲，晶浴淪漪。好似乘時而動，問諸守黑奚爲？默默道通，騤騤狀擬。既莫測其天倪，乃克符乎帝祉。此即卯金之瑞，見於九重；先看尺木之升，飲於八水。觀其迸雷霆，吞浩瀚。澡雪躍於波心，噴煙矗於天半。黄沙沸而塞曲縈迴，紫氣嘘而浪花歷亂。歠流則入之必深，排甲則洗之愈爛。吐納而聲動瀛壖，飛翔而澤垂霄漢。爾乃擘水成梁，駕霧遠颺。爲霖何措，果腹所藏。飛瀑鳴而頷忽白，跳珠捋而髯非蒼。豈胸中有千畝竹，俾海内稱百谷王。於以立在天之表，作濟時之方。望殿前之五色，呈日下之千祥。彼夫箕服有漦，咸陽可駕。負圖而太尉覩，乘騎而安公咤。滴鬣於泰華東西，暴顋於禹門上下。何若幽明用精，大小性稟。辨正色於孟冬，居四靈之神品。仰而觀也，若青牛自函谷而來；俯而察之，似長鯨向西江而飲。俄見三輔平，百川溉。悟水德之盈虚，叶金天之圖緯。則知變幻之而，沐潤庶彙。偉矣哉厥功，奚止一渭。

擬白居易黑龍飲渭水賦用原注"出爲漢祥，下飲渭水"爲韻。

龍之黑爲陰所凝，渭之水獨清其質。陰氣既降，清流斯出。不特九光頓發，表異秦川;而且三輔效靈,兆祥漢室。原夫一陰初見,四靈何奇。正色非間,乃國之儀。默默秉道,鐈鐈乘時。將下飲兮有託,非守黑兮無爲。何來一水,清逾江漢。竟奮髯而自取,獨濯甲而更爛。吐吞如銜日月,遍吸波間;變幻盡作雲煙,上噓天半。觀其初飲也,呼疑霆起,翕若風揚。元灞欲竭,素滻不長。辨此清而彼濁,悟下陰而上陽。太史氏占之曰:是爲西方所慶,四海之祥。俄而尾掉八流,首昂二華。瀑瀉塞前,珠霏日下。既滿其腹,轍非量斗之墟;復展其鱗,漆閃然燈之夜。爰乃拔地倏然,升天疾甚。宿歸東方之精,德本北陸所稟。惟陰能靈,惟清是飲。天下仰以爲霖,田間卜其豐稔。究之黑何礙乎龍,飲不拘於渭。與斯水相逢,得鱗蟲之貴。一飲再飲,可圖可緯。不羨乎天馬之行空,青牛之望氣。是爲休徵,允叶蕃祉。廣沐萬方,大納諸水。《乾》九有象,同符飛躍之占;天一所生,可契盈虛之理。

擬侯喜秋雲似羅賦用原注"蘭亦堪采"爲韻。

綷縩衣單,吹氣如蘭。天孫曳乎營室,月姊織於廣寒。絲絲錦簇,片片花團。在天疑是白羊,脂肪割未?計日卻愁紅粉,刀尺裁難。況當蕩子不歸,秋光頓改。雁帛繫天,鮫綃泣海。身乍卸乎羅輕,意俱遲兮雲在。如持漢宫之扇,明月娟娟;如集楚澤之裳,芰荷采采。卷舒自若,組紃誰堪?秦女之髮已薑,駟星之房宜蠶。天末餘霞,染出三分淺絳;明河有水,拖來一匹蔚藍。嗟夫!寄遠十霜,縈愁千尺。來兮無期,怨乎不亦。白帝城高,黄姑天隔。叠叠重重,朝朝夕夕。

擬侯喜秋雲似羅賦用原注"蘭亦堪采"爲韻。

極目江寒,下有秋蘭。忽舉頭而望遠,愁如織兮雲端。是何紛郁,幻此綺紈。擣素非碪,别倩西風刀尺;支機有石,相依北斗闌干。一洗明河,千年碧海。青何濛濛,白何皠皠。是豈真天孫無縫,婦官染采。比虹橋之天帔,此中有人;問月府之霓裳,如今安在?遠岫罨畫,長空蔚藍。披輪囷兮乙乙,垂幕帟兮毿毿。仙子五銖,天上之薄寒若此;陽臺一夢,人間之變幻何堪!嗟夫!披拂花葩,卷舒茵席。腸斷九迴,涼生兩亦。匹練在天,日月梭擲。予髮三千,從今夜白。

擬賈餗蜘蛛賦以"君子以經綸"爲韻。

嗟微蟲之經緯,悟天地之氤氲。一横一縱,宜寸宜分。竟成章兮不日,羌獨立兮無群。牆角光陰,借秋風以吹汝;屋梁顔色,對明月而思君。見夫栖止之區,經營之始。欲墜仍升,雖繁能理。其腹也膨脝未消,其足也躑躅屢徙。不同衆喙之喧騰,獨具一身之綱紀。儘道伏羲已往,師其法爲網公;錯疑蟲達同宗,命其名曰喜子。既而組織告成,盤旋盈咫。囂避巃衕,鄰依蚊市。與居外宅,每隨熠燿而宵行;牢守重門,何慮蠨蛸之寇爾。非叩叩兮有知,何恢恢兮若此。居然顛之當之,豈真佃以漁以。於是口綴百琲,腰圍萬釘。有積小成大之質,乃毁方爲圓之形。胡爲安排智井,羅列空庭。罥一縷以絡繹,編四垂而瓏玲。卻嘲簷水無魚,臨流何羡;絶好户樞不蠹,擇地能靈。數罟兮誰開上禁,釋蟲兮且讀遺經。感彼千目,顧予孑身。緝文章於大塊,脱羽翼於風塵。吾道何分巧拙,此中自有屈伸。何殊爲蟹在筐,共畫重《離》之卦;自笑如蠶上箔,能抽獨繭之綸。

擬賈餗蜘蛛賦以"君子以經綸"爲韻。

三星在户,萬籟忽聞。對罘罳之絡索,幻組織於片雲。一絲密布,千目平分。如逢西子捧心,網來越客;何似美人笑躄,繡出趙君。爰有微蟲,逞兹薄技。緯蕭非漁,牽蘿如婢。既獨繭而能抽,復重檐以自絫。盈盈闤角,四垂北斗闌干;籊籊竹竿,一繫西泠艇子。爾乃搴箔懷人,開匳占爾。長更兮短更,母喜兮子喜。紅豆燈前,青絲鏡裏。唱人間之離别,仰屋亦大可哀;話今夕之團圓,繞衣或良有以。更逢七夕,重拜雙星。相思半夜,乞巧中庭。説環妃之舊事,呼絡婦而能靈。伴將反挂珊瑚,《霓羽》已灰法曲;瘞此一坏鸚鵡,珠塵都上《心經》。則見朱門鎖翳,青縷佩紉。愁長三千之髮,夢排卅六之鱗。露珠明夜,風片罥晨。笑蛺蜨穿來花底,曾黏羽翼;看蟾蜍漏處月中,誰釣絲綸?

擬賈餗蜘蛛賦以"君子以經綸"爲韻。

嗟今之世,治絲何棼。緊微蟲兮不如,誰經緯兮能分?堪笑逐臣,重耳亦曾見汝;是真隱者,龔舍最不忘君。原夫若屈若伸,有條有理。疏密在中,縱横迭彖。具方寸之區,避喧阓之市。斯爲得地,同封蟻於垤山;雖據要津,不求魚於簷水。亦可謂濁世翩翩,繡絲公子。胡乃高位獨居,微軀自喜。略有文章,布於盈咫。陷穽當前,周内長技。未乞河東之拙,笑汝何爲;如張山北之羅,怨乎不以。噫嘻乎!周遭世界,冷落門庭。既皁其質,復皤其形。上有恢恢之天,幺群何漏;下有止止之室,蟲夢未醒。獨賸空山一士,且注《爾雅》諸經。彼哉誠蠢,自縛其身。有蠮螉兮能寇,與蠨蛸兮爲鄰。春蠶競困,野馬同塵。破碎柔絲,屋角更愁風雨;安排圓相,腹中空有經綸。

擬張九齡白羽扇賦用原韻。

解煩有賜,未秋自傷。願顔色兮長葆,勿左右兮相忘。視彼白羽,與汝偕臧。匪烏之黑,翳日自張。匪鷸之翠,在手成章。一揮天上,大地生涼。悟成功之早退,披短翮而旁皇。依懷袖以出入,終戀戀於君王。物當適用之天,即有捐棄之地。雖羽翰之細微,亦寒暑所遞至。予奪大柄,操自天公。表臣心之晶潔,永奉揚乎皇風。

擬張九齡白羽扇賦用原韻。

白羽之白,造扇最良。况延爽於朝右,競拜嘉於上方。大柄相予,化炎爲涼。感兹短翮,能辟驕陽。輕羅滿月,無此清揚。一出一入,年年未央。昔盤翔於雲漢,今指揮於明堂。奉吾君兮萬歲,毋篋中兮相忘。緊彼中道之捐,奚獨感秋之至。物兮用舍有時,臣也文章長被。南來有風,何雌何雄。既不緇於群涅,永羽儀乎帡幪。

擬白居易雞距筆賦用原注"中山兔毫,作之尤妙"爲韻。

有名爲雞之距,其實乃兔之毫。易能走而稱能飛,上下貫古今之用;本乎卯而取乎酉,開闔極朝夕之勞。製以爲筆,盡得其妙。形鋭而圓,質直而陗。自易結繩以後,人文有成;不須握槧相從,刀吏是誚。爰有毫芒點漆,尺寸截筒。用以爲佐,是誠良工。選其鋒若收爪牙之利,濡以水若刷毛羽之豐。不似守株之拙,斯爲燭夜之功。何以文爲,勿莊蹄之忘卻;是所取爾,惟季介之能雄。二難既并,一律攸同。故必採其毫,不獨添於頰上;更稱爲距,無妨處於囊中。爾乃挾風霜,垂雨露。笑戲鴻,陋野鶩。爲趙國所題,作郈金之鑄。於以指揮麥光,摹勒竹素。如鳴五夜,能決勝於文場;如埽千軍,可宣威於武庫。翹尾騰,竦身怒。信卓爾之不群,亦邈然而獨步。藉非效法於雞,取材於兔。則宋窗既不易談,梁園更何所賦。夫惟名可命,彼操而用之。奮玉爪而力能透紙,耀金芒而利似畫錐。一飛沖天,此即抉乎雲漢;三分入木,有如栖以塒塒。獨鑑形而振采,不拳足而停披。嗟彼號物,無此殊尤。鼠有鬚既嫌其小,鱗有角亦非所侔。維兹波撇,不失剛柔。本金精之下降,能鐵畫而爲鉤。無惑乎峩冠而拜中書令,介胄而封管城侯。是蓋取德之全,匪聲之惡。藉足之翹,爲手之拓。其爲距也,或屈或垂,能起能落。臨墨海而染濡,登天門而擊搏。可以資柱史之鉤稽,助壁經之筆削。警雨風而三寸憑,叶絲竹而八音作。自呈王字,捧日則陽烏並靈;獨畫《乾》爻,開天則宓犧同鑿。况乎雞林所重,兔册宜刪。有距可肖,此筆誰還?毋含毫以陷水,譬對鏡之在山。儻學來禽,而心是寫;請觀舞劍,而法自嫺。

擬張九齡荔支賦以"甘旨之極"爲韻。

偉彼南海,厥有荔支。天生使獨,乃在邊陲。既託根於幽僻,將闃寂而誰知。懸一隅之日月,森卓午之旌旗。繁幹密密,明珠纍纍。嗟嬋娟之修好,胡蹉跎於良時。朝復朝兮,蠻煙重;暮復暮兮,狖鳥悲。豈繄然而如彼,惟不才故全之。俾其植嶺表,居海湄。君門萬里,無有朵頤。雖冰蠶之作繭,終火鳳兮苦飢。人事顛倒,果哉何爲。爾其秉令之剛,寄生之側。身縱在乎南邦,心實向於直北。微文具,存妙質。不忒挹一勺之瓊漿,思美人之顏色。養空山以十年,宜御廚之早得。八珍列饈,奚分畛域。乃謗珠兮紛乘,欲割肪兮罔識。張幄蔭濃,通天路塞。耳或未聞,目或未極。空抱乎晶丸,未充於玉食。息大鵬之南圖,同陽烏之西匿。毛嬙不譽,無鹽是刻。獨婆娑於層崖,鮮知味而推測。一寸丹心,六時荆棘。傷棄置於彼蒼,詎場師之失職。然而兩戒攸區,千紅不死。孤高愈貞,作貢在邇。登明堂以生輝,薦時食而維旨。將搜求於遐陬,竟揚厲乎連理。紅雲展霄,白玉輸市。庸何傷於一方,遍天涯之知己。解煩渴而生津,沁餘芬於牙齒。色味與香咸備,之子迺知。凡口雖澀,吾道自甘。根已固於朱夏,地不限乎嶠南。得群仙之采采,足四座之醰醰。涼飆倏至,盛會正酣。昔何失儗,今竟飽諳。物兮終顯,樹也能堪。生炎天而自立,信碩果之無慙。

擬張九齡荔支賦以"甘旨之極"爲韻。

翳彼荔支,夙冠嶺南。予理郡之暇日,飽斯味之醰醰。既知比儗之失,無或逾此之甘。可箝凡口,以止群貪。爲斯果兮解蔵,作千秋之美談。忽憶君門,長安萬里。彼西蜀之昆連,果亦可以稱美。非甘橘所並論,非蒲桃所同旨。珠琲萬千,彼其之子。沐雨露於九天,勝婆娑以爲市。紅塵一騎,車驟馬馳。月明南内,玉盤薦之。不聞漁陽之鼙鼓,但抱金莖之醴酏。承恩何早,瓊液盈巵。娟娟顏色,粲粲胭脂。何託生於西蜀,較嶺南而得時。嗟爾蠻天,一望曷極。既譽者之無人,空孤標以表直。請葆頳虬,終陳玉食。天下無汝之色,地何能域。天下無汝之香,生何妨側。天下無汝之味,吾知其德。

擬張九齡荔支賦以"甘旨之極"爲韻。

有荔支兮,生於嶺南。久居鬱鬱,是何以堪? 毀者日至,獨立無慙。頳珠上口,厥味誰諳? 世以汝爲苦,吾以汝爲甘。悠悠之言,失於比儗。蒙西施以無鹽,乃瞽人之長技。胡於口亦然,竟罔知彼美。豈炎天兮獨陋,終弗悟乎食旨。

觀夫宗廟所薦,薦必以時。彼葉之垂垂,實之纍纍。連理有瑞,側生非卑。亦上沐九重之雨露,地烏能而限之。匪西、匪東、匪北,有香、有味、有色。閩蜀種殊,請登其食。勿令美人,向隅淒惻。詎讒口之嚚然,木終曲而不直。五嶠心丹,九閽目極。

擬白居易荷珠賦用原注“泣珠之鮮瑩”爲韻。

惟露之降,爲荷所扶。挺田田而在葉,弄一一以成珠。沆瀣自融盛水,則中通相應;玲瓏善轉經風,則攲側欲無。絶纖毫之泥滓,恍錯落於盤盂。不遺穠彩,獨含晶瑩。捧絶頂而有光,居中央而能定。的的如搓,止止自凝。匪佩紉乎錦囊,匪氣蒸於丹甑。爲荷所約,殊象罔之求;爲水所摶,疑鮫人之贈。浮沈與龍頷齊垂,潮汐或蚌胎初孕。觀夫夕陽吐豔,細雨增鮮。印明月而無纇,綴晨霞而倍妍。擎出青莖,訝沈淵之忽見;承來翠蓋,譬上掌而尤圓。叩叩而波心誰繫,盈盈而湖目在前。悟有生之如寄,實所産而自天。水榭盤旋,池塘採拾。無力而藕絲都穿,輕明而芰裳倏集。其大也什佰熒熒,其小也兩三熠熠。摩挲香澤,如乘太液之游;離合神光,欲下湘江之泣。幾同照乘而人歸,翻似投鐺而衣濕。是則下爲器也,上以潤之。緊有荷而能載,本得露之所滋。何水國之多寶,豈天地而或私。比於物而所成獨易,授以形而隨在咸宜。自有解語之契,可爲記事之資。

擬吴融古瓦硯賦用原注“硯上鐫時細算朝”爲韻。

銅雀高臺,許昌前殿。雲母重裁,霜華千片。阿房三月,誰爲未劫之灰;鄴瓦一枚,猶有幸全之硯。原夫摶土成形,斵銅比響。曾得雨而溝流,恍在天而弓仰。遍覆丁歌甲舞,有美在中;欲題萬歲千秋,何年爲上。英雄已矣,文采依然。銜杯安在,横槊空傳。何似南陽,獨庇三椽風雨;卻憐漳水,重尋兩字雕鐫。則見夕陽一角,缺月半規。昔蓋鴛鴦之翼,今分鸜鵒之窺。拾從沙礫場中,不忘故物;記得笙歌隊裏,莫話盛時。供我摩挲,憑誰流涕。委地未塵,作田無稅。多時春去，雀行案兮雙雙；無恙風來，鱗皺池兮細細。爰乃望古生悲，感時長歎。挹勺水而泉清，歌短衣而石爛。待詔儻逢毛穎，出必與偕；遺甎不數楚王，噫何足算。迄今香姜日炙，鳳味煙銷。土花半截，苔點重澆。即墨封濃，尺水相依於舊地；未央人往，晨星如見乎先朝。

擬吴融古瓦硯賦用原注“硯上鐫時細算朝”爲韻。

有客愀然，摩挲一硯。久居離石之鄉，如見涬妃之面。乃流泉不涸，産非眉子後坑；而缺月高懸，質近未央前殿。斕斑若此，莫辨何時。仰覆互異，碔砆滋疑。考姓氏於陶人，不記某年某月；結因緣於墨客，最宜朝斯夕斯。或告之曰：是爲古瓦，疇昔所製。請徵厥生之初，勿棄其物之細。瓴也甋也，雖一片之無多；秦歟漢歟，歷千秋而不敝。當其香姜閣側，灌嬰廟前。鱗鱗出冶，鑿鑿留鐫。人間之華屋生存，樓臺十里；天下之歡顔能庇，風雨三椽。無何，委於泥沙，雜於塵块。鳳有咮而未成，雀不飛而更上。世多凡物，山中不識仙姿；子豈棄材，塵外自來心賞。一朝邂逅，相慰寂寥。重參四友，未毁三燒。憐他歌吹中宵，金爵相望於舊地；借汝淋漓大筆，石交不忘乎先朝。嗟夫！代有廢興，時有聚散。儻非留伴琴書，誰識曾干雲漢？物於物者，恐泥汝尚可封；全不全者，惟天吾能爲算。

擬吴融古瓦硯賦用原注“硯上鐫時細算朝”爲韻。

天胡爲欲毁未毁，在古曰瓦；天胡爲不材而材，於今曰硯。物有鈍靈，道有隱見。昆吾始作，已更茅屋之衣；即墨可封，别具如田之面。當夫陶人在室，覆象如規。埴紅泥結，窑黑煙馳。曾耐三燒，非劫灰所能墜；獨留一片，問摶土於何時。宫中可取，世上無遺。爾乃翔殿金鋪，黏臺銅砌。傍觚棱而生輝，銜鴟吻而敷麗。莫不經雨經風，閲年閲世。三錫花斑，千枚雲翳。鴛翼則比之牢牢，魚鱗則排之細細。琉璃月淡，曙色平分；閶闔霜封，秋光一縶。人事叵測，滄海桑田。阿房付一炬之火，昆陽飛萬葉之天。則見亂抛沙礫，零落榛煙。裂冰碎鳳，滴血啼鵑。十二高樓，失鄴下而吹笙去也；兩三殘卒，向長平而敲火淒然。傷哉尺土，已矣千年。何來鑿别，忽畀雕鐫。不居人下，乃在君前。楮刻玉而堅心，筆縛松而入掌。石破能圓，溝流仍仰。虺蜴再弄，不同女子之生；鸜鵒重摩，獨引香姜而上。嗟夫！幾人題恨，何處藏嬌？河山如洗，歌吹都消。已化屋梁之夢，誰親杯酒之澆。黄土美人，不聞薌澤；白頭宫女，如見先朝。分香安在？捧匣無聊。誇將龍尾馬肝，笑他凡物得此。千秋萬歲，許我不祧。是蓋用舍有時，廢興可算。澄以泥清，勝於石爛。昔既身在楝梁，今亦功多几案。問諸華表，可同化鶴之歸；全汝天年，何惜雄雞之斷。與子依依，敢忘旦旦。

擬丁春澤日觀賦用原注"斜對杳冥，中宵見日"爲韻。

天闕碧霞，神山紅日。人爲黄道鬱儀，地近東皇太乙。陰陽澒洞，柢艮茁震之區；霄漢崢嶸，浴海翔雲之室。客有駕我虬馭，招我蒼穹。既拂沆霧，復引文虹。指絳闕兮在上，瞻金靏之當中。憑覽八極，披盪三宫。觀夫流艴欲升，藏黫乍見。射榑枝兮五光，淩若木兮一片。半吐赬丸，萬條銀綫。波雖躍乎銅鉦，漏未催乎曉箭。於時晶輪隱約，華蓋寂寥。渾如太古，仍屬殘宵。勢晶晶而微動，輝嶷嶷以漸摇。蛟龍璧抱，山河珠跳。天雞三唱，衆山皆小。齊州之煙濛濛，吴門之馬皛皛。真宰騰光，下方報曉。孕鴻爛而流雰，起烏踆於空杳。捧向風靈，九萬赤也爲之；照來塵壒，三千青兮未了。則見朱曦正午，彩旭未斜。東溟浴水，西崦鑠沙。夸父儻逢天上，則揮戈影速；丈人獨立山中，則獻曝聲譁。俄而移晷天心，潛光地胏。忽靈耀兮再中，何成功而倏退。暘谷低明，介丘頫封。瞻巖巖於魯邦，聞渢渢於海岱。笑飲湍之八駿，天子重游；司銜燭之九龍，帝孫幾代？穹窿如故，朝暮迭經。長依紫府，直薄丹冥。吾將云亭珥筆，天門駕軿。訪七十二君之簡策，駐三百六旬之圓靈。

擬丁春澤日觀賦用原注"斜對杳冥，中宵見日"爲韻。

太昊之區，鬱儀之室。帝孫攸居，天子所出。三層樓上，曾傳西北浮雲；萬丈峰前，又見東南初日。原夫日觀懸象，泰顛稱雄。乾坤卅六宫以外，封禪四十里之中。摩崖聳赤，瞰海射紅。爲經天之麗矚，乃拔地而穹窿。當其旋轉翻空，滄涼俯見。亘黄道兮三百六旬，列赤城兮七十二殿。輪湧濤頭，脂敷嶺面。奪山光於銅鉦，穿石罅之銀綫。俄而斂岱向曙，銜燭疑宵。映神山之縹緲，見土壤之岧嶢。天雞一唱，踆烏元霄。青還未了，衆山何小。捧華蓋於介丘，吐赬丸於岫表。碧嶂峩峩，紅塵杳杳。壓奥府之靈鼇，納岱宗於歸鳥。齊州九點，旁分渤澥之光；天柱一峰，直接扶桑之杪。之罘卓午，湯谷陡斜。鎔精堇穴，鑠火嵫沙。六岳八瀛，絶頂如登紫府；五光十色，此間重拜碧霞。彼夫秦觀以長安名，越觀而會稽對。同離合乎神光，判陰陽之向背。此則青帝宫開，黄人山戴。平分齊魯，望氣盡亞諸峰；假我文章，設色全憑大塊。客有近瞻絳闕，高拱青冥。既初地而孕鴻爔，更極天而抱圓靈。莫不暮吟梁父，朝禮云亭。比方圓之壺嶠，悟出没之牖扃。

擬丁春澤日觀賦用原注"斜對杳冥，中宵見日"爲韻。

泰山東南，有峰朝椵。名爲日觀，是耶非耶？三壺懸圭，如金精之忽躍；九龍銜燭，恰銀漢之初斜。三唱天雞，曙光滿岱。匪銜乎山之巔，匪出乎岫之内。下有三千飛壒，十色争輝；上有九萬大風，一輪高對。一片春雲，忽斂天表。碧嶂干霄，朱曦送曉。秦觀、越觀，既向背而峥嶸；太平、太蒙，復出入而空杳。夏雨濯青，萬笏瓏玲。捧彩旭於社首，湔炎輝於云亭。欲從梁父山中，重尋丹穴；絶好盤陀石上，獨對青冥。更迎秋曖，一柱撑空。千山猶碧，萬壑皆紅。赤羽歸來，石壁穹窿以外；白駒過隙，天門軼蕩之中。冬暄可愛，湯谷相邀。有丈人兮側立，復暮暮而朝朝。湧滄海之銅鉦，最先此地；轉星辰之華蓋，已届殘宵。維彼四時，流雰大徧。獨有此峰，屹立不變。探湯欲辯，笑童子之多言；識馬非遥，問先生兮何見。北恒多寒，中嵩莫匹。南衡遜其大觀，西華畢兹初出。視齊州之點點，滿眼青煙；積土壤之區區，舉頭紅日。

冠悔堂賦鈔卷二

飛龍在天賦以"聖人作而萬物覩"爲韻。

四瀆效靈，九州敷政。有形無形，人性物性。連三畫之中，得五位之正。出水先開，犧象曾負河圖；乘時剛值，乾爻好占月令。飛騰在上，不同曰見曰潛；變化應天，允叶乃神乃聖。原夫龍也，其聽有角，其光有鱗。雄鳴上而雌鳴下，入爲秋而登爲春。布文合義，紆體效仁。郊甸來游，爲瀛壖之神品；雨風共奉，非下界之小臣。不惟太昊紀官，云爲皇代；可悟玉門演《易》，利見大人。則見天池昔蟠，天宇今廓。天步恢張，天心浩博。既立極兮彌高，復麗虛兮有託。三百六十屬之長，雲霧爲巢；四萬五千里之遥，江湖如勺。卜居閶闔，近日下而長依；垂耀虹蜺，向寰中而先作。其飛也，璘彬五色，軒翥九逵。如展滄溟之翼，如揚大澤之旗。爲四靈冠，表萬國儀。太乙稱皇，列東方之星宿；蒼生待命，拜南海之雨師。上參帝座，九重能通呼吸；下視禹門，一水不數之而。維位至尊，維行至健。運應龍興，極由天建。明兩作於離，命重申於巽。同具從雲之氣，四德能該；誰稱補衮之才，一人爲憲。老聃不測，請探造化五千；莊叟所圖，奚止扶搖九萬。蓋作《易》者智燭幽明，道參伸屈。瞻主宰之穹窿，垂王言之綸綍。擬必於倫，遠無弗迄。超騰四表，游方詎囿。孟諸教擾百官，命氏何須服不。養得千年日月，必先尺水之階；起從一夕風雷，豈是池中之物。多士得時，一經稽古。霄漢高翔，雲衢起舞。逼象緯之萬千，讀爻詞之九五。未化一隅，蚍蠋自効群工；如驂六轡，青蒼願從聖主。淋漓元氣，萃河嶽於斯文；咫尺温顔，快星雲之先覩。

雷在地中賦以"復見天地之心"爲韻。

五陰上凝，一陽下伏。定八方於先天後天，互二氣於北陸東陸。朕兆有機，迴旋若轂。泥蟠穴處，同占子母之牛；喙息跂行，待振蒼筤之竹。漏卅六宫消息，句芒將届御辰；繫十一月爻辭，辟卦剛逢在復。則見悔坤是徵，貞震未變。應地無疆，爲雷非洊。爻乃叶乎堅冰，候尚稽於始電。好悟茫茫土脈，屈蠖終信；誰探曲曲天根，蟄龍未戰。四時遞嬗，原無始而無終；萬象歸藏，更何聞而何見。如地能載，如雷未宣。聲非轟乎百里，氣乍結於八埏。胚胎具矣，坱圠渾然。吾非後時暫止，兼山之艮；斯爲息壤未開，鑿度之乾。全憑葭管能吹，處幽同室；欲辨土圭何短，測景中天。時則退藏陰位，博厚與居；久蔽大聲，虩蘇未試。潛列缺之隱轔，寓媪神於深邃。胆翼有形，苞符何祕。省方已歇，先王敢以閉關；匕鬯不驚，長子原爲主器。茁鬼區之鉤觡，權輿於八際八交；鬱元氣之絪緼，筦籥乎九天九地。俄而爲臨之候，爲泰之期。坎窞既出，天威克施。乃殷殷乎雷軸，竟闐闐於地維。先甲先庚，成象幾同三日；道消道長，啓物自備四時。元音本藉我轉旋，震爲起也；大造豈終其抑塞，坤以藏之。彼讀《易》者思將志厲，感此聲沈。欲激揚於衆彙，獨弛張乎群陰。雷門小隱，地肺重尋。比如初律黄鐘，待時而動；誰是不周天柱，積塊能任。嫌於無陽，霹靂敢施吾手；蹐乎其厚，混沌猶在人心。

乾爲寒賦以“取其西北之地”爲韻。有序。

案：《易》：“乾爲寒。”虞注云：“寒往則暑來。”《繫辭》：“一寒一暑。”虞注又云：“寒，乾也。孔氏穎達曰：‘取其西北冰寒之地。’”崔氏憬曰：“乾主立冬已後，冬至已前，故爲寒、爲冰也。”吴氏澄曰：“爲寒，位西北也。”李氏簡曰：“寒冰，西北之位也。”王氏宇曰：“寒者氣之烈，而寒極則冰凝。乾在後天，居西北之位，正秋冬之期，故象其時。”來氏知德曰：“爲寒爲冰者，冰則寒之凝也。乾居亥位，陽生於子也。寒冰在子，以陽之始言之。”何氏楷曰：“乾居西北亥位，陽生於子。卦氣爲立冬之節，水始冰之時。故爲寒爲冰。”或云：“尊在上而高居則寒，老陽不生物也。陽從陰變，冰者陰之變，而剛者也。亦通。”胡氏煦曰：“天地嚴凝之氣，盛於西北，故寒生焉。寒極則水堅而成冰。乾於後天，卦在西北。於時爲冬,故爲寒。爲冰有象於時也。”又曰:“乾象寒冰,陰言龍戰。陰陽之際,不可不察。然非真寒真冰也,象焉而已。亦如坤上之龍,非真龍也。”自虞氏以次,皆主後天。乾位西北之説,至寒之爲訓不一。《文選·七啓》、《古今人表》、《淮南子》皆以寒與韓通。韓爲周同姓之國,主文王後天之《易》者,或以乾爲韓,謂尊周也。此穿鑿之説,不足爲憑。即或主揚子《方言》之説,以寒訓瘖,謂天不言,而四時成,其説亦强。餘如《書洪範疏》訓寒是冷之極。鄭注訓寒爲水氣。《素問》注訓寒爲冬氣、爲陰氣、爲積涼。《左傳》閔二注訓寒爲歇。《釋名·釋天》訓寒爲扞,謂扞格也。《廣雅·釋詁》訓寒爲滿。以及《吕覽》有始北方曰寒,風注寒風,坎氣所生。諸説俱可旁通,而大旨不外取位西北,一言盡之矣。爰爲賦曰:

三畫象天,十月墐户。體成壬甲之鄉,道祕鬼神之府。陰蔭所凝,陽揚欲煦。葭灰一管,待吹寸寸黄鐘;《豳》篇三章,誰繫逢逢土鼓。占氣在孟冬以後,寒令相乘;卜居定方位之偏,乾宫可取。原夫八純之卦,四月之期。曷不暑著,乃曰寒爲。殆嫌於無陰,獨則不長;因處乎極步,變而咸宜。是大往大來之兆,即一消一息之時。如命宅四方,此爲夷厥隩厥;如受冰二陸,辟彼藏其出其。蓋以所居之向,與候相稽。將及於歲晏,正合乎天倪。坎風乍發,離月餘悽。而乾也流濕應聲,利大人之見;爲衣逸象,息穉子之啼。非陰與陽處於卑,重巽則占牀下;非陽與陰薄於上,小畜則卜郊西。於時龍有飛潛之區,鳥司啓閉之職。丹篆成吞,鐵驪在勒。聖男智女,孕土脈於一陽;青女蒼官,見天心之三扐。乾元所鍾,寒氣相逼。三千軸外,河澌未泮於流沙;卅六宫中,象緯遥瞻乎直北。惟寒必極,爲生所資。如圜大造,徧覆無私。鳳城準豔陽之至,犧爻始子月之基。蓋居高則栗烈易生,無忘乾惕君子;而處盛則迴旋可悟,自有造化小兒。天時已漸相催,麋角解矣;人事原無終困,健馬行之。試觀大赤辨方,陽德用事。曰夏曰冬,是一是二。既天命之嚴凝,自物情兮蕃孳。居左个與右个,六位相乘;參太始與太初,五行克備。萬象皆生於水,何分乎一暑一寒;二儀爲《易》之門,請立乎九天九地。

乾爲寒賦以"取其西北之地"爲韻。有序。

西北之地,在先天曰艮,在後天曰乾。乾象爲寒,蓋象時焉。按西北於五行屬金,此《説卦》廣明乾象於爲金之次,繼曰爲寒,承上文而推廓之也。爰爲賦曰:

主宰金天,嚴凝奥府。四德宣威,六爻作覩。西司秋而北司冬,坎執權而兑執矩。八純乾體,剛强之氣如生;一柱寒門,啓閉之途可取。維天立極,厥象攸司。爲金所屬,繼進一詞。本相生之義,值固沍之時。金爲水宗,北匯則陽冰厚矣;金稱白帝,西來則陰雨淒其。緊寒所結,亦天之倪。處四時之極步,準三畫而與稽。潛龍已涷,健馬何嘶。相因氤、相昷氳,可參顥穹以上;凝陰霜、凝陽雪,乃在昧谷之西。蓋殺伐之區,昏冥之色。爲寒兮往來,實乾之消息。文字初開,河山如墨。或躍淵而止止,舟楫未通;或戰野而皇皇,旌旗靡北。是知後天方位,西時邊陲。寒氣從出,乾元著垂。非訓歇而息關自閉,非訓瘖而合口爲宜。下降上騰,有大人合其序也;深山窮谷,惟君子寬以居之。然寒極生温,乾所用事。既終戌亥之居,更叶甲壬之利。一陽甫萌,五行告備。司三冬於顓頊,伏陰有冰;孳萬物於媪神,藏熱在地。

定時成歲賦以"以閏月定四時成歲"爲韻。

四序漸差,一年曷紀。數來往之隙駒,悟轉旋之磨螘。爲息爲消,何終何始。三百六旬之外,積杪應多;四十九策之中,歸奇有以。乃命羲和,乃推堯舜。上元可占,正朔維慎。鳳翎之文采遞增,羊胛之光陰何迅。卯開酉闔,天地爲之留餘;商祀周年,帝王因而置閏。藉非重斡可分,左扉無越。何其定也,如握機樞;而其成也,不殊毫髮。地肺流環,天根在窟。鱗次之坎離,悉准有廿四爻;龍移之寒暑,無訛此十三月。蓋其爲時也,或計冬餘,或逢春賸。補小月之虧盈,測中星之緯經。建子最先,指辰互證。問葭灰於一管,誰教長短咸宜;較花信於連番,何礙陰晴無定。維夏之初,洎秋之季。顧兔馳輪,踆烏控轡。正律周天上之躔,爲王在門中之字。絲添藕節,紀生魄於月古月今;葉落桐陰,待鑿冰於日三日四。於是歲華不忒,歲籥攸司。合三霜以爲度,無一日之愆期。分其多少,判以速遲。盈虚有入水,明珠蚌胎視夜;南北本在天,斗柄鶉首依時。亦越五年再核,大備斯名。非比齊稱穀始,非同秦改嘉平。非燕知乎五戊,非犧演乎三庚。氣朔皆齊,民生自無不厚;乘除相間,天道有待化成。觀夫十暑成規,一星定制。課密課疏,卜年卜世。安排乎分至後先,燮理乎陰陽次第。維我皇蓂階凝績,治超顓頊之渾儀;蕙殿鼇工,恩滿攝提之太歲。

東漸西被賦以題爲韻。

有日出而稱天子者,居海之東。蠢然思逞,擾我域中。樓臺噓氣,榑桑張弓。不揣蜻蜓之國,欲乘鯨鱷之風。彼蒼在上,詎真夢夢。何來西戎,潛煽餘燄。利鷸蚌之相持,肆鬼蜮以行險。乃捐帛而金賫,弗悟霜爲冰漸。衣冠堂堂,歲月冉冉。紛綸群言,如睡中魘。嗟夫!蝃蝀蝃蝀,在東倏西。莫之敢指,皇皇栖栖。惜發蹤兮一老,甘魏絳兮訶詆。策縱多而束手,悔何及乎噬臍。痛哭九州,交頤涕泗。灞上棘門,一同兒戲。胡彼族之與居,竟優容而曲被。僉曰苟安,安知禍始?粤稽夏書,聲威遠布。實千古之良謨,可式廓乎天步。東有踆烏,西有顧兔。願中興之日月,造億萬斯年洪祚。小臣珥筆,拜手謹賦。

主善爲師賦以題爲韻。

維伊尹告歸之年,正太甲有獲於古。上下交孚,篤留碩輔。乃復陳言,遺拾過補。請拳拳而服膺,作萬年之神主。嗟彼功成,猝辭軒冕。自全其軀,罔所黽勉。或希位而固榮,終屢斥之不免。惜未奉教於保衡,俾吾君能得一善。天雞三唱,一念孳孳。臣心如水,願王無私。俯視亳邑,躊躇臨歧。盤銘九字,靈爽所遺。自旦至夕,端在修爲。厥德實賾,於何約之。天君主宰,方寸毋欺。惟嗣王之能擇,敢叩陛以長辭。千秋萬歲,自有餘師。嗚呼!七廟在天,子孫呵護。從者如流,皇圖鞏固。樂取諸人,乃國之祚。心魏闕兮身江湖,今大夫兮誰能賦?

威克厥愛賦以“辟以止辟乃辟”爲韻。有序。

《允征》一書相傳僞造。姚際恒曰：“‘威克厥愛’四句，襲《左傳》吴公子光語。後世申商之法，厥由以興。《李衛公問對》亦嘗辨之。”《東坡書傳》云：“先王之用‘威愛’稱事，當理而已。不惟不使威勝愛。若曰‘與其殺不辜，寧失不經’，是堯舜以來常務使愛勝威也。今乃威勝愛則濟，是爲堯舜不如申商也。”近世儒者欲行猛政，輒以此藉口，不可不辨其説，亦有爲而言者。然仲康之世，如羲和湎淫，放羿之德以爲德；遐棄厥司，乘羿之亂以爲亂。且國遷以來，王命所壅，止一羿耳。羲和復廢時棄職，將令正朔不頒於天子，諸侯不稟於王朝。失統亂紀，端自此始。出師致討，必聲其罪，出於不得已也。觀夫帝相嗣位，亦能討伐畎夷，卒致有窮内亂，未聞過而問焉，而夏統中絶，識者莫不謂其姑息失之。似仲康之能以威勝愛，亦時勢使然也。蓋兵權之得失，社稷存亡之所由繫。堯之末，不誅四凶而付之舜；舜之末，不征三苗而付之禹，亦各有其時也、勢也，況仲康乎！爰爲賦曰：

粤維五年癸巳，羲和謬僻。度忽忒乎四時，法不懍乎三尺。畔官自處，佐窮石之爪牙；怙惡不悛，迫斟鄩之肘腋。爰乃命師專征，聲罪厚責。曾沐三朝雨露，竟外生成；罔知九月星辰，難逃刑辟。允山有侯，仲康所使。爲述謨訓明徵，敢原脅從兆始。鳩媒疑獄，誰獻蒸肉之膏；狐父傳人，竟習彎弓之技。彼既溺愛而玷官箴，此當宣威以肅天紀。所願梗頑能化，不息自强；亦知煦嫗非仁，厥命曷以。用溯先王，賞罰孔邇。威有所施，愛奚足恃。勿驕勿汰，萬國會於塗山；爲守爲攻，三城作於東里。專防風之骨，前車不遠鑒觀；擊有扈於牀，御馬弗循正軌。昏迷每失於慈祥，步伐當嚴其齊止。乃鍛戈矛，乃申典策。允協六師之心，胥褫二氏之魄。正朔重放，舊俗咸革。陷水由來難活，姑息何恩；載書以討不庭，罪人斯獲。無端五子，怨歸色荒禽荒；豈例百鍰，罰在劓辟剕辟。彼夫禮教相期，仁信相待。赭衣勵恥，畫方寸以爲牢；下詔責躬，禱山川而自悔。惟古可行，而今則殆。六英六佾，依然松社春秋；九辯九歌，非復璿臺文采。錫馬空勞三接，膝欲加諸；舞干未格七旬，心誰啓乃。蓋畋洛之游，距河之役。斧鉞自招，璣衡弗惜。莅訟不問孟涂，善犧竟忘伯益。誰令彭壽興師，再見旌旄；自比武觀固寵，欲邀玉帛。雖曰所以使衆，原在於慈；無已而必稱兵，厥惟有辟。

威克厥愛賦以"辟以止辟乃辟"爲韻。

維侯誓師，宿將嘍唶。乃心拳拳，厥靈赫赫。值廢時之羲和，討怙惡於窮石。乃告衆士曰：柔克在愛，姑息非恩；剛克在威，梗頑咸格。匪獨曠官次舍，斧鉞難逃；即爾失律疆埸，劓刵同辟。爲溯肇基，嚴肅天紀。見耆老而平斛，好惡能公；泣罪人而下車，哀矜勿喜。凡愛所施，厥績若此。然有苗之役，振旅而前；相柳之誅，築臺以敉。萬國胥歸玉帛，功勿驕乎；六棄獨載旗旄，刑能齊以。是賴示威，用克遠邇。好音欲變鳴鴞，觸邪必資神豸。式觀嗣王，爲鑒前軌。征有扈之不服，甘亭無譁；命彭伯而稱兵，西河乃理。藉非封隅餘孽，汪芒咸就殲旃；將見南服爲墟，斟鄩安所戾止。况夫沈酒棄司，畔官從逆。自惰股肱，爲患肘腋。嗟予有衆同心，尚念聖謨在昔。塗山可望，白狐之歌具存；濟水易清，黄龍之患終釋。自有昆吾盟主，相與尊王；不料重黎後人，及今用辟。下令軍中，士氣百倍。爾勿倖捷自矜，爾勿固寵自怠。爾勿顛覆辜恩，爾勿傲慢召悔。冬助誅、夏助養，爾審厥時；内荒色、外荒禽，爾伐厥罪。六英置翣，松社可以問諸；九牧鑄金，荆山所當鍛乃。嗚呼！猛以濟寬，難而後獲。載戢干戈，同扶廟祏。各懷德而自修，毋走險而不擇。明條尚在，不赦六兩之鍰；賞賚有差，曾植五等之璧。水懦何如火烈，敢飭六師；上天以至下淵，勿忘八辟。

威克厥愛賦以"辟以止辟乃辟"爲韻。有序。

重黎之後，羲和世掌天地之官，致民無相侵瀆。沿及仲康五年九月庚戌朔日，有食之辰，弗集於房。爰有允侯之征，所以宣天威也。或云：食應在東井，非屬房宿。或云：九月日月，會於大火之次，房心共爲大火所掩。然惟德動天，政教之休咎於是乎徵。欲肅天紀者，不可不法天而行也。乃爲賦曰：

大火之辰，天象不懌。惶恐占星，僉曰用辟。有羲和曠官，厥罪勿釋。惟愛所施，棄司攖紀。若罔申威，曷能克彼？不觀乎辰弗集房，天命亦良有以。夫房凡四星，爲明堂是。布政之宫，天子戾止。其在房之户者東咸西咸，防淫佚而怙侈，又曰鉤鈐，可佐弧矢。兩咸之中曰罰星，所主刑辟。旁西曰日星，復主德澤。謂威與愛，各有專責。明明上天，以敬勝怠。天旗所指，多士厲乃。勿恃親愛，厥有威在。再稽同宿，氐星亦赤。梗河主誅，爲天劍戟。心爲火星，如火赫赫。豈不戢而自焚，曰辟爾惟勿辟。

威克厥愛賦以"辟以止辟乃辟"爲韻。有序。

伏生口授《尚書》，《允征》篇逸，張霸之徒於鄭注外，僞造以足之，多襲古語。按："威克厥愛"四句，本《左傳》吴公子光曰："吾聞之曰：'作事威克其愛，雖小必濟。'"任性滅愛之言，必是祖述桀紂之殘虐而云者。且光所與處者，爲鱄諸輩；所習謀者，爲不軌事。此語出於亂臣賊子之口，烏可爲訓？昔唐太宗曰："《尚書》云：'威克厥愛，允濟。'何謂也？"李靖對以"愛設於先，威設於後，不可反，是也。若威加於先，愛救於後，無益於事矣"。旨哉斯言，已隱正《尚書》之非，可謂有識。自狃於《書》辭者，繩以峻法，未聞愛結於先，無惑乎不戢自焚，比比然也。蓋先後、重輕之間，在識時務。不生心而害政，不發政而害事，善讀古人書者，可憬然悟矣。爰爲賦曰：

維天雲行雨施，風雷乃益。既足教養，爰及兵役。值昏墊之生民，當下詔而自責。勿溺人言，左右曰辟。非威能克，非愛曷恃？爲邦百年，薰德在鄙。彼善人之勝殘，去殺亦良有以。夫何既庶未教，動挾弓矢。創一二之梗頑，盡播棄乎田里。爲震之驚，匪艮之止。彼鑒亂國，重典爲策。自爲厲階，斯怒竟赫。獨不聞豺虎能馴，豚魚能格。乃諸大夫，亦皆曰辟。嗟夫！湎酒既荒，過原難改。古有祥刑，今也安在？欲以權制人，不以敬勝怠。經綸屯如，戈矛厲乃。蓋自壁經多僞，鮮能獨闢。口實相貽者，謂我聞在昔。未孚厥心，徒襲厥迹。亦知詢謀僉同，是在國人曰辟。

季女斯飢賦以題爲韻。并序。

《候人》序云:“刺共君遠君子而好近小人焉。”疏云:賢者之官,不過候人,是遠君子也。服赤芾者三百人,是近小人也。謹按:通篇結穴,在“季女斯飢”一語。傳云:“季人之少子,女民之弱者。”鄭箋申明毛義云:“天無大雨,則歲不熟,而幼弱者飢。猶國之無政令,則下民困病矣。”“薈蔚”二句,刺其君近小人。此二句,刺其病下民。語意渾然,正旨見於言外。正義云:“季女謂少女、幼子,《采蘋》、《車舝》,以季女爲少女。此言斯飢,當謂幼者並飢,非獨少女而已。”又云:“季處其少女,比於男。男强女弱,不堪久飢。”未免泥於字句也。段氏玉裁所訂故訓,説從毛、鄭。陳氏啓源云:“季、幼女,弱,各一義。小人柄國政,害生民。彊力者猶堪自好,幼弱者必至大困。《詩》言斯飢,所以必及季女也。本《南華·天道篇》,帝堯嘉孺子,哀婦人之意。”所見亦泥。然皆引伸毛、鄭之説,以季女分作兩項。惟蘇氏轍云:“小人朋黨相援,並進於朝,莫之能止。君子守道,困窮於下,如幼弱之女,雖有飢寒之患,而婉孌自保,不妄從人。季女者,無求於人而人之所當求也。”嚴氏我斯引蘇説以駁毛、鄭之謬。張氏載詩云:“林木南山薈蔚時,工斤樵斧競朝隮。舉知趨利青冥上,不念幽居季女飢。”陳氏師道云:“壯者趨利於山,則弱女飢窮於室。小人肆志於上,則君子困窮於下。”何氏楷云:“婉孌,季女之容也。君子之持身如處子然,故以少女目之。斯飢以喻貧賤。委女幽居,不妄從人,故不免於飢餓。此與《易》‘女子貞,不字’之象,同於義。”斯近。馬氏瑞辰又以此詩與《采蘋》、《車舝》同義,而斥毛、鄭爲迂也。其説亦泥。至若憤激之言,則姚氏舜牧云:“候人雖一職之微,然皆各供其事、任其勞。彼赤芾者,優游於朝著之間,不稱不遂,但比周爲黨,薈蔚如南山之朝隮,何怪婉孌自守者之不得其食哉!”蓋深恨而痛刺之詞。范氏王孫云:“此詩盛稱群小獲寵,妖氛布濩。前况以荷戈之候人,見勢燄薰天,而不知其質之猥瑣也。後點以斯飢之季女,見朱紫滿朝,而不知其國之空虚也。”又云:“惟之子飽欲死,故季女飢欲死。雖飢而婉孌者自在,獨惜國非其國耳。曰朝隮,不終日之象也。惟婉孌者自愛斯飢耳。是形容小人琢削,元氣脈絶而陽强之象,而君子又袖手自愛而不爲進救也。"王氏夫之所説,與范氏略同。惟王以季女作貞人解。蓋范、王生當明季,有爲而言也。然不如戴氏震之説:前二章言小人不克稱其寵遇。此章則言君子雖遭退廢、處困窮,不失常度,婉孌然者,季女之於斯守飢也。詩人美其守,而悲之。於理圓足,與序君子、小人義合。即姜氏炳章亦以序謂刺"近小人",則當以"近小人"爲主。前章俱就"近小人"上,一氣趕到"南山朝隮"。末以季女斯飢,結出君子之遠。故首章不必夾入"遠君子",與序義亦合。蓋善讀詩者,離不得序義也。序之君子,即經之季女,志微而婉也。朱子注以"之子,指小人",則季女即指君子可見矣。"斯飢"二字,"斯"字須重讀,作"於斯"解。以戴説爲是。飢即困窮也,不必泥定歲不熟也。而一切以季女分。按:幼弱,專言少女者。定以序之君子,其説皆可删矣。竊謂《候人》忍飢之季女,猶《大東》履霜之公子。彼顯而此微,尤合乎温柔敦厚之旨。此變風之所以勝於變雅也。嗟夫!小人道長,君子道消。阨窮至此,夫復何言?爰乃渾括大旨,照序義而爲之賦。曰:

緊我獨醒,彼天何醉。寸心鹿盧,時局倒置。比一木兮難支,守十年而不字。生於斯世,嗟予不後不先;惄如調飢,有女自怨自懟。如此厞廲高位,飽死盡屬侏儒;果其明聖天王,待罪何傷叔季。夫何小人盈廷,君子獨處。尋樂孔、顔之徒,許身稷、契之侶。乃在人間,不居王所。笑數百人之空洞,捫腹能容;足五千卷之詩書,撑腸難煮。是豈人無從見竈後而煬前,譬諸疾不可爲遠男而近女。予生也晚,兀坐如癡。室有處子,國無良醫。不戀跖田之粟,獨采商山之詩。寂寂天心,一老僅存碩果;悠悠人口,孑身何礙伏雌。問闕里之匏瓜,繫焉不食;歎衡門之泌水,逝者如斯。蓋自幽居屏棄,宦路險巇。王道何求禾黍,霸功久薄庡庮。有苴誰補,無米難炊。空谷自芳,余情可要蘭芷;時宜不合,我輩且耐肚皮。此中大有人兮,億萬姓凍餒請命;吾道何甘貶也,五百年華首堅飢。作詩何言,實傷不遇。蠱妻煽張,美人遲暮。在天空挹斗漿,每飯不聞吐哺。嗟夫!貧原非病,願千金葆有用之軀;來者可追,勿二月傷于歸之誤。安知鼎烹在上，雉膏不終吉是占；何愁旨酒洽鄰，蠢賊而内訌更賦。

鹿鳴求友賦以"鹿鳴求其友"爲韻。

夫何賢路之蔽兮，六合塞而萬事蹷。囚雙烏於日月兮，肆鴆媒之謗讟。受汶汶之濁流兮，僉養交而持禄。曾友聲之往來兮，不若夫一鹿。彼食苹而回甘兮，遂口體於群情。倏由此而致他兮，能不昧夫平生。恣槲葉以養茸兮，息町疃之紛争。互三章以如答兮，獨呦呦而時鳴。嗟凡今之人兮，胡弗思夫同仇。既見賢不能先兮，乃少侣而寡儔。躅荎蕙之晨夕兮，樂臭味於衆蕕。可以人不如角仙兮，舍同氣之相求。羌深山之中兮，依木石以棲遲。有大舜與游兮，得雄陶之追隨。比麌麌之狎至兮，復伎伎而交馳。縱雨風之在隍兮，亦何傷夫淒其。亂曰：眠蕉兮嚼柳，伊尼兮嘉耦。性麗兮千首，喜聚兮我友。

並坐鼓瑟賦以"及此寺人之官"爲韻。有序。

《車鄰》爲美秦仲。鄭箋以鼓瑟乃君臣燕飲相安樂。然樂不可極，黄帝聞素女鼓五十絃而悲，猶此意也。當秦仲立三年，爲厲王之世。諸侯叛，西戎反。洎宣王中興，以仲爲大夫，誅西戎。仲旋卒於戎。豈殺伐之聲，於鼓瑟時已兆耶？詩人繼言逝者，殆有所感。爰爲賦曰：

西垂大夫，中興始立。賜姓曰嬴，大賚所及。車攻馬同，雍時畢集。敢拜彤弓，載歌篇什。有瑟有瑟，群臣奏技。云胡泠泠，悲風十指。並坐之中，栗烈若此。聲由心生，左右變徵。非烏烏耶，鼓缶競醉。非庡庡耶，鼓琴何事。二十五絃，一絃一淚。四顧無言，羅立閽寺。簡書在抱，犬戎狺狺。仲也按柱，雜遝更陳。三終法曲，一騎勞人。且盡今夕，秩然主賓。千秋萬歲，何樂何悲。禮樂征伐，二而一之。雖在軍旅，毋忘歌詩。空桑文梓，寄我相思。碧雞再祀，迎神忻歡。陳倉豚酒，起舞田官。先朝遺器，一鼓再彈。朱絃珍重，付與人看。

並坐鼓瑟賦以"及此寺人之官"爲韻。并序。

鄭箋：並坐鼓瑟，爲君臣閑暇燕飲，相宴樂。或疑君臣不當並坐，謂詩人有所譏刺。其説未是。按秦仲時爲大夫,所謂君臣,猶言群從也。《白虎通》云:“君之爲言,群也。”《周書·謚法》云:“從之成群,曰君。”《荀子》云:“君者,善群也。”此特一時僚寀相從作樂,非尊卑斎也。爰爲賦曰:

一曲允諧,百官畢集。值車馬之中興,按宫商而徧習。洋洋入耳,幾疑戎狄之謳;灑灑同心,欲補君臣之什。雖伏羲始作至樂,猶是無聲;而秦仲審音見善,真如不及。有瑟焉叶以南風,鼓於西畤。兩序安排,一堂喜起。對百二重之雄關,辨二十五絃之變徵。仲也新拜大夫,群工咸歌君子。譜皋祠之法曲,祖德難忘;守清廟之舊章,臣心若此。時則正坐者斂手陳詞,修容從事。轉玉柱而能調,撥朱絃而自試。幾家板屋,待興虎韔之師;此夕絙桑,且奏龍門之器。自有醴酏可侑,嘯歌託於賓僚;不同狗馬是娱,聲色寄諸宦寺。其爲隅坐者,曲席相接,差肩互陳。泠泠拂袖,楚楚累茵。一彈再彈,在手都稱渾脱;東鄉西鄉,横肱莫笑屈伸。誰編汧渭之風,採從使者;儻寫蒹葭之慕,言念伊人。冠裳一幅,歌吹四時。恍游魚之出聽,有舞鶴兮相知。堂上堂下,大垂小垂。造膝誰前,共理五絃之曲;會心不遠,如操六轡之絲。尺寸何分,雅也頌也;陰陽勿奪,左之右之。况夫文琴具在,宣鼓新刊。版圖再造,杯勺重歡。爲禮樂之郅治,作河山之大觀。敦厖已化其俗,颺拜獨開其端。留將得寶陳倉,穆公稱霸;溯到專征玁狁,吉甫同官。

鳳鳴桐生賦以“多吉士,多吉人”爲韻。謹序。

洪維我皇,紹隆前緒,親奉成規。克崇聖學,俊乂是延。粤稽高宗純皇帝於景陽宫内,御題額曰“學詩堂”,藏宋高、孝兩朝御書《詩經》真蹟,及馬和之所繪《毛詩圖》。文禽琪樹,左右羅列。製詩并記,天語煌煌。蓋景陽者,即詩之朝陽也。復於暢春園之西北,有曰“集鳳軒”,奉皇太后賜膳於此。其在五福堂之北爲碧桐書院,殿宇凡三重,前環以橋,中植以梧,乃宵餘誦讀之所。均取義於“鳳鳴桐生”。三繹詩章,典學具在,洵大觀也。今上沖齡踐阼,惟日孜孜。彝訓恪守,母儀遵循。臨軒策士,每以稽古遴賢爲問,更極一時之盛。小臣游文章

之林府,被禮義之繡裳。敢不《宵雅》肄三,賡歌郅治。比響聯辭,抽毫進牘。謹奉賦一篇,稽首再拜曰:

一人首出,萬類飲和。阿閣比翼,嶧陽交柯。宣九苞之翽翽,蔚百尺之莪莪。夫惟至德,媲美《卷阿》。有鳳藻采,有桐婆娑。既屬火精,與三千年桃花並壽;亦爲響木,有八百歲鸞鳥自歌。鳳形或近於朋朝,叶彙征之象;桐義更通乎洞天,開文學之科。是能讀詩取譬,於以獲福孔多。原夫鳳也,翔帝京,依温室。飲醴泉,食竹實。戴仁纓義之儔,麟後鴻前之匹。乃既鳴矣,節爲雄而足爲雌,陰調吕而陽調律。善哉賀世,晨夜攸殊;歸嬉提扶,飛止不一。天子於是禮樂翱翔,文章表率。覽千仞之德輝,繹四言而祖述。茂對和風,端拱旭日。仰璇題於先聖,鼓翼揚華;奏玉管於群工,銜書藹吉。若夫桐也,紫禁榮觀,丹穹麗美。四日成雲,十石取水。考其所生,上林挺峙。爲聖人乘火而政平,亦昭代任賢而瑞紀。龍門之陰,應運乃起。十年樹木,感風雲培養之恩;一卷葩經,悟覆幬資生之理。締造長留,手澤看到雲仍;揚蕤不負,良材貢登天咫。厥維椅桐、梧桐、荆桐,辟如秀士、選士、俊士。蓋鳳非桐不棲,相依菶菶;桐爲鳳所集,競舞傞傞。維賢是植,以禮爲羅。東園兮東廂,出震則澤沾帝賚;閏翎兮閏葉,居中則福受王那。於時丹山初曉,金井不波。音諧祕殿,根託鑾坡。雙飛鷟鸑,一曲菁莪。璧水和聲而振翰,花甎趨影而聯珂。聖鳥非凡,自比天象、地象;孫枝共祝,奚止富多、壽多。臣謹薰沐而頌之曰:猗歟聖世,四序平秩。暘谷春迴,扶桑景溢。維彼簫聲,九成啓佾。維彼琴材,配以梓漆。金石其音,珠玉其質。濟蹌百僚,圜集星蹕。羽儀楝梁,爲國輔弼。繫三百篇,史宬載筆。則見叶虞《韶》,絙軒瑟。洽竽笙,飾琫珌。來儀帝喜,歌庶尹而允諧;清節臣堅,食舊德者上吉。爰乃引鳳河之水,馨桐乳之珍。瞻依七廟雲霓,紫氣長蟠雙闕;沐浴兩宫日月,翠華永護千春。彼召康公之戒成王也,近取諸物,擬必於倫。未若我皇之羽毛遍養,雨露駢臻。百官羅列,六義具陳。臣更颺拜而進之曰:祖謨懿訓,幾餘引伸。况復展卷,大雅津津。祥禽嘉木,實生紫宸。文德遠被,蔚爲臣鄰。如鳳之翥,閶闔笙鈞。如桐之茂,苑囿輪囷。靡維鴛鴦,萬壽無垠。靡維棫樸,聖主作人。

葛屨履霜賦以"維天有漢,監亦有光"爲韻。并序。

西周末造,誅求之令尚行於天下。譚國居東,即今之山東濟南府歷城縣,去鎬京遠甚。蓋往來之苦,自夏日供賦適周,至履霜時始反國也。其葛屨已敝,以繩糾而復糾之,貧窘可謂極矣。譚大夫乃作詩以告病。爰申其意,爲之賦曰:

嗟夫!天下一敝屣也,西京一漏卮也。曾幾何兮日月,乃如此之胼胝。一人供億,萬姓瘡痍。昔有亶侯多藏之戒,今爲杼柚其空之詩。往矣此行,空説載途有柳;補之有術,誰憐立地無錐。足寒最易心傷,輿梁病涉;朝發更難夕至,道路泣歧。乃天子求金竞肆,群臣聚斂;而司農仰屋大難,小國度支。譚大夫於是執筆而書曰:此爲幽王二年,增賦之時。歲在作噩,令行震維。時也沙石赫若,鼕鼓填然。是婁是曳,不後不先。冰欲語誰,已出重泉之蚓;風其憐汝,愧非百足之蚿。嗟予行役,何日言旋。爰有葛屨,可達渭汧。漫道長途,去去不愁重繭;何堪烈日,行行未息赬肩。歎時事之多艱,簡書在抱;嗟余生之晚近,水火倒懸。採自旄丘,不識此生幾兩;踏從樗里,卻憐長夏如年。蓋此猶温風之候,未及履霜之天也。爾廼彳亍炎歊,蹣跚郊藪。勞瘁孑身,倉皇囚首。雄關雍畤,同爲躡屩之人;故里臨淄,長别辟纑之婦。決踵相逢,咸拇已久。臣也跋山涉川,君曷折衡剖斗。如毛法令,國中誰執鞭笞?懸磬室家,天上何求漿酒。望迢遥兮稷下,踏來九點之煙;獨蹩躠於瓜田,敝等千金之帚。役車在路,憊矣民何以堪?布縷同科,傷哉物維其有。爰至於鎬,過夏之半。儻容跼蹐,地厚天高;豈料馳驅,星移物换。伊人在水一方,宛對葭蒼;之子短衣長夜,誰歌石爛。曳縰而來,著綦已斷。何彼屨之非時,顧予足而長歎。不值往來一竊,無須從者之廋。豈真巨小可同,能易賈人之爨。比鄰何賤,鬻踊遑問齊封;陰氣始凝,堅冰誰占坤象。念戒寒於九月,見龍宜畢土功;欲求助於七襄,牽牛已過河漢。然非敝可改,爲未忍拋而虚賺。漏苴重理,誰扣絲絲;徒杠已成,不須汎汎。羨彼韏韝何樂,如錯之交;嗟予撰杖已遲,非伸而欠。乃織絇兮幾時,竟輪掠而互譏。

不同謍邑，當年曾集我車；詎似城漕，此日竟來長鑱。誰料一寒至此，亦縫魏國之裳；商量小補何如，無用干將之劍。曾記谷中鳴鳥，絺綌同爲；幸逢河上聽狐，淤泥不陷。出師猶病，難供東海資糧；問禮何存，空對凌人冰鑒。豈不知足而爲，曷亦借水以監。迴念我國，載在方策。子爵襲封，嬴姓宗祏。賦莊姜於國風，來邢侯之貴客。鑣鑣税駕，碩人曾迓朱幩；几几會同，我公亦歌赤舄。每念珠槃玉敦，踐勿當階；空懷黄繶青句，脱而升席。夫何皮屨無存，肅霜相逼。竟困於財，復傷於役。蕩蕩翻憐齊子，五兩攸歸；佻佻歸詠周行，一雙不借。簸箕有象，誰哀憚人而顧之；躡屣儻來，豈利吾國兮將亦。况更公入力參，民空室九。縱非道左，十指安得摻摻？即取宫中，百結亦難糾糾。匪獨胠篋已空，而且貿絲久負。傷心壇坫，誰爲珠履南來？忍凍關山，何異麻鞵西走。自歎瞢騰如醉，難伸在井之眉；獨憐皸瘃何辜，空覓不龜之手。推之山聳作肩，襟捉見肘。已極口瘏，忘洗面垢。非我生兮不辰，乃給徭者之咎。胡爲乎此也右絀左支，彼也左宜右有。悲哉艱難天步，悽愴西方。《小雅》重歌，託白茅、白華之感；三川告竭，抱渭水、汭水之傷。有附庸之公子，冀明聖於天王。自甘敝屨，弗恤嚴霜。屨非霜而亦踐，霜與屨兮相將。釋蹻有期，誰結千絲而贈别；服箱何苦，願成七日之報章。乃今也哲婦厲階，鴟梟有舌；大夫去國，蟋蟀在堂。欲尋舉燧殘灰，驪山何處？只博裂繒一笑，龍櫝空藏。此讀詩者，感樂府《履霜》之操，有伯奇芰荷之裳。而遥溯中興吉甫，欲瞻日月重光也。

葛屨履霜賦以“維天有漢，監亦有光”爲韻。

天王增賦，誅求東陲。有譚大夫，獨苦胼胝。將抵西鎬，嚴霜屆時。迢遥道路，無以履之。側身四顧，天維地維。大夫妻曰：王道平平。有屨有屨，勿傷我趼。絲麻所取，入貢王前。采采中谷，摻手自編。吁嗟行役，不諒我天。杼柚既空，織絇曰否。爰用我葛，於以糾糾。嗟爾沍寒，竟咸其拇。玉帛輸將，繼以漿酒。孑身以外，復何所有。西畤峩峩，山粲石爛。載途堅冰，白日欲旰。乃應役車，匪游汗漫。重繭思君，我心驚惋。瞻彼服箱，不如河漢。於時川竭，不愁汎汎。君也蹩躠，勿爲泥陷。哲婦階厲，由來工讒。聚斂諸臣，苛如虎闞。葆千金軀，彼蒼其監。柳往雪來，我懷在昔。之子重裘，君何繭跖。登彼岐山，欲蠟非屐。貢彼明堂，欲繡非舄。旄丘所生，步亦趨亦。願呼明聖，折衡剖斗。可有報章，七襄在手。不給我徭，天高地厚。繁霜不飛，此屨亦壽。自今以往，歲其大有。大夫返兮，胡爲徬徨。蒹葭一水，悵望西方。予足幾齧，顧之心傷。嗚呼我天，何爲蒼蒼。驪山烽火，蝕月無光。

葛屨履霜賦以"維天有漢，監亦有光"爲韻。

原夫草屝造自軒轅，君王尚樸；麻鞵制於伊尹，臣子奚爲。戰兢無地，凜冽何時？有湯馳兮禹驟，當口誦而心維。惟譚大夫發於詩篇曰葛屨，爲言儉也，曰履霜，將及堅也。猶是掇莎爲絺爲綌之日，不忘跬步躓山躓垤之天。時則水在蒹葭，途非楊柳。有口維箕，有漿維斗。發五犯於南國，獻革君輪；環百雉於東陲，漚麻臣有。於是採自丘園，編於宵旰。不辭十指之摻，何侈七襄之粲。宮中近事，織蒲本屬姬姜；島上諸夷，卉服誰來江漢？乃踐泥泥，乃涉汎汎。抱此簡書，守予冰鑒。非王會八十，物几几或同；有丹書十七，銘勞勞爲監。蓋自龍櫝藏漦，驪山裂帛。國步既見艱難，女紅更誰憐惜？附庸杼柚，室早歎其九空；公子衣裳，風倏生乎兩亦。嗟彼東人，胡爲西走？值九月之戒寒，撫百結而錯鈕。道左儻逢五兩，蕩蕩攸歸；田間已取十千，區區何有？然有箋詩者，爲困役告病之章；而在讀詩者，立持危去奢之防。織皮弗貴，戰栗是將。一念春冰，咥人敢忘虎尾；普天湛露，思君同拜龍光。

集蓼賦以"此亦《訪落》之意"爲韻。

鶂鶂天時，紛紜國是。爰諮爰諏，曷張曷弛。值被野之荆榛，疇庇根於葛藟。君方蒿目，昕宵獨抱憂勤；臣勿蓬心，疆界自分彼此。吁嗟蓼兮，乃生於澤。采此離離，集何迫迫。小草雖曰無知，予懷終焉莫釋。濡不同於魚鼈，茹苦誰曾？羮豈和乎鶉雞，含辛我亦。時則六官未修，三叔猶抗。《豳風》知祖德之艱,零雨有流言之謗。萬事蘗生,一人草創。室家既毁,何堪孺子漂摇;原隰有華,況乃良朋待訪。更有淮夷,相煽爲虐。四塞蔓滋,九重艾灼。僉云異種必鋤,顧此宗枝誰託? 臣心敢期如一,共捋荼甘;公室慎勿自卑,先訪葉落。非枯非菀,如渴如飢。沸抽薪火,醉啜糟醨。未得調和之品,竟逢啓灌之時。負扆明堂,獵獵秋風在抱;卜圖黎水,滔滔澤國何之。瞽矇陳詩,奔走從事。甘酸既嘗,藥石爲利。洪維我幼冲人,儆爾凡百有位。天朝自有制度,毋疚心作卉服之謀;西土如告鬼神,請涕泣述金縢之意。

瞻言百里賦以"聖人瞻言百里"爲韻。

維言也,發於一室,著爲政令。若口有樞,先心爲鏡。察邇及遐,源窮委竟。曾百里之震驚,演虢虢於羲聖。何山之麓,何海之濱。疇捫其舌,疇潔其身。荒外能洞,修辭可均。白圭三復,我思古人。彼狙公兮,生性非廉。朝三暮四,靡炎靡詹。陽光所照,爝火自潛。當民喦兮是畏,何有於南山之瞻。乃受箝奪,乃入籠樊。目無所視,氣爲之吞。螟蛉蜾蠃,二子若尊。此聖愚攸判,詩人因之有言。嗟夫! 侯甸要荒,綸綍顯赫。無遠弗届,至於蠻貊。日月千山,雷霆一夕。如見天心,請儆凡百。胡爲乎回顧茫茫,獨立一士。畏聖人言,懔上天視。消長之機,若彼若此。吾將遵海以南,擇夫仁里。

作舟以行水賦以"此皆聖人之所作"爲韻。

曉日千尋,長風萬里。鼇擎一柱之天,蜃幻五雲之市。十洲已遍,儘收盤石珊瑚;一舸如飛,欲訪塗山鐵履。曾唤乘楂之渡,月是前身;誰撑横漢之船,木猶如此。客有溯舟牧所剞劂,測水經之津涯。或行或尼,何瀹何排。法竅木以爲舟,創於貨狄;聚蘆灰而止水,補自神媧。往古可追,滚滚長江不盡;浮生如寄,滔滔天下是皆。姬公繼興,制作云盛。水名鮪而誓師,舟躍魚以效命。誰呈工力,欲播鼓筴之精;獨運匠心,敢託長鑱之柄。萃桷宋而剔抉,九職萬民;判涇渭之濁清,千年一聖。則見游泳自適,推移獨神。箭馳澤國,柁捩海垠。百感茫茫,對河山之兩戒;九州浩浩,結天地爲比鄰。無恙布帆,破冢欲招之子;所思秋水,中央宛在伊人。是蓋攻堅所造,利涉咸宜遠邇;罔有弗屆,下上在能自持。檝艢開端,話禹王之勝蹟;豆籩報本,拜黄帝之遺祠。壺欲覓乎九華,君其住否?杯儻停於一芥,我欲問之。或達於河,或遵於渚。共藉涵濡,俾通商旅。曲曲流爲瓜蔓,水府何居?花花身是木蘭,舟人與語。千金販鳳,飲將砥柱之湍;一葉乘螺,來集咸池之所。猗維九派澤施,兆民身託波濤;既洗戈鋋,造化獨開鐍鑰。乘時春令,建掇月之幡旐;述職冬官,運追風之斤削。頒《禮經》以爲則,海後河先;法《羲易》而自强,乾知坤作。

作舟以行水賦以"此皆聖人之所作"爲韻。

刳剡百工,艱難一水。斯世猶是滔滔,吾生安所止止。蓬萊舊渡,話别兮三千年;汗漫前塵,迴風於九萬里。自信乘桴無恙,渺渺愁予;誰令作楫長材,茫茫對此。有舟共濟,在水之涯。惟禹能治,非奡所排。細流都入江河,有容乃大;尺木自成天地,小住爲佳。一柱推移,獨力可能支否?九州浩蕩,衆人何以濁皆。誰其作者,紛若效命。持洲島之長瓢,磨海天爲一鏡。斧柯欲假,憑大匠以指揮;刀葦相迎,汎中流而游泳。殿彼六官之末,祗屬考工;創於一个之臣,斯稱彦聖。於以行水,是能知津。容與自樂,拍浮爲鄰。記稱鮪水之戈,誓師甲子;曾鎮龜山之鎖,借力庚辰。星宿可通,在昔乘楂有客;河清儻俟,即今洗甲何人。爰念締造,各有職司。法本推於貨狄,技獨擅乎工倕。努力波臣,共鼓伐丁伐許;同心澤國,虞姁中萬中規。生自兆於一爻,乾坤定矣;利乃溥於萬世,孫子引之。洎今蠻貊能通,馮夷是禦。窾木所浮,濟川之巨。夢神山於絶頂,錦纜如飛;挹滄海之餘波,金錢誰煮。赭黿一綫,停橈我欲問之;潢漢九星,刺船居於何所。維彼駕駛有方,風波自若。能搴聚窟之楓,可採祖洲之藥。鴻蒙一色,走萬户之風霆;蜃氣千重,呿五雲之樓閣。日月就瞻寰海,王會圖開;梯航來集熙朝,鈞天樂作。

作舟以行水賦以"此皆聖人之所作"爲韻。

虞姁巧思,工倕長技。法窾木爲權輿,屬匠門所經始。海上三山可到,我更乘鼇;堂坳一芥初横,誰將渡螘。爲橇爲樺,山澤之行攸殊;曰剡曰刳,乾坤之利在此。有舟焉共濟胡越,可通江淮。如鼉之駕,如鷁之排。泛得靈槎,貫月定逢仙客;載來片石,支機欲問神嫣。相隨下上之流,河先海後;能判東西之性,清獨濁皆。疇作於先,厥功乃竟。習一藝以呈能,集百家而聽命。伐不灰之木,可水可縣;補無漏之天,以游以泳。削斤在手,吾徒半列周官;矩矱從心,古法聿求元聖。信能行此,問諸水濱。誰其利涉,是爲知津。鐵網千絲,詬求珠於河伯;銅鉦三躍,聽擊鼓於波臣。欲乘大海之桴,未孤吾道;願濟巨川之楫,所望斯人。維彼智巧相習,創因咸宜。極太和之鼓盪,資群力以推移。獨令蛟鰐前驅,劃流與處;每悟鯤鵬妙旨,負力而馳。竹箭都收,能飭五材備矣;蒲帆無恙,不勞一葦杭之。非學沈膠,非同刻楮。净洗甲兵,遠通商旅。蚌胎潮汐,客亦明月知乎;羊角扶摇,我欲長風借汝。營室艱難之會,一水待填;天船出没之占,九星居所。乃傳於今,所守如昨。閉門有類造車,築室共需塗雘。眼底風波不惡,縮地有壺;掌中日月能迴,驅山以鐸。九州民器,得聖天子涵濡;千古利源,有大司空述作。

作舟以行水賦以"此皆聖人之所作"爲韻。有序。

《周禮·冬官》所列之職,燔於秦火獨亡。漢以《考工記》補之,於舟事獨略,非完帙也。相傳海外多未燒之書,爲徐福所載,遺留至今。西洋人精於造舟,或有所本歟?爰擬以賦之曰:

西夷之人,文王是已。西夷之舟,何年經始?邈然六合以外,聖人論不及此。有周公起,惟禹績皆。笑行舟於罔水,何奡力之獨排。爰趣百工,三五申令。作者善因,習水之性。於以行之,勿徐勿競。遂勒爲成書,俾官斯職者,知有元聖。胡天一醉,生此擴秦。燔我文字,欲愚斯人。圖籍失考,舟法湮淪。相傳有徐福者,獨載其書等身。羈栖海外,無有問津。彼邦舟子,能守遺規。越千載後,更巧其思。洪鑪造化,以坎配離。占曰既濟,潤之炎之。嗟嗟!丱兮之城,真得樂所。無恙千艘,不爍一炬。乃今機變,混沌日鑿。狎水爲嬉,利不得泊。吾欲問其是耶？非耶？惜乎周公之夢不作。

作舟以行水賦以“此皆聖人之所作”爲韻。有序。

《周官·司空》篇佚。漢興，購千金不得。有識其事者，記録大數曰：《考工記》所以考百工也，作車行陸，作舟行水，二語皆稱爲聖人所作，似舟車並重也。乃車有六等之數，更詳於輪人、輿人、輈人，以及車人之事。車人爲耒、車人爲車，而舟獨無一言引伸及之，豈三代貴車而賤舟耶？抑記者知車而不知舟，不敢强不知以爲知，故闕如耶？或曰：言車，而作舟之法寓焉。輈人之輈，合舟車爲一字，義蓋有所取歟？然則後世之以輪爲舟者，猶古意也。顧其法獨傳於外國，果智者創物在彼而不在此耶？抑又不然。古聖人雖知車可爲舟，有不忍明言之，爲人心世道所關，所以防機巧之日甚也。自後世讀《周官》者，爲言利之書，而輪人之法，遂習以爲舟。即車即舟，二而一之。其利大溥，殆將駕《周官》而上之。不可無言，以紀其盛。爰爲賦曰：

有輪翼然，曷所取爾。工可奪天，利乃在水。儻論功於大禹，何有九河？疑重見乎穆王，能行千里。童男東去，欲求海外之書；大賈西來，竟啓日中之市。古雖語焉未詳，今幸有人於此。是舟也，大而能載，巧不可階。雙圜月轉，一柱雲排。獨轟轟以破浪，匪滚滚而曳柴。惟作者所守獨親，工倕不妨共處；相依爲命，貨狄亦屬吾儕。配離坎於洪鑪，異聞子亦；洩乾坤之祕籥，予智人皆。於以行水，是亦爲政。策河伯而前驅，戒波臣而下令。展阿香之馭，未雨何雷；鑄夷則之銅，有天亦鏡。已靳蛟頑，盡馴鱷性。眼中歷歷，忠信可涉波濤；天下滔滔，濁清都爲賢聖。則見萬夫食力，四夷來賓。剡刳以濟，胡越相親。權檥同功立法，迴逾山澤；傑侏異類化工，盡入陶甄。黄支烏弋之圖，壺中縮地；桃竹橦花之曲，海上迎神。敢招舟子，用柔遠人。况更我邦，有聖小兒。柁捩是習，繩行若馳。技已軼乎邛僰，語盡諳乎兜離。讀未見之篇，小儒咋舌；開發蒙之館，尺地揚眉。欲倩釋舟，補《爾雅》所未及；不勞治水，問要荒兮何之。偉哉奇觀，廓此盛舉。大造有成，外侮可禦。不惜胝胼，克同心膂。既通博望，獨環大海而遥；

相送馬當，何礙長江之阻。駕氈車而四出，遍及陬隅；拜銅柱之孤標，歷有年所。夫維力經營，工審度，尻爲輪，風作槖。極四裔而搜羅，足萬金之揮霍。咸佐舟師之役，濛帕漠裘；胥歸大匠之門，宋斤魯削。紫瀾永靖，萬年天子昇平；青史拾遺，一卷《冬官》著作。

鄉老獻賢能書賦以“朝有多士，野無遺賢”爲韻。

三年遴選，萬里扶搖。采百家之翹楚，效一得之芻蕘。彙征吉叶，特達恩邀。用作股肱，簡書不遑王事；敷爲心腹，制度敢越天朝。則見其獻於鄉老也，萃彼里閭，成乎淵藪。或載以車，或量以斗。值日月兮再中，際風雲兮非偶。如定汝南之品，曰惟汝材；早空冀北之群，爲不嘗有。爰有賢焉，入聖流亞，與俗殊科。正氣比諸河嶽，絶詣冠乎巖阿。宜殷延攬，無忽搜羅。聽履相隨，天上之星辰可近；封章特告，人中之鸞鳳何多。更有能焉，可録片長，足稱一技。養自神行，賤非事鄙。解牛本是良庖，展驥非同計里。斑斑姓氏，隸於春官、夏官、秋官；濟濟衣冠，屬乎上士、中士、下士。蓋畢集一書，能扶大雅。望雙闕之連雲，開萬間之廣厦。盡列典章，胥歸陶冶。無事細流之擇，派别於江；咸修綿蕞之儀，獲求諸野。先進後進，故吾新吾。明堂是貢，太室競趨。如蜂之負背而蘭進，如蟹之朝魁而稻輸。舉一反三，好共思艱圖易；拔十得五，僉相責有課無。於是盈庭稷、契，入座皋、夔。預龍門之選，歌駒谷之維。在天應宿，借地揚眉。答下走之涓埃，焚香共薦；幸小臣之著作，補牘靡遺。公門躬瘁，天路臂聯。采葑無闕，削竹能編。話前塵之歷歷，膺衆善而拳拳。雞栖豚栅之間，自愧桑榆已晚；玉敦珠槃以外，還欣杞梓能賢。

鄉老獻賢能書賦以“朝有多士，野無遺賢”爲韻。

春王月霸，朔吉風調。值三年之選舉，采四野之歌謡。王乃金甌濳卜，玉筴旁招。萬歲當中，正布官箴以列扆；一人左个，猶登民數而視朝。爰有父老，行鄉飲酒。薦兮香焚，式兮版負。書並上乎康樂和親，獻不外乎子臣弟友。予小臣或作或息,不識不知;諸大夫曰賢曰能,何無何有。於是賓興明日,貢厥搜羅。升陟編乎日月,壤流納於山河。封章欲達,問夜如何。拜手颺言,大道不妨生衆;稱心敷奏,清時豈患才多。爾乃閭胥以小善聞,族師以累善紀。終歸黨正,大善盡美。歷卅六月之長,極五百家而止。班已聯乎青瑣,昇平可答諸君;聲恍聽乎蒼蠅,大笑何來下士。天府登之,内史貳也。選充千佛名經,歡遍萬間廣厦。户籍先稽,姓氏細寫。鐘鼓鍠鍠之會,既考於宫;衣冠濟濟之場,乃獲於野。退而一鄉校射,五物留圖。主皮相尚,興舞是娱。出者使長廊廟,入者使治方隅。索驥可憑,真休休乎如有;扶鳩競祝,豈粥粥乎若無。至於終歲,會於有司。乍鳴臘鼓,更集輶詩。佐彼上方之策,備乎後舉之資。以人事君,自屬州鄉所取;爲民請命,毋教老疾或遺。蓋井邑是選,庠序爲先。奇衺有罪,施舍罔愆。既閲時而會禮不廢,復正歲而讀法如前。惟我朝文獻足徵,册府率六官之職;俾衆士詩書相敎,圜橋盡三代之賢。

泉州文庫

選堂題

（清）楊浚 著
何丙仲 點校

冠悔堂全集（下）

泉州文庫整理出版委員會 編

创于1897
商務印書館
The Commercial Press

冠悔堂賦鈔卷三

席珍待聘賦以“其自立有如此者”爲韻。

名山一席，吾道在斯。與時隱見，卷而懷之。樂展舒於尺地，不亟求乎人知。是爲君子，厥德温其。有如美玉，上焉位置。太璞獨完，不甘小試。爲王者珍，乃今大器。沽之沽之，敢問奚自。曰此瓌寶，吾將什襲。藏以待時，非貢不入。鄙曳裾兮何多，向侯門而競集。失身抵鵲，爲之嗚唈。曾是儒者，可不自立！在古聘禮，旁求恐後。彼珠與玉，無脛而走。身非碱砆，何傷不偶。嗟哉千金，如享敝帚。矧可雕鑿，喪其固有。天王明聖，倏賁徵書。韞匵者出，燦然璠璵。昔介於石，今載以車。信珪璋之特達，其遇合也何如。何聖何賢，千里百里。人才之難，如是如是。予獨握珍，可止則止。笑尺璧之自媒，竟鬻奇而成市。豈知時兮，一彼一此。上望氣兮求諸野，下在郊兮盼良馬。有質堅貞，可扶大雅。天子側席，亦將心寫。願勿輕以相投，請告天下之被褐者。

行有枝葉賦以“根本盛而條達者也”爲韻。

一篇駒谷，百尺龍門。盤錯不驚風雨，孤高獨立乾坤。厥德務滋，用早儲乎梁棟；有基勿壞，績顯樹乎屏藩。備四時灌溉之功，廉泉讓水；探三《易》歸藏之蘊，月窟天根。原夫士之制行也，比葉敷榮，有枝對偃。擢幹既繁，流芬自遠。好借階前之地，賞識非虛；休傷爨下之材，知音何晚。藝林族實，逢原已悟頭頭；文囿摛華，殫見共推本本。時則式玉鳴珂，如銅鑄鏡。泰茅既彙厥占，巽木更申其令。後凋有信，大夫允矣受封；外直可觀，君子以之盡性。孰采菲葑下體，在遠不遺；儻收桃李公門，於斯爲盛。蓋其處焉，山川毓秀，雨露含滋。不甘小草，獨茂英蕤。發掩脛之長吟，相依白木；撲列眉之爽氣，如見紫芝。一室弟昆，歌棣無慙鄂不;十年歲月,種松都作之而。及其出焉,貢諸下邑,植於中朝。楚楚群材畢集,森森大節常昭。夾輔有光,捧臣心於棗棘;陰陽不忒,固民命於葦苕。卻嘲幾輩蚍蜉,妄撼參天之樹;共祝九苞鳳鳥,來栖向日之條。彼夫未秋先零,因風斯拔。朽質難雕,蕪叢逐末。支離其德,問樗櫟兮何爲;駔儈非材,笑桑榆之猶活。誰識九原抱曲,檜龍莫結新知;獨憐一夢慕羶,槐蟻亦稱先達。惟兹聲在樹間,風標林下。粹然而見和神,卓爾而扶大雅。遍鋤蕭艾,非種未許礙門;力闢荆榛,獨木焉能支厦。堅白之操如揭,吾豈匏瓜哉! 學問之道無他,誰爲芻蕘者。於是藻繪文章,紛綸朝野。修到木雞,計嗤柏馬。厲揭爲歌苦葉,利涉時懷仁義。詎等駢枝,寓言自寫。栝棬儻作,彼杞柳果屬性乎? 方策具存,即蒲盧可喻政也。

行有枝葉賦以"根本盛而條達者也"爲韻。有序。

《表記》一書,每引《詩》之《國風》、大、小《雅》爲證。蓋本子夏發《禮》後之説,夫子歎其可與言《詩》,此以《禮》説《詩》所由昉也。《禮記》至河間獻王始顯,時毛公已爲河間博士,於《禮》獨精。而毛公之《詩》學,自謂子夏所傳。故以《禮》説《詩》,其旨亦最合,《表記》爲明徵矣。天下有道,行有枝葉,二語亦遠之。事君與多識草木之名,足以表裏發明也。爰爲賦曰:

性天所植,道德爲藩。灌溉廉讓之水,婆娑聖賢之門。《禮》既徵夫三代,《詩》可蔽以一言。於時太和鼓盪,庶類碩蕃。春華秋實,雨潤日晅。仁及葦,愛及棠,萬年有道;恭在桑,敬在梓,一本同根。故其爲行也,既明且修,不枯而菀。秉禮所生,食德自遠。譬枝枝之敷榮,復葉葉之對偃。如《詩》曰椒聊盈升,唐棣翩反。可爲發聞芳馨,乃亦束躬闗楗。三章伐木,所求不外友聲;百年樹人,此道自爲國本。原夫《禮》貴雍容,本通歌詠。《詩》備興觀,可賅德行。臺萊爲邦家之基,菉竹止人臣之敬。椅桐梓漆,必因其材;華黍蓼莪,各盡其性。儻採《國風》十五,有質有文;爲證《禮經》三千,曰變曰正。試即雅言以陳,乃見於斯爲盛。爾乃蒹葭宛在,薇蕨誰貽? 河荇本君子所采,山榛多彼美之思。薪用佐庡庨。日晷短至,可補流曦。九閽雖隔,無有仳離。幸綢繆於一束,感天地之無私。嗟彼《禮經》,實創姬旦。盡物之性,乃入於鍛。仁政仁聲,四時一貫。以薪以蒸,爾牧何歎。更命下士,二人掌炭。勿膠執於區區,等尋常之庖爨。試讀一部《周官》,職在司烜司爟。

伐薪爲炭賦以"乃伐薪爲炭"爲韻。

千磴雲盤,一鐮月皠。聽落葉之有聲,約圍鑪而相待。四壁蕭蕭,幾株採採。空山人迹遍尋,幽澗林於;歸路樵歌遥答,隔溪欸乃。無恙斧柯,如焚榾柮。斗帳風饕,板橋霜滑。蕉夢重重未醒,葭灰寸寸欲發。有客哦詩緩步,橡栗都收;何人戰茗消寒,旗槍新伐。氍毹紅襯,桑柘青匀。堂北糗盆作伴,瀼西炙硯爲鄰。冷回黍谷,煖入花茵。千里故人,好贈雙銀之炭;一篇《僮約》,毋忘三束之薪。蘧廬煦煦,紙閣嬉嬉。竹鑪湯沸,藜杖火吹。誰仰槐以感舊,試剥棗而呼兒。儘教向曝南檐,搓橙共話;長憶笑聲西崦,燒筍何爲。於時噤雀雪融,旋烏煙散。琴材未付爨餘,簫局微薰夜半。金柝關河,玉杯庭館。剛逢九月授衣,不廢采薪;領取十年擘芋,相期煨炭。

伐薪爲炭賦以"乃伐薪爲炭"爲韻。

鼓橐闐闐,搜巖采采。林入斧斤以時,火取桑柘所改。開大地之洪鑪,值金天之主宰。正好賓鴻化爵,空谷蕭然;爲言挾矢執弓,匠門厲乃。懸炭未吹,傳薪待發。誰束三星,剛逢九月。易灰不數荻蘆,有骨都成榾柮。翩翩得士,卻憐橋下之吞;旦旦有人,竟試山中之伐。曰丁曰許,再令再申。貴不愁於焚桂,勞獨念乎炊輪。居曾在上,積每如囷。權門誰竟趨炎,堪嘲挾炭;國事我能止沸,何礙厝薪。乃經鍊冶,不棄折枝。十分紅處,一半黑時。丘山自有梁棟,富貴毋忘庡庨。問夜未央,庭燎之煇至止;在輿可見,杯水之覆何爲?西風乍乾,南山有粲。難爲用者大材,何所聞而自鍛。附末非光,知音勿爨。莫道焦頭上客,盡解徙薪;所思白屋仁人,爲歌贈炭。

山川出雲賦以“雲行雨施，品物流形”爲韻。

有物於此，得地之氣，在天爲文。其功廣大，其狀氤氳。有感而應，厥名曰雲。嗟彼雲兮，與時偕行。爲邦穴所託，發山川之精。莫知其門之出入，但見太宇之充盈。或通地脈，或植天柱。輔之佐之，涣爲時雨。有神開道，宣揚文武。卬卬兮大而不塞，載頷載吐。厥有所憑，因之普施。被於天下，不屬私置。雖以命官，占而獻瑞。必察於毫毛，未極其美利。惟山澤之通氣，薄陰陽而同稟。油然而作，製之爲錦。靈和所鍾，克育群品。天子嘗禋而望見怪物，坎壇祭，癘疫祓。亦資亭毒之翕化，以見生機之伸詘。彼日之出，暘谷上浮。彼月之出，應潮而流。矧兹膏澤，溥及遐幽。儲精神於河嶽，備五采於九州。亂曰：翳無形兮，儵而有形。庇我民兮，爲國藩屏。惟友風而子雨兮，參天地之大經。匪器車與圖書兮，出山瀆以效靈。

老安少懷賦以“救敝在先責實”爲韻。有序。

《韓詩外傳》曰：“老者安之，少者懷之，朋友信之，如赤子之歸慈母也。”又曰：“無不愛也，無不敬也，無與人争也。曠然而天地，苞萬物也。如是，則老者安之，少者懷之，朋友信之。”所引用語，皆與《論語》上下易置。沈約《安陸昭王碑》文亦用老安少懷語，或當時古本猶存，與今文互異。集注釋安懷之義，謂養之以安，懷之以恩。一説：安之，安我也；懷之，懷我也。皇疏：“老者安己，己必是孝敬故也；少者懷己，己必有慈惠故也。”邢疏亦同。孔注訓懷爲歸。皇又以懷爲思懷。陸清獻公曰：“老少人不一，而皆休戚相關之人。安懷事不同，而皆痌瘝乃身之事。此萬物各得其所氣象也。”李文貞公曰：“夫子安之懷之，是順乎心之自然，與以物所應得。”愚按：此蓋夫子救世之苦衷。觀其使子路反見丈人，有曰“長幼之節，不可廢也；君臣之義，如之何其廢之”。與此可相發明。孟子曰：“老吾老以及人之老，幼吾幼以及人之幼。”猶此意也。爰爲賦曰：

一室尊卑，寸心宇宙。緬至聖之痌瘝，獨相關乎長幼。師必相以及階，人恐傷於焚厩。解衣推食,一夫毋致流離;白叟黄童,萬象胥羅左右。天倫亦何可廢,二子須知;吾道本自不孤,九夷非陋。諸公衮衮,笑木偶之形骸;天下滔滔,歎同群之鳥獸。憫彼明堂已毁,煢獨堪哀;嗟哉入井何危,匍匐誰救?維兹老少之徒,難緩安懷之計。紀偉略於太初,冀虚衷其有濟。何必五星昴宿,可告帝圖;不煩八歲蒲衣,重逢聖世。歸來善養,曾聞東海之遺賢;岐嶷初生,共仰有邰之早慧。但使祈乎黄耇,壽祺咸樂大年;亦且掌以司徒,保息無傷夭厲。人情可見,民其敬長恤孤;王道無私,余將舉偏補敝。老者具存,耄期不悖。鳴桑梓之敬恭,抱松筠之氣概。壤雖爲賊,叩無述以猶憐;蘧可稱賢,問知非而誰逮。未必修名冉冉,滋愧鬢毛;其如良士皤皤,猶聞謦欬。無虞噎鯁,每思一飯君恩;同列膠庠,來拜重裘帝賚。猶記騎牛老子,問禮重參;堪嘲荷篠丈人,潔身自慨。無須大耋興嗟,敢曰鄉人敬在。更徵少者,後來之賢。小子有造,習慣自然。教在鰈鰨之日,翼以象勺之年。相逢齊郭嬰兒,方聞《韶》樂;獨惜互鄉童子,難與周旋。垂暮删《詩》,成德必期髦士;假年學《易》,擊蒙誰訂韋編。問射御於七齡,猶師項橐;記語言於二子,曾侍孔璇。看他幾輩勝衣,亦解能言能食;對此四方負襁,無嗟我後我先。我夫子悲憫徒嗚,栖皇何適。睠梁木於就衰,溯釣游之舊迹。儻使斧柯可假,半生願望非虚;迴思俎豆曾陳,去日光陰可惜。未息馳驅之役,老尚問津;深慙寬博之名,少猶逢掖。故當顔子嘿然,復有仲氏請益。念中春於羅氏,不廢獻鳩;話東土於孟侯,忍忘保赤。將知耄及,乃公不愧達尊;求我童蒙,此事更無旁責。嗟夫!老成未墜典型,少賤何多作述。抱負匡居,盱衡斗室。命傴命僂,循牆猶有遺言;問《禮》問《詩》,過庭恍如昨日。念抉門於已往,先子何勞;幸闕里之有書,傳孫弗失。獨俯仰於邦家,更咨嗟乎蓬蓽。吾衰歎鳳,感接輿之相過;孺子爲牛,笑銜繩兮奚恤。爲誦予身逝邁,如聞在谷猗蘭;空傷童子歌謡,誰唱渡江萍實。

行不由徑賦以題爲韻。

有徑焉,樵採所託,屬於武城。往返較捷,公私競爭。丈夫雖不屑與處,豎子每於此成名。看人近水樓臺,最先得氣;笑汝終南門户,自詡平生。一官衮衮,尺地營營。化荆棘爲坦途,乃公可稱神技;著衣冠於昏暮,若輩不礙夜行。於是天下效尤,時賢道屈。狗竇可進公卿,羊腸遂多人物。出於泥塗,綰其章紱。侯封五等,慣容竈養之兒;富貴一場,半屬墦間之乞。善攀援而若狖,相向啾啾;歎匍伏兮如蛇,不爲鬱鬱。而澹臺氏曰:予也所由,若此則不。乃開正路,乃闢良疇。坻平可履,天廓不幽。康莊有並轡之樂,隘巷無側身之憂。吾道如弦,小就何甘一曲;他山爲錯,相期毋負千秋。闃空谷之足音,不談公事;證同門之心迹,敢謝賢侯。蓋彼也據俗而動,而此也惟庚是由。向使貌以取人,失於道聽。或旁搜之弗詳,將舉措而無定。整躬者非,奔競者勝。上不實求,下以文應。豈知斯世山徯,盡塞其心;所謂伊人珠玉,由來無脛。敢云有未逮也,若大道之行;猥曰此可逃焉,惟君子不徑。嗟夫!子羽雖遥,令人神注。無陂無偏,亦趨亦步。匪東西之或歧,乃名節之所附。如海萬人,孑身四顧。處世何多螻蟻,馳驟慕羶;群居莫問豺狼,縱横當路。有三椽可庇風雨,我且高歌;得一士如就芝蘭,敢爲獻賦。

時雨賦以"有如時雨化之者"爲韻。

孟子以時雨比君子之教。君子者,孔子也。惟孟子以孔子爲聖之時,故其教也以雨爲喻。然何不曰孔子之所以教者五?蓋《孟子》一書,多以君子指孔子。如君子之厄於陳、蔡之間,不曰孔子,而曰君子,尊之之詞也。爰申其意,爲之賦曰:

東周之天,誰援以手?蟲蟲藴隆,杲杲蓬首。孔邇則赬尾興嗟,爲虐而旱魃出走。憂徒深乎雲漢,倬彼宣王;世莫假以斧柯,傷哉魯叟。欲持鼎祝,歎山川如惔如焚;且種心苗,問水旱何無何有。爾乃廢然吾道,退而匡居。土流金石,目蒿郊墟。天竟恒暘不雨,時何有慘無舒。僖廟告災,赴火之艱誰恤?中都攝相,爲霖之用久虚。非懷寶而迷邦,日月何愁逝矣;不出家而成教,雲雷奚患屯如。天生使獨,爲百世師。猗蘭之山雖蔽,商羊之舞能知。當春而膏,因物以滋。如慰三農,調陰陽而不忒;如生百穀,荷𩂯霂而無私。歸之造物太空,爲功詎止三日;誦我衮衣章甫,曰惠此又一時。則見泗水流長,杏壇景煦。參也耘瓜,須也學圃。回足溝池於農山,憲安漏濕於環堵。負米竟來仲氏,孝亦云勞;假蓋不向卜商,義别有取。優渥遍三千之列,斯爲時哉時哉;涵濡在七十之徒,譬諸其雨其雨。迨及戰國,風兮愈下。有孟子出,爲聖之亞。亦道窮而著書,將身隱而息駕。公當務穡,請勿罪乃巫乃尫;天不寒年,果斯世無冬無夏。傷萬方之草木,中谷仳離;具一室之乾坤,元冥造化。於是千秋自任,五教爲期。紹素王之脈絡,慰赤子之怨咨。雨人交遍,時局獨持。卅六候如應太平,在天不爽;五百年必生名世,出岫何遲。自禱桑林,欲補商書所闕也;弗迷大麓,敢稱舜典而述之。嗟夫！去垢有風,飛塵若馬。乃濯暵乾,乃沃山赭。含生既浹群倫,按令競歌九野。相依梁木,春回八百孤寒;大庇秋風,人在萬千廣厦。爲憶東鄰啖豕,胎教猶懍母兮;每懷西狩獲麟,私淑毋忘作者。

祓禧褫祜賦以"好語多同,以介景福"爲韻。

緬《釋詁》之首基,本姬公所肇造。辭寡宗經,文重留藁。上舉古以立言,下證今而備考。爲五經之鼓吹,摘句臚歡;作四字之權輿,開章摛藻。聲諧至喜,允推一室延洪;帖寫宜春,欲遍萬家頌禱。進稽前修,足供探討。不特衎喜愉豫,訓樂是徵;攻穀介徽,訓善爲寶。訓美則曰,珍禕休嘉;訓壽則曰,鮐背耇老。乃更以禋祀祠禴之典,爲祭所命名;而先以祓禧褫祜之詞,爲福所肆好。於鑠哉！从示何居,其義可舉。在天成文,推福錫汝。二即上也,陰陽萬象昭其儀;川即三也,日月五星居其所。故五行之祥相隨,而五緯之變可禦。凡所禳於緜蕝,祈於籩俎。告天地而曰祡,奠山川而曰祣。既禡既禂,順時而設壝宫;是祼是祊,奏樂而陳柷敔。侑木帝以迎送之章,拜媪神於東西之序。本諸祭則受福,上格天心;後有述者謂明,毋忘古語。夫其釋祓也,幾疑斧黻之錯,欲辨燭跋之訛。鮍與發通,《外傳》則韓嬰博采;蔽作伐讀,《方言》則揚子搜羅。厥聲迥别,其義云何。蓋《漢志》祓作潔也,由釁浴而觸引;《周語》祓猶拂也,參氾埽以研摩。除惡務去，求福靡佗。“以弗無子”之箋，通弗既歌武敏；“茀禄爾康”之注，通茀更見《卷阿》。在《儀禮》軷文，與祓合轍；在遷史禊事，與祓同科。準乎爲盪爲滌，義自無偏無頗。祈祓封上帝檢泥，雨收泰岱；修祓呪女巫桃竹，戲近大儺。惟歲時可致七福，將富壽奚止三多。次而釋禧也，群經未引，大福是崇。目喜則爲瞦，聲無差忒；心喜則爲憙，説可擴充。非大糦之祭列祖，非星熺之麗蒼穹。在古文，喜加欠旁，與歡同意；在人表，喜省女左，與嬉相蒙。不惟饎以食稱，誦吉蠲而悟饎人之掌；僖以人著，改胡齊而考釐王之宫。即《漢書》熙事備成，熙亦與禧合；受釐宣室，釐亦與禧通。有集禧之觀戢孴，有嘉禧之殿寵嵸。草木留圖，鴻禧答甘泉之賜；舞衣傳語，神禧奏古廟之工。皆後代以訓福相襲，與告祭之訓祰從同。其釋褫也，非虒亭之辨地酈經，非虒彌之附名《左氏》。非縣虒之作郡在西，非虒虒之審音若豸。留題綽楔，頌諛實取吉羊；繪象在門，波撇應疑匪兕。乃或誤解地神之祇，譌讀奪衣之褫。操遞鐘而遞遰易形，奏篪竹而篪笹互紀。然謕可作謕，《戴禮》則通禘無聞；而儿爲行人，《手鑑》則書褫稍似。要其指歸，斯爲蕃祉。釋玄應之辨卑褫，已註訓褫爲非；晉平公之築虒祈，或言作褫爲是。厥後張衡，數相用彼。賦虒褫而禱桑林之雨，拯民有詞；賦祈褫而測靈臺之天，授時曷以。其釋祜也，三辰著而左仍懸鉞，十口連而下殊倒薤。或以古爲久，本鄭箋古公之詩；或以古爲天，見虞注中古之卦。似《天保》亦孔之固，而固訓堅牢；似《謚法》壽考曰胡，而胡訓老邁。必由示以加旁，爲保福而立戒。勿訛祐爲藏栗，十世而管子創詞；勿驚祐爲采薇，四壁而屈原呵畫。雖漢皇有諱，上書闕汝長之文；而羊氏思名，改户遍荆州之界。蓋其言厚也積彌深，其言大也遠必届。《詩》云受天之祜，謂南山非卑也；自求伊祜，謂泮水非隘也。思皇多祜，見辟公而肅雝也；有秩斯祜，對烈祖而颺拜也。於以頌有道萬年，於以進小臣一介。爰效《急就》之傳篇，爰造《凡將》之妙境。片詞不囿於戔戔，餘緒更抽其井井。見夫《廣韻》以禔爲福，辨者説歧；《新書》以祥爲福，讀者心領。《國語》曰天地所祚，祚即福而立極可參；《漢書》曰惟春之祺，祺即福而戀暉彌永。禮以致福解而説自通，禱以求福稱而文或省。縱元聖云遥，而百家紛逞。

《小爾雅》之賡本無憑,《續爾雅》之卮言徒騁。然明堂清廟,我輩有點竄之司;天禄石渠,古人多制作之請。况福也爲海簷簷,爲星冏冏。如誦卯金吉語,備天子曼福之四聲;如窺雲笈隱符,列太上道君之八景。請爲頌曰:上天被禄,嘉祉載育。俾爾履綏,俾爾戩穀。上焉垂言,一一膺服。廼徵無疆,台更申祝。自赤犮氏,命官隙屋。周邦咸喜,輯瑞群牧。虒兮有角,嚮化慴伏。稽古典謨,明德親族。宏我周京,鴻文郁郁。凡百受慶,歌衢鼓腹。漆書具在,儒臣習讀。惟予一人,聿懷多福。

退思補過賦以"欲寡其過,而未能也"爲韻。

粤自素王繼周,尼山吐玉。守天地之大經,扶春秋之危局。將學書以蓋愆,亦演《易》以窒欲。乃龜山已蔽,欲藉無柯;而狄水何之,幾翳予足。退作《孝經》,惟參是屬。本天之肖子,修省同功;爲國之争臣,堂廉交勖。所思不遠,補歧路之亡羊;有過必聞,立一朝之正鵠。臣今老矣,此何爲者。栖栖國中,皇皇牖下。涓埃未報,念君恩之常新;鼎鑊在前,冀臣過之或寡。但觀天象,手絶韋編;爲賦《隰桑》,心藏《小雅》。壁經具在,惟孝可移作忠;杜史猶存,豈失而求諸野。悵文衣之入饋,彼婦何來;不脱冕而遂行,予心豈舍。假令自公退食,不寢以思攝相;長居司寇,卻兵不獨祝其。未去父母之邦,補苴獨任;相從大夫之後,補衮無虧。文獻纂修,杞宋能徵其缺;禮樂損益,夏殷必得其宜。將見下不踰閑,城雉以墮;上無失道,獄犴以治。在堂告粢醍之虔,君子亦何所歎;歷級救璵璠之斂,臣僚可以無欺。爾乃歸潔予身,生虚王佐。雖侏儒之已刑,胡康樂之競和。漫云卒歲之游,不免從者之餓。汶陽之田可返,吾道何孤;犂鉏之計已行,群小相賀。既解甲而藉絃歌,復伐檀未容高卧。敢信人言奚恤,君自無尤;竊維臣罪當誅,某也有過。此心可洗,東山且許退藏;有舌莫捫,南箕自來善簸。朝朝夕夕,汲汲孜孜。不在其位,自省其私。忽幡然而有觸,詎往者之難追。彼天地尚無全功,小眚何諱;如日月奚傷或食,及更皆知。心可資乎啓乃,室不礙乎遠而。仰屋運籌,祓濯不須巫祝;空山借石,琢磨可入風詩。假此犬馬餘年,生非無益；儻有旂常奇福，事尚可爲。時也風雨一廬，天人三畏。漏卮之塞棊勤，鍊石之勞莫慰。每虞川決，衆口是防；若例天傾，五星能緯。有三百篇在抱，蔽以無邪，豈五十年知非，改而猶未。自修止謗，廱裘息無戾之歌；何病不容，兕野壯固窮之氣。共説水精之子，在淵或潛；將爲木鐸之天，化雨旁溉。嗟哉函席，懍此薄冰。欲緘其口，惟善是膺。鬼神之鑒觀不爽，文武之大道可登。所望及門，可收卿相；無慚下位，胥獲友朋。爲告丈人，君臣倫何可廢；相期小子，狂狷材屬多能。草廬自樂其貧，爾毋忘茲金石；土壤能成其大，吾豈爲乎丘陵。已矣乎！重返魯邦，誰封楚社。昔者所師猶龍，今則何人借馬。既疏遬之自甘，將中心而誰寫。吾君明聖，長留進善之旌；斯世毁譽，終無求全之瓦。具千秋之衮鉞，筆削惟天可稱；對一夕之影衾，忠孝非人可假。周公儻其入夢，何惜鳳兮；匹夫自分著書，所嗟麟也。

退思補過賦以"欲寡其過而未能也"爲韻。

晉國有臣，君命偶辱。忝爲衮職之司，誰解左驂而贖。河山無害，原田猶是南陽；戎狄與鄰，大路尚存曲沃。爲問守陴之役，得毋鄭伯效尤；卻懷城濮之師，未免楚人侵欲。昔桓子每退朝而齋居，欲補闕乎宗社。命傴命僂，過必自新；躓垤躓山，思不遑舍。雖三軍休矣，焉用大夫；當十世宥之，以勸能者。爾尚克蓋，知前人之有愆；國可無陶，況君子之或寡。則見焚香以告，書笏不遺。對盤盂而湔惡，譬藥石之求醫。伐鼓密須，重入攻心之地；聞鐘姑洗，不忘平旦之時。卅一爻有悔都占，《易》誰假我？三百篇無邪是蔽，《詩》可誦其。惟思也，猛省雞鳴，迴旋蟻磨。有小臣朝斯夕斯，在吾君左个右个。晤鬼神於一室，敢云帷幄能籌；懷風雨於三年，猶幸斧斨未破。封章問夜，自慚升斗之虚縻；下詔責躬，請禱山川而求過。於以補之，所念在茲。火滅自修，銘將帶束；天傾有漏，鍊以石支。畫羲氏之風雷，惟益能改；仰周公於日月，及更皆知。顛危臣所當扶，誰任櫝龜毁爾；勝負兵之常事，無傷策馬奔而。蓋自誓墓以來，防川是畏。豈無瑕奚恤人言，有明德可通帝謂。冠裳具在百箴，長列燕居；簡册未淹雙闕，如瞻象魏。尚念一人扤隉,艱哉是惟;勿爲小子面牆,學乎曰未。時則及秋旆返,在野軾憑。待罪夏虚,誠惶誠恐;驚心大火,維業維兢。話挾纊於西風,空勞刀尺;願叩閽於北極,長望觚棱。爲鑒前車,聞子粼粼有命;幸留晚節,恕臣粥粥無能。是國必强,爲天所假。洒恥於蒙棘之中,納言於翦桐之下。不似介推旌善,竟燬林烏勝他。伯玉知非,能式路馬。維我皇自無闕事,諫書豈有人兮;若宣聖更著《孝經》,諍子可爲臣也。

退思補過賦以"欲寡其過而未能也"爲韻。

一戰無功,百愆誰贖。幸生鼎鑊刀鋸之餘,欲洗表裏河山之辱。自羞言勇,臣今壯不如人;願與圖成,君將求所大欲。昔林父敗於行間,有貞子諫於闕下。不遺故舊,獨切敷陳;爲數生平,未嘗滿假。曾自公之退食,補救是思;每有過而喜聞,悔尤能寡。見夫皇然蚤起,惄若朝飢。攻鼓靈臺之地,聞鐘平旦之時。路鑒亡羊,爲牢誰能畫此;身防抵鵲,如玉獨守温其。俄而影測中天,歸從左个。隙自懔乎駒光,心幾同乎蟻磨。值桑榆之未晚,稍縱猶可自收;譬日月之能明,及更無傷於過。少焉入夜,更不忘規。兀兀窮年,自尋墜緒;滔滔天下,共塞漏巵。歌爲錯於他山,好教厲乃;追放心於爾室,何有遠而。蓋自拄笏燕居,懸書象魏。仰屋必繼日而憂,焚香惟告天是畏。不信人言奚恤,問爲公更問爲私;豈知臣罪當誅,濟曰既亦濟曰未。今也軍雖不利,任若弗勝。維彼寸心蠲除,小眚無妨一蹶;努力中興,所期進善有旌。吾君不負,儻問自强何策? 斯世誰能。願載同車,以支大厦。念内省之疚除,對群僚而心寫。每思鼙鼓,此將帥毋忘諸;能補衮衣,真社稷之衛也。

聖主得賢臣頌賦以"聚精會神,相得益章"爲韻。

漢宣帝協律徵材,宣風復古。搜求倫魁,貢入天府。夔龍既萃於陶姚,駉駜欲追乎周魯。時則待詔者爲子僑,選歌者爲何武。奏一片承平之樂,五鳳齊飛;闢四門軼蕩之天,九鳩畢聚。爰召王褒,作頌以呈。主爲聖智,臣是賢明。比體則宜風宜雅，同音則曰磬曰笙。金馬門前，給札初下；黄龍殿畔，摩空有聲。高材不亞吾丘，説甘泉之寶鼎；並世幸生劉向，見天禄之星精。褒乃退而紳笏書思，廟堂藻繪。謂夫頌德所期，得人爲大。永年不數於喬松，下風無譏乎曹檜。壁經點竄，無殊二典之官箴；鈿軸淋漓，如聽九閽之天籟。此即鎬京古訓，八章誦吉甫遺詩；誰爲天洛功臣，四佐列燧人盛會。粤稽往軌，用步後塵。速爲枚而遲爲馬，策治董而詩治申。曾獲渥洼太乙，立千秋樂府；毋簪瑇瑁東方，爲一代詞臣。矧兹詔捧，敢不言陳。資典册以騁辭，同作梁園賓客；獻《治安》於前席，莫談宣室鬼神。蓋是頌也，齊於小閣，繼彼柏梁。靡詠白雲而登太室，恍稱上壽而坐明堂。遺草何求郊畤，笑留玉檢；清芬可誦殿帷，重集書囊。斯文即孔鼎千春，奇句豈無喻者；同德本黄鐘一管，爲宫必待還相。厥惟股肱，成爲羽翼。獲拱璧珍，補衮衣職。伯仲乎伊吕之間，左右有禹臯在側。諸公無慚臺省，可答昇平；大塊假我文章，奚煩雕飾。幸開卷發端被毳，何妨僻在一方；羡後宫解誦《洞簫》，似此才難再得。况更語不忘規，仁以建策。正碧雞之祀初興，復繢罽之衣未斥。廣成有道，重訪仙人；徐福不還，欲求海客。誰識是吾寶也，敦槃自可折衝；莫言何以文爲，金石在能刻畫。賜書定一朝名分，南越已改臣佗；抗論列三代公卿，扶風欲資汝益。於鑠乎！交欣千載，臻備萬祥。琢磨道德，吮吻宫商。既甘酸而和受，更魚水之願償。復旦賡歌，瞻雲糺縵；中興文字，垂薤琳琅。惟盛朝薈東壁星辰，文樂即九成九變；爾多士軼西京鐘鼓，和衷在五服五章。

横海將軍賦以題爲韻。

嗟夫！將軍安在？一柱天傾。值危疑之國是，竟凋謝乎老成。怪波人立，誰作干城？即今思古，涕泗縱横。緊昔樓船，巋然千載。烏弋黄支，小如傀儡。四夷來賓，羅拜赤鎧。大將星高，明珠出海。海天萬里，森立牙檣。潮聲挾鼓，東去浪浪。讋陽侯而屏息，弭河伯之猖狂。廓清四寓，人臣無將。曾日月兮代謝，幻蒼狗兮白雲。魚蝦插脚，時局紛紜。儘收官艦，未滌腥氛。英雄已矣，嘍啃三軍。彼賣塞之太牢，何一誤而再誤。天奪長城，六州錯鑄。思我將軍，風波日暮。倚百尺之闌干，且横槊而作賦。

横海將軍賦以題爲韻。

闌干百尺，看月初生。森嚴刁斗，殘夜四更。樓船何處，河漢天横。嗟我勞人，蟣蝨生鎧。朝潮夕汐，壯心未改。翹首九閽，君恩如海。海山莽莽，海水蒼蒼。冰夷擊鼓，誓翦犬羊。龍泉知我，敢負干將。是何變幻，蒼狗白雲。天風吹水，蛙黽爲群。艨艟霹靂，且張我軍。障川而東，無使飛渡。三千水犀，鐶甲奔附。萬象星羅，登高請賦。

龍虎榜賦以"陸宣公知貢舉"爲韻。

乾象上垂，金精下育。天開文字於十閩，地萃衣冠之八族。炳焕寰區，權輿科目。日月如見大名，南北遍行二陸。爰命同平章事陸贄，持玉尺，選青錢，掄元宰，集衆仙。際風雲之會，求龍虎之賢。天門詄蕩，一紙麻宣。有歐陽詹者，褒衣博帶，來自南中。乃傳薪之弟子，爲入彀之英雄。吟嘯克肖，山淵攸同。用以宏我邦國，佐我王公。斯時《霓裳》曲唱，席帽身離。如韓及李，並轡交馳。矯似智蟲之技，蔚爲寅客之儀。榜花四照，咸結主知。鴟吻雙翹，鴻臚高哄。競留淡墨之緣，同入鈞天之夢。而四門博士者，何異彈冠之貢。自唐迄今，千百年所。澗古叢深，光芒如炬。溯赤水探珠之儔，懷南山夾鏡之侶。登第誰先，温陵請舉。

龍虎榜賦以"陸宣公知貢舉"爲韻。

天篤閩疆，英才誕育。文運先開，彬彬彧彧。於是有衡持者，出爲中書侍郎之陸。帝乃命曰，風雲際會，禮重求賢。今兹月日，爲造榜天。欽哉汝往，下詔傳宣。於時龍騰虎躍，胥入彀中。一門桃李，顧視稱雄。僉以遴拔，至正至公。乃有歐陽行周者，天荒忽破，弱齡冠時。鱗開日閃，斑幻星垂。大書淡墨，天下名知。若韓若李，並轡引控。臚唱先聲，天閶高哄。都成吟嘯之儔，咸向王庭而貢。迄今過温陵，懷舊侶。四門明月，千百年所。一片清暉，水處山處。文章權輿，百家觴俎。訪讀書之故廬，尚炳焕兮如炬。驪珠在天，夾鏡照渚。而巷北巷南，銀袍楚楚。聯臂同升，報國期許。凡織登科記者，莫不曰：閩之得第，自公首舉。

英雄入彀賦以“天下英雄，人吾彀中”爲韻。

初唐選士，大比求賢。禮恐網羅或失，格猶正鵠能懸。未落羿弓，月裏賸登科之記；能儲吕袋，人間成造榜之天。乃登明堂，更開廣厦。欲珠獲兮探驪，比弦張兮盤馬。絶好乾坤，隻手策射殿前；如聞霹靂，一聲風鶱腕下。衣冠濟濟，氣象觥觥。恍襲健兒之號，同膺飛將之名。宴啓新昌，隔座儘收仙翰；光臨神武，鳴梢猶是集英。則見綴行胥出，引滿不空。餓鴟叫澤，孤熊在叢。末弩一枝，下士憑他著力；前程萬里，大王惟我稱雄。太宗顧而喜曰：羨爾文章，是爲決拾。佩將雕服之鞬，彈遍柳衣之汁。卻肖蟾光未缺，向月而彎；如攜象弭相隨，戴星以入。天弢参透，人鏡兆符。班聯蘂榜，志遂桑弧。心手能調，韋佩何如弦佩；頭銜盡换，今吾不是故吾。時也碑許名刊，衣還詩繡。習執籥承弜之儀，擢綬綵牌金之秀。始信狀元定價，睡漢莫笑挑燈；不辜亞聖有言，學者真同志彀。一人畫策，千古從同。白頭豈賺，青眼何隆。家風可悟良箕，勿替繩繩繼繼；人物是堪爲表，請分上上中中。

笙磬同音賦以“房謀杜斷，如樂之和”爲韻。

千秋柱石，一代宫商。科名並世，鼓吹盛唐。律吕從心，無異截箭嶰谷；調和在手，何須借箸子房。爰有笙磬，清明寡儔。厥惟房杜，經緯與侔。獨諧音於厱厱，乃同度而休休。倚左右之股肱，還相爲樂；寓陰陽於金石，爾有嘉謀。原夫往返雍容，短長夾輔。孤篠在堂，懸匏列廡。薄具官之騎省，長吟能下鳳凰；嗤去國之大夫，應律獨歌蘭杜。再稽片石，迴殊寸管。斯爲懸黎能光，不比大魁有窾。記十年而領取，仙骨珊珊；笑一个之無他，臣心斷斷。蓋笙本曰生，發端在初。磬以立辨,群疑能祛。順四時而拊擊,轉一氣以吹噓。書在屏風,好循陔而共補;用堪梁棟,豈荷蕢之不如。是惟交濟有成,大權在握。鳴球於庭,運籌於幄。爲模爲範,山水亦自有音;或參或差,鐘鼓何堪云樂。此舊史氏,傳贊有語,比擬得宜。不閟爾金爾玉,漫論如竹如絲。歌《韶濩》於一堂,相公樂只;話平章於六律,君子器之。今者韋平調琯,王謝鳴珂。相生隔位,合節同科。車馬中興,四字譜廟堂之曲;夔龍庶尹,八音奏天地之和。

司馬丞相布被賦以“不曰詐不可能也”爲韻。并序。

古今以布被稱,率貧窶也。居高位者得二人:西漢爲公孫,北宋爲司馬。然平津侯史以詐稱,而温公祇言其儉。獨放翁有《布被銘》。蓋史官不瑣及之,所見者大非,如公孫矯情,故特書耳。然則放翁何銘耶?世既譌傳爲秦少游作,而又自注之,以明爲己作。何哉?考放翁作銘,時方二十歲,爲紹興二十四年,秦檜、孫塤正修實録也。放翁年十二,能詩文,鎖廳薦送第一,而塤居其次,檜怒甚。明年,試禮部,復置前列。檜黜之,遂爲所嫉。至檜死,纔以薦除官。當作銘時,乃檜死之前一年,是銘實爲檜發,所以諷居相位者以詐而不以儉。布被雖微,殆借題以寄慨焉。爰申其意,爲之賦曰:

嗟夫!南渡江山,已非故物。世有長脚相公,安知萬家生佛?以孫領史官,大言如綸綍。而施鍔者進《中興頌》,紹興雅咸賡朱紱。遂令《涑水紀聞》,曾孫司馬伋亦爲之屈。蓋大禁野史,君子道詘。此布被有銘,所以大書不不。緊我温公,典章未没。遼人相戒,毋敢犯闕。粹德在儉,大書於碣。視此被兮猶存,真甘棠之一笏。可覆萬民,以肉白骨。可塞四夷,以禦羌羯。惜無有人長懸勳閥,紀其造作。某年某月,俾權奸一流悚聳毛髮。陸務觀乃奮袂而起,以補之曰:爰溯西京,公孫假借。長孺謂其釣名,嬉笑勝於怒罵。均一丞相,其風斯下。何若我公,以儉爲化。靡襆澣之貽譏,競遮道而挽駕。有挾纊之温,無薰天之炙。其廣也與天同幬,其廉也非繒同價。展轉反側,戀此寒夜。姜家一牀,裴氏百幅,僉聞之而遜謝。是雖片端,我無爾詐。於斯時也,獨樂園中,久居鬱鬱。

似鐵多年,無所愧艴。有兄曰旦,同卧起而護持;有兒曰康,侍温凊而拭拂。不諱蒙茸,何取繡紱。挫群虜之甲堅,庇四海而體熨。雖有嚴霜,災祲能祓。公獨擁衾而札當世之要務,倚枕而定戎機之密勿。四朝晏然,一身服不。胡爲及今,高位卑瑣。竟金帛而稱臣,歸妻孥於一舸。三字風波,碧血包裹。湖上騎驢,奪其負荷。群視先朝此被,以爲何加於我。於是排和議戰,諸書付之一火。東窗重茵,黔首袒裸。一德格天,獨富而哿。號寒者凡億萬姓,觳觫道左。温公在天之靈,其曰可乎不可。檜也無恥,讒佞相仍。河山等漂水之絮,宫車返朽木之燈。卧榻之旁,有女真鼾睡;潛帷之内,有二子蚊蠅。敵國伏莽,怨府沸騰。致令忠良剥喪,犬羊壓淩。其爲禍也,奚止青苗一法,爲我公所糾懲。即撰諸西京,彼相雖詐,而無此驕矜。夫何謬醜群,陰沍凝。被其陷穽,僂指不勝。被其涂毒,亘古未曾。而上爵謚者尚曰:惟汝功,惟汝能。噫嘻乎!我公不作,規隨殊寡。昔有布被,可以靖邊庭;今有華旗,何以衛宗社?誤國而忘讎,誰爲從政者!如游屏黜,何頌何雅。長夜積憂,清淚如瀉。惜未能褫其奸魄,持以質諸司馬。吮墨長歎,援古抒寫。更爲亂曰:活我百姓兮,獨支大厦。惟公尺幅兮,帲幪九野。安得負暄兮,若斯人也。

宗留守以兵法授岳忠武賦以“運用之妙,存乎一心”爲韻。

維宗留守,部曲求賢,韜鈐善訓。識麾下之偏裨,佐軍中之答問。心肝能靈,臂指自奮。倉皇南渡,誰爲野戰之萬全;召募東京,可有良家之四郡?如授書於李景武,虬髯藉以鑰投;如讀法於張子房,黄石教其籌運。有岳忠武者,名隸曹州,生丁炎宋。鈴閣追隨,節樓侍從。去來兮必偕,甘苦兮能共。倚三層之大纛,許身自笑何愚;愧一卷之《陰符》,在口未能成誦。喜有母言涅背,報敢盡忠;豈真老柏苦心,材難爲用。於是授以兵法,冠於軍帷。應習何擒何縱,俾知有正有奇。古爲良將,今是男兒。在將軍庠序自修,已變建炎之風俗;惟小子《春秋》能讀,敢忘我魯之宗支。二聖未還,山外高樓似汴;九哥無恙,江中流水如之。爾乃百戰間關,萬夫叫嘯。守彼指陳,洞其奥窔。敢手握乎一篇,欲力回乎九廟。捧黎陽之長策，斯文未墜淵源；話忠定之薦書，繼起不辜號召。真能將將，英雄則高帝天生；均是爺爺，毛髮則鄂公神妙。蓋其奮興部伍，成就將門。爲婺州之羽翼，作吴郡之屏藩。跬步我帥，寸心至尊。羡鄭侯文墨能持，規隨不爽；勝鬼谷遺書在抱，游説實繁。嗟板蕩兮中原，今日需材孔急；歎艱難兮時局，當年知己何存。爰參上駟，請效前驅。身爲鵬誕，氣奪烏珠。學士空勞舉弈，書生猶是投壺。五百背嵬，變化能神於幕下；八千桂嶺，提撕實出於座隅。每嗟忠簡易名，先生去也；縱有清涼作伴，居士瞠乎。夫何荻壘蕭蕭，草堂瑟瑟。十三篇之將種難逢，廿五甲之軍符旋失。空留銅爵餘悲，重吊金陀遺佚。彼也出師未捷，卧龍同白帝之傷；此也奉召遽歸，縛虎困朱仙之厄。人情莫問，風波獄字已鐫三；國事可哀，太平翁德難格一。迄今棲霞枝拗，叠雪幢沈。遺詞在碣，清淚滿襟。歎過河之氣短，感指日之恩深。二十上諫書，想見排和議戰；八百年軼事，卻憐款帛輸金。直如劇孟之佐亞夫，一時敵國；此即伏生之傳鼂錯，千載同心。

刻鵠類鶩賦以題爲韻。

予季獨存，家兒難得。如鷇如雛，誰卵誰翼？小子不爲凡鳥，客謝門題；壯夫何事雕蟲，臣能石刻。昔者伏波有言，兄子專督。拙願肖乎鳩居，短最憂夫鳧續。河山無恙，跕地猶是烏鳶；富貴毋忘，輟耕且談鴻鵠。譬諸飛禽，施於利器。象形是求，擇木以試。莫學彎弓將至，各心其心；休同更膳必雙，不類而類。匪土可摶，匪金可鑄。俑者欲技之神，弋人何篡之誤。爾曹自勉全功，當養木雞；丘嫂勿愁家法，常憐野鶩。嗟夫！雕鐫或殊其常，謹敕不失其故。四海未横，一匹甫具。望子羽毛自滿，賀世能鳴；哂他輕薄爲文，大言有賦。

刻鵠類鶩賦以題爲韻。

大道無端，形形色色。鶴涅終白，鴉浴仍黑。惟習慣兮自然，貴守身而自飭。譬彼攻木之工，勿忘弟子之職。凡鳥雖微，可喻鐫刻。伏波曰：昔我南征，一身局束。仰視飛鳶,跕跕何屬。念爾曹之無教,躬欲親乎家督。卵之翼之,以似以續。怎争食之鶩可效,敢以吾爲子之鵠?然彼鵠也,一舉千里,瞬息可至。試肖其形,刻之爲戲。世或薄爲小技,非壯夫所有事。陋其羽毛,群相棄寘。亦知窮大失居,淡泊明志。因乎物者,何妨不物於物;從其類者,妙在不類而類。鵠兮縱小,未廓天步。尚守藩籬,不踰法度。即下等一匹之雛,終不屬鉛刀之誤。要恃真全,詎愁錯鑄。人或嘲似鵠非鵠,子一任呼鶩即鶩。嗟夫!棨戟之家,沈迷不悟。誇鬬雞之小兒,襲蒼鷹之餘怒。鴆媒毒深,烏啄謡具。非保家之肖子,吾爲此而滋懼。鵠與鶩兮,稍有參差;推厥類兮,猶安吾素。儻薏苡不至爲明珠,庸何傷乎今之世故。剞劂氏曰善,請爲之賦。

五經爲衆説郛賦以題爲韻。

範圍百家,橐籥三古。出入津梁,異同門户。既下沈而上躋,天地列宫;復左采而右獲,德義爲府。雖指數有千,而分部惟五。吾道不殊瓦甓,好仰宫牆;斯文可作干城,勿虧簣土。昔揚子卜居在宅,著書有亭。言不同於河漢,徑獨闢乎畦町。拊片石而鏗鏗,屹立顓門之學;得漆書於蕩蕩,重題入室之銘。衆口衆心,不外説事、説天、説理;爲郛爲郭,獨存大經、中經、小經。原夫群儒聚訟,曲學多歧。争新壁壘,易决藩籬。嶽嶽摧堅,折鹿斯已;栖栖戾止,歎鳳何爲。防河讀渡豕之書,己亥勿訛卜氏;在野抱獲麟之筆,庚子必拜宣尼。爰慎守圻,匪占檮棟。壞郛有功,假城是諷。勿恃陋而不修,每掌固以戒衆。屏北方之異軌,小子鳴攻;擁南面之長城,諸侯入貢。月常一遍,實墍實墉;夜必三巡,以磨以礱。淵海胥憑,藩垣競設。大道既有防閑,小儒勿得攘竊。崇敞宏規,破除勦説。塞茅非路,儘誘其心;炙輠殊方,已敝厥舌。問相當誰稱旗鼓,可許登壇?豈爲盗必屬衣冠,須防鑽穴。蓋積薪是阜,汙土無虞。絲綸既筦,言行爲樞。商灝夏渾,狀其寥廓;周親魯攎,騁彼坦途。五兵獨儲於庫,五賊不侵其郛。四壁猶存,不廢哀絲濫竹;一隅可舉,誰司入主出奴。彼夫經苑崇修,學宫依附。不窮探戴憑之源,無雙踵許慎之步。詩推匡鼎,鑿光竟破比鄰;書授夏侯,應敵終須章句。此構户牖者，春秋能辨，張生兼洞羲經；而固城郭者，王霸自彊，荀子獨編禮賦。

君子養源賦以“源清者流必潔”爲韻。

上善若水，老子立言。治勿汶汶，政相沄沄。荀蘭陵因特書之曰：維彼君子，要語不煩。既息有養，猶瞬有存。譬諸飲水，須知其源。夫何濁世，倒施逆行。激使過顙，望洋一驚。匪溯洄兮宛在，無町畦兮若嬰。中懷日汩，騖利與名。嗟既忘其本，豈得聖之清？厥有養焉，不自外假。湛湛此心，可藏可寫。葆一片之靈臺，祛在天之野馬。如屋建瓴，居高下瀉。居官無失其時乎，惟在恃源而往者。探星宿海，乘槎遨游。尾閭下洩，能盪氣舟。是源也，真左右而如見，爲神瀵之上頭。黄河投醪，一醉拍浮。雖生孟子之後，不廢萬古之流。木有根柢，枝繁葉密。此乃朝宗，支條所出。非潯陽派分爲九，乃積石導歸於一。君子則資之能深，如膠投漆。不舍晝夜，毋固毋必。是養其大者，取之不竭。非養其小者，一勺井渫。活水自來，中央百折。方寸迴旋，聰明冰雪。斯爲循吏傳中人，不愧乎良玉比潔。

爲道日損賦以“無爲而無不爲”爲韻。

吁嗟！道猶龍兮，是爲真儒。胡盛滿兮，不合時趨。毁謗雖來兮，吾亦奚虞。千秋萬歲後兮，守一脈於虛無。緬彼二千五百言兮，乃道之辭。尊以爲經兮，樹百家之藩籬。曾尼山之素王兮，猶問禮而稱師。極古今諸子之冠兮，亦言治而大舜奚爲。在《易》既占《益》兮，《損》必繼之。有益必有損兮，即陰陽之偶奇。彼紛紛庸俗兮，短長相持。亦知吾之不測兮，鱗之而。日損一日兮，不逐逐於歧途。獨立坊表兮，猶是故吾。道在是兮，日月備於一軀。浮雲安能蔽兮，一埽而無。如蒼蠅之聲兮，下士何其吃吃。如蚍蜉之撼兮，大樹無傷蔥鬱。道滿天地兮，有伸有屈。守真抱淑兮，夫誰曰不。惟滿招損兮，此陷於不自知。滿而自損兮，道何至於漓。望函關之紫氣兮，青牛相隨。吾道東兮，要在人爲。

愚公移山賦以“有志者事竟成也”爲韻。

匪夷所思，由反其手。技奪天公，人非土偶。鑿混沌之胚胎，等岱嵩於培塿。爲問法施靈鷲，我佛云何；莫嘲神格操蛇，乃公烏有。有愚公者，無陂不平，圖難於易。肯辭絳縣之年，爲縮長房之地。收桑榆於晚景，誰云騃僧庸才；開金石之誠心，當以丈夫爲志。爰移其山，僉謀於野。匪伐爲童，匪加以赭。想入非非，計出下下。斧柄不在，相望若有人兮；筋力無多，此禮何堪老者。爾乃荷簣既勤，挈瓶竟智。豈真帝謂能通，不信前言是戲。愚而自用，坦平易此。大觀山亦有靈，來去行所無事。未幾，胥化康莊，絶無崖穽。共詫奇功，何傷疲病。爲唱《九歌·山鬼》，風風雨雨飛來；好傳一卷山經，子子孫孫讀竟。非愚溪之養晦，非愚谷之齊名。非宋石愚以爲寶，非杞天愚其將傾。錯疑力士開山，五丁下降；不讓巨靈擘華，三峰削成。蓋惟性難遷，有儀可假。負不同蚊，神能化馬。鳴鐸豈效驅秦，刊木無須行夏。平於天即平於地，客亦知此山乎？轉以石不轉以心，君其古之愚也。

愚公移山賦以“有志者事竟成也”爲韻。

北山老人曰：予欲以人勝天，空諸所有。自量其力，獨運於手。是區區七百里，殊怏怏於九十叟。河曲智叟，睨而哂之曰：否，否。子不聞太行王屋，實麗於地。非人所設施，乃天之位置。大哉先生之言，休矣先生之志。請爲子說之：昔有齊人，自稱能者。欲挾太岱，超乎海若。求大欲而不得，適貽笑於天下。曾是岌岌，可以力假。老人不懌，曰：惡是何言，古有其事。巨靈擘華，豈異人致。五丁開山，無往弗遂。吾安能面此冀河之介，爲林林央央所祟？爰謀於室，荷簣聽命。子子孫孫，相繩勿竟。可遷者山，不變者性。土壤不境，胼胝何病？操蛇之神，聞而大驚。奔告於帝，帝感其誠。乃下詔於夸娥氏曰：有某某志在蕩平。好行直道，汝其玉成。負此二山，分厝於朔東雍南之城。智叟再過而問焉，不見崔巍，但見沃野。駭是翁之矍鑠，口囁嚅而佯啞。於是爲銘其間,曰移山老人愚公之社。愚而不愚,古之愚也。

二八升賦以"二八升而唐虞盛"爲韻。

維舜臣堯,舉賢佐治。心腹聿敷,股肱攸寄。夾輔放勳,聯如指臂。帝典煌煌,靡分爲二。厥時搜揚,大遍坱圠。在野無遺,好問心察。同升諸公,連茹以拔。曰愷與元,爲伍八八。高陽高辛,並世雲仍。令名不隕,濟美奮興。如連雞也,翰音天登。如朝陽也,扶光東升。是十六族,比肩揚眉。諧音舞佾,節節咸宜。權輿卦數,後先重規。引自貳室,何有遠而。百事揆兮,國祚有康。五教敷兮,相得益彰。疇伯疇仲,四序成行。若舞鸞鳥,集於中唐。六佐六相,媲此淵謨。七輔七友,共握化樞。四史四岳,亦謹步趨。賡歌颺拜,一堂驩虞。爰乃受禪,以聖繼聖。君明臣良,生德天命。分形同氣,各得其正。唐虞之際,於斯爲盛。

雅頌同文賦以"岐陽石鼓,雅頌同文"爲韻。

昔六一居士,圖書在抱,道德爲詞。悔予生之已晚,歎删後之無詩。再拜有言,淮右笑柳州之表;中興是紀,浯溪陋魯國之碑。雅誰歌以好禮,頌誰戒乎忘規?乃求石鼓,厥在豳岐。夫以其文也,出於籀史,追乎軒皇。上薦太廟,大開明堂。二雅兮可肄,三頌兮有章。非崆峒之難尋點畫,非岣嶁之莫辨偏旁。刻畫千秋蝌蚪,則迹留太古;承平一片鳳凰,則聲叶朝陽。有如雅焉,正變攸分,大小足繹。封異金泥,儲同玉册。纍如貫而耳盈,卓不群而心獲。歈籥三章,補笙一脈。訪遺言於雨淋日炙,此即扶輪;紀盛事於車攻馬同,請爲刻石。又如頌焉,誰切誰磋?宜商宜魯。贊揚不減於奚斯,紀述無殊乎吉甫。恍聆矇瞍之歌,儼得賢臣之輔。箴規比例,有武王一卷丹書;拊擊和聲,是黄帝十章橱鼓。爰采其辭,爰求諸野。合焉若符,和者非寡。撰雖比興異乎,揆則後先一也。口豈予箝,心真我寫。不墜六經以外,護持自有天工;爲參四始之中,熟讀何如《爾雅》。蓋其同也,如同軌之循途,如同風之垂統。如同律而陰陽不差,如同音而高下可共。美媲《簫韶》,奇搜汧雍。合左右之驂,扈春秋之從。猶露蘚苔一角,字赤石青;僅存楊柳數行,塗歌里頌。嗟夫!漆書已渺,竹簡誰通?率多贋本,徒守經筒。象形雖開於蒼頡,真迹都付於祝融。未遂西行正樂,獨遺宣聖;空勞小注釋言,欲補元公。即翕純可諧乎終始,而波撇莫考乎異同。乃獨此炳炳,不異云云。吹合雅而爲一,歌投頌而莫分。細尋點竄,勝讀典墳。精神至今如見,作述非得所聞。此我朝移俗易風,譜以九成之《象箾》;俾多士銜華佩實,蔚爲百斛之龍文。

諸葛武侯梁甫吟賦以"日暮聊爲梁甫吟"爲韻。

武鄉侯未誦閟宫,先歌斗室。當南陽高卧之年,正東漢式微之日。不世經綸,名山著述。歎中原兮逐鹿,吾道何之?比小隱於伏龍,斯人不出。當其寄懷《梁甫》也,慷慨一篇,蒼茫四顧。風雨三椽,滄桑幾度。擅名士之風流,悵美人兮遲暮。山川如故,何曾封禪留書;身世多艱,一爲登高作賦。流連不已,抑鬱無聊。棋局有觸蠻之戰,酒杯借塊壘以澆。太息桓、靈之世,依然莊、景之朝。每懷先帝艱難,天心誰屬?况值群雄割據,王氣全銷。世無晏子,誰與憂時。碎壺何壯,斫劍空悲。古之人不可作,天生我兮何爲?齊魯已非,身如淩乎絶頂;孫曹安在,氣早懾乎諸兒。胸懷磊落,意態軒昂。泣鬼神於半夜,出金石於高岡。氣真蓋世,音尚遶梁。琅琊之殘碣重尋,我來大道;新野之故廬無恙,人話夕陽。依舊高山,長留樂府。開濟兩朝,文章萬古。對瀰瀰兮罘罳,獨琅琅於環堵。五字寫有餘之恨,祠重拜乎樊南;衆山送未了之青,嶽更望於杜甫。嗟夫!廢興有數,感喟同心。我亦盪胸寄慨,誰仍抱膝長吟。古柏猶存乎錦里,荒墳更吊乎蕩陰。一鶚傷心,賓客但知坐卧;萬牛回首,丘山如見古今。

叔度汪汪千頃陂賦以"澂之不清,淆之不濁"爲韻。

大川利涉,一善服膺。涓涓不辭乎河海,混混自別乎淄澠。話汝南之月旦,溯白水之中興。惜哉去日,履此堅冰。天下滔滔,濁世吾將誰與;諸公衮衮,清時未必無能。移成連海上之琴,幾輩刺船相訪;飲公瑾道南之酒,何人饗醴獨澂。昔黄叔度薦非狗監,家有牛醫。言者如百川之海,受者如千頃之陂。問年雖少,爲世所知。丁章和受終之運,值永元建極之時。時則洗五千餘里之腥氛,匈奴款塞;收二十萬人之汗血,竇憲出師。滄海曾經爲水,真難言矣;狂瀾既倒障川,我欲迴之。則見萬里風乘,九仞井掘。澄清定攬轡之籌,昏暮足叩門之乞。而公也挽此茫茫,伸乎鬱鬱。三千之浪,可以鯤飛;九重之淵,何須龍屈。商量結網,豈斯人至察無徒;左右流觴,爲當世不祥是祓。視彼充庭阿母,一例迸諸;弭他跋扈將軍,如官服不。夫何助瀾有虐,填石難平。莫遏悠悠之口,如聞洶洶之情。賓客雖疏乎鄧氏,侯封竟列乎江京。中和未抱,一柱誰撐?已留十日之酲,沈酣石府;未滌六宫之穢,寵幸伯榮。酒保無家,太息杜根之自苦;夕陽何處,徒傷伯起之遺清。如是徵車未拜,鍵户息交。懍易汙之節,占不字之爻。四海横流,原無止境;一貧如洗,聊且解嘲。既混茫兮獨接,若天地兮并包。得龜龍共切景行,争仰萬流之鏡;歎江海本難易色,空投盈寸之膠。水性迴不異矣,東西自決;潔身誰能浼已,涇渭何淆。況夫荀淑識從逆旅,戴良奉爲師資。非王、龔所能抑,爲周舉所交推。袁閎則空待停車,再宿不留於彼;陳蕃則願遲佩綬,三公獨讓於斯。腹心叙願,寒暑忘疲。固水鏡而人倫在望,何河清而人壽難期。差同尼父亟稱,在川有如逝者;雖比顔回再世,負郭毋乃少之。惟郭林宗獨精品評,不涉髣髴。全吾天於布衣,謝一命於赤紱。如翻九河之渾渾,如注百川之仡仡。非五千頃之蒲阪,河渠溉民;非四萬頃之法華,日光曬佛。淵淵其淵,物物不物。笑汎泉濫泉之器,比予何曾?聽濯纓濯足之歌,夫誰曰不。蓋其爲量也,湛若天君,渾然圭角。鄙吝能令心消,歲時不妨見數。民欲稱焉無得,幸依驥尾之馳驅;黨有錮兮將興,早絶蛾眉之謡諑。但見如幻琉璃,絶無墝埆。大觀在上,日月儻與争光;具體而微,江漢庶幾可濯。悟二本終歸一本,不外後海先河;問出山何似在山,自信我清衆濁。

採蠟燭珠爲鳳凰賦以題爲韻。

鳳兮鳳兮,吾衰安在。兀坐良宵,何來百琲。王僧綽乃幻爲九苞,翦成五彩。雖兒戲之纍纍，且凡鳥而𥟖𥟖。猶有童心，伊誰嘉納。長夜乾坤，衆禽雜遝。獨秉燭以遨游，繞銅荷而周帀。替人淚垂，興來如答。爰綴明珠，不同嚼蠟。彼蚖有膏，斷帶能續；彼豹有髓，可稱麗矚。笑嬾婦之群魚，照歡娛兮一束。雖亦斐然，取裁奚足。請比龍銜，無負斯燭。曰維五鳳，六飛與俱。味爲良硯之品，尾有一諾之殊。或修樓相助，或巢閣自娱。煙浮鐵筴，於以穿珠。嗟烏衣之門巷，睇燕子兮何之。風流未歇，刻汝成詩。牟尼一串，記事無遺。藹藹幸多吉士，梧桐無失朝曦。無端見跋，一歎何爲。阮孚之屐，幾緉斷送。田文之履，食客何衆。彼檢書兮燒短，寄浮生而如夢。吾獨覽輝於九天，賀世以高弄。吟能栖鐸，走非入甕。不待爲車，自成一鳳。雖曰小技，可販燕王。取盤中之錯落，作池上之翺翔。恩波曾沐，刻劃難忘。君臣遇合，歌舞文章。長卿邈矣，竊比求凰。在旟見隼，在堠見鷺。回首五侯，漢宫日暮。望雲裏之帝城，敢被褐而廓步。詎戢翼欲居乎九夷，請扶輦逍遥以獻賦。

冠悔堂賦鈔卷四

太華峰頭作重九賦以題爲韻。

菡萏名山，茱萸勝會。落帽風前，洗盆天外。集上界之衣冠，覆異雲於松檜。自信青天可問，佳句重攜；莫嘲卓午相逢，瘦生何太。風雨滿城，巾車命駕。陟日月之岧嶢，招鸞鶴而躡跨。白帝西來，王母晝下。丸泥函谷，何年老子入關；一綫黄河，共説巨靈擘華。巉巉石榻，寂寂梵鐘。極天山浄，古洞塵封。小黄圖於一覽，訪丹竈之遺蹤。依然賓客南昌，登高九日；絶好兒孫西嶽，羅立諸峰。雄鎮豫州，素節當秋。幸吾儕之健在，算奇絶兮兹游。歲將云暮，樹是無憂。故里重來，正與盧敖舉臂；買山可駐，胡爲巢父掉頭。桑落同傾，藥坪兀坐。千仞青蒼，九天欬唾。投書不廢韓文，餐菊且歌楚些。笑戲馬還登宋武，佳節相思；問墜驢可有陳摶，此生何作？少焉日夕，歸而扶笻。或騎白鹿，或策蒼龍。佩紉瘦木，手把芙蓉。聽前度之管絃，曾宴幔亭曲曲；挹最高之呼吸，能通帝座重重。覽古讀碑，舉杯搔首。有人玉井觀花，幾處白衣送酒。吏不催租，心都離垢。造化何來巨斧，斫地成三；神仙自有長繩，亘天折九。秦塞巍巍，嘉辰度度。筆借神風，掌擎仙露。訂蠟屐於明年，留茅龕以小住。我自題名一代，不愁夢得無詩；誰爲封禪百家，更倩少陵作賦。

東坡金陵遇荆公賦以“積李崇桃，峰多江遠”爲韻。

並世才名，一時主客。晤西掖之同群，訪南朝之勝迹。有四百八十寺，罨畫樓臺；此三萬六千場，消磨笠屐。江山何似故鄉，風月且談今夕。花飛下冢，祠尚在兮如新；草長謝墩，恨與年兮俱積。昔坡公左遷，金陵戾止；離合一身，去來萬里。酒家欲問秦淮，宦味只如江水。銘旌姓氏，空嗟庾嶺庖民；儲藥丘山，已失黄州幼子。誰作一雙秋水，銅劍贈君；正逢卅五年華，玉芝和李。倏來舊宅，得遇荆公。自笑一官屣敝，何期我輩樽同。時方八月，歲在元豐。秋色作愁，天地竟成逆旅；殘山無恙，雨風不廢吟筒。王氣毋乃黯然，人物傷百年以後；封侯何足算也，文章比五等之崇。想見故人未病，甲第仍高。具秋水暮煙之概，習穿花斫竹之勞。江鄉狎鷺，水國持螯。三畝獨歸，集舊游之裙屐；十年長别，訊健在之皮毛。乃公爲解脱真仙，能知捨宅；而我是再來道士，欲問種桃。於時入林把臂，到寺尋蹤。相催吟鉢，同聽梵鐘。燕子梁空，門巷已非舊主；瓢兒菜長，田園重話家傭。故交落落，遠恨重重。好夢吴王，唱到磯頭赤石；儻逢蔣尉，數將江上青峰。西風執手，北固浩歌。此地長留詩卷，兩人欲築行窩。舒王憔悴，玉局蹉跎。文字論交，薄齊梁之小子；《離騷》重讀，挹屈宋之餘波。卻憐飯後騎驢，從公不早；自歎身宫磨蝎，知己無多。有王勝之者，嘯儔得一，游侶成雙。欲收畫戟，來拜金幢。小憩半山之寺，且停北郭之艭。不聞古埭鳴雞，千門漏歇；空説雄關踞虎，一片旛降。歷歷前游，如見南飛烏鵲；滔滔濁浪，已拚東去大江。嗟夫！勝地尚存，先生不返。誰書青李來禽，只合和詩喫飯。公靈固一代之雄，予生何重來也晚。託身奎宿，無慚天上文星；覓句鍾山，不朽袖中詩本。莫問花開花落，星辰爲底參商；每懷江北江南，山水何分近遠。

渴睡漢賦以“渴睡漢狀元及第”爲韻。

幾輩眼揩，使君鬚捋。皮相空嗤，狀頭已奪。忽驚平地雷霆，獨得公門衣鉢。莫笑挑燈寒夜，入夢如癡；不辜射策大廷，求賢若渴。當吕文穆之席帽未離，甕繩是寄。世誰蹭蹬相憐，鬼亦揶揄競戲。磨蝎在身，僵蠶比醉。所期燒尾，來争河鯉先登；未問調羹，且與梅花同睡。高枕支頤，短衣至骭。魯酒多酸，布衾待旦。囈言則五臟神驚，凡骨則千金丹换。二子在旁熟視，由來不識泰山；丈夫有志竟成，此語當非河漢。爰乃整衣宵興，納卷朝唱。不同大塊浮生，竟擢文章宗匠。一夢舐天，三層躍浪。差喜未遭紅勒，試官今日能容；卻思輭飽黑甜，賤子少時無狀。豁醒人海，排入天門。露華沆瀣，雲氣崑崙。我已星精炯炯,誰仍醉夢昏昏。吉語無欺,祀神君於九烈;英雄非賺,話朝士於開元。是知謝莫漫加,名由自立。請看虎氣終騰,未必龍身久蟄。無礙槐安,有靈柳汁。蚍蜉撼樹,笑他本不自量;蛙黽窺天,料我何曾能及。迄今蘂榜天開,花甎日麗。夢不戀衾,奮争投袂。萃丞相於一家,拜許公於兩世。猶記才儲夾袋,共好漢之功名;每懷恩重朱簾,足睡鄉之門第。

種蕉學書賦以"芭蕉分緑上窗紗"爲韻。

三弓拓地,五色生花。裁柿葉兮何小,鋪麥光而無瑕。儻臨逸少之池,誰愛寫經道士;錯認揚雄之宅,竟來問字侯芭。緑天何處,咄咄僧寮。夕陽一角,細雨千條。商量欲覓良田,有書可學;省識别無長物,所種惟蕉。則見呪鉢噀水,荷鉏劚雲。無數青羅之扇,奚殊白練之裙。笑傲此生不作,尋隍一夢;消磨何事能爲,入木三分。爰乃抽此重重,灑將曲曲。鳳尾四垂,牛腰一束。猶是披蒲五夜,不減殺青;幾如刻楮三年,都成結緑。萬本有資,雙鉤是倣。漏夜月而留痕,塳春風以入掌。手追碧落,卻疑科斗有神;心叩黄庭,同證菩提無上。時也香初墨潑,飯後鐘撞。長歌可贈,宿酒初降。爲言修竹莫彈,我解翦除幽谷;所願白雲無恙,請同檢點晴窗。題銘有客,築冢名家。三昧自稱草聖,六時共話長沙。摩詰相逢,更倩雪中作畫;闍黎儻識,定教壁上籠紗。

只談風月賦以"今夕只談風月"爲韻。

偃王胄茂,吏部堂深。薄五官之寸進,值一刻之千金。有徐修仁者,和風入袖,朗月披襟。起視未央,不負好天良夜;縱談何事,無非往古來今。如此佳辰,何來濁客。彼枉千人,我難破格。若輩敢效曳裾,吾徒且分片席。清明買原最易,不用一錢;富貴拜豈堪求,卻嘲七夕。五緉何輕,一方可擬。客真不速而來,天竟有情若此。蝦蟆自鬧,爲官奚問私乎?螃蟹獨持,不諒且憑人只。時也賦閒得兩,對影成三。宦途最慎,世味詎諳。暢予懷兮浩浩,憎多口兮譋譋。溯十八之排行,封姨宛在;歷三五之盈缺,羿妻能談。爰爲之誓曰:銓衡不爽,厥維青宫。勿庶人雌,宜大王雄。大聲水上,渢渢至公。我心飄忽,有如此風。又曰:今夕何夕,依金谷罰;天知神知,狡兔在窟。勉也選官,對命一笏;汙穢太清,有如此月。

吟風弄月賦以"有吾與點也之意"爲韻。

嵩雲徘徊,伊闕左右。發絲竹之宫商,拓天地爲户牖。謖謖長留,團團不朽。自南自北,欲呼小子歸歟;即色即空,豈等先生烏有。爰有風月,斗室是娱。披懷灑落,瞻範清腴。自謁春陵長者,得偕沂水生徒。買來不用一錢,毋須取爾坐處。只談今夕,所好從吾。吟彼悠揚,弄兹高舉。參消息於八方,悟盈虚於四序。噫氣自來,前身誰侶。洋洋盈耳,憑截竹之短長;處處當頭,笑登梯而取與。則見轉蕙有光,磨珪無玷。萬竅皆號,一塵不染。契花鳥之精神,撫圖書而束檢。有客彈琴林下,修竹泠泠;何人讀《易》窗前,楊花點點。爾乃廓步太清,扶輪大雅。是道足以興觀,此心於焉藏寫。山斗公尊,文章我假。九州已遍守雌,肯學庶人;萬象在旁對影,重邀白也。維時吾廬可愛,爾室無私。淩空嘯傲,掬水淪漪。既别開乎生趣,儘可入於新詩。平分佳日春秋,伊人宛在;同樂無邊光景,吾道何之。一卷名山,千秋樂地。人籟根乎聲聞,神光澈於胸次。不遠會心,可同把臂。晤中央之魚戲,池蓮尚在人間;聽兩部之蛙鳴,庭草亦憐天意。

江東暮雲賦以題爲韻。

長留詩卷,檢點晴窗。卿當獨步,我肯相降。仰太虚之冉冉,隔一水之淙淙。牛渚青天,如見扁舟散髮;長安落日,獨愁有酒盈缸。時則少陵之憶太白也,吞聲惻惻,顧影幢幢。此也山頭戴笠,彼也白下飛艭。得當塗聚族而居,分否俸錢十萬;正天寶亂離以後,賸將堠火隻雙。長句何工,試問近來海内;歲華欲晚,卻憐一卧滄江。好景云暮,片雲當至。非粉洞連緜之白,非建章一朵之紅。在山未必無心,請陳賤子;交道不曾翻手,獨念寓公。無限盪胸之感,空嗟跋扈之雄。五色還飛,猶見昭陵路上;三年强别,相望姑熟舟中。歎英英之在邇，思裔裔而何窮。欲千里兮命駕，乃一葦兮難通。那堪蒼狗須臾，我歸天上；差幸青山無恙，汝在江東。而白也往來宣城之區，旦夕秦淮之渡。有若楊利物，緑水言愁；有若崔宗之，舊丘緩步。有若宇文太守，登碧海之高樓；有若王屋山人，戀東窗之玉樹。裙屐一時，星霜幾度。想其江左盤桓，秦中洄泝。豈濩落而自甘，且踟躕而顧遇。昔則逼緯卧衣，今則看碑著屧。報恩未了，臣曾天子呼來；憎命何堪，我亦美人遲暮。夫何一樽遲汝，三夜夢君。苦道既來不易，差池竟在斯文。建業何遥，逐客渺無消息；敬亭獨坐，故人可念同群。蓋自梁宋訂交之始，蜀秦歧路之分。望歸翕翕，觸緒紛紛。瓦官之圖欲乞，《梁父》之詠無聞。已矣前塵，莫道江南瘴癘；傷哉蔽日，何來天末氤氲。剛逢亂叫群雞，屋梁落月；似斷隨陽一雁，河漢微雲。嗟夫！江草何齊，江花自吐。渺渺江波，迢迢江路。我望函谷青牛，君在中洲白鷺。沙丘一什，取書爲汝頻看；禹穴重尋，問訊更誰肯住？況當垂暮懷人，停雲道故。豈無波浪，翻愁得水蛟龍；猶是卷舒，長伴在天烏兔。正冠蓋滿乎京華，獨釣竿隨乎煙霧。佯狂欲殺，盼斯人匡阜來歸；顑頷誰憐，悔當日明堂能賦。

鎮海樓賦

有駙馬都尉王恭者，洪武之初，莅兹閩土。歎元制之凋殘，登四門而眺瞧。周覽方輿，志在復古。迺命指揮李惠等，築鑿城池，建立譙櫓。於是跨山而設樣樓，爲海濱第一之門户。邑人曰善，砌石爲雄。緣基特振，不日成功。但見描繪雜沓，金炫漆融。若鳳距之電摇，軒闌界旦；若鳳冠之雲聳，梁棟卧虹。若鳳翮之飆揚，新楣璀璨；若鳳翼之霞散，畫桷玲瓏。僉以遷城記云：其城似鳳，氣勢盤空。自有此樓，翽然飛翀。又見環脊波詭，捲簾珠跳。蚪蟠柱轉，魚奮甍雕。櫛瓦若龍鱗之排漢，摩蓋若龍頷之垂霄。飾棁若龍睛之閃爍，攢虚若龍角之喬嶢。僉以此地，古之龍腰。得兹樓永鞏地脈，俾重山萬里來朝。蓋前此樓者，南有清風，我訪九仙；北有緩帶，我思名將。西有蕃宣，我吊故宫；東有堆玉，我懷保障。清微東山，宏焕亘天；望雲西湖，對峙銜嶂。是名九樓，師孟所創。次爲沙合利涉，廬宅雲連；次爲虎節還珠，欂櫨在望。爲大都督府，棨戟排衙；爲威武軍門，銅盤立仗。是名七樓，子固所倡。豈美奂如斯，而甘前人讓。不觀乎曾子解吟，煙花萬井；劉郎善詠，襟帶八州。王毓德詩社登高，滄江覽勝；車大任郡城平眺，鼓角悲秋。往古來今，衮衮衣冠安在！江分山合，茫茫丘壑誰收？此皆後死之責，所當載筆而游也。嗟夫！隙過駒白，黝堊百年；劫換羊紅，人煙一阜。歎明珠之無價，屠龍今復何爲？嗟異類之與居，養虎誰當其咎。寮題絶學，讀書重覓相公；官重清廉，見石難逢太守。十三橋之木柝猶喧，廿五聲之銅鉦莫扣。飲馬池荒，金雞井垢。吾不知翠濤亭外，有能補以萬松否？厥後此邦人士，以閩疆環海，處於極邊。蒼蒼海山，莽莽海天。海雲北起，海日東懸。海波冥渺，能納百川。海市浮囂，能開百廛。遂改此樓爲鎮海，錫佳名於億萬年。

還珠門賦以“國人望君，如慈父母”爲韻。

有嚴辟疆者，江漢懷清，涯岸潤德。居官惟明，照人在側。智欲圓而行無纇，事不遺而記輒得。曜臨福地，十乘增光；澤普治城，千里生色。循謝泌去思橋之遺政，繼守黄堂；易閩王歸投門之故名，壯觀南國。爰錫還珠之額，書於重譙，焕然一新。非荆楚善賈，倒還而留櫝；非桂陽求媚，封還其貢珍。非分野值女牛之星，離珠入度；非疏河濟淮夷之利，蠙珠採民。蓋取孟嘗秉潔，合浦稱神。用以鎮兹通衢地，揭以示我大邑人。迺稽其門，虎節背聳。薇垣面向屹立，兩途遥矚叠嶂。逼七星第一井，天府津梁；環四隅十三橋，中央保障。柝喧雉堞，春風夾道榕陰；水暖蚌胎，明月滿江漁唱。歎騶氏之殘山無恙，逝者如斯；踞獅子而頑石能靈，儼然在望。見夫雕甍則魚眼眩日，畫棟則驪頷凝雲。節棁則蛇口吐火，欂櫨則鮫皮縐紋。鼇足轉柱而旋舞，羊鬚拂檽而繽紛。虬脊繞栭，斑璘天闕。蛛腹盤礎，玓瓅江濆。七樓相依，接棨戟於大都督；百步以内，捧銅盤於威武軍。豈須衣换茅龍，補屋重煩逸士；争説騎迎竹馬，排衙同拜使君。曾幾何時，火齊燭閭。劫灰揚天，瓦礫成墟。如觀陸渾山，如賀參元書。如然阿房炬，如爇介子廬。昔緯蕭貧，鍛珠成難於海客；今城門火，亡珠同殫及池魚。笑南離之禳術石盂，有巫紛若；溯龍啓之劫修臺閣，此地焚如。降而堅甓重營，陳珂助俸；高垣從樸，林瀚泐碑。屏金璧華，即王者不愛寶意；爲桑梓式，繫小民必恭敬思。時則高風吹倒雙門，衢謡競誦；舊築來賓三藏，闕史存疑。邦人持漿，乘春社互談今昔；野老曳杖，憩甘棠猶説仁慈。他如更名不一，義各有取。改清平爲海晏，迹尚可稽；以兼濟易通津，今則復古。定安豐樂，望衡半屬鳩居；樂郊行春，聽漏尚傳鼉鼓。得毋效王霸以迎仙得稱，與元絳之遺愛爲伍。抑本君家之嚴勝鬻米，得雨竟署嚴門；嚴高拓圖，紀德同尊嚴父。嗟乎！隙過駒白，勝地千秋；劫换羊紅，江城一阜。市籠放火，幾經滄海桑田；楊菜吹風，安問巖頭矢口。歎明珠之無價，何事釣龍？嗟臣門之大開，不數纘狗。四十里之蚺蛇不來，廿五聲之銅鉦莫扣。吊古登陴，積憂成藪。所願大還小還之赤日，重覩蔀屋豐家；更期還唐還虞之淳風，胥祝召父杜母。

澎湖吊古賦

粤稽扶餘稱孤，望海以駕髯客；夜郎自大，迎流而剖竹王。劉淵託漢甥於邊徼，尉佗號假帝於蠻荒。亞子獨矢臣躬，五季不墜；田横恥爲群虜，百人以亡。西臺浩歌，晞髮下逋臣之淚；厓山塊肉，痛心拜寡婦之航。十三州一劍長寒，投詩昭諫；廿八字孤琴在抱，草檄天祥。此望古者登裸人之國，入窮髮之鄉。乘槎張騫，探源必極牛斗；負石徐衍，避世欲訪扶桑。况更聽畧樹之鳴猿，殘山無恙；話皇天之贈鹿，勝國不忘。有高陽之遺裔，溯伊人兮中央。能勿興懷邸苑，相與激昂！維彼澎湖，魯王故府。監國僅及七年，明社猶存片土。載蓬壺之童女，一舸爲家；泣零丁之戍兵，七哀未炬。天子儻稱日出，或延一綫鐘鏞；神州已見陸沈，豈數彈丸樓櫓。乃有卧起輪雪窖之忱，間關歷麻鞋之苦。紅羊浩浩，祝劫火不到桑田；朱鳥嘻嘻，盼血食長留海嶼。駕九秋之白馬，來乘伍子波濤；鏖三尺之黄天，上抗蕲王桴鼓。臣心未死，松楸尚奠千官；天命有婦，圖讖終亡三户。嗟朝鮮之外服，未得捧書；慟子嬰之再傳，已甘繫組。大招一曲，斷魂於犵鳥蠻花；降表幾封，雪涕於椰風竹雨。烈皇已逝，雖有傳人；我輩居今，尤宜稽古。迴念未臨絶嶠,詭託牧兒。加刃弗中,稱藩自持。值十七年之末造,募三百人以肇基。草橋張弓,火攻畫策;西興轉舵,蓐草誓師。戰錢塘而江風正利,奪瞰浦而嚴城制奇。夫何擘蘭杜門,無補商鞅之失;華衣呵殿,已生伯嚭之悲。印綬沈淪,學士蹈海;衣冠顛倒,少傅躍池。及乎倉皇脱庀,侍從奔隨。長垣卜居,絲綸東閣;鷺門小憩,冠服南夷。苜蓿千群,舍人作大哀之賦;鱗鴻片紙,記室留絶命之詞。縛袴登舟,行間勞酒;採薯絶谷,壁上題詩。溯厥瑣尾,莫此流離。乃次閩安,於焉戾止。繫艑判事,朝衣血灑孤臣;流水片心,佳兆夢歸道士。復泊沙埕之區,更迎健跳之里。退朝水殿,狂濤與落日交流;再扈舟山,巨礮挾孽龍而起。於是乞師日本,琵琶奏亡國之音;禳醮台州,符籙中敵人之技。搴旂風反,上將焚如;霣雨星飛,天心去矣。蠣灘鯨背,泣妃嬪而瘞宫花;蜑户鮫人,奉君王而登海市。空致孝陵之祭,縞素六軍;已回南澳之居,廟堂一水。維時永歷仍賜敕相加,成功欲遷蹕於此。蓋其入於澎湖也,爲己亥之年;其殂於臺灣也,在壬寅之紀。桓世子既捧册而降,寧靖王亦投繯而死。小腆告終,海氛乃敉。嗟夫!東瀛板蕩,南紀天開。鳴草雞而闢洪荒,昆舍都成沃野;騎長鯨而通市舶,椎髻胥樂春臺。鹿耳秋潮,曾會四夷之譯;牛心夜月,誰銜萬壽之杯。乃軍是沙蟲,盡投潮汐;而堂居燕雀,倏化草萊。依然赤嵌孤城,崔嵬千古;爲問玉魚舊地,寂寞一坏。迄今過竹灣而憑眺,歷花嶼而徘徊。生犀在手,怪石猶胎。建幢何處,鼓楫獨來。一將全忠,笑史官之闕筆;五妃並命,尋王室於荒埃。問津欲倩魚郎,卅六島如聞腥臊;銜石不勞精衛,三千年重話劫灰。

澎湖吊古賦以題爲韻。

孱王半壁,水國危城。戈船鼙鼓,海市銅鉦。遣中流之飛將,屯孤注之羸兵。士慙烏鰂,臣夢紅鯨。童女三千,誤乘舟於徐福;壯夫五百,痛穿冢之田横。有客告我,是爲臺澎。在昔魯王,曾此卜都。泣孝陵兮一掬,謁監國而三呼。將傾明社,欲拓雄圖。乃讀大哀之賦,難開小腆之符。犀甲錢塘,風月已成逝水;花田南漢,樓臺半屬平蕪。塊肉無存,已矣厓石;攀髯易絶,傷哉鼎湖。溯自稽山，入於閩嶠。鷺嶼狂濤，鱷灘夕照。學士沾衣，將軍捧詔。舟人與語，拜綵仗於千艘；帝子無家，抱劫灰於九廟。蛟龍有失水之愁，燕雀乃處堂而吊。爰泊東溟，稱爲天府。聽草雞之初鳴，駕沙鯤而欲舞。蕞爾朝廷，巋然門户。十七傳賸水殘山，卅六島椰風檨雨。問蒼生之薯葉，漢席虚前；收黑暗之珊枝，周綱好古。無何潮汐空還，鐘虡不祚；滄瀣已塵，儲胥誰護。託《黄竹》於浩歌，訪赤嵌之舊渡。遺矢重逢，青牸庭燎無光；知更猶唤，白鳩宫籌莫訴。請看降表幾封，留作登高一賦。

古月賦以"今月曾經照古人"爲韻。

嬋娟獨步，混沌寸心。千年歷歷，萬籟沈沈。伴晨星兮寥落，閲碧海之淺深。云何不蝕，團圝至今。倏往倏來，旋出旋没。神楂已枯，清光未歇。望古何年？思君滿月。八千春兮八千秋，三五盈而三五闕。爰有姮娥，在最上乘。笑望夫而不老，憶竊藥兮渠曾。忘情太上，誰結長繩。青天夜夜，玉貌棱棱。纖阿久御，騫樹長青。玉斧已缺，金蟇能靈。廣寒安在，法曲飄零。記姓名於蝌蚪，捧一卷之仙經。秦時漢時，何朒何朓；吴宫魏宫，或歌或吊。胡爲及兹，其容如少。十二萬年，不疲屢照。欲搔首而問天，忽停杯兮西笑。大塊文章，壽之千古。有客抽毫，東鄙初祖。熟羊胛兮幾時，賸清虚之故府。無恙江山，一輪吞吐。已矣哉！後見來者兮，前見古人。悠悠天地兮，爲逆旅之塵。指西海以爲期兮，我思前身。

雪花大如手賦以"盈尺瑞，兆豐年"爲韻。

六花飛出，五指分明。厥形似手，其白如晶。是雪也，一陽轉運，萬寶告成。視有紋而莫辨，聽若雨而希聲。席可漫天，昔比燕山之大；囷能積地，今占天庾之盈。當夫四野望雲，三農待澤。覩世界之如銀，訝乾坤之忽白。頃刻能開，倉箱有獲。誰翦皚皚妙質，一枝兩枝；何來片片奇英，上尺下尺。是花非花，不類而類。視掌如斯，浮漚若寄。展巽二之襟，伸滕六之臂。天開不夜，裝棉藉慰孤寒;史紀有年,秉筆特書休瑞。蓋其大也,近取諸身,空絶飛鳥。悟左右之轉旋,割陰陽之昏曉。覆雨翻雲,天末地表。好似袁安閉户,未肯干人;真同沂國和羹,已先有兆。爰如手焉,兜羅善舞,姑射化工。能抉雲漢,獨闢鴻蒙。玉樹婆娑之下,銀沙拂拭之中。青女素娥相約,按歌歲暮;鄒生枚叟一齊,颺拜年豐。縞同凝谷,絮欲捫天。摘芳徽於階上,折萱草於庭前。雙披鶴氅,一握鷺拳。喜元律之應時,散花度度;幸陽春之合拍,推手年年。

餞春賦以"送君南浦,傷如之何"爲韻。

梨花庭院宵開甕,脈脈春愁疑酒中。紅酣緑戰奈何天,誰家勒住東君鞚。啼不斷子規聲,唤不醒春婆夢。飛不醉金谷觴,挽不得離亭送。載餞東門,惆悵離群。驪歌一曲,濁酒半醺。幾家細柳,何處歸雲?暫别黄金性,醉書白練裙。燕子重來應識我,落花無奈恰逢君。春云暮,月逢三;鶯聲促,螘飲酣。一夜閨愁如許,小樓春夢何堪。此日持觥盥兕,當時叠鼓祈蠶。花飛憐侍女,草鬬罷宜男。醉倚闌干北,魂銷江水南。亭短亭長,風風雨雨。有客思家,斷腸聲苦。典鷫鸘裘,擘麒麟脯。啓婺尾筵,澆趙州土。折柳西出陽關,賣茶人歸溢浦。爰有征夫,醉卧沙場。胭脂滿地,葡萄盈觴。夢警龍堆曉角,情牽馬邑斜陽。春風歸去也,攜手上河梁。儘此一杯飲,翻令懷抱傷。蜜官税駕,望帝停車。辨哥揚觶,内史擷蔬。玉奴負橐,天女寄書。金衣公子祖道,紅樹歌童接輿。曲水觥籌交錯,渭城冠蓋紛如。春去長相憶,春來未有期。問春春不語,約春春不知。春盤無兼味,春韭雜夏葵。勸春只樽酒,春醉不勝悲。春愁黯黯,春樹相思;春江滚滚,春水何之。慰餞畢,繫情多。或臨岐訴,或載酒過。或牽裾泣,或擊筑歌。歌曰:惜别初停織柳梭,一鞭殘照醉顔酡。板橋依舊桃花渡,緑葉成陰奈怨何。

酒熟江南二月天賦以題爲韻。

巷認烏衣,座邀紅友。人恰受夫兩三,圖欲消夫八九。埭雞鳴初,甕螘泛後。社公相賽,爇將十廟之香;仙姥有靈,釀出百花之酒。於時二月氣和,三春景淑。

桑落同斟，葛巾獨漉。拍浮則天禄三升，圖畫則建康一幅。吊殘山於蔣帝，六代猶存；話好夢於杜郎，十年已熟。爰乃聽鸝茂苑，狎鷺吴艭。白板幾家築屋，碧油何處飛幢。塵生綺陌，香撲玉缸。勝日重游，且喜柳花壓店；故鄉小住，每懷桃葉渡江。行行挈榼，去去停驂。千鍾如渴，一石非貪。樹訪獅林之幻，泉烹虎阜之憨。商量白水中分，何清何濁；多謝青山相送，忽北忽南。則有逸客留題，騷人倚醉。長依白下爲家，不惜青州從事。好景難忘，浮生如寄。趁瓢兒之菜長，沽將市價十千；遲楝子之花殘，乞取天公閏二。更有逆旅消愁，芳園依罰。落井眼花，扁舟散髮。荼薇未報開齊，鶗鴂不聞啼歇。此地賸四百八十寺，宜雨宜煙；何人當三萬六千場，不日不月。況復吴孃度曲，宋嫂當筵。嫋嫋東風無恙，瀟瀟暮雨依然。銜杯覽古，脱帽稱顛。良夜聞簫，廿四橋揚州之路；前村叠鼓，百五日寒食之天。且泊秦淮，相依瓜步。一角青帘，半江紅樹。長條之柳絮仍飛，滿徑之榆錢誰鑄。笑客來兮不速，靖節能詩；問天醉兮何哀，蘭成作賦。

山深四月始聞鶯賦以題爲韻。

茅屋三間，余家深山。紅塵不到，白雲往還。園柳變候，柴門長關。有告余者曰：夏將臨矣，春已深矣。人迹斷絶，何來鳴禽？尋聲而辨，乃在繁陰。如弄簧之巧，如投梭之音。噫嘻！此非鶯耶？胡爲後至。青帝東歸，月已更四。亭臺無主，落花滿地。余有婪尾餘瀝，請與金衣公子同醉。小窗讀《易》，獨坐兀兀。入硯楊花，渾忘歲月。與吾游者，麇鹿同群；與吾處者，巉巖萬笏。微子一鳴，不知年華之倏忽。嵐光葱鬱，淺寒未已。氣候不齊，迥殊城市。商庚鼓吹，宜自今始。斗酒雙柑，洗箏篴耳。公子俯首而肯之，道余解事，早謝塵氛。山中避世，黜陟不聞。筍蕨一飽，别無紛紜。結枝頭之好友，衆有託而欣欣。非春三有閏，尚留餘情。非間關饒舌，不減其聲。惟重巒叠嶂，後得氣乃鳴。不覩天津之杜鵑，知自南而北，何論乎一鶯。余感公子之好音，歎美人之遲暮。閉户以來，苔蘚當路。緑葉成陰，欣焉散步。忽振觸乎春聲，因婆娑於春樹。山靈有知，請余爲賦。

布穀聲中夏令新賦以題爲韻。

鵖鳩催歸春色暮，東皇命駕不肯駐。鳴禽一夕變新聲，有袴如歌脱卻布。萬頃平疇，已停叱犢。課雨占晴，黄褐逐逐。臺笠東菑，三攢五簇。飛鳴樹間，有曰撥穀。辨割麥兮髣髴，催插禾兮分明。買鍦頻促，食椹初生。似勃姑之唤，如郭嫂之迎。一百八箇，更幻其聲。於時田歌互答，炎帝飆風。深山啼午，日脚微紅。正清和之令節，聞涣汗於天公。乍斷乍續，乃西乃東。四郊如罫，壹鳥在中。雨絲如煙，群依桑柘。十里香泥，一宵鷹化。班班何來？不遑休暇。勞催耕兮相呼，届南訛之首夏。祝融稱神，五德爲盛。赤旗載前，田畯聽命。咨爾農夫，力作惟敬。秧馬馳驅，勿違甲令。乃下布之曰：嗟彼鳩兮，趣我良辰。鳥且有知，何況於人。自今日始，咸與維新。又曰：戴鵀既降，將子是哺。可以人兮，罔不知悟。田事各勤，毋忘國賦。

六月十九日祝觀音大士誕辰賦以“荷花世界柳絲鄉”爲韻。

稽首慈雲合掌歌，天開火繖祀娑羅。先期五日紅衣祝，相對花花萬柄荷。維觀音大士，降生天竺，法會中華。六月望後，頂禮千家。合春仲與秋季，凡三度兮無遮。證菩提之果，見優曇之花。寶月宫中，胡天胡帝。日長小年，心持半偈。鑪火爇檀，晶盤薦荔。溯覽揆於三庚四庚，結因緣於千世百世。瓜李滿庭，笙歌一派。億萬劫則龍女皈依，五三參則善才膜拜。有救苦救難之經，受不滅不生之戒。前身宜男，受福下界。則見榼進孩提，觥稱子婦。撃鼓撞鐘，左漿右酒。長嬴占時，無量上壽。湄洲來赴宴之林，海上得傳書之柳。更有宰官飲酎，島嶼合祠。競頌如岡如阜，來瞻大慈大悲。雨花都滿，日午不知。指頭疑燒十炷，塵垢不挂一絲。年年此日宣梵王，千手眼兮歡喜場。躋堂那有褦襶子，且挈魚籃歸故鄉。

秋聲賦以“歐陽子方夜讀書”爲韻。并序。

《秋聲賦》爲歐陽公夜讀而作也。公歷事仁宗、英宗、神宗凡三朝，感時嫉俗,一一於秋聲發之。蓋三復其詞,所謂傷夷戮而感飄零者,非空言也。於時西夏不靖,邊事方亟,諫官箝口,群小在側。卒至僞君子出秉國政,徒以强辯堅僻,紛更新法,而老成人不惜矣,三舍人逐矣,臺諫一空矣。譬諸天地晦冥,萬物疾苦,唧唧啁啁,環吾斗室,可勝言哉! 爰申其説,更爲賦曰:

神京北拱,大火西流。嗟我生之何晚,撫時局而隱憂。豈真日下江河,不如一蟹;似此大材梁棟,可要萬牛。天下嗷嗷,問劬勞於鴻雁;斯人楚楚,笑朝暮之蜉蝣。悲哉此聲,胡爲而秋。一寒誰念大官,樓臺無地;長嘯能驚群虜,節鉞何愁。清節相聞,猶有四賢歌蔡;移書是謗,可堪五月竄歐。維公遭時多難,觸景自傷。半生鯢飑,五夜徬徨。參兩間之造化,辨一氣之翕張。草木皆兵,長使三軍嘍啃;江山非畫,誰爲一代平章。已非春官夏官,莫談《周禮》;此即天籟人籟,獨契蒙莊。赤壁江心,飛鵲下英雄之淚;天津橋上,聞鵑豈文字之祥。相期孔壁金絲,不聾不瞶;直悟蘧廬天地,乍陰乍陽。當夫日旰閉門,神疲據几。嘯歌不廢短檠,歲月空嗟逝水。四序成功而退,燮理爲誰? 萬民疾苦何多,號咷若此。涼風互答,天末不免愁予;噫氣何來,大塊竟相假爾。側耳頻驚,廢書欲起。天荒地老,卻愁鐵騎千山;月淡星稀,長望觚棱萬里。顔色幸留老圃,難逢晚節相公;噢咻請繪監門,誰是丹青君子? 俄而蕭騷宵永,感喟更長。商飆四壁,柞火一堂。偕隱有琴,夢高山於淮潁;思親一表,訴片石於瀧岡。眼前誰庇萬間,如山廣厦;塞上可憐九月,似戟長楊。視夜漫漫,歎彗星之何指;問天莽莽,愁蝕月兮無光。《九章》如誦迴風,鞿羈南國;萬竅可通帝座,呼吸西方。矧更歲序蹉跎,老成凋謝。江關將賦暮年,斗柄忽迴涼駕。或未秋而先零,或既秋而倏化。長念竹林司户,紙灰著地能生;空懷元夕將軍,銅面自天而下。黄鐘一管,只愁累黍都非;僧舍三椽,誰復斷齏自炙。訪黨碑之姓氏,半蝕蘚苔;問新法於井田,徒傷禾稼。寒心西徼,歌謡已失故人;射策南宫,風月每思良夜。無何,屏此塵氛,遂予初服。衮衮公登,嘐嘐我獨。只談今夕奇聞,敢享吾儕清福。晦明日月,名山自有四時;變幻雨風,大厦豈支一木。歎衰齡之蒲柳,詔許乞骸;搜古篆於荆榛,老猶娱目。傷哉! 子野山丘,長謝燕鶯;已矣! 曼卿歌吹,祇餘樵牧。

三友僅存直講,道在與稽;一篇曾借昌黎,愁來重讀。噫嘻乎!咿唔一室,荏苒三餘。歎老臣兮零落,惜童子之居諸。百憂叢集,萬事乘除。有兒解賦鳴蟬,悟乾坤之消息;我母曾教畫荻,痛風木而欷歔。莫愁桐樹心枯,惟靈斯感;獨對桑榆歲晚,有觸皆虚。大地蕭條,望三川之斥堠;幾人憤懣,拚一醉於環滁。辨姦空牘老蘇,未雨先知潤礎;驅狄莫論小宋,如椽曾燭修書。

秋聲賦以"歐陽子方夜讀書"爲韻。并序。

秋爲西方正位也,於五音屬商。秋聲亦氣之正,乃歐陽子夜讀有感,曰"不聞號令",曰"聲在樹間"。殆以陰氣滋甚,伏而不宣,深慮夫正聲漸滅耶?爰爲賦曰:

衆響何閟,隱約林丘。匪晝而夜,匪春而秋。何群陰之煽動,助回風而颼飀。謂此非惡聲也,胡雞鳴兮歐歐。天地萬竅,神鬼一堂。我欲呵壁,叫嘯大荒。吞羲爻於兑位,占下伏之二陽。是猶晚雷,隱隱而起。南山之陽,雌鳴若此。問主宰於金天,獨號咷而撫髀。憫彼無知,睡熟童子。嗟今鼙鼓,帥氣不揚。一軍猿鶴,已化沙場。幺蟲啁唧,乃在吾旁。崆峒倚劍,獨立西方。四顧晦冥,正聲日下。但聞啾嘈,不聞叱咤。二氣何乖,顛倒造化。灑清淚而憂時,視漫漫之長夜。長嘯使者,深林潛伏。晚節相公,咨嗟仰屋。空山無人,涼飆肅肅;書之歲華,其曰可讀。金石歌聲,不廢草廬。天籟人籟,一一愁予。欲起衰乎八代,抱昌黎之遺書。

礮　賦不拘韻。

維我朝之神武兮,有霹靂之將軍。能飛行於千百步兮,實資力於億萬觔。鑄洪鑪而鼓橐兮,布四塞之煙雲。俾魋結慴伏兮,化一氣於絪緼。忽雷霆驚天兮,爲遐邇所共聞。何犬羊之足數兮,咸辟易而不能群。是火攻之上策兮,遍滌蕩夫妖氛。小臣執鞭從後兮,請飲至而策勳。溯厥礮之命名兮,實繁有徒。始由大領小兮,創子母之呼。或攻城遠近兮,計開花之黍銖。實心子與螺絲子兮,審地勢所殊。或前膛後膛兮,遲速之區。或田雞象形兮,短其喙而膰其軀。終不若劈山之精悍兮,利塗負而疾趨。此言陸戰兮,非所論於海壖。彼駕艨艟而横海兮,宜於非岸非口。溯雞籠開釁兮,曾殲乎群醜。嗟逼岸易潰人心兮,守口亦虞掣肘。維非口非岸兮,進退握其紐。必火繩準尺寸兮,高下得手。儻遠颶而轟於波濤兮,不敢必孰吉孰咎。況所資之船兮,有明輪暗輪。嗟明暗之非法兮,每中傷而逡巡。又不若臥輪善避兮,匪火力所能神。粤有水雷兮,良佐之臣。碎寸鐵如飛星兮,海若見之眉顰。必相輔而行兮,可無敵於十萬由旬。更有臺兮,水耶陸耶?陸之礮臺兮,叠石遜於囊沙。宜鋭不宜平兮,當相錯以犬牙。水之礮臺兮,必轉輪而四嚮。無遮彼敵之左右兮,如魚之在叉。緊彼子兮,何物爲工。揆五金之品兮,錫不如鉛與銅。若金銀更烈兮,糜費易窮。至藥所需兮,古有蜣螂糞爲功。和硫黄與炭灰兮,今借人力爲磨礱。望金包里兮,何黄氣朣朦。請收爲官物兮,勿棄荆棘之叢。灰雖木不如藤兮,黑色白色之不同。苟製造得人兮,多寡適中。亦何敵不摧兮,一震而三日聾。噫!古有范蠡兮,創爲蜚石。愈幻愈奇兮,更名千百。海山蒼蒼兮,祝融化赤。海雲漫漫兮,馮夷閃碧。旌旗百道兮,蔽天如帟。雷電千尋兮,衝波遠射。朝復潮兮,夕復汐。嘘蜃氣兮,立蛟脊。賓服四裔兮,銷鎔金液。願祝我皇兮,梯航重譯。

礮　賦不拘韻。有序。

案:《説文》無"礮"字。或曰"軒轅作礮,吕望作銃"。其説不足據。三代果有是器,何汶長未收耶?或曰《後漢書·袁紹傳》注:"霹靂車,即今拋車。"以"礮"亦作"拋"。然《説文》有"摽"字,無"拋"字。後人謂"摽"通作"拋"。訓拋,擊也。徐氏新坿,亦未採及。究之在古,不過機石而已。范蠡《兵法》有蜚石之制,殆權輿歟?蓋春秋之末,將變爲戰國,機械之心日甚,制器之毒愈奇。洎明有稱爲佛郎機者。國朝開創之初,始創子母礮。康熙、雍正間,命西洋人南懷仁製洋礮,用以削平海内,賓服四裔,其制益宏。總之,外洋凡器,胥本中國。我不爲已甚之舉,恐陷溺人心一變,不可收拾。而彼乃貿貿然爲之,於此獨專。

其巧究不外一“機”字，互相取法。或曰“機”即“磯”也，與“礮”之从石意同。顧《説文》無“磯”字，以“激”通作“磯”。漢儒去古未遠，祇言“激發”，亦無取於機械爲也。爰爲賦曰：

噫嘻乎！漢陰丈人，鑿隧而入，抱甕而出。或告以挈水若抽，爲槔之術。既忿然曰，是有機心，爲道所黜。彼蒙莊之寓言，猶《春秋》之特筆。乃范少伯，蜚石作俑。機事日深，一至洶洶。以機召機，代相接踵。而礮之名傳，遂相恃以無恐。夫其始機也，行三百步投石絶倫。雖七雄干戈並起，不習其法於縱人横人。迨夫陳倉之役，四角嶙峋。用擊衝車，厥石乃神。繼而隋有火藥雜戲，機心猶祕而未伸。洎唐亦祇機石，尊爲將軍。稱之曰礮，非以火焚。宋乃霹靂，百里雷聞。爲之以紙，散如煙雲。有石灰、硫黄之實，亦曾用以策勳。金人守汴，始易爲鐵。其形如罐，機事更烈。然鐵不常有，或磁是挈。至明而佛郎機作，機心至此大泄。嗟夫！邦交之禮，《春秋》所尚。曾鄙火攻，猶懷揖讓。降而戰國，游説近妄。未聞耀兵，列此利仗。胡機械而機事、而機心，迄於今兮，犬羊相抗。顧或者曰知己知彼，先利其器。然我朝以仁爲治，無取烽燧。請修其孝悌忠信，以撻東西之異類。何必效鴟夷子，爲千古機械之禍始。敢化雷霆爲日月，用以照臨乎大地。

棋劫賦以“棋子聲疏識苦心”爲韻。

後先一著，勝負經時。銜枚潛渡，易位互持。注全神之耿耿，守跬步之規規。誰是冠軍，自許世無敵手；豈真禦寇，可堪事付群兒。比將大地羊紅，請數胡僧之劫；話卻當年猧白，能翻妃子之棋。當夫清簟疏簾，古松流水。彼此兮手叉，兩三兮角掎。初登揖讓之邦，猶斂縱横之技。未成對壘，剛開黑白於兩匳；各占寬途，待決雌雄於一紙。欲共消磨長日，疑爲太古遺民；幾同寥落晨星，略布高天數子。及其恣相捭闔，計乃輸贏。若馳若驟，誰敗誰成。欲借籌乎前筯，恐自壞乎長城。十訣留心，莫更得時貪勝；一方著眼，大難絶處逢生。供二叟之笑談，雖爲小數；訝八公之幻化，能奪先聲。彼非棄地，我勿離居。妙能通於神外,勢須蓄乎機初。好謀進退,無失疾徐。具得一從二之儀,有似投壺計馬;薄朝四暮三之術,奚同賦芧分狙。莫問爛柯童子,何知歲月?堪嘲争道家兒,不辨親疏。此亦談兵,是能辨賊。畫策中邊,論功頃刻。一枰列乎鼓旗,四塞分乎畛域。合比田疇,如罫畢集。千夫深防陷穽,在前當思一得。出地正當入地,並軌不容;上天仍復下天,差池宜識。蓋其爲劫也,猛若拔謍,急如撾鼓。問毫釐而毋訛,視罅漏以自補。彼立或離,我投忽聚。擬浮雲之明滅,倐去倐來;譬孤月之升沈,乍吞乍吐。横肱弗許,堪稱奪席之雄;著手能强,共説斬關之苦。爾乃疏疏落落,覓覓尋尋。屢煩凝想,幾費沈吟。不異單車深入,何殊獨騎來臨。自保一隅,非請和以相詐;恰逢七度,既稍縱而還擒。是真尺寸不遺,戰陰陽兮以血;爲問方圓何在,見天地兮此心。

棋劫賦以"棋子聲疏識苦心"爲韻。

東南一角,天地四垂。正换羊紅之地,不逢猧白之時。治亂關天,小數亦應有劫;王侯在位,長安爲底如棋。原夫棋也,説縱説横,知彼知此。功定指麾,危驚積累。曾賭相公之墅,驅遣兒曹;易灰樵者之柯,須臾甲子。有劫焉凝思勝負,著眼死生。譬萬人兮敵在,悟一著兮先争。非同乞守宣城,一紙君臣之戲;如聽鏖兵滇海,千年雷雨之聲。地何夷隘,時有孤虚。自雄誰智,非種必鋤。如何好手善饒,滿枰竟失;太息無人持急,覆局多疏。爾乃八陣空排,兩匲自忒。我難掎角爲憑,彼竟鉤心叵測。飽看終日,敢云博奕猶賢;事敗垂成,此則滑釐不識。客有袖立旁觀,簟間静撫。消日雖長,救時無補。安石何勞折屐,空懷風鶴之悲;麻姑幾見揚塵,重話滄桑之苦。古松仍健,流水至今。橘叟豈真負負,胡僧久已沈沈。卻愁瓜葛滿前,都成左計;爲語河山無恙,莫負初心。

瓶笙賦以"響出雙瓶,自然吟嘯"爲韻。

中泠二泉,日鑄五兩。雷茁春芽,露收仙掌。叶寸律之鏗鍧,足一壺之供養。昌黎有詠,幾疑石鼎聯吟;子晉未逢,何似緱山送響。昔劉幾仲之餞東坡也，縱飲十觴，清談一室。開茗戰於旗槍，訝邊秋之篳篥。如泡如漚，忽徐忽疾。文火炎而漸上，瓶竅噓來；温湯沸而在中，笙詩奏出。時則徙倚棐几，寂寥璅窗。天籟未發，酒兵甫降。呼渴羌於末座，入小杓而分江。荻炭烏銀暖炙，鸞咽一一；花瓷紅玉輕浮，蟹眼雙雙。既尋聲於縹渺，更囀韻乎瓏玲。同音有磬，建屋如瓴。龍團半月，魚沫千星。恰宜隔竹煎茶，山童敲臼；無事當壚貰酒，神姥攜瓶。俄而獨繭長繅，幽簧清吹。軍持取水之班，姑洗移宫之次。兔褐滌煩，鳳筩破睡。瀹將五斗，社前更數雨前；吹徹三層，東自條兼西自。霏霏罯霧，裊裊鑪煙。如竽如瑟，非管非絃。比蚓笛之繞砌，恍鴿鈴兮在天。甌輸綠螘之租，先生富矣；鐺集蒼蠅之笑，下士囅然。坡公乃静中景悟，物外趣尋。觀器幾同守口，當筵於以洗心。鶴飛丹竈，鴻送素琴。鸚鵡簾前，按拍曾傳團坐；蝦蟆碚下，覆盂能作長吟。夢解宿酲，詞成絶調。檢點松牌，安排藥銚。迴玉管而共摻，挹金莖以自療。補紗帽隱囊之伴，室可藏經；助銅琶鐵板之豪，軒還命嘯。

餳簫賦以“簫聲吹煖賣餳天”爲韻。

榆羹已熟，杏粥初調。度棠梨之小陌，轉皁筴之新橋。十里紅塵，誰效唐宫擊鼓；一肩春雨，不同吴市吹簫。或揄或簸，以煎以烹。春光似醴，人意如酲。卻輸酒價十千，頻年生計；已過番風廿四，何處尋聲？爰乃穿花低唱，截竹斜披。正拾翠靡蕪之月，剛湔裙芍藥之時。一笑攔街，多垂涎而相慕；無腔繞郭，獨信口以自吹。維時妝點筠籠，安排竹盌。村後村前，亭長亭短。如伴桃花之飲，粔籹分甘；如開竹葉之樽，屠蘇送煖。恍煎餅之良辰，續題糕之佳話。炊紅米於中宵，煮青精於上界。惟求形似，食前之獅子同珍；儻待秋來，江上之鱸魚再賣。年年寒食，處處春城。非絲非肉，如管如笙。吹殘一角夕陽，牛背則參差著笠；穿遍六街垂柳，馬鞍則大小名餳。寒畦頻踏，深巷遥傳。記取相逢三奏，豈真不值一錢。斷續竹聲，蹴踘相逢之地；高低人影，鞦韆欲下之天。

餳簫賦以“簫聲吹煖賣餳天”爲韻。

春歸一百五日，人在二十四橋。榆羹乍挹，槐火未消。市廛寄歲歲生涯，不辜蠟屐;歌吹話年年社事,誰謚洞簫。簫兮何取,餳兮何名?幾同粥鼓,差似瓶笙。笑倩山妻,計十倍錙銖之利;歡呼童子,識三叉斷續之聲。於時半肩躑躅,一片參差。穿楊柳微風之曲,度櫻桃斜日之歧。長亭短亭,十里之市音雜出;天籟人籟,一池之春水皺吹。爰褭依依,爰歸緩緩。雲收粔籹之村,煙斂離留之館。如網珊瑚於海上,一顆月明;如膠琥珀於松陰,千年日煖。巷陌放晴,江天入畫。綫曲珠凝,杖頭錢挂。最宜有女乞漿,數遍桃開;不似彼傭請益,笑將菜賣。則見相逢低唱,幾度高擎。遥和催花之羯,如聞祈麥之鉦。已過撲蝶良辰,湔裙在水;翻笑獵蠅記室,塗扇用餳。風光倏轉,逸韻頻傳。抑揚柳陌,邂逅芝田。何處青帘走馬,六街之路;誰家白板鬻饘,三月之天。

餳簫賦以"簫聲吹煖賣餳天"爲韻。

石飴雙榼,玉柱半挑。正祓重三之水,還穿第五之橋。寒食已過,誰爲介推乞火;吴門何處,不同伍子吹簫。别颺逸韻,更飲香名。釀花百和,截竹一莖。占晴聽江上之風,塔鈴自語;祈歲值日中之市,社鼓聞聲。時也初收宿雨,乍放朝曦。音既調乎斑管,光若滑乎銀絲。紫陌紅塵,如炙説膠牙之品;山村水郭,無腔多信口之吹。紅日已中,青煙欲散。笠影遲遲,屐痕緩緩。笑垂涎於童子,尋聲則非肉非絲;累洗手於廚孃,調酪則乍寒乍煖。俄而垂柳交飛,夕陽斜挂。寄燕脯兮幾家,雜鶯簧兮一派。辨食單之高下,蔗尾重評;譜閨怨之淺深,杏花又賣。粉隨蝶膩,蜜藉蜂成。百錢乍賺,一握相迎。恰逢處處尋芳,兼味重添麥飯;差似年年中酒,解酲誰賜花餳。於是終一闋,卸半肩。賣菜相逢屋角,賣魚同駐江邊。爲問弄孫,此即舍飴之地;是堪娱老,如聞擊壤之天。

中丞菜賦以題爲韻。

中丞寶應王公凱泰以署中隙地種地瓜,即番薯。取初生嫩葉,瀹以湯,和以肉,爲羹餉客。林穎叔方伯食而美之,名曰"中丞菜",誌所始也。中丞命浚題詠,敬爲賦曰:

十年芋火，千里蓴風。和羹用汝，每飯思公。用佐晨羞夕膳，底須春韭秋菘。齩得根香，百事如今可作；合將鯖美，五侯所望從同。拜嘉有兆，味道無窮。非蔗漿之熱解，比齏粥之飢充。誰爲奉使張騫，苜蓿偏歸塞外；我識大名諸葛，蔓菁共數蜀中。爰有苗焉，翼躔遺種，番薯産吕宋。《諸羅志》云："吕宋居於巽巳，入翼十度。臺灣背接吕宋，當值翼九度，鶉尾之躔。"閩嶠先登。《閩書》："萬曆甲午歲荒，巡撫金公學曾從外番勾歸，教民種之，以當穀食。"商羊舞而不殄，葉向高《金薯賦》："舞商羊而不殄。"元豹爍以如蒸。葉賦"爍烈日以如蒸"，又"竦元豹而蒙戎"。金泥值賤，何喬遠《金薯頌》："令金而如泥，人以之塗牘，令朱薯而如玉山之禾，瑶池之桃，人以之爲不死之大藥。"玉枕甘凝。《群芳譜》："甘藷一名朱藷，一名番藷。大者名玉枕藷。閩廣人以當米穀。"詎名藷兮同品，《博雅》："藷萸，薯預也。唐韻以薯爲藷之俗字。"胡曰蕷兮異稱。薯蕷，山藥也，與番薯異。每懷南國豆籩，報本拜先薯之祀；烏石山有先薯祠，上祀先薯及金巡撫，配以長樂處士陳振龍，即始得薯種於外番者，次爲振龍子、諸生經綸，請種薯於金巡撫者。太學生陳世元著《金薯傳習録》，所載種植顛末甚詳。商略西湖杯勺，加餐來補竹之朋。林方伯倣造此菜，餉公於西湖書院。公有"玉堂補竹生"印。迺掀隙地，競採修藤。日月再中，此即雙輦學士；文章大塊，斯爲秋實家丞。於是斫縷雪翻，施楠金《薯賦》："水晶盤内，翻來雪浪三千。"溜匙瓊碎。陳琮《金薯頌》："雪堆瓊碎。"注引《草木狀》云："蒸切暴收。"糁冰藕之瓏玲，陳騮《金薯賦》："抑蓬壺冰藕之撤而不收。"泛松花而滍漑。鄭應侯《金薯八詠》："色泛松花冽。"玉粒頻堆，鄧爲綱《金薯詠》："盤堆玉粒青絲飯。"銀羅乍配。王家奮《金薯十詠》："净淘玉屑出銀羅。"百年麤糲，足廣厦之歡顔；一勺解酲，話金鑾而曝背。喜凡民此色胥蠲，有空谷餘香可佩。五味陰陽，四時鼎鼐。追陪天上，且開光禄之廚；笑語樽前，重喚元修之菜。惟我中丞，手和甘酸，心安菲素。淡泊爲天，澂清式度。承恩久渥醍醐，接士不遑吐哺。自愧顓蒙，迭叨款晤。閉門種汝，笑未遇之英雄；抱甕嗟余，竟不如乎老圃。公真沆瀣授餐，我尚蓬萊待酬。三命不忘餬口，饘鬻留銘；一篇聊讀殷腸，菜羹獻賦。

槲葉風微鹿養茸賦以題爲韻。

有葉縣尉黄魯直者，涸迹麐麚，寄懷樸樕。值夏日兮陰濃，對故園而睡熟。

身居昆水,重尋蘿牖之游;夢到江南,暫託蕉隍之宿。自笑種花已倦,一官胡不歸田;肯爲饋米相迎,五斗有如此槲。當夫緑樹四垂,白雲千叠。思兄他鄉,苦宦遠涉。每因時而賦物,魂夢可通;更即景以懷人,笑談如接。重逢顔色長生,認唐苑之牌;未老年華合抱,訪峽山之葉。維時博鑪煙直,炎繖日中。挂游絲於天末,聞爽籟於晴空。飛雀初高,未下階除之食;飼蠶已浴,誰通山路之叢。剛逢解籜如龍,呪出一拳新筍;不特將雛有燕,送來五兩輕風。則見角仙下集,麝父旁依。雙丫自護,一握初肥。曾傳桑落同斟,憑誰益性?安得伊尼共踏,如汝息機。一室結牀,招隱願隨孝緒;三章食野,補亡無待廣微。乃飲澗泉,乃穿林麓。非無迹之羚羊,非初生之黄犢。訪千條於花下,似柳垂髯;問百歲於山中,如芝生肉。自嘲演雅勞生,竟不如鷗;儻計聽經幻影,何妨是鹿。蓋惟古木高生,一陰漸長。掎角未形,萌芽有象。而槲也,可以衛體,無用束芻;可以充腸,奚煩拾橡。盤根一片,已成町疃之場;卧薦十年,毋失胚胎之養。况復清和得令,解阜能容。扇餘温以入袖,挹淑氣而撦笻。且看櫟社非材,得天自庇;莫誤蟾諸有角,照月重逢。宦海無聊,羨令宰獨飛雙舄;家山何處,憶吴王曾獵五茸。於是寄遠投書,緣情得句。空谷心懸,長江目注。白蕤在抱,新來可長十圍;黄練收香,午倦漫焚一炷。更待良宵燈火,讀元稹然槲之詩;何勞塵世機心,笑吕温由鹿之賦。

芍藥芽代茗飲賦以"羨爾託根天尺五"爲韻。

有餘甘氏,宵分忽倦。破睡無功,色爲之變。乃矍然而起曰:是何替人,預此茗戰?苦不上乎雙眉,花似飛乎一片。鏗異左家,甌猶陽羨。問種何來?采從花市。婪尾筵開,代庖或是。爲桐君所未收,亦陸羽所弗紀。森伯頭銜,果何取爾。花相啞然,非予作謔。乃屬邢君,驅遣芍藥。摘我萌芽,以供茗酌。解金帶之圍,欲清人相託。非瓜代兮已及,非李代兮無言。道將入貢,達於君門。昔也酪奴貽誚,今也國姝承恩。兩叢三叢之葉,一寸二寸之根。瓊塵春擣,雲腴濃煎。頭綱蓓蕾,飛騎聯翩。金槽蘼栗,如掉觥船。喜皇英之下降,開不夜之長天。茶神爲之解嘲曰：子輔花王，隸富貴籍。忽戀旗槍，争此一席。代人瘵瘕，甘受水戹。豈斯道耶？直尋枉尺。嗟此鳳團，不登𦵏譜。異品獲寵，終輸玉乳。爾勿跂仙人之掌，且日與紅塵爲伍。婆娑二十四橋，明月相邀三五。

一心呪筍莫成竹賦以題爲韻。

有饞太守者，朵頤耽耽，濫竽一一。謀食孔殷，劚根弗恤。口有所求，時恐或失。乃語穉子曰：爾莫爲竹，左右相侵。從吾所好，以饜厥心。可以供匕筯，可以佐刀碪。朝往而蹴，夕向而呪。綳錦既充，斧斤不宥。危矣此君，傷哉吾幼。穉子聽命，叩角乞憫。放我干霄，勿食殆盡。公不聞乎，誠齋有言。忍口不飡，高人愛筍。太守繞籬，大呼莫莫。我將翻泥，豈赦爾籜。勿争滕薛，胥受刳斮。下令大索，一錢五莖。哀哀慈母，生子無成。非天所戕，乃人所烹。鳳兮歸來，無枝可宿。繼長乏材，吞聲忍哭。既噬花豬，必然楚竹。莫謂幸生，竹不如肉。一老龍鍾，旁皇呵護。啼聲不絶，呪聲如故。已成盗筍之橋，空作老饕之賦。

紅蓮稻賦以“近炊香稻識紅蓮”爲韻。

笠澤懷歸，松陵招隱。有田可耕，買鄰誰近？十里桑麻，半畦葵菫。臨水柴門，隔籬木槿。不染淤泥，絶無塵坋。厥土有稻，揚州所宜。黑殊烏口，白異虎皮。色擬馬騣，輭如羊脂。天隨子曰：是名紅蓮，可以療飢。淅雕胡粒，趨弟子炊。弟子問曰：好事之家，烹鯉瀹魴。邀先生飲，曾不一嘗。乃獨空腹，長在水鄉。戀玆雲子溜匙，而薄金甆爨香。嗜好殊俗，願聞其詳。先生曰：此中真味，難外人道。百饗雖甘，不如一稻。種五十畝，有彭澤老。佐二七鮭，有春韭早。吾樂吾天，杞菊環抱。明月荷鋤，夕陽耘草。一莖一花，舍南舍北。鸜鵒啄餘，官雞輸食。曾龍睛之設飯，爲仙家所賞識。如紅妝朝酣，如紅渠净植。如紅毯抽綫，如紅衣濯色。他若白漢鋪雪，黄陸翻風。烏陵蘸水，赤甲帶虹。飛青尾紫，辨色不同。三穗九格，咸輸此紅。惟吾逍遥，於畝南東。晚飯當肉，夜雨摘菘。弟子唯唯而退。於時陂塘水肥,尺蟹在田。莎屋擺柳,石門鳴蟬。先生爲黍,乃集群賢。撫鬱林石之佳景,吟皮益友之新篇。曰:處處路傍千頃稻,家家門外一渠蓮。

西螺柑賦

東南荒外,有建春山。壺柑纍纍,衆仙所攀。靡移閬中之植,可駐海上之顔。桑田三淺,青鳥銜還。千年一實,流落人間。望氣東來,蔥鬱佳哉。盤根水抱,絶島天開。鑄金甫就,倚雲乍栽。環珊瑚之籬落,傍鮫蜃之樓臺。挹天漿於渤澥,問木奴兮胚胎。胡爲西螺,得此美材。蒼蒼海山,巋然碩果。日出榑桑,其葉婀娜。晞仙子之華鬘,舞天魔而枝彈。得地能靈,呼蟲誰裸。乃結燕霧之廬,更泛虎溪之舸。白沙墩畔千株,阿拔泉頭萬顆。嗟彼石城,懷歸迷徑。探佩囊之明珠,叫天雞而夢醒。空弄金衣,未生凡甑。曾問種於神山,攜斗酒而往聽。一水伊人,於焉持贈。詎同楚客之憐,獨占貓羅之勝。仙掌九秋,椰竹颼飀。兩三錯落,南投北投。槎儻乘於天漢,袖欲裹乎浮丘。偷桃卻疑曼倩,採藥不數祖洲。匳開廬江之月,霜亞洞庭之舟。方兹鑾徼,可以命儔。於時眉潭半彎,肚山一抹。綫社煙籠,焰峰火活。鎮亭之雲垂垂,海豐之波潑潑。黄熟支離,紅搓鞦韆。餘潤甘津,能回香沫。瀛壖剛到侍臣,爲報金莖解渴。

蓼花賦以“紅蓼花疏水國秋”爲韻。

半江泛荻,一葉聽楓。月明孤嶼,人立西風。穗落微波,十里叉魚水碧;花凝涼露,四圍簖蟹泥紅。新雁忽來,天河欲曉。夢醒簾押之低,冷入船窗之小。畫出銜魚粉本,長伴枯蒲;結成宿鷺寒栖,半藏疏蓼。痕黏濕雨,影蘸秋霞。沿隄一角,迷路三叉。紅稻當門,斜映雙扉之板;紅衣在渚,如開四壁之花。白蘋吹末,黄菊香初。何處孤帆過客,幾家遠浦歸漁。靚妝天半夕陽,濃濃淡淡;罨畫江干星火,密密疏疏。寒蜨仍叢,瘦蛩乍起。或卧菰蘆,或依蘭芷。生涯冷淡,朝朝笭箵爲鄰;竟體芳菲,寸寸佩環如水。蕭蕭之鄉,簌簌之色。恍疑立鶴頂丹,誰點閃鴉背墨。下上三篙夕漲,倦倚魚牀;淪漪六幅畫屏,平分鷗國。如葦花岸,如杜若洲。半開半落,乍沈乍浮。罷釣人歸,淺渚三更之夢;捲簾夜悄,長天一色之秋。

水仙花賦以“出門一笑大江横”爲韻。

所謂伊人,乃入此室。月是前身,水爲今日。好似淩波仙子,相思宛在一方;剛逢戲玉天公,不夜都成六出。繄彼名花,獨具靈根。既鉛華之盡洗,惟冰雪兮堪論。吐納非凡,得食不須煙火;綺羅未識,生身何礙蓬門。倏脱娟娟,步虛瑟瑟。殘律風光,歲寒良匹。何處著淡妝,虢國南内無雙;此中有賦手,陳王黄初第一。塵海廓清,魚龍叫嘯。神妃解佩相逢,中婦流黄誰照。好搴芳草美人,何待蹇修;且種梅花有弟,可同索笑。爰植於瓶,爰紉於帶。韤有微波,几無纖壒。難得照人秋水,猶是藐姑;儘教努力春華,勿傷老大。容顔婉嫿,骨節琤瑽。天上之素娥無恙,人間之帝子初降。請看縞袂六銖,相伴依然漢殿;獨薦寒泉一盞,無情豈是湘江。客有涪翁,悦此傾城。老是鄉於煙水,結平日之花盟。好隨王母起居,簇簇衣裳雲冷;可是女郎星宿,年年河漢參横。

水仙花賦以“出門一笑大江横”爲韻。

得水爲仙,散花作室。環佩姍姍,千呼始出。其形也,翩若迴雪,灼若朝暾。蘸波漾影,襲月留痕。所居在臨春之閣,望仙之門。冰夷扣舷,靈妃鼓瑟。玉珥參差,良時吉日。有回翔而來者,爲湘夫人,東皇太一。乍陰乍陽,神光四照。雲想衣裳,《清平》同調。獨拳拳而感甄,誰千金以買笑?望美人兮不見,隔一水之衣帶。海碧天青,相思無奈。萬里姑山,何小何大。娟娟水殿,寶帳一雙。星辰如此,人在天杠。獨弄珠於北渚,歌一曲之涉江。歌曰:梅弟兮礬兄,一顧兮傾城。微波兮盈盈,霧斜兮煙横。

水仙花賦以“出門一笑大江横”爲韻。

若有人兮,藐姑良匹。不御鉛華,惟炫冰質。一水中央,呼之欲出。悄立黄昏,相對無言。恍洛妃之攘腕,靡倩女之離魂。斷雲一片,明月當門。彼其仙耶?既豔且逸。曳玉輕裾,圍香斗室。水殿無人,弄珠一一。棐几移來,蠟燈高照。攀弟梅兄,或歌或嘯。本不染乎纖塵,獨拈花而微笑。一盞寒泉,龍華盛會。之子儻來,可人誰最。不數中流,竹王自大。空碧飛淙,夕陽繫艭。贈美人之環佩,更要我以蘭茳。相思何許,極目寒江。蓬萊絶頂,翠帶盈盈。萬花俯首,人是玉清。自有淩波羅襪,何愁大河前横。

山意衝寒欲放梅賦以題爲韻。

騷人登閣,逆旅閉關。寒螿語噤,獨鶴飛還。浣花主人,乃移健步,破愁顔。計地拓弓,料理一鋤之月;測時拄杖,商量十笏之山。於時修竹佳人,故鄉來使。寄書頻通,燒燭未睡。幸梅蕾之初胎,向山靈而把臂。瀼西瀼東兮無恙,花下卜居;枝南枝北兮何先,隴頭著意。九疑蛟立,一老龍鍾。悵三巴之在望,問數點之誰容。谷幽音閟,洞寂塵封。清福能修,剛脱朝衣醉卧;天心如見,正當臘鼓愁衝。爾乃潛雷未破,流水獨彈。鶡得氣兮忽訝,龜有言兮永歎。繁華可待,俯仰何寬。未曾大雪干人,天終送煖;且喜春風容物,歲不知寒。則見獨樹弄珠,伊人如玉。吹黍乍蘇,飛葭遞續。含之忽伸,引以相觸。不孤攀弟何愁,世莫我知;乃字藐姑差慰,天從人欲。託命長鑱,寄懷紙帳。吐脈脈之芳心,熟重重之淺釀。霜信報鐘,曦光挾纊。至日漫繙甲子,九瓣初消;孟陬奚俟庚寅,一陽自放。是知千崖布令,百卉催開。根蟠壁立,香逐星回。好問綺窗之信,漸颺緹室之灰。運轉自天,列宿曾添雙柳;氣通兼澤,先葩又得一梅。維甫也,節有梅貞,静能山悟。至理默契彼蒼,高歌衹行吾素。一卷長留,早春獨步。捫遍榑桑之篆,芳國傳名;贏他榛莽之場,圮牆題賦。

山意衝寒欲放梅賦以題爲韻。

試望梅關,東君將還。問著花未,屬有無間。一陽已動,乃在乎千仞蜀山。維山通氣,有梅得地。喜測天時,剛逢小至。嗟人事之相催,衹紅情與緑意。青青未了,誰的爲容。灰飛緹室,泥起蟄龍。忽萌芽之怒發,正巫峽之波衝。滋土脈,破冰團。青女卻步,陽烏流丹。春風次第至,何有於歲寒。花猶未見,先葩已足。獨立湘妃,布令迫促。山靈曰可,請緣木而求所欲。則有少陵舉杯,剔開紙帳。斂嚴威,驅冷瘴。使姑射仙人,出頭一放。爲之吟曰:天心何冷煖,百卉此胚胎。至理寓先後,南枝北枝梅。已矣哉!梅心兮自貞,山顔兮漸駐。生機偶觸兮遂伸,一笑相視兮如故。是何異垂拱三年,宋廣平感時而作賦。

山意衝寒欲放梅賦以題爲韻。

昔杜少陵值歲時之小至,感天運之大還。茫茫相對,物物攸關。早春獨步,凡卉都删。問彼梅兮著花未?爾音閟兮在空山。地肺潛滋,天心默寄。一綫添長,十年待字。是歲寒兮良匹,露文章兮未易。嗟欲放之何遲,詎有意而無意。如胎彼鶴,如蟄彼龍。層巒月缺,叠巘雲封。若蒼穹之護惜,獨結轄其芳蹤。滿天鱗甲,滕六折衝。俄而漸微風力,乍碾冰團。疑弄珠兮半吐,恍古調兮獨彈。悟葭灰之已動,幻黍谷之大觀。生機旋轉,頓失暮寒。乃知蓓蕾初萌,陽春有足。已兆天倪,忽蘇皺瘃。姑射見必依時,湘妃喜而出浴。得氣兮相蒸,同心兮所欲。昔也含而未伸,今也綻而相向。萬象包羅,十分醖釀。融一握之銅瓶,剔四垂之紙帳。園丁告予,南枝先放。一瓣顔開,十笏容回。隴頭有使,來復聞雷。比啼鵑兮忽觸,非撾羯兮頻催。山靈著意,豈獨此梅。瀼東瀼西,請廓天步。自逗豔陽,不愁歲暮。山與梅兮貫通,梅以山兮依附。如見鐵石心腸,欲倩廣平作賦。

傷春賦以"地下傷春亦白頭"爲韻。

蓬山萬重,碧城十二。離恨有天,埋愁無地。歌《黄竹》而生哀,託杜鵑以化淚。何處更聞鶗鴂,如妒年芳;不勞重勸石榴,已拚心醉。五更玉漏,可憐江令費才;一榻鬢絲,惟有司勳刻意。青鳥來兮,紫姑去也。香留解玉坊中,草長鬱金堂下。夕陽無限,儘挂游絲;暮雨何遲,猶疑飄瓦。記月明於往事,蚌胎未必長盈;争花發之相思,鳳紙誰能親寫。一自招魂不得,問帝叩閽;悔教投筆無憀,應官走馬。更無人處,我獨神傷。悄翻柿葉,空結丁香。了了華年,玉山丹旐;沈沈消息,銀漢紅牆。識紫府之仙人,死前別苦;隔青溪之神女,卧後宵長。怎奈此情,已是不堪追憶;亦知無益,未妨贏得清狂。悲哉瘦骨,負卻芳春。既斑騅之莫繫,况錦瑟兮如人。天上人間,崔郎好夢;十年一覺,江總前身。重話劫灰,簾外之辛夷寂寞;忽聞長歎,梁間之燕子逡巡。無端短翼差池,感斯文於風雨;似此長河漸落,悟昨夜之星辰。惆悵誰多,離披我亦。亞夫別細柳之營,庾信弔臨江之宅。漫云歸日仙曹,空對座中醒客。抱犀心之一點,終古不寒;寄燕脯而無人,獨來此夕。麻姑留命,大難桑海爲期;徐甲入關,豈分蕊珠淪謫。羽帳長褰,錦幃遥隔。圓蓋天青,空庭地白。醮霓旌以通靈,裁月扇而留魄。無期一别,何年重見夫人?定所儻來,此會可通仙籍。較黄昏之長短,花下厭厭;判歧路於西東,夢中脈脈。已矣秦贅,作此楚囚。金徽豈無情之物,芭蕉有不展之愁。柳眼花鬚,東風無力;天涯地角,溝水分流。光景易銷,曉鏡已非雲鬢;離憂莫屬,銀牀惜在井頭。誰爲萬里離魂,化石洗將江水;我是三生薄命,聽鐘同上經樓。

撏撦義山,恐又爲優俳笑柄。己巳二月二十八夜雨中,冠悔自記。

安仁感逝,微之悼亡。我輩鍾情,烏能已已。所嗟宿紙易盡,落花不春。羅綺語於玉谿,倚新聲於錦瑟。中年絲竹,不諱詩窮;二月風花,難償淚債。君乎自愛,休徒傷奉倩之神;僕也有心,聊共誌文通之恨。

半榻茶煙破夢回,姍姍珮影隔瑶臺。傷春傷別渾閑事,如此人間太可哀。

其　二

文人恨事騷人怨,君自悲歌我斷腸。等是牢愁銷不得,十年塵鬢感滄桑。

己巳春日,筱銘林齊韶題於味秋室。

金縷翻新曲。是古之傷心人語,不堪卒讀。衡也賦愁淹賦別,無此纏緜沈欝。恨只恨、春歸太速。燕僽鶯僝庭院悄，賸蘼蕪、一徑無情緑。聽杜宇，聲聲哭。　鴛盟我亦難重續。驀提起、廿年前事，天乎尤酷。願借酒杯澆塊壘，難埽閑愁萬斛。止不住、淚珠簌簌。自歎浮生如斷梗，向晚來，怕見鴉投宿。邀明月，伴孤獨。

己卯六月，偶有所觸，率填《金縷曲》一解，亦可稱同心之言否乎？玉岑山民高望曾題。

冠悔堂駢體文鈔

冠悔堂駢體文序

侯官楊雪滄先生，天才卓礫，博極群書，著述等身，雄視海内，主東南壇坫者垂四十年，鴻筆鉅儒、綴學文徒，奔走門下，仰之若岱宗斗極。祁到閩後神交十稔，宦轍星馳，未及面也。歲丁亥，移宰晉江。先生回籍省墓，始通縞紵。嗣是郵筒往復無虛日，因得讀所爲詩文，類皆胎息醇古，吐納閎深，而於駢體尤擅勝場。由其胸次浩博，綜貫源流，屬比既精，光燄騰踔。昌黎所謂沈浸醲郁，含英咀華，庶幾近之矣。竊維駢儷之作，濫觴二京，六代三唐，厥體益盛。維時闕廷詔書，臺省箋奏，悉以偶句行之。寖至黿淫嘽緩，氣骨頓衰，爲古文家所詬病。不知奇耦相生，天道、人文，並著兩間。平章協和，肇自虞典；覯閔受侮，載於風詩。徵文隸事，誰能廢之？然非具沈博絶麗之才，超心鍊冶之筆，上下馳騁之氣，質文酌劑之用，則亦如濕鼓腐木，形幹具而神采鑠，適成爲卑靡之體格而已。今觀先生所著，窈然而深，顥然而皛，巉然而挺，特以視迦陵、天游、小倉諸家之訏訑曼衍，若渭涇然，是真能獨樹一幟者。即曰掩班、揚，跨徐、庾，豈得謂阿私所好乎哉！嗚呼！先生往矣，風流文采，照耀猶昔。喆嗣幼雪、希滄、季鹿諸君紹承先志，鏤版以行，信今傳後，夫復奚疑？刊既成，乃歡喜贊歎，而爲之序。

光緒二十有二年仲春之月，錢唐張景祁譔。

冠悔堂駢文序

余始識楊雪滄先生於福州正誼書局中，局爲閩督左文襄公重刊先賢遺書，公總領局事，余亦分任校勘，故得樂數晨夕也。嗣公從左公西征，軍中逾年，浮海爲赤嵌游，復從義州李子和制帥於厦門，部勒鄉人子弟爲團營。余則跧伏田廬，久之始北游大梁，留滯周南，曠不相接，十餘年間，惟偶一再見而已。光緒癸未，余歸自京師，始得與公數數相見，而公子季鹿茂才尤喜與余論文。余於是知公之諸子能趾美名父，世其業矣。洎余于役楚南，猶時時相問訊，忽得季鹿書，則公已成古人。余既傷故人之奄逝，然未嘗不念公諸子之賢，必能守公遺書以無賈墜也。歲甲午，與公子希滄孝廉相見於京師，以大集數種見貽。余受而卒業，乃仰而言曰："士之懷抱利器，鋭欲有所爲於時，而其功有成不成，言有傳不傳，其命也歟哉！"方左公帥師救閩，公獨上書陳兵事數千言。左公辟公參軍事，相從入秦，幾於行軍司馬、長史之任。遽以妻喪歸，不復出。李帥尤器公，既以下游防務相屬。會撫局成，公又翛然去矣。夫士之硜硜自守者，無論已。若公才足以治三軍，而功不著於邊；論足以維國是，而位不顯於朝，此又何説歟！余以謂公苟大用於時，其纂述必不能如是之富。今雖仕宦連蹇，志不獲伸，而文章必得名於世，君子固不以彼易此也。然則功之宜成而不成，與言之卒以有傳，渠皆非命耶？公喜藏書，所收宋元槧本最富。嗜學，老而不倦。諸子濡染家學，舉於鄉，充明經、茂才，皆績學能文。公殁僅數年，遺書已次第剞劂告蕆，斯足爲博雅好古，百年食報之盛事矣。希滄屬余序公駢文，余因推論公出處大節，并及聚散離合之迹，蓋不能無交游零落之悲，而又幸慰公之有後也，遂書而歸之。

光緒乙未嘉平月，侯官張亨嘉拜序。

冠悔堂詩文集跋

冠悔堂集者，侯官楊雪滄觀察之遺著也。觀察既歸道出（山）之五年，哲嗣幼雪明經、希滄孝廉哀其詩若文共如干卷，以墨諸版，而問序於余。余不能文，何足以序斯集？惟念二十餘載交誼，相知最深，追理前塵，有不能已於言者，因不辭覼縷而爲之跋。在昔同治癸酉春，晤君於陸存齋觀察座中，一見如故。知余方校勘先忠肅集，承以舊鈔殘本見貽，此爲訂交之始。洎光緒乙酉、丙戌間，余兩次榷税臨漳，君適在彼掌教。昕夕過從，相得益懽，而蒐羅金石，又雅有同好，且不以余爲弇陋，每有著作，輒以見眎。余偶参末議，其文雖已登梨棗，罔勿點竄重訂，務衷於是。見余所輯《二十四史備補》，暨《傅子》重集本，即假歸録副，每歎其虚心廣益，析疑賞奇，爲不可及。會余編次續得石墨爲二集，君爲作長歌以紀其事。而君撰《漳州雜詠》，則余爲題端，并系以二絶句。蓋不僅時共談藝，即尺一往還，亦日恒三四。昏暮叩門，兩家臧獲皆聞聲知之。友朋蹤迹之密，當無逾我兩人者矣。庚寅春，余在會垣，君又有鷺門之役，賦詩書箑留别。方期歸時重結古歡，乃未數月，遽以赴聞。猶憶暇日與君縱談，偶及同輩知交凋零殆盡，因共傷遲暮，將來先作古人不知爲誰？相與欷歔者久之。曾幾何時，言猶在耳，詎料余竟爲後死友也。客歲先集刊成，當以新槧及原贈本付哲嗣輩藏庋，惜君已不及見矣。至今讀君集中見贈諸什，老淚猶涔涔下也。君詩才超逸，文筆尤敏捷，工篆書及八分。自少至老，淡亡他嗜好，獨矻矻文字間，於書無所不窺。然亦留意當世之務，不欲以文人自囿，故登賢書後直薇省未久，嘗從戎陝右，佐左文襄相國幕府，司餉糈事立辦。迨再落南宫，雖以醵貲助振，議敘得監司而無力謁選，遂里居授徒課子，不復出。歷主漳州丹霞、霞文，厦門紫陽，金門浯江各講席，課業之餘，舉生平閲歷之所得，方言俗語之所徵，以及山川名勝足迹所經,磅礴鬱積於胸中者,悉發之於詩與文。又爲一切考據之學,凡朝章國故、士習民風,無不採摭綦詳,裒然成帙,藉以啟迪後學,此其見聞所以日擴,著述所以日富也。詩文兩集而外,尚有《楹語》、《島居隨録》、《續録》、《三録》、《金筴颺言》、《小演雅》、《閩南唐賦》、《閏竹居》各種,均已刊行。晚年頗耽禪悦,并有佛經諸刻,不在是列。至於此集之足傳與否,播之藝林,夫固有目共賞,初無待余之贅言云。

光緒二十有一年歲次乙未嘉平既望,大興傅以禮節子拜跋。

目　録

冠悔堂駢體文鈔卷一

光緒元年乙亥恩科謝摺

爲籲懇轉詳代題，恭謝天恩事。恭照本年皇上御極紀元，欽奉上諭，舉行恩科鄉會試。某等跪讀綸音，莫名感戴。伏以虞廷籲俊，正重華踐位之年；鎬宅作人，備三物掄才之典。四門綦闢，日月方新；六幕宏開，笙簧競奏。固已嘉魚式宴，鳴鹿周行；慶溢寰中，歡騰海右。欽惟我皇上璇圖丕焕，寶籙肇膺。聖聖相承，值久道化成之後；賢賢首務，在撫辰凝績之初。特賜開科，復增解額。海濱鄒魯，銀袍環拜乎辟廱；天上文昌，珠氣平分於牛斗。凡屬膠庠寒畯，靡不鼓舞軒饕。沐雨露之新恩，際風雲之異數。咸賡復旦，共應昌期。某等籍隸南圻，心依北闕。堯章涣號，欣瞻雲漢之光；姬籙紀元，博採海邦之彦。粲同文於八極，頌有道於萬年。所有感激欣戴下忱，理合僉呈，籲懇轉詳代題，恭謝天恩。切呈！

送左宫保移節陝甘序

夫留上谷者，願借一年，漢主準黎民之視聽；識荆州者，每懷尺地，韓侯爲人物之權衡。千里江淮，侯霸昔曾小駐；一别山岳，何武長有去思。况以奠嶽迴瀾之力，方奏銘鐘勒石之勳。將化海甸爲春臺，且進經生於石室。小子執鞭，甫役文字；元戎啓節，忽捧璽書。此所爲抱經唶唶，卧轍皇皇。訴九閽之真宰，籲一脈之斯文。帝命西征，非郭代公不可；士曰北面，舍文中子其誰？而一時銜恩吐握，効命馳驅者如失所恃，不能無言也。方我宫保入閩之初，歲在甲子。壺漿十萬，火烈水深；鐵騎三千，朝發夕至。鎮兼圻鎖鑰之邦，建再造閭閻之福。一柱能擎，千仞獨立。雙溪劍合，膏非種之蜩螗；五嶺梅開，識威名者草木。定鄭國發蹤之功，拜武鄉出師之表。曾不逾時，我疆胥復；趨而抵粵，遠邇廓清。截窮徼而鯨卵不遺，護危巢而鳩雛必乳。《陰符》一卷，收回全局河山；翠羽重輪，特錫中興日月。乃以丙寅仲春，凱旋視事。既總師干，兼籌兵食；施其餘力，殄彼么麽。千艘横海，縛絶島之孫恩；十字稱神，袪斗米之張魯。而且官箴在石，竿牘不行；估客戒途，萑苻必剔。足千倉之秬黍，拓室蓋藏；析萬竈之牢盆，熬波平準。車船修好，月窟捧心；牙帳從戎，花門剺面。黌宫闢而翟酺來歸，鈴閣嚴而羊公重理。蓋尚父冠千人以上，功在旋乾轉坤；張仲憲萬邦之光，道屬經文緯武。惟公心書，爲今語録。獨拾四子階梯，克振三山木鐸。庇萬間之廣厦，並世李常；爇一瓣之心香，替人濂洛。曰剞曰劂，石渠成不日之功；爲闢爲開，藜火話先天之事。浚職屬侍書，學慙刻楮。地如宛委，相逢楚楚銀袍；車載瑶華，同訂斑斑石鼓。高軒再過，拂拭有加；經笥分貽，歲華可讀。迴念我公雙旌入界，一水傳書。值南郡枕戈之日，趣東瀛泛粟之舟。時事多艱，芻蕘敢期乎一得；微勞滋赧，姓名荷達於九重。甄拔惟荀爽是問，禮數於趙壹獨寬。正懽蠹簡延年，墜緒重尋百代；更令蠶筐從事，授衣欲覆萬家。凡兹鼓橐之施，彌切干霄之奮。今夫觀禾者三變，樹木者十年。自公風人雨人，衣我食我。被蒸髦以鐘鼓，養元氣於山川。冀厥大成，久於樂土。乃止渴方殷，争塗竞遠。在朝廷以練知邊事，河隍惟休璟獨當；而草野欲長策治安，厝火有賈生太息。西賊寒心，辦之易易；陽春有脚，去也倀倀。然從來生佛善結衆緣，自古聖人能同民欲。仰閶闔之非遥，儻幨帷之暫駐。鑄越銅爲錢鎛，十二狄永靖虎方；播魯壁之金絲，五百年重開鹿洞。福地相依，部民有慶。

新修淡水廳志序

《周書》曰："議以制事。"孟氏曰："論世尚友。"自來考獻徵文，不外天地人物；披風覩俗，必先官士民番。釐職方之圖，擴外史之掌。後有作者，端在有司。淡水拓宇已遥，志乘久闕。向者霧暗瘴噓，面鯨舌鴂。毗舍耶之城市無稽，婁娑洋之黔黎猶梗。今則婺女牽牛而天開矣，雞嶼屯嶺而地闢矣。負耒横經，人既傑矣。官山府海，物亦奮矣。所謂群氓耕鑿，帝力胥忘。萬里梯航，遠彝攸服。郅治之隆，此一時也。百卌年借鑑於古，前事可師；三百里蒐網不遺，細流乃大。於是葺田廬而時蓄洩，登户役而課徵輸，訓練必嚴，奸宄是杜，則誌吏治焉。立黌宫而崇師道，列甲第而薈人文，善教有開，敦禮爲本，則紀士習焉。繼而垂簾談忠，投巾講讓，化干櫓以修孝悌，進琴瑟以篤倫常，則誌民風焉。終以銅柱宣威，金鈴繫頸，舟師不廢，桑土綢繆，遠人能柔，韋笥輻輳，則誌番黎焉。爲類二十有五，昭天數也。爲卷二十有八，羅星宿也。例必酌中，事皆紀實。不索廩米，不納槃金。世無南陽宗臣，於壽何怨；生薄北朝穢史，諂齊者非。蓋一庭風雨，十月丹鉛。丱城艤舟，載書雖至；永嘉鑿險，無碑可尋。乃摭其公是公非，遑恤乎知我罪我。不才傭筆，權作寓公；同人集裘，更多君子。還仗運斤於鼻，悉平如秤之心。覆簣無虧，遺珠待補。九丘有倚相解讀，卻慚綸閣備員；六官得《周禮》大綱，敢定海天信史。

小　引二十五則。

分星觀天，分野察也。保章九州，吴越是識。荒服已開，一統郅治。勿例島彝，占測互異。謂翼九度，附會《宋志》。淡雖一偶，爲閩所置。請斷《周官》，屬牛女次。端在敬天，神明其意。誌“星野”。

闢治曰建，分析曰置。職方攸司，七閩正位。緊昔開皇，虎賁甫至。洎逐荷蘭，草雞竊地。歸我版圖，蠻荒恩被。臺北袤長，設官以治。申畫郊圻，此物此志。保障東溟，乃萬世利。誌“建置”，“疆域”、“道路”附之。

奠高濬深，興雲致雨。地理河渠，模範千古。爰溯臺山，發源五虎。滄海渡龍，考亭有語。闢潼白畎，蜿蜒東聚。結腦雞籠，淡爲初祖。派別支分，式廓土宇。南離奥區，中流砥柱。誌“山川”，“形勝”附之。

佐守則固，佐耕則豐。增陴濬隍，即小附庸。巍巍百雉，遐甸仡墉。方位既定，障川而東。曰金曰湯，可以折衝。夏官所掌，職修聿隆。雕題鑿齒，雖入堯封。習坎設險，不忘王公。誌“城池”，“隘寮”附之。

臨政堂皇,退食宫寢。欲庇萬民,環堵聽審。鈴閣宵間,亦設警枕。屹然干城,麟圖濡染。勿視傳舍,徒充員品。嚴乃軍儲,富乃藏廩。更速聲郵,胥平道險。繡壤鬱蔥,日麗東崦。誌"公署","倉廨"、"鋪遞"附之。

里宰廛人,司徒所屬。以辨民數,以審財蓄。再稽季漢,孔明治蜀。繩墨藩籬,胥在吾目。都甲坊隅,斯歌斯哭。嗟此彈丸,富庶充足。誰謂康莊,未化荒服。在良有司,子惠海瀆。誌"街里","番社"附之。

褰裳濡軌,津涉用憂。就深就淺,禮禁川游。杠梁有制,農隙必修。惠人子産,乘輿何尤。乃駕木石,百工僉謀。濟人以楫,吴越同舟。投鞭畫扇,更進一籌。議戰議守,扼要上流。誌"橋梁","義渡"、"章程"、"租額"附之。

稻人掌稼,積水爲豬。沃野千里,用佐糧儲。楚有芍陂,叔敖述初。繼者何武,以瀹以疏。維兹澤國,甘壤之腴。歲月既久,勿致泥淤。有利必害,争敚紛如。彼疆此界,巨浸宜區。誌"水利"。

西山著書,防海綦重。厥後倭彝,聚嘯煽動。乃設舟師,偵巡汊港。鯨鯢廓清,聯艅自董。風謐波恬,魚鹽總總。曾塞漏卮,懲及異種。此地策勳,詔書優捧。官民一心,瀛壖永鞏。誌"海防","船政"、"風信"、"潮候"、"洋案"附之。

漢事羈縻,置郡除吏。後代臻詳,尊卑定位。貞度肅僚,咸慎守器。經文固難,緯武匪易。凡爾百官,顧名思義。政績戎功,借鑑而治。記室效忠,何可遺棄。穿冢都尉,傷哉旅類。誌"職官","文武列傳"、"幕賓"、"義民"附之。

海邦秸秷,迺闓膏雨。筴不取盈,良爲樂土。餘帑在官,更懷粳稰。遺法屯田,以濟鑾府。下逮叛兒,藉歸天庾。亦有囷粟,罰鍰所取。經界既正,何有斥鹵。議賑議蠲,澤被萬户。誌"田賦","官莊"、"屯租"、"叛産充公"、"租税蠲政"附之。

民爲邦本,獻數天府。□王拜受,克重綏撫。我朝休養,監明所苦。力役必均,溢陬澤普。海外蒼黎,如聞噢咻。憐貧存孤,不使失所。掩骼有令,炳煌千古。推德施仁,視官斯土。誌"户口","卹政"附之。

盛世常供，量官分禄。胥役徒兵，公家所蓄。凡百出納，勿饜勿黷。計餘水衡，稽耗雀角。鹽筴既開，叢蠹毋伏。宏羊安邊，用此乃足。關市有征，權輿海瀆。柔遠惠商，更宜籌熟。誌"雜餉"，"解運"、"存留"、"經費"、"鹽課"、"關榷"、"煤場"附之。

禮樂陶淑，百世後興。惇典秩叙，措正施行。束躬爲法，維繫匪輕。爰修俎豆，嶽瀆效靈。蠻貊格化，同薦椒馨。有功捍衛，亦奉儀型。一鄉忠孝，更國之楨。於何勵俗，曰苦節貞。誌"典禮"，"祠祀"附之。

東瀛土沃，萬民浮寄。先富後教，當明厥志。岌岌頖宫，煌煌典器。釋菜釋奠，瞽宗克備。既修庠序，以勗六藝。乃築齋廬，群材養食。經師人師，有教無類。烏弋黄支，化雨同施。誌"學校"，"書院"、"義塾"、"社學"附之。

虞夏聿隆，不廢武衛。井田寓兵，爲周規制。況闢土疆，山海之際。增戍分屯，屢煩廟計。瓜代有期，衈賞互勵。裁冗練精，更審時勢。水陸游防，如帶如礪。百年德威，遐播荒裔。誌"兵制"，"衈賞"附之。

斯文元氣，鍾毓山川。絶島丘文莊海忠介，地藉人傳。狉榛何陋，化爲歌絃。矧兹蕞土，釋褐開先。次遴勇力，制科輝聯。猶古五射，賓興亦賢。登名太室，樹績燕然。光前裕後，同列簡編。誌"文武選舉"，"封蔭"附之。

立德功言，爲三不朽。國有屏藩，鄉有山斗。闡幽發潛，更在孝友。任衈非末，睦姻宜厚。文苑儒林，乃風雅藪。隱士可矜，寓賢豈偶。維有志者，聲施於後。名教樂地，大書某某。誌"人物"，"流寓"附之。

輶軒下國，刺淫美貞。琴瑟細務，王化由成。卓哉苦節，支撑門庭。呱息一綫，賴奉嘗烝。或爲奮決，完志九京。或拒狂暴，取義舍生。女占不字，亦飲香名。敢持彤管，綽楔表旌。誌"列女"。

風繫水土，俗因政教。移之易之，上行下效。國僑觀法，不毁鄉校。箕畢所占，四民胥傚。既農而桑，海隅丕冒。伏臘雞豚，勿侈玩好。繫何淫佚，專尚杯珓。進彼裸人，馴以忠孝。誌"風俗"，"番俗"附之。

禹貢蠙魚，漢産苜蓿。邛竹罽賨，侈稱西蜀。天府所登，不棄卉服。磺溪奥區,况利九穀。汎舟儻來,鄰壤鼓腹。取材樟楠,度臘荷菊。在地菁華,泙渫衍沃。山海圖經,一卷可讀。誌“物産”。

龍門太史,歷覽名山。歐陽紀怪,窮崖必攀。古今陳迹,一俛仰間。勺水自清,拳石非頑。鶴歸華表,猨化禪關。式廬展墓,心心往還。曠世相感,咫尺塵寰。雨風無恙,蒐網蜑蠻。誌“勝蹟”,“寺觀”、“祠廟”、“園亭”附之。

祥不必福,異不必灾。感召所自,心爲胚胎。泰鴻玉燭,聖瑞無涯。垂象示變,見於方垓。用謹執政,敕身而齊。五行有傳,於古稱乖。金不從革,亦亂之階。惟日三省,師尹勗哉。誌“祥異”,“人瑞”、“兵燹”附之。

大塊文章,海外何異。百四十年,詎乏典記。名山傳人,空谷匆閟。歌哭鬼神,經綸天地。一卷治安,乃在金匱。政俗攸關,毋遺文字。吾儕未老,此事重寄。不録生存,猶蕭統意。誌“藝文”。

霧集淮海,塵加嵩太。片善寸長,更何可汰。閭里觀摩,津津齒挂。在昔五筆,捃摭不懈。曾是壽皇,羡彼洪邁。比事取資,亦藏亦戒。逸詩具存,令人三喟。雖有絲麻,無棄菅蒯。誌餘。

丘吉甫先生釣磯詩集序

所南之蘭,已無片土;君直之硯,尚落人間。傷哉騶氏殘山,已矣趙家塊肉。人心未死,天醉何哀。如我釣磯先生者,并鄭與謝,實鼎峙焉。顧傳不傳,有幸不幸。十空之經,晞髪之集。碧血化爲文章,商聲滿乎天地。獨先生蹈海茫茫,窮居兀兀。迹其維倫,攸關道統;見於行事,靡託空言。乃餞陋在隅,而史乘或闕。嗟夫!不出户庭,通塞有自甘之節;未灰金石,造化無終閟之音。雲煙固長護也,日月可重光也。况有賢子孫爲付剞劂氏,俾不傳而傳,亦不幸之幸。莫談南渡趙亡,《心史》同撑一代;如見西臺慟哭,朱鳥可訂千秋。

陳廣文江田詩系輯存序

夫天留浩氣,六百年劫火不灰;代有傳人,八十家宫商未墜。空山金石,歌哭在斯；永夕雨風，晦明無恙。本忠孝之文章，爲鬼神所呵護。矧更先芬，士衡能誦；次及群季，阿買知書。慟南渡之栝棬，建東甌之旗鼓。責在後死，闡此同宗。爲文獻之徵，具衣冠而拜。搜羅既富，有蘇過及孫能文；體例獨嚴，以何遜見存不録。此楠齋先生《詩系》所由輯也。今夫數典無人，束書不讀。黨錮興而文士結舌，墨勅貴而乳臭進身。酣豢利禄者，視著作爲駢枝；馳騖聲華者，嫉忠信如梏桎。文字幾廢，性情垂亡。不獨帷囊裁縑，長付胥吏；亦有圊厠嘔血，終投鬼才。是患所伏，可訴於人。若乃宗社屋矣，室廬墟矣。明月半規，華表未歸丁令；青燐千點，遺鏃時出長平。斷碣不完，殘編安在！鄴下之子孫爲庶，壁中之絲竹皆非。松楸且伐作薪，娜環絶無片土。考姓氏爲冥漠君之謚，幻雲煙於無何有之鄉。斯文之厄，又權於天。先生立爲人表，能與天争。尋墜緒之茫茫，抱窮年而兀兀。不負天下有心人，纂修斗室；此即古今長者録，薈萃一門。丹荔盤盂，每祀先而涕泣；青燈几席，獨問夜而徬徨。幸大雅之未衰，惟小子之有造。鞠通厚福，能成百衲之琴；賑望前身，自檢三食之字。嗟乎！開卷有烈士遺章，合與文山書帶；補亡乃孝子大事，我爲束晳歌笙。

鄧良甫舍人詩序

松風堂下，憂時共話南朝；雪浪盆前，問事每愁北客。六千君子，解甲胥歸；重九嘉辰，題糕何福。歷歷洞庭耆舊，勞勞瘴海餘生。蟣蝨小臣，無補聖朝之闕事；蜻蜓下國，竟寬天撻之常刑。白日正中，狂歌與子；青雲在上，倦眼爲開。此讀良甫同官之詩，所不能已於言也。君爲藥階名侶，蓮幕俊才。生於正則之區，游乎無諸之域。把臂恨晚，積心傾譚。大笑億千場，酌酒一消塊壘；古風五十首，垂衣獨埽荆榛。既每飯而思君，更揮戈以駐景。二南具在，騶虞原不虚生；萬仞能翔，鳳鳥甯争刺促。願貞金石，林列星辰。是爲七子建安，有我輩蓬萊文字；此即一篇《梁父》，祝伊人峣屼風雲。

遜緜堂詩存序

海氣拍天，鯨鯢未掣；平沙列幕，蛩蟨相依。歎時局之艱難，話窮年之奔走。

奇章賣塞,《罪言》何補於樊川;王粲登樓,倒屣幸逢乎祭酒。秋風夔府,揖客多才;劫火昆明,胡僧一夢。豈醉如鶉首,驕子能容;迺累到豬肝,勞人自點。江山既已無恙,風月許我重談。徐君仲眉出其大什,命爲蒐校,良用欷歔。得故人同病相憐,有我輩長歌當哭。季真知己,天涯且覓酒徒;摩詰再生,宿世合稱詞客。訂素心於晨夕,尋墜緒於風騷。嗟夫!大雅毋乃久衰,人物傷百年以後;封侯亦何足算,文章敵五等之崇。一卷長留,千秋可享。勿悲混沌,即今多畫蛾眉;請讀《逍遥》,與子共乘鵬背。

龔太史薇花吟館詩稿序

身居杜曲,相逢尺五之天;手植薇花,剛上初三之月。九霄風露,曾醉金莖;一片宫商,如聞玉佩。得江山之清氣,爲臺閣之雄文。韋郎新賜纈袍,小宋能修椽燭。矧覘門地,祖硯親摩;更侍庭闈,父書善讀。此我詠樵太史,後有作者,稱極偉歟;君以幼慧,器於鄉閭。張湛本屬聖童,微之呼爲才子。看花綺陌,塵是輭紅;視草金鑾,衣猶慘緑。開徑時來三益,借書甯靳一瓻。歡伯不空,十石可供嘯傲;長恩在祀,百金能購散亡。集六代之笙簧,貫百家之珠琲。入座爲王、楊、盧、駱,取材必丘、索、典、墳。綜厥大成,裒兹傑構。夫主臣可頌,荷旃獨數子淵;而譎諫能文,執戟猶資曼倩。贊雲臺者既思上將,歌《清廟》者當念生民。信史可傳,名山勿虚著述;吾儕未老,大塊自有文章。風雅能師,江河不廢。上可敚浯溪之筆,下無負監門之圖。願進一籌,期君千古。嗟余薄宦,愧此壯夫。問西嶽之天,當通呼吸;誦南箕之句,何補酒漿。蒓菜懷歸,敢云作達;剌桐話舊,幸有同心。誰爲七子應劉,望蓬萊於絶頂;此即五言蘇李,寄河梁之相思。

陳長源宫閨組韻序

昔傅咸作倆,輯大車以成章;韋蟾歌姬,續楊花而泣别。自晉北地,沿唐下杜。茫茫百代,生面已開;寥寥數章,僂指可索。此劉勰明詩,因弗之及;蕭統分體,亦竟闕如。越至有宋,間以相角。荆公鬬巧,不自弆藏;常父拾餘,乃竊比附。南渡而還，著録始見。值破碎之河山，作文章之餖飣。梅花百衲，李雪林一卷翦綃；瀼西五言，文信國千秋直筆。元則儒丐同皁，俳優登場。曲子既工，古語或貫。洎明而孫仲衍之黄婕白氈，李西涯之濁醪緩帶。鱸魚瘦馬，公石留名；古柏春蠶，景倩繼起。閲三百載，得數十家。後有作者，亦云盛矣。然一臠之鼎，片羽之裘。或駢以十四字，或流爲廿八言。求如叶宫商而律漸於細，儷黄白而儗必以倫。惟長源先生之宫閨組韻，可爲周晬盤中，不祧俎豆；支磯石上，無縫天衣也。今夫仲初百首，實長信之替人；《子夜四時》，本邯鄲之樂府。今來古往，夢可同牀；天上人間，愁無二月。雖女子之善懷如一，而彼蒼之位置或殊。則有隨例趨朝，承恩在貌。寵專房而天子無愁，立教坊而佳人再顧。綵繩五日，侍輩（輦）上元；羅被十牀，得籌寒食。下階裙帶，非時長見君王；初日屋梁，私心獨悦神女。是爲支玉凭肩，靡若淚珠頮面。下逮閨房，瑣事尤甚。託錦瑟華年之怨，結玉簫再世之緣。男歡女娱，每相逢於絶代；天穿地巧，齊所願而同心。莫愁江上，易長芙蓉；何處天涯，不生芳草。蓋登徒好色，臣里亦自有人；而羅敷致詞，專城可能共載。有大慾焉不諱普天，是鍾情者正在我輩。又豈飛絮沾泥，落花墜溷。河間數當户之錢，江左擁行郵之帚。爲狹邪游，可同日語哉！嗟夫！媧皇左計，未補離恨之天；羿妻更生，難護長圓之月。爲仙爲凡，有歡有戚。卅六年之阿房，秦帝不來；一萬重之蓬山，劉郎更遠。即其一聲《河滿》，千金《長門》；與夫萬首迴文，十年上計。易地皆然，作平等觀。不有雅歌，何伸古意？雙雕寸截，如見彼美肺肝；西就東移，不失今吾面目。靈均有曰，集芙蓉之裳；司勳所云，續鳳凰之髓。微先生言，其誰與歸？爲他人忙，若自己出。效東野聯吟之什，收將離思萬周；唱香山摘句之詞，吹下步虚一片。敢序《玉臺》，以儲福地。

章瑩齋聽聽齋語録序

聞之一代星辰，孝友應在天之象；六經羽翼，文章立壽世之功。至味莫厚於五倫，粹言實撑乎千古。不有模楷，孰繫綱維？此我瑩齋先生竺躬紹先，彝訓逮後。揆其賦性，良足服膺。採汝南人物之評，不遺月旦；讀高密鍼砭之語，如起膏肓。爲溯生齠,卓傳焠掌。襲積德之門地,守親仁之家規。摩頂許爲完人,執箕克稱弟子。洎及舞勺,苦無立錐。乃握子輿之籌,獨負仲氏之米。三釜猶及親而享,何傷於貧;百錢能計日以供,不改其樂。娱以華屋,湫隘自更;視諸寢門,膳羞必潔。準前喪後喪之禮,報鞠我育我之恩。養志如生,終天無憾。厥弟友愛,尤人所難。隨肩則督其鉤稽,拊背則問其寒燠。同堂會飯,雨風無間;昕宵尺布共紉,囊橐大公出納。旌門綦表,大府稱賢,將上於朝,固辭乃已。蓋其怡怡之色,悾悾之懷,極數十年如一日矣。夫至性至情,原於天畀;而教忠教孝,賴以言傳。矧更一篇語録,允爲五子功臣。淵源群經,陶冶諸史。承乎伊洛一脈,比彼《東》、《西》二銘。生世勿虛,守吕新吾之訓;喫虧可學,本于忠肅之箴。其立言也,如菽粟布帛所必需;其涉世也,寘得失窮通而不問。是爲長者録,人師可式一鄉;生作太平民,君恩不忘每飯。凡公引翼,諸子豐成。潼關習種菜之清,渤海足買牛之化。努力盡職,實心愛民。庭立所聞,楹書具在。推之軼事,更足闡揚。賤糓拯荒,置田贍族。論園而焚薛邑之券,卹里而覆洛陽之裘。比閭泣悔,不須勝母回車;歧路賞逋,重使牧人入苙。以至捐槥瘞胔,伐柏瘵饑。遍三黨之冠笄,解推恐後;累千緡之尺寸,佽助及時。罔不坐言立行,以身爲教。擴家庭之政,明德必有達人;著修齊之書,考祥自屬君子。浚與公嗣果堂觀察辱交文字,命爲弁詞。念南浦之春波,三百年本同里閈;話温陵之秋雨,二千石曾拜起居。獲誦佳言,水鏡獨明乎倫紀;請書家誡,屏風長護於雲仍。

謝夢漁給諫净土四經序

繄昔毗邪杜口,摩竭掩室。以無文字爲真法門,尚矣。顧真諦無言,得意可忘筌也;俗諦無言,冥心難獨契也。在初祖僅見圓光,猶之太極。倏而有象,倏而有形。見涅槃於彼岸,生迦維於王室。於是乎關闢幽楗飛,如鐘之虡,或持或受;如波之酌,見淺見深。蓮開耶?石開耶?風動耶?旛動耶?冥權本無謀也,夷塗隨所坦也。《净土四經》者,五衍之安車,重昏之慧日。循序而進,沙界能窮。自天象教綱頽,正法紐絶。大千淪於鐵圍,衆苦入於火宅。疇爲佛圖,截腸可浣;疇爲龍樹,正炬自然。則昆明劫灰,既哀我衆類;而鈞天《韶濩》,敢運夫一音。雖燈也,可補日月不及之光;是梯也,乃爲生天必拾之級。

海東金石目序代。

近滕公之鄉,獲微子之碣。遵海之罘,望塞涓水。求爲詳狂雲礽,不墜尚白文字。惓懷及此,稽古滋深。夫散氏爲宜生之祖,比干稱王子之忠。一盤無恙,古墓獨存。搜求者尚溯蕭黎,紀載者用徵文獻。矧其子姓,守兹臣藩。奉冕旒之正朔,化魋結而同文。豐碑在寓,嗜學來庭。媲高宗紅崖之蹟,邁校尉白爨之文。覆幬無私,河山並壽。荻苴拜爵,知中國有聖人;桑艾在胸,借他山爲良友。網羅宏富,殊足多焉。顧錦山奇字,或傳徐福題名;而平壤故城,或説元嘉當世。則權輿疑在嬴秦,改訂宜先劉宋。請於六代,更上一層也。金君梅隱,洌汕佳士,燕薊寓公。成脈望之神仙,飽嫏環之福地。差喜身爲殷後,如予生卜郰居。萬里海天,三生香火。不磨浩劫,我輩自有文章;能開誠心,天下無如金石。

雙華館賦合刻序

雨肥桐花,水樾瓜蔓。新種之松都活,舊栽之竹增高。老樹拗於牆,幽蘭閟於室。聞剥啄聲,識郵筒至。莊誦一通,馥彧四射。乃《雙華館合刊》之篇,譬諸浩虚舟賦門,范傳正賦訣,紇干俞賦格,張仲素賦樞。直趨乎古,卓絶於今。尋墜緒之茫茫,坐窮年以兀兀。旨蓄能甘,椎輪斯在。夫以馬卿之徒,摛文乃從荀法;賈傅以下,渺慮具有屈心。蘭陵自屬正音,靈均可稱變雅。既一轂而殊塗,遂分枝而别派。秦世不文,無足尚論。西京則揚之河東,枚之兔園;東京則班之終南,張之天象。繼起域中,逸居選外。然蕭樓席六代之珍,典型賴以不墜;而姚鉉擷三唐之粹,官韻猶未粲陳。藉非鄉哲獨力扶持,歐陽開四門之先,厚象稱三絶之冠。輔之蔚爲聖龍,昭夢播於金幛。冬郎之南渡寓公,文江之東黄初祖。千鈞誰繫,一腋弗温。詠樵、鐵香兩太史,名山應運,戚鄗聯懽。競换蓬萊之骨,能賡《韶濩》之章。著述一堂,江河萬古。郊坰並轡,搜獵碣之同文;

風雨比鄰，訂《韓詩》之《外傳》。百年文獻，已集衣冠；一片承平，如聞雅頌。辱蒙拾芥，暗爲投珠。愧海棠之未聘，待字無香；幸卷葹之能生，拔心何礙。不辜清福，移來健步遠梅；合證前身，猶有同龕明月。紫薇花下，我待傳宣；金馬門前，君曾給札。此即正平之鸚鵡，允爲桓元之鳳凰。連理可棲，心香一瓣。是爲敘。

龔詠樵亦園脞牘序

斯人不出，謝傅偶集碎金；好夢能靈，少瑜獨操鏤管。海不辭流，以成其大；天猶借石，以補其傾。稽古爲榮，不廢述作；得閑差樂，何憎文章。化嬉笑怒罵於胸中，寓忠厚謹嚴於毫末。自今以往，可成十志之《夷堅》；於我何求，同證一圜之脈望。此亦園主人《脞牘》，可稱於世、足傳於人也。夫《碧雲騢》之滓蔑賢流，《會真記》之雕摹才子。誨淫導慾，則有《雜事祕辛》；挾怨掠恩，則有《周秦行記》。慧光所及，擯斥相隨。次而心印涉於緇衣，口訣參於羽士。如終南進士之無稽，一車載鬼；如齊東野人之近鄙，疊鼓負翁。何補人心，終淪左道。玆所旁摭，矯其前非。衆郛能遵馬鄭，三徑不忘羊求。羅文獻於一朝，繪忠貞於千古。殘膏賸馥，窮檐之心血具存；樂石吉金，寰宇之精神如見。凡一事一物，非姑妄言；比九歎九思，殆有憂患。嗟哉窘鄉，傷此同病。蠹蟫競守，蛩蟨相依。捫腹無負乎攤書，用心猶賢於博弈。笑我漫膺將伯，相攻敢借他山；如公俯視稗官，此筆足參正史。

温陵叢話序

龔公詠樵輯《温陵叢話》既成，郵授卒讀，敬爲序曰：絃歌之里，賤子是其鄉人；著作之林，先生無慙太史。共溯紅羊換劫，猶賸胡僧；還如白馬移家，敢忘殷後。訂千年之甲子，臚四部之丙丁。藥籠能儲，已我心之先得；寶山既入，不空手而遽回。即此鏡中，具見鬚眉之活；能令天下，不輕父母之邦。爲前事之可師，合細流而乃大。文章可恃，桑梓維恭。嗟夫！廉頗到老，最思趙人；賈霈探源，大搜群族。江左有青箱之舊事，朝儀成緘；宣城得葫蘆之《漢書》，真本重見。負趨如得大力，困窮何礙自耕。固非耳學下官，是爲人物宗主。述而不作，足則能徵。開俎豆於泉山，數典請言吾祖；話衣冠於南渡，八族差幸不祧。藉非摭拾之勤，誰起沈淪之痼？累朝歷歷，盈篋昭昭。在天地生材，命韭且爲豐本；豈吾人掇記，操樂可廢土音。公爲款段善人，餘瀋能羅五邑；我學娵隅蠻語，末光儻附千秋。

王秩亭明府集禊帖詩序楚北人，官南安令。詩凡八十首。

自支機傳片石，人間多無縫之衣；亦洴澼重千金，天下善不龜之藥。鞠通悟道琴，百衲以流音；脈望成仙字，三食而入化。有興嗣起於前，更懷仁踵於後。權輿可述，剬緝彌工。此秩亭明府《集禊帖詩》之所由作也。夫重三佳日，卌二賢流。典午之文章不廢，烏衣之門巷猶存。墜緒可尋，新機且引。得未損之五字本，識面已有世人；祓不祥兮八十篇，在腕應驚羲鬼。亦既取諸懷抱，固宜播爲風詩。獨闢町畦，自成一子；不忘觴詠，足傲群公。琅琊今有替人，蘭亭可補逸事。獨惜罰依酒數，捉刀未遇英雄；真如技痒少年，擲米猶能狡獪。留連前軌，仿佛齊鑣。疑舊雨之重來，話流水於今日。定夢山陰初祖，持將鏤管相貽；儻逢舊治寓公，請與香匳並壽。

何鏡山漢碑額集刻序

漢碑多穿，區以爲二。在墓引繂，在廟麗牲。穿之中外，繚繞有暈。非刻螭虎，即爲圭首。無字斯已，有字曰額。故篆稱篆額，如帝堯是；隸稱隸額，如武榮是。或標故階，爲衡方、孔彪；或識今秩，爲費鳳、楊統。書官並姓，則祝睦、武班；題郡兼邑，則劉曜、陳寔。曰銘者北海、景君，曰頌者藁長、蔡君。墓表自謁者景君昉，神道自太尉楊君始。尊以府君，有梁相費汎。列以私諡，有忠惠魯君。至若周憬曰功勳銘，張納曰功德叙。王立偏稱孝子，唐君特冠仙人。王君治石路，加一表字。潘乾立校宮，隨其地稱。膠東曰“廟門”，殽阬曰“神祠”。

厥頷變例,不一而足。率與碑文,合爲章法。上有姓則篇不再書,既題官則文即從略。茮鄂相遞,互爲虧蔽。乃沿後世,别起重出。視若贅疣,殊失面目。何君鏡山太守斯編之刊,駸駸復古。生雖苦晚,剥蝕艱搜。即此晨星,冠冕南極。夫徙薪不爛,觸手如新。摹羊毫之祖,揆八分所生。究篆得隸,變隸爲楷。探源綦遠,示途獨先。將蕭鄭侯,覃思三月。前殿題額,觀者如流。弗克專美,伊可喜也。

林涵齋集序

林都閫出其先世涵齋先生《藏山堂詩文遺篇》,丐序於余。讀竟,爲之喟然曰:龍無翼而飛也,豹留皮不死也。文章能神,姓氏詎滅。天地自有正氣,忠孝何可假人?余嘗望唐嶼之巔,過白雲之洞。畫禪詩史,蝯泣鵑啼。百年如見鬚眉,斗室猶聞歌哭。獨於先生日三致意焉。夫晦冥之世,禄食相豪;濁富之家,奔走恐後。有徵必獲,無諂不施。求如所南之蘭,頭可碎而畫難得;石養之冢,苔能字而山獨存。斯民直道,蓋亦僅矣。先生抱器,不爲威奪,争墳至以官償。雙舄棄擲,一拂歸來。乃值華表化鶴,人民已非;荆棘生駝,第宅更易。既孤行而無偶,復衆喙之争鳴。於是發爲篇什,踵諸風騷。得乎莊子寓言,寄以靈均哀怨。空山一士,跪拜知有君親;古刹四空,兀坐但依我佛。雖一臠無多,而千春可訂。止水不波之喻,疾風勁草之思。往復斯篇,尤不置云。

敬身録序

龍溪鄭宜上徵君,刊《石秋子敬身録》既成,索序於予。謹授而讀之,曰:嗚呼!此即智井鐵函,西臺晞髮之流亞也。當夫明社既屋,殉矣先生;吾道干城,責在後死。石秋子以一介布衣,持三寸不律。漆身荒谷,繭足蠻天。續黄山不息之燈,抱閩海未灰之帙。鵜膏淬劍,化爲雙虹;追蠡懸鐘,危於一綫。蓋黍禾之痛,梁木之悲,無日不心傷温室,睫涕師門。以視撰十空經、碎竹如意者,殆有過之無弗及。已乃鑿敬身屏,遂以名其録。三千曲禮,職弟子而攸居;八百孤寒,幸斯文之未喪。則是編也,猶之星斗在天,冠裳在笥。闡揚亦何可緩,忠義正賴以傳。撫此髮膚,長念生身父母;微雖草莽,敢忘北面君師。

林鑑塘太史鄭蔡年譜合表序

今夫一避一趨,終古不無遺議;一生一死,千秋難得同心。雖功在經神,生是使獨;而事關漢世,與正爲誰。揆宣聖之讖言告起,與兖州之畫象祀先。彼爲賢良,通德原無慚色;此收人望,忠孝何可厚非。公道未衰,師資勿隳。凡爲一帙,具此二難。大聲疾呼,操戈既已伐我;原心略迹,汗竹例不廢言。此鑑塘先生《鄭蔡年譜合表》所由作也。嗟乎!疇分門户,黨錮幾至終身;竟誤文章,讀書乃有今日。惟千里草實逼相處,衹一片石可以與言。儒者相繩,本屬扶風一氣;前身可證,難除平子四愁。迄今過不共之山,登索昏之庫。幅巾如見,琴柱未灰。賓客消沈,使酒仍推上座;是非莫管,負鼓且唱盲翁。

張友山中丞守岐詩存序

百二重秦關仍舊,獨木能支;十五度明月長圓,萬家無恙。言因功立,地以人傳。矧軍旅不廢敦詩,更著述可稱信史。如濰縣張中丞《守岐詩存》,固浚也傭筆西陲,習聞前筯;而今則執鞭南嶠,獲見長城。一夔已足,全豹幸窺。既拳拳而服膺,敢亹亹以綴尾?今夫危坡六轡,發蹤者履險如夷;濁浪千尋,善柁者中流自在。軍雖背水,勢難撼山。共説檀圖一幅,真能禳鬼;敢攜謝句五言,早已驚人。此心可奉至尊,在目自無群虜。如孔文舉之隱几,著矢無傷;如祭弟孫之雅歌,投壺可數。蓋《漢書》背誦,君身是睢陽同宗;而儒者知兵,此地有鄭畋舊部。時則回鶻恣驕,孤羆兀坐;飛芻道梗,鳴柝宵嚴。血尚戰乎玄黄,囊難通乎赤白。乞師何路,包胥哭秦伯之庭;救患無人,南八射賀蘭之塔。書空十上,泥乏一丸。未撲此獠,誰吞胡羯。兵符在寢,但持鄰壁之兩端;屠市有椎,莫遂夷門之一請。公乃誓士敵愾,與民圖存。翦百雉之蕭蒿,回萬牛於梁棟。矢以誠厚,扼其要衝。盾墨未乾,鞾刀在握。同僚並命,連雞結白日之栖;羸卒奮興,飢雀飽黄花之飼。慷慨一呼,精神百倍。播禁中之樂府,臣自嘔心;來天上之神兵,人真絶翅。雙鳥之囚已釋,五豝之發無虚。胥祝更生,解歌競病;於是論功得實,受賞有差。公力歸同袍,氣亘大槊。石頭百里,唐彬獨避名場;麥飯一亭,馮異自依大樹。思尋灞上之梅,紀淅刀頭之米。南蠻推陶侃,筆翰如流;河内借寇恂,《春秋》能讀。帝簡賢勞,君遷重叠。每懷郤縠,能參禮樂於被廬;未斬樓蘭,忽挂衣冠於神武。臣心兮如水,予手兮無柯。塞馬不來,池魚何及。避兹賢路,感爾前驅。擁崔光郡國百篇之富,比王筠草木十詠之工。能畏服於鄭伯猷千卷,則聞鐘晨覺;兼軍國於吕思禮數升,則易燭夜吟。副本重開,百端交集。儻論無敵,將軍本傅永能文;定録前功,丞相爲李嚴知己。

陳鐵香藤華吟館詩録序

萬間拓厦,文字因緣;二水分洲,親戚情話。昔乘款段,同游於白紙坊南;今擁皋比,幸附於烏衣國畔。勞勞一代,夫子何爲;歲歲重陽,此會健在。正閟空山之香草,忽來滄海之明珠。吾道不孤,大河有語。此讀鐵香比部《藤華詩録》,汩汩興來,亹亹不倦也。比部名世紀群,蜚聲元季。曾給殿前之札,既司天上之雲。乃念嚴庭,感深囓指;遄歸故里,慰紓倚閭。於是憑軾風詩,探源騷辨。煙霞争彩,金石助奇。藴藉比諸彦升,清儀重於孝綽。昭明集富,纔逾壯齡;會昌纂成,尚多後録。寫其不測,惠我無窮。僕也屢返襜闕,獲連戚鄙。拜丈人兮中表,喜姑母兮有孫。結綆自娱,訪碑相答。如入阮瑀之座,如侍孔融之杯。酒漿乍羅,杼軸競發。摩挲玂碣,甲癸共溯乎宣王;紬繹漆書,篆籀互稽於汶長。訂長慶兩家之好,作平原十日之歡。舊學商量,同心引和。《三都》作序,愧非皇甫士安;九尺爲臣,敢飽東方曼倩。且煮五千卷,爲問十三津。天涯比鄰,江東讓步。

傅節子花延年室金石拓本

千團荔熟,萬柄蓮香。蓬海重逢,瓜棚兀坐。問客何能,爲人之患。慚非馬鄭之門，且闢羊求之徑。故人肯顧，吾道不孤。笑臣朔兮苦飢，煮活東兮有字。盡搜父乙子丁，旁摭堯碑禹碣。六七月都無暑氣，三千年長護墨花。如見宣和屏風，是爲傅元樂府。公抱金壺，我溲瓦屑。爰綴長言，就正有道。

冠悔堂駢體文鈔卷二

張良李泌論借刻他氏。

夫富貴本儻來之物，封侯祇屬浮夸；年壽亦有時而窮，求仙尤多荒誕。乃自膺朱紫而習黄白者，靡不貂蟬襲寵，熊虎導經。既植五等之圭，冠於蒲穀；更覓九州之藥，採以松苓。况夫長安近日，漢唐卜都。青牛東來，尹喜迎於函谷；碧雞西祀，陳寶獲於秦郊。爲君與臣，樂聞其事。似乎謝軒冕於泥塗，訪山川之符籙。一則黄石是拜，一則鬼谷與居。如史稱張良、李泌，有足尚焉。抑又不然，之二人者，大父相韓，太師居魏。能報五世之仇，未斬六代之澤。克誦先芬，不忘祖德。中車誤博浪之椎，解邀力士；撥火話衡山之芋，獨識嬾殘。洎及舍景駒而從泗上，因員俶而進禁中。借筯能籌，卻南北東西之敵；觀棋有賦，洞方圓動静之機。惟少即通經，故長而致用。其習戎機也，武關能長驅而入，帷幄如神；范陽有先事之防，窟巢必搗。其定皇儲也，招商山之隱淪，羽翼獨輔；破部國之妒忌，蠱惑不行。孺子教成矣，山人功立矣。於以封留、封鄴，後先一轍。蓋無愧乎圯之老人，曰王者師；泗之僧伽，曰帝王師。同處西京盛地，胥爲北面尊稱也。然而輕士之朝，醉人之世。韓彭受醢，晟燧見疑。壯士則鳥盡而弓藏，相公則貌醜而心險。枕宦寵宦，小人日以親；辱賢斥賢，君子日以遠。震主將啟猜嫌，捐軀何補國是。假令君命有加，臣心或鑒。念四序以成功者退，詔二老得休沐而歸。良也、泌也，亦何必從游赤松，訪道黄帝。持不經之説，爲後世所譏。觀夫不疑，以失敬國除，繁亦以擅兵賜死。乃旋見二嗣云亡，更何論十世當宥。漢皇恩薄，傷心於風起雲揚；唐室憂深，遺恨在摘瓜抱蔓。遠引其身，實不獲已。藉佯狂而自晦，知真仙多詭託之名；非求足而無厭，與斯世争長生之術。此所以異人天授，黄圖褒功，卒年大書，紫陽特筆也。

黄婉卿傳

夫風吹作孝,束骨何生?盌出早時,良緣終錯。惟習禮者憂能傷人,而知書者慧難兼福。昔夏侯廬墓,以碎金名;元尉營齋,爲蕙叢慟。至性乃天所鍾,忘情非人能及。此千秋如泣,必讀少女之碑;一紙招魂,不廢安仁之誄也。黄女婉卿,爲葉敷恭秀才元聘,泉之晉江人。父壽臣尚書宦粤時,挺荔得花,紉蘭爲質。生占第二之爻,名上初三之月。佩璜律身,摩珠入掌。爲公嫗所悦歡,佐弟兄之負荷。蓋十稔以來,寢門盥漱,傳舍晨昏。窺東觀之縹帙,侍西川之碧幢。周室六官,清歷在口;劉家三妹,妙解從心。孔懷翕翕,厥愛蒸蒸。戊姆韙焉,京陵範之。以咸豐十有一年,千里相攸,名門是託。甫逾二載,隨父南旋。上書訴黨籍之寃,叩閽無路;小室兆仙龕之讖,下楔自天。海上寓公,人間大暮。女也割肉以進,量圭無靈。痛鵑心之抱木,竦雞骨而支牀。及兹以往,哀弗自勝。猶復强侍堂前,婉承梱内。謂夫旅櫬未旋,阿孾善病。徒以毁死,孝云乎哉!於是流歠水漿,拚擋蓋篋。萬里扁舟,一行歸旐。滿天星斗,望大夫龍尾之箕;寸草春暉,戀慈母手中之綫。嗚呼孝矣!既歸疾篤,積毁滋深。蒼梧未崩,淚何可滅。白楊相視,來者日親。室人猶以句漏可覓也,巫彭可甦也。無何,南州猝變,鄰壤告嚴。幻草木於八公,來膏肓之二豎。殘喘緜緜,苦衷耿耿。時有親串,倉皇出走。猶責之曰:"省兵且至,何以避爲?脱有不幸,義命存焉。吾所憂者,先靈未妥耳。"正氣爲言,未灰何劫。生我之愛,每飯不忘。嗚呼孝矣!乃補牢防羊,入市訛虎。森森擲鵡之風,洶洶唳鶴之月。一息未奄,九腸欲斷。兄輩遂權厝親匶,卜奠祖塋。歸而告之,憾不勝喪。越日嘔血數升,念佛而絶。時同治三年九月二十有八日,得年二十。嗚呼孝矣!夫天既生之,胡爲靳之?悾悾其憂,促促其命。氤氲使者,毋乃不情;造化小兒,何其叵測。向使抱縗未命,結縭綦成;馨膳威姑,資髦夫子。弱蘿千尺,相依爲生;卷葹一心,雖拔未死。婦道成矣,女師立矣。乃十年待字,一夢非祥。奉倩傷神,重來遠道;謫仙見面,已屬無緣。負七夕之聘錢,孑身河鼓;訂三生於片石,再世藁碪。離合悲歡,十二時雨雲易散;夢幻泡影,億萬佛色相皆空。嗚呼!一性一情,九天九地。居廬制仗,卯金作喪妻之儀;負木援琴,漆室爲殉親之孝。余與其兄濟川侍讀爲同年,而敷恭又屬同社。郵書索言,繫文以報。型方本一脈韋温,重續扶風女訓;知己有九京姚合,爲懷梨嶽壻鄉。

福州道南祠上梁文

伏以障川東注,祭先必溯乎河源;載道南歸,報本宜崇乎廟貌。撐乾坤於不敝,紹洙泗之真傳。一柱獨擎,距詖功推鼻祖;用朱子及文信國公贊語。九筵是廣,治新責在耳孫。楊石泉制軍命浚主持其事,族人咸樂集款。兹當强圉之年,僉舉邪許之力。夕陽既度,吉日聿諏。瞻大纛之遥臨,兩行肅立;分廉泉以相佽,百堵率興。是年四月,制軍率屬展謁,捐廉倡修。吾道幸得干城,當途共升隆棟。天開長夜,萬千之門户合成;人坐春風,八百之孤寒大庇。惟德器中興於名世,芝鳳挺生;公有"芝草鳳凰真美瑞"句。俾美輪上應乎昌期,梅龍飛到。丁丁伐木,奔走皆賢子孫;殖殖廣庭,來拜有都人士。是日制軍屬廷壽峰太守、楊殿元副戎拈香昭敬。左右逢原於閩海,實枚比鞏夫魯宫。龜山有操,已導俎豆之先聲;烏石相符,更祀衣冠於勝地。公葬於將樂烏石山,今祠之對山亦曰烏石。請讀四言:

宸藻定評,爲程氏正宗。竊依萬仞宫牆,配饗得文公高弟。東,山河作柱日再中。鄒魯傳人久寥寂,覺民扶世屬我公。

南,靈旗來去數停驂。力詆新經黜荆國,千秋道義一肩擔。

西,巍巍華表五雲齊。門前侍立雪盈尺,優入聖域此階梯。

北,三山拱衛森芀萴。架空萬丈亘長虹,用李忠定公贊語。正氣彌綸兩間塞。

上,臘鼓鼕鼕值旺相。同人于宗咸駿奔,天末運斤得大匠。

下,光禄臺旁弦歌雅。迎神灌獻酒三巡,燕雀高騫來賀厦。

尤願上梁之後,壽寓長緜,賢關永固。胥慶升堂入室,無虞上雨旁風。都講步趨,不替滄關之先澤;遠人斂避,如敬礪阜之名閭。大爲桷,細爲宋,美幹咸羅於七雉;立中縣,衡中水,故廬恍見夫五星。保兹數畝之宫,雖百世可知矣;奠厥三遷之里,後一人其庶乎。敢勤丹臒,式聽金絲。留此盛談,播爲善禱。

擬真西山進大學衍義表

伏以十章具在,爲帝而王、王而霸所畢賅;一卷潛修,敢賢希聖、聖希天所竊比。匍匐自慚蕘獻,淵源欲接薪傳。幸末學之管窺,荷大廷之袞錫。中謝。惟太學開辟雍芹藻之先聲,實人君鞏社稷苞桑之洪業。教不外乎綱領節目,道無殊乎精一危微。由元子適子之尊,下及凡民俊秀;自公室王宫之近,旁周里巷鄉閭。固藉曾子發明,更得程門推闡。臣少即藴蓄,晚益研求。守商周虞夏之成規,參《易》象《春秋》之要旨。運適丁於晦盲否塞,念尤篤於平治修齊。思將啟沃帝心,端在誕登聖域。使群姦莫逃乎禹鼎,即衆善咸進乎堯旌。口指則每飯不忘,肺肝則閒居如見。愧兹撞莛,效彼披蒲。恭逢皇帝陛下,日月再中,風雷競奮。條分縷析,士君子既能率典型;句宅章安,予小臣敢不迷嚮往?敬陳四十三册,俾垂千萬億年。合今來古往而從,同直道依然三代;統賢否智愚而大,共寸忱衹此一中。臣干瀆天威,無任激切屏營之至。

上左爵帥書

東華聽鼓,獲侍霽顔;西畤揚旗,慰占霓望。隔威儀於千里,結夢寐於中宵。恭維我公,捧心日月,讚業風雷。三輔絃歌,讀武鄉出師之表;萬家耕牧,奏充國制敵之功。蠢兹回犵,尅日底平。遥跂幨帷,同深拜舞。浚自秋末疊接家言,適緣内子慟女過傷,忽沾微疾。方乞假旋,幸聞略愈。甬江歇浦,候檝阻風。兩地勾留,兼旬小憩。尚得徐淑寄書,自述支牀能起。猶勸班生投筆,勿以歸里爲懷。許門户之獨持,任米鹽而自力。乃延及臘,沈痾復乘。返櫂到門,倚鑪課藥,求丹問卜,帀月有奇。詎料六男撫育,耗血中乾。致令二豎來侵,返生乏術。雖含飴而稍慰,終句漏而無靈。中年遭此,殊屬難堪。敬呈訃音,乞爲矜鑒。擬即擇壟安棲,以便出山遠舉。竊維元俸儻分,補他時之齋奠;不敢潘詩自效,損有用之年華。况乎久鬱故鄉,跧伏不甘。小草甫成雛翮,扶摇曾藉大風。望長者於天涯，念賤子於櫪下。教言肯賜，俾得率循；在遠不遺，曷勝厚幸。

上湘陰相國書

青畤西隨，蘭錡曾侍；黄扉北望，木鐸久暌。每思襆被東華，重親顔色；乃復羈羈南嶠，虚度居諸。兹閲邸鈔，恭維宫太保、侯中堂，入調鼎鼐，出總師干。天子呼臣，江左則夷吾重寄；相公活我，人間則生佛争迎。紓聖心南顧之憂，仗使節北門之鎮。三圻屏翰，四海軒蘘。浚去夏京邸告旋，洎秋厦江授讀。嗣兼漳席，仍守饘氈。髀肉久生，頭顱漸白。雖雙月已歸外吏，而一介猶是書生。尋舊夢於華陰，負當年之青眼。無聊抱筴，蟫蠹爲鄰。尚冀加鞭，駑駘知奮。植在山之小草，或長風煙；祝壽宇之大椿，永依日月。

致郭翰江同年書

彈指八霜，望風萬里。河山迢遞，音問違離。每懷君子，我勞如何。滿屋梁之明月，寄夢寐於晨雞。人事滄桑，中情結轖。絶無善况，可告故人。友石諸公，由華宅來。未奉手札，聆述注存。審識積忱，彼此如一。辛迁嵇嬾，忽忽至今；雷漆陳膠，牢牢在記。迴念十四年前，三五隊裏。攜榼簪堂，哦詩烏石。元夕觀花，下他鄉之榻；春明鎩羽，約再來之書。意氣如虹，可吞雲夢；襟裾若水，待上蓬壺。天竟蹉跎，都成老大。等長旋之馬磨，怍守拙於蝸居。興言及此，罔知攸措。計戊洎癸，三遭奉諱。抱纕掬土，數米量柴。少壯光陰，擲黄金於虚牝；掀翻世態，幻蒼狗於長天。滿腹槎枒，一腔填塞。儂鄉近狀，當已遡聞。嗟夫！厝薪之涕，豈真少不更事；捋鬚之争，每及痛定思危。此客秋議將出山，避此腥風所由。都下盛傳，群相延俟也。乃南州中丞爲絆，足繭未息肩赬。勞勞負米，徠十萬之舳艫；屹屹教團，坐五百之帶甲。擺脱甫已，家務又乘。豚兒嘉禮，仲冬告成。阿翁棗栗，笑我初嘗；新婦門楣，即君舊坦。如此稽延，滄江又晚。峥嶸歲事，叢集身手。所幸臘尾，外氛日靖。汪逆中顱，餘黨星散。已復嘉應，旁竄長樂。刑天無首，可罷干戚之舞；度支諸郎，或緩金布之征。維桑成春，衆魚甦涸。在此轉掖,同望承平。知遠道之耆舊,必齊心而欣懽。臨風有便,尚乞惠言。即序人日,書寄草堂。珍重起居,勝常百倍。

賀曾爵相克復金陵啟代夏廉訪。

某聞卜尚父之雨風,甲子紀勝;簡元戎之車馬,六月成功。營丘受封,侯伯冠千人以上;張仲飲御,文武憲萬邦之光。侯其褘而奠乎盛矣。若夫山石可銘,祖宗攄憤。門户相倚,兄弟奏膚。萃一家心膂之臣,建再造河山之福。旌幢相望,飛鳥集棨。蒲穀處後,列爵分茅。亘古希覯,於今爲烈焉。敬維爵帥中堂,雲雷讚業,草木知名。既通經而達緯,獨旋乾而轉坤。大禮建言,曾定明堂之議;中樞正位,早懸象魏之書。風后握奇,十九字受法,克配上台;姬家養士,八百年報功,必在章甫。惟抱《梁父吟》,有謀者相;能成《左氏》癖,大事可任。昔班孟堅作漢十八侯之銘,曰戭戭,曰蹇蹇;袁彦伯撰蜀四人之贊,曰赫赫,曰堂堂。史編備紀,炳蔚時宜。未有並世管樂,爲手之足之;一時伊吕,乃伯也仲也。今夫四時不能去殺,五兵所以勝殘。軒皇青丘之征,唐后桑林之役。成湯郕亭之伐,周武鮪水之盟。日月居上,魑魅或幻其形;鑪炭在前,毛髮終燎於火。而其間王鈇威遠,睽矢濟時。豫建侯而利也,晉錫侯而康也。先皇帝以粵醜不順,前帥無功。命亞夫以代灞上,起令公而委河東。遂乃慷慨誓師,從容鎮物。弼亮三世,永肩一心。維時南顧有憂,東征未賦。二三元老,遺恨於石轉江流;十萬生靈,倒懸於水深火烈。天子示非常顔色,昆弟能不間人言。於是花葩作蓋,椆鼓璗崖。截上流之網,鯨卵不遺;奮當路之車,螳臂可斷。進而揚帆石頭,飲水建業。烽火四圍,幺麽在目;江山一角,將帥如飛。我軍有環甲之堅,彼類無投戈之籲。在朝廷三面頻開,鑒殷爲法;而冥頑兩階未舞,吠堯不悛。比梟性之難馴,竟虎困而猶鬭。誅心爲尤,擢髮難數。爰翦苞桗,爰絶粟芻。篳汜畫塗,決流抑隊。指麾則山岳皆奔,叱咤則風雲可捲。重雷絶地而升,萬騎自天而下。專五侯九伯之征,奏一月三捷之凱。人或疑其裹氈而踰劍閣,負羽而入壺頭。有休休心,何易易事。豈知三苗之固,恃險者亡;九滹之登,應天者順。是皆鎮北之錀，仔肩專閫；安東之節，戮力中原。盡瘁臣躬，屬南陽出師之表；平章國事，在西京發縱之功。一柱獨擎，千里能決。穎基穎胄，文義與武勇相權；元則元謨，將略以儒術爲緯。河汾將相，多及文中子之門庭；淮淝子弟，可收謝太傅之指臂。以故東第李霍，南宮鄂褒。復見於斯，蔑以加矣。今者六月十有六日克復金陵，生擒渠逆。仰承廟算，丕曜元勳。借籌密之筯，矦是張良；歌碎堅之謠，弟爲謝石。長沙賈誼，策治安而止沸厝薪；江左夷吾，求全活而運機練布。宜乎封崇五等，功蓋千秋。赤心捧日，樊子蓋進以濟公；玄髮生風，段齊州繪於貞觀。爲今柱石，秉鈞不數王商；奏以壎箎，舉樂可諧李晟。恢恢乎仗一人之聲靈，樹四維之偉績也。從兹八埏鼓舞，一片承平。潢池靖盜弄之兵，太廟獻馘俘之典。七百八十三官之紀，宜富貴於矦王；五億十一萬步之區，識威名於婦孺。某忝同祝良生長之鄉，得厠文舉通家之列。歎一官之匏繫，阻萬里之凫趨。忻讀捷音，車傳入洛；愧無健筆，雅奏《平淮》。效昌黎上宰相之書，竊附菁莪小草；喜魯國泐《中興》之頌，重題桑梓名山。

賀曾九帥克復金陵啟代夏廉訪。

某聞襲伯南豐，赤斧揚其武略；銘矦泗水，黄石授以兵書。返益州之角巾，龍驤不伐；定東山之棋局，石奴同心。惟丈人出師，能決千里勝；而儒者有勇，遂成再造功。領袖穀蒲，酬庸必以好爵；紉佩蘭芷，毓秀乃在名區。敬維爵帥，門尊三戟，學敵萬人。一瓜同心，士卒必共；六矢在面，將軍不驚。本知書之嚼鐵，每待旦而枕戈。石鼓重持，啟元戎於六月；犧經在抱，卜震用者三年。固已胄滿蟣蝨，氣吞貙貔。此虜久在聚米之中，前禽不出解網之外矣。天子以金陵未敉，粵醜爲葘。拜以一軍，授之專閫。介胄之容，既見成禮；長幼之節，俾移作忠。爰乃奮袂隅坐，請纓長征。君有命焉，下天淵之令以爲制；民可容也，筵地水之衆而受師。樓船風利，石頭下一片降旛；幕府令嚴，江上懸二分明月。乃累卵必壓，銜璧未來。踐十六省牛羊之隴，負二百年虎豹之關。蚩尤八肱，厥罪無赦；祆神十字，斯害必攻。是宜斧其猰父，械其貉兒。解十萬湯燖之厄，紓九重宵旰之勞。策十勝之戈鋋,履百步之荆棘。戴頭難逃,唾手可得。然曲竇匿蠋,密罅伏鼪。抉剔之煩,物小而力倍;永逸之計,功高者時稽。轡必按而徐行,鼓當俟夫彼竭。惟籌大筆,獨障長城。環白下之門,搗青谿之栅。八陣中黄,聲沸梟磯之水;一麾太白,色奪釜舟之山。玄武湖邊,千絲截網;蔣侯徑畔,獨木撑天。既閱四時之襦,乃還太廟之矢。斯時也,十五明蟾,江山如畫;三千鐵騎,刁斗無聲。願齊心而對樓蘭之簿,待詰朝而奏天山之歌。北塹東渠,春滔夏㢘。曾不逾時,於以獻馘。六朝濁浪,水咽磨刀;半壁殘山,烏呼入火。重開幕帟,烏衣之燕歸來;末劫田園,瓢兒之菜獨活。於是哺其鴻雁,中澤無嗷;瘞其鯨鯢,二陵斯築。臺城之梵筴都灰,宫井之胭脂胥溺。仆蜻蛉而渡萬歲,應讖武鄉;助鵝鴨而入蔡州,奏功涼國。《陰符》一卷,收回全局河山;露布千言,高唱重輪日月。帝嘉偉績,特錫躬圭。告一月捷,頒五等封。頌漫郎浯溪之碑,中興勒石;勞節侯澠池之璽,大樹捧書。夏侯頻仍,途聘千里之驥;偉節最怒,榮分兩陛之騶。蓋扶風有言,鄭侯御國,絳侯御營;太丘所謂,元方難兄,季方難弟。在今兩之,其揆一也。從兹一半旌旗,開緑野而會風雨;萬家刀劍,買黄牛以教子孫。讀馬良尊兄之書,幸雒城已拔;列野王昆弟之誥,知譙國有人。洗兵以臨魚海,返旆而下龍庭。偉其盛矣,莫與京焉。某聽鼓一官,猶羈海嶠;驅車三輔,重入京華。託南鄉之傳,賀東平之捷。奉模楷於景武,弟是客師;拜富貴於令公,尊爲尚父。喜故鄉之衆芳,山澤名世,篤生五百年;瞻左轄之同姓,星辰上將,森羅廿八宿。

賀奎樂峰觀察啟

眉月初開,朵雲正縵。堂北競歌萱茂,南陔剛采蘭香。瞻七十之華鬘,星輝海島;獻三千之桃實,春滿塵寰。恭維樂峰觀察,甫迓朱輪,恰陳錦帨。僂指則觀蓮節近,延齡則釀菊泉甘。烏弋黄支,共喜梯航效順;朱顔緑鬢,同忻綸綍叨榮。浚曾拜母登堂,幸附伯符之列;更荷集賢下榻,忝爲仲舉之賓。敬獻壽圖,聊申祝悃。

與林時甫太常啟

蟾魄入圓，鯤身七躍。剛返薌江之旆，欣傳磺㠘之箋。朵雲先頒，盥薇莊誦。敬諗時甫仁兄，在家爲政，順序致祥。勝三代之泰山，大本猶能問禮；多一年之明月，今宵莫倚清齋。天子命夔，絲桐緦律；里民獲豸，椰竹沾恩。五丁椎鑿邀其勞，四裔壺漿懷厥惠。肩息輪蹄創局，膺隆旌節奇勳。引領西湖，傾心東海。浚嫁衣壓綫，人之患，不免自慚；載酒停車，德不孤，差堪少慰。幸逢桂馥，馳溯葭思。

謝劉爵帥啟

鳩工重葺，正修程氏之宗；鷹餅遥頒，拜賜殷官之數。望風泥謝，化雨及時。敬維爵帥中丞，吾道干城，中流磐石。寓公留澤，過化更念存神；宗匠興文，居今不忘稽古。護龜山之正脈，一木獨撑；注鯤海之餘波，九筵式廣。崇儒重道，帝再命以洛學心傳；繼往開來，公實佐乎虞歌首起。感廉泉之分潤，冀嶽頂之高呼。集腋能成，銜環永結。

致許星臺方伯啟

星臺方伯閣下：芝紫眉瞻，葭蒼心溯。敬維承宣一代，著述千秋。燕寢香凝，雞林聲播。群芳管領，剛滌籓以建藩；一品會昌，旋編詩於開府。越天瞻仰，閩海謳思。比讀大什八章，遠軼《清平》三闋。效吟蝴蜨，自愧斛觩。聊爲桃李前驅，不免苧蘿唐突。冀州九年苔岑末附，得百五日藥籠兼收。賤子具陳，先生賜教。

劉賓臣太守五十壽頌代。

猗歟庚寅，騷詞之祖。代有傳人，實生哲輔。皇覽逢初，衆芳獻舞。由湘而鄂，雄峙二楚。藜閣宏開，雙星薈聚。有道佩黻，喁唱庭宇。黄鐘一管，正列東廡。來復天心，萬家和煦。小子鞠朡，集於華堂。忝附群僚，歌以侑觴。曰維我公，爲天降祥。起家孝廉，官水曹郎。轉司白雲，諳習典章。豸冠高擢，筆挾風霜。凡所條奏，乃稟義方。重規叠矩，率彼中行。閩海一麾，帝命出守。觀政興安,網綱在手。湄島颶災,簸空如吼。飛潮壁立,雁尸驚走。公先發賑,活民恐後。乃告大府,一身荷負。緩急有恃,培翼獨厚。方千里間,鐫碑盈口。再莅汀郡,百廢俱興。遺廟瞻新,禮崇豆登。曰教曰養,昕夕服膺。躬親課士,遠方來朋。及門諸子,躡屩担簦。倉儲充牣,黎首歡騰。歌衢擊壤,民氣蒸蒸。更緝逋藪,害馬必懲。公餘樂事,習於柔翰。繼武少温,刊詩梅案。古樹參天,試院留贊。風雅宜人,文采超冠。過庭有譜,字字能按。三門有記,曾爲振腕。刊《玄秘塔》,尤宗筆諫。寶筏渡人,共登彼岸。綜厥美意,化日長舒。況更一門,熙穰簪裾。堂有板輿,庭有鹿車。植三珠樹,環於階除。初桄大衍,無量居諸。祝太夫人,八座起居。公崇高年,長襲慶餘。耄耋期頤,請再獻書。

陳弼夫方伯七十壽頌代馮展雲司寇。

洪維襲慶提鼇之世,多有曼齡絣福之臣。榮樂及乎其身,年壽且稀於古。此天授也,實人瑞焉。成廟甲子週天,特開萬壽恩榜。某辱與弼夫方伯同膺鄉舉,洎視學來閩,於公子承鋆居長一日,共商千秋。交既篤乎紀群,道具存於園綺。用綜謦欬,備臚敭歷。内而郎署,外而監司。拜陳臬開藩之命,應生崧降嶽之辰。進以黄髮千觴,繪其丹心一片。自天錫爾,維公巋然。爰爲頌曰:

緊昔作朋,迎拜三壽。是爲三卿,岡陵貢酎。天老調元,河圖下授。繁祉介眉,食德惟舊。猗歟先芬,爲大司寇。根柢蟠深,枝葉孳茂。麟角振振,門蔭試胄。畀以戎曹,聽鼓奔驟。鹵簿縱横,圖經廣袤。綱目克提,鈎稽勿漏。議貴議親,雖曰可宥。天下遷德,必塞其竇。黄鐘一管,呼吸在疚。執法平反,無慙衣繡。賈直西陵,佳城善構。列幕海疆,更掌通奏。爰乃獻藝,秋闈席珍。常儀織記,爲第二人。會同四裔,桑艾來賓。持衡武庫,兜鍪一新。度支出内,心秤攸均。截長補短,百萬俸緡。兩膺察典,翕然廷臣。維正之供,十綱粲陳。苞苴在門,有革無因。千艘銜尾,軒韄水瀕。己酉十月,巡道咸秦。鄭侯轉漕,京庾排鱗。受知特達,天語如神。臣也惶悚,一一書紳。勸農敦俗,粒米吾春。萬民給足,百廛百囷。凡在西畤,五載理賾。左右股肱,三薇三柏。案牘鉤玄,奸邪遁迹。獲諜樵蘇，二曲解厄。雁户優蠲，覽鏡甘瘠。量官以叙，不踰寸尺。六百商於，載馳羽驛。猜化兵民，胥安阡陌。突豕撼關，埽攙一夕。刁斗時譁，堂皇詰責。再擢鹺使，牢盆擘畫。止水蘆灰，獨活魚赤。楮幣維輕，鏹窖充積。鄰封蘭錡，實潤公澤。真除廉訪，圖籍先收。賈區僧舍，無有逋留。或五斗術，揭竿將讎。島人不靖，雪滷多憂。公法軌里，環理索求。天象無虞，力穡有秋。僉曰生我，乃今陳侯。願亦壽考，告於銀州。觴詠餘事，歷下亭修。一時文采，賓主風流。帝將大用，滇池前籌。紅籀未滌，華簪自投。天睨歲月，予公優游。替人報國，子孫詒謀。郎官列宿，侍從螭頭。一牀袍笏，且錫金鈎。吁嗟朋輩，無與公侔。嘉承曼壽，請相爾由。賜書在楹，公兮善讀。生氣羅胸，蔚此喬木。祥刑活人，天倪迴軸。翦惡安良，天心來復。登仁壽寓，自豐天禄。和慈保萬，永享天福。況復敬恭，汎舟拯粟。祀先維虔，義田贍族。凡兹美意，延年迭卜。更三十年，期頤申祝。日月華巔，雲雨泰麓。生佛萬家，心香長燠。

何稷坰廣文七十壽頌代徐壽蘅學使。

閩海珊瑚，多入予罟。種樹何人，厥有名父。生平嗜學，足罕出户。養晦不晦，名滿區宇。莪莪人師，高密與伍。淵源兩京，枕今葄古。僉曰母教，授先訓詁。大小諸經，津逮四部。金石歌聲，不忘環堵。餘事搜奇，能讀岣嶁。嗟予衡才，交臂失汝。副拔萃科，未貢天府。命也蹉跎，請將壽補。維君天倪，獨寬仰頫。一門孝謹，彝訓迺祖。勖哉兒孫，載傴載僂。有子出宰，況爲時雨。稽古棊棨，食報華膴。郵書丐言，將列兩序。時值嘉辰，月宫修斧。進苜蓿盤，擘麒麟脯。盛會幔亭，東幄搏拊。爲歌一曲，壽何所取。蔗境回甘，乃在節苦。

閩中草木頌二十四首

*方竹*産永春，四方端正，可以製杖，或爲扇柄，甚工緻。

居士圓通，乃方而直。非斧所戕，如矩之植。獨立端莊，不假脩飾。一字披巾，此君本色。

绿荷包荔支上品，産南靖。色绿核極小，肉極厚。雖細如釦，亦甘。去殼，裹紙不濕。閩荔推興化，此又在其上。

惟十八娘，輕著碧衣。肌瑩不濕，核小尤肥。生處苦僻，貴時悟稀。绿萼華來，是是非非。

蕭朗木産臺灣，入土千年不化。製牀榻倚卓，其光可鑑。

千年堅固，可製爲器。塗髹能光，蟠泥自祕。數圍合抱，百工得利。不朽不漏，黄楊可企。

香櫞産福清。

一團混沌，未剖十指。羅皺絲絲，毬圓纍纍。匀檀可搓，拌蠟休碭。惟佛手柑，厥香差擬。

西螺柑産彰化，亦曰凸柑。留蔕儲甕，以沙漬潤，可經盛暑。彼地有雪柑，亦佳品，皮不能剥，揉輭，刺小孔吸之。

彰溪二螺，非東實西。天漿高挹，木奴留題。黄包入甕，绿蔕刮鎞。亦稱曰凸，與雪名齊。

喬松茶産建寧最佳。

天下靈芽，曰武曰夷。水仙有種，山神所遺。龍團非上，雀舌仍卑。喬松第一，可沁詩脾。

斂霧一曰輭霧，産臺灣，狀如佛頭，乏味。臺中諸果多有瘴毒，獨此樹霧不敢近，故名。

亭亭獨立，正氣干霄。一中日炙，四圍煙消。能辟瘴癘，自在逍遥。佛頭比净，上乘高超。

茉莉《三山志》云："獨閩中有之。"

清芬郁烈，曰小南强。耶悉異種，末麗互詳。蔓生獨白，露浥愈香。是衆花冠，著録墨莊。

刺桐産泉州，因以名城。

芒兮作作，嶧陽異材。心空自立，質脆易開。無根牢土，有刺朝魁。朋羅清紫，四山栽培。

甘蔗福州雖産,不如臺灣,甘脆可擘。

尾境能佳,倒啖爲貴。恣我生甘,耐人尋味。有勁直風,得中和氣。醡作糖霜,取汁灌漑。

緺竹産淡水錫口鄉。初生至老,其紋皆緺。

非風吹水,漣漪成紋。柯亭捲浪,天帚拂雲。心虚取益,面笑有文。霜皮不老,矍鑠此君。

黄彈子本出越王祭壇之側,即黄皮果也。

外黄中白,厥味微酸。葉如山桂,實似金丸。壓鹽爲餅,和飴作團。餕餘所生,在越王壇。

麻豆柚産嘉義,狀極醜,即小者亦佳。核細漿多,
遠勝於平和文旦、長泰高層各柚,殆與暹羅種相埒。

南中所榮,羅山爲最。觳比鵠形,甘勝鱸膾。忽扁忽斜,不圓不大。内園高層,視同騶儈。

夾竹桃閩中最多,北地所無。一名俱那異。相傳來自西域。

有箭有葩,蜂蜨週遭。葉微似竹,花豔如桃。北方種乏,西域根牢。曰俱那異,香國禪逃。

餘甘産福清,一名敢諫子。

是摩勒果,圓瑩如珠。先苦獨澀,後甘最腴。一盤自走,百琲成圖。能蠲諸毒,敢諫大夫。

黑米産淡水。製粉團,多食不滯。煎湯可補腎水。

黑稻所遺,生於淡水。食不傷脾,潤能補髓。粉團十坼,香湯一匕。先嗇祠中,何來墨子。

榕福州多此樹,因以名城。黄石齋作頌記之。

鬱蔥蔽天,擁腫無用。繞堞能環,排衙自縱。垂髯參差,託體沈重。蔭可庇人,石齋作頌。

東壁龍眼産泉州城内。核小肉腴,清甘第一,無甜俗之氣。

圖書天府,第一荔奴。鑄金核細,剥玉膏腴。七月八日,三株兩株。點睛木

末,温陵名區。

鳳梨產臺灣最佳,海澄、白水營次之。皮似波羅蜜,有刺,多目。切片浸以鹽水,甘香可愛。

似波羅蜜,纍纍成叢。去刺宜净,劃目須工。虎鹽佐食,鳳苞蔽空。白水爲亞,不及海東。

橄欖福州安陵溪產。丁香爲第一,甘脆尤佳。

不可梯援,獨立插漢。芋原垂垂,蔗洲燦燦。甘浸茶初,醒解酒半。安陵溪上,丁香爲冠。

檳榔產臺灣。實如雞心,向陽爲檳榔,向陰曰大腹。

向陽向陰,厥名不同。雌分臍黑,醉暈頰紅。瘴氣袪外,悶食消中。奉以爲禮,一介辭通。

人面竹產福州。俗呼佛眼竹。

兩節相對,惟中最尖。佛眼既刮,人面何孅。埽天非鳳,上竿有鮎。心雖不同,虚受能謙。

大甲草產彰化大甲溪。織爲席,冬温夏凊。

遠邁龍鬚,不扶自直。一片天工,十指女織。宜煖宜凉,載寢載息。襯以重裀,舒卷咸得。

落花生產興化者爲佳。

蔓絲入地,結實可餐。一房多子,萬花易殘。壓油繼晷,佐饘登盤。既香且美,獨推興安。

文靖公遺像贊

丁丑十月二十五日,先文靖公生日,集宋劍津馮尚書夢得、李忠定公、魏了翁、胡康侯、李延平、子朱子、真西山、文信國公,明莆田陳尚書經邦、大梁楊御史四知題公像贊語,即書新橅公像後。

天立作傳文,嗣程維公魏。龜山芳躅馮,人坐春風朱。德器早成真,金聲玉色馮。鄒魯鴻傳文,優入聖域胡。末學多歧陳,病在人心朱。和議力阻文,距闢詖淫朱。

諸所建白真，功符孟氏朱。教倡來茲延平，傳羅傳李魏。力爲己任延平，扶世覺民楊。爰及元晦魏，學貫天人胡。時事孔殷朱，道南有補文。國家楝梁忠定，師表千古楊。

又　贊

吁嗟！浮沈下僚兮，四十有七年。獨朝鮮國人兮，知公之賢。帝乃大用兮，則古稱先。非堯舜之道兮，不敢陳於前。疏奪荆公爵禄兮，天下翕然。忽主洞霄宫兮，臣請歸田。吾道既南兮，仰龜山如泰巔。小子況苗裔兮，願爲之執鞭。千秋萬歲兮，長奉豆籩。

遵道公遺像贊

海濱道學，父子繼起。朱蔡以外，曰維楊氏。龜山主鬯，鳳毛濟美。匯屐鏞州，兩峰屹峙。韋齋銘幽，稱道弗已。考亭讀文，更深仰企。解冰如晛，破的如矢。發微詣極，一脈宗旨。千秋定評，洞見表裏。胡天豐德，不永年齒。瞻彼孔庭，褒列有竢。俎豆宜崇，責在雲耳。

盧希稷先生遺像贊

惟長公能讀范滂傳兮，生平慕其爲人。惟我公能著李固論兮，事事幾步後塵。嗟肝膽合符節兮，兩不愧爲忠臣。況出人頭地兮，廬陵斯語得比倫。有謗書盈篋兮，必文章等身。既一官立法無差兮，膏澤下於民。何倭奴豻冠俱懾伏兮，群犬獨狺狺。惟身宫多磨蝎兮，大蘇爲不孤之鄰。彼枉自爲奸佞兮，何損乎海波瀾、山嶙峋。一則投荒儋耳兮，一則歸里角巾。幸有子萬事足兮，斜川同在水濱。我展公像兮，欲奉以爲神。譬笠屐之圖兮，香一瓣、酒三巡。

莊復齋先生像贊

根柢六經，措施政事。既孝且忠，不避權貴。錚錚皎皎，參天立地。河防算法，表裏無二。洞澈古今，一時重寄。嗟予生晚，尚飫書味。山高水長，披圖心醉。聖人之徒,是漆園吏。

明右都御史林楚石先生遺像贊名材,見《明史》。

錚錚直聲,名滿朝市。請劍尚方,浩歌變徵。達則御史,窮則典史。無喜無愠,三仕三已。爲空中鷹,群鳥披靡。摩霄搏擊,奸魄能褫。方之觸邪,名曰獬廌。笥有諫書,乃獨盈咫。拂衣歸來,且樂田里。皮裹春秋,不忘臧否。國事可爲,不妨再起。天王明聖,吾道如矢。

鄭香巖小照贊

冷官苜蓿,煦若陽春。爲道義交,曰德有鄰。孫曾繞膝,一廛奉親。叩門造謁,肺附主賓。是仲師後,稱第一人。曾活吾命,妙手如神。有子善讀,高密幅巾。雙丁二陸,亦席上珍。公把紫芝,瑞氣常新。千秋容貌,鳳山嶙峋。

曾叔祖母黄太宜人叔祖稷山公叔祖母王太恭人合贊

凡家將興,在閫以内。必有婦功,保世滋大。維黄宜人,篤義公配。私謚慈慎,三黨紉佩。曰勤與儉,著爲家誡。揆自入門,譬值草昧。一手開闢,夙夜匪懈。男錢女布,夫子能代。夫也謀食,片帆東渡。歲寄餘貲,薄置田圃。積銖累寸,終朝織素。訓子力耕,時佐以庤。洎夫病歸,刀圭呼籲。喪葬如禮,獨支門祚。昔田半畝,今得飽飫。身爲家督,百苦自茹。子即稷山,有姊王門。終鮮兄弟,孝行彌敦。荷鋤隴上,奉母晨昏。愛惜物力,絲粒儲存。好善嫉惡,克守先言。不屈强室,孱弱扶援。易俗黜巫,岐黄討論。活人千百,閭里蒙恩。創厦設龕,尤篤祀先。妥潔栗主,蘋藻告虔。既圖什一,師事計然。任恤宗族,冠昏無愆。厥匹王氏,婦道純全。好施不靳,威姑比賢。内助互濟,瓜瓞宜緜。子子孫孫,美意延年。

從伯美報公遺像贊

巍巍温陵,實生哲人。門閭光大,公族詵振。猗我伯父,儉樸守身。一庭孝友，表率天倫。所事耕讀，爲太平民。剛毅之氣，旦明常伸。乃復和藹，斗室生春。希蹤儒雅，道德爲鄰。同堂共飯，克睦八荀。爰貲群季，義獲萬緡。井臼筦鑰，家政躬親。灼艾憂弟，備嘗艱辛。獨撫猶子，追本返真。凡屬善舉，佽助必均。冠婚喪葬，尤解恤貧。待舉火者，遍給米薪。况崇祠祀，告虔百珍。歲時伏臘，《禮經》準遵。下逮里鄘，雀鼠胥泯。争端必息，咸與維新。止誹鄉校，講讓投中。遠邇婦孺，樂道津津。更得内助，荆布柔馴。女宗之聖，毓秀多娠。有子五桂，如玉麒麟。一時冠蓋，作觀國賓。報施不爽，萬茀駢臻。敬頌先德，以揚海濱。嗟先君子，隔歲居屯。壎篪先後，正直同神。

從伯汝彩公小影贊

王道何先兮，謀於野獲。衣租食税兮，在五畝之宅。維耕與織兮，爲庶民良策。修其孝弟兮，更賴夫群籍。儻家喻户曉兮，即堯舜之辟。疇克修明兮，曰爲我伯。極閫内外兮，經營擘畫。課兒若孫兮，羅詩書於几席。問奴復問婢兮，稻粱絺綌。既由農而商兮，劬勞寸積。迺光大門閭兮，倍蓰於市舶。幸典型炯炯兮，爲瑶林繩尺。有令子卜居兮，開徑友三益。誦先芬不忘兮，若示儉襏襫。羌芝蘭滿庭兮，行報以榮戟。見鬚眉如生兮，願子子孫孫承祖澤。

從叔宏齋公遺像贊

叔父爲稷山公第三子，諱祥雲，字光起，又字純彬，宏齋其號也。生於嘉慶辛未年六月十九日，卒於同治甲戌年五月十三日。浚適在都供職，追念舊德，正逢覃恩，恭請貤贈奉直大夫誥軸。遺孤君澤乞爲之贊，因泫然曰：

維我叔父，少先君九齡兮。後先君十六年，乃蜕其形兮。有四子能讀陶朱治生之經兮，爲鄉里善人咸有所稟承兮。不忘世德將著爲座右銘兮，予小子詎可無言以慰在天之靈兮。叔父勇於任事爲宗族雄兮，嚴毅剛正一準乎中兮。守己儉約待人獨豐兮，排難解紛婦孺尤樂道其苦衷兮。有三遺訓告於臨終兮，一祠宇宜鞏固同宗兮，一子孫輩勿因小忿以私廢公兮，一分財當自虧而卑其躬兮。

嗚呼！惟善爲寶，食報無窮兮，是古張公百忍之遺風兮。予小子自孤露迄於今兮，得叔父與諸舅呵護滋深兮，如魚之有水、鳥之有林兮。願保藩籬，毋爲外人所侵兮。展拜衣冠，其各生友愛心兮。在賢子孫世守良箴兮，千秋萬禩祀此若鑄金兮。

長青伯兄遺像贊

誥授奉政大夫長青伯兄司馬卒，已祥練矣。其孤壽辰捧遺像來乞贊，爰爲題曰：

嗚呼！天何奪我善人之速兮，彼蒼蒼者毋乃太酷兮。惟兄能孝友之敦篤兮，更寬仁以贍我族兮。解紛鄉黨而使之睦兮，踐信闤闠而言可復兮。億中之才洵今所獨兮，尤不恡施與以濟人事蓄兮。凡握算神如蓍卜兮，即賢若諸舅亦相推服兮。胡黄粱而倏忽熟兮，摧棟宇子肩之大木兮。念予生之栗鹿兮，荷推心而置腹兮。既懃懇有加之刮目兮，復分金而不厭予瀆兮。生我父母知我鮑叔兮，矧同枝一氣爲手足兮。洎今事有難處而局促兮，每思兄於東園之麓兮。兄有子能襲裘爲家督兮，天將大其門閭之似續兮。善人有後亦天所福兮，兄靈在天請交相勖兮。

家俊亭元配林孺人像贊

嗚呼！處亨通之内助易兮，處屯邅之中饋難。昔元尉至能營齋奠兮，思蕙叢而永歎。所以糟糠不下堂兮，猶車笠之盟不寒。况起家多得贊勷兮，爲女儿之巑岏。溯擇對歸我兄兮，方布褐之不完。乃篝鐙而茹苦兮，憂獨能爲一室寬。司米鹽之淩雜兮，支門祚而獨艱。不逾紀天相夫子兮，善持籌爲猗頓之班。正豐衣足食以受報兮，拜神仙於華鬘。胡經天而月落兮，折文鴛之羽翰。宜我兄篤念前塵兮，淚長夜而汍瀾。幸有子能讀書兮，如一樹之琅玕。必跬步守義方兮，行將冠夫儒冠。予旅食於鷺江兮，荷雞黍以留餐。既習聞其孍行兮，爰紀載於像端。吾家例有私謚兮，稱之曰静而能安。

胡貞女贊集表忠觀字

生於浙東,力孝既竭。字於海南,誓守罔越。封玉在山,飛天仰月。知書安命,詔獎大節。

吴道子地獄變相圖贊

昔傅奕闢佛,蕭瑀以爲地獄正爲是人設矣。夫詆浮圖而至罹泥犂之苦,我佛設心,當不如是。蓋陰隲陽授,陰作陽報。梏桎之具,由人心生,而釋氏之教,特以警愚蒙耳,非所論於慧業文人之詆與奉也。道子斯圖,殆爲天寶陰盛,而魑魅之徒得肆志於光天化日之下,有感而作歟!嗟夫!直道之不行也,王化之不及也,至託丹青以寓規諷,俾世之觀者腋汗毛聳,惕然改悔,則筆墨之功,亦千秋圭臬矣。爰爲贊曰:

爲天獄耶?主非杓星。爲人獄者,官非五刑。胡爲幻化,億貌千形。貂蟬其首,狴犴其身。惟絮有果,惟萍有因。種福種禍,根苗自人。噫嘻畫聖,妙翰通靈。刀林沸鑊,匪列於庭。蠻君鬼伯,千萬爲鄰。迷者手捫,悟者涕零。浩氣翻海,下筆激霆。使我斂衽,奉爲典型。

鍾馗嫁妹圖贊

天寶陰盛,虚耗何多。獨此進士,著虎皮鞾。永靖宫闈,爲帝逐魔。歸來田里,喜託蔦蘿。香車親送,有妹委佗。左徒山鬼,隨夫高歌。在朝在野,啖盡幺麽。留鎮絳帳,是安樂窩。

岳武穆書武侯出師表真蹟贊

維武鄉侯,季漢夾輔。出師一表,照耀千古。越宋鄂王,學書竊取。大筆淋漓,乾坤支柱。前後雙忠,巍巍天府。勒石湯陰,予友筱塢。翠墨長懸,不蝕風雨。小子循廥,再傴再僂。

坡公笠屐圖贊

挂冠脱舄，躡屐戴笠。風雨千秋，一人獨立。

夏紫㠜松鶴圖贊

光緒己卯十月八日五十初度，陳子良比部出夏紫㠜先生《松鶴圖》相贈，題此誌謝。

鶴壽不知其紀，松亦可千百年。予介於擁腫之木、能鳴之鳥，才不才間全吾天。

腴石齋印泥贊

透麝滚螭，山奪燕支。網珊出海，斵玉成池。白鷺洲中，一士手披。永葆顔色，千秋爲期。

延爽樓銘

榕嶠之麓，笥江之濵。兩間飛走，亦鳳亦麟。何以命名？蝙蝠近是。乘時去來，小樓栖止。

帳銘

扶風絳紗，吾也豈敢。太尉銷金，吾也寧儉。如集書囊，跋光尚闇。雲薄藍拖，水皴緑染。四角玲瓏，枕衪汎覽。漆園好夢，時或自點。卧佛同龕，屏除諸魔。無想無煩，真味醰醰。蠅兮勿鑽，蚊兮勿嗽。相背有文，黄琉璃簟。

又銘

衾天席地，日月户牖。晝起夜眠，開卯闔酉。十二萬年，呼吸一口。

擬張蒼水破硯銘

此一片石，抵萬户侯。化爲碧血，吾戴吾頭。千秋吮墨，通靈獮猴。

贈壻硯銘代。

亦硯亦田，呼龍耕煙。植科名草，根蔕聯翩。種玉長暖，曰大有年。雲仍世守，眷屬神仙。

題硯贈張友山中丞

石交戀戀，晨夕如見。持贈歸裝，鬱林一片。

冠悔主人硯銘

三十三天，維天有眼。留補天穿，媧皇曰善。匠門愛才，命藏篋衍。

晨興兮長摩挲，池上兮沐恩波。

白也黑兮，倚馬待題。

鐵石心腸，與汝偕臧。是花是墨，鼻觀古香。

自銅臭興，而石交廢。反古之道，我涅子背。

墨磨人，石生我。一勺水，測何叵。

滿腹西江一口飲，乞得涪翁三斗瀋。

觸石生雲，天地大文。我過五十，點易一斤。

石倉之石，忠魂所宅。一片花青，千年血碧。

香篆匣銘

意可沈沈，博山如睡。四角純金，飾以爲器。聞妙何來？心清自致。眼明耳聰，無此真味。鼻觀功德，不可思議。

茶器銘

摩詰醋甕，走入有聲。何如飲此，使人詩清。

惟君子性，舍之則藏。丁坑招隱，退密一方。

紅丁餉,小甕封。寄阿誰,陸放翁。

甘苦待誰嘗？僧圓入夢長。茗柯有實理,一一箇中藏。

未探湯,先入甕。惟晚甘侯,與子同夢。

曰武曰夷,一時兄弟。葉葉相親,未煎何涕。

茶鼓聲聲未肯休,洗兵可是雨前收。甕中天地何曾小,茗戰功成第一流。

許多渴睡,待汝破之。且放出頭,莫守一瓻。

采采空山春復秋,頭綱姓氏在皇州。閉門一似英雄老,誰識當年不夜侯。

撐腸拄腹,此即文字。眼中魚蟹,請他題試。

盛以斑竹櫃,香山亦知味。何似此牢籠,更識金銀氣。

曰戌曰筅,咸屬於用。惟汝有體,深藏自重。

稱瓢有茶僧,與汝同入定。龔美如再來,應增十一詠。

龔春吴家婢,未見夫人面。待字何多時,月團三百片。

天地若大罋,萬物生其腹。請誦青田詩,八餅先潛伏。

周官典諸罋,曰五十、六十。闕此餘甘氏,《禮經》請補入。

錢唐龍井歙松蘿,入君懷袖三婆娑。

灉湖容刀,白鶴來巢。

旗槍未展,退藏善卷。

拜嘉兮一串,未泡兮何幻。

江南摘雲腴,片心繫玉壺。

不須更煮趙州,皮裏自有春秋。

西山之介,一瓢未挂。

可止則止,有滌煩子。

六班歸宿,萬香畢湊。

顧渚春風,都入彀中。

如海一身藏,且持醒酒囊。

森伯、森伯,惟汝宅。

輪且囷,小峴春。

是爲甕螘新租出納之區。

此中能容皋盧數百輩。

於陸羽二十四事外别有句當。

蘇仙根潘罐櫝銘

善學古,一人甄。同高手,時大彬。作者邠老華胄,歸於眉山後身。

冠悔堂駢體文鈔卷三

代潘侍郎祝陳方伯六十壽序

粵自仲弓植桂，潤泰岱之淵泉；子公縣旌，鞏崑山之屏障。餘干休沐，得江湖心；陽武提封，爲天下宰。祖德咸頌於廟堂，人表亦奉爲萬矱。矧乎尚書教子，議法依輕；廷尉生兒，通經治律。習麗幰顯鑠之業，家飲香名；臻扁善砋信之年，國多耆耇。於以翊贊帝圖，允諧邦教。有不羸坪握精，稘盈鶴算，矩州耇采，顏晚松喬者乎。猗維年伯弼夫先生，律性秝情，嬰仁腹義，襲爽鳩之門地，樹碧雞之价人。所出軺車，自飛甘雨。而復少保之閑，名駒千里；司空之笥，神雀四環。翼士苑之鳳麐，策天衢之騏驥。是真豐鎬大老，平格召公；足冠齊魯諸儒，仰參石奮矣。方其髫齡超邁，齔歲騰芳。范滂侍親，爰書善讀；魯稱導訓，故實是咨。成廟例以任子習於夏曹，畀綜五戎鹵簿，更掌九州圖經。竿牘不行，蒼鷹慴三尺之律；罰鍰有當，黃鐘息一管之吹。達爲聖主所知，昂然稠人以上。爰度西陵之賈直，爰參東海之軍書。咸需其材，俾趨厥役。以歲庚子，應京兆試。戴憑解經，奪五十席；馬植入省，稱第一人。信伯玉爲文武兼資，惟曼倩能廉勇自任。俄而簡孚帝心，王良監以乘旦；報稱臣職，顧深洊爲郎官。洞滲漏之鵝雞，杯防羽化；準重輕之雀燕，秤辟心平。乃列察典，以道府用。剡章膺上上之考，樞版識鱝鱝之名。天子灼知其能，毗倚所向，授以坐糧廳監督。粟共投於一匭，民則無菅；日可了乎十綱，吏斯不蟦。誦三十五政，爲宋世良榜門；留二百萬金，作劉秀之鎮庫。有碑在口，如水爲心。尋擢陝西督糧道，襜帷甫駐，弓劍忽號。洎顯廟踐阼而求賢，得大府掄才以入告。式荷恩言，益砥臣節。竹馬則細侯再來，木牛則武鄉獨力。補漏卮而納銍、納秸，籌前箸而議賑、議蠲。轉漕綦勤，窮簷攸賴。維時鄰圻唳鶴，當路吹虺。徐道之黨猶存，盧循之徒未盡。間有樵諜，能幻火以嘯狐;託爲流民,欲撼關而突豕。或寘於法,或摘其奸。剖竹王以神霹靂之機,申鼓吏以示校旗之罰。凡五稔秦莅,兩扼商防。而攝臬事者三,權藩條者亦三。罔不肺石消冤,心矩折物。立盧同之名簿,叙階以公;效卜式之輸邊,錫羽有耀。於是有山東鹽運使之授,榷酤大寶,握持牢盆。當河伯之肆虐,恤賈人所告疲。量度贏絀之區,補苴救弊;擘畫後先之引,流水瀹源。乃調長蘆,尚未赴職,仍復舊治,俾竟設施。蓋於兹迭兼廉鎮矣。僕區按籍,洞趙岐複壁之藏;黨錮焚書,祛張魯斗米之惑。射牛酗弟,撤棘能安;牧馬頑夷,闞籬不入。上嘉部署,欲令恢宏,於是有山東按察使之命。敬式蘇公,繼咎繇而明允;和寬定國,如雋氏之平反。復暫滌乎薇籀,獨寄眥於草堂。不以擘箋而厭事,亦或蠟屐以頤情。長官怡然,黎庶帖爾。旋補雲南布政使,滇池赤子,建節以迎;歷下黄童,攀轅而卧。在帝命欽哉汝往,極桓榮几杖之陳;乃臣今壯不如人,願疏廣角巾之請。幸供祖帳,遂乞歸田。今夫銘饘粥者,每飯不忘君父;挂衣冠者,善教其在子孫。先帝識陶潛之德,既辟其嗣爲西曹;今皇覽到藎之文,亦昭貽厥爲才子。載觀循陔,列星上應;更屬點頜,辟水下歌。祥門所集,人海尤難焉。况復左驂屢解,囷粟能周。其祀先也,教力田以資蘋蘩。其訓子也,法軌里以衛桑梓。本德豐而才副,庶仁静而壽徵。廷獻若彼,家修若此。兹者幔亭吉旦,羽觴良辰;四座觥籌,滿牀簪笏。麥丘頌進,爲齊秦之部民;蕊榜班聯,有春秋之後起。某以年家子習聞所事,摹姜敦之綰綽,繹荀况之旗幢。喜垂湛露三霄,賜金莖於雲璈隊裏;同拜仙衣一品,題銀管於晝錦堂前。敢列熊經,以祝鳩杖。

代文將軍祝陳方伯六十壽序

夫左旗右鼓,名山實鍾毓偉人;馬瀆螺江,流水本迴環福地。惟静者壽,其源自長。而其間稱碩彦而享期頤,名齊北斗;頌先芬而繇甲第,澤衍南溟。可以飛昴宿,匹商顔,爲首山之翁,作淮陽之老。今乃於我弼夫方伯見之。方伯自解組以來,杜門爲樂。足迹不入城市,心旌長在觚稜。五朝恩重,簪笏相繩;四序功成,山林自適。今歲年且六十,令子子良比部、文孫伯潛庶常,咸假歸在籍,觴客稱懽。因念古之植皓本與臻涷棃者,必侈言彭鏗之斟雉,沈羲之跨麟,紛若史巫,胥無當已。蓋位崇者禄必豐,朝廷所以茂酬庸之典;名章者壽必曼,造化所以宏錫福之權。操者在彼,應者在此,固宜然也。顧其敭歷中外,由部曹而觀察、而鹺使、而陳臬、而開藩,所治之區,卓有賢聲,烏可無言以紀之乎?爰乃揚觶而進,借篎而前。曰:夫黍雨條霜,惠與威交相濟也;罔陽巖電,明與決本相因也。自昔良箴,具在治譜。式觀乎補倉庫之漏卮,而心秤準;空桁楊之貫索,而肺石消。名籍獨焚,黨援不坐。荒田未納,衃隱而蠲。其惠也如此。樵蘇爲諜,法所不赦;梗民敂關,禦以静鎮。徇莊賈而軍令三申,部伍自謐;縛張角而讖緯一炬,祅神無靈。其威也如此。況更轉漕易剽,必防苞苴;牢盆獨持,克瀹泉布。洞民疾苦,輸粟而聚於堂;鑒商疲癃,熬波而貸厥帑。其明也又如此。而且支睫應海上之軍書,分絲折圜中之義律。俶時新法,持平以儆吏胥;議罰明條,取直不避權貴。其決也又如此。有此四者,國氏之道,可與爲儔;于公之門,所繇必大。然尚有進焉。方伯既京兆掄元,兒輩亦春官釋褐。一門之内,標貢樹者、賡芣野者、登木天者、賦芹水者,蒸蒸繼起,更未有艾歟。今夫閬苑文章,即熙朝之柱石;天衢膏澤,皆臣庶之丹沙。悠久有徵,積藴所致。惟太丘家法,肅似朝儀;有萬石門風,刊爲庭誥。扁善以葆真,含穌以養素。乃能衍八千之椿紀,數九百之珠籌。爲家衕輝,亦廟堂瑞。兹者日麗中天,星環太極。冠裳楚楚,命加一品之衣;杖履閑閑,恩飫三田之膳。蓬池玉膾,捧出仙廚;懸圃瓊芝,種成孝草。諸子帣韝,群孫膯鞠。於以軒甕乎百神薦祉之辰,萬物棣通之會。用集襄陽耆舊,以瞻绛縣朋儀。泰雲雨而華日月,祝蒼生於東魯西秦;山嶙峋而海波瀾,拜木公於方壺員嶠。

徐樹人中丞七十雙壽序

龍在旃蒙赤奮若陽月九日,爲我中丞太夫子七秩覽揆之辰。爰乃揚觶進而言曰:通天地人,仲舒專儒;麗日月星,安陸懷道。伊顔之佐,守聖與謨;黄綺之臣,爲帝羽翼。自昔登仁壽之寓,贊雲雷之業,未有不菑畬經訓,弓冶圖史也。

維太夫子敭歷疆圻，在官俊乂。凡夫六典之陳，九刑之措。荒土緝民，司禄益食。時其温拯，斥其健詌。霆聲斷而泉默謀，威械藏而俎豆布。字長世之甿，蔭暍人於樾。歷四十稔，利億萬澤。世或震其偉績，侈其曼齡。飲水而不知洪河之源，噪枝而罔識建木之本。紛若史巫，胥無當耳。公本文章，儲爲經濟。學有階梯，綱在章甫。富著作之十萬言，録教授者九千士。蓋以斯道爲己任，而生民之命立焉。浚及公高才生之門，許同伏生之兒寬，私擬嬴公之眭孟。自蒙賜見，教誨有加。習必以矩，言不及私。時值南州多事，授以管子連鄉之方，同井爲牧；畀以耀卿飛芻之任，衡閣必豐。遭遇仁神，運趙壹以手爪；密勿章句，訓傅毅以紀綱。猶復傳觀郷環，親啓苞籥。握珠抱玉，《新書》讀太傅之編；樂石吉金，祕册窺中郎之帳。探本之勖，爲獨摯焉。今夫銘帶有言，維恭則壽；吐環相貺，爲祚之長。更得太師母顧夫人以勸任卹，以教忠孝。實生衮師，克紹仲郢。几几之儀，罷罷之福。履戩祓禧，詎有艾歟！萃合室之楷模，述房融者是爲次律；溯再傳之脈絡，知仲桓者必屬任安。三義得師，北面附河汾末座；六經在抱，南陽與山斗同尊。敢瞻龍節，以壽鱣台。

代林巽甫時甫兄弟祝徐中丞七十雙壽序

今夫岡阜日月，爲百僚之神姿；雨露丹沙，乃九天之元氣。自昔提鼇之世，聿多緋福之臣。蓋志業在鐘璜，而升庸在耄耋。況當石鼓中興，左旛右韃；欃雲大滌，上天下淵。鎮北門之鎖鑰，拜東洛之耆英。如我公者，敻乎尚矣。公高陽分裔，建安替人。生與翟敬夫同里，家有楊伯起遺清。早定國瑞之品，遂宏通德之門。友集蘭臺，而任昉冠座；手策桃杖，而王儉傾衿。自其驂鸞初騫，立鶴未舉。莫不矜爲衣被九州之才，殺覈百家之學矣。洎夫常儀書名，天府作貢。襲福門之餘慶，掇盛世之巍科。解經則奪席五十，對命則授牘三千。天子以治國不越烹鮮，官人必先作令。畀厥保障，儲爲雲雷。於是觀禮伯禽之宅，聞樂魯叟之堂。侯城敷猷，泰山紀績。魯恭之異達於朝廷，宋登之明奉若父母。乃晉五萬户，擢二千石。作諭蜀之馬卿，爲入閩之常衮。叠綰虎符，旋膺雁秩。東之婁娑洋之區,修羅迦之地。獨解客仇,自恢風教。帝嘉偉功,再命陳臬。旋以斗米之張魯爲訌,絶島之孫恩未縛。南州滋蠢,復趣公往。櫜弓蕆事,介圭入都。長安日近,常捧乃心;魏闕天卑,善聽以耳。時值皖豫軍興,需才爲理,九重注嚮,一柱扶持。報八百年養士之功,知屬章甫;受十九字握奇之法,在抱《陰符》。嗣歷廉鎮,克赴武林。薇垣之籀甫滌,蒓鄉之思忽生。蓋天留霖雨,爲與民福;而帝識干城,惟方岳賢。借寇恂以撫潁水,起令公而委河東。重煥牛躔之星斗,再來騶氏之江山。迺覆長裘,迺庇廣厦。移易刁風,稽録少健。卹民隱而徭省百城,採輿論而書詢三老。千艘足天庾之供,萬囷儲衡閣之食。茇舍既修,刀筆必斥。陳桓榮之車馬,稽古惟孜;念孫叔之衣冠,篤舊不棄。宏奬士類,甄藻人倫。豐碑在口,飲醍在心。而其間伏鼪偶颾,匿蠲旋剔。和諸將衷,告一月捷。南陽出師之表,足兵甲者武鄉;西京發蹤之功,持文墨者酇國。維公必恭桑梓,夙裕軍團。歷試巖疆,久習神筴。故能鎮静如喬嶽,振槁如勁風。至若攝戎闡於雙圻,兼神旗之兩轄。其如有容,更蔑以加。迴念公東瀛初莅,睠滄濤如户限,駕鯷渚以飛梁。海上珊瑚,不遺尺寸;山中草木,盡識威名。尤非鯫生拘於墟者,得以蠡勺測乎海也。夫美意延年,壽世在兹國脈;愛民如子,爲政必本家修。顧夫人既受公宫四教,復嫻《女誡》七篇。勷歇歷而侍盤匜,久資内相;功似續而司蘋藻,實生佳兒。是以哲嗣,小樹中翰。父書能讀,慈訓善循。綺歲冠一黌之彦,階銜分四局之榮。小范畫齏,視天下爲已任;允明職輻,守完車之命名。其繼起也軒軒,其考祥也罤罤。今者届古稀年,祝無量壽。麇桉齊懽,鴛漿競挹。天開造榜,衆仙都列於門庭;春在畫圖,五老來遊於河渚。某等駢枝楯梓,沾雨久滋,合室壎篪,望雲遥奏。愧莛之撞,效蕘之獻。敢綴瓦匏,以鐫金管。中書令富貴壽考,冠廿四之勳階;廬陵公道德文章,本六一之忠孝。宜公宜侯,曰期曰頤。股肱維人,經緯斯世。

代祝徐中丞七十雙壽序

今夫大富貴亦壽考,雙星同拜乎令公;以清白教子孫,四環實肇於楊寶。儒臣黼黻,爲國之楨;元老股肱,乃天所誕。不獨錢朗光禄百七十齡,潞公平章九十二算。巋然於前,無以尚也。蓋禄受天稷,氣蒸靈芝。以父老堯舜之軀,演孕育伊顏之緒。慶席福門,優被宸眷,未有如我中丞師者。歲在乙丑陽月九日,爲師七十覽揆之辰。某等東海部民,西河小子。習聞厥績,烏得無詞?爰摭其實,進而言曰:國家元氣,在於斯文。維師起家,爲名進士。斧藻其德,神禪其辭。闡奥窔於一貫,總津涉之九流。幼成鳳蠟之章,長富驪珠之記。是以船甫上乎張憑,門遂及於陸贄。看花長安,賜餅太液。宣陽豪翰,高文播伯玉之篇;鄴下神仙,綺歲射蘭成之策。科名之榮,有如此者。帝知其才,俾爾小試。既聞中牟之賢,復晉何武之秩。季布作郡,遂入河東;元稹觀風,乃歷鏡水。納六箴而廉鎮旋膺,褒八命而价人是賴。蒼生待東山之安石,如不出何?天子見江左之夷吾,無復憂爾。乃啓雙旌,乃祖六纛。爲樽勺之君子,露冕行春;爲節鉞之諸侯,登車按部。再權兼圻之河山,復鎮重關之柱石。知遇之隆,又如此者。於是六條察吏,四行興能。同官必和,不憎淮南之膠漆;政體必達,靡務鄧析之石薪。開三面網,立百官箴。丹筆明正,金布飭釐。飛芻以足天倉,儲粟以豐蔀屋。投甌胥納,洞民好於畢雨箕風;佩韋爲儀,懲異俗之齊慄楚緩。畏之則望若神明,愛之則親爲父母。政績之懋,又如此者。間如立團教法,宣武練兵。在幄中決勝千里,由竈上騷除一方。屝屨親散,赤囊屢馳。罷釣龍伯之國,息波鯷人之鄉。甲子季秋,南州滋擾。師復屹立不惑,績用有成。從容審畫,擿伏定傾。固重垣於磐石,拯萬靈於葦苕。北門裴度,帝宣卧鎮之書;西隴鄭畋,人識儒生之勇。韜鈐之裕,又如此者。若夫武達必本文通,明經可以修行;師則書傳桓榮,絲附郭泰。輯江干齏臼之碑,洗人間筝篴之耳。一官一集,爲宛陵之替人;三鱣三台,列潼關之都講。問謝該而釋《春秋》,推樓望而録教授。簾前分校,三度秋風;海上持衡,六年春雨。兹復場開選佛,記織登科。蘇子瞻煎茶有約,九日笙歌;和魯公撤棘無譁,一庭衣鉢。文教之敷,又如此者。蓋自百里稱侯,洎乎八騶仗節。荷四朝腹心之倚,足萬家軒蓑之歡。由齊魯而蜀,由皖豫而越。杖鳩主伯,話力田孝弟之科;竹馬兒童,拜旨酒甘棠之賜。固已聲滿六合,政在千秋。某生於閩也,爲師三至之鄉,尤篤五教之勖。投巾講讓,同井不争;支睫應機,捐金爲惠。恤水府之王勃,一第箋天;庇茅屋於杜陵,萬間拓厦。雖治譜之片端,亦口碑所競誦。迄今生祠香火,同瞻杜軫之衣冠;黌宇圖書,猶聽翟酺之鐘鼓。登問字亭,抱種壽泉。區區之忱,牢牢在念。況復師母顧夫人,相夫子以施仁,坐佳兒而課讀。油幢春永,長懸日月於麥丘;子舍花開,已兆經綸於薇省。無量之祝,公悦嫗歡;有道之歌,我佩子敝。一門雍雍,百善簇簇。不徒家室之祥,是爲人寰之福。辱以輇才,夙承宏植。龍門在望,馬帳常依。敢效管天蠡海,以揚樂石吉金。從者三千人,附房杜受書之列;朝服七十物,正唐荀措笏之年。君宫臣商,元音一律;崧生嶽降,仰止千春。

劉方伯五十雙壽序代。

今夫中興之世,實生元髮;積善之閭,代有高車。自昔曼齡之臣,克家之主。歷試有成,得年乃永。蓋石以静而壽也,金以鍊而精也。水必源深者匯海也,木必根牢者貫時也。此我同年冰如方伯五十攬揆之辰,予所不能已於言耳。君含資宏深,稟行倚魁。年十有三失怙,千金遺産蕩然無存,一體同胞相依爲命。其伯父奂爲先生,爲持門户。七人與偕,恤小阮之居北;八分能寫,得阿買而張軍。伯仲塤篪,晨夕文義。林文忠公擇壻,特器重君。藥肆問奇,先知遠志;榆社宰肉,決非長貧。辛丑,與伯兄綺田刺史成進士,爲予輩同榜。交既獲元方、季方,誼幾同東眷、西眷。回首二紀以來,東華舊雨,天末晨星。刺史以墨綬告勞,緋衣早召。而君由户曹而太守、而觀察,所莅之區,卓有循聲。天子倚之爲屏藩,庶民望之若雲霓。一身可兼數事,餘技足了十人。世僅知桀桀者大才也,而不知翼翼者小心也。方君觀政之初,稽萬姓之版圖,掌三司之鹽鐵。茂先河渠,度支無缺;隱之氈席,清操自持。旋奉繼母諱,家居有年。掬土盡禮,在山獨清。嗣復郎署,趨班武闈。校射洞三千之案牘,府海官山;簡十萬之戎流,弓和戈兑。乙卯,選守德安,間關就道,埃壒不驚。抵襄陽,踰圍城入,馬藝圃方伯顧將佐曰:楚北將平乎!好官至矣。五袴歌來暮之謡,一木作安危之柱。俄移襄郡,屬邑屢警。張魯以五斗爲奸,周處之三害未去。悍卒如虎,游諜爲梟。君飛芻以實倉庾,登陴而守丸泥。郛郭無易市之嗟,黔首有更甦之慶。支睫應機,忘餐趨事。又復撙節縻費,以身爲先。此識韓者所託爲患難之交,而借寇者必倚爲左右之手也。戊午,調履漢陽,維時瓦礫爲墟,鴻雁在澤。撫以饘粥,刈其莠苗。胠篋無虞,行旅相慶。以辦糧臺功,賞加翠羽。大計治最,膺卓薦,兼權漢黄德道。四年於兹,百廢俱舉。尺地必争,驅犬羊於大别;上流獨據,扼蜂蠆於游湖。開萬間之廣厦,佐五夜之明膏。不辭胼胝,瓜蔓必防;每獲樵蘇,桁楊悉懾。胡文忠公接見僚屬,諄諄以君爲法。卻金伯起,潼關如見替人;卧閤汲公,東海尊爲良吏。癸亥,授陜西糧儲,秦狪方擾,鍵闉自存。君履險如夷,安民爲策。請開東西門通糧道,入避難者。三椽茆屋,共庇雨風;六時譙樓,必嚴卯酉。因支應忤某帥,登之白簡。一紙屬佞人之口,九重知長者之名。疏上不發。時多帥召陜,爲某所格。君力陳之官,爵相卒獲成功。權奸能叱,直捋虎鬚;大局獨支,終消蜮影。固孤城於累卵,妥萬靈之葦苕。兩任藩垣,一權臬篆。靡不句稽備至,推鞫必慎。巡野作懇荒之計,議給耕牛;轉漕供協濟之需,不絶流馬。凡斯心畫,舉難指僂。信乎讀有用書,文通者武達;進無量爵,名劭者道高。出可作宙合保障,處可致家門慈祥。若夫信以持交,寬以馭下。樹折棣華,不使武鄉無後;譜刊棗木,競稱明允有亭。出言恂恂,而臨義懔懔。可澄可淆,如挹汪洋;公是公非,能開金石。作餘事之詩人,試上醫之國手。君之崖略,君之大度也。配林夫人,生自列鼎,才可持門。謂山吏部,度爲勝友;惟王夫人,語真詩家。偕之任所,多所商榷。每誡兒輩:"吾欲汝父以清德遺汝,他非所願哉!"伯鸞之匹德曜,汝南之偶扶風也。至於戚鄙相賙,蘋蘩獨理。教兒成名,任秀才以天下事;爲女擇婿,得讀書之真種子。贊襄之力,勸勉以貞。今者公悦嫗歡,子佩我黻。美意介福,齊眉大年。朝廷雨露,畀爲百僚丹沙;庭户帨弧,長捧重輪日月。話上元甲子,大衍測蓍;歌吉日庚寅,部民紉佩。論功鄭侯,實持關中之文墨;序齒温國,請繪洛陽之衣冠。是爲叙。

徐壽蘅學使太翁六十雙壽序代。

天子臨馭區宇之元年八月十日,爲我侍郎師太夫子漁城公、太師母張太夫人六黼具慶之辰。某等高瞻旗翼,近麗門牆。裹糧東陵,已親周勣;抱經北面,先拜韋賢。蓋仰佩金於西臺,式竹箭於南宅,非一日矣。爰乃鞠膪介雅,排比陳詞。其言曰:夫山嶽峙極天之峻,所憑者厚也;河海成潤物之功,所受者宏也。昔房相功名,贊於内助;馮揚福澤,沛及後昆。良由德義尊則期頤可券,倫常篤故孫子必賢。公受豐天稷,氣養靈芝。具三壬壽骨,爲六甲仙宗。駕七子之文章,建安名驥;紹三傳之豪翰,會稽怒猊。爲娱皠首之春秋,遽謝紅顔之軒冕。年既冠,始娶太夫人。祥女入門,媪御皆善;禮宗在閫,娣姒以和。識者比之鮑桓之相莊,陶翟之偕隱云。家學心傳,積在老龍歲月;義方躬相,蔚成雛鳳聲華。以故熊羆麟鸞之材,查梨橘柚之産。紇若鄧雲,蒨如謝樹。爲穎胄之文通,不爲穎基之武達;有蔡軏之典守,必有蔡廓之從公。而其翼我侍郎師也,謹其青藍,程其摫釽。陳咸受規,譋語爲戒;孫盛導訓,軌憲必嚴。師乃金璧淵海,黼黻河漢。諳《凡將》、《元尚》之篇,洞重差夕桀之數。爲古樓望,教授者録九千人;乃今戴憑,解經則奪五十席。太夫人亦規矩相提,慈明交濟。士行留客,曲費陶母之心;子瞻希賢,側繹范滂之傳。洎師前後典試西川,督學山左,輶及吾閩。模範馬鄭,修禮爲羅;優劣樂裴,量才以尺。如立蘭陵,師荀况三爲祭酒;如築廬山,館次宗再入延賢。凡侍坐彭宣,受詩轅固;躡屩范縝,負笈蘇章。罔不鑄以秕穅,斧其拳曲。鸞皇杞梓,聿收德輿門庭;干莫豪曹,胥受薛燭造化。公尚以登龍過峻,睎驥安追。效馬援之誡書,詘伸龍杜;資山妻之特識,青白阮嵇。蓋當捧朱輪之八座,夏署承歡;燭銀漢之雙星,南天就養。公惟探珠持慎,導劉贇之力勤;太夫人亦隔幔聽經,品黄裳之必貴。師是以然炬以藜,得珊必網。因翟酺進而千室拓贇,舉張輿才而萬人著録也。况乃范馨摩硯,得見成人;元方持車,尚同坐膝。公歌三章之《白華》,師演四環於黄雀。時則老太夫子年且八十有五矣,論言不稱老之文,自忘其錫羡;推善則歸親之義,宜致乎祝延。一門冠蓋,羅胸富小范之兵;四代觥籌,點頷備汾陽之福。夫豈侈仙臘於十洲三島,紀官榮於二首六身哉。今者甲子周弧帨嘉辰,擒藻者公門桃李;庚寅得干支正氣,鍾靈者楚澤茝蘭。西母東公,游戲人海;金鹽玉豉,醉飽天廚。更蕲復旦,紀元祝鯁,賜辟雍上爵;行卜中興,繼頌摩崖,光桑梓名山。

林勿村中丞七十壽序代。

昔翟酺進規,拓黌宇千八百室;周防綴記,授壁經四十萬言。月有饗會之常,士負墳策而至。崇化厲賢,勸興於上;方領矩步,委它其中。受利禄以交勖,式古典而備員。坐明堂者雍雍求治,圜橋門者濟濟向榮。允以高等諸生,必得碩儒爲傅。兩京可法,百禩猶循。閩建正誼書院,創舉也。吾師實主斯席,獨開於先。方歲丁卯,講事權興。正顏含致仕之日月,爲謝安賭棋之春秋。師於是時,六十有三齡矣。八年於兹,屆今杖國。屬在門牆,荷厥誘翼,不可無詞,以張筵次。蓋詩書之澤及人,而期頤之劵在我。性天綦恬,官骸自鞏。載稽漢傳,所列《儒林》。有若伏生年九十餘而歸齊,申公年八十餘而旋魯。樓望之稱鄉閭,包咸之立精舍。胥獲崇年,爲世樂道。况吾師此八年中,摫鈲是程,青藍必謹;秕稗可鑄,拳曲能成。其模範馬鄭也,持禮相將;其優劣欒裴也,量才而誨。詔鼓攻心,宣鐸在口。較諸前賢,更有難者。今夫治亂相乘,承平不能無事;忠孝爲本,激發非可假人。風化攸關,在乎學校;師相之責,同此臼科。自金田不靖,至我疆甫平。兜鍪可出散騎,貲郎競列長卿。仕宦之徑,開於終南;牧兒之蕘,將及學舍。大府憂之,亟修文教焉。師正挂神武之冠,遂立扶風之帳。肩道義以訂千秋,挈倫常而懸一鑑。人心易放,邪跛已黜乎百家;正學克崇,淵源直進於四子。讕語必戒也,軌憲必嚴也。重龍述之寡言,刻鵠相示;鄙華歆之廢讀,割席以分。而一切章句自矜,塵言相襲,咸勉乎其大,更予以自新。世或以登龍過峻,策駑安追。始而生疑,繼乃悦服。蓋既進互鄉之賈淑,可作後堂之彭宣。菅蒯儘化爲絲麻,草廬不忘乎金石。如千頃之中,樹季和師表焉;如重霄之上,拜有道人倫焉。八年以來,所造甚衆。在河汾將相,小子敢勉爲替人;而魯國靈光,基兆獨歸於瑞室。吾師之壽,更足徵矣。抑聞精神因磨鍊而出,仕學本依輔而行。師以廷對第一,國士無雙。持皇華之使節,擁木天之臯比。朝多文苑吾徒,門列封疆後起。其於文藪,早種善緣。推之守粵,至於撫滇。孫恩水仙,就縛於絶島;馬援銅柱,辟瘴於蠻鄉。無縻民一錢之費,有生佛萬家之呼。間如轉漕而任酇侯,軌里而法管子。悉本藴蓄,見諸設施。顧所莅之區,尤有足述者:奇甸則洞天廿四,歷城則桃李三千。登岱奇觀,抱膝自吟《梁父》;平黎故蹟,麡兵重訪炎洲。駐節於錦江天地,叱馭於西爨河山。以及捧詔東行,載臨虬島。破萬里浪,不守庶人之雌風;見三神山,盡歷王孫之采地。信乎極山水游,其人必壽;比之觀星辰象,大文以成。班固有文,仲尼以西入周,南至楚,畏匡戹陳,自衛反魯。然後究古今之篇籍,得巍焕之文章也。閩爲鄒魯之邦,克紹濂洛之統。師適生乎其間,亦以學顯當世。雖十年撥芋,山中作請老之白衣;而三鱣在堂,關西兆再興之朱紱。夫荀蘭陵三爲祭酒之師,雷次宗重入延賢之館。魏應既免官,以講經復光禄之秩;高詡亦遯世,以傳詩綜司農之榮。此又及門諸子,當兹覽揆嘉辰,高瞻旗翼,竢逮弓旌,爲之鞠𦞦稱觴,期以祝鯁賜爵。生徒侑樂,奏兩行在序之鼓鐘;元老還朝,拜九錫無量之几杖。

郭副郎五十雙壽序代徐中丞。

夫具金石姿,其人多壽;得詩書氣,生子必賢。上爲公綽風矩,下有元成明經。教以積而名,家以善而慶。此識季方者,稱其齊德,而見仲舉者,知爲不凡也。余以癸亥,循例閲試。有郭廣文溶,秉鐸初登,執版入謁。於堂階下而進鄭虔,於稠人中而立嵇紹。彼衮衮者無如此才,是昂昂然可見其父。既而廣文來,述其尊甫蒹秋先生、尊慈嚴宜人,今歲甲子五月二十日,五十具慶之辰,乞長官言,爲二人歡。因諮崖略,周悉淵柢。才學克備,洵足道焉。先生爲介平學博之令子,昆季五人,巍科競掇。學博公置湖郡之齋,躬先治道;植燕山之桂,眼見成名。母林太夫人輔以坤道,尊爲女師。隔幔佐其授經,折葼篤以立教。先生是以智百常童,聲滿一室。粹質軼乎璠璵,慧心發乎髫䶉。學不再問,敏逾任嘏;文若宿構,群疑范雲。年九歲游侍將樂,邑宰器之。目爲名駒,許以威鳳。藥肆問奇,先知遠志;衡門訪友,即號通家。洎年二十四,補弟子員。鼓接天浪,始垂尺鱗;嘶向日聲,識非凡驥。越庚子舉於鄉,趙典對策,爲諸儒表;劉巘充秀,有得人稱。方謂吐聲中朝，濯秀暘谷。與仲兄遠堂廉訪分鑣藝林，炫彩錦肆。辨神韻於髦嶠，質經業於曮𨼆。而乃喟珙璧之失一，抱文史而足三。自叔兄秀農大令風流頓盡，大暮不醒。遂同伯兄新甫、季弟合亭兩司訓，題孝綽之柱壁，富以文章；守貞白之山林，種其松术。名場久泊，自明謝覽之操；軍事獨嫺，弗尚嚴畯之力。大府廉知其功，事平之日，畀主政職，擢副郎銜。斗食之吏，雖羈僧孺；貲郎之名，迴異文園。此先生之學，宜以爲才也。嗜好殊俗，聲譽聿彰。涉目則誦，借手以書。集授徒以腶脯，易充篋之嫏環。捐百金以購散亡，弗飽脈望；壽尺木而收膏馥，迭付手民。桑梓必敬，啓笥獨闡潛幽；文獻不遺，懸河能述言行。爰在始冠，即勤屬辭。擅碧雉之儁妙，采雌霓之新奇。研鍊既裒，著作不廢。箋詩防稼穡曠時，釋傳尋衮鉞墜緒。瀼西替人，傳薪一脈；烏山片席，繭足十年。然猶雅存周髀，兼精蓍卜。八會五羅之術，履一戴九之辭。潛思致叡，鉤賾達明。足以晰季長未合之理，詮輔嗣蹈空之文。此又先生之才，蘊以爲學也。今夫讀有用書，文通者武達；進無量爵，名劭者道高。内可致家門慈祥，外可作州里保障。以故辛丑有夷氛焉，乃講求山川之形勢，虜已在吾目中；明洞犬羊之梗頑，睡不容於榻下。庚戌有粵警焉，乃参鉅公之末議，支睫應機；策民食之所天，償絹爲市。癸丑省門滋事，糾敓頻聞。乃稽録少健，捕索醜類。大吏從其審畫，膏群盗以蕭斧；孤城岌如旦夕，解萬靈於葦苕。丁巳髮逆肆虐，擾及鄰境。乃藺石積墉，瓶甀隱穽。抵金爲干櫓之資，四陬相應；懸鼓作比閭之警，萬喙無譁。况當開府出師，建州駐節。或陷搶掠之冤，將置士卒於法。覆盆未明，執戈幾潰。時在逆旅，復揖公門。白其誣枉，多所全活。得王珣一言，能令人喜；比劉宏十郡，勝如尺書。此又先生之學與才兼長，所見於外也。至若逴誦祖德，上體親心。間晨昏則寢闥不違，省疾疢則帶環自弛。雨涕而禱瓶花，悸心而求紫石。比廢奉菽，長感枯魚。支牀見雞骨之毁，掬土營花鬣之封。弗輟寒燠，必謁松楸。翔鳩每下，遇蛭幾癥。既乃修祖塋而立華表，創家廟而潔豆籩。下逮誨兒嚴峻，旁及豫事綢繆。十年種樹，已足風煙；萬卷藏書，更宜子弟。於是廣文亦能誡屏言，克守庭誥。冠童子試，爲無雙士；登拔萃科，作第一人。慕華陔之顔色，未赴綸詔；聯什伍之州鄉，旋擢冰銜。此又先生之才與學相濟，所脩於内也。推之拯賢裔之涸鮒，助戚友而脱驂。均豐匱於眷東眷西，解讐忿而公非公是。古之直道，不墜於兹；今之諍友，所成靡少。凡在洛水宴集之賢，太學聲華之彦，莫不定交杵臼，清論簞瓢。登龍門而元禮撫掌，對蛾陂而次都洽歡。蓋其學之所積，才之所施，論者多之，猶未艾也。先生緜算之基，根於潛修；雍穆之樂，得於内助。嚴宜人者，生爲上善，夙以孝聞。身可試刀圭，治必先麻枲。自歸於先生也，婉孌毋違，柔嘉有則。侍姑嫜而供滫髓，佐夫子以采蘋蘩。喜愠不形，虔恭愈篤。恕而逮衆，築娌胥無間言；敏以承和，戚鄙尊其容止。有大夫食力，甘粗糲而不忘勤；受命婦頭銜，卸綺紈而能守約。每值先生，遇事或剛能濟以柔，出言或直能導以曲。化臧獲之銀杯，喻兒曹以機績。慈教既勖，子譽最隆；家聲丕揚，人爵斯茂。雖德耀之相梁鴻，敬姜之訓文伯，以今况之，不是過耳。顧予所厚冀廣文者，不羈之馬；而嚮往先生者，不測之龍。斯人有猷、有爲、有守，曷不彈冠而前；他日杖鄉、杖國、杖朝，願更揚觶爲頌。

張蓉軒司馬四十壽序代。

昔辛太史著《官箴》，告虞人而凡百以儆；顔黄門作《家訓》，列教子爲第二之篇。從來理縣之譜，護家之則；治法必有治人，是父必生是子。蓋自諭言語，以及舞象勺。處則勉學涉務，出可揚風撫黎。其扶培也，在負劍辟咡；其敷施也，在保障繭絲。如匯海深，而積石承其遥澤；如託根固，而竹箭得以貫時。世之荀令君子，屬於元夏國士也。司馬張君蓉軒者，與余宦同東冶，生共朔方。習聞其尊甫輝三先生，庭有延年之誥，室有顧悌之書。青藍既謹，鞶帨必除。爲陳咸戒子，議法依於輕比；爲魯稱導訓，賦事咨於故實。信郝昭乃鄉里快人，惟陸瓊爲門基肖子。既而君列判宫，旋登月窟。夢鳥探胸，舞雞燭智。郭亮動聲，而宫商俱叶；王筠涉筆，而孔翠競鶱。一時之龍門元禮，蛾陂次都，莫不爲之撫掌，互相醉心。以爲絶塵之步，必登丹梯之桄；貫月之槎，必越鴻溝之畛。蜚聲木天，翕羽温室，可左券操也，可酹酒賀也。乃孝廉之船三上，子敬之氈十年。善注遺篋，北海既孤；仉紡斷機，東鄒再諱。二陵風雨，嗟輪鐵之西依；一領皋比，擁絳帷而北面。顧轄中雖屬寡歡，而彪外必終大用。未幾，有從故鄉來者，告余曰：君已棄終童之繻，投班生之筆，北而之楚矣。請纓縛虜，上馬殺賊。磨墨於盾鼻，輓粟於矛頭。金戈鐵騎之區，吹鞭四出；沅芷湘蘭之夕，警枕一號。曳落河中，房次律許爲劉秩；蓮花幕内，桓元子知有郗超。具一心而捧日，展八翼而沖霄。論者僉以邃學，得自義方。三垂之兒，七萃之士，其所由來，非一朝也。時官相國爲節帥，上其功，帝嘉之，授福建邵武令。予竊忻駟門之設，已見高大；鳧舄之來，得數晨夕。復有告余曰：君筮仕之初，即入告宗祠。誓以不齎湖亭之香，不飲廣川之水。魚可懸庭，則守羊祜先芬；犢必付洛，則植王遜遺矩。古之廉也，心尤式焉。旋而莅篆，卓有賢聲。撤鈎鉅於堂階，振綱領於次舍。採輿人之謗謡，通上理以宣化。原有讓畔，民無詭訟。皮弁俎豆，咸遵延壽之教；含哺鼓腹，胥喜岑君之來。揆自任邵武、攝建安，擢閩宰、權福牧。所至之方，如練團以杜風鶴，如減征以甦澤鴻。如緝五斗聚會之魁，如息十字設碑之鬩。又復芻粟昂者平之，泉布壅者通之；鄉鄰鬪者釋之，輿臺翳者摘之。百年之讞，以片言平反；一字之舞，以三木懲創。大吏視之若股肱，群庶呼之爲父母。間於己未、壬戌省試，兩充同考官，所得多名下士。千絲鐵網，不遺大海之珠；一片冰壺，能澈秋簾之月。治劇如彼，衡才如此。歐陽有後，蘇瓌得兒，惟君足以當之耳。間嘗月吉讀法，春令趣耕。父老扶笻而前，婦孺挈榼而至。靡不述爲二百年來，無此好官也。玆者爲君四十初度之辰，余念聽鼓一門，結枌同社。不敢進以岡阜諛語，列以觥籌具文。特摭政績，以張屏次。九重之倚畀方殷，三接之榮施必渥，又烏能測其涯涘哉？至若浣石奮之裙，聯姜肱之被；挽鮑宣之車，授顔峻之筆。自廢蓼儀劬勞之章，復守伏波兄子之誡。家庭藹然，比閭翕如。既亘古所希，亦爲民樂道也。今夫哲人食報，必及其子孫；廉吏可爲，祇存其清白。文能化俗，爲治道之原也；善則歸親，乃祝言之禮也。爰舉其所先，敢書以爲壽。一曲華筵，楊意已呼東幄神仙；千秋家法，賈耽重話南皮賓客。

翁待詔五十壽序代徐中丞。

夫有顔测得文者，必有顔奂得義。有季方難弟者，必有元方難兄。矧夏侯作誥，如臨父師；曇首多才，可寄門户。一家之政，壽本於恭；百里之司，和以致貴。此任官必擇其能讓，而舉善當録其所親也。予撫閩以來，習聞翁令蘭畦名，擢權首宰，因得見焉。察其嚴能，有若楊沛；課其清省，又若董尋。其方圓可施也，若沈憲；其發擿無遺也，若法雄。男女多欲以鄭字，左右皆曰有兄風。秣日食日，出星入星。晉接遂數，周咨乃詳。大令爲述其伯兄啓亭先生，寬裕以誨，比順以敬。篤一脈之念，葆二樂之天。飫心已久，滌耳而聽。既聞北阮令名，遂作西堂佳話。大令少即孤露，失所怙恃。悊兄翼之，如崔光韶，衣服必同；丘嫂哺之，如元魯山，湩乳以食。魯恭憐少，先令就名；王微研文，必勖共讀。雖殊同産之親，能事十年以長。論者謂夫義禮之房，師友之陸，不是過耳。先生生於石洲貳尹之靈臺任所，爲雲濤司馬所出，與大令同爲貳尹文孫也。少而岐嶷，性尤祗恭。范馨摩硯，得見成人；顧悌授書，無慚迺父。方司馬計車之年，適貳尹解組之日。一拂歸來，四壁卓立。先生爲諸父先，以其齒長，侍重闈側，能得心歡。顧影慰刮鍋之求，繞膝樂含飴之弄。嗣以尊甫捧檄一命，迎輿二人。歷隴西之滻水汭渠，入嶺南之厓門曜石。侍立舟車，胼胝手足。盡厥職也，亦云勞矣。維時仲父春泉、叔父哲臣分騶致顯，治繭爲良。一則飽羅池之黄蕉，一則馴泰岱之青鳥。遜違子舍，未被姜江。從之者惟季父冰軒贈君，即大令父也。無何，石洲公棄養，春泉、冰軒相繼凋謝，尊人旋而之滇焉。改牧馬龍州，復莅永北廳。連雲山下，桑園河干。問起居之寒燠，侍晨夕之盤匜。所至之區，隨侍必偕；出納以公，纖毫不染。從繩則正，知蘇瓌之有兒；拾柰不爭，卜楊愔之大用。乃官以勞卒，子以喪歸。罷社舉旛，淚從叔子；去思題石，書及衮師。洎今披沙手民，荷畚編户，猶戀戀之忱，津津不已也。既而太母拈花於兜率，重慈就木於臨淄。哲臣亦以官黄縣尉，後先物故。先生秉遺訓，俾厥弟培之少尉爲春泉公後。一體承鄧攸之祧，三分割許武之産。助貲諸舅，遠宦西蜀；加笄弱妹，下嫁終南。枌榆抱景,瓜果共嘗者,又惟先生與大令耳。於是築室嶽峰,横經湘水。課雙雛則書誡杜龍,賙四戚則金分管鮑。蒙陰奪承宫之黍,與人無尤;緑林識李涉之船,相逢必避。有道之名,同閈所式。以故大令分田荆之廕,成韋梓之材。無間兄言,獨饒治譜。弱冠從軍,短衣討賊。吸西江之水,濟必有靈;借馬當之風,利不得泊。自南康而湖口,而饒、而撫、而信,贊襄胥協,夷險不渝。奏聞以勩,授浦城丞,拔令泰甯,更攝崇安。溪山來五袴之謡,風雨繫聯牀之夢。求其佐治藥言,速以駕游短札。新炊乍熟,幸逆旅之重逢;夜宴初張,叙天倫之樂事。蓋先生迫於俶裝,遄疊而至。留冢嗣綜其家務,挈中男與之就途矣。今者爲先生五十覽揆之辰,大令既以其官爲先生請告身,恩綸下賁,行道榮之。復乞予言,侑觴介壽。顧世或侈啓期之鹿裘,或詡方平之麟脯;或託老眒之鶴衣,或比籛鏗之麋散。鋪張過當,績學反淹。非所以闡先生之潛德,紀大令之友恭。乃摭崖略,爲今典型。嗟夫!縫布有歌,然萁有作。同胞之屬,反脣相稽。至有火阿奴之燭,斧公室之枝。參商二星,古今一轍。聞先生與大令之風者,當亦恧然慚、憬然悟矣。爲人長殊復不易,君宜準此;服官得天厚,必享大年。予更祝爲壽世。

陳繹蘐太守五十雙壽序代丁學使。

夫祥器吉金,文章爲無窮之壽;子佩我黻,于喁屬有道之天。惟宰官身見於金粟,爲王母使生在龍華。值櫻廚同櫂觥船,正蓍策雙開犧匱。太丘閥閲二千石,本漢循良;南國蘋蘩三百篇,乃今風雅。此我繹蘐太守暨德配劉恭人五十覽揆之辰,子若姪輩將進二人之觴,丐予一言爲侑。景此鮑桓高躅,屬在孔李通家。具知崖略,敢靳文詞。君擢第閩南,捧檄直北。秉東魯之雅言,守西川之治譜。屏風書誡,教孝教忠;軫蓋論才,命軾命轍。蓋尊甫先生由蜀歸田也,階前之玉樹方生,江上之鱸魚正美。既挂冠乎神武,乃畫荻於通明。君與弟幼農樞部,象勺習舞,柄曲辨聲。本鄴中之儀廙,具洛下之機雲。名山則大點小允,共被則仲海季江。碑刊棠棣,播樂石於寰區;樹合荆花,足孝門之風月。無何,舄鳧長去,喬作仙官;蠟鳳多才,宏稱長者。時則太恭人北堂日煦,南嶽星尊。勖哉季方難爲弟，元方難爲兄。本乎鍾夫人之禮，郝夫人之法，而恭人適于歸焉。治絲執枲，以奉威姑；堅漆諧琴，克相夫子。調羹既食性能諳，施幃亦清談可獻。乃十年篝火，同袍方詠於頖宫；而一束生芻，如玉更傷乎空谷。松柏妥靈，荼蓼食苦。偕予季而池塘入夢，課諸雛而腶脯爲生。君益焠掌以鈎稽圖籍，同心以鼓吹壎篪。凡兹米鹽淩雜，門户支持；善處妯娌，胥無間言。旁及内賓，悉能中禮，則惟恭人之力也。越歲在午，得舉於鄉。既返張憑之船，重入遠公之社。蘭亭觴詠，集群賢於暮春之初；赤壁酒肴，謀中饋於七月既望。每逢佳日，必薈名流。伯餉筍而季分醪，一庭文苑；吕軒鴻而嵇舉鳳，千里神交。極南皮瓜李之游，作貞白山林之樂。洎夫酉科，弟亦拔萃。甫分香乎貢樹，遂觀政於戎曹。並轡紅塵，奏曲同登月府；一官墨綬，攜琴更踏河隍。君於是話連牀之雨，爲出岫之雲。勞勞人海，索米既不易居；兀兀窮年，傭書亦非長策。乘此時艱，幡然作宰。揆厥數稔以來，鄉關遠阻，内顧無虞，又惟恭人能女布男錢，區畫悉裕；秋霜春露，充備必恭也。顧崔嫂之油幢載至，韓公之桐木忽枯。子婦重逢，悲懽交集。君傷同氣之云亡，撫諸孤如己出。迴念曩者戎馬倥偬，胝胼於芻粟之役；蝗蝻驀起，捕括於瘡痍之區。方城下車，未歸雁户；渾河失險，重讀水經。覩田里之流離，議蠲議賑；扼譙樓而固守，習正習奇。端賴手足扶持，終令閭閻安謐。悵鴒原之折翼，望蓟樹而愴懷。迺心縈繫，無日忘之。恭人則佐課機絲，述馬援刻鵠之訓；勵清江水，得姜詩躍鯉之賢。慰看昆諸，贊治楹書。是以陸家璧雖告闕，孟氏案自舉齊。君乃繕城垣，戢斥堠。兩行官燭，話賸水於郊圻；一綫遺篇，搜空山之文獻。瑣事必儲竹木，供億能籌；片言可釋桁楊，平原無枉。教團同井，法管子之連鄉；屏斥異端，化張魯之斗米。祆神則十字無靈，香火則萬家稱佛。聽鼓餘閒，製錦爲事。誦聖訓十六條，闡皇言一萬字。父老每投巾悦化，師徒必拓室居黌。樂在水之藻芹，泯穿墉之雀鼠。詩歌百什，可懸國門；風土四時，獨評月旦。奉瓣香於周子，更瞻鹿洞衣冠；置祠宇於獻王，復奉漢家俎豆。此又君之善政善教，民所式玉式金者。然展驥有才，視諸盤錯。飛狐能塞，恃此經權。當宋寇之日深也，誓衆登陴，克完纍卵；比鄰安堵，不擾秋毫。刁斗森嚴，懸萬竈之明月；旂當（常）紀載，擎一柱於中天。帝加華衮之榮，煌煌薦牘；邑無俸錢之愧，煦煦登臺。宜納茀禄之林，而大公侯之祚。岡阜延年，笄珈偕老。禠祐所鍾，詎有艾歟。兹以君之姪男與冏，爲予甲子典試所得之士，來請綴章，用張筵次。喜苻朗爲千里名駒，萃蘇遲作一門犀角。家聲丕振，摩硯自有傳孫；文采猶存，聯珠不忘群季。拜雙星於壽寓，更期杖鄉、杖國、杖朝；策五馬於黄堂，允在有猷、有爲、有守。

代鄭水部祝友人六十雙壽序

夫惟蓄道德者，祟年常及期頤；善詒謀者，食報乃在孫子。種瓜種豆，所得本乎人心；爲椿爲蘐，可久關於天授。挹九重之雨露，涓滴胥化丹沙；拜平地之神仙，冠蓋半歸黄耉。固非侈劉樊之幻術，景梁孟之高風。囿於偏端，稱爲盡美。此我□□先生，暨其德配某夫人六十雙壽之辰，同人所不能已於言也。先生誕於左旗右鼓之鄉，世爲北阮西裴之族。曾師國學昌黎，乃作江東羅隱。蓋值太封翁見背之歲，遂輟丹鉛，獨持門祚。操子輿之籌，千金日利；了向平之願，五嶽待游。時則夫人相其擘畫，佐其經營。妯娌善處，臧獲皆懽。斗酒可謀於蘇婦，篝燈代課乎范兒。于喁之歌，不隔天壤；芝蘭之秀，俱茁庭階。先生乃顧而色喜，對此神怡。不數載間，季子分貢樹之香，仲子預食苹之宴。合室壎篪，釀和平爲至樂；一牀袍笏，競起舞於當筵。旋而坐鄭虔之氈者，繫馬既貴；題長卿之柱者，乘車爲郎。先生亦翠羽高飄，雁銜榮佩。不惟巨室稱雄，抑且高門結騎。里閈津津，姓名樂道；笄珈簇簇，揖讓如賓。揆諸延年，食厥舊德。彼蒼之佑我善人，有錙銖不爽者。向使抱遺經於蓬蓽，困淩雜之米鹽。相對牛衣，徒鑽蠹簡。則山海苟無潤色，夷吾何以有三歸之稱；園囿亦將爲墟，陶朱何以有萬牸之業。故曰識時務者，在善自爲謀；振家聲者，原不拘一格。卜式可爲帝所資，桓寬亦爲時所重。況更繼起有人，父書能讀。爲陶貞白山林之樂，得萬石君門第之榮。以古證今，復何多讓。論者徒震其遇，不知獲福固有由來也。先生本百忍之裔，守十戒之箴。善氣迎人，平心接物。與姜肱共被者，恰有二昆；待晏子舉火者，何止萬户。任卹雖三物之末，孝友乃百行之先。根本既植，枝葉必繁。譬諸千里瓜蔓，源遠則流自長；六月鯤鵬，風大則負自厚。良由蘊積，致此嘉祥。然所卓著一時，更有尚焉。方夫槍欃未埽，荆棘在途。虎兕將出於柙，鴻雁無以爲家。百里之羽書如織，四山之草木皆兵。將軍專閫，大吏立團。先生乃奮起獨先，任勞不惜。恭敬桑梓，倡毁家紓難之謀；飛挽粟芻，解長城量沙之唱。終使甲兵長洗，風鶴不驚。是又明義一端，有足多者。次爲厚禮文人，周急吾黨。秋風茅屋，欲開廣厦於杜陵；遠道綈袍，能識一寒之范叔。例以西齋潤筆，準乎南洛覆裘。涸轍之水已蘇蒙莊，草堂之貲獨寄録事。終使短褐能完，懷珠得達。是又分惠一隅，有可取者。先生既惻然爲念，益樂此不疲。宜乎《登科記》裏，常儀予以厚償；積德門前，造化酬其美意。推之竹林籍咸，裙屐競爽；清水樂衛，冰玉交輝。代月之星光，昴參亦爛；如山之華祝，岡阜同登。夫豈尋常之詠鮐背而頌棃眉者所可比儗哉！是月也，黄花正發，尺蟹初肥。堂前集無量之觥籌，天下慶有道之佩韍。一門祥靄，公悦嫗歡；百代吉金，季歌伯舞。某與令子忝屬同官，敢不操觚以進，揚觶而陳。效麥丘之有言，冀蠡勺之或當。紅塵十丈，付交棃火棗於郵筒；碧海三山，拜金母木公於圓嶠。正當重華日月之天，用綴綺甲春秋之盛。

應霞屏舍人封翁七十雙壽序代長洲相國。

同治癸亥某月吉日，應生蔚華將爲其尊甫摶九先生、尊慈高宜人七十初度，排譻龍文，懋揚麋壽。遠道郵書，乞言侑斝。予忝居一日之長，習聞二人之賢。不辭弇陋，爲覼高風。先生幼即岐嶷，長而神聰。宓氏占爻，索爲第二；黄童侍寢，孝已無雙。列《庭誥》於閒居，延平守矱；擇學宫而卜里，仉母投機。雖屬象勺之齡，已具璠璵之器。洎年十七，補弟子員；越年十九，授丈夫室。宜人則佐餕邕和，鳴環静好。克贊筆耕，賴勤紝織。馨爾羞而潔爾膳，上奉姑嫜；窈喜心而窕善容，旁和妯娌。不虞内顧，胥泯閒言。而先生既得中饋分侍高堂，彌篤下帷潛修尺地。於是覃思六學，綜覽七經。説《易》飲漢儒之胾，纂《禮》續戴氏之燈。丹黄在握,鉛槧不疲。次及隨曲射匿之篇,重差夕桀之數。堪天輿地之圖,綈袠絳囊之什。靡不奥窔一貫,津涉九流。乃王褒有必傳文學,而韋賢僅預選明經。退而樹型劍水,講道屏山。一官木鐸,杖履亭亭;四序絳紗,笙歌瑟瑟。凡在受《詩》轅固,問字杜林。如般倕所治鸒之益緻,如睢涣所濯練之逾鮮。得沾膏馥,競織科名。不獨群季爲天路之郄詵,諸郎作庭階之謝朗。足徵其人倫之鑑,師表之尊也。間復創浣香草堂以勖子,構種筆山房以課孫。娛桑榆歡,羅胸吞篆;闢蒿萊地,繞膝授經。時則宜人,不倦提甕,仍助和丸。司蘋而職守季女,剉薦而名成士行。蓋予自輶軒以來,觀顧悌之父書,聆范滂之母訓,非一日矣。冢嗣蔚華,是以金璧淵海,黼黻河漢。畀拔萃科,爲多士冠。旋作龍潯之矩範,復侍鳳閣之絲綸。次嗣錫華,亦言泉飈飛,詞條穎豎。善繩門法,秀擢黌英。一堂金印,鵲銜忠孝之家;四代玉環,鱣集公侯之宇。信陽報之不差,宜善人之有後。良足稱焉,猶未艾也。觀夫季才萬緡,平仲三黨。樂喜以厚施長世,樊重以博濟昌家。置田畝則菽粟分周,捍鄉閭則欃槍獨埽。乃知讀有用書,文通者武能達;獻無算爵,年卲者德必高。本美意以延年,極天倫之樂事。兹者公悦嫗歡,伯歌季舞。交棃火棗,開七十齡弧帨之筵;樂石吉金,奏八千歲春秋之頌。雙鴻北向,已付報章;一鶴南飛,如聞擫笛。敢壽琅函,以書銀管。

林十一麗村同年五十壽序

夫登鹿門之堂者,龐公款黍;擫赤壁之笛者,李委引觴。天上有名經之佛,人間有無漏之仙。惟儒林丈人,能修清福;郎官列宿,可得大年。此我同年麗村正郎五十覽揆之辰,其姪男韶熙乞言鄙人,侑觥稱壽,余不敢以弇陋辭也。君幼而嶷岐,長而秀徹。辨燈盞之四聲,噪高軒於七歲。一拳手澤,祖硯能摩;斗室古香,父書善讀。既擘《滂喜》之篇,復諳《凡將》之帙。簪花妙格,傳自衛家;削竹殘經,搜從孔壁。集三君八儁之儔,爲六學七志之助。蓋南皮雅醼,仲宣猶介韶年;西邸朋游,令楷已參末座。而一時曲擅吴趨,詞妍越絶。靡不望子京若神仙,呼微之爲才子矣。於是結懽藝圃,馳譽名場。受宗工之規釽,織常儀之科名。以顯廟二年,與余同舉於鄉。唱霓曲於大羅,八十人銀袍楚楚;踏槐花於直北,六千里金闕峩峩。乃桃李未春,作紅塵之逐客;而蓬萊小住,謫香案之前身。未入圖書之府,遂返孝廉之船。燕市重來,觚棱入望。袁江一水,鼙鼓愁人。退而弋鴻釣鯉,獨樂仲長;嘯竹彈絲,高卧安石。飽秋風於江上,李鷹蒓羹;荷明月於山間,靖節栗里。每當雜花生樹,蒹葭欲霜。鷗波不驚,鸍柑孤賞。司中饋者斗酒,侍巾櫛者三星。或賦淮南招隱之詩,或作齊髡交錯之飲。或聽雨而聯牀,或躡屐而登巘。采其松朮,有陶貞白之山林;肅其衣冠,有萬石君之子弟。方諸古者,殆其人乎!若夫藹然一室,怡然諸舅。古道照人,奉嚴親之矩矱;長齋繡佛,守慈母之機絲。旁挺荔支,分栢佐膳;躬莳松柏,負土居廬。不異薛包之居,而田園無戀;不割許武之産,而昆季成名。讓棗推梨,克敦枝冑;我黻子佩,爲範閨門。降暨季才則散以萬緡,平仲則給其三黨。會飯擊張寬之鼓,積券焚顧愷之廚。卜式義舉,輸財爲郎。駱統少年,實心任卹。惟衆善之能兼,宜純嘏之永錫。行道有福,美意延年。尤余數稔以來,相知之深,習聞所事,必獲其報也。兹者吉日良辰,于前喁後。覩舞綵之在堂,羡含飴之繞膝。四戚鞠歷,群朋懽譁。列崔十一之筵,清罇咸集;善許十一之業,石壁同聽。梁苑託交侯十一,則湛盧久贈;洞庭執手李十一,則膠漆相存。操權十一青雲之篇,君爲豪士;誦張十一黄花之句,我是故人。凡在韓李同年,紀群交誼相與。續《襄陽耆舊》之傳,採汝南月旦之評。曰是積源深,而星能匯海也;是託根固,而柯自貫時也。按逋仙之一曲,西湖奏不夜笙歌;先浴佛之五天,南海祝無量日月。扶杖有初,題屏以壽。

黄根圃司馬六十晉一壽序代。

聞之楊引至行,旌門已近百齡;劉宏知名,入洛競推三嘏。許孜以純孝永年,顔含以友于益壽。惟一庭之根柢既牢,斯四序之松筠不改。階前斑彩,無非孝子之經;座上鳴琴,不外昆弟之誥。此我根圃司馬,習軒冕官閥,爲矩矱完人,綜厥生平,有足述焉。辛未十月十有二日,爲君六十有一攬揆嘉辰。令子謀熙,曾及余門。索言侑觴,謹黎收再拜曰:尼山删《詩》,猶存張仲孝友;甲子紀傳,不忘絳縣老人。《易》占積善之家,《禮》重引年之典。六經至味,飲之彌龢;五倫大端,射者取鵠。自來德偕年劭,罔不仁作壽徵。君爲通議公之冢嗣,幼即岐嶷,長而温恭。讀張華《勵志》之詩,成童作聖;誦江總《修心》之賦,至性過人。伯父鄉賢公稱爲鸑鳳,撫以石麟。乃仲由謀將負米,而子輿遂精持籌。時則嚴君與維摩同室,稠人識嵇紹在群。子推狷介,原無緜上之田;蒙叟清貧,能散監河之粟。分金而閭里拜嘉,焚券而市門沾惠。君繼志必善,待疴維勤。未迎巾櫛替人,自躬厠牏瑣事。倚牀闔者經年,束衣不解;乞刀圭之一勺,昜癰如飴。天許呪蓮,重生子懋;人傳温席,不減文强。孝感所致,厥疾獲瘳。歲在癸卯,鄉賢公司鐸漳南。君秉父命,馳往省視。在耳有言,違山未及。十日終天抱憾,先露竟溘崇朝。君得惡耗,暈仆在途。黄門之饘具存,樊儵卻食;瞿塘之襆雖退,庾公殉身。幸徐而免,僉翼以歸。追念含玉未親,刻木相奉。曩者母設巾帨,誕辰同之;今也父夢瓊瑰,生别已矣。蓋自少至壯,孺慕不輟。叔父侍郎公以其純篤,愛之猶子。傳車所至,咸挈而行。於是游泰岱、躡韶臺,兩渡錢塘,再游羊嶠。歲癸丑戊午,浙粤多警。鄭畋有勇,成算待畫於儒臣;馬援誓師,家事悉付於兄子。時季弟霽川舍人隔千里之寢門,孑身赴敵;撼四山之草木,一騎遄征。將同祖逖而枕戈,獨示王陽以迴馭。東山棋局,彭城風雨,實君一身,互相倚賴。其於伯兄香圃太守也,斗室坐隅,怡偲無間;其於幼姪佑堂儀部也,計車親護,卵翼有成。間或足杜預之武庫,治屠隆之文房。不靳百金,以勖二子。長謀熙既登賢書,籍進爲國子師;次謀烺亦游泮水,有聲黌宫。惟羲之能得獻之筆法,可妙天下;有子將克並子政金鑑,乃在人倫。鯉庭桃李,鸞掖文章。予所跂望,在指顧間。今夫采葑采菲,求忠臣者孝子是式;得瓜得豆,種陰隲者陽報不差。况更海濱鄒魯,禮義在温陵之鄉;南渡衣冠,門地以江夏爲最。維君處此,自全其天。菑畬經訓,恩義相勸於昌黎;几杖賜榮,期頤允覘平貞觀。是即汝南月旦之評也,請續典午孝友之傳也。爰題金膂,以壽璚筵。

何稷垌廣文六十壽序代。

聞之樓望授著録九千餘人,年八十,爲雍丘儒宗。伏恭定章句二十萬言,年九十，爲琅琊三老。洼丹之通孟氏《易》，董鈞之習慶氏《禮》。周防之受《古文尚書》，包咸之述《魯詩》、《論語》。周澤則精明《春秋》，任安則究極圖讖。史率稱其大年，官多列於博士。自漢以來，相承罔輟。脈絡具存，精神夙貫。蓋問秩者，著作之庭也；壽考者，典籍之券也。如我稷垌夫子，稽式古典，足備其列焉。歲癸酉，爲師周甲正壽，適鄉大比。自汀官所，奉公告旋。及門，重侍杖履，忻晉醴酏。載酒之車，滿於户外；絲竹之奏，及於後堂。僉謀述訓，用以侑觴。顧師植學閎深，得天堅固。京兆郵文已具，舍人綴語尤賅。小子譾陋，一詞何贊。抑念正學絶續之交，後進淵源所出。情志既勤，篇辭爲貴。稱歡在前，不可已已。今游庠序、聚横塾者，亦奉爲月旦，布之邦域矣。若迺經師人師，壽人壽世。同道固多，吾師實冠。在樹朋者，穿而求其崖穴；在華藻者，從而繡其鞶帨。成名高弟，各習其能。師獨隱憂，風世是篤。不尚章句之末，一以根柢相勵。開門所授，分準其程；伏案不忘，背流其誦。既發先世之祕笈，益守慈母之機絲。上有苦節以甘其學，下有顯名以食其報。凡所以崇群經、黜百家，詔小子爲有本之殖，胥底於成。如飲水而知江海之大，依光而識日月之尊也。今夫富圖史以娱老，蓄道德以養和。美意延年，所歷不爽。矧師之恬裕若彼，高尚若此，更非時賢，所能企及。方海内有事，公卿尚武。大帥有欲得人，相助爲理。師咄咄不越，寂寂自安。將進干櫓以禮義，化兜鍪以琴瑟。竊以經明行修，即王教郅治之本；抱殘守闕，爲儒服一綫之延。雖利禄有路，無足薰其心；而期頤所獲，不外定其志。曰壽之徵，由來者漸。繼而有司訓之役，師奮然曰："天下不可一日無教官，教官何可一日忘天下。"於是明人倫有聖諭廣訓之刻焉，誨童蒙有小學韻語之刊焉。太守崇尚六學，克明七教。聞師閲蓂莢以計時，集膠黌而校藝。一月迭試，百廢俱興。俾以七書院稽察之任，曰森王，曰紫陽，皆課文所也。曰東山，曰道南，曰正誼，曰麗澤，曰覺之，皆課讀所也。所主席者，咸師之高才生，以師綜其成焉。矗沙大石，必歸磨治；時雨春風，無私造化。長官可矣，士林翕然。汀爲王文成公平漳寇所取道者，三元遺迹，一紙手摹。蓋欲秀才，天下己任，而繩其經濟，鵠其文章。師之所見，不誠卓哉！乃復搜集古儒真面目，以懸座右。

東西二京之文物，如悟蘧廬；金石一室之歌聲，渾忘風雨。信乎《公羊》之墨守可作，《孝經》之訓注能行。乃今傳孫，泰山之崔巍不騫，北斗之星辰長耀。是爲壽者，謹序。

張焕堂廉訪六十壽序

聖天子紀元之歲，曰旃蒙大淵獻，爲我張公焕堂廉訪春秋六十。咸前爲壽，樂愉愉也，慶墫墫也。蓋予之於公，分爲部民，誼屬朋舊。十年風雨，望平地而如仙；一代星辰，喜將門之有後。心儀既久，烏可無言？曩者漳寇日深，大府檄予與吴春波軍門，本管子法，軌里立團。公適在座，握手恨晚。與談戎機，所謂九天九地，善守善攻，胸臆洞然，毫髮瞭若。知公不僅文通，且擅武達。方之穎基、穎冑，義勇相權。爲今柱石，蔑以尚矣。洎予供職京華，辱以文字獲交今方伯孫琴西先生。方伯曰："子識張公否？與予有連也。"爲述守温州事，覼縷足多。公温之平陽人，侍宦於閩，遂卜仕之。由通守起家，擢觀察使，以戰功聞。當夫瑞安初亂，特一會匪。長吏爲之卵育煦濡，養成牙角。萌枿既露，乘墉迭興。粤寇繼以披猖，温爲必争之險。閩師赴援，分爲三，而公所部千人，最先至焉。前鋒飈舉，首奪龍山。旌旗蔽江，波濤屹嶽。乃與南師會於馬嶼，逆燄澌沈，既已摧餒；孱官睽睗，爲之咨嗟。及其破賊雷橋，公又百里馳師，倍道夜進。蛇矛前飛，螳車平踐。自是潛奸無復覬望，外寇亦相潰逸，視瑞安爲巖疆矣。無何，伏莽之徒，南趨金谷。方舟爲橋，争出迎脅。公擁殘罷之鋋，鼓漁蜑之楫。孤檥江麋，張機穽虎。相與柱枝，不辭矢石。卒能號召援師，激用子弟。臨江一決，掬指萬流。斯爲尤難，厥功綦偉。夫以進無首尾之兵，退無金湯之鞏。衆寡懸殊，禍福難料。公獨自拔險巇，底成巨績。以視愚者惶惑，智者巧避，相隔霄壤，難量斗石。方伯既爲刊碑，凡所壽於河山，銘於珉石，不朽之言，有如此者。先是，石逆撲我連城，公轟擊始遯。又分其黨，匿九龍山，爲負嵎計。公折而進攻，間關鏖戰三月之久。大吏以專閫畀之，卒平餘孽，上其功於朝，此不次之遷，勇號之錫，所由來也。嗣而予游東瀛，遍歷叢箐。聞公所治，卓有賢聲。於澎湖則白鳩能馴，黑珊自長。進而鳳山有水底藔之役，淡水有三角湧之征。赤嵌城頭，剺面羅拜。耆舊告我，尤復亹亹弗輟。迴憶去夏四月，東人滋擾。公正入覲，與予話海上事於宣武城南，獵心相對，熱耳互呼。視蜻蜓之國，負虎豹之關。公曰："返旆龍庭，洗兵魚海。吾儕猶在，唾手可得！"愈徵其養之有素，施之必宏也。抑予更有進者：閩土苦瘠，生計不繁。今爵相左帥班師以後，籌富民之略，開蠶桑之利。以予綜司其事，歷久得公，厥功乃成，又公德澤深人思者。揆公善績，固不獨知書嚼鐵，待旦枕戈，遂足盡其所長也。今公分巡三郡，養立教興。彼都人士，紀誦自詳。予第叙與公所由款洽者，敢爲之壽。於以軒䡾乎百神薦祉之辰，萬物棣通之會。翊贊帝圖，詎有艾哉！

冠悔堂駢體文鈔卷四

英香巖制軍七十壽序代。

今夫赤伏中興，東平屬十五之世胄；銀州下拜，汾陽乃百歲之老臣。天以星辰爲輔弼，地以河嶽爲精神。自來子肩鉅任，罔不頤養大年。甪里先生，壽人資以壽國；彝樽君子，議貴尊於議親。三朝砥柱，四序松筠。酒醴本丹沙所釀，山川實金石之資。惟上捧九重烜日，迺蔚成八千大椿。值古稀年，軒饔海寓；建非常業，旋轉乾坤。敬維香巖尚書，纘緒家庭，敭歷中外。襲廉鎮之各門，衍瀋陽之宗派。羽翼天潢，日月太華。秉庭訓於楹書，爲帝心所簡在。兼圻特畀以李絳，可總師干；崇秩相加有衛武，能歌懿戒。敬溯起家，用申介祝。公以成廟紀元，恩榜獲雋。既織常儀之科，遂膺内史之選。侍書綸閣，傍月霄多；珥筆樞垣，戴星昕入。歷充館差，咸稱厥職。殫勞五夜，照藜閣之神光；網集三長，繹龍門之紀傳。洊升侍讀，復列察典。於是一麾出守，五袴便民。訪即墨之壘，登琅邪之臺。海市萬家，魚鹽充牣；蓬山一角，譙櫓森嚴。雖或儀部分曹，糾理醴膳；戎州領郡，保障犵蠻。然論蜀甫檄，而治齊更殷。帝念去思孔邇，再令觀察此邦。繼綜兖、沂、青、濟諸區，聿懋車服簿書之績。以防海功，克獲多盜。水仙能縛，孫恩曲蓋共迎；段穎宣著，赤心榮頒翠羽。知龍顔之有喜，拜豸服於新遷。爰乃廉訪晉都，復調魯國。方借寇恂，以滌薇籀；旋資鄭相，爲擘糈臺。更誦价人之什，尋持節度之幢。命撫豫南，俄而山右。蓋當開府汴京，兼且督師江皖。民命繫於葦苕，衆心堅若磐石。旄鉞所臨，韜鈐在御。本禁中之頗、牧，爲西徼之范、韓。有飛將軍，屬北平射虎；能識時務，在南陽卧龍。以故庚申之役，先帝北狩。公倡義勤王，奮忠愾敵。策雷霆之勁旅，爲天下先；守鐘虡之世臣，惟社稷貴。乃餘氛就敉，和局告成。既班師於陽曲，遂覲聖於熱河。敷陳政體，寵眷渥施。

裴度論功,宜奏淮南之雅;賈復偃武,已修膠東之文。爰諭鎮閩,俾稽關榷。騂騮受賜,示矍鑠而據鞌;鎖鑰在躬,寄翼旟之專閫。北門卧治,南天建牙。今上優加,命督閩浙。於時安内攘外,華夷無譁;布德施仁,黎庶咸輯。維公一人,實定南服。其撤市鼇也,則平桑、孔之法;其植書院也,則紹羅、李之傳;其散游勇也,則息四郊之桴鼓;其興蠶利也,則被萬户之長裘;其創制艨艟也,獨樹海疆屏翰;其轉漕畿輔也,備供天庾稻粱。況復繕乃城隍,而金湯永鞏;勤乃撫字,而閭里乂安;率乃同僚,而温和可即;汰乃羨卒,而紀律綦嚴。煌煌大典,孜孜一心。雙垂犀帶,爲古諸侯;重見棃眉,即今壽者。某等夙隸帡幪,同賡佩韍。幸逢覽揆之辰,敬獻期頤之頌。三千里鯤瀛下吏,簫鼓海天;五十年蟬冕行春,旌旗雨露。青筇策杖,拜李聃平地神仙;黄雀報環,祝楊寶一門卿相。

楊楚榮鎮軍壽序

今夫熊湘生材,實開中興之局;㲋徯見峽,不遺《握奇》之經。天得金精,五行乃備;圖成黄鉞,三代以平。讀《管子》一書,雍狐所專劍鎧;設《周官》六職,司馬必審戈矛。鵝鸛示容,睢鳩命氏。河山手定,南戒與北戒相連;星斗位尊,武曲與文曲同列。上有股肱之臣,下有爪牙之士。分瓜而甘苦一心,屯雲而左右七萃。罔不櫜矢告功,泐鐘樹績。賜天子非常顔色,爲諸公上笞昇平。况更金盤玉笥,其爲山也,磅礴扶輿;銅井銀塘,其爲水也,匯流聚扇。而官斯土者,有廖立、龐統之才;居是邦者,有祝良、蔣琬之彦。漢幟先登,蜀鼎能守。敉平南徼,薦賢屬李固得人;贊業長沙,問仕報仲謀歸使。毓誕之區,古今爲盛。我鎮軍適生其間,應運而起。蓋先後十餘年,間關數百戰。爲駱文忠公、左恪靖伯所指麾定策,羽翼集成。將軍曾拜灞陵,話北平之射虎;知己不忘水鏡,謁南陽之卧龍。爰溯發蹤,恒營兆始。時則顯廟乙卯,公年十九。馳驅綺歲,投筆從戎。鄉里抉人,奕碁辨賊。值江右多事,而袁州陸沈。紫蓋山頭,夕烽蝕月;聳翠峰下,麗譙成墟。惟公拔鍪升陴,奪珠還浦。當關有萬人之勇,列名爲九重所知。僉以弘農子姓,宜食報於雀環;定遠侯封,卜飛騰乎燕頷。試硎已見無敵,弱齡共識不凡。乃復拯臨江之厄,解永州之圍。甦困祁陽,扶危寶慶。憩耆亭之風雨,章水自澂;訪愚溪之圖書,刦灰未燼。摩崖魯國,頌德題碑;遺迹吕仙,觸邪懸鏡。計及四稔,隸於駱相。沐三遷之恩,雄千夫之長。左帥習聞偉略,更令隨役東征。百樹枌榆,大呼友助;四山草木,咸震威名。於時太歲又屬庚申,饒之德興,徽之婺源,城社爲狐鼠所憑,搏擊資鵰鵬之力。銀潭有眼,幾論周處之功;虹井得泉,不數耿恭之拜。爲白馬長史,十乘如飛;是黄騶少年,一軍胥懾。特錫冰銜,用褒汗血。越歲大捷,是爲樂平。笑當車之螳臂,奮出柙之兕牙。妖鳥幻聲,封狼肆醜。諸侯盡觀壁上,不無戒心;群虜已在目中,以次授首。公獨帷幄運籌,萬斛早儲木屑;風雲列陣,八門獨挽江流。靖獻赤心,優加翠羽。迴念棄繻相從,銜枚所至。淅刀頭之米,炊車脚之薪。背水再生,天下惟淮陰善將;撼山不易,軍中識羑里有人。自兹以往,所向無前。龍飛之初,鴉軍益振。轉戰入浙,奪隘馬金。摧開化之蜩螗,剔遂安之鼪鼬。森森列幕,月波之月長圓;屹屹崇墉,石英之石無恙。繼而聖湖凱歌,武林勞酒。復金華而祠尋宗澤,復紹興而江渡曹娥。護天柱之遺書,修沈山之治譜,而餘杭、海寧復矣。啟蕭梁之青瑣,息嚴瀨之巨潮,而桐鄉、富陽復矣。其復武康、德清也,則煙霞可望,茅葛同歸;其復石門、孝豐也,則椿桂仍叢,芙蓉更聳。安吉復焉,而玉磬金鐘未缺;湖郡復焉,而苕溪霅水交流。得丘明一部《春秋》,瓣香長留華袞;有横海千年舟楫,樓船終屬雲仍。帝命副以節鉞,總其師干;洊授今職,酬庸聿隆。然亦駱、左二帥,能收臂指,以佐腹心。掘井千尋,汲引每懷修綆;擎天一柱,安危必蓄群材。洎乎捧檄莅閩,掘符迭任。契躍龍於劍水,看洗馬於桐陰。狐火不鳴,中澤靖萑苻之警;蜺旌初導,南州領管籥之司。遮道壺漿,口碑日麗;排衙棨戟,鈴閣風清。乃殿前待宣見之勤,而海外有借才之請。替人開府,蕭規曹隨;下令專城,韓寒范破。於是一帆鳳鼻,挂曉日於三神山;七結鯤身,乘長風於萬里浪。修戎習練,士氣倍興。汰冗策疲,實事求是。雖曰施侯,能率舟師。鞏東南之藩籬,洞利弊於毫罅。援昔證今,有加無已。夫精神以磨鍊愈堅,比於金石;培植得雨露所養,蔚爲棟梁。賢勞克臻,耆壽胥應。公也甫届壯齡,已擢崇秩。燕寢更多樂事,長著老萊之衣;鷹揚復翕孔懷,同卧季江之被。笄珈儷德,雙宿星辰。晬盤羅珍,滿牀袍笏。帶裘列座,新開弧帨璚筵;簫鼓兩行,敢奏海天金管。向軍門而長揖,書生笑比郄超;化蠻服而輸誠,使君允推張奂。剛逢十月交懽,盈數之觥籌;遲及七年再祝,曰强之日月。不特黄支烏戈,唱鮐背於椰竹林中;行看羽扇綸巾,繪龐眉於麒麟閣上。

龔藹仁觀察封翁雙壽序

聞之明德之後必有達人,積善之家必有餘慶。矧循吏載在班史,而美意延及荀年。仇覽有子,元最知名;許荆有孫,馘爲太尉。劉寵一門,岱、繇可聘千里;黄霸四禩,賞、輔亦躋九卿。茨充以桑柘教民,任延以溝渠蒙利。能祚國恩,自襲門慶。文波先生門基克荷,氣海常温。秉質不假乎礲礲,從心自合於掜埶。有四環之陰功,清白不墜;本萬石之家法,孝謹能承。上壽之徵,可得而頌。曾王父海峰先生三葉傳賢,一麾出守。力田化俗,齎布與俱;上策治安,抽薪詔可。羔羊蹈義,曾留王涣之祠;琴瑟更張,不忘仲舒之語。備乎一朝志乘,褒以四世循良。大父幼海先生、嚴尊琳齋先生,于皖于湘,以舉以勸。迎郭伋之竹馬,贈吕虔之佩刀。早挺令望,蔚爲良楨。公輯睦七昆,演爻再索。伯兄列宿,上應郎官;叔弟觀風,綜司綱吏。荀令君之子,固應嗣勳;鮑司隸之兒,方將著姓。而乃華膴不嬰,弢衮自解。施於有政,教孝維先;善不爲名,歸親綦重。時則三君以公卿繼長,四括以儒素在蒙。箴縷縩綴之間,檝楔哯齵之際。惟公日依庭誥,夕捧楹書。厠牏浣滌,奉肅寢門;圖籍賞研,執恭隅坐。養天和於諰謚,得二人懽;支淩雜之米鹽,爲一家督。嗣以輸鑲,例得筮版。獨辭叱馭,未忍絶裾。習鄭侯轉漕之勞,藊延不離左右;徧曲阿治迹所及,顧悌每侍几筵。蓋靖州之設,洪燄方張,鄰封飛羽,軌里立團。八公則草木訛兵,一老則滄江卧病。惟公駹廰獨操,睥睨自固。班勇能從坦步,負荷告安;袁昂遽愴黑頭,過庭傾蔭。乃率長君藹仁占欃西逼,奉旐南旋。行者戒途,不辭繭足。天爲默相,無恙布颿。於時尊慈林太夫人僦屋星沙,避氛巴蜀。烽鏑介中,尺書久斷。晨昏兩地,心旌獨懸。

遠道求薪，周磐甫參一指；及門歌蓼，王裒竟廢三章。公復萬里奔走，八口拮据。歸輀荆莽，妥靈松楸。天之所試，亦云瘁矣。然揆諸至誠，可格昊綍；準以遺惠，可厚來舄。根牢者葉自悉，源遠者流自長。旋而藹仁，木天翔華，榜院刊石。雖蓬萊水淺，一鶴鎩翎；而梁楝材成，萬牛回首。公也處此，相勖益彰。述裘冶之起家，在奕碁以辦賊。不須趙鬼，解讀《西京》；願學終童，能繫南越。遂令藹仁，磨盾著績，薦剡録功。由大令而刺史、而郡伯、而觀察，榷船算之匯，滌薇籀之銜。彝訓是繩焉，義方所授焉。蓋顯名廉掾，帝念臣褒臣丹；正始羊公，世及曰咸曰粲。屏風書誡，家祭告忠。養志爲先，誦芬尤竺。今夫敦幪爲何福之猷，職植斯永年之券。侑觴紀實，義不從諛；斑采臚歡，禮何可後？况當兹丁丑爲公六十晉二，淑配邱太夫人六十晉一，極婺瞻星，攬揆符月。藹仁適當入覲，假道省親。兩宫詢周甲之春秋，天顔有喜；合室奏承平之佩韍，壽佛無量。武城導輿，門多孝友；吴市卜宅，眷是神仙。則公不維上有桂樹，比仲弓萬仞之高；而且内有荆釵，得孟光齊麋之敬。具此勸贊，更足稱談。方邱太夫人十年待字，二親具存。侍疾頩容，避人刲臂。瓣香獨求杯珓，籲天默乞刀圭。夙以孝著，爲女之宗。洎乎笄珈入門，珩璜在佩。善事姑嫜，允諧妯娌。撫孤姪一如己出，周三鄙胥無間言。舉凡封胡羯末，貲助成名；女布男錢，拯賙如禮。割産以擴義田，分俸以開經塾。南阮北阮，甘旨能均；東裴西裴，耕讀並作。又皆中饋佐籌，能使百家舉火。藹仁有弟三人，任太守者、官理問者、仕副郎者，三命銘恭乎考父，七識條章於武侯。洵王氏之璠璵，爲韋家之杞梓也。浚與藹仁少同筆硯，久貫范模。落落千秋，公是人倫之鑑；寥寥四海，我爲拜母之交。敢於其歸也，書此以爲壽。銜來鵲印，代高忠孝之封；建到蜺旌，天大公侯之祚。乃知陽報不差，固爲世德所積。一樹榆，百本齇，渤海長春；木公東，金母西，崆峒永駐。

劉賓臣太守五十壽序代何小宋制軍。

予以丙寅綰鄂藩條，即聞今太守安陸劉君賓臣定科列宿，聽直爽鳩。具經術以折中人情，善平反而稟承母教。爲其尊慈徐太淑人躬訓之、口授之，義方所造，迄有今日。竊喜天育英傑，聿有部民。宋公序之忠規，於今不墜；鄭毅夫之直節，後起有人。既而帝試郎官，儲爲臺諫。僉賀得人，君預其選。荷九重特達之知，主柱下方書之長。予乃忝居前輩，遐念舊曹。洗耳於黄鶴樓前，游目於五花甎北。習聞風鯁，不減霜棱。於是有年，心臧心寫。丙子之冬，予奉命移節閩浙，而君亦來閩。今上以吏民之本，須用讀書之人。風雅在《詩》三百篇，循吏重漢二千石。量材授官，曰惟汝往。展謁之始，欣獲良翰。俾其視事興安，繼而表率汀郡。所至有聲，卓然可見。今者五十初度，僚屬請予一言。予維學優而仕，有與年俱長之程；孝至必忠，亦善則歸親之義。精神以磨鍊而出，枝葉爲根本所生。聖主自得賢臣，哲母必多令子。而其間雨露潛滋，日月長護。如金石之固，爲誠所開；如草木之萌，不扶自直。何必詡求丹沙，侈述黄石哉。夫潘騎省之迎養，週於王畿家園；雋京兆之録徒，視乎笑言飲食。子心能安，母教自篤。積之者厚也，流之者遠也。家有慈祥之一念，國有黎庶之仁風。顧不言壽，而壽可券耳。况其尊甫章山先生，樂善不倦，濟人無窮。得於内勷，衍此餘慶。儻舍其本，僅語乎末，則火棗交梨，亦尋常之品也；木公金母，爲平等之人也。紛若史巫，於詞奚當？惟君生即岐嶷，長而精勤。教孝教忠，一庭畫荻；濟寬濟猛，兩字書紳。其爲孝廉也，計車屢蹶。邑宰就銓，曾司胄子之鐸，將種河陽之花。母曰："處，願汝爲好人；出，願汝爲好官。一第不足爲懷，百里亦非易辦。曷先讀律，藉以明理。"其官部曹也，由任藝事之政，移授白雲之司。何攀之寃濫多迴，謝讓之典章纂集。母曰："執法勿偏，存心宜恕。罪疑惟輕，毋忘古訓。"其擢侍御也，覆稽趨留，督察奸訛。道路無踏鐵之虞，清夜守卻金之潔。無慙李玨，可媲楊收。母曰："上有國計，下有民生。宜保時局之艱危，毋以搏擊爲能事。"凡此皆予所聞，證以比之所見，後先合揆，尤足嘉尚。夫家庭之政，與民人之責，歸於一本，原無二致。錫類所推，報施不忒。本美意以延年，更得人以壽國。太和之氣既溢於寰區，共治之良自平乎田里。當夫一麾甫出，手版剛持。僉慮其向不摧眉以事權貴，今或束帶困於督郵。君乃叱馭奮行，下車安帖。勤求民隱，不恥下問。凡庶事則纖微必親，視同寀則休戚如己。廉也可進於公綽，介也可及乎展禽。湄島風災,挾潮猝至。飛瓦在天,拔木出地。田廬既漂,黔首無依。獨先慰撫孑黎,拯賚凋户。乃告大府,咸稱其能。惟恐一夫之失所,得慶千里之更生。此其守興化事也。至若葺遺廟以思賢,春秋隆其籩豆;繕講舍以興教,月旦供乎服脩。網羅忠義,禁遏武强。備倉儲而足紅朽,卹羸弱而護黄雛。此又其守汀郡事也。於時板輿在御,側帽稱歡。本鍾、郝之家言,爲龔、黄之治譜。方之鄭母坐胡牀於後,散俸六姻;湛姑卻封鮓之供,示箴官物。以古證今,亦何多讓。且一門鼎盛,群季蜚聲。或佐郡以治絲,或分曹而聽鼓。閫内有釵荆之德曜,階前有時雨之細侯。而君更繡衣增秩,人爵日高。具此有猷、有爲、有守,進乎杖鄉、杖國、杖朝。推壽之源,是在能孝。食報綦隆,詎有艾歟!從兹紀綱人倫,信立童昏。崇鄉黨之訓,蔚廊廟之華。子佩我黻,前後于喁。樂石吉金,歡喜堅固。是爲天上雙星,競吹藜於官閣;喜有南飛一鶴,正擫笛於珂鄉。

何開運六十晉一壽序

天子握符闡珍之元年,爲太守何君開運六十正壽。越歲内子正月十有一日覽揆之辰,令子索言侑觴申祝。予維贈君順齋先生與先大夫同産笥江,僦居榕嶠。一廛招隱,十室結鄰,以道義交二十餘稔矣。君隨侍贈君三徙成名,六耦得利。讀《貨殖傳》而求富國富家,紬《平準書》而悟車算船算。時則大母陳恭人百齡在室,饈饍需人。君每習勞,代父歸省。犍爲有高年祖母,景完能致歡重親。繞膝相依,點頷尤憙。其事母吴恭人、繼母謝恭人也,温凊有常,始終如禮。雖《蓼莪》三章,王裒已廢;而《靈光》一賦,劉氏猶存。君於庶母許宜人求醫道左,請杖堂前,一如所生,到今無改。諸弟友愛,尤無間言。下逮撫邱嫂之諸孤,賙奥姑之中表。十年種樹,一脈飲香,如古所稱;薛包讓田,張寬會飯,蔑有以加。至若祀先必虔,追遠彌篤。蘋蘩躬滌,愴懷立忌日之碑;祠宇廓增,贍族刊義田之記。凡先塋所卜,自元洎今,淪於榛莽,閟於松楸,幾不可辨,咸修治焉。明大司空鏡山先生爲君族祖,風節千秋,文章百帙。予得其遺集,君任厥校刊,且爲之緜血食、葺專祠。文獻有徵,諫草不忘乎海上;衣冠如見,碩果尚在乎人間。此皆善於家者也。同治庚午,温陵旱歉。君以郡無倉儲,創爲平糶。泛舟於浙,支廥於泉,與予族兄永固襄此義舉,獨無悋色。拜仁人之粟者萬家,解真客之囊者千鎰。自泉抵省四百餘里,孔道未平,行人苦涉。君偕季弟及予族人文玉率作興事,捐金累萬。俾狄水無囓足之歌,上黨有餘灰之頌。凡六年蕆工,監修者爲復本、清種二僧也。承天一寺,上雨旁風,無過問者。乃西竺則六時有夢,而東林則百廢俱興。惟君結歡喜緣,我佛現慈悲相。沈疴倏起,里閈稱神。推之賑乏濟困,恤嫠保嬰。述古以刊誡書,敬先而拾字蹟。澤及掩骼,戒持放生。薛邑椎牛,燔券以恕食客;西華葛帔,念舊必篤後人。此又善於鄉者也。顧君非獨善於家、善於鄉,亦將兼善天下焉。湛明大義,瀏覽諸史。於人情世態及國計民生,出以沈毅之性,發爲堅定之言。當軸鉅公,久相折服。嘗援例欲出守越東,行已有日,武林猝變。於是慨然曰:"善與人同。吾於家於鄉於天下,二而一之也。"今夫出處兩途,修爲一本。善固壽之根,壽以善爲券。矧君次嗣式穀,今官副郎。四式櫄、五紹賡,亦攻書有聲。由是而古稀、而耄耋、而期頤,眼見一堂金印,四代玉環。以一身之善,及乎子孫,正未有艾耳。予於庭侍,習聞緒論,族人又多與君襄事,辱荷訂交,復有年所,不可無言。爰爲揚觶而前,曰"明德之後,必有達人;積善之家,必有餘慶"云。

何稷垌七十壽序

七十古稀,人生可貴;一年明月,昨宵況多。正香滿乎木樨,得風清於目宿。親戚情話,文酒追隨,相與過常豐倉之右曰:"此而叟覽揆嘉辰也。"演家慶之圖,觀鄉飲之禮。座有五十年布衣夙好,門無六七月褦襶雜賓。是日也,簙簺許投,頑仙弛禁;糖霜列譜,臟神飽懽。叟顧而喜曰:"在顔含則不勞蓍龜,所信自有性命;在曹植則及身榮樂,未若無窮文章。鄭某虞臣農部。爲總角交,楊某爲忘年友,緊予差長,舉杯成三。望冷風者既忻健在,疾河魚者亦告霍然。遞及龍鍾,僉獲矍鑠。賴蒼天之磨鍊,長我輩之精神。三壽作朋,從心所欲。勿謂詩書糟粕,能補歲月蹉跎。請互賡酬,勖以道德而恭也。"浚也敢不揚觶欒前,執鞭從後？若夫苦節有母，功垂絳紗，經師替人，武繩墨守。一庭能世竺學，多士胥仰靈光。閫内雍雍，堂前濟濟。已有達官排比，毋煩賤子具陳。誕日近牡丹，爲冷宦鄭虔生色；初筵開菉竹，有耄年衛武能詩。

代鹿中丞祝何稷坰七十壽序

予陳閩臬，旋滌蜀藩。既上西川，益思南紀。凡右旗、左鼓之雄，洎馬瀆、螺江之勝。山川鍾毓，賢哲挺生。所稱勵品績學，老成典型。一如月旦之評汝南不廢，耆舊之傳襄陽具存。若稷坰廣文者，洵其選也。夫十步非隘，必有芳蘭；千里雖遥，每懷吴豉。正臨風以送抱，得空谷之足音。而喆嗣硯劬大令捧檄至矣。文翁化俗，深幸得人；太尉貽清，况有名父。乃旅見既多，臂指甫賴。未數月，予拜撫豫之命。瀕行，大令以君今年七十正壽，將張筵臚歡，丐言侑斝，禮也。爰摭崖略爲陳之，曰：佳會幔亭，家有版師之節；名山秦望，天留瑞室之書。惟平叔能九事服膺，得邵公爲六經注脚。淵源先德，篤學一門；樂事天倫，嘯歌互答，亦人之常情也。而君獨難焉。君少失恃，母謝太宜人躬任家督，手植門基。宵讀與稽，晨炊自舉。謂夫百年鼎鼎，儒當鸁糲能餐；衆鳥兜兜，孃且炒麻爲飼。欲致其用，必充其體。蓋先之以飲食也如此。在昔子平數合，作粥鹽菜弗進。禄不逮養，小就海虞。言念及親，甘旨自屏。抑知君之受哺，更有難者。一燈閃壁，儉其口以豐兒；十指繅車，束其餘以獻傅。則此身健在，每飯敢忘哉！家多藏弆，富甲城西。母固能文，洞明大義。於是納楹者出之，在笥者徵之。言物始則兩卷《檀弓》，通古今則三公威斗。琢礲四部，有任昉共執祕書；笑傲六朝，與陰鏗齊名當世。蓋繼之以教誨也如此。夫義方訓子，根柢原在典墳；而慈閫兼師，梵獨不寬夏楚。揆君之稟承，及母之茹苦，至於有成，尤爲其難也。綫裝或厚，自分其甲乙丙丁；輒日爲程，無間夫歲時伏臘。則撫兹手澤，敢忽心香哉！今夫恒言不稱老，此身猶是孩嬰；至善必歸親，能壽自關胎教。考諸方言年壽之字，北人讀受音，南人讀授音。君固遵海而南，移山非北，然則其壽也，爲母授之耳。若夫邃於學而奥窔胥通，糟粕盡棄；喜於談而指麾善謔，城府不存。公卿欲羅致於門,則聘書能卻;耆舊或觴飲於社,則跋履相過。能愛才而絶無所忌,逢人必説項斯;不欺己而醉以真,拜母況多孫策。此皆能養天倪,以故爲壽左券。晚得一官,效鄭虔以廣文自樂;俾爾多士,推荀況以祭酒獨尊。君若曰吾爲完人,髮膚無愧於阿孆;國有大事,涓埃待報於兒曹。顧第五之名,何減驃騎。君雖欲諱其稱,而改爲張禄;世早已識其里,而望若龐公。予妹倩唐蓉石司馬近宦於閩,與硯劬大令都門舊識,矮屋曾親。每親串書來,述是邦人士嘉言懿行,樂道尤詳。用特鋪排,以佐鞠曆。所望者,有子能平反疑獄,賜佩印九十九人;乃公爲太極真仙,享長生三百餘口。

林勿邨中丞八十壽序代。

皇上御宇之八載,萬物由庚,太平既醉。延禧錫羡,覈義肴仁。前雲南中丞、吾師勿邨林夫子奉詔賞給三品卿銜,爲其齒德崇優,士民悦服。既鍵户而省過日新,復講學而聚徒日衆。不遺在野,於禮有加。蓋帝念桓榮爲真儒生,印綬特酬稽古;而臣本郭泰好獎士類,巾角最善人倫。越二年甲申二月,師壽八十。門下士某等敬乃滌萃而前,黎收而拜,曰:維一德明良之世,襲慶提釐;斯九工翊贊之儔,曼齡絣福。平津侯開閣延賢,趙翁孫籌邊持節。幼安則篳門聞歌,中壘則藜杖吹火。陳仲舉之塞天變,山巨源之正民風。咸值曰耋,前史交稱。師胸通六甲,腹有三壬。養生潤以醴泉,豐禄受乎天稷。爲國之楨,見壽者相。父小溪太夫子束脡自佐,旅食能亨。積善固多餘慶,明德必有達人。母謝太夫人伏女受書,左妹工詠。扶植風矩,導啟門基。師是以紡授篝燈,味萜齏臼。習於性理之準,洞乎功利之叢。酒羹循古,穮秠在芟。每題扇必朋字黜邪,即書屏亦芻言規正。曩在都門,主叔父可舟先生家。闇然自抑,卓爾不群。道義耽焉,浮靡斥焉,不屑屑於汾陽放誕,羊侃豪華。論者曰:"禔躬比玉,養氣如雲,此壽徵也。"迨夫廷對,獨魁天下,册封充使中山。山左衡文,嶺南出守。受先帝特達之知,造斯民更生之福。非徒元燈開倡於無諸,麟補撫壹於姑米。而其首選梅花,沂公已占乎福澤;一麾江海,季布早寄以股肱。聖心簡在,大用儲深。觀其治瓊州也,簿録能寬,糾彈必速。力拒蘇章之酒,窮搜元載之椒。校士必拔真材,哲匠交推鉅識。繼權雷瓊道,於瓊臺、雁峰兩書院也,購書則一車、五車,觀禾則中變、大變。廉泉自分,他山爲錯。進賈子厚於互鄉,辟宋仲乙於公府。論者曰:"一鑑止水,百年樹人,此又壽徵也。"於時海寇張、楊奪我師船,笑赳赳者習梟善遁,憫嗷嗷者嘑雁無依。乃檄健將,授以權謀。萬夫一心,四日五捷。縛絶島之孫恩,誅出匣之劉立。或以瓊地宵深,黎洞風惡。群氓卧尚遲興,太守軀宜善葆。師則聞雞喔喔,惡聲先起於越石;飛鳶跕跕,毒霧不蒸於伏波。沮洳無剥牀之虞,頑梗亦投戈而化。草木不驚,謝太傅則奕碁辦賊;雨風無間,程衛尉則擊斗巡邊。嗣而儋耳告警,劉文楷等句黎直逼。麗譙重圍,集良家之子弟;效命争先,爲大樹之將軍。言功獨諱,論者曰:"生佛在兹,活人無算,此又壽徵也。"乃甫敉平,旋歸讀禮。既軌里而靖萑苻,復出岫而作霖雨。帝曰:"邊疆多故,汝往。欽哉!"授以臨安一郡。繼而陳臬開藩,拜滇撫命,借蜀帥籌。不次之擢方膺,非常之功待奏。爾乃瘡痍徧地,金陵之捷書甫聞;狪猺交訌,中原之帶甲猶滿。侯尉既隔東西,支絀難兼左右。在韋皋小住,相攀十六城獻圖可待;而王尊恃忠,自信九折坂叱馭獨行。不圖舉梟機發,倏竟蟄龍謗來。挂冠於門,遂衣於里。今湘陰侯相適開講席,喜得經師。船泊孝廉,張憑儘爲都講;樓參圖緯,康成亦屬門生。蓋壽世文章屬於師矣。今夫十圍巨木,從厚地以培根;九曲洪河,自仙源而析派。惟氣海温者,不狐貉而自暖;亦本性定者,等松柏之耐寒。然則言師之壽,實獲於天。况更不忘聖訓,鐫"自愛"二字於印人;能得師資,抱義利一言於左海。凡所誘掖,十有八年。辨雄、况之非真,洵游、夏之莫贊。某等如枯株焉,藉薪櫄以舒光;如腐草焉,乘陽蒸而發照。同覘北斗,不減河汾。宜乎人頌殷昌,帝嘉洪鬯。紫衫百拜,黄髮千觴。尊九寺之衣冠,再圓卿月;收十室之忠信,競爇心香。抑更有進者,壽骨能徵,師號曷取?殆拳拳四勿,能守視聽言動之箴;固鼎鼎百年,可續賢聖群輔之録。

聯鶴汀觀察六十壽序代。

佟佳江屬長白山,爲太祖發祥之區,猶堯之丹陵,舜之姚墟。二仲二叔,八元八愷，誕育其間。俊才繼起，簪笏嬋連，干城屹立，蓋偉績之所敷，醇質之所蘊，必能建盛業於昌明，貽崇麻於兼久也。鶴汀觀察卜居於此，因以爲氏。剛逢周甲之辰，爲溯生申所昉。揆厥先芬，率官京秩。八柱通維，達人之功乃顯；五際遷運，君子之澤尚存。尊甫綏靖鎮軍榮軒先生，棄繻西出，請纓南來。側念列聖以武德闡基，神謨立極。授符金闕，彀弩玉堂。傳十三之遺甲，埽九姓之强藩。遂由御前侍衛起家焉。豹尾雲從，虎賁雷動。秉矛乎花準，合弢乎唐弓。帝識禁中之李牧，神驚地上之高昂。所歷灌嬰舊廟，浮丘名區。公命冠有待，負錡相隨，得山水氣，固知其必壽也。洎夫嚴庭鏖戰，幕府綜樞。山竹忽裂，丹旐旋歸。太夫人那拉佳氏門户支持，米鹽淩雜。值生計之中落，盼後起之有人。公菽水承歡，篝車瘁掌；大樹襲蔭，小史入官。來護兒之長郎，真堪作相；何將軍之稚子，且喜能文。時在銓部，二紀有奇。曰司考功，筦三載之或黜或陟，察百官之孰政孰才，雖古之王信獨清，鄭澣能敏，蔑以加焉。曰司稽勳，辨讀禮於一庭，畢奉親於百歲。雖古之李絳賜笏，杜牧著言，無以尚焉。曰司文選、司驗封，一則三銓，定格聽履，以上星辰；一則五等，分茅錫爵，以盟帶礪。古有韋陟秉筆，許允留衣，馮勤量功，楊凝表直。方之我公，又何多讓焉。中如萬年吉地，三聖崇陵。問劍履於崆峒，捧弓髯於梧野。彤雲布甸，朱果馥林。相陰陽而功造天關，定方位而瑞亘斗府。惟公于役，繭足任勞；既察能勝，雀牙藉儆。於是，命充坐糧廳監督焉。析津一水，天庾萬艘。甫秷秸之減輸，乃《蓼莪》之竟廢。循例竣功，遺言在記。蓋太夫人以清廉爲箴，荼苦自食。比涅背而長摩，剔漏卮以示潔。特達之知，由來久矣。縱翠羽珊珠，已酬異數；而畫函英簜，正賴斯人。辛巳四月得旨，簡放福建汀漳龍道今職。僉誦好官，祇瞻壽相。一片婆心，萬家生佛。時則狼㺃已净，雁户仍凋。公爲補瘡痍，先修廩庴。鉤稽出入，市易新陳。清案牘之根源，肝膽披以相示；戢干戈之險健，血氣戒勿過剛。嗾獒者無所施其長技，買犢者胥得返其故居。教孝教忠，俾識命官爲天吏；止鬬止忿，一主速治如置郵。米稊攸分彼族，苞苴不入吾門。當夫馬瀆生波，鷺江偪處。立軌里連鄉之法，效堅壁清野之謀。左道惑人，則檻車獨縶首惡；僕區按遁，則箐叢不漏巨魁。公真活我,民見神君。下逮英流愛護,少畯培扶。庇杜老之萬間,助膏繼晷;得劉公之一紙,借地揚眉。苦爲平反,遍伸寃讞,靡私蹊奪,能葆善人。凡兹美意,洵足延年。更得夫人巴禹特氏知書明義,主闈宣勤。職守操蒲,佐中饋於晙夕;衣蠲純帛,端庭治之公廉。婉孌無違,柔嘉有則。歲時或請貸而前,釵珥尤脱投不恡。前有鄭善果之母,坐胡牀以贍六族;後有樂羊子之妻,勖機杼以效三遷。相得益彰,遺徽宛在。比者黄花競發,尺蟹初肥。集杖鄉之日月,富廉鎮之春秋。長子治良,嘉禮已成。上讀父書,遠揚世德。佳兒佳婦,宜室宜家。門前棨戟,鄂公之毛髮加生;堂上觥觴,豳國之羔羊並獻。某等味契芝蘭,幸與公三州同宦;畀隆梁棟,喜我后四選得人。録馬革之苗裔,曰惟汝功;覘駘背之容顔,必得其壽。况更瀋陽之子姓多才,瘴海之兆黎蒙福。文武豈有種,檀珪自接乎長城;期頤非他求,曹彬第行乎陰隲。推公之天爵人爵,徵公之壽世壽民。星精炯炯,環列宿於四八旗;元老皤皤,輔天子於億萬載。敢書金管,以張璚筵。

陳廣文五十壽序代楊琢齋水部。

聖天子軌世宇氓,體元順緯。合萬年而爲一範,藴八極以奉三辰。日昭月融,川流雲蔚。時爲龍飛光緒十有三年春王正月。親政之初,凡百臣工,恩賚有差。亦越季秋二日,爲我仲玉舅父五秩覽揆。襲慶典之餘榮,鞏服官之茂祉。中表群季,將鞠䏙稱觥,軒饔斑綵,禮也。某謬附皋比,愧參宅相。羈栖滯於赤嵌,眷戀深於白雲。馨香閟懷,千里如寄;滄海遠道,十年有思。敢布庚郵,用侑子舍。爰乃操觚以進,揚觶而前,曰:維公幼即岐嶷,蔚爲璠璵。訊北海之禽,能驚父執;辨瑯琊之稻,已異群兒。嚴庭攸珍,師門特器。石麟既撫於孝穆,甘露胥仰乎敬彝。方當毁齒,有若成人。認叔子之金環,奪僧綽之蠟鳳。世推宿慧,里播聖童。蓋陸機東來,三鄗重其碩望;王家江左,百代奉爲清宗。逌然不群,見者自遠也。洎乎舞勺,行者戒途。思親習定省之儀,逆旅備間關之苦。於時楓亭朝霧,蘭陂夕烽。盧循未縛島仙,張魯猶幻斗米。公能防胠篋,不避彎弓；至性格頑，群醜歎服。黄巾咸爲斂手，不敢高密相欺；青衿尚在垂髫，亦知司徒是敬。既長克恭，孔懷尤篤。難兄難弟，一體一支。不惟沐蘇瓊之化，相揖均田；更能效薛包之賢，獨取朽産。螺江卜宅，是聚德星；馬瀆買鄰，竟成讓水。今夫亦孝亦友，明倫不外二端；俾熾俾昌，食報自徵百歲。西崦之賞江令，南山之頌潘郎。壽有由致，豈偶然哉。矧更善承家學，厚秉師資。有戴芷農茂才者，邑欽名儒，公慕從學。及門見愛，入室傳心。十紀攜童，並列於耆宿；一韻詠美，遍駭乎公卿。周博士麈尾之升，獨資袁憲；單子春旗鼓之盛，自當管生。戴既七膺乎剡牘，主司不逢；公遂一肩其奚囊，小子有造。北面敢忘定國，後堂不負彭宣。故其爲文也，宏而能肆，栗而獨深。丹汞早成，不食人間煙火；箏琶自洗，如聞天上管絃。年甫弱冠，試輒前茅。徐壽蘅侍郎一擢頖宫，厲研秋祭酒更列巍等。雖劉蕡對策，馮宿不敢偶收；而李紓書名，王袒終爲加墨。自壬戌預棘闈，迄庚午登蕊榜，時典試者竇振甫侍講、劉榕樓太史，網海獲珊，搜巖采幹。如鄭少師之得張讀，猶是孩兒；如李宗閔之取唐沖，不虚名士。乃輭紅重踏，慘緑仍披。文章憎命，毷氉惜未離身；教學入官，苜蓿勉爲小就。以歲壬午，選授甌寧教諭。下車伊始，發篋爲先。進都講於一堂，列生徒於兩序。青藍必謹，掤釽是程。鶴俸助貲，黌宫拓室。樹分拔萃之香，經奪孝廉之席。人海善藏，公門稱最。世譬諸荀况之於蘭陵，王儉之於槐市焉。比調晉江，行有日矣。温陵勝地，尚存鄒魯餘風；廣文清班，更得羲皇有道。宣鐸宏施，舉杯遥祝。公少負奇氣，壯好遠游。楚尾吴頭，積多詩本；船脣馬背，時載酒瓢。嘗於鷺門遇颱，漂流里許。水府元君，命槎援手；仙都九老，聞香返魂。陳交阯拔劍能訶，波爲之息；管幼安皁帽獨坐，風爲之回。惟忠信者履險如夷，亦鎮定者臨流必濟。迹其啬己豐人，窮乏勤於任卹；泯厥疾詞遽色，臧獲荷其寬容。氣海常温，天倪獨養。捐脡脯以贍姻婭，披肝膽以示朋儕。言抵千金，重季布之然諾；謀慳一李，薄王戎之營求。是能聞天雞而辨義利之界，視轅駒而恥局促於塗。馬少游洵爲鄉里善人，直不疑無慚古今長者。凡兹美意，於以延年。懷德有鄰，進爵無算。渭陽在望，幸依封胡羯末之班；幔亭重開，競奏婉段董王之樂。斟菊喜先乎重九，歌椿敢頌以八千。驤首海天，傾心里閈。冷官歲月，壽世可以著書；諸舅豆籩，舞我請爲釃酒。

袁子久前輩祖太夫人百齡壽序

昔馮勤母年八十，天子詔上殿勿拜，謂以勤貴也。孔琛母歲百餘，邑人賴賑粟而生，咸以孔名也。蓋積善在家，嚮福必壽。上恒温其氣海，下自荷乎門基。備經紀於百官，能傳世學；宜子孫於萬石，可寤聖君。外而天賞得主，内而美意延年。能勞者後必有繼，多壽者人以其仁。我袁太伯母郭太夫人，期頤覽揆，朝野嘉榮。帝賚大加，御書再賜。固極人倫之盛，用宏錫類之施。九重知崔寔有親，允勸善績；四海喜鮑昱得子，能紹忠臣。功在三朝，報無二本。時則令孫學士保恒、侍讀保齡將上醻於室，捧觴以歡。浚與侍讀同官有年，拜道南公瑾之交，習臨安牙母之禮，烏可無詞，以闡懿行哉！今夫班孟堅七戒所録，曹世叔四行所稱，有若事舅姑而純孝，奉夫子而無違。治内申申，處下煦煦，太夫人胥無間言，克備於此。僉以列清班者、膺顯宦者、文通武達者、經明行修者，育天下才，爲長生福。抑知陰德所藴，陽報聿昭。淮南曰"神明而壽"，徐幹曰"行仁之壽"。太夫人乃具於性生，得乎天授焉。爰揆義方，式著懿訓。凡所翼我端敏公也，嘉樹植庭，止水在座。勖以兒寬之學，導以史魚之風。每聚蘭臺，爲法後進。獨乘驄馬，能慴貴游。既而夷吾軌里，武鄉出師。問車於石恬侯，大設路鼓；轉漕於蕭酇國，特建高牙。帝示元戎，十二次非常顏色；臣有老母，四百奏不負方書。王事不遑，親心差慰。顯廟於是進遺清之家兒，賜代父以高爵。頗、牧起自禁署，記、諶踵乎太丘。函谷持節，既使郭丹；鳳池抽毫，復官劉瓛。計此後先，歷有寒暑。太夫人教子若孫，移孝作忠。問軍中之疾苦，課日下所勤宣。口指交勵，昕夕不忘。至若姜詩拜大孝之榮，而赤眉不入其里；朱序得賢母之助，而襄陽遂名其城。衈饑恐後，振澇爲先。以鄭善果之俸秩，散贍六姻；本洗譙國之好心，撫育百姓。此尤太夫人深其訓識，浹其恩情，曰"仁者壽"，又何疑乎？皇上寵褒母德，軫念臣躬。立桐鄉之祭祀，畀以二子豆籩；任敬和之清裁，給以諸孫筆札。而復善則歸親，錫爾難老。天燾地載，吉日良辰。拜西幄之孫曾，如聞法曲;奏南山之岡阜,長奉德音。八座朱輪,乞駐朝暉以戀闕;一庭金篋,請開賜物以傳家。帝有恩言,世稱人瑞。拜花封於温室,喜春滿乎汴京。三百篇笄珈獨冠,敢誦委佗;八千椿日月正長,可報明聖。國事方需,李密請犍爲一表,緩高年祖母之陳;殊荒已返,曹全幸張角敉平,上致歡重親之諺。

葉協恭孝廉太母五十壽序代。

夫閼逢釋甲,冠十千者開籙上元;大衍占蓍,富六子者資生坤母。以歲陽權輿,爲嘉辰巾帨。天則周星之初,人則扶杖之始。此固我同人所樂爲踵門稱壽,揚觶陳言於葉母邱太孺人前也。太孺人婉孌在室,淑慎持躬。擥瑛瑤之質,稟靈和之源。祖儀甫先生、父熙士先生,均舉於鄉。範秉名門,鄗稱祥女。爲嚴庭之所珍,擇俊才而後字。以年十七,爲觀察芸卿先生之子婦、明府惠宇先生之淑配。時觀察公膺木天清秩,擢銓曹郎官。明府公早隨宦於東華,阻待闕於南嶠。熙士先生適以計車,挈而冰泮。皇駁之乘來自營丘,鞶帶之施言歸京邑。既表肅雍之禮,無缺勤劬之餐。出户則音調瓊玖,上堂則饌薦敦牟。一時交推者不惟三黨,懽慕者幾週四戚矣。迨觀察公以在抱經綸,一麾江海。有道佩韍,同賡星雲。初仕於吴,繼莅於楚。效盧光之攜家,作崔邠之導母。太孺人趨侍衙齋,贊襄中饋。佐束晢羞膳,必極潔馨;勖樂羊機絲,無間昕夕。不辭殫力,尤得歡心。已而太姑思家,隨姑南旋。故鄉蒓菜,食性諳調。晚景桑榆,寸心向暖。而君舅遲亦乞假,篤於娱親。一門之内,百口之繁。見夫昏旦盥饋,不煩假手;祗敬杖履,絶無惰容。受高堂之慰問,側衽以辭;承重闈之笑言,脩榛以獻。亦云勞矣,良足稱也。歲甲辰,常儀織記,夫子登科。雖得過庭之訓,半資在閫之功。於時公悦嫗歡,于前喁後。黄衣童子,報司空者銜雀四環;緑鬢神仙,拜樊姬者呪桃雙樹。極人倫之榮,盡婦職之善。無何,衛玠之才易折,王融之禄不延。撤瑱既守以榛笄,奉匜旋廢乎魚菽。乃十稔流光,復四理大故。太孺人龖颮備嘗,初終如禮。遂體逝者之志,而任家督之責焉。今夫忠孝之門,種德乃在祖始;吉羊之室,食報必及子孫。惟貞者固既壽而康,福所自來也,慶有由積也。太孺人方且束脡延師,斷蔆誨子。手楹書而垂訓不忘,心庭誥而勸學尤摯。必令葦苕固如磐石,鶵鷇豐其羽毛。不數載間,丈夫子六,次第授室,後先游庠。蓋已秋捷者三,拔萃者二。咸爲玉署之才,同作金閨之彥。有女既壻得乘龍,諸孫亦品推峙鵠。克常厥德,再造其家。教綦成矣,論者多之。至若奉少姑而持平,甘美均於佐餕;爲女君而去妒,塊肉分以抱綟。娣姒胥無間言,叔妹互相愛敬。封胡善視,分棗必周;臧獲過差,閉帷自咎。推之道南道北,潤匱或殊;東眷西眷,戚疏有序。履豐不溢,保儉能寬。恤無衣之族,脱簪以濟;提數米之綱,操臼必親。古所謂國之仁姑,家之慈母,豈是過歟!某等與諸君,或爲肺附,或屬心期。如林宗宿季偉之家,如遵素謁孟陽之座。久聆仉母斷機,時仰湛姑剉薦。敬綴徽音,以張筵次。奏人間之太簇,管絃初度,頌庚寅覽揆;會天上之元枵,日月再來,祝甲子期頤。

林程甫孝廉太母七十壽序代。

夫韋逞侍幔,授徒百人;崔邠捧輿,奏樂四部。爲五經師必守母儀,爲百里侯率循家法。本一室之鉥規,作千秋之山斗。不獨范滂有母,乃稱湛姑得兒。蓋樞以轉而不蠹,蔗必啖而後佳。食報有由,崇年須大。以古證今,若合符契。乙丑春王正月哉生明,我程甫夫子太師母陳太宜人七十設帨之辰。論者榮之,有足述焉。於時子若孫、若諸婦、諸曾,黄管董弦,奏西幄曲凡十有餘人,稽首壽内庭;同宗子姓若戚屬、若疏屬,許簧婉石,開上元宴凡百有餘人,稽首壽外庭。及門諸子沾其賜果,附於含飴。瓣香有素,孅行周聞。乃拾級而登,揚觶而言,曰:太宜人爲明府立齋先生第五女也。笄珈在室,珩璜律身。從容典則,婉娩閨型。鍾父之愛,晚景娱珠;助兄之勞,每飯奉几。當明府挂冠神武,卜室鹿門。不爲五斗折腰,幸有一琴傳業。而綈素在旁,口齒清歷。盤匜無間,晨夕承歡。幼慧而孝,於今爲難。僉曰:"然。"洎年十九,歸我太夫子農皋公,終年椎髻,長服澣衣。勤修榛栗,無爽芷蘭。爲入門之祥女,稱中饋之得人。四戚法之,三黨韙之。方君舅橐筆五羊,借棲一枝。賃居遠道,佐理牢盆。篤念元方難兄,不使隆中無後。以公旋閫,俾承祧祀。太宜人逮事嗣舅嗣姑,至日則獻襪履,佐餕而鬻髮髻。身既分明,獨養其志。事無大小,必請而行。若柔而順,於今尤難。僉曰:"然。"無何,卷葹心拔,黃蘗節甘。坐以嫠室,守其耆簪。丘吾之憾方興,鑿齒之疾遂篤。斷漿累日,誓臆相從;覽篁終宵,贖身無術。族人力以幼孤所付勸,乃止二升之鹽筴,裁八襵之裲襠。劬勞操作,黽勉有無。織室而絁成一匹,澼絖而藥買百金。潔其蘋藻,教崽子以俎豆;襄其櫐梩,妥先靈於雨風。揆厥先後數十稔間,相夫子而讀孺悲之書,奉重闈而下金母之拜。頤養得人,初終如禮。非太宜人苦而能貞,烏足語此?僉曰:"然。"至若受杖伯瑜,和丸仲郢。既勤敬姜之織,復還孟仁之鮓。郵書京兆,問平反者幾人?擇友孟陽,知補闕之必貴。俾其二子,早飲香名。大羅天上,競奏羽衣;常儀宮中,得飫綾餅。處爲一鄉典型,出爲三善牧令。而諸孫亦蜚聲庠序,懷寶珪琪。回念青燈一盌,縞袂三人。蕭辰瑣瑣,門子煢煢。向則男錢女布,辛苦十箱;今則赤紱青衿,起居八座。爲家賢母,爲國仁姑。教可師兼,身以子顯。非太宜人慈而能勇,曷克致此?僉曰:"然。"推之井臼必親,訾算相助。脱簪濟人,捐田續命。合南阮而公納鑰,聯東裴而善解圍。約僮之法三章,嫁婢之年二十。調娛妯娌,已無間言;指使臧獲,不施遽色。此又太宜人之賢而能勞,寬而能惠。僉曰:"然。"夫慧也必福,孝也必淑,柔也必恭,順也必懿。既苦必甘,既貞必久,能慈必明,能勇必義。賢勞者神必固,寬惠者澤必長。古者家教克修,可及鄉國;善人獲祐,多及子孫。陰德如彼也,陽報如此也。衆躍而前,曰:"太宜人之所爲,壽在斯矣,在斯矣。"我夫子秉折葼之訓,受束脡之廉。其約身也,爲黃叔度;其敦行也,爲許子將。吾道南、吾道東,隨車所指;大叩鳴、小叩鳴,如鐘之撞。洞窔一貫,著録千古。雖蒼生之待雨,已春風之坐人。翊仲世叔,以名進士作賢有司。爲今强項,乃古中弁。行將特達九重,報最四長。惟君號神,鴻施稱民。頌德及母,燕喜受祉。太宜人延祐之徵,庸有艾乎!敢侑以錫嘏之辭,亦善則歸親之義。先生有道,淵源本在仉機;稺子能文,規畫不忘歐荻。爲溯容言功德備四美,而手詔之問再加;從兹耄耋期頤閱三世,而人壽之坊雙峙。

葉敷恭孝廉祖母八十壽序代。

歲在旃蒙赤奮若，扶輿猗靡，大治擢俗。天子詔補大比，獻登賢能。凡厥攀鱗附翼之倫，罔不亮章圖書，符采相濟。而葉生大逌，以是舉於鄉。藥籠品才，知爲遠志；慈雲潤物，澤及孫枝。時則世伯母邱太恭人春秋七十，咸前爲壽，樂愉愉也，慶墫墫也。越明年柔兆攝提格涂月之吉，生郵書丐言，侑觴重闈。值巾帨設右嘉辰，爲斗柄指東令節。乞前王之沃土，綵仗迎郊；拜大母而登堂，緑衣入座。不揣譾陋，進而𠻳詞。太恭人生長名門，來歸鉅族。君舅則廉鎮揚鑣，列箴在扆；夫子則秋曹司牘，聽鼓應官。送嚴君而上張憑之船，勖家兒而貳孔僅之職。兄公既繡豸型方，嬌客亦乘龍巡甸。一庭裙屐，合室簪纓。望平地之神仙，劉、樊並世；話清時之門第，王、謝可人。侍坐姑姑，燕寢兩行椽燭；潔羞姒娣，官廚十斛蔗漿。佩觿有道矣，鼎衵無量矣。今夫枝繁者根必蝕，雨露屬培護之資；躬嗇者神益堅，金石以鍊修爲固。自太恭人歸爲女宗，任以家督。訊藁碪於天末，兩地暌離；莞并臼於山中，六時操作。男錢女布，户足支持；夏簞冬釭，函修温凊。整齊笄總，恒起内外之先；淩雜米鹽，必共侮甬之苦。洎世伯紀周先生，歸張翰之舟，引王章之被。風雨一窗，篝燈十指。寶釵有耀，將成上計之書；金榜無緣，竟抱江東之帙。爰題柱乎西川，獨瞻星於北斗。年方曰壯，挈而之官。千里勞勞，某山某水；雙幢歷歷，我馬我車。詎東華之夢方圓，而湘水之竹已暈。太恭人以二人健在，孤雛何依？坐蔞室而聽雞，護桐巢以乳雉。子肩事育，獨鞏門基。無何，虎豹當關，龍蛇應讖。家翁既蒿里三章，人間歌薤；威姑亦龍華一笑，天上拈花。婦職已瘁，母儀方新。而家嗣澄宇先生復營兩度奠齋，坐困十年席帽。方干進身，將易鸁官以升斗；長吉修爪，竟别阿嬰於寢門。太恭人如禮不違，處變能鎮。歷九折之程途，延一脈之蘋藻。僂指卅有六載間，覽箠終宵，炊輪作飯。陟岡而望穹碑，傳硯以示手澤。擣石授衣，牽蘿補屋。卒能回藨辰於陽春，飲香名於崽子。蓋羲《易》著言，苦節亨者甘節吉；《尚書》垂象，陰德振者陽德周。荼薺亘嘗，桑榆斯樂。洪鼇以此延也，寵章以此錫也。况更恭儉如一，才鑒聰明。脱釵珥而贈珩琚,姻婭久資賙涸;飫膏屠而寛櫝楚,臧獲無事愬泥。善心善容,如幾如式。而其翼誨諸孫也,則束脡壺漿,潔季偉之饌;經堂講舍,除翟酺之宫。雖值囊傾,不廢紡授。以故文藻冠時,謝玄有孫爲康樂;冰清絶俗,衛玠得贅於侍中。大府拔人,置之藜閣;當途問字,列之籃輿。入門盡倒屣而迎,走馬作看花之選。皆爲太恭人秠穛獨鑄,髖髓所成。天乃銜黄雀之環,摩石麟之頂。錫爾期頤,報在翟茀。《陳情》一表,特犍爲補綴他年;如願同呼,進屠蘇剛逢誥旦。敢奏右仙,以壽王母。

葉協恭明府太母六十壽序代。

昔仉母三徙,以禮義稱,母儀毋忘色笑;石奮一門,以孝謹著,子職不廢歲時。况當嘉辰在陬,周甲覽揆。爲萬石拜延年之嫗,識三楚輔令尹之親。下走有言,敢先臚實。蓋陰德者,壽之門也;陽報者,天所券也。惟我葉母邱太恭人,女宗既冠,人瑞有徵。綜厥懿行,洵足多焉。太恭人繡褓名閥,施衿第家。讀中壘四言之頌,久習賢明;紬大家兩觀之書,無慙聰慧。以年十七,隨父計車;歸惠宇明府公。時明府公侍宦銓曹,執經京邸。既約德曜之荆布,相勖樂羊之機絲。景完能致親歡,喬孫克承家誡。内助之力,實參其半。揆自三泖之役,九疑之區,五馬所莅,雙驂必偕。晨宵馨乎餸膳,郵驛共此星霜。繼而鵠城展旆,鄂渚揚舲。高堂握牢盆之綜司,中饋佐米帛之瑣計。婦道備修,官廚任督。雖居華膴,弗御綺紈。二人每顧而心怡,千里長承乎容悦。浯溪浩浩,柘湖粼粼。弋零陵之雁,烹武昌之魚。至日必呈其絇履,食性久諳乎酪漿。堂前椎髻,佳兒則相敬如賓;道左刊碑,龐叟則競談家法。壼範所垂,亦云僅矣。乃明府公甫奏鳴鹿,倏赴騎箕。太恭人以重闈崇年,尊章侍養。上有白髮之三老,下有黄口之六兒。蘋藻宜勿愆也,冠笄宜如度也。凡先後之欣戚諸禮,極初終而豐嗇咸宜。今夫磨鍊可以健神,樞善轉而不蠹;精甘出於苦節,蔗必啖而後佳。太恭人承先既畢,燾後尤勤。進諸子而詔之曰:“我家累禩,中外服官。清操自修,遺産無多。若任家督,男錢女布,自黽其有無;爾頌先芬,燠史寒經,勿隳乎鉤摘。”乃延師高密，乃擇友孟陽，以次繼志，咸飲香名。曰大同、大湜、大泳、大焴、大焯、大涵，自辛亥迄癸亥，僅逾一紀，俱列黌宫。而同與焯以己未獲秋雋，湜與焴以辛酉膺拔科，如霞之軒也，如星之聚也。旋復壬戌，舉焴於鄉。乙丑，釋同之褐。涵於丁卯，船覓孝廉；焯於戊辰，書窺清祕。庚午，則湜織常儀之宫；辛未，則泳擁皋比之座。亹亹傾譚，重重翔靏。雖韋之逌迪，崔之鄯邠，爲世所稱，無以尚矣。太恭人欲令豐羽，必先護鷇。每撫繁枝，益篤鞏根。兒曹進身，偶有一得，處之獨晏，受之若驚。側聞雷封百里，月旦重申。問平反者幾何，甘菜茹以自奉。板輿未迓，待看潘岳之花；魚鮓竟還，不結孟仁之網。其告同也如此。人師自不易爲，冷官最容著述。治化有源，時世所範。坐氈可法，勿戀司業之酒錢；種菜能清，可兆弘農之鱣服。其告泳也如此。木天尺五，玉署高寒。當每飯而思君，更觀禾以礪己。是爲摭實史官，無負馬遷之金鐀；若竢持衡士類，宜進賈淑於互鄉。其告焯也如此。顧出者三，而處者亦三。朝廷求忠在孝，草茅雖伏必飛。太恭人於湜也，有夏侯後弟之歌，而庭誥是資，朝典能肅。於焴也，有鑿齒半士之勖，而下帷是束，和丸以將。少子曰涵，英挺相埒。守桓榮之傳書，效曹充之持禮。鞶帨既除，青藍亦謹。惟坤母計宫而授《易》，本《周官》分卷以傳經。逞幔恢張，修荻導啟。亘古及今，於此爲盛。推之脱簪濟人，捐田續命。平納鑰於南阮北阮，善解圍於東裴西裴。是敬姜也，引衽爲箴；是太姒也，澣絺無斁。勸勉以貞，敦蒙以固。宜乎錫誥三霄，徵歌五福。孫曾襲金篚之孝，嬌騃集齏臼之賢。種檀隨欲，衍桐敷榮；幢極門楣，澤延雲耳。天倫之樂，爲人所欽。敢陳四德，書内則之慈愛温良；請録七籤，紀上元之升恒承茂。

曾曉滄太守太母七十壽序代。

夫授温陵之書者，賢母績紡；禮南豐之拜者，弟子瓣香。自來名師，率秉慈訓。勖仉氏之機，而卜鄰爲學；讀滂母之傳，而合室能文。惟守家庭善教，乃爲山斗碩儒。此我曉滄夫子太師母黄太淑人七十設帨之辰，及門受其甄陶，樂爲侍宴，必侑以錫嘏之言，亦善則歸親之義也。太淑人穀城淑媛，涪水名家。性甘藜藿，慧解丹鉛。以年二十歸我蔚巖太夫子，作入門祥女，爲司蕢夫人。允推班昭大姑，不愧姜詩孝婦。時則太姑及翁姑均逮事焉。重闈視膳，晨夕循南陔之歌；百里隨車，盤匜潔西江之水。既上勤佐餕，分侍高堂；復内贊下帷，潛修尺地。太夫子於是鉤河摘洛，燠史寒經。追闞駰之精博，師賈耽之勤蒐。成名進士，爲賢令尹。乃之官皖南，挈以偕往。篋衍官方，紳書家誡。墨門刖囿，慎五過之輊軒；女布男錢，洞三時之疾苦。寒者温，饑者飽，囹圄荷衣食之恩；夏以水，冬以湯，道路慰壺漿之渴。凡諸善績，載在口碑。而太淑人内助之力，實參其半焉。無何，十載勞心，一官齎志；隻舄不飛，萬家罷社。吾師適當釋褐之年，倉卒持縗而赴。替人接武，植桂樹於燕山；奉母言歸，奉板輿於騎省。惟時里黨敘舊，四戚瞻依；寢門調甘，二人健在。太淑人愛敬不踰，始終如禮。蓋先後數十年間，代修子職，備臻婦功。謹其鍋釜，守其榛笄。固不獨行己以恕，處事以忍，奉身以約，馭下以寬。和妯娌而無間言，待封胡而如己子。遂足以殫之也。至吾師侍宦有年，父書能讀。而太淑人以母兼師，既授且晝。掤釽是程，鞶帨必屏。如陳咸誡子，法依輕比；如魯稱導訓，事咨故實。師是以闡一貫之奥窔，負三異之才名。敦行爲許子將，而徐鏐起敬；束身爲黄叔度，而顔子交推。戴憑解經，奪五十席；張興著録，冠千萬人。洎官秋曹，讀律不廢。讀書守身，必先守口。而郵筒示訓，問平反之幾人？封鮓資廉，責官物之遺我。皆太淑人周以誨諭，持以慎勤。次及襄理團務，尤必教以軌里連鄉，實心任事。求忠在孝，天既大其門閭；由國及家，時無分乎出處。督綦嚴矣，論者多之。他若撫庶子如公池，愛無差等；課諸孫如范喬，得見成人。行道有福，美意延年。洵州里所樂談，爲閨闥之盛事。某等近麗門牆，高瞻須婺。幸值覽揆良辰，用祝古稀介壽。愧補闕少年，競叨品隲；識伊川有母，爲道淵源。此即文宣君家學，百十人列左右之筵；同爲楊嗣復生徒，八千載上春秋之頌。

冠悔堂駢體文鈔卷五

吴組臣比部太母八十壽序代。

聞之焦延壽曰："三爵畢恩，與母相扶。"潘騎省曰："六合清朗，乃御板輿。"束廣微以循陔介祉，崔太常以閲樂翼趨。俎豆與鄰，生子必貴；金石常葆，奉親以娱。譬諸衡嶽之峻，可以藾谷，荂擿巖繡；松柏之承，可以蔭衢，暍芘馴雛。善歸於上，祜乃畢集。有湛太君之封鮓，而運甓者登天九重；有韓夫人之丸熊，而手書者分門三十。此我組臣夫子太師母鄭太宜人八十覽揆之辰，商所侑樽，不能無言。顧或者曰："噬魴捕鯉，禊汜宴林。相戒以養，在悦厥心。方兹雪聚花濃，風和樹表。賽枌社之雞豚，小薺油於鳳鳥。天氣聿新，暮春初曉。駕輕舫之夷猶，覽崇林而環繞。亦足以宣節怡顔，心窈言窕。"太宜人曰："此非予之志也。"復有酌而祝曰："寒山之桐，慈母之竹。斵爲琴簫，飭以珠玉。使修容作渌水之歌，屈庭奏元靈之曲。於是張廣幕、列重茵，壽觴克舉，仙樂載陳。神融志暢，怡然天真。"太宜人曰："此亦非予所樂也。"有客洗觶，更進而前，曰："今將割崑崙之禾，採女胡之實。擣以蟾杵，丸以鸞蜜。蘭修授靈飛之符，青要示長生之術。使華髮墜霜，眊視審日。撫九世以婆娑，樂千春而逢吉。"太宜人曰："何言之夸也。抑所樂固不在是。"於時四座紛若，莫知所指。某等端竦，執爵而起，曰：古者王教修明，權輿女宗。學必本於四德，時無間乎三從。自侍父母而拜姑嫜，而相夫子，而勖義方。爲淑女也，則佩珩律身。爲孝婦也，則奉匜佐饍。爲賢母也，則折葼垂箴。爲仁姑也，則衣澣示儉。未有不由苦而得甘，先勞而後健。太宜人夾漈寄生，陟屺傷早。歲甫週干，任能賁道。孱焉在室，井臼獨持；待將有家，素縑能纚。女誡上心，課左芬之弱妹；父書分繕，呼孟堅爲長兄。洎事繼母，尤得歡情。孝爲天性，愛倍所生。解初兒臂珠之讓，修芒卯衣服之供。

安衆門閭，競荷穆姜之撫字；閏夫家法，曾師柴氏之女工。以年十六，歸我太夫子茹芝公。桃李盈門，時爲二月；蘋蘩在牖，教以十年。謹温清於佐餕，虔春秋之實籩。時則君舅廣文公一官海上，道在飛鱣；五夜帷中，志袪害馬。遂忤長官，莫陳大雅。長沙遷客，吹笛登樓。儋耳替人，負瓢行野。君姑積悸成藪，支骨於牀。太宜人進以參苓，潔其醴漿。叩金縢之一卷，鈔玉版之十行。昕夕任勞，四載爲常。迺復諳調鄉味，置遠道之郵筒；親紝寒衣，獻至日之襪履。强别十霜，常充四簋。俾廣漢有得人之慰，而纍湘無内顧之嗟。不特承先燾後，宗鄰所嘉。嗣而張寬會飯，食指幾千；薛包移家，析産爲二。適支户之多艱，竟穿墉而貽累。千金虚牝，鴟夷浮家。一領青氈，子敬門地。太夫子謀束脯之涓涓，坐石田而兀兀。所以補饔飧、足緼褐，使梱外常環以脈望，天上坐飲乎香名。贊襄之力，實多所成。蓋既值强仕之歲，得預選佛之場。崑圃世伯亦游於庠，五經至味，傳祖硯於巾箱；六轡高門，式母儀於鄰里。呪桃者爲緑鬢神仙，銜環者乃黄衣童子。如霞之軒，如日之綺。行道美譚，正未有已。無何，衛玠多才，王融不禄。既守榛笄，遂廢魚菽。復歷多稔，仍獲洪釐。付群雛於伯子，兼冷官以人師。遂令□□、穀侯兩世伯，或畫希文之粥，或附張憑之船。鄂跗四照，淵源百川。維師居季，卓爾名宿。登春明之桄，洞秋曹之牘。瑜杖克承，祥佩自福。論者謂元方所丹鉛，本仉母之織紡。惟授韋逞經，分以周室六官；能讀范滂傳，是爲眉山二丈。誨迪之方，於今爲尚。彼坦腹而競紆紫綬，含飴而繼掇青衿。門楣濟濟，雲耳駸駸。天倫之樂，亦人所欽。至若擅十指之神鍼，調五味以七筯。麤糲能甘，羅紈弗御。故衣必念，良袂善處。其周親也惠，撲棗相貽；其逮下也慈，翻羹能恕。拚擋獨力，膏車竭上計之貲；任卹不遑，脱釧爲濟貧之具。凡厥媺言，尤難枚舉。今夫奉約者神迺永，積厚者福必繁。爲阜岡之安貞，其衍脈也緜亘。爲根節之勁固，其敷榮也碩蕃。自昔庫積褭蹄，庭列貂冕。章服進九樹之釵，潔養供三牲之鉉。所由克昌厥後，在能初終黽勉也。太宜人曰："善。具爾黄絹，爲我壺銘。"奏西幄之賓雲，值衆仙援琴彝曲；樹北堂之蘐草，許小子載酒玄亭。敬綴其實，壽之於屏。

陳鏡航比部太母六十壽序代。

式觀前牒,博采懿規。見夫登櫟垂訓,曹穀有成;講堂授經,韋逞以立。列俎卜鄰,仉母之賢也;運甓致力,湛姑之業也。良由坤德,蔚爲坎光。珩瑀其節者,必紈黼其儀;松柏其姿者,必阜岡其體。蓋二五得位,利家人貞;而六十曰耆,徵壽者相。不獨郎君官貴,根於禮宗;婺府星尊,榮及人爵。即《洪範》所云康强逢吉,《易林》所稱富壽宜家。延年炭業,衍脈轔輀。莫不本於公宫植教,女誡揚孅也。歲在柔兆攝提格仲夏之末,陳鏡航比部昆季,爲其母鄭太恭人周甲覽揆,將御崔邠之輿,羞恭武之鮓。婆娑而舞,于喁而歌。頌聖善者,胥卓越之倫;列子行者,率魁閎之士。一堂冠蓋,百輩觥籌。以某等誼敦同閈,下索荒言。爰掇徽音,用爲勸侑。太恭人治絲著孝,傳琴稱賢。課組紃以佐魚菽,屏奩盝而嫻藻蘋。瑶儀毣毣,蕙心嬛嬛。雖十年不出,已三鄙交譽。既笄來歸,二人健在。朝修椇榛,夕馨蘭黍。珠玉宣和,紘綖勤度。尊鍾美其韞柔,威姑悦其婉孌。綢直如髮,載在房中;端操有蹤,聞於閭左。故其相夫子也,澮滮河魴,雍喈冰雁。先雞而興,佐鹿爲汲。賓客簠簋之節,饋問必周;中霤漿醇之儀,蕃鳌能迓。其勖諸子也,庭誥因心,楹書在手。作襦取温,折葼勸學。俾成競爽,互挺雅材。復挈冢介之婦,悉勤襪履之操。其賙戚亞也,任卹有加,率循無怠。道南道北,潤匱或殊;東眷西眷,拯援恐後。心菩提者六時,進王孫者一飯。舉火所需,脱釵不靳。旁協妯娌,既良其袂;下孚臺瓻,不慼於泥。女師之道立矣,闔門之頌繁矣。今夫爲女而淑,爲婦而賢,爲母而慈,爲姑而仁。叙天倫之懽,襲福門之慶。揆厥大端,已屬卓見。而太恭人更有好人所難者,侍疾寢門,不懈弦晦。支雞骨於繩牀,卜馬鬣於坏土。毻瓟備嘗,初終無間。迨夫劍飛單匣,琴悴孤桐。撤瑱以守閾,畫荻而撥灰。率禮奉先,劬心植稺。示勤示儉,弗御綺紈;入細入矗,克持門户。時則太丘爲八龍之第,江州本八口之家。薛包同居,許武割産。千金不及陶朱,二子能師孟博。太恭人悾悾十稔,煢煢一鐙。謂兒植品,必先讀書。就外傅以辨志,兼嚴師而陳經。遂使長君則班聯瀛海,次嗣亦秀擢類林。義方之訓，母教爲多。尤復郵言，示箴戒石；不遺誨導，侍狃天門。問平反者幾人？擇補闕以爲友。論者謂其勸勉以貞，敦幪以固。宜乎錫誥三霄，徵歌五福。歷韓夫人和丸之苦，得潘騎省養志之娱。守約者神必恬，習勞者澤乃永。如啖都蔗，及尾而甘；如種靈檀，隨心所欲。進以期頤，未有疆界。敢臚四德，書《内則》之慈愛温良；請録《七籤》，紀上元之升恒承茂。

馮姻母蔣恭人五十壽序

龍在柔兆困敦，馮君廷城將以今歲八月二十有二日，爲其母蔣恭人五十覽揆之辰，索言侑觴，禮也。予維恭人尊甫少陶刺史解組言歸，投刺獲見。值鄉關兵燹之虞，預軌里輸將之議。厥弟立夫太守文酒交懽，過從尤數。而其舅父曾範卿孝廉復予同年。佳日呼酌，忘年訂交。結苔岑之雅契，聆絮雪之徽風。心識壼儀，已非一日。矧予長媳爲恭人之女，潘楊久睦，孅行習聞；鍾郝綦彰，端操足述。是不可無言，爲我姻母壽。顧壽詞多諛，吉語競尚。侈上元之華鬘，詡金母之琳宇。殊涉鋪張，無當闡發。予以天下神仙，必出純孝之列；自古耄耋，乃在苦節之貞。何者？積源深則星能匯海，託根固則柯自貫時也。恭人年十有五，隨侍刺史桐城邑廨。我姻翁壽疇先生扶病往赴，嘉禮聿成。甫半閲月，遽罹大變。接跗之榮獨摧，比翔之羽偏墜。掩帷謝華，整衾餞逝。待呱呱之啼，持麻褓而無人；止湛湛之水，誓井心而不起。慘厄冰蘗，圖殉皮金。刺史諭以姑嫜具在，執臬需供。嗣續有成，分枝資育。遂乃煢立孑影，曲體雙親。越三年，刺史遘瘧於無爲州署。瀕危時，立夫太守尚未命繼，獨恭人一身，以女兼男，旁皇左右。刀圭進藥，昕夕必嘗。銅罌禱花，根須自感。因熟於舊聞，有刲股可療者，效而爲之，疾果霍然。心香一炷，昊綷鑒其能誠；血袖重披，寢門覩而生惻。爲覓養女，慰情勝無。曰："以孝報孝，作他日券。"是則予媳善持母教所由來耳。門楣既有可託，烝嘗尤必先修。祖太姻母張太恭人及太姻翁蘭垞明府、太姻母陳太恭人，三老在堂，一脈是篤。爰命二姻翁硯仲明府，以其子榮淮爲之後。太姻翁既挂神武之冠，欲抱漢陰之甕。擬挈幼孫，偕而南返。乃以步履維艱，莫遂初心之服；容顔仍隔，未諳食性之羹。雖生身第宅，猶捧盤匜；而至日笑言，每懷韤履。歲月則堂堂已去，夢寐則耿耿難安。無何，二人云殂，家翁見背。重闈繼謝，嗣子亦殤。天之所施，亦可爲酷。然蓛心拔而愈活，而蔗尾啖必有甘。能孝能節，可期可頤。所歷既嗇，所報自豐。族人於是立廷瑊爲子，恭人爲之授室。未數旬，而威姑凶耗至矣。自此送終大事已畢，乃然荻灰，乃助丸嚥。杲日炙蝨，獨開納楹之書；蕭晨廢餐，用腆束脡之餽。慈勸誼誡，俾煦以成。廷瑊得於乙亥秋捷，恭人至是始一愉悦。當夫三姻翁春人比部請於朝廷，貤封花誥。遲乎綽楔，優答《柏舟》，僉以是爲念。恭人顧廷瑊曰："我未及艾，汝未成名，旌事勿亟亟爲也。"今則月宫織記，姓氏既列乎佳兒；絳幔傳經，蓍策正占乎大衍。天如其願，凡所爲孝者、節者立之勸，詎有爽哉！予嘗語諸兒及孫曰："我戚屬中如馮姻母者，天之䬈䫂，極乎悽怛。畀一弱女，身任家督，米鹽淩雜，門祚支撑。挽一髮千金之重，展三春寸草之暉。内外胥無間言，臧獲未見怒色。不特男錢女布，擘畫一門；而且脱珥典釵，拯賙三鄙。是皆充其孝思之大，持其節行之端。閨閫能知乎大本，天地必予以晚晴。食報之隆，有必然者。"廷瑊近以書來督促，遂序此郵寄，命兒子輅、孫邇代述予言於恭人前。秋節稱觴，遠道獻冷官之莛語；春曹賜絹，他年卜人瑞之璇題。

易主政梁太恭人壽序代。

今夫紺妃蓮井，曾吹乙巳之蘭芬；王母瑶池，競列甲申之瓊石。玉婧搗絲之處，錦暈千行；明媊咽日之鄉，杖端九節。維彼駿駛爲質，迺能鮐背其年；徽嫿所藴，華鬘可徵。日躔流馥，金壺有未泐之篇；月陸凝馨，玉鏡爲長生之籍。式是燕喜，用述尊儀。年伯母易母梁太恭人，爲年伯觀察若谷先生之淑配，而户部主政□□同年之尊慈也。懸帨賁章，弱笄耀采。婉孌象於圖史，敬愛發於天情。繹京陵之矩，修季蘭之操。能薦筐桑，克施澣葛。以年十八歸於濟陽。祥女入門，禮宗在閾。雍穆之節，譽者同辭。時觀察有母待輿，諸兒負繈。鬬一柱之神絃，訂三生之圓石。太恭人出户而音調琚佩，上堂而饌挈敦牟。侍餕威姑，嗅寒嫡子。井臼自持，紈羅弗御。而其翼我同年也，謹其青藍，屏其鞶帨。俾手成乎鳳蠟，能文記乎驪珠。養與教俱，心先身瘁。洎乎觀察一麾出守，五馬趨公，遂奉太年伯母李太夫人就養德安焉。執温嶠之裾，側崔邠之帽。送喜慈烏，戀暉寸草。以太恭人性耐布荆，留撑門户。爲一家之督，聯十裯之歡。乃官燭兩行，半臂空存於錦水；而渡河一曲，箜篌竟斷於北亭。蓋當粵匪倡逆，負嵎既成。未謀外援，先懼内訌。太夫人安返嶺南，觀察獨支鄂北。稽録少健，捕索醜徒。積藺石於墉間，隱瓶甀於穽下。赤白之囊，懸於飛矢；青墨之綬，紉於袒衣。郛郭方恃乎障川，星斗倏沈諸樓櫓。弱躬自奮，九地九天；迸命有兒，一忠一孝。太恭人既慟逝者，能爲完人。一心蓼荼，三章蘋藻。昕夕饘酏，未曾假手之煩；祗敬韈履，絶無惰容之見。始終一如禮法，内外胥無間言。宜其食報在睫，飲香有名。此我同年之摫鉥是程，雲霄自置。看花鳳闕，賜餅龍池。固天所以嘉其節而褒其賢也。矧更任衃親疏，示寬臧獲。昭閨闥之仁，表里鄙之哲。女德所尚，非一端矣。夫内有勸勉之貞，必外有敦幪之固。藜藿既餐，松喬自永。兹以丁丑七月，爲太恭人七十晉七覽揆之辰。我同年乞言侑觴，承歡斑采。某等不可無詞，爲之排比。溯積慶於瑶臺，瞻景曜於璇室。傳到絳河吉語，是爲佩玉夫人；生當緱嶺嘉辰，敢效吹笙童子。幔亭法曲，奏雙幄之主賓；金笈丹沙，授一家之眷屬。請書彤管，以張華筵。

奎樂峰觀察太夫人七十晉四壽序

天壽平格，得人歡心；坤厚無疆，永錫爾類。懿維皇太后五旬萬壽之逾年，堂躋兕酒，海息鱷波。緊四夷之來王，洵萬年之有道。爲我瓜爾佳伯母那拉太夫人七豑榮慶，三郡臚忻。吉日良辰，同聲頂祝。是歲也，龍在乙酉，春王正月，大府以樂峰觀察稟承母教，恪守官箴。請命允行，量移斯職。蓋九重恩渥，玉局早識於宣仁，而大厦歡騰，錦繖共迎乎譙國。亦越孟夏，澂江一鏡，遮道千壺。潘岳御輿而來，崔邠側帽以導。錫其純嘏，正逢壽寓天開；教爾義方，又見福基墉厚。時則絳書已至，赤囊不馳。咸頌獻琛，載賡食葚。越裳九譯，知聖人而來朝;覲屨百官,仰衆母所從出。自求伊祜,布政是遒。鴟鴞永懷其好音,鮐背宜酌以大斗。僉曰:及兹六月,設帨肇祥,敞筵介祉。敢揚孅度,用引崇年。太夫人煦仁若春,抱慈是寶。爾熾昌而爾壽臧,善心窈而善容窕。幼侍外封翁總戎巴蘊亭先生之官侍衛也,甘泉晝月,御苑看雲。代父非花氏之木蘭,隨兄如關圖之不櫛。解參韋義,喜繕邕書。殿前有神策軍,臨洮界劃;閫内得女博士,漳浦澤縣。洎其遷皖也,詠絮載途,愛綈成誦。遍大江之南北,新詩繡上弓衣;話佳日之春秋,好夢吞將玉勝。剛臬絲之學治,正棨戟之當前。及其擢晉也,期門北望,王屋西盤。教從保母,訓續大姑。將軍射虎夜歸,嬌女弄琴早起。聽佩環於古塞,欲訪王嬙;著紙筆於前庭,疑爲左妹。蓋自宿衛起家游戎,綰篆山右,秉樞雲中總鎮,其從父也,是爲孝女。雖道蘊清風,憲英特識,無以尚焉。既歸我遜之老伯,祥女入門,禮宗在閾。二人逮事,三鄗交稱。食性能諳乎羹湯,至日必修其韈履。負薪堂北,支睫則竟夕繞牀;采藻澗南,盥手則終朝湘釜。乃桂宫月滿,方待榜於良人;而蓬島風罡,竟改途以作吏。當夫輦下應官,階前給札。習正軌之文章,折中衆論;譯我朝之科斗,尚左重編。時得袖香之侑讀,復能饋酒之謀藏。進而東閣多閑,共賦梅花於水部;渼陂餘籟,競歌大木於屯田。早知公子之興宗,能佐大夫之劇職。鉛華盡洗,粗糲是甘。蓋自習寫官於六曹,觀政事於四屬。其相夫也,是爲賢婦。雖孟光椎髻,徐淑寶釵,無以尚焉。觀察爲其一索初占,更得雙丁媲美,次即儀部樂川正郎。揆才考第,列宿應星。固已孝友題堂,忠宦書笏。持金章之槖,登瑞錦之窠。然所翼我觀察者,尤必謹其青藍,呈其摫釽。盼赤心之繼起,識白眉之最良。乃歷民曹,克承父職。教以昀昀九土,勖以鼎鼎百年。凡所隸龍庭之節鉞,鳴馬邑之斗刁。隨訂先皇,始終大禮;咸承聖善,黽勉從公。間值大椿告凋於朝露,欲圖寸草歸戀乎春暉。太夫人謂夫涓埃未報,何以家爲;名德不修,益滋吾懼。遂尼陳情之請,旋叨特達之知。帝曰:"延建邵道,汝往。欽哉!"於是奉母升軒,入境辨俗。當龍劍會合之區,爲豸衣執法之長。自公退食,必問平反者幾人?同案與言,勿令幽滯者多獄。重握牢盆,專精調鼎。大吏倚其明察,遠人藉以羈縻。爰借寇恂,俾彰郭賀。帝曰:

"興泉永道,汝其再往。欽哉!"鎮鷺門而遥制伍參,控鹿洞而咸賓追貊。英簜大罊,心簡迭隆。綜後先旁郡之六,諸侯長依壽母;冠左右首行之千,命婦實産佳兒。蓋自入隸司空,出膺廉鎮。其教子也,是爲慈母。雖仉氏機絲,宇文壼訓,無以尚焉。矧更妯娌無間言,極倒履傾筐之盛;戚黨能任卹,泯練裙葛帔之嗟。以殷謝作門楣,以郝鍾爲禮法。娩嫿者群息,岐嶷者諸孫。集封胡羯末之英,獲耄耋期頤之算。縱工北海之書,難盡廬陵所述。抑更有難者,長女冢婦,乞此刀圭;阿嬰威姑,瘳非藥石。羡爾血涔四襮,刲股竟有同心;比諸金溢千斤,投鑪尤其小事。此皆雙孝,上格蒼穹;特與百齡,永皤黄髮。好唱古稀之曲,重戔《天保》之章。得桃實三千年,丹沙原爲雨露;先荷花二十日,簫鼓預奏海天。惟文宣君不愧經師,絳帳能傳官禮;是蕭相國别開生面,翟車同拜侯封。岡阜罄宜,朝廷作孝;王母介福,方叔壯猶。是爲序。

彭紀南軍門黄太夫人七十晉四壽序

聞之大富貴、邁等倫,衛伯玉之奉母也;慈顔和、壽觴舉,潘騎省之養親也。今則越裳薦翬,甌脱劃界。正值吹蠡擊鼓,臚四百七十帳之歡;允宜設帨施鞶,上三萬六千場之醻。惟聖人孝治天下,愛日方長。得將軍表立海隅,家風足式。僉以龍在乙酉,孟秋下澣,爲紀南軍門伯母黄太夫人七秩晉四嘉辰。西戎既詘膝請和,南服咸仰恩觀樂。棃眉酌斗,鞠臆稱觥,禮也。蓋羈縻之福在謙亨,而仁壽之徵屬聲聞。帝曰:"非此母不生此子。"經云:"能成名是爲成親。"昔馮尚書母年八十,朝廷之寵貴有加;苻冀州日問再三,庭闈之動止惟謹。錫類永推,天倫樂叙。軍門之迎養太夫人於鷺江提署也,花封一品,蘭膳三章。氣海常温,義方長秉。登臺萬姓,如春熙熙;下瀨一心,如夏廣廣。比唐玄宗鳩杖賜以在家,有蘇易簡竇冠嘉其教子。揆諸美意延年,端在餘雄席寵。天生將種,我拜母儀。用敢揚觶而前,鋪棻於左,曰:大夫人于歸老伯懋誠贈公,佐隱君子能賢,知執金吾必貴。男錢女布,家督早膺;識字耕田,門基克荷。貂蟬本出於兜鍪,雕鶡先嫺乎韇旝。陰陽互測,訓誨周詳。所生丈夫子七人,或專汛執殳,或依闈守禦，或游戎得翠羽之影，或作宰綰銅章之綬。臻珪競爽，岐嶷多材。而其翼我軍門，尤卓著焉。當夫顯廟初葉，金田蔓延，赭寇榛蕪，蒼生涂炭。鄂渚則紅塵換劫，湘江則黄竹成斑。鵂鶹肆其惡音，蠛蠓逃乎下界。太夫人環顧諸雛，投杼奮起。謂夫祖宗血脈之區，靡執戈鋋以衛桑梓，非孝也；河山板蕩之日，靡鞏磐石以植葦苕，非忠也。及兹多艱，群才輩出。爾曹努力，爲國宣勞。大義能明，每飯不忘。鉅鹿所生無忝同岸，先作甬城軍門。運甓建業，習船博昌。本六郡之良家，作萬人之勁敵。射手則三齊自命，涅背則四字如新。横海立功，知己有舊人楊僕；投戈悔衆，前身是同姓彭孫。閱十餘寒暑，歷數百疆場。時得母書，捧爲兵略。初命曰："爾毋畏縮，墜厥軍聲。西北高樓，夫人城在。我儻保乎襄陽。"再命曰："爾毋驕矜，畔厥衆志。嶺南繡幰，湯沐邑存。我所師者譙國。且慕馬服君，不購田宅。"三命曰："私家勿肥，使三軍瘠。更察鄭善果獨坐胡牀。"四命曰："先澤勿靳，使六姻貧。壽世自歸壽母，大材真輔大君。"況值轉戰多時，猶虞修名不立。倚閭朝暮，盼謝玄之捷音；剉薦輪囷，儲陶侃之軍實。俾短後衣，賜中央之色；復曳落河，襲驍將之名。溯治舟艫，迄持節鉞。戀春暉於寸草，圖滿月於甘泉。君恩備矣，母訓兼之。抑更有進者：入閫以來，不食湛姑之鮓，儉以成兒廉；猶繅仉氏之機，勤以防兒逸。雖起居八座，亦呼諸千奴。榮已極乎笄珈，禮尚存乎荆布。爲興慶首行之命婦，實樂陵百口之嚴君。嘗見軍門掣鯨巡海，揚舲能懾百靈；策馬觀兵，坐席不遑一煖，深以欣慰。恒語人曰：閭并相習，苻萑不驚。士有纊温，則吾身亦燠；民無菜餒，則吾食自甘。宜乎赴腕千春，喜神譜梅花之樂；點頷一笑，孫枝茁桐樹之榮。止止凝祥，愔愔據德。固不特蘋藻告潔，葭莩恤親。築里胥無間言，封胡視如己出。翕然美談，善哉樂道。是日也，羔羊堂上，展《豳風·七月》之畫圖；葡萄樽前，備晉國四時之存問。介福者王母，順流者廩君。鈴閣旌旗，高護朱輪之隊；樓船簫鼓，大開錦繖之天。同瞻太妙華鬘，翟茀壯嘉禾山水；競隸文宣絳幄，郵筒祝芳筆池塘。

鼓軍門黄太夫人七十晉六壽序代吴霽軒軍門。

洪維國朝孝治天下，列聖相承；屬在臣鄰，齊心交勖。率準家修，聿爲廷獻。

上不負我后吾親,下克撫彼民爾弁。凡兹美意,於以延年。彭紀南軍門尊慈伯母黄太夫人,今歲丁亥孟秋二十有八日,七齵晉六帨慶之辰,若子、若孫、若曾孫輩鞠跽稱觴,軒鬤戲綵,禮也。某同僚秉節,叔譜訂蘭。隸小阮之舍,瞻太姥之峰。策、瑜同年,下拜曾親於鐵甕;鍾、郝有道,禮法久播於烏衣。蓋一品之笄珈,報在畫荻;而九重之雨露,鍛爲丹沙。固不外乎盡孝與教孝,能持其大。絪緼元氣,根柢人倫。獲算百年,竟端一本。援古證今,胥不爽焉。太夫人當其待字,久以孝稱。江夏名門,陸終鉅族。既寄生之得地,更穎悟於髫齡。端操有蹤,徽華夙茂。程纂組之麗,閑德象之規。靈龢稟源,瑛瑶擥質。婉孌習於圖史,敬愛發於天情。爲嚴庭之所珍,擇俊才以爲對。皇駮之乘,來自穀城;鞶帶之施,言歸籛胄。時封翁懋誠老伯,鄉里善人,林泉隱者。忻祥女之入門,慰禮宗之在閫。弱蘿千尺,相倚有生;樹木十年,向榮互衛。太夫人步趨勿越,影響長依。出户而調琚佩之音,上堂而薦敦牟之饌。凡先廟魚菽,威姑饘飽。肅禮不忒,承志毋違。虔箴盥而忘勤,守褕狄而盡職。俾延俾几,竭賓從燕飲之歡;采蘋采蘩,告歲時伏臘之潔。且也蠶宫三繅,更治盤匜;雞人一號,已登杼柚。於時嬋連,又以孝稱。洎夫前後舉丈夫子七人、女子子二人。誨導庭玉,策以竇方;撫摩掌珠,授以班誡。男錢女布,黽勉有無;夕膳晨羞,劬勞操作。復勉諸兒,延接英彦。冀獲勝己之益,以繼尚友之功。則有親雅宴游,少畯疏附。未嘗不截髢以款,斗酒爲娱。無何,疆圻多壘,宵旰滋憂。奮臂如螳,剥膚如螯。赤白囊旁午在道,丹青閣待繪乏才。太夫人喟然歎曰:"吾不能如仉氏,效學魯諸儒。望汝曹爲王陵,謹事聖天子。汝其蕩平小醜,消弭灾區,即孝也。夫求忠臣必於孝子之門,若祇田間終老,非夫也。"軍門遂膝行請命,曰:"大人教兒移孝作忠,安良辦賊。鞏邦基於磐石,固民命於葦苕。敢不前驅,以導群季?在昔武穆則涅背鐫言,終軍則請纓繫頸。范滂攬轡,清詔能膺;宗慤乘風,濁浪可破。況夫王尊叱馭之阪,往迹具存;何武强仕之年,閑居實耻。兒竊有志焉。"太夫人曰:"小子行矣,尚慎旃哉。賞罰必明,甘苦與共。庶爾兵無譁,即爾民咸謐。夫兜鍪被體,休之即民也;畚鍤在肩,用之即兵也。勿歧觀,勿左袒。至於犬羊成性,狼虎垂涎。宜綢繆以抽薪,毋蹂躪以滋蔓。海氣昏昏,軍心湛湛。兕能防其出柙,鴞自化爲好音。"以故軍門歷三十年,經數百戰。胸算無遺,膚功迭奏。始由偏裨,洊升今職。短衣賜中央之色,勇號褒一字之榮。朝野群欽,華夷善處。皆太夫人遠道郵筒,嘉言垂矩,得所率循,斯爲能孝也。同治甲戌,軍門始莅厦,受水師提督篆。列島額慶,遮道歡呼。僉以飛將軍自天而下,我小民高枕可安。亦越光緒戊寅,燕寢凝香,板輿導樂,而太夫人至焉。望塵競拜華鬘,計里不忘大被。時則軍門之次弟已官守戎,三弟得五品銜,四弟進都閫秩。太夫人曰:"是可使在家,勿輕去其邦。守先人之田廬,司佳辰之俎豆。"五弟近擢游府,六弟爲百里侯,七弟膺二千石。太夫人曰:"是可使隨侍,或分佐厥兄。儲胥賴其相護,文墨資其兼持。"下逮孫男十有六人,孫女十有四人,曾孫四人。問安點頷,頒果平心。又得軍門諸姬晙興晚處,修栗治機。一門肅穆,洵樂事也。抑某所聞者,迎養以來,綺羅弗御,粗糲自甘。五夜篝燈,六時授紡。戒諸子以清廉,督群媳以勤儉。若不知爲興慶首行之冠,甘泉圖畫之尊。此尤難能而可貴也。方之陶侃入官,還鮓以示介;元佐作相,織絹而習勞。之二母者,亦何多讓乎!若夫惟孝能壽,於何徵之。老萊以賢孝著,七十尚舞斑衣;石奮以孝謹聞,四子或居鼎鼐。我太夫人盡孝以事先,教孝以報上。耄耋期頤,有可操左契者。敢張筵次,以爲之壽。

侯桂舲軍門曾太夫人七十壽序

聖朝以神武定域中,肇基則雲臺十三甲;以母儀治天下,介壽則雲樹八千椿。猶之屯涿鹿而青垂軒蓋,育慶都而黄覆堯門。靈貺氛氲,寶祚紘綖。蓋保章之紀豐穰,太史之書啟闔。雲之時義,亦大矣哉。侯桂舲軍門,赤手干城,丹心霄漢。景龍從而下上,蜚雁序以開先。雖雲夢託身芥蔕,已吞澤國;而雲中命將椎牛,能懾天驕。僉曰:是母曾太夫人涅背四鐫,嚙指一助。際會聿隆,得有今日。兹於其版輿迎養,笳鼓騰歡。天開南嶽之圖,香隨西母之輦。敢獻芻蕘,用佐鞠牋。爰乃敂妙鬘之上乘,拜興慶之首行。梁公寄以望舍遐思,天孫進以渡河吉語。杯盥紫霞,紘調黄竹。月窟奏雲和於庭,幔亭羅雲仍於室。郁郁紛紛,於斯稱盛。今夫真英雄必坐隴畝,望知龍虎所居;惟忠孝可作神仙,排見金銀之府。太夫人先苦後甘,如啖蔗尾;因貞獲壽,如抱檀心。凡翼我公者,洵足述焉。譬雲之在山也,孤羆與叢,元豹偕隱。知楊季非一廛能囿,勖陶侃以百甓自勤。長鈔短銍,咸爲角藝之資;弟蓼兄禾,早藴安良之志。固不特方春而望雲出,房如積冰;既夏而望雲出,觜如赤珠。秋至則望雲如冠纓,冬届則望雲如礌石。習擊鼓吹豳於蜡臘,課鳩呼鵲噪於晙宵。襏襫一肩,𩏂韡千里。司馬子長有云:"力耕數耘,如寇盗至。"太夫人之冀我公撥雲見天,盪雲埽地,非一日矣。洎雲之出岫也,擘絮能飛,幻峰突出。恥何武以壯歲自閑,效王遵亦叱馭競起。韝刀帕首,予小臣來自田間;燕頷虎頭,飛將軍降從天上。又不特雲青而知甲乙雨,雲赤而知丙丁雨,雲白而知庚辛雨,雲黑而知壬癸雨。陰符六甲,草堂能讀太公;魚復八門,古柏獨參丞相。準洗兵之吉日,占干吕之嘉辰。《春秋孔演圖》有曰:"舜將興則雲入房,湯將興則雲升堂。"太夫人之勵我公附雲益顯,拏雲先登,匪朝夕矣。以故公值駐軍喀什噶爾古疏勒地,去長沙故鄉萬三千里。識時爲傑,將母不遑。於是有《望雲圖》之作焉。纍石於旁,翼亭其上。明發以見英英,叙樂以歌洩洩。一畦寒菜,不忘學圃之年;寸草春暉,猶是循陔之日。雲起兮感遠道之授衣,雲來兮忻吾親之健飯。出無數於毛孔,敢葆髮膚;運廣大之精神,無渝寒暑。駒駼萬帳,臣馬飽騰;霹靂一聲,天威示罰。爾乃陣雲合蹤,火雲中竄。列陳倉之衝車,轟范蠡之蜚石。大伸撻伐,幸告敉平。長楊夕照,每懷鴉尚歸巢;低草北風,時見羊能跪乳。今爲予季,興涉車行役之嗟;昔有故侯,遂玉門生入之願。正歌鐃吹,特錫笄珈。一品檢泥,天子示非常顔色;百年歲月,小人喜有母康强。太夫人曰:"汝其入覲龍顔,再申烏哺。"捧一朵於通明之殿,策五花於長壽之山。勿遅流水於無心,且乘長風而迅發。輪囷耶?昭回耶?簡書具在,鞭弭仍隨。帝命汝往福建,欽哉!雲海重臨,雲山如故。本宣力之區,爲轉戰所歷。曩如觸石之生,今則垂天之庇。太夫人時復郵筒加勉,手疊雲箋。井綆自收,躬親雲碓。士行既入官,猶還鮓以示介;元佐雖作相,且織絹以習勞。若不知己寵甘泉之冠,子應列宿之尊也。於時虎門設險,馬瀆戒嚴,俾公總鎮福寧焉。君恩山重,母教川防。蘭錡若雲之屯,群渠若雲之簇。得書姜伯約,豈不懷歸? 戮力温太真,莫非王事。閩闔綦專,楚間猶倚。靄靄欲停栗里,依依如見河陽。旋而總鎮漳州焉,特達受知,真除拜命。膚寸合於崇朝,淵精入乎舊闕。萬里搏鵬,九霄翼鳳。江東日暮,夕膳皇皇;渚北星寒,晨饈耿耿。與隨赤繒俱遲,曷展朱輪以迓。太夫人乃駕雲母之軿,會雲子之飯。諸孫群立人中,則雲鶴高騫;快壻雙乘天末,則雲龍磬控。公於鈴閣餘閑,燕寢侍立。簠簋自飭,仍食范史雲之貧;文墨兼持,獨擅揚子雲之技。圖籍富於雲來,起居拜乎雲罕。更有後昆雲颺,支戚雲集。臚勝友如雲之歡,極猛將如雲之樂。演八卦於雲門,展廾箱於雲翼。鴛鴦列陣,松柏歌鼇。太夫人嚥不老丹,斟無算爵。雲水光中,揩眼看斑衣綵戲;雲霞海上,隨肩值旌節花開。撫兹再造,黎民朝有卿雲之奏;招我同群,仙子幄有賓雲之歌。而一時如杍雲、軸雲、杓雲、鉤雲者,咸起舞而前,曰:“是山川之元氣,作雨露之丹沙。三色爲裔,即三多也;五色爲雕,即五福也。敢請爲太夫人壽,與疏勒一圖,并張筵次,媲美乎雲漢之天章。”

侯軍門曾太夫人七十集福壽篆文弁言

於鑠乎! 興慶首行,函夏著斑衣之樂;古稀七十,陽春借羯鼓之催。况當棨戟排衙,剛值帨鞶在序。捧觥籌者後起,集劍佩者應官。惟將軍衆善歸親,不忘耕鑿;有我輩同堂拜母,咸祝期頤。側帽郊輪,幸侍康强之顔色;吹笙哲黍,且馨晨夕之膳饈。昔從疏勒望雲,移孝作忠以報國;今獲薌江醉月,與民同樂以承歡。敬摭經言福海,進醴泉百斛;更稽傳語壽山,集瑞室百朋。蔗尾自甘,檀心長郁。得夷門公子,本爲聖代英雄;是南豐祖姑,永保女宗茀禄。細柳則油幢齊舞,梅花則鈴閣先開。玉筋重鉤,金罍敢獻。

誥授建威將軍、福建水師提督、前浙江水陸提督、世襲三等壯烈伯李公墓誌銘

夫賀侯賜爵,稱北部之平當;耿况得兒,破西安之張步。古之再世拂劭,一

家壺眵。拜鮑昱爲忠臣之子，呼鎮惡乃將門之孫。刻劃金石，扶培箕裘。稱爲邁種，代不數覯。况乃出從兜鍪，不忘俎豆。班超專功，復能負荷；檀珪武達，可兼文通。守其不墜之躬圭，勒爲非常之竹帛，如我李公者。公諱廷鈺，字潤堂，一字鶴樵，泉州同安人。高祖思拔，曾祖宗德，得杜普川遺訓，有何比干陰功。祖希岸，寄籍彰化學生，洞明犧《易》，蜚聲虞庠。三世以公父貴，贈如官。父長庚，乾隆辛卯進士，起家藍翎侍衛，歷官福建水師提督。粵之黑水洋，蔡牽爲患，統師會勦，死之。仁宗追封三等壯烈伯，世襲十六次，恩騎尉罔替，予謚忠毅，優以賻資，妥以崇祠，遣吏以奠之，飾章以褒之。事具國史，堂哉皇哉。伯兄廷騊，武舉人，早卒。九重悼天道無知，再索喜中男有兆，以公襲爵焉。公幼即穎悟，長而傀奇。既承武鄉之祧，心書在抱；能讀西京之傳，國器如神。乃將軍雖不好武，而仕宦仍至金吾。蓋社稷之命，必重以三日齋也；匹夫之勇，不足爲萬人敵也。有國士風，爲天下才。橐中圖籍，卜以功臣；閫外春秋，知其良將。亘古如斯，公何多讓？天子於是授二等侍衛，俾承先志。時嘉慶十有八年，服官始也。越二十五年，奉派隨園，預領侍衛章京。爲漢持戟冠五百廿人，乃唐司戈列二十八闈。秣日食日，出星入星。三扈朔塞，再度居庸。五臨易水，叠賜克食。吴酸楚酪，分天廚餘瀝之甘；薊樹燕雲，作臣子奚囊之料。馮唐每飯，鉅鹿難忘；張綱埋輪，胡狗必問。遂以忤權貴被嗾，弗獲外擢。荷先朝一眚之原，仍舊職三年于役。東方索米，歎長安之不易居；孝伯持杯，熟《離騷》以爲名士。無何，道光元年，奉母諱，解官歸。公本純孝，至是毁哀。子春溢米不嘗，崔九風吹即倒。歌蓼無音，掬土如禮。方待鼓乎祥琴，促從戎以墨絰。公請終服，弗許。二年，復直宿衛。洎四年，天子命授江西南昌副將。修崇垣，葺巨艦。雲梯以成，萑苻以靖。值永豐有故，大吏以公往。哀鴻雁之無依，撤熊羆而不設。父老涕泣以陳言，閭閻定謐於旬日。復護糧艘，弗辭勞苦。法韋堅而鑿潭廣運，效劉晏之負米先趨。七年，檄鎮九江。所轄澤民，崇及估客。張魯以五斗爲名，周處之三害未去。久莫能破，獨置於法。八年，移鎮南贛。民無恒産也，則縱梅嶺之盜販，牢盆無損。民有戒心也，則殲會昌之渠魁，澤梁以通。爲民芟禍根也，而龍南逋逃之藪，僕區有法。爲民敵災星也，而沙井水澇之鄉，任卹獨周。十三年，升授廣東潮州鎮總兵。地屬要衝，俗稱强悍。公捕索醜類，稽録少健千人有奇，四民以安。既思魏闕，述職重來。以十七年入覲，陳潮事之繁，請歸於簡。帝曰："爾能文，必能坐鎮巖疆。"退而自喜，誌爲殊榮。先是，魏謩既進甘棠之笏，班勇欲拾玉關之書。請改文職，試藝一通。相國曹振鏞奏爲文理通順，因格於例，不果。故稱許之，令還潮陽，賚以珍饈。笳鼓廿言之句，禁中得讀其詩；風雲四正之圖，天上至求其草。是豈區區節鉞之畀，容容棨戟爲生者，可同日語哉！嗣以夷氛擾粵。二十年，節相琦善奏檄赴虎門合勦。履波濤以忠信，視幺麼如犬羊。鼾睡不容，疥癬能霍。越歲事平，仍返潮。乃羊城灰熱，鷺島齒寒。公恐其瓜蔓或延，奠以火荼之陣。二十二年，召赴江蘇軍營，交耆英差遣。旋補安徽狼山鎮總兵，進授浙江提督。巽命重申，晝日三接。從繩知蘇瓌之有兒，被甲識廉頗爲可用。右手不倦，長城是依，又惟公一人也。維時官兼圻者，爲劉韻珂、耆英、璧昌，公和衷相濟，持論必精。練兵汰其冗員，防海扼其要區，製船節其糜費，擣藥成其利器。市舶招撫之方，聯艘保甲之舉，火礮增設之臺，工廠監造之役，靡不臚陳入告，躬親周視。而乃至察無徒，大名招忌。誤列彈章，僅奪符綬。挂冠神武之門，家有令子；種瓜東陵之宅，人是故侯，凡十稔矣。閉户著書，得閑歲月；撫髀生肉，未老英雄。咸豐三年，巡撫王懿德以漳、泉滋事，奏起統領諸軍。公念切桑榆，誓翦蒿艾。閲七十三日，歷四十八戰。下樓船之楊僕，子弟皆兵；縛海島之孫恩，丈人能吉。信郝昭爲鄉里快人，惟費禕能奕棋辦賊也。上以其功，賞給二品頂戴。俄任福建水師提督。官猶父職，擊鼓可役馮夷；才本天生，棄繻終繫南越。天子念其久勞，詔爲内簡。於七年，卸篆焉。欲叩閽而筋力無多，遂築室以綸巾自便。南皮鬼録，託哀吟於爲李爲瓜；左武墨莊，撫片石於好山好水。今夫有等身著述者，必蓋世勳名；爲一門忠孝者，必州里篤敬。以故家居未久，鄰氛復侵。十一年，總督慶端奏，請派專辦厦團。不圖蒼兕傳呼，遽爾緋衣入夢。九關虎豹，招魂於宇邃堂高；八陣龍蛇，遺恨在江流石轉。慟狂瀾之一柱旋傾，覽遺書而九天欲泣。春秋七十，以咸豐十一年六月二十有七日卒。嗚呼痛哉！夫人許氏，福建水師提督松年女。相浣石裙，贊聯姜被。資炊黔粥，助指魯囷。既如幾如式，亦善容善心。道光五年二月十八日，卒於南昌官舍，年三十有四。子二十有一，長雲鵬，夫人出。次逢時、雲翔、寶善、國用、雲壽、雲路、章綺、雲桂、嗣昌、雲松、雲閣、建業、雲錦、雲驤、雲藻、雲燦、雲焕、雲麾、雲濤、雲汀，庶也。女二十有二，孫十有七，擇對皆名門，時論榮之。以同治三年八月二十八日，葬於寶興山之原，夫人祔焉。嗟夫！九京侍立，話中興於甲子上元；三圭歸徠，歌大招於庚寅吉日。一片峴碑墜淚，如臨叔子衣冠；千年石馬嘶風，尚想鄂公顔色。歎陵谷之貿遷，具楹書而鑿納。地久天長，敢鐫貞石。銘曰：

忠耶而孝，公膺拳拳。武耶而文，公腹便便。平心準秤，佐歌投壺。偉矣韓白，倬哉亮瑜。國將家將，乃藩乃屏。出治入理，允緯允經。天子曰賢，維女可人。授以旄鉞，俾滌埃塵。吴山幕霧，越水簸濤。大星東指，螗蜩斧膏。功成而退，社鼠旋薰。自遐届邇，呼李家軍。鎧甲生蝨，歷四十霜。裘輕帶緩，柳細松長。胡爲天道，裂我中台。山丘拱木，隧路衣苔。書埋簡落，戟折沙沈。人琴俱没，哀吟至今。大書麟閣，納册玉棺。千春文采，轉蕙氾蘭。

吴母許太夫人墓誌銘

昔唐夫人升堂乳姑，以孝著於一國；鄭善果胡牀拜母，維富贍及六姻。欲綽義門，必先端操。援古證今，其揆一也。吴君静安以其母太夫人葬有日矣，泣告於予，乞爲之銘。予既習聞孅行，更何敢辭？太夫人許氏，澳水鄉人。及笄，歸於民部副郎葆晃公，爲欽旌孝子、太守惇公之子。旋嗣伯父洪公，然飲食、教誨以及有室，皆太守公主之。雖爲人後，仍屬雙祧。會飯一堂，未嘗異宅。時則太夫人尚逮事其嗣姑、生姑焉。採蓤蕁以爲左右養，獻韈履以奉晨夕歡。始終如禮，蓋二十稔矣。民部公養親既畢，遠宦京師。持門祚以爲家督，賴慈母而兼嚴君，獨躬任之。洎乞假歸，又值軌里立團，飛芻轉漕。太夫人曰："仲父請治外，報國爲重。凡寢門以内，纖鉅予親。"於是相導以義，相繼以勞。贊勷之力，更弗遺也。素寡言笑，復勤操作。禮隆於奠衎豆籩，恩徧於封胡羯末。待外戚而家政必咨，得一言而小忿能解。縱居華膴，不御綺紈。能示寬容，以馭臧獲。尤爲妯娌中所相矩矱者。先是，同治紀元，有功兄弟效許武而計取肥田，習周嵩而釁萌擲燭。静安詣愬於庭，平反有日。太夫人聞之怫然，潛令釋忿就睦，屈己下人。四戚義之，謂能以民部公遺訓時相勖也。夫能爲孝婦，必爲賢母。惟盧氏松柏之稱，歲寒獨見；而宣文絳紗之設，官禮自存。政在一庭，理無二致。宜其食報綦隆，胡天竟奪之遽。生於嘉慶乙丑八月四日，卒於光緒庚辰十月二十五日，春秋七十有六。子四：階亨，郡庠生，候選訓導；定安，廣東即補道；静安，鹽課司提舉；階秀，兵馬司吏目。長、次、四均先卒。女一，適四川總督蘇公廷玉之孫瑞雲。孫七，孫女十三。曾孫六，曾孫女五。今以其卒之逾年某月某日，葬於厦門尾頭山之麓，禮也。銘曰：

鷺島毓秀，實主女宗。威姑雙奉，治枲折葼。香名能飲，垂耀管彤。一門冠蓋，孝謹重重。根柢牢固，裕後靡窮。請勒貞石，壽諸閟宫。

劉綺田明府誄文代祁相國。

咸豐十年，歲次庚申，冬十有一月五日，蜀江津令劉君綺田以勞卒於官，享年四十有八。其同懷弟漢陽守冰如郵書請誄於余。君與其弟皆余辛丑春闈所得士也。稔其崖略，誼不容辭。君劉氏，諱齊衢，字本樞，一字綺田。譜系龍山，於兄弟輩序居長。方佩觿韘，即廢《蓼莪》。歡承繼母，潔膳馨羞。愛篤諸舅，共枕同被。力持門户，諳齏臼之苦辛；質秉嶷岐，善繭絲之擘畫。就傅以來，讀書爲命。經堂講舍，集元齡之屏風；芒屩布衣，準長史之表範。園不窺者三年，業精馬、鄭；朋能正乎一字，交慎羊、求。乙未鄉試，以國子生登賢書。辛丑會闈，偕同懷弟捷春榜。雙丁賜餅，宴綾聽上苑之鶯；百里攜琴，捧檄上成都之鶴。需次未久，委任方殷。忽聞伯父喪，遠道抱竹林之泣，累騎遄歸；續奉繼母諱，空山痛丹奈之摧，縗衰盡禮。服闋出山，授興文令。妖氛密邇，貔虎獨屯；健卒森嚴，鼠狐盡遁。竹頭木屑，士行運青溪之籌；暴雨烈風，神女感灌壇之化。公餘多暇，庭可栽花；獄折片言，案無留牘。衡持玉尺，掄才修月試之功；網入珊枝，課士重風裁之選。此雖朱博之襲豪,聶恒之遴士,無以尚也。繼攝滎邑篆,執法雷丞能洞,齊民利弊濟時。苟子不遺,大寶輸征。收煮海之金錢,官商獲利;準牢盆之鹽筴,榷酤持平。替人難得,移官尚借以一年;寵命頻加,晉秩輒分乎千石。此雖逢源之循卓,理威之賢能,無以尚也。調補江津令,實爲今職。值幺麼之蠭起,迫鄰户而蟻屯。鑒亡羊而補牢,防狂兕之出柙。要津涪水,擊柝相聞;明月錦山,飛芻獨輓。資一隅之保障,陶甓朝勞;固四遂之金湯,檀籌夜唱。此雖卞震之示威,曹幽之秉直,無以尚也。積勞成疾,遂以不起。三載役形,葉縣化王喬之舄;一官齎志,峴山哭羊祜之碑。詎當服政之年,竟定蓋棺之論。悲夫!綜其梗概,尤式儀型。自少洎老,守法誠之友恭;一視同仁,泯親疏之畛域。楊播同聚廳堂,情敦祖始;孔奮共嘗甘美,誼重宗尊。仲弟齊煊早逝,慟棣華之倏瘁,不教伯道無兒;擬竹筍之相親,終俾武鄉有後。而且姻亞親朋,窮乏必濟;冠婚喪葬,休戚相關。讓光顏之管鑰,推李孟之田園。餔以膏酏,擊鼓會張寬之飯;助其貲算,分金出陸賈之裝。元配王宜人先君二十有五年卒,糟糠情重,琴瑟悲深。雖夢成炊臼,雉飛操牧犢之歌;而誼篤同牢,鳳髓絶膠鸞之續。仰經天之明月,終身奉倩傷神;卜當夕之小星,萬里朝雲聽偈。其爲從弟持家也,怨勞俱任,不辭胼胝交侵。其爲庶慈歸柩也,壽藏先安,克慰靈魂早返。有妹絮吟道蘊,擇絲蘿而婿並乘龍;合宗亭譜老泉,報木本而禮詳祭蜡。凡兹生平之行實,允堪模楷乎人宗。信乎廉吏可爲,善人有後。長子學鐩,王宜人出,邑廩生,聲標黌序;次子學楠,側室李孺人出,國學生,品重金閨。一女則蕙質蘭心,四孫亦龍文鳳彩。決後來之昌熾,七業蜚聲;顧多士之凋零,一莊增感。廿年衣鉢,曷勝范質之思;千里人琴,用慰王凝之慟。靈兮匪遠,尚鑒余辭。誄曰:

猗歟劉生,七閩之淑。文擷其英,行據其獨。匪惠不懷,匪威不服。治最岷峨,愛遺邛僰。天胡弗吊,豐德歉年。民有神君,而忍奪旃。蜀山蒼蒼,越山緜緜。表阡頌德,式觀後賢。

李硯畬封翁誄文代。

同治三年五月五日,李太翁卒於光禄里第,春秋五十有九。嗚呼哀哉!拜郗鑒食粟者，三年席苫；待晏嬰舉火者，百家失聲。斯人古之猗氏，胡天喪我鮑叔？蕤賓甫臨，虞淵遽迫。匪宣華表，懼汩良式。公諱翼禧，字硯畲，爲予媚鄘也。模楷名門，道德枝胄。均輸能持水衡，禺筴獨明鹽鐵。農丞佐治，自異賈人；貨殖知書，不慚太史。供計臣之十萬榷酤，洞府海之三千案牘。大器早伏，屈之以車；如願既來，呼之於帚。以故三徙爲范少伯，千僮屬卓王孫。世或方諸郭況金穴，華信錢塘。爲億而中，獨雄於財。是猶莛之擊鐘，蠡之測海。叩以小而未鳴其大，拘乎淺而弗量其深也。公豐腴已席，賙扶有加。風人雨人，衣我食我。具菩提心者六時，拯支離疏者十束。樊重昌家以博濟著，樂喜長世以厚施名。慨借馬今也已亡，每叩門求無弗與。靡獨焚空文之券，捐續命之田。綜厥生平，遂足以殫之矣。顧任卹乃三物之末，而孝友爲百行之原。公生爲中男，祧於季父。采循陔蘭，藝將母黍。馨膳必虔，掬土如禮。慟杜棲之噩夢，稱叔鸞之死孝。其敬伯兄也，怡偲孔懷，德望相埒。飫贊質之酪酥，植迷逌之杞梓。盤羅苜蓿，隅坐擯籩。湯沸參苓，分憂灼火。迨挫田荆，倏孤姜被。蒸蒸之愛，不忘在原；悾悾之情，如銘幽壤。其聯親族也，納以管鑰，酺以膏醃。分金出陸賈之裝，擊鼓會張寬之飯。每念北阮多貧，東裴未振。鑄秕穅而崽子飲名，助貲算而嫠孀得立。安而行之，惠莫大焉。若夫干城必鞏，糜萬緡以壯麗譙；中澤無哀，補千倉而充芻粟。穹碑勒有道之名，同閈拜仁人之賜。天子呼卜式爲長者，大吏紀孫叔之陰功。錫以詔書，榮以綽楔。以及濟生逮幽，妥靈致禬。閑閑松桷，神廡聿修；簇簇椒枓，馨秬以祀。胥爲州里美談，人寰孅行也。況復沖懷和藹，秉性溫良。與人必交禮接道，馭衆無厲色疾辭。得天既厚，卜地亦靈。占名山片席，吟臺之風月皆春；聞一色古香，棐几之鼎彝俱壽。頤養之樂，亘古所希。蓋善不遺親，仁也；慮不忘遠，智也；施禄及下，義也；卑以自牧，謙也。具此四者，必有後焉。故寵嗣作梅肯構是基，析薪克荷。蔚佳兒鄒鳳之聲，沐元后翠羽之寵。孫曾亦各岐嶷，成爲濟楚。膺豸服之崇秩，厠列宿之郎官。一門金印，已容駟馬之高；四代玉環，競食黄雀之報。論者謂福有自來，善必餘慶。託根牢而枝自繁，積源深而流必遠。微公一人，曷克臻此？乃遐齡方卜期頤，哀忱忽起中夜。蟠蛇之厄，扶十仞而泉飛；夢鶴之辰，叩九閽而星落。昔謝太傅別親串而作惡，矧此爲終古乎？吴季重感故人之長逝，不能已於言也。余爲蘿附，敢效薤歌。爰述𩐨𩐨，以纂儚儚。誄曰：

古之仁者，隱矣陰德。維公典型，枌榆攸式。隱於牢盆，萬間託食。聆善如流，抵金萬億。延及後昆，繩繩不忒。曰祇曰恭，貽爲世則。如何善人，緋衣來迫。彼蒼長醉，雲閟而黑。值兹重五，我心忉惻。一束生芻，巷衢哽塞。靈其迟迡，儻憑玉尺。千秋卓行，大書刊石。

劉濟爲封翁誄文代。

同治八年二月二十有六日，誥封中憲大夫濟爲劉公卒於光禄里第，春秋七十有三。嗚呼哀哉！公胄出龍山，望宏榕嶠。降太乙之星精，居孝綽之門地。少文多病，頣志林泉；石奮一家，雅歌佩韍。魯稱導訓，不忘故實之咨；夏侯陳編，善讀昆弟之誥。其奉親也，適遭疾疢，不違寢闥。求紫石而悸心，禱瓶花而雨涕。餐寢胥忘，帶環自弛。洎驟蟄乎陽晞，獨澌聲於壤室。宗懍蹐地，烏欲喑而未甦；崔約吹風，杖甫植而即倒。嗚呼孝矣。其事兄也，處陸恭後，爲辛攀賢。稱三筆之譽，守同被之温。卜式分田，畇畇原上；張寬會飯，肅肅堂前。慟元方之先亡，迸摧桂樹；撫楊愔如己子，遍饌銅盤。嗚呼悌矣。今夫抗丹泥之厚，賦性得於犧天；積扶摇之高，綽楔衍爲鱣服。譬諸圭正則日中，珀成而芥拾。藴者如斯，應乃若彼。向使迹乎題橋，出而誓墓。持汝士之油幢，博文侯之印綬。以公襲兹樾蔭，大厥駟門。則鐘鼎旂常，不爲奇福；而儒林隱逸，已替傳人。維公沖淡其心，朓樸其貌。卧無煩無想之天，築不惠不夷之室。怡神鼓吹，蝦蟆六更；入腕雲煙，蚓蚰四壁。借月中之杵臼，樊南能擣萬花；畫山上之碁枰，安石獨開別墅。喑嗚林木，長嘯不減孫登；驅役丹青，彩筆可奪韋偃。況乎玉尺卜鄰，山水模範；陶舫結屋，風月平章。眺光禄之吟臺，尖叉同鬬；撫舍人之星石，几席皆春。既履名區得地之靈，更恢門祚爲家之督。維一索或嗟不禄，而半士尚抱微痾。北山所頫，東隅可收。然得范喬而傳硯，誦陸機之先芬。康樂亦無忝所生，延之復能銘厥祖。橋門擢秀，鼓篋有聲；雲仍在前，鳴笳相導。公之蕃祉，亦足多也。時則公之猶子榮膺豸華，新攝薇籓。列天家之屏藩，綜東淛之筦籥。獨乘宗慤長風，蔚爲謝玄玉樹。公命文孫，出而隨侍。乃星光垣市，一庭之花誥方尊；而月蝕湖山，千里之麻鞋未返。論者僉以萃渾深於諸郎，遴廚及爲快婿。淮南之草木無恙，息機一山；向平之婚嫁已完，待游五嶽。俯笑下士，如蒼蠅聲；競飲角仙，爲白鹿壽。胡值碩齒，倏乘閔凶。三千年桃花已落，曼倩飛昇；百六日寒食纔過，東君引鞚。導經熊虎，人間蔵鍊汞之功；應讖龍蛇，遠道抱遺書而泣。大暮已不再醒，哲人奚爲竟萎！徒跣奔馳，搏膺告恤。某獨數晨星，同哀朝露。素車三黨，莅長者喪；丹旐一行，具獨行傳。悵頓失乎靈光，迺獨騎乎箕尾。大夫不返，吊白公海上之黿；孺子何知，題黃石祠前之字。誄曰：

沕穆春氣，孝友所充。閩麓儲靈，毓於价宗。獨樂天真，早謝貂珥。約僮浣花，生機在指。吐棄塵坱，自署散仙。羲皇以上，爲福所駢。莪莪山林，方謌貞白。一旦失圖，大鳥墜翮。聖湖浩蕩，蒼天爲高。歸颿日夕，跂望孫曹。三荊雖枯，典型具在。維後之人，承先勿怠。公跨白鶴，如游神州。射烏樓上，靈其少留。我束生芻，敂廬稽首。左右雲旗，來享已卣。

亡室鄭宜人誄文

子齡十七，來歸於予。廿有五稔，黽勉勤劬。崇儉黜華，一一中禮。歷侍重闈，親志善體。事罔鉅細，秉訓迺行。佐治饈膳，椎布爲生。我祖見背，丙午人日。亦越戊午，二人嬰疾。自秋徂冬，飲泣終天。頓失怙恃，與子顛連。嚴霜負梩，大雨埽冢。相潔蘋蘩，一同哭踊。癸亥孟春，祖母復亡。汝代婦職，制三年喪。奉歿如存，長懷耿耿。四度送終，理亂而整。承先若此，啟後有加。誕育六子，克宜室家。恒述家訓，示勤示儉。一粟一絲，躬自約檢。男錢女布，筦籥獨司。不忘在笥，先代裳衣。温陵初祖，歲時伏臘。寄貲告虔，懃懇作答。南來伯叔，優待留餐。周急三黨，尤無間言。王母遺留，憂汝羸弱。命納箆室，以輔操作。有婢倚膝，汝撫長成。顧之曰可，遂列小星。爲兒擇配，喜得新婦。抱孫含飴,咄嗟置酒。聞汝病齒,通宵呻呼。猶復分乳,以飼阿雛。所生二女,汝最惜護。遽殤其少,自罹沈痼。天奪掌珠,實違汝心。哭之無益,一慟幾瘖。胡昔庚申,弱妹不起。汝亦瀕危,賴我慰止。乃及今兹,悼女瘁躬。百憂莫釋,地下相從。長憶生平,雨風晨夕。習字學詩,不離几席。添香桐榭,看月梅梢。良辰一醉,中饋酒殽。儲萬卷書,安排牖隙。補綴零星,鍼神同役。我苦趨公,視事宵分。皇皇鉛槧,資汝膏焚。終歲授衣,弗輟十指。兒女成行,親裁韈履。祀先綦誠,戒旦早興。雅尤喜佛,諵諵《心經》。自我四别,寸心益苦。初赴鯉城,再旋南浦。時當綺歲,計車入燕。洎從戎幕,門户子肩。夫也仗劍,慷慨西出。一官蹉跎,東華橐筆。米鹽淩雜,累汝持籌。自悔汗漫,作此浪游。返櫂津沽,阻風滬瀆。甫唱刀環,汝病已篤。不寢不食,二豎來侵。征塵未澣,對汝涔涔。三十四天,空山求藥。句漏無砂,羅刹肆虐。别來瑣屑,心事萬千。知汝鬱結,塊壘膺填。方期歸田,向余控訴。傷箝其口,而就大暮。汝言未宣,我心終知。慟哉垂死,更無他辭。獨操土音,拳拳婚嫁。如見考妣,傾譚永夜。牢執予手,道小姑來。寄聲珠重,語蹙而哀。呼兒至前,椎心泣别。陽烏正中,環視陡絶。嗚呼宜人,去何悤悤。天地有盡,此恨無窮。生前顧盼,不落人後。而夫自雄,稱汝嘉耦。胡不善葆,此千金軀。春水方生,來日已徂。死訣生離,一場噩夢。縱博榮華,他年誰共?檢嫁時衣,袝汝玉棺。以明素志,不御綺紈。營奠營齋,諸如家教。未敢踰前,聊申賢孝。吁嗟靈魂,儻鑒藁碪。人間天上,夜夜心心。插地大招,手植翠竹。翦紙爲旛,築愁成屋。佳節清明,寒雨紛紛。帀月不見,泣撰斯文。一杯薄酳,繐帷展像。汝其歸來,努力用享。

冠悔堂駢體文鈔卷六

道南祠祭文靖公祝文代。

惟先生鄒魯真傳，濂洛繼起。開道南之先聲，闡執中之微旨。正逢文教昌明，如覩音容尺咫。烏山入座，既陳盥燎於兩階；劍水溯源，特薦豆籩於故里。兹當春仲，祗率彝章；肅展微忱，聿將祀典。

遵道祠祭遵道公祝文代。

惟先生家學象賢，世德碩望。爲伊雒之及門，洵龜山之主鬯。欣逢聖教覃敷，允稱儒林景仰。巽宫致敬，宜懷水木於劍州；同日告虔，特薦馨香於閩嶂。兹當春仲，祗率彝章；肅展微忱，聿將祀典。

重修臺城八樓祝文代。

繄古農隙，聿修城池。紫宫擬法，毋曠天時。麗譙霞郁，百雉厓㢘。燭星耿耿，雄控通逵。矧兹赤嵌，皇初肇基。佳氣葱鬱，鯤鹿來馳。壯觀海外，爲國藩籬。八闍大小，環列如眉。溯興版幹，百年有奇。標櫓蝕雨，傾圮隨之。爰乃蠲吉，孟冬爲期。經營舉廢，職屬有司。用固吾圉，以懾四夷。波恬風謐，闤闠介禧。千秋永鞏，不荒不饑。景純兆讖，可況於斯。巍巍五利，登臺而熙。天從人願，敢禱神祇。

中元節祭陣亡病故士卒文代左季帥。

地官校籍，三元甫中。邊聲四起，我懷鬼雄。繄昔國殤，在彼南東。文貍赤豹，靈雨飄風。夫夫何毅，勇以武終。雲旗晝下，佐殄沙蟲。爰顧西鄙，載挾秦弓。步南騎北，士卒心同。胡爲五厲，生於藴隆。河伯助虐，蜮傷爾躬。哀此貔貅，迟迡峭潼。萬竈明月，一坏蒿蓬。我歌招魂，九閽重重。我歌禮魂，會鼓逢逢。精靈儻在，競翦犬戎。痛飲桂醑，爲爾昭忠。

稼雲村莊祭左文襄公文

光緒丙戌四月，閩紳耆籲請大府，奏爲東閣大學士、二等恪靖侯、贈太傅左文襄公卜吉福州水部關外稼雲村莊，今之桑棉局地，特建專祠，報功也。詔曰“可。”乃庀材葺宇，範土肖像。洎十月慶成，籍紳某某等具少牢以薦，謹爲文告於公之位，曰：

天生元輔，爲社稷臣。再來活我，有脚陽春。歡呼遮道，如一家親。據鞍矍鑠，誓吞狺狺。鼉鼓思逞，馳捉海濱。歸屬耆老，爆竹迎新。群奉杖履，下拜車塵。泰山依倚，高枕十閩。彼蒼何夢，大星儵落。五丈原頭，孺咷婦愕。泣思疇昔，赭寇就縛。漳江敉平，疾風埽籜。縠二十萬，朝饑能瘵。寒士歡顔，廣厦獨拓。曰教曰養，兩端運度。志在偃伯，嗣孔木鐸。苦尋墜緒，樹表人師。居濂游洛，宦闢及兹。干城萬仞，曰衛四維。公之道德，隱寓措施。有舅慎齏，推難送疑。匹飾性齋，卓犖書帷。兄弟夫婦，大筆淋漓。公之文章，謨誥並垂。夷考生平，儒門仰止。富貴顯榮，視若敝屣。乃丁時危，指揮鞭弭。既身許國，羞牖下死。布衣持節，中流一砥。出總師干，入參道揆。漠海威名，震億萬里。鯫生何述，史官有紀。方公初覲，典學匡君。聖人一矧，感爲創聞。比公易簀，猶願宸勤。萬事之本，始終索墳。《漢書》背誦，袛今將軍。草廬抱膝，競愴離群。借古爲鑑，月旦平分。任人能堅，篤舊多欣。爰崇廟貌，人倫水鏡。鬚眉如生，請談至性。帝嘉忠誠，庶幾入聖。公曰道南，首丘此正。勝於裹革，全歸天命。人拜鄂褒，我尊馬鄭。俎豆春秋，於是乎禜。楚些重歌，嚴禋致敬。

正誼書院祭左文襄公文

公生於湘，乃薨於閩。吾道在南，來去如神。追維下車，經學恐失。廣厦創興，循名核實。不謀其利，正誼爲先。譬諸衡嶽，雲開見天。既養且教，校刊語録。先聖先賢，高歌遠矚。眼中餘子，跂望有成。活我再來，尤篤横經。八百孤寒，歡侍几杖。傳宣後堂，斐然吾黨。胡騎箕尾，邈隔山河。小子何述，孰琢孰磨。摶土肖像，送迎一曲。千秋瓣香，長奉醽醁。

漳州祭左文襄公文

維光緒十有五年歲次己丑五月丙午朔，越三日，漳郡專祠告成。幕下士楊浚暨同籍紳衿耆等，謹以酮醢，致祭於東閣大學士、恪靖侯、贈太傅左文襄公之位。曰：

天生偉人，一代柱石。夾輔王室，列侯與伯。七省師干，三朝羽翼。沙漠海天，支撑半壁。入參樞垣，啟沃朝夕。侃侃忠言，堂廉一德。爰溯南州，紅羊遭戹。天上飛來，敉平諸賊。遮道壺漿，喜瞻顏色。再造閭閻，噢咻蒼赤。更及西夷，擾我疆域。高牙重臨，登民衽席。胡乃騎箕，日中忽昃。追念賢勞，廟貌特飾。薦以少牢，報恩罔極。白叟黄童，感涕長憶。香火萬家，如拜古柏。年年賽社，舉觴累百。春禴秋嘗，虔陳犧羃。靈爽式憑，來歆來格。

漳郡公祭左文襄公文代。

天生碩輔，克萃三湘。日星正氣，作作有芒。公靈長在，上下四方。雲車來往，乃眷於漳。憶昔赭寇，妄肆跳梁。樓船横海，迅埽欃槍。萬家再造，遮道壺漿。既平南紀，移節西疆。天山三箭，凱歌還鄉。進參樞密，朝夕劻勷。夷氛不靖，矍鑠俶裝。魋結弭伏，際會明良。帡幪重隸，羅拜繡裳。胡騎箕尾，雲霄羽翔。褒功一字，易名曰襄。少牢陳列，丞相祠堂。駿奔寮宷，仰止景行。二仲俎豆，春禴秋嘗。神兮來格，山高水長。萬松謖謖，永薦馨香。

正誼書院祭林勿村先生文

東鼓西旗，歷三百載。名山萃靈，賴有公在。公今雖歿，浩氣猶生。如山屹立,如斗光明。受知特達,帝曰自愛。盡忠補過,思進思退。巍科一瞥,富貴浮雲。歸田講學,未喪斯文。束身爲教,循循善誘。以人事君,扶植左右。生平處事,開誠布公。毋欺二字,自始及終。人皆桔槔,公獨抱甕。洵無機心,靈臺空洞。土圭取影,譬日中天。正與之正,不倚不偏。宜乎國史,儒林立傳。稽古綦榮,守先不變。吁嗟梁木,維公一人。千秋閭里,俎豆常新。

祭徐樹人中丞文

同治五年冬十月二十日,誥授光禄大夫崇川徐大中丞卒於位,春秋七十有一。嗚呼哀哉!公砥柱南天,文章北斗。專城子肩,豐碑在口。呵護寸心,撫摩隻手。爲古名臣,迺今慈母。溯從循吏,敭歷崇班。一官一集,三度三山。膏馥沾匄,門牆躋攀。人倫立鑑,廣厦歡顔。爰足倉箱,爰鎮鎖鑰。時事艱危,部民咨度。汎粟畀勞,教團互約。既戢沙蟲,兼馴烏雀。河山再造,伊吕得人。斯文元氣,與物爲春。同祝大耋,拜舞後塵。萬家生佛,一代經神。惟公歎歎,胡天懵懵。忽匿白雞,倏騫丹鳳。清節卌年,師門一慟。遺笏長留,騎箕載送。後先梁木,八百孤寒。薦版追孔,借地哭韓。薄奠椒醑,失聲玉棺。靈其汍浞,鑒此汍瀾。

祭林勿村中丞文

天道何有知而無知兮,喪乾坤之正氣。沸千百人如蜩螗兮,乃獨失人中騏驥。傾儒門一柱兮,今何所依庇!詎文章憎命達兮,天將肆彼魑魅。奪我公於時務是非之日兮,俾滔滔者一無顧忌。溯歸田二十載兮,獨扶植乎善類。恨我生見晚兮,日交勖以道義。書來累千言兮,具悲天憫人之感慨。若舍我無可與訴兮,語不厭其瑣碎。命文孫爲我女壻兮,申以蔦蘿之誼。悦親戚情話兮,數晨夕毋欺二字。謀出處大局兮,爲我商量位置。時蛾眉見嫉兮,疊欷歔以勸慰。痛機械變詐之習深兮,大聲疾呼於天地。繄人世雨雲翻覆兮,開金石以誠心相示。胡北斗落而泰山頽兮,紛昊天之雨淚。出門倀倀何所之兮,吾道益孤心爲悸。韓陵没片石兮,君平既與世交棄。歎歲暮修蛇赴壑兮,幸脱紅塵而無累。但昏昏海氣尚拍天兮,奈何此國事、鄉事。公靈儻在天如生兮,黄鶴歸來可息轡。奠生芻於空谷兮,不知何從之涕泗。

祭王梅孫親家文

嗚呼！天道茫昧兮,何奪我公之速。襲忠貞之門祚兮,宜哲人之是育。乃一麾於湘江兮,竟未遂其芻牧。念春明之舊侶兮,曾雲龍之相逐。公暫歸於故山兮,我亦爲雌之伏。幸意氣之膠漆兮,結朱陳於比屋。藉商量乎舊學兮,爲國家之梁木。胡陽烏西匿兮,不貽其福。藐諸孤努力兮,繼爲家督。眄左旗右鼓之兩山兮,公靈儻往來而下矚。

祭魏子瑜文代。

嗚呼！天何奪我北斗之精兮,倏泰山東傾兮。跂礪阜而淚迸兮,墮銅川典型兮。溯合室父子弟兄兮,互切磋六經兮。榜月脇之大名兮,丏餘瀋於一庭兮。十餘載相隨屩簦兮,冀小子有成兮。將撰杖爲稽古榮兮,胡崇朝喘疾嬰兮。乃藥石罔靈兮,空倀倀失依憑兮。今曷所師承兮,慟問字而車停兮。光如豆一燈兮,具束芻與醁醽兮。儻肸蠁如平生兮,魂其來格於羹兮。

祭家俊亭貢生文

時在庚辰,再游鷺島。辱兄下交,永以爲好。談心晨夕,風雨對牀。衣我食我,手足相匡。諸兒隨侍,撫猶子姪。霽色温言,時頒棗栗。追陪五載,一水去來。嘉平聞病,馳視徘徊。送我門前,健步稍慰。再見有期,告以無畏。詎知春來,噩耗忽聞。天奪善人,愴懷離群。兄有八子,二爲人後。所存六雛,出於四母。長妻三室,捐棄在先。今日伉儷,重見黄泉。兄今死矣,可以瞑目。公道在人,家自和睦。我思厚情,以直報兄。不敢偏倚,視死如生。嗟昔謦欬,今徒想像。絮酒隻雞,來此尚饗。

祭家怡堂副郎文

與弟别纔四閲月兮，胡再見之難。索李脯書至兮，墨瀋未乾。道近病口有所嗜兮，慰汝以平安。量束帶長短兮，恐腰圍或寬。乃一水郵達兮，正值汝蓋棺。憶輭塵聚首兮，共看日長安。率過從南柳兮，瀝訴膽肝。洎予寓硯鷺島兮，極他鄉盤桓。招我雞黍兮，每長言永歎。溯先芬長厚兮，羨世德不刊。幸香名一第兮，天錫郎官。彼狺狺嫉賢兮，肆雌黄於無端。念敬恭桑梓兮，曾輸心丹。宜善人獲報兮，何鴒形忽單。奪我手足兮，竟彼蒼漫漫。寄生芻一束兮，和淚汍瀾。靈其來格兮，蕉荔同餐。

祭林子石親家文

嘉平視君，猶能强起。神瘁貌癯，隱憂未已。方期霍然，可延年齒。胡爲庸醫，藏刀藥裏。不及三旬，君竟死矣。乙酉殘冬，哭君之父。甫鼓祥琴，君又黄土。孤子零丁，盼繩祖武。當持門祚，克守叠萬。靈兮歸來，歆香一炷。

祭陳雨春封翁文代黄佑堂正郎。

緊維太丘，六男蔚起。或翔木天，或舉大比。貢樹飛舄，黌宫獻技。文通武達，札闥朱紫。下逮諸孫，岐嶷濟美。長飲香名，一老福祉。幸附朱陳，重重齊喜。更與先君，同心擘理。數十寒暑，捍禦梓里。尤勤誘翼，許我進履。小子有造，俾謹步跬。款洽平生，每談移晷。當公病篤，寢門馳視。猶呼瀹茗，謦欬尺咫。及公易簀，往哭筵几。猶見笑容，生氣滿紙。胡天夢夢，奪我園綺。靈兮西歸，來格清醴。

祭郭母楊夫人文代。

緊昔扶風，女宗習禮。受誡班姑，夙深根柢。後堂佐誦，絳幔同春。仰瞻象服，見文宣身。維我師慈，後先一轍。寄生弘農，三鱣閥閲。洎歸汾陽，助治封圻。鹿門偕隱,再侍珩儀。風月鑑亭,箋經研露。羅列兒孫,蔚爲玉樹。鉛華不御,黜時世妝。褆躬以儉,三鄙表坊。歲時伏臘,潔修蘋蘩。任恤周急,尤無間言。胡天夢夢,太陰倏匿。一笑拈花,西方著力。虔具清酙,拜兜率天。華鬘來格,請降雲軿。

祭陳母林太夫人文代。

繄彼女宗,植範螺江。天上聞雞,忽隨姑嫜。俸錢營奠,都官神傷。晝荻遺訓,胥國棟梁。南紀銜命,正效海疆。吊鶴飛來,燕磯逝淙。生榮死哀,興慶首行。受歸何憾,實今無雙。猥以葭附,薄具椒漿。靈其來歆,翹跂西方。

祭蘇年伯母汪太夫人文

繄彼母儀,寄生水雲。來歸許國,誕兒策勳。霓裳同譜,晨夕論文。武林繡豸,能治絲棼。胡天夢夢,先奪神君。玆非常月,象服離氛。寘芻一束,聊佐蒿焄。靈兮來格,鷺江之濆。

祭從叔母郭太宜人文從叔純彬公元配。

筍江一水,北望滔滔。跂彼東園,永夕悲號。胡天否塞,母儀頓失。小子何依,一同銜恤。念我叔父,古道照人。慷慨好義,平準榕闉。多得内助,三鄙交推。大啟門祚,訓迪佳兒。封胡羯末,撫摩遍至。屬在猶子,尤蒙不棄。欣届古稀,將綵於堂。慰母勞苦,僉進兕觴。噩耗猝聞,陽烏西匿。太姥峰頽,希有折翼。瞻仰繐帷,涕泣漣洏。悵隔河岳,白馬來遲。薄具絮雞,望塵遥拜。玉敚九天,僅存圖畫。母其來格,肹蠁如靈。心香一瓣,達於泉扃。

公請相國彭文敬公入祀名宦祠呈文

爲公請崇祀名宦,以光大典事。竊維昭代崇儒,典禮特隆其璧帛;海濱造士,薦歆宜報以豆觴。既垂矩矱於千秋,合享祠嘗之二祭。有原任大學士、福建學政長洲彭公者，生長名門，淵源家學。孔庭問禮，善讀父書；范室誦芬，能摩祖硯。僧虔幼慧，手成鳳巘之文；張説多才，事作驪珠之記。求一門忠孝，須城之科第同登；守五世詔書，鄭國之子孫必達。遂乃蜚聲壽寓，器重無雙；奮迹巍科，名傳第二。由薇省而載筆樞垣，擢虞司而贊儀典客。貳卿調鼎，四局分班；京兆剖符，千圻取則。因而納言匭院，司籍天潢。膺兩度之峩冠，臺院、殿院、察院；曳三曹之革履，春官、夏官、冬官。進襄黄閣絲綸，補衮稱韋平家世；繼作青宫羽翼，傳經爲園綺先生。綜其登進，遍歷清華。允作儒林之模範，宜鐫天府之鼎鐘。至若焚香薦士，秉尺量才。日下論文，開陸贄得人之榜；殿前分校，獻江都對策之賢。而閩省則三年陶鑄，十郡輶軒。心鼓攻於西序，口碑載在東膠。尤士類所交推，爲衆人所樂道。懿夫季和師表，樹一代之典型；郭泰人倫，繫三綱於道義。其崇正學也，則出凡入聖，理必準乎程朱；其黜異端也，則去僞存誠，説必删乎楊墨。闡成廟四言之訓，示儒門萬禩之規。事惟求是，教必開先。以故匡正闢邪，永叔勒紅不貸；釐奸剔弊，和凝撤棘無譁。念孫叔衣冠求賢，不遺其裔；戒張湯刀筆好訟，必斥其文。竿牘不行，無愧遺清之黄雀；輿臺有約，必懲亡器於海鷗。推之雁贊弗通，儒書爲實；鶴糧已薄，清俸猶分。開蓬篳之歡顔，萬間大庇；息干戈之私忿，同井不争。己溺是憂，援手拯推淵之女；好生爲德，屬毛育在褓之嬰。惑青烏而火葬，必除孝子負槃梩之痛；祀紫霞而考亭，不廢有司修腵脯之儀。潔己奉公，移風易俗。洵爲名教之宗，不忝明禋之典。今者採風遺愛，視此笏如甘棠；受斲成材，化在山之文梓。河汾卿相，鼎鼎門生；鄒魯弦歌，彬彬禮俗。聲猶耳在，援琴吊海上之成連；服以心喪，齎鏡泣江干之徐稺。三千子弟，梁木何依？八百孤寒，遺書在抱。揆其明德，克永馨香。蓋亦天下之公言，非一人之私論也。矧更功高鼎鼐，望重斗山。生邀列聖之殊恩，畀陰陽而資燮理；殁荷易名之鉅典，諭祭葬而備極哀榮。門下籃輿，靖節既無煩私謚；帳前栗主，南豐宜共爇心香。用敢援例以上陳，即懇據情而入請。伏乞稽諸典册，採及芻蕘。俾牢醴沾恩，而歲時薦食。拜堂上蛇鱓之服，宛侍潼關；聆座中絲竹之音，如依東觀。庶幾文昌星宿，長照無諸萬里山川；璧水橋門，上配常衮千年俎豆。

公請曹懷璞太守入祀名宦祠呈文

爲公籲奏，請崇祀名宦，以光國典，以愜輿情事。竊維陸雲圖像，去思修配食之儀；羊祜留祠，遺愛隕看碑之淚。論功者不忘安奠，報德者乃在明禋。伏念已故淡水同知、即補海疆知府曹謹，中州碩彦，省試名元。累世稱其樂施，通經適以致用。典城綦任，案部必先。北理繭絲，畿輔資爲保障；南飛鳧舄，海天望若神明。溯自下車，迄於解組。清宿牘則庭空桎梏，峻官箴則門絶苞苴。撫字心勞，黎庶之征科攸薄；牓書手録，吏胥之食力皆廉。化虞芮於片言，讓田解鬬；縛孫盧於絶島，軌里立團。探源能讀河渠，灌溉被萬家之福；興築獨籌陰雨，綢繆麗百雉之觀。凡此風徽，可傳金石。顧循良治譜，山海胥無間言；而作育人才，禮樂尤所不廢。上崇闕里，下導遐荒。授群經爲入聖之門，教稺齒作成人之器。村腔悉改，能砭愚頑；釁序必明，共修孝弟。文中一室，多後起之封疆；牟長萬人，衍當年之著録。長憶歡顔廣厦，八百孤寒；毋忘助課斗升，三千秩米。凡兹文教，久播謳歌。既論定於蓋棺，更情殷乎立社。是爲慈母，十三年烏哺相依；曷失斯人，二千石驥羈未展。桐鄉宜祀，棠杜請刊。爰采輿評，用揚孅績。南天俎豆，敢酬死後之欒公；北闕絲綸，定念生前之孟業。

公請鄭祉亭儀部入祀鄉賢祠呈文代。

爲品端學篤，籲請崇祀事。竊維朝廷崇化，端在激濁揚清；里閈勵賢，必先循名核實。惟子臣職分無虧，可作人倫表率。有師友淵源不墜，克符月旦品評。下既愜於群情，上宜邀夫盛典。伏見故宦四品銜、禮部鑄印局員外郎鄭用錫，善讀楹書，卓推鄉校。開東瀛之文運，貢士權輿；繩北郭之家聲，完人矩矱。趨庭則聞《禮》聞《詩》，繫帶則銘忠銘孝。備員樞部，封鮓綦嚴；觀政儀曹，望雲時切。乃南歸而挂衣冠，猶北極而瞻星斗。思君杜甫，每飯不忘；奉母崔邠，陳情自表。洎終子道，遂立人師。集鱣服於講堂，三台示兆；闡犧圖之奥窔，一卷研經。振拔單寒，搜羅瑰異。陽城設教，晉鄙亦化澆風；雲間授書，周處咸知折節。

屬在門牆，胥爲杞梓。間復繕麗譙而篑城趨工，拓黌舍而鼓鐘創業。徵百年之文獻，誌乘傳今；戢三邑之干戈，片言解忿。囊沙海上，奇功曾縛孫恩；斗米市中，幻術獨憂張魯。乃承簡命，軌里立團。更足稻粱，汎舟從役。蓋自致仕以來，沾恩尤渥。鄉人敬老，先皇識疏廣之賢；儒者知兵，大吏借鄭畋之勇。特頒翠羽，叠錫雁銜。既荷九重温諭，復膺二品崇封。勞瘁一心，旁皇五夜。矧更有道之碑，無慚郭泰；昆弟之誥，能守夏侯。族譜建亭，禋祀必修其俎豆；屏風集誡，《禮經》獨示以鍼砭。待舉火者百家，置義田者千頃。王忳葬友，長看繡被飛來；任昉遺孤，不令練裙空乏。修橋梁而除足繭之憂，立祠宇而下心香之拜。凡諸梗概，足驗經綸。故當年槐市生徒，幸共承夫光霽；在今日枌鄉耆舊，尤思報以馨香。某等念切風徽，感深津逮。倣梁敏附祠之制，久叶僉謀；推何經崇祀之由，鮮遺俗議。重以虚懷，稽厥實行。儻荷詔求遺稿，曾無封禪之文。兹當社祭尚賢，實合瞽宗之典。

公請林戟門司馬入祀鄉賢祠呈文

爲經明行粹，體立用行，籲請入祀鄉賢事。竊維朝廷崇化，端在激濁揚清；里閈勵賢，必先循名核實。展枌榆之愛敬，允協楷模；分蘋藻之馨香，宜歆膠序。伏見故四川中江縣知縣林振棨，植品純全，秉心淵懿。《蓼莪》廢讀，痛深孝子之詩；萁豆同根，篤守弟昆之誥。夙卓推於鄉校，胥無間於人言。侍養適終，六千里之槐花旋踏；科名得遂，四十年之棠樹親栽。莅文翁化俗之區，具卓茂勞心之績。和平久藴，弭雀鼠而無爭；慈惠交推，暨豚魚而亦格。法于公之治獄，致雨能靈；師伯起之遺清，辭金自勖。投巾講讓，立水鏡於人倫；拓室興仁，畫明堂以孝友。祛風俗人心之害，備神明父母之稱。中澤哀鴻，請命則上書必力；當塗惡馬，翦除則戒石重刊。以故鋒鏑不驚，虎也渡河而去；蓋藏具足，尨兮卧地而眠。分清俸則徭役能供，星軺亦爲緩轡；考催科則錙銖不溢，户課實自投函。報最三年，帝嘉治行；去思片石，民頌廉平。惟澤之及人也深，乃名之閲世者久。况復得人稱盛，收珊網之千絲；祀聖告虔，篆心香之一瓣。萬間廣厦，能庇歡顔；

三峽郵筒,猶勤問訊。雖謝長官而南返,幸賦遂初而祝生。佛於西來,不忘活我。亦既歸里,更復耽書。援古慨今,發六義風詩之旨;抱殘守缺,訂十閩文獻之修。尤且儉以養和,寬以任卹。念稃年之食苦,麤糲長甘;慰戚黨之號寒,匹裘遍給。喪以終身,哀慕之誠無異;年雖及耋,賀吊之禮必親。凡此治身之淑,以及作宰之循。思切風徽,感深津逮。倣梁敏附祠之制,久叶僉謀;推何經崇祀之由,鮮遺俗議。據實而陳,循例以請。景此繭絲,良吏宜尊祭社之賢;允爲矩矱,完人實合瞽宗之典。

全閩普度榜文

聞之嵩室有聲,山靈解呼夫萬歲;星精下降,竹榜先告以五行。冥漠豈曰無知,殃慶乃人所積。禦災既登於祀典,宜報馨香;明器猶作於聖人,預知情狀。揆諸出震,蒼穹本仁愛爲心;例以大儺,闞里亦鬼神是敬。郊壇廟室,固相見以精神;正直聰明,實如聞乎肸蠁。此地官校籍,特開赦罪之門;而孝子營盆,不廢思親之會。名有順乎,無所不順;禮有行乎,不得不行。況乎白馬西馱,四二章具慈悲之法;青牛東跨,五千言爲道德之宗。萬善予以同歸,三教原無二本。憑依血氣,能貞磐石之皇圖;造化陰陽,可鞏葦苕之民命。雖幽明生不並域,乃惠逆視乎先機。萬古綱常,歸厚祗求追遠;一錢功德,懺悔須及生前。亦同父母乾坤,己飢飢而己溺溺;好悟因緣萌蘖,種豆豆而種瓜瓜。閩省兩遭水澇,交困官民。臺駘縱或祟乎山川,倚相獨能歡乎上下。九重軫念,示薄征散利之條;大府懷柔,報先民後神之可。既已發齊人之棠,楗瓠子之竹。人事聿脩,神道更設。爰蠲吉日,僉禱名山。符大衍之用蓍,證法華之妙果。緇袍結集,黄冠如歸。祠夜雊而爲牢,受餐大地;呪毒龍以歸鉢,永鎮靈源。擲金不虚,飲福無算。列物彪地示之序,補和親康樂之書。真容勅上,拜嘉言曰爲蒼生祈福;光順門前,題梵字祝將天子萬年。純嘏克承,同心齊願。爲此榜示,咸使聞知。

鼓山經壇疏文

伏以息鼓億萬年,福地坦平,長祚名山之日月;聞鐘百八叩,諸天猛省,能迴梵海之波濤。引覺岸金繩,度迷川寶筏。意者閩疆有慶,奧府已清。值逢馱馬名經,胥荷掣鯨大力。恭就鼓山,公建四十九晝夜無遮大會。祝天子萬年,度衆生一切。浩浩如親夏甸,熙熙同上春臺。謹擇閏三月十一日啟奏,迄四月念九日完滿。用告全功,咸沾碩福。虔請三乘列祖、八藏諸宗,宏解脱之門,登總持之苑。我佛見西方,衆峰壁立;聖人生中國,千里河清。比祝枌陰,已楗千夫之竹;如參太華,新開十丈之蓮。弭五虎於階前,隨潮聽法;呪雙龍於鉢底,喝水歸源。有孝子慈孫,報本則馨香特薦;足男錢女布,拯幽則飽煖皆春。陰陽蒙庥,家國凝祉。伏願恩緜蔀屋,化溢恒沙。北變南諧,東漸西被。演三稱之讚,共效嵩呼;和萬室之陶,同皈窑變。元燈相續,祥雲見五色之忠;善果都成,甘露飲三生之福。凡有籲禱,悉如肌陳。敬瀝愚誠,冒聞昊綍。

鼓山醮壇疏文

伏以玄之又玄,起例本《陰符》,衹在觀天之道;户之不户,後來有太乙,大開救苦之門。貫三洞精靈,援十洲饑溺。意者久湫不祟,圓嶠同登。宜修鶴氅之儀,特爇龍涎之炷。恭就鼓山祝聖道場,公建四十九晝夜水陸大醮。頌天子萬年,度衆生一切。無灾無害,爾福爾祥。敢禱天地神祇,以及陰陽主宰。謹擇閏三月十一日啟奏,洎四月念九日完滿。由家及國,合幽與明。江漢重排,陰功不在乎禹下;聖人一脈,至教乃名乎周初。獨傳尹喜之經,函谷有五千《道德》;再授吴王之籙,震湖得百六文章。《參同契》注於考亭,本五行之相類;屈莫多神於治水,推百世而可知。因之河嶽萃靈,聽法則晨鐘暮鼓;兼以裳衣思孝,薦時則秋黍春蔬。飽饜髑髏,不用攓蓬相問;久聞肹蠁,何須憑石能言。甘露大沾,祥雲自降。伏願高天錫福,瀕海凝庥。喝水歸源,禱山見瑞。甲兵長洗,有壯士力挽天河;風雨不愆,使蒼生各安環堵。凡有籲告,悉如賽祈。敬瀝丹忱,冒聞蒼昊。

烏石山瓣香堂文昌壇疏文

伏以《陰符》弭大澤之龍蛇,奇器資生,悟道必遵黄帝;《易》象配先天之離坎,丹家祖述,超凡宜證羲皇。炳粤宛三光,拯淖澖一切。意者騶氏一隅,冰夷兩庀。太和既迓,善法有歸。恭就鼓山,公建四十九晝夜水陸大醮。遠承章廟,親編老子之經;近仰心齋,肅進銅人之像。普天獲福,大地臚歡。謹擇閏三月十一日啟奏,迄四月二十九日完滿。更開烏石名區,共演鏐虹寶典。心香一瓣,粥鼓三通。拜洞教之萬神,降羽章之千聖。咸消災厲,合溯權輿。夫通而生曰道,畜而成曰德。五千言曾辨綱綸,而研至變之機,探至精之歸;七十子實相表裏,爰稽太始,爲締真傳。胡靈爲混沌之兒,生身司水;力牧乃軒轅之佐,道戒在天。務成之政事授於堯,尹壽之太清傳於舜。直寧德誠,既著夏時;郭叔赤精,亦刊周代。凡此蕊書琅簡,修善爲宗;自來羽帔黄冠,福民最大。本猶龍之一脈,庶有豸乎群生。蓋洞庭之靈寶五符,識字僅存尼父;苦縣之奇姿雙柱,誕生爲輔平王。九重以仁愛爲心,五賊自陰陽能制。李下則心存救亂,杏壇則志在扶衰。教有二宗,理無異致。持平立論,有史遷冠於衆家;好問爲師,惟宣室虚乎前席。益以蒼生急務,酬兹白辨陰功。風雷永鎖乎支祁,請命獨安淮水;禮樂待興於季札,封公亦署北明。用展鈴旛,大開鼓籥。排真融之銀闕,躋惠涣之玉京。神室嬰兒百道,皆成善果;泥丸赤子九宫,自滿靈光。法會宏施,嘉庥迭錫。伏願昊綍,統治媪神。蕃釐萬物之祖,咸和五行之精。不忒天保其慶,地愛其平。迎神送神,叶君宫臣商之樂;青帝赤帝,發春生夏育之機。皈心守三代遺經,唐虞再見;拜手頌一人有慶,閩越兼圻。西兔東烏,暗室則容光必照;箕風畢雨,春臺則歌舞同登。凡有籲求,悉如禱頌。敬陳丹悰,冒叩蒼穹。

東嶽醮壇疏文

伏以望匹練而登岱呼靈,致祭重聖人之禮;見赭衣而下車向泣,好生本王者之心。浴德在震方,拯幽先坎窞。意者靈蠵迭患,大鱷告平。既迓休徵,咸歸善法。恭就鼓山,公建四十九晝夜水陸大醮。顧念累代之諸侯,典崇虞狩;而憫一流之孕婦,慘等商刳。特分三洞羽衣,迴翔嶽麓;更藉一池綯水,净洗湖濱。生氣聚東郊,永護完巢之卵;仁心溥南國,先超苦海之航。敬告天地神祇,以及陰陽主宰,謹擇閏三月十一日啟奏,迄二十四日完滿,爲十四晝夜道場。百靈來降,萬善同登。法令重申,有語忘敬遺之捍衛;家庭和藹,無壞子婆女之災祲。咸占中饋有祥,夢甘熊虺;得借神天大力,圍破犬蛇。吉日告虔,慶雲大庇。伏願乾坤遍佑,閭井咸和。百年之佳婦佳兒,長圓骨肉;一室之童男童女,競辦冠笄。附彝足以升天,往者汙泥盡拔;化愛河爲平地,來者日月長緜。凡有皈投,悉如肊禱。敬陳寸悃,冒叩九閽。

西禪寺經壇疏文

伏以節度開門,植檜曾名乎息聖;維摩丈室,散花能壽乎群生。盛會集怡山,微塵超苦海。意者白馬故墟,毒龍迭患。既歸於鉢,宜護以旛。恭就鼓山祝聖道場,公建四十九晝夜無遮大會。念金剛爲不壞之身,值下界多大沈之祟。更於西禪名刹,發藏皈心。謹擇閏三月十一日啟奏,迄四月二十九日完滿。顧念肅樓太子,斷章曾殿以幻泡;法苑羅睺,胎難亦生乎煩惱。仗龍天之一筏,開鼠孔於六年。特超浴血諸魂,用唤回頭彼岸。此即觀音幻相,化女身而自願活人;比諸穢迹名經,蠲衆厄而不辭汚世。鈸鈴聲澈,瓔珞筵開。既發大慈大悲,自降爾祥爾福。伏願神天杵護,人海鏡澂。共保康强,永除災厲。值聖主賜經之日,爲凡夫説法之天。慾海平填,善因具種。不借冤禽銜石,獨往獨來;真如荔子當門,自花自實。庥和克迓,碩祐胥臻。凡有籲祈,悉符心願。敬陳丹悃,冒叩蒼穹。

馬江普度啟文

夫何造化小兒,顛倒犬羊之性;致令大招君子,慘傷猿鶴之魂。在視死如歸,舉飯不忘君禄,而祭幽勿廢瀝酒,亦屬人情。况乎裹革棄捐,固有某也正、某也枉;撻蓬起舞,何分鬼而餒、鬼而雄。既爲匱藏,更宜盂薦。今甲申秋,馬江之役,敗在意中,逃難劫外。其地雖同灞棘之戲,亦天俾續種胥之濤。哀哉弁卒匠民,付諸刀兵水火。艦排一字,已成直突之謀;鐵鑄六州,早墮開門之計。痛九輪兮盡喪,嗟一炬兮何辜!爰正首丘,易其藁葬;特營京觀,奠以椒漿。伏懇阿閡佛光，諸皋道力。灑濛濛之埃壒，衛衮衮之旌旗。卌二章白馬西馱，慈悲救我；五千言青牛東跨，道德濟人。天上帆來，江干旛舉。目連持巧綫，場中演傀儡之班；太乙化長梯，井底脱蝦蟆之厄。成爲正果，登仙竟拜葛三；吊此國殤，並命無慙南穴。敢呼毅魄，同證生天。際兹十月上潘，衍以二宗同教。宴修三昧，會敞九關。石鼓山頭，碧血請題片碣；羅星塔下，素車長逐來潮。待縛五單于，指佞一齊授首；重開十世界，報忠幸有同心。遍告魂兮，浩歌欸乃。

報忠植福普度疏文

伏以人海千形，毅魄忠魂，天上已旛旛接引；慈航一片，潮來汐去，江干有香火因緣。爰憫國殤，敬資佛力。意者言念群雄殉節，追薦下元。幻蒼狗於須臾，歷紅羊之浩劫。敢瘞馬江忠骨，净土攸歸；請聽鹿苑唄聲，生天共證。授命者固多烈士，銜哀者亦有煩冤。石火電光，乃破膽未寒西賊；沙沈戟折，忽借風不與東君。陳濤斜再見於今，書生本爲劉秩；鴟夷革早拚一死，賢者甘作伍胥。已矣君恩，十載報馬牛之豢；大哉佛力，重圍滌蛇犬之腥。炯炯千秋，差比金剛不壞；空空四大，無慚彌勒同龕。是月也，值制怛羅；彼岸兮，登舍衛國。《高王》在誦，衆生都是晉陽；地藏能靈，往事莫談何立。且爇旃檀，來乘迦葉。五百道看垂乳酪，率服男兒；三千人縱化沙蟲，終成君子。請齊膜拜，爲具瓣心。貰醵青蚨，經馱白馬。特建報忠勝會，兼祈植福黎氓。仰叩龍天，敉平鯨海。伏願金精七寶，正氣千秋。洗盡三層濁浪，户户含哺；護將萬里重山，家家高枕。四花四果，光音開自在之天；六根六塵，離垢净現前之地。龍樹繼馬鳴説法，外道胥降；寒山偕拾得同歸，孤兒無恙。水中杯度，見白衣揺艫之身；空際錫飛，認碧血亘天之氣。蒲團方寸，化爲偌大乾坤；笥版短長，參遍許多臂指。一花花，一葉葉，皈依則骨肉皆仙；種豆豆，種瓜瓜，食報則毫釐在我。所屬宰官善信，及諸優婆塞夷，玉𥳑題名，金科記善。駢臻吉祉，麕集嘉庥。更祈慧炬長輝，圓輪常轉。凡在蝌蠓之類，咸叨嚕泗之恩。

報忠植福水陸普度疏文

伏以一念戒偷生，衮衮仙班，聯臂是羽林男子；萬言宣救苦，熙熙人海，舉頭有太乙天尊。神光普照十方,道力永消千劫。意者虎門失險,馬瀆含寃。斗雖黯乎七星,石仍留乎八陣。寒韓驚范,所嗟無此英雄;前種後胥,相逐有如江水。望丘山而回首,棟梁空付萬牛;幻天地之愁容,日月竟囚雙鳥。狂瀾偶倒,潮傷來去之期;急劫誰争,棋錯後先之著。换紅羊兮大地,見白馬兮故人。再世薛孤延,滅火豈愁霹靂;如生王鎮惡,行舟請率艨艟。祝爾前驅,恢兹中壘。譬彼柳津應敵,道士既爲上章;方之檀尉留圖,居民更資禳鬼。樹枌榆之人表,吊蘭芷之國殤。僉醵金錢,大開石牓。特設報忠勝會,兼祈植福衆生。仰叩神霄,廓清塵海。恪遵元象儀文,虔按丹陽科典。捧三危之雲笈,豎一片之花旛。百丈繩梯,四圍斗帳。齊祝萬年天子,函夏無塵;能蘇六郡良家,陽春有脚。雲中樓閣,如親岱嶽四郎;海上帆檣,共拜雷霆三省。正十千之世界,地官則赦罪門開;有五百之官軍,天使則陰功壁畫。蓋宋無忌未超火厄,而夷叔羅本是水仙。劍佩趨蹌,咸長遮須影國;樓船肸蠁,終吞魋結游魂。忻萬骨之生天,舞千頭於樂土。説到鏐虹寶典,金闕題名;呪將蕭鳳靈符,玉晨授籙。更及各音宗祖,同登無上菩提。善果有緣,祥雲永護。

募修觀音庵啟

夫誕白衣於天竺,救世曾幻女身;而錫吕尼以皇姑,勝朝獨隆廟貌。回溯權輿,皈依纓絡。佛法兆自岐周,尼寺始於典午。有會元之五燈,守戒衣之百衲。慈雲具覆,滿月同修。不特王建聽鐘,何充捨宅。於比丘尼,大發善心;爲辟支佛,重開法會也。本庵自明洎今,歷有年所。門前雙井,半已成眢;屋内三椽,漸將爲黝。每念西方聖人,用祝萬年天子。唪經冬令,不辭雪地冰天;膜拜春明,猶守晨鐘暮鼓。乃旁風上雨,已蝕垣衣;而翠竹黄花,久淹塗艧。伏願善信,完此梵土,飭夫仁祠。葺宇以護上乘禪,捐金以植無量福。誦休文《净秀》之篇,青園本生乎兜率;讀《洛陽伽藍》之記,講堂重焕乎瑶光。天上散花,人間種果。爲歡喜地,結香火緣。

冠悔堂楹語

識　語

楹語，小道也，奚足述？述之以誌，一時交游，且有軼事藉可鉤稽，惟紀事非隸典則不文，生平鴻爪雪泥，記憶所及，略爲之注，素所代擬，抛棄不少。間有語屬平庸，姑存其事；亦有撰而未用，或經友人塗乙者，統録三卷，分爲八門，以備去取云。

光緒庚寅季春，雪滄楊浚識。

目　録

冠悔堂楹語卷上

集句一

老子

古今恍惚上篇，天地橐籥上篇。聖人皆孩下篇，萬物自賓上篇。虛心實腹上篇，知雄守雌上篇。得一盈谷下篇，如春登臺上篇。上善若水上篇，大方無隅下篇。深根固柢下篇，和光同塵上篇。上德若谷下篇，衆妙之門上篇。善行無轍迹上篇，專氣能嬰兒上篇。聖人執左契下篇，天道猶張弓下篇。聖人被褐懷玉下篇，三公拱璧駟馬下篇。不窺牖，見天道下篇；無關楗，閉善人上篇。下士聞道大笑下篇，善人與天常親下篇。代斵必傷其手下篇，治國若烹小鮮下篇。人法地，地法天上篇；一生二，二生三下篇。萬物自賓，天地相合上篇；聖人皆孩，百姓爲心下篇。谷神緜緜，若存元牝上篇；衆人熙熙，如享太牢上篇。江海善下，自王百谷下篇；累土能起，爲臺九成下篇。金玉滿堂，功成名遂上篇；雞犬相聞，樂俗安居下篇。聽不聞希，視不見夷上篇；猶若畏鄰，豫若涉川上篇。善建不拔，善抱不脱下篇；大成若缺，大盈若沖下篇。無事自富，無欲自樸下篇；知足不辱，知止不殆下篇。察察其政，缺缺其民下篇；琭琭如玉，落落如石下篇。

集句二

莊子

鵷雛嚇秋水，鮒魚來外物。聞人籟齊物論，解天弢知北游。犢新生知北游，駒過郤知北游。狙公賦芧齊物論，惠子據梧齊物論。惠子吹劍則陽，匠石運斤徐無鬼。宜僚弄丸徐無鬼，大馬捶鉤知北游。北山畏壘庚桑楚，南冥天池逍遥游。骓掇千日至樂，鷦鷯一枝逍遥游。太倉稊米秋水，江湖大瓠逍遥游。大瓠五石逍遥游，金服六弢徐無鬼。正緳係履山木，掊斗折衡胠篋。造冰爨鼎徐無鬼，纍瓦結繩駢拇。求馬唐肆田子方，抱甕漢陰天地。赫胥含哺馬蹄，董梧鋤色徐無鬼。是聖人僕徐無鬼，爲夫子妾德充符。卮言日出寓言，秋水時至秋水。滑介柳肘至樂，夫子蓬心逍遥游。萬物一府天地，天地大鑪大宗師。或枝於手駢拇，有蓬之心逍遥游。赤水索象罔天地，宋野游鴻蒙在宥。古人成糟粕天道，嬰兒無町畦人間世。釣魚五十犗外物，觀雀三千鍾寓言。痀僂承蜩翼達生，觸蠻争蝸角則陽。君子淡若水山木，衆人息以喉大宗師。五石百金藥逍遥游，三鍾十束薪人間世。鷇音所言未定齊物論，鶉居與物皆昌天運。蛇憐風，風憐目秋水；程生馬，馬生人至樂。道在稊稗瓦甓知北游，壽爲熊經鳥甲刻意。雞左臂，彈右臂大宗師；雄上風，雌下風天運。水静鬚眉可燭天道，鑑明塵垢不生德充符。爲天下，如治馬徐無鬼；善養生，若牧牛達生。詩書古人糟粕天道，仁義先王蘧廬天運。麗譙列鶴錙壇驥徐無鬼，馳河商蚷負山蚉秋水。杯水芥舟，所積益厚逍遥游；塵埃野馬，以息相吹逍遥游。此是彼非，天地一指齊物論；朝三暮四，喜怒衆狙齊物論。我固非魚，濠梁可樂秋水；羊不慕蟻，卷婁自羶徐無鬼。存而不論，論而不議齊物論；德兼於道，道兼於天天地。連羈編棧，伯樂相馬馬蹄；批郤導窾，庖丁解牛養生主。虚室生白，吉祥止止人間世；真人不夢，踵息深深大宗師。十步一啄，百步一飲養生主；真人息踵，衆人息喉大宗師。鼓宫動宫，鼓角動角徐無鬼；呼馬謂馬，呼牛謂牛天道。麋鹿食薦，蝍且甘帶齊物論；鼓鐘樂鴳，車馬載鼷達生。魚筌兔蹄，窾水弟子外物；雞癰豕零，得藥真人徐無鬼。鳧脛莫續，鶴脛莫斷駢拇；鵠羽非沿，烏羽非黔天運。果蓏有理，人倫相齒知北游；醯雞猶道，天地大全田子方。北山畏壘，社稷尸祝庚桑楚；白靈帝鄉，壽富多男天地。蟲臂鼠肝，奚以汝道大宗師；蜩甲蟬蜕，似之而非寓言。化尻爲輪，化神爲馬大宗師；夢鳥於天，夢魚於淵大宗師。八竅胎生，九竅卵生知北游；百里舂糧，千里聚糧逍遥游。紀渻養雞，有鳴無變達生；痀僂承蜩，用志不紛達生。

集　句　三

楚　　辭

燕雀烏鵲涉江，蕢茅筳篿離騷。申椒菌桂離騷，杜衡芳芷離騷。美人遲暮離騷，女嬃嬋媛離騷。秋蘭紉佩離騷，若木拂日離騷。鼓鏗斟雉天問，甯戚飯牛惜往日。雲霓來御離騷，日月齊光涉江。雞鶩翔舞懷沙，鷤鴂先鳴離騷。青冥攄虹悲回風，閬風緤馬離騷。陸離帶長鋏涉江，崔嵬冠切雲涉江。滋蘭九畹，樹蕙百畝離騷；芙蓉木末，薜荔水中湘君。申椒爲糧，木蘭矯蕙惜誦；芰荷製衣，芙蓉集裳離騷。

集　句　四

焦氏易林

登崑崙，躡崋巔。心安吉，問惠歡。遨游仁宇，坐立歡門。爲國幹柱，與君笑言。開門内福，荷囊載香。獻公飲酒，使君延年。王孫嘉許，君子樂育。駕福乘喜，獲壽延年。一花千葉，十雉百雛。鳧鷖在渚，菡萏未華。絺綌爲願，黍稷以興。與君同好，使我得歡。鸞鳳所庇，鴻鵠高飛。德象君子，邦多哲人。白鳥銜餌，黄龍服箱。多見駿馬，先得大魚。授我龜紐，獻其狐裘。明月作晝，春日載陽。漁父舉綱，河伯捧觴。明允篤誠，與福爲市；與喜堅固，長樂行觴。蒙慶得財，旅人獲福；修德行惠，君子顯名。鎡基逢時，頌聲並作；上農得穀，仁政流行。和氣所居，金王滿饋；與旅爲市，福喜入門。三驪負衡，佚受大福；九雁列陣，在成霸功。拜治水土，百流歸德；平準貨寶，千里蒙恩。東鄰西國，四裔賓伏；金梁鐵柱，萬世長安。

集　句　五

説　　文

淥米藪，綴衣箴。豹圜似虎，牛駁如星。槙爲木頂，筤乃竹膚。鍑大口釜，瑩長頭絣。土能吐物，城以盛民。凝雨爲雪，屈虹作霓。碣特立石，㲋側出泉。巂爲周燕，雅本楚烏。粟實爲米，草耑曰芒。舞履曰躧，吹鞭爲箛。市穀出穀，扞繒湅繒。薑能禦濕，葰可香口。魁爲羹斗，毬乃鞠丸。籟三孔籥，輦一輪車。關牡爲闔，屋牝曰㝉。秄爲禾本，筍是竹胎。專六寸簿，檄二尺書。萸即木耳，菭是水衣。鳳宿風穴，叒出湯谷。晝與夜界，雨从雲下。酉水半見，霜月始生。熊山居冬蟄，龍淵潛秋分。笠爲簦無柄，弩乃弓有臂。幰車幔幬襌帳，襮黼領褘畫袍。

集　句　六

急　就　章

衛益壽，宋延年。柳堯舜，藥禹湯。曹富貴，顔文章。蘭偉房，竺諫書。烏承禄，康輔福。閻歡喜，樂欣諧。百姓承德，萬方來朝。分別部居不襍厠，完堅耐事愈比倫。

集　句　七

水　經　注

蝙蝠百歲夷水，鯉魚一雙江水。聓鄉唐鼠沔水，丙穴嘉魚沔水。愛深緑水滱水，神栖白雲洣水。水注福禄聖水，草授吉祥河水。蓮荷被水滱水，桑果餘林河水。擊石出水温水，煮土成鹽漾水。豐周瓢飲河水，半達鉢愁河水。紅荷覆水淝水，丹虹盤梁滱水。筠篁列植清水，桂筍尋波巨洋水。洞庭日月湘水，涣水文章淮水。高霞翼嶔易水，芳風藻川資水。緑蘿蒙羃沅水，紅雲秀天丹水。載鉢八象河水，吐水一龍河水。景雲燭日河水，玉果璇珠河水。青玉萬斛河水，朱霞九光河水。混濤歷峽河水，榆木成林河水。射箭入地河水，擲鉢逆流河水。飛瀑三百廬江水，群燕數千濟水。楸桐負日濟水，蓮芡覆水沔水。神魚舞水河水，青羊祈山河水。絙橋相引河水，器鉢無聲河水。纏絡墟圃巨馬水，採挹河流河水。晨鳧夕雁㶟水，名蟒雀蝦漳水。小竹細笥沁水，霜橘金橙漸江水。白鵠孔雀渭水，黛甲素鱗㶟水。津渠交蔭汝水，竹木灌叢洹水。王芻萹草淇水，邛竹桃榔葉榆河。淵無潛甲滱水，山多大蔥河水。單碑介立睢水，乳穴下垂溳水。練垂桀立淇水，翼帶涓流巨馬水。繆帶山阜洛水，繡峙方湖㶟水。九曲歷睇滱水，雙闕昂藏漳水。豐周瓢飲河水，汝南萍居旴水。酒官置郡渌水，醬魁名城渠水。屈柱趺瓦漳水，分風擘流廬江水。雜樹交蔭汾水，流煙半垂洛水。蟠蒲繫馬河水，泛舟褰裳沔水。潭澗滋液湍水，山徑委深河水。纍石就路汾水，在室窺窗河水。青崖點黛澮水，緑水平潭洧水。翠柏交蔭涑水，白波奮流滱水。觸石流響沁水，激水散氛淇水。單椒秀澤濟水，甘露降園濟水。水木明瑟濟水，山渚蒙蘢沁水。懸河注壑㶟水，飛閣通衢白水。石壁霞舉漳水，方嶺雲迴涑水。山澤深固睢水，水望澂明滱水。白沙細石漸江水，素湍緑潭江水。竹垂天帚澧水，柑植木奴沅水。河水一曲一直河水，衡山九向九背湘水。朱崖大如囷廩温水，素壁有似香鑪澧水。願香花一把滿河水，澄河水六斗泥河水。得《尚書》、《春秋》、《論語》泗水，觀典府、賓亭、父疇濟水。二石並舉，望齊馬耳濰水；百里無樵，遍是龍鬚河水。問四二事，畫指留石河水；化五百道，墜乳放弓河水。提琴命友，嬉娱終日巨洋水；伐鼓戒晨，啟閉諸門㶟水。舟如鳧雁，大江一帶江水；山若螘蛭，高嶺五迴易水。岫嶂二面，行李所逕滱水；陂水四分，農事用康淮水。南望巨靈，惟見赤壁河水；東通函谷，請封丸泥河水。崖窟廣高，藏書五笥河水；營城自衛，結葦九門㶟水。澮水狐尾，得神之福澮水；山石鹿蹄，非人所刊河水。衣苔帶藻，水仙夢見江水；金馬碧雞，山神敬移淹水。牧羊小兒，聚土爲塔河水；鴻衣羽士，積書成巖河水。山水有靈，亦驚知己江水；林木交蔭，更爲思元濡水。騰雲冠峰，高霞翼嶺易水；華宇連蔭，茨甍交池汝水。寒木被澤，俯視猿狖漸江水；懸水瀉巖，狀若雞翹洹水。細梗躓湍，長津碩浪河水；秀峰分霄，層巖刺天滱水。茂竹便娟，披谿蔭渚沅水；山雨滂湃，挂溜騰虛渭水。層松飾嶺，列柏綺望文水；高柯負日，長林插天肥水。嶺紆曦軒，峰駐月駕漾水；河出天苞，洛吐地符洛水。望衡對宇，歡情自接沔水；分谿別壑，津濟相通温水。東湖相浦，潛躍黛甲㶟水；南峰北嶺，多結禪棲清水。高巒截雲，層陵斷霧瀠水；晨光初起，夕景斜暉穀水。傾澗懷煙，泉谿引霧漸江水；遠山插漢，秀木干雲淯水。金臺玉闕，元氣所合河水；纓巒帶阜，實神之居穀水。晴初霜旦，林寒澗肅江水；重巒叠巘，霞舉雲高瀠水。四柱兩夏，堂宇綺井河水；百步一樓，觀榭層甍漳水。雜樹交蔭，雲垂煙接汾水；風澤清曠，氣爽節和廬江水。因阿結牖，連扃接闥河水；負岡蔭渚，對郭臨川沁水。清風鳴條，山壑俱響汶水；重峰叠秀，青翠相臨江水。檀棘桑麻，閉門成市比水；蘋藻茭芹，竟川舍緣沁水。弱柳蔭街，綠楊被浦瀠水；翡翠熙景，倉庚懷春温水。千仞煙褰，穴嘗穿馬江水；百步泉鏡，流可焻雞涓水。澗瀾雙引，洪湍濬發河水；水木相映，泉石争暉漸江水。單舟採菱，叠舸折芰滱水；援蘿騰崟，尋葛降深涑水。曲池接筵，飛沼拂席穀水；川交樵隱，江閱漁商漸江水。松嶺森蔚，沙渚平静漸江水；綠水澂澹，川亭遠望瀠水。澂源湛下，應水湧上湘水；群山叠秀，重嶺干霄河水。清遥澂源，象水盈縮温水；嚴辰肅月，燕麥暄萋沁水。澗曲泉深，山高林茂易水；土沃民逸，氣爽節和廬江水。負山帶海，博敞渺目浿水；藤盤筆秀，參錯際天温水。甘泉涓波，飛清下注漾水；香茅縮酒，貢氣生芬湘水。

集 句 八

漢 曹 全 碑

繕官寺，貢王庭。吏樂政，君高升。惠沾渥，闕嵯峨。

集 句 九

選　　詩

青松蔭修嶺潘尼，綠蘿結高林郭璞。綠竹夾清水江淹，黄花如散金張翰。松柏有本性劉楨，荃蕙豈久芬顔延之。輕雲曖松杞陸機，涉江采芙蓉古詩。秋蘭被長阪曹植，華月照方池江淹。密葉成翠幄陸機，新蒲含紫茸謝靈運。迴飈扇綠竹張協，淩岡掇丹荑郭璞。橘柚在南國江淹，菡萏溢金塘劉楨。隨山望菌閣謝朓，牽葉入松門謝靈運。桂枝生自直江淹，山櫻發欲然沈約。青松挺秀萼江淹，丹葩耀芳蕤江淹。雜英滿芳甸謝朓，嘉木繞通川魏文帝。梅福入城市陸機，周文走岑崟張協。開花已帀樹沈約，棲鳳難爲條王僧達。秋泉鳴北澗謝靈運，日觀臨東溟顔延之。嘉穀垂重穎陸機，扶桑升朝暉陸機。有道在葵藿江淹，薄言寄松菌殷仲文。白雲抱幽石謝靈運，孤嶼媚中川謝靈運。流雲藹青闕顔延之，華月照方池江淹。山雲潤柱礎張協，鱗翰聳淵丘顔延之。挂席拾海月謝靈運，披雲卧石門謝靈運。臨河思洗耳郭璞，忘筌在得魚何劭。璇題納行月鮑照，玉宇來清風劉鑠。連障疊巘崿謝靈運，長林羅户庭謝靈運。崑山積瓊玉潘尼，辟海出明珠曹植。傾雲結流靄陸機，高臺眺飛霞謝混。百川赴巨海謝靈運，繁星依青天傅玄。大江流日夜謝朓，京洛多風塵陸機。明月澄清景曹植，時鳥多好音陸機。高墉積崇雉謝靈運，遵渚有來鴻謝瞻。繫馬長松下劉琨，置嶺白雲間沈約。方塘含白水劉楨，歧路交朱輪陸機。游魚潛緑水曹植，鳴笳戾朱宫謝靈運。山岑高無極曹植，土風清且嘉陸機。金罍含甘醴劉楨，玉水記方流顔延之。疏峰抗高館謝靈運，企石挹飛泉謝靈運。漾舟陶嘉月謝惠連，挺轡越飛岑張協。聞鳳窺丹穴顔延之，駕雲乘紫煙郭璞。丹霞夾明月魏文帝，天雞弄和風謝靈運。朱櫂麗寒渚袁淑，丹葩曜陽林左思。蠖屈固小往潘尼，龍性誰能馴顔延之。尋雲陟累榭謝朓，棲巖挹飛泉謝靈運。明月澄清景曹植，晨風引鑾音范蔚宗。魚目笑明月張協，蛾眉象翠翰陸機。神飈接丹轂曹植，石磴瀉紅泉謝靈運。豺狼當路立潘尼，鸛鵠摩天游王粲。駿足思長阪陸厥，魚貫度飛梁鮑照。白雲隨玉趾沈約，清醑滿金樽謝靈運。游鱗萃靈沼潘尼，濯翼陵高梯應瑒。此山具鸞鶴江淹，中坐瞰蛇虹江淹。寒谷待鳴律顔延之，明燈熺炎光張載。牽牛不負軛古詩，流鶯復滿枝沈約。金溝朝灞滻徐悱，玉繩低建章謝朓。臨河思洗耳郭璞，離群難處心謝靈運。陽春布德澤古樂府，晨風集茂林曹攄。飛觀百餘尺曹植，望舒四五圓張協。故國多喬木顔延之，仕子彯華纓鮑照。金波麗鳷鵲謝朓，石泉漱瓊瑶左思。書軌欲同薦謝朓，俎豆昔嘗聞潘尼。鳴笳發春渚謝靈運，疊鼓送華輈謝朓。凝笳翼高蓋謝朓，褰裳摘明珠曹植。籌策運帷幄王粲，冠蓋溢川坻任昉。鑽燧忽改木張協，衆山亦對窗謝靈運。崑山積瓊玉潘尼,列宿曜紫薇傅咸。被褐懷珠玉阮籍,倚杖收雞犳鮑照。貞觀丘壑美謝靈運,密比金玉聲顔延之。賓從皆珠玳范雲,庭下列歌鍾鮑照。華萼相光飾謝瞻,文物共葳蕤謝朓。雲漢有靈匹謝惠連,膏澤多豐年曹植。揆日粲書史顔延之,築山擬蓬壺鮑照。仍游椒蘭室徐幹,但見金銀臺郭璞。穴處識陰雨張華,海水知天寒古樂府。山澤多藏育陸機,宗黨生光華鮑照。三歲字不滅古詩,百籟坐自吟張協。遠想出宏域江淹,高情屬天雲謝靈運。握中有懸璧劉琨,天際識歸舟謝朓。群賢濟宏績盧諶,志士多苦心陸機。終朝理文案陸機,長跪讀素書古樂府。甲第崇高闥陸機,桑梓有餘暉王粲。方學松柏隱江淹,流觀山海圖陶潛。四時更代謝何劭,萬象咸光昭謝靈運。巨海猶縈帶陸機,天地爲我鑪孫楚。高志局四海左思,返顧望三河阮籍。無取白衣宦謝惠連,各勉元髮歡謝惠連。開袪濯寒水沈約,連璽耀前庭左思。三間結飛轡陸機,九籥隱丹經鮑照。屬叨金馬署陸厥,明登天姥岑謝靈運。彈冠俟知己曹植,結綬登王畿顔延之。鄉人敦懿義曹攄,吉士懷貞心何劭。恭承古人意謝靈運,遠念賢士風盧諶。聖心眷嘉節盧諶,達人垂大觀孫楚。鎮俗在簡約何劭,吐論知凝神顔延之。芳風被鄉耋顔延之,晚節值衆賢謝靈運。感遇喻琴瑟江淹,末響寄瓊瑶江淹。洪鈞陶萬類張華,英名擅八區左思。結念屬霄漢謝靈運,攜手上河梁古詩。弱冠弄柔翰左思,舒文敷國華顔延之。清機發妙理曹攄,推分得天和王康琚。緇磷謝清曠謝靈運,言笑吐芬芳阮籍。智勇冠當代盧諶,容色貴及時陸雲。嘉卉亮有觀張翰,高節卓不群左思。點翰詠新賞謝惠連,摛藻豔春華潘尼。聊恣山泉賞謝朓,願葆金石軀陸機。一麾乃出守顔延之,萬里猶比鄰曹植。至樂非有假陸機,藴真誰爲傳謝靈運。努力崇明德李陵,隨時愛景光蘇武。覽物眷彌重謝靈運,當世貴不羈左思。勉力在無逸盧諶,會吟自有初謝靈運。積善有餘慶曹植,蓄寶每希聲顔延之。識密鑒亦洞顔延之,積久德逾宣曹植。寡欲罕所闕謝靈運,守道自不攜謝靈運。潔身躋祕閣陸機,攜手升玉階傅咸。南山有綺皓江淹,華屋富徐陳陸厥。齊心同所願古詩,無悶徵在今謝靈運。勞謙得其柄古樂府,詠言著斯章阮籍。廣成受神鼎江淹,太容揮高絃陸機。前修以自勖張協,妙善冀能同謝靈運。無慚仲路諾謝惠連,一見孟嘗尊謝朓。王鮪懷河岫陸機,范蠡出江湖陸機。榮名以爲寶古詩,衛生自有經謝靈運。老聃伏柱史王康琚，武城播弦歌潘尼。王喬飛鳧舄沈約，容成揮玉杯郭璞。情深意何重謝靈運，慮淡物自輕謝靈運。子牟眷魏闕謝靈運，淮南好丹經江淹。檟惠善直道江淹，梅生隱市門江淹。既笑沮溺苦謝靈運，永懷求羊蹤謝靈運。

集　句　十

陶　集

放歡一遇，濁酒半壺。干惠百里，直方二臺。尚想孔伋，邈爲虞賓。稱心易足，好音相和。歡心孔洽，延目中流。斯情無假，匪善奚敦。實欲其可，屢有良由。安此日富，顯兹武功。卜云嘉日，敬兹良辰。夙興夜寐，秉直司聰。慎終如始，抱璞含真。熙熙令德，穆穆良朋。童冠齊業，棟宇唯鄰。曳裾拱手，清琴橫牀。春醪獨撫，倉庚載鳴。園井不履，矯繳奚施。猶勤隴畝，參誓河山。伊勳伊德，曰琴曰書。和風清穆，靜月澄高。撫劍夙邁，斂轡朅來。進德修業，秉直司聰。花藥分列，阡陌交通。豐狐隱穴，逸虬繞雲。獨養其志，實宗之光。仰睇天路，延憩雲岑。安此日富，利我歲寒。眷言哲友，共淪至言。安得促席，甘此灌園。競朋新好，令德永聞。如彼稷契，慨想黃虞。交酌林下，容與江中。奇情雙亮，直方二臺。

萬里自森著，一世皆尚同。念之五情爇，方與三辰游。百年會有役，四座列群英。試酌百情遠，歷覽千載書。一士長獨醉，衆鳥相與飛。幾人得其趣，千載乃相關。猛志逸四海，和澤周三春。親戚共一處，游好在六經。開歲倏五日，大象轉四時。忽與一觴酒，各養千金軀。今生幾叢菊，昔爲三春蕖。寄意一言外，流幻百年中。情通萬里外，人爲三才中。開徑望三益，指景限四隅。夸父誕宏志，王母積妙顔。方宅十餘畝，洪柯百萬尋。一觴雖獨進，千載有餘情。子雲性嗜酒，宋意唱高聲。閒居三十載，行止千萬端。愚生三季後，蕤賓五月中。汎覽周王典，終返班生廬。丈夫志四海，古人惜寸陰。榮叟老帶索，仲蔚愛窮居。仲理歸大澤，彭祖愛永年。萬族各有託，八幹共成林。榮公言有道，鍾期信爲賢。

且當從黄綺,見重我軒皇。豈伊君子實,爰得王母心。將止扶桑涘,寄生赤水陰。新葵鬱北牖,青松在東園。王子愛清吹,田父有好懷。誠願游崑華,所業在田桑。神淵寫時雨,平疇交遠風。佳人美清夜,帝者善用才。延目識南嶺,策杖還西廬。草木得常理,園林無俗情。稷下多談士,豫章抗高門。重離照南陸,清節映西關。荆薪代明燭,榆柳蔭後檐。神州獻嘉粟,冬嶺秀孤松。素月出東嶺,幽蘭在前庭。素驥鳴廣陌,羈鳥眷舊林。班荆坐松下,種桑長江邊。朝霞開宿霧,峻岑聳遥峰。春秋多佳日,館宇非一山。鶬鶊見城邑,燕雁鳴雲霄。萍光寫時雨,露凝無游氛。桑麻日已長,果菜始復生。秋蘭氣當馥,獨樹衆乃奇。青丘有奇鳥,臨流愧游魚。清光澄餘滓,晨色奏景風。芳菊開林耀,青松夾路生。天高風景澈,山氣日夕佳。靈鳳撫雲舞,鳴雁乘風飛。汎覽周王傳,所説聖人篇。素月出東嶺,微雨洗高林。黄花復朱實,清吹與鳴彈。靈鶴有奇翼,神鸞調玉音。濁酒聊自適,園蔬有餘滋。揮觴道平素,懸車斂餘暉。户庭無塵雜,日月有周環。隻雞招近局,斗酒聚比鄰。春秫作美酒,擁褐曝前軒。素襟輝修渚,緑酒開芳顔。窮巷解輪鞅,委懷在琴書。信宿酬清話,壺漿勞近鄰。望雲慚高鳥,閒谷矯鳴鷗。秉耒歡時務,負杖肆游從。傾壺施餘瀝,彈冠乘通津。虚舟縱逸櫂,迴飈開我襟。提壺接賓侣,緩帶盡歡娱。登車何時顧,取琴爲我彈。春醪生浮蟻,束帶候鳴雞。且進杯中物,但顧世間名。天容自永固,余襟良已殫。促席延故老,投冠旋舊廬。歲月好已積,山澤久見招。我心固非石,相思則披衣。冰炭滿懷抱,瑾瑜發奇光。既耕亦既種,非商復非戎。結髮念善事,傾蓋定前言。衆鳥欣有託,西雲爲我馴。被褐欣自得,校書亦已勤。談諧終日夕,卧起弄書琴。泠風送餘善,良辰入奇懷。物新人唯舊,地遠心自偏。量力守故轍,真想在初襟。同物既無慮,寄聲與我諧。大鈞無私力,虚室有餘閒。介焉安其素,庶以善自名。及時當勉勵,爲事誠殷勤。行行向不惑,規規一何愚。時來苟宜會,道勝無戚顔。衛生每苦拙,賦詩頗能工。談諧無俗調,貧賤有交娱。華軒盈道路,至德冠邦閭。得歡當作樂,相見無雜言。積善云有報,即事多所欣。其國有放士,於我若浮煙。欲言無余和,得酒莫苟辭。稱心固爲好,鼓腹無所思。詩書敦夙好,禮樂暫時新。但道桑麻長,而無車馬喧。所營非近務,惟願此長年。桑竹垂餘蔭,陵岑聳逸峰。且共歡此飲,時還讀我書。猛志固常在,高操非所攀。

脂我行車,策我名驥;卜云嘉日,占云良時。飡勝如歸,聆善若始;卜云嘉日,占亦良時。冀缺攜儷,沮溺結耦;御龍勤夏,豕韋翼商。靄靄停雲,濛濛時雨;渾渾長源,鬱鬱洪柯。夕閑素琴,晨採上藥;山滌餘靄,宇曖微霄。孤松盤桓,親戚情話;五柳環堵,先生文章。中無雜樹,桃花夾岸;仰睇天路,白雲依山。不知有漢,何論魏晉;爰自陶唐,邈爲虞賓。

集句十一

佛經

無邊功德,皆大歡喜。云何應住,如是我聞。如如不動,等等能除。皆空香味,能種善根。帝能鑠鉢,佛是然燈。説一合相,撲三斗塵。河沙滿七寶,世界碎微塵。三滿度地尾,七復見天心。閃燈見他豆,入甕走伊醯。得阿那含果,散曼陀羅花。闢園種祇樹,拾級登謹墀。度一切苦厄,任四維空虛。一花一世界,三藐三菩提。悦口波羅蜜,沁脾伽嚧茶。忍辱波羅蜜,行樂阿蘭那。我聞在舍衛國,有身如須彌山。是名諸相具足,悉知若干種心。有我相,無我相;非凡夫,是凡夫。不驚不怖不畏,無量無數無邊。無眼耳鼻舌身意,如夢幻泡影露電。如來然燈在何所,世尊持鉢入大城。精進是今特健藥,慎言爲古摩兜堅。大地種摩罰特豆,漫天散曼陀羅花。華香在處,即爲是塔;恒河無數,何况其沙。千萬億分,不及算數;三十二相,若觀轉輪。若來若去若坐若卧,不生不滅不垢不净。婆陀雞鳴,疏星在户;昆唎羊返,夕陽下山。有我有人,衆生壽者;如露如電,夢幻泡影。

附集字一

褒余道碑

千岑縣漢,百道通郵。三君相等,二荀並興。道通六詔,治茂三巴。將用四七,官置三千。縣漢余廣,置道大中。王褒鉅作,張爲大書。郵書千里,守道萬年。王楊大作,廣受餘年。千年等作,萬里堂凡。詔褒五鹿,書通二王。詔開十郡,書作三通。功顯五等,道開千年。置四百寺,通十五橋。治人用道,廣徒受書。三王以治,四始所興。郵通驛四,亭縣級千。廣漢千里,中亭四空。宇開平格,年茂中興。道茂《史》、《漢》,書顯荀楊。用道相格,以書爲徒。官并王所,書始《凡將》。功開漢太史,詔受荀中書。百史開王道,千官守中興。四百八十寺平等,三萬六千年爲徒。褒功將置千官級,守道所司十部書。將開蜀道平百級,始作漢瓦用千年。王通所徒將相等,君平永作巴蜀人。

集　字　二

北齊石經峪

多福多壽,一子一經。世有用我,善取諸人。取法於上,受中以生。三餘有味,衆善皆羅。人壽百歲,蘭香四時。身如寶樹,味若金蘭。不爲已甚,長若有餘。已非須化,衆是不阿。此無量壽,爲第一人。得壽者相,發善哉心。是古今來,多福壽者。百福是受,衆善皆羅。種德乃大,有名復長。名言多得,爲樂至今。无所爾我,於何是非。故人應一念,與世莫多言。我亦聞諸法,佛能度衆生。能得作者意,多聞善人言。歲時俱如意,子孫有聞人。一心千佛具,餘味五經多。耨云生足食,衛國福爲根。蘭香有至味,人壽亦無量。故人時一念,无佛我斯尊。修名千佛上,至味五經中。坐中聞説無雙法,世上應多百歲人。一念不生當作佛,九能俱有是何人。三復善言,如食得味;一聞説法,若坐生云。衛國有根,無如善善;得時而耨,莫不生生。

集　字　三

北周匡喆碑(下原缺)

集字六

唐中興頌

流水今日，明月前身。匹馬千山立，中流一柱高。六代山長見，四時月可中。日上萬年頌，天開百事歡。威德山川頌，斯文金石開。天地無邊明月上，江山不老一尊開。位高一代文中子，書重名山太史公。四山明月東勞睨，一水長天匹馬行。

集字七

顔魯公送劉太沖叙海騶累屬集此叙字，無以報之，今故人已宿草矣。

華開鄂不，文作之而。道德作勖，國家承平。春月秦淮水，西雲太華山。升雲策驥足，垂日照龍文。太華雲無偶，秦淮月有鄰。明月照鄂水，朝雲升太山。山潔雲平掌，潮來月作聲。修月屑何潔，策雲路自平。龍驥升公等，日月蔚斯文。斯文何彪蔚，前路待龍驤。斯文有作者，何道與從之。前修嗣正則，高尚□□□。子雲有華句，開府果清才。儒雅山公望，才華水部傳。高卑城路山雲掌，前後溪潮水月聲。吏有才華山澤足，文真修潔水雲明。

集字八

萬安橋碑

六橋人去月如水，兩岸舟行秋始波。金錢廣施，爲善是樂；石欄長扶，翼道以成。爲皇所嘉，十洲利職；實民之祐，四海繇安。支十萬年，安道不靡；宗千百年，合襄其長。

祠　廟

福州道南祠

聖操演龜山，傳道海濱先有兆；
帝謨贊龍閣，抗言朝首獨排和。

其　二

潼關種菜無二本，
閩嶠傳薪第一人。

其　三

南歸載吾道，
東覽小諸峰。

又　句代家璞生舍人。

一脈衍淵源，羅李考亭稱後起；
三山崇俎豆，于屏烏石拱中央。

又　句代家緝臣茂才。

祠地，唐爲法祥院，廢。宋寶祐六年，奉勅建，面對烏石山亞聖廟。
土納梵王宫，逃墨歸儒開左海；
門當亞聖廟，送青入坐見南山。

又　句代彭紀南軍門。

斯文歷千古而長存，如見陰常居大冬，陽常居大夏；
吾道補兩間之缺陷，何虞天不滿西北，地不滿東南。

又　句代家殿元副戎。

烏石拱名山，毓秀鍾靈，福地權輿開道統；

燕雲護巨鎮,排和議戰,中流砥柱屬儒臣。

道南祠德星草堂

楊石泉尚書督閩,百廢俱舉,篤念先祠幾隳,捐廉倡修,命浚主其事。大堂告竣,即建祠之西畔德星草堂,舊屬曠地,今新葺焉。堂後爲報功祠。按:先太師公宋皇祐癸巳生,詎今光緒戊子,計八百三十六年云。

所學在伊川,相從五千里之遥,大雪不離盈尺地;

斯堂即吾道,敢望八百年以後,列星可有再來人?

又　句

福州道南祠德星草堂既成,石帥入告,御賜匾音"聿觀盛典",欣幸再誌云。

雲誥降從天,篆熟儒門,差勝申公加璧厚;

草堂成不日,俸分帥府,更欣録事寄貲多。

又　句代奎樂峰觀察。

排闥仰射烏,百世同心,對宇見山惟亞聖;

升堂繼飛鱣,三傳的脈,及門任道有文公。

又　句代聯鶴汀觀察。

桑孔鑒前車,能回北地鵑聲,天下事尚救一半;

蘧義止虚室,早悟南華蝶夢,人間世重讀四篇。

道南祠亦飛鷃亭代家笠夫孝廉。

有亭仍舊翼然,獨立厥中,飛鷃重臨蒙叟地;

斯室何曾陋矣,吾馨惟德,夢星先兆義熙年。

道南祠立雪堂

鳳麟若是班乎，一水探源，雒下餘波終入海；
龜鳶乃吾徒也，兩山排闥，堂前大雪正漫天。

道南祠遵道祠

是禮制異宫，同薦馨香，兩代摳衣頌伊闕；
斯文詣絶頂，相繩作述，一家徇鐸播延津。

道南祠四知堂

都講列後先，種樹千年，大鳥南來見華表；
子孫遺清白，灌蔬一畝，夕陽西下話長亭。

道南祠龜山書院講堂

百世馨香，自高曾祖父子孫至雲仍，今更大吾族；
一中授受，由堯舜禹湯文武及孔孟，後獨歸我公。

道南祠文昌閣

七曲文光射牛斗，
十閩道統兆龜山。

道南祠孝友祠

近王近霸著禮經，龜阜抱遺書，倫紀長參天地立；
事父事兄秉彝訓，鱣堂食舊德，祗恭幸得子孫賢。

道南祠節孝祠

相爾室無愧女宗，星落石同堅，抱璞始終完大節；

入吾門能修婦道，海枯波不起，飲冰辛苦撫諸孤。

道南祠歷代報功祠

故國襄楊侯，畢集衣冠，四序趨蹌比緜蕞；

大名題栗主，不忘水木，萬錢功德勝浮圖。

道南祠福德祠

酒熟三廳逢燕社，

香分一瓣傍龜山。

漳州道南祠

漳州赤嶺先太師龜山祠，正德間裔孫表重建，同治甲子燬。光緒戊子嘉平，鶴汀觀察聯興議葺丹霞書院東畔舊宅，以奉馨香。越歲己丑七月告成。先太師三傳爲子朱子，其長子遵道公亦及程門，我朝同列祀典云。

尺雪衍淵源，門列考亭，家傳子舍；

瓣香修柤梪，昔依赤嶺，今傍丹霞。

又　句代鶴汀觀察。

敢云百廢俱修，南劍敬賢，本我輩應爲事業；

更溯三傳繼起，紫陽得聖，是此邦出治源頭。

庚寅元夕王壯愍公祠賜祭燈聯

剛逢五夜歡騰，鳳輦齊扶，喜元夕團聚故鄉，百代馨香薦烏石；

正值萬幾親綜，龍章特賁，念先臣盡忠開府，一壇俎豆賜琅邪。

其　二

春色滿皇都，喜光順千門，闕下觀燈，白馬馱經逢此日；

恩言頒福地,溯琅邪一脈,祠前乞土,青牛祈穀賽元宵。

其　三

三五月團圞,光滿人間,犀果流芳褒任子;

九重天軼蕩,恩沾海上,雞彝配食慰疆臣。

福州左文襄公祠

光緒丙戌三月,同人僉請大府,改桑棉局舊爲稼雲村莊地,特建左文襄公專祠。入告,奉俞允。是年十月初七日公生日,落成。擬此以誌知感云。

黄閣聽傳宣,三朝佐神算蕩平,畫像立祠,胸甲長懷范楚國;

青門掌書記,一介感元戎賞識,捧觥賀厦,鬢絲自愧杜樊川。

又　句代家楚榮鎮軍。

三十年部曲相隨,紫塞白門,乘萬里樓船,挾纊到今,故里淚碑思太傅;

二八月烝嘗永饗,黄蕉丹荔,集千官袍笏,奠漿追舊,遺祠範像傍無諸。

漳州左文襄公祠

同治丁卯,浚隨文襄公西征,綜營務處,旰宵列幕,受教良深。光緒丁亥,適主丹霞講席,爲請當軸建公專祠。擇地幸毘連,書此以慶成云。

河山百戰話從戎,口指親承,傭筆昔曾司記室;

文字廿年感知己,死生難忘,横經今又託比鄰。

又　句代鶴汀觀察。

東閣識履聲,重臨萬里海天,桴鼓不驚,念故吏此應官,款款籌邊長治勖;

南州崇廟貌,爲鞏千年磐石,篝車正滿,話相公真活我,融融比户再生恩。

又　句代作。

范韓相應同聲,百草江干,叠鼓唱迎神一曲;

管樂堪稱並世，萬松關上，讀碑留偃伯三言。

又　句代侯桂舲軍門。

南紀西陲歷廿年，鞭鐙從征，車下侍長楊，愧小草列薦章，天子知名褒萬福；
秋嘗春禴遍七邑，豆籩來獻，門前拜古柏，感大材垂恩蔭，宗臣遺像媲三巴。

泉州左文襄公祠

旌節駐温陵，易俗移風，劍戟萬家鑄農器；
樓船笎瘴海，畏威懷德，壺漿四裔迓王師。

其　二

天子切旁求，八陣風雲，敢比卧龍三顧；
相公真我活，萬家俎豆，競呼司馬重來。

其　三

此爲過化之區，草木知名，花下刺桐拜祠宇；
如見英靈所在，丹青肖像，城頭跨鯉駐襜帷。

其　四

聖學賴維持，居近濂，游經洛，仕宦遍關閩，一代儒臣仰星斗；
帝心資啟沃，韜效吕，訓侔伊，謳吟比管樂，三朝元輔壯山河。

厦門南普陀寺左文襄公祠

知己託文章，命綜校儒林，專司記室，佐治軍資，八千里秦隴相隨，每飯忝上賓，諤諤到今，垂老依人慚一士；

報功崇廟宇，溯削平草寇，翦滅莠頑，攘安魋結，二十年海天無恙，餘威庇孤島，熙熙如昔，再來活我誦元戎。

曾坑楊氏祠命名百次

華國景勳猷，祖武能繩，燕翼遠貽百代；

傳家承道學,儒宗永繼,鴻圖長葆三山。

自撰楊氏祠

薦士擢袁朱,南渡屏藩,東宫師保;

掄才冠元白,鯉庭桃李,鸞掖文章。

其　二

拜道南祠,脈絡三傳,羅李考亭皆後起;

讀盈川集,權輿四傑,王盧臨海本同科。

其　三

湘水鑒臣心,鐵笛傳歌,羽氅榮過五色詔;

金華邀睿賞,冰甌滌筆,御屏寵注十聯詩。

其　四

梁室重留盤,盛饌常供,千里名駒稱少保;

潼關曾種菜,遺清猶在,四環神雀報司空。

海澄三都楊氏祠

秋雨讀陰符,海國干城思祖德;

春風司木鐸,月宫姓氏紀先芬。

其　二

鳳筆助江山,一柱高撑圭嶼塔;

蠡舟庇孫子,千驫穩送鷺門潮。

其　三

古訓式詒謀,一堂籩豆;

令居歌燕譽,四序筍蒲。

其　四

大觀在上雲屏護,

太武當前石案開。

長泰楊氏祠

惠時堂冠頂

惠人國氏，與叔向並生，溯三晉屏藩，祖澤開先，良相救民同秉軸；
時聖孔門，有龜山繼起，紹十閩衣鉢，海濱屹立，大儒衛道共傳薪。

鄭氏祠

著述百萬言，是鍼砭功臣，東魯七經留注脚；
諫章十八事，有丹青君子，南朝一拂拜前身。

何氏祠

上爵拜通侯，典午衣冠，易贊一言尊管輅；
郎宮占列宿，揚州風月，詩名並世重陰鏗。

其二

咫尺幔亭，看羅拜諸孫，拊節能傳法曲；
平反廬郡，説愛才刺史，打碑重讀去思。

其三

太極竟仙乎，三百口爲唐虞初祖；
世儒無及者，十萬言是公穀功臣。

其四

訪友竟陵，有嵇康相贈一杯酒；
入官祕閣，與任昉共執四部書。

其五

賜策到門，世掌汝陰佩印；
遺經在笥，天留瑞室圖書。

吴　氏　祠

吴季子觀典府賓亭父疇三書，見《水經注·濟水》。夏少康時，有吴賀，與羿期射，見《帝王世紀》。漢吴實，號綺里季，爲四皓之一。

觀禮得典府，賓亭是未見書，能讀稱賢，題碣尚留季子字；
誦芬紀泰伯，虞仲猶後來事，相期善射，挽弓更在少康時。

其　二

商山見綺里先生，沿習三千年，種芝如培子弟；
月府有西河仙侣，高標五百丈，斫桂猶兆科名。

厦門浮嶼陳氏祠

上古溯傳人，虞姚墟，周於陵，漢曲逆，唐射洪，祠宇□開忠孝第；
中央蟠勝地，前文圃，後仙洞，左官潯，右樫口，海山環抱子孫居。

其　二

篔簹港儵若萬竿，一片清音，化石鳴前有凡鳥；
湖海樓巋然百尺，同堂豪氣，連牀卧上盡元龍。

其　三

白鷺洲中，百代奉豆籩，先後尋源祀河海；
碧雞祠下，兩班集珪組，春秋報本拜雲仍。

其　四

大象聚德星，潁水將車，千年食舊；
島形肖浮玉，金山留帶，兩字同名。

陳　氏　祠

河鯉樂衡門，託忠孝取人，詩譜繼唐秦以後；
祠雞崇化石，溯雌雄得地，霸圖開汧渭之間。

其　二

岱樹仰三君，光聚星辰，千里德門歡執轡；
邳樓卧百尺，氣吞湖海，一時國士許登牀。

李　氏　祠

盛傳大道五千言，函谷名經，是柱下守藏之史；李耳。
願借奇兵三萬騎，井陘神算，爲淮陰師事所尊。李左車。

其　二

圖象登臺，一將名忠擢中水；雲臺二十八將之一李忠。
陳情歸里，千秋稱孝表犍爲。李密。

其　三

天上佐乘黄，名將相領三軍，可與語孫吴法；李靖。
山中見衣白，真神仙擁萬卷，是能讀秦漢書。李泌。

其　四

能倒屣遍公卿，一代龍門仰模楷；李膺。
不上船見天子，三章樂府誦清平。李白。

漳州魏氏祠

大邦屬十五宗支，更薦曲逆守雲中，人鑑勝磨銅，啟後簪纓接鉅鹿；
名世有三千賓客，復游聖門成宅相，甘棠比遺笏，祀先祠宇傍飛凫。

西清中正境文昌閣

上界魁匡依北斗，
中天珠氣貫西清。

道山望潮樓

文帝並三十六天尊像，爲黄司馬所塑，後歸蘇開府。宅燬，樓僅存。予爲迎祀於望潮樓。

心香曾在蘇黄宅，

珠氣平分佛老宫。

漳州武聖廟

六佾肅朝儀，浩氣如生，詔許考亭尊曰帝；

廿年宏廟貌，劫灰永靖，祀修海國福斯民。

王靈官廟

一朵護紅雲，稱意花開，且樂聖銜盃，四序皆春商酩酊；

九霄滋碧露，長生樹茂，正迎神奏曲，滿庭好月舞婆娑。

藥師廟

百草回甘，對衮冕如生，一代刀圭開俎豆；

三椽託庇，正江山無恙，萬家豚酒話榆枌。

電光宫

帝祝三多，更願爾民同登仁壽寓；

天開一笑，是爲我母能結歡喜緣。

淡水天后宫

同治甲子、乙丑，徐清惠公檄予招運接濟米船，往返一律平安。丙寅三月，清惠公撰“救援饑溺”匾額，懸挂南臺南郡會館，躬親拈香，復撰“汎舟利濟”匾額，送挂淡水，予亦書此同獻。

利濟海天恩，市船萬困蒙幬載；

援饑桑梓福，官書一紙格神祇。

天后宫

后母夢白衣大士授丸而生，飛昇日爲重九節。其七世祖邵州教授諱蘊，有詩行世。后興化湄州人，興化盛荔支。

秋社薦黄花，記簫鼓重陽，正果三生天竺夢；

故鄉餐荔子，話湖山大隱，先芬一卷邵州詩。

漳州天后宫

居仍湄嶼同鄉，溯瘴海，挹莆風，戀母機絲猶一室；

生與考亭並世，佐儒宗，設神道，濟人舟楫亦千秋。

鼇頭廣應廟天后

廣居牛尾銅符顯，

應感鼇頭玉篋尊。

塔江小金山寺

塔江屬洪塘。明翁文簡公正春以第一人魁天下，與張襄愍公經、曹石倉宗伯學佺均其鄉人。予曾校刊襄愍《半洲詩集》。閣之隔江，即葛岐，與中房李忠定公墓相鄰。曩刻忠定《梁谿集》，予亦與校讎之役。

璧府倚天開，曾借地揚眉，耆舊多才，文簡元燈襄愍傳；

葛岐當户立，儻隔江招手，忠魂如答，梁谿奏議石倉詩。

集句題小金山寺

一琖寒泉薦秋菊，

三更畫船穿藕花。

其　二

應將筆硯隨詩主，

知向江湖拜散人。

小金山寺文昌閣

洪塘産三元，解元爲陳泰中聖泰，會元爲許仲貽榖，籍上元，狀元爲翁文簡公。

通天地人爲今古儒宗，上界星辰多孝友；

擢解會狀得春秋元篇，名山衣鉢重文章。

又　句

七寶神燈天咫尺，

一方金印水中央。

小金山寺朱子樓

樓久爲僧占住。丁丑濬河告成，重葺斯樓，移僧别宿，迎像以復其舊。

絶學繫千鈞，抱道南矣；

狂瀾迴一柱，障川東之。

集句題小金山寺白樂天、蘇東坡二公像

一生肝膽如星斗，

二老風流入畫圖。

小金山寺天后殿

惟神能煦煦群生，拜井水銅符，萬户澹灾資我后；

此地本空空四大，鎮山門玉帶，再來説法待何人。

其　二

行地無疆，溯在湄、在厦、在澎，九百年桑梓如生，海上戰功憑一助；

與天立極，尊爲母、爲妃、爲后，二十字絲綸叠下，女中徽號冠群神。

小金山寺觀音大士

持鉢呪大江,淘盡恒河沙數;
迴輪生滿月,送來梵海潮音。

小金山寺福德神

社公福酒千村飲,
國子心香一瓣分。

漳州三聖殿

讀一卷經,宣十方號,昇九日符,教衍同宗,曰儒,曰釋,曰道;
定三分局,開五印天,安百川宅,功垂亘古,在解,在竺,在湄。

注生孃孃廟

注定輪回,人壽百年鯀夏屋;
生成繦負,婆心一片煦春臺。

裴仙樓

清源山上認同宗,千年留蜕化;
開府樓前著靈蹟,四序奉心香。

黑仙樓

獨萃地英靈,雙闥送青真法宇;
未開天混沌,一團守黑是仙心。

鼓山湧泉寺

鼓山入山不見寺,入寺不見山,一奇也。

高歌石鼓手能持,聞何所聞,只有鳴泉互答;
兀坐名山身久定,見而不見,奚須入寺重尋。

西禪寺

天子萬年,無邊象教;
西方諸佛,元氣鴻蒙。

其二

軼蕩九重天,萬丈金繩隨詔下;
騈羅三昧海,一枝如意聽經來。

其三

天子散迦音,南瞻乾坤光日月;
聖人同膜拜,西方文字富山淵。

其四

金人識節度河山,萬里開門歸白馬;
天子賜嫏環文字,三乘庋室護黄龍。

其五

墜地是何代,是何年,馬鳴生周末,龍樹生秦初,略似片時昏旦;
入門無所驚,無所怖,文殊即寒山,普賢即拾得,原來今世弟兄。

其六

三千世界載書還,看天家墨瀋猶新,勝過嫏環福地;
十萬由旬横海遍,祝梵宇經香不斷,皈依曹洞正宗。

其七

煙雨話南朝,差勝四百八十寺;
醍醐灌西土,醉過三萬六千場。

其八

參透黄龍關,什麽手脚都似佛;

詔開白馬寺，爲底公卿能出家。

其　九

風動旛動，何處聞天籟、地籟、人籟；
石開蓮開，此間見小千、中千、大千。

其　十

坐破七蒲團，即色即空，虛室吉祥生止止；
净修三昧海，不生不滅，及門歡喜悟如如。

其十一

南方見寶相佛三百六十場，日日結歡喜；
西土拜阿育王四萬八千塔，夜夜放光明。

其十二

大海祥飈，回輪一葦；
漫天法雨，彈指萬花。

其十三

海外有九州，同登净土；
佛前見三世，一脈梵宗。

其十四

賜甘蔗性，倒啖自知，子子孫孫盡佳境；
聞木樨香，大笑無隱，爾爾我我各生天。

其十五

一鴿顫闌干，驀驚惶云何我佛；
十牛挽石磴，大法力了不異人。

其十六

九天九地不須求，步步鐵輾是火；
一吸一呼無盡藏，朝朝毛孔生雲。

其十七

東渡結萬緣，長護仁頻大樹；

西來成一笑，正開荔子群花。

又　句代林時甫京卿。

東渡幾由旬，何去何來，海上扁舟一葦；
西方大歡喜，即因即果，門前荔子初花。

西禪寺藏經樓

乾隆三十七年，旨命開館，譯《藏經》同《石鼓文》告竣，闐王爲金輪王子，時三藏來賓。

開館譯萬言，綸綍雙垂同獵碣；
來賓集三藏，袈裟首列拜金輪。

西禪寺藏經閣

《藏經》版庋京都柏林寺。

貝葉如新，天眖拜柏林寶刹；
經香不斷，神光護荔子名山。

漳州觀音寺

霞彩見南州，是大慈大悲，一片婆心連眷屬；
潮音出西竺，能救苦救難，萬家民命共皈依。

安海觀音寺

浚祖居晉江曾坑鄉，距安海四十里。先祖母施太夫人曾禱慈雲大士前，蒙賜繡毬。先母施太夫人遂産浚，時爲道光庚寅。洎光緒甲申，歷五十餘稔，因赴漳厦經此，始一展拜。

水月參圓相，

毬花認後身。

厦門南普陀寺

曰南者爲别於浙也。閩凡四島,北太武山屬金門,或云主貴,而厦主富。

海氣通浙閩,潮汐六時,是爲南普陀寺;

地靈司富貴,陰陽兩島,相對北太武山。

又　句

海上西來乘寶筏,

門前南紀立豐碑。

漳州南山寺

予耽書不解飲。潘偉如中丞、葆芝岑方伯一見如舊識。二公皆謂予前身是僧,與其齋魚粥鼓,同處一堂。然耶否耶? 請質我佛云。

吾敢學鄴侯好讀書,撥芋喜重逢,劫火都消,莫話十年前事;

人有言坡老能戒酒,飲蕉成一笑,山門如故,卻疑五祖後身。

又　句

含哺鼓腹此相依,借七箇蒲團,跪拜祝延年,卻欣當户見南山,正天子康强,彼民安樂;

努力低眉原並濟,撰一枝竹杖,指麾憑説法,且喜同時開北廟,有將軍威武,我佛慈悲。

其　二

屬牛躔分野之區,前爲周室蠻方,特開尺地莊嚴,勸一世作善人,毋自瞞天簸舌;

補象教由旬所闕,後有考亭治譜,敢願同心感化,待雙親如活佛,勝他到寺碰頭。

其　三

浩劫换紅羊,牋净上南山,此壽真同無量佛;
名經馱白馬,話前身西竺,相逢都是有緣人。

附　齋　壇

辛酉達明里文昌壇放生普度

辛庚命氏超堂策,
酉卯成丹度畜禽。

其　二

達幽拯物祇園地,
明敬迎神大洞天。

其　三

放飯無遮,齒輪胥轉;
生天有路,面網都開。

其　四

普濟恒河,千三百人比丘衆;
度占張宿,一十七世大夫身。

鼓　山　普　度

時爲同治二年七月二十日,建四十九晝夜道場。
前三三,後三三,開三解脱門,三因三緣,合證三生真果;
晝七七,夜七七,登七覺支岸,七漏七滿,同皈七級浮圖。

其　二

法會建二年,演二派,立二宗,結二土善緣,二比競資龍虎力;
中元遲五日,參五乘,修五教,達五香正氣,五堂同拜雁獅形。

其　三

法杵護十方，弭十郡災祲，大歡喜十天十地；
祥輪超六道，聽六時貝筴，各清净六塵六根。

其　四

領八關齋，分司八郡；
參九華座，同飫九塵。

又句鐘樓

更上一層闢法門，戒一，定一，慧一；
如撞千石遍世界，大千，中千，小千。

又句鼓樓

持布四方醒大衆，四惑，四疑，四障；
來登百尺逕上天，百福，百禄，百祥。

文昌壇放生普度

帝曰吾爲士大夫身一十七世，
佛言我與大比丘衆千三百人。

其　二

一切衆生有爲法，
大千世界如是觀。

戊寅三月，鼓山四十九晝夜普度

萬年有道，祝聖神，萃河嶽百靈，捍大患禦大灾，障水效忠，造福遍海天，拜舞齊登極樂國；

七佛生身，重父母，悟陰陽一理，仁率親義率祖，榜門告孝，推恩及胔骼，幽明同作太和民。

又句經壇

一聖誕西方,有初祖持衣,寺創負經,白馬馱來無盡藏;
萬緣歸東際,正地官校籍,門開赦罪,金雞飛上最高臺。

又句醮壇

西明公,東明公,爲三代帝王,柱下集大成,函谷名經尊道德;
日天子,月天子,是八紘精象,壺中緜上壽,祖洲勝地拓方圓。

烏石山瓣香堂文昌壇

時道山觀夷居已徙。

傑閣焕文光,拾級共登龍虎頂;
名山還正氣,破圍新滌犬蛇腥。

又句

斗魁本天府星辰,入世化身,一念慈祥成正果;
宣聖是元宫仙侶,齊心受戒,兩端忠孝策完人。

其二

卅三天雲笈重開,潼水中央圖位業;
七百年心香一瓣,道山咫尺拜神光。

其三

奏大羅天,驂鸞起舞;
借盈尺地,聽鹿來歸。

南臺龍嶺醮壇

通而生謂道,畜而成謂德,演函谷千言,爲大生大成補完天地;

聽不聞曰希,視不見曰夷,得華山一席,即真聞真見來告鬼神。

其　二

白馬本名疆,壇集鍊師,息檜拜三郎節鉞;
黄羊同飲福,簿開點鬼,攓蓬起百歲髑髏。

其　三

無諸國遺澤遍釣龍,千古英靈憑拓土;
冥漠君淡灾收罔象,萬家祈報重刊碑。

其　四

開三洞名山,長武次夷,窟宅與神天同里;
對雙江流水,朝潮夕汐,帆檣能苦海度人。

南臺萬壽橋水壇

萬壽橋邊,祝月恒日升,八千歲椿樹花開,與民同樂;
雙江臺上,看潮來汐去,十二時布帆風順,從善如流。

其　二

即空即色,即色即空,東際正開三昧宴;
因是因非,因非因是,南華共悟一經尊。

其　三

牛背授千言,紫氣迎祥關上滿;
犀心然一點,赤衣抱寶水中眠。

南臺目連壇

慎莫造因,懲勸一場留樣子;
是爲能孝,艱難每飯苦思親。

東嶽廟血湖醮壇

蒼筤植竹祀東方,願檄雨禮星,濁世波濤消福地;

菡萏開花坐南海，聽晨鐘暮鼓，迷津髮髻證生天。

其　二

膏澤遍崇朝，驅黑蝀群飛，立極稱宗，問何處有陽錯陰愆，獨煦婆心成壽寓；
封章勤視夜，報天雞三唱，爲民請命，祝吾疆無寸魂尺魄，永除浴血挽生機。

其　三

不視惡色，不聽惡聲，願胎教率循，一卷醫宗守黄帝；
生男弄璋，生女弄瓦，準禮經占測，萬言吉夢獻春官。

其　四

三洞門前渡世，有木筏沙棠，脱諸苦難；
百花橋上樹人，得和風甘雨，發大吉祥。

其　五

虞帝巡方，必先執帛燔柴，首禱岱宗，捍患不愆寒暑度；
司農注禮，且及孩蟲飛鳥，毋傷萌幼，好生本屬聖賢心。

其　六

曾傳鹿解聽經，永護夭胎，抱槲葉千重，願保長生依御苑；
競説騂能銜席，宜修里語，聽角聲一片，遍消衆厄拜閭山。

其　七

大書元日虎頭，永息災祲呼漸耳；
盡拔六年鼠孔，亦同胎難脱羅睺。

其　八

須知在上神天，只隔陰陽一紙；
願祝再生人世，遂爲母子如初。

其　九

盆水注人間，儘許洗頭，共侍碧霞登岱頂；
曲城看海上，何須求藥，自隨徐福返瀛洲。

東嶽廟温康二都統

每於重五祀夏，重九祀秋，長享人間血食；

此即注生屬南，注死屬北，同參天上斗儀。

西禪寺經壇

天子正賜經，問南國梵宗，山納須彌，雄鎮配右旗左鼓；
金人重入夢，演西方法會，水歸功德，安瀾頌後海先河。

其　二

前三三，後三三，問幾生果果因因，實非實，花非花，有如此山中荔子；
晝七七，夜七七，看今世來來去去，聞所聞，見所見，各無隱天上木樨。

全閩普度功德完滿

紫府現圓光，修滿廣寒四萬户；
金梯通上界，功完寶塔十三層。

其　二

佛海神天，歡喜結完場，一片笙簫鸞鶴舞；
春祈秋報，豐穰成樂土，萬家豚酒稻粱肥。

辛巳達明里五顯壇普度

天上見旌旗，鎮梨嶺中央，税駕千官瞻赫濯；
人間開廟宇，傍鐘山咫尺，環居萬户拜英靈。

其　二

貝闕播徽音，斗口九霄占象朗；
花旛隨法會，瓣心五載爇香醲。

其　三

梵日轉元音，法座高登，鈴磬西來塵海醒；
仙霞捧真誥，嚴關正啟，幢旛南擁斗車尊。

其　四

西盤梨嶺鎮雄關，惟正直能神，一卷詩篇壽終古；

東傍節樓迎曉日,有慈悲我佛,萬家燈火祝如生。

又　句金鏞橋。

設壇在鐘山寺金鏞橋旁,橋一名五顯橋。

霞嶺接仙鄉,一行旌旆;

虹橋跨佛海,兩序鐘鏞。

又　句榜亭。

亭子牓金錢,萬人功德;

河光環玉帶,千佛因緣。

甲申報忠植福百神壇普度

盡人可成佛成仙,拜纛蓋旌旂,爲今古大家榜樣;

此地能全忠全節,話風濤戎馬,是海天一部傳奇。

又　句經壇。

三千年人海成灰,胡衲談禪,應劫造因空撥火;

五百道佛門化乳,水經紀戰,感頑説法盡投弓。

又　句醮壇。

度關□令尹先迎,喜紫氣傳經,世誦千言消浩劫;

問□補□工未備,歎白衣摇艫,天教一炬鑄完人。

又　句目連壇。

處世莫宜驕,看到下場,那有八人擡傀儡?

奉親須報孝,苦思進飯,願爲諸母具盂盆。

冠悔堂楹語卷中

公　廨

制署西官廳

集《泰山銘》、《景君》、《郭休》、《衡方》各碑語。

日來月集，四海冠蓋；

龍驤虎奮，群公憲章。

制署土地廟

社報兩圻間，諸侯錫福；

位居三寶上，萬民蒙庥。

四川學署

文翁化俗，莫視爲老生常談，請教孝教忠，遍桃竹橦花，萬里采風酣鼓吹；

司馬題橋，不過是名士結習，願希賢希聖，極蠶叢鳥道，六經在笥富門庭。

代葉善堂廉訪題臬署

廉訪起家刑部。

圜中嘉石待平反，但期閩海廓清，起舞萬家除害馬；

天上白雲曾侍從，猶憶午門報赦，趨朝五夜聽金雞。

福防廳

梅塢藤山，比户足春風，環列萬家燈火；

螺江馬瀆，榜人歌夜月，送來一片潮聲。

其　二

帝澤如春，正天上甘露，玲瓏千村豐足；
臣心似水，有門前長江，蜿蜒一色澂清。

其　三

釣臺百尺越王高，前席託比鄰，願永清四海；
飛舶千層楊僕在，借籌參末座，期無愧一官。

其　四

職居十萬户之中，敢曰吾才，衹自省此心無愧；
位忝二千石以下，請將民命，願從兹有脚皆春。

其　五

人在鏡中，祝萬里廓清，穩睡魚龍看海寓；
吏行冰上，守一心兢業，冀馴鳥雀到階除。

其　六

一笑大江横，馬瀆潮來，虎門月上；
幾生清福受，梅花開遍，荔子香初。

厦防廳署

大　門

方卌里左帶右襟，對逝者長流，敢負初心有如此水；
第一重卯開酉闔，看巍然屹立，儻非公事莫入吾門。

二　門

再進一層，所入更深，弄筆招尤休逞舌；
爲言二比，有寃宜解，投弓修好且回頭。

大　堂

白鹿著遺規，佐治可師，主簿今爲十哲長；
紅羊换小劫，更新有象，堂皇永鞏萬年基。

二　堂

是是耶,非非耶,留餘地作退一步想;
絲絲也,忽忽也,有老天能核滿盤差。

花　廳

地鄰左鼓右鐘,猛省晨昏,敢守此心勿放;
座列南陳北薛,只談風月,且欣今夕能閒。

其　二

丹穴溯名山,飛到鳳皇,藹藹朝陽見文采;
烏衣話故國,重來燕子,譪譪春社醉昇平。

其　三

四面海天寬,卉服來歸,共倚鴻山作屏蔽;
一堂風雨萃,茅檐遍問,所期雁户盡康强。

其　四

借尺地種心苗,五品命官斯稱職;
爲群艘護血本,百年元氣要藏民。

厦門通商局

中國有聖人,萬里梯航畢集;
重門無暴客,一堂槃敦交歡。

其　二

四裔慶如歸,日中爲市;
萬方奉正朔,海上不波。

厦門水師提署

頭　門

僕射如父兄,挾纊知恩,雁户周廬聯一體;

金吾冠仕宦，握符邀寵，鷺門列幕領千官。

其　二

爲王者師，振旅治兵，是真萬人敵；
得聖之任，敦詩説禮，本自六經來。

其　三

第一重門，銀桀當關蹲虎豹；
方千里地，金鞭斷渡掣鯨鯢。

其　四

鵝鸛示軍容，海上兒童識都督；
麒麟留畫象，閣中神武拜將軍。

其　五

大海化爲醪，掬水咸沾一斗；
長楊森作戟，拂雲更種千章。

儀　門

三箭定天山，壯士長歌，華夏威名傳鐵勒；
六爻演地水，丈人貞吉，太平節制鎮嘉禾。

其　二

横海樓船，南服闌干森百尺；
伏波銅柱，中流磐石奠千年。

其　三

更歷一層，列座句陳應星象；
請修百禮，升階側弁進風詩。

其　四

海水知王，陽氣乘時開武庫；
東風入律，罽賓羅拜集天朝。

其　五

萬鷁齊飛，擂鼓長風排木柹；

六鼇高策，挂弓初日見榑桑。

其　六

刁斗有銘，奏凱八濛同立馬；
海天如鏡，歸農二島且騎牛。

大　堂代彭紀南軍門。

君恩重比丘山，梁棟寄苦心，敢負一時際會；
母訓懔如天水，簡書明遠志，不忘兩字忠勤。

東花廳代彭軍門。

勝地留賓止，六十年華，置酒初筵歌抑戒；
清時偃伯與，兩三耆舊，翦燈良夜讀陰符。

西花廳代彭軍門。

敢學祭弟孫，得暇投壺，趁今夕只談風月；
願爲羊叔子，相逢饋酒，叙平生且進笙簧。

花　廳

草木知名，留得梅花萬本；
春秋多暇，釀成醇酒千鍾。

附書院會館

厦門紫陽書院朱子祠

廣厦盡歡顔，正海日重輪，島上金鼇騎背穩；
考亭曾過化，有洞天片石，階前白鹿點頭來。

紫陽書院雙華書屋

牆頭山色作人立，
庭角桐聲疑雨來。

漳州丹霞書院

同治丙寅，左爵帥由漳班師，命浚司正誼書局，校刊先文靖公、子朱子各集洎成，從征秦隴，爲掌書記。兹又承乏此席，獲讀帥刊萬松關篆碑、試院楹語。

解經同拜白雲龕，愧小子數典龜山，一脈重尋，校字猶能刊語録；

草檄曾參青畤幕，話元戎班師瘴海，萬家再造，摩崖相與讀豐碑。

又　句

丹光出海吐明月，

霞氣亘天排赤城。

其　二

十年種樹階前長，

萬里攜琴海上來。

其　三

二郡一州，人文淵藪；

三升四術，聖學階梯。

其　四

萬松能閱世，

百草盡生香。

其　五

丹光吐月，

霞綺舒林。

金門浯江書院

庚辰予承乏厦門紫陽講院，越歲，兼汀漳龍二郡一州之丹霞，附以龍溪之霞文，今夏再主金門之浯江，凡四席。

大海正攜琴，互答好音，片席忝居二島長；

名山仍負笈，商量舊學，一燈有味卌年前。

漳浦梁峰書院

黄石齋先生講學於大滌山，著有《大滌函書》。

虎解聽經，三三章天命發凡，樂育萃生徒，一代考亭曾過化；
鹿能養性，九九曲溪光瀉影，明誠湛物我，千秋大滌有遺書。

奉直會館

陪京畿輔合一家，門第拓黄圖，望闕戀恩，萬里星辰依北斗；
武達文通聯百騎，衣冠集烏麓，思鄉話舊，四時槃敦展南天。

福州山陝會館

杯酒話鄉心，一水中分，甌國東西珠玉會；
瓣香崇廟貌，兩山環抱，榕城左右鼓旗尊。

福州兩廣會館

車馬駐三山，問來日梅花，千里故鄉明月共；
海天思五嶠，話當年荔子，一般滋味曲江香。

其　二

東漸西被溯名區，酒醴笙簧，祝兩戒河山日月；
文德武功開盛會，冠裳劍佩，拜一堂桑梓弟兄。

其　三

□封共分野牛躔，每於酒半茶初，集芾舄千官，列宿星辰□入座；
勝地有當門鼇岫，正好花晨月夕，傍海天一柱，故山泉水此分甘。

其　四

冠蓋儘藥珠人，久駐盤桓，喜雙鶴清閒，鎮日匡牀襄酒政；

海天猶衣帶水，相望咫尺，見五羊游戲，連雲大厦接仙鄉。

江蘇兩廣會館

佳日過從，結吴下因緣，蝦菜一扁舟，鶯花幾緉屐；
故鄉情話，問南來消息，椰壺千里酒，梅月萬家鋤。

浙紹鄉祠戲臺

甲舞丁歌，罽毹春滿；
稽山鏡水，圖畫天開。

南臺茶亭庵戲臺

南北兩途，往來憑解渴；
古今一樣，善惡看收場。

其　二

甲舞丁歌，且下十石酒；
南來北去，適中一杯茶。

第　宅

自題養雲書屋

對客不舞羊公之鶴，
得時則駕老子猶龍。

其　二

冥鴻高飛，弋人何篡；
雕蟲小技，壯夫不爲。

其　三

開徑望三益，

藏書抵百城。

養雲書屋祝坡公生日

公生於丙子。時光緒二年,歷十四丙子,距公生八百四十一年。

三萬六千場不死文星,奏事重重天帝可;

八百四十歲長留古月,畫圖歷歷世人看。

自題三千年吉樂之樓

高卧百尺,

更上一層。

其　二

菰菜蒓羹,人生貴適志;

璚樓玉宇,高處不勝寒。

座右自箴

面縐如韡,先宜學笑;

心平似稱,勿負量才。

其　二

曹參善飲過三雅,

趙壹能清乏一錢。

其　三

遇事先顧大局,

處人須留餘地。

其　四

奇書容我讀,

短墨當人磨。

其　五

宜略識字，
日思誤書。

其　六

石生我，
墨磨人。

其　七

波羅蜜，
摩兜鞬。

衙口施宅通瀛書屋

通德門前，幅巾儒者；
瀛洲島上，羽氅真仙。

其　二

通印佩魚留袋古，
瀛壺銜鶴附書多。

其　三

通侯列第傳麟種，
瀛祖分洲集鳳雛。

其　四

通中直外開蓮社，
瀛海崑山近木天。

其　五

通犀一點靈心闢，
瀛毳重茵妙手成。

其　六

通三富圖史，

瀛九達颿檣。

其　七

通明章奏殿,
瀛望曲調宫。

林穎叔方伯壽圖移居

穎叔新刊詩集。宅在石井巷,即嵩山,一名丁戊山。

編詩甲乙集,
買宅丁戊山。

鄭香巖司訓景陶移居

香巖鳳山人,近由省垣分眷旋故居。

半郭半村,適彼樂土;
一丘一壑,觀其流泉。

岳叔移居

宅近明倫堂。

夫子堂前,蔭垂喬木;
丈人峰側,榮植棣華。

孫香灣移居五福巷

五福買鄰,瑞靄競占富貴壽;
萬登表里,清芬長誦子孫曾。

太和族弟孫齡新居

由晉江瑶林鄉遷於臺江上杭街,門對犀石。

舊里溯瑶林,隔五百由旬,某壑某丘長入夢;

華堂對犀石，看萬千氣象，好山好水儘羅胸。

其　二

馬瀆螺江，十里煙波供嘯傲；

藤山梅隖，四時風月結比鄰。

其　三

光孝寺前，松風自謖；

天安臺上，蘿月長圓。

附　市　廛

省垣棉布所

權輿溯黄帝，

衣被遍蒼生。

其　二

吉貝生花，春回海嶠；

金鑾獻曝，世掌絲綸。

厦門新泰厚記匯兑局

新入光輝，日月在牖；

泰交際會，麟鳳集堂。

其　二

厚殖銀山，千金日利；

記流玉水，九府泉生。

又　句

爲聖人氓，開廛輦轂；

效端木子，操券海天。

天益永豐官銀局

天章曲奏，五絃永調風阜；
益地圖通，四裔豐慶日中。

鼎成鹾館

鼎五味器，叔重解字；
成一家言，桓子著書。

恒豐典鋪

恒久自剛，靈鍾山石；
豐亨有象，市利日中。

豐豫錢鋪

晉王戎安豐侯善會計，漢荀淑之孫悦字仲豫，世有才名。
安豐善會計，
仲豫世才名。

寶文書鋪

寶山積業雙龍守，
文苑儲才五鳳飛。

碧峰茶庄

碧眼仙人種，
峰頭君子家。

種橘藥鋪

劉先主閉門種菜，與關、張同卧起。閩中正月，有唱橘枝詞者。孫真人正月初三日誕辰。

種菜門庭春第一，
橘枝詞曲月初三。

金　泉

金盌飲和，品蘭至味；
泉源植美，鋪竹同心。

泉　美

泉流溯山右，英靈飲水，咸思帝澤；
美利倍洛陽，聲價擣皮，共仰侯功。

德　隆

德操有知生並世，
隆中同力定三分。

仁　壽

里仁今利市，
漢壽昔通侯。

附歲時

庚辰桃符

庚子生日，五經是拜；

辰州名山，二酉相連。

癸未桃符

癸巳刊碑逢吉日，
未央留瓦釋春冰。

端午節

唐虞日月中天麗，
鄒魯文章正氣存。

其二

垂簾一士談忠孝，
鑄鏡千秋洞鬼神。

其三

新浴振衣容我潔，
獨醒開眼怕人憐。

其四

備物象姦懸古鏡，
爲民續命買靈絲。

又句用騷語

良辰吉日，
人醉我醒。

其二

竦劍擁艾，
采花浴蘭。

其三

蕙肴蘭藉，

桂酒椒漿。

其　四

衆芳葺屋，
百草實庭。

其　五

寶璐被佩，
芰荷製衣。

鳳山仁惠里燈節

仁里值五夜良辰，拜賜宫花，四部新翻南内笛；
惠人話三廳樂事，臚歡社酒，千家齊點上元燈。

又句甲申冠頂

甲坼報初春，喜草木麗天，月府星橋，幻成鼇柱奇觀，百衍衣冠通帝謂；
申威巡上境，看桑麻獻歲，黄童白叟，唱徹鳳山法曲，兩行簫鼓答神庥。

酬　贈

贈何稷垌廣文學遠。

稷垌世居常豐倉旁，倉舊爲五百羅漢寺。
宅鄰五百羅漢，
家有兩卷檀弓。

贈吴春波軍門鴻源。

春波與予同温陵産，海上屢立□勳，婦孺知名。甲子九月，漳南告警，徐清惠公檄予同其襄辦團練。

威名蓋世追横海，

肝膽論交託故鄉。

送陸存齋觀察心源歸□州

用杜工部語。

高議金門，使蒼生有環堵；

萬間廣厦，庇寒士俱歡顔。

贈新竹李孝子

孝子名錫圭，年八十，其母卒纔數載，一生未嘗離左右，雖家素封，無所奔求，然孺慕之誠，亦今罕見。

九重天子奬完人，善讀孝經，跬步不忘綽楔地；

八十老翁稱少艾，諱言壽考，笑啼猶是倒繃年。

贈黄佑堂舍人謀烈。

涪水詩書，衍傳百世；

温陵冠蓋，羅列一門。

贈吴綸堂縣尹大經。

綸堂工丹青，善歌。

桃花隖裏拜神仙，有流水青山，供得六如僕隸；

楊柳岸前歌女子，正曉風殘月，湊成三變宫商。

贈洪堯策

堯策蓄十二琴，遂名其齋。予近以笑三所繪坡公像繫言贈之，復索對語。坡公嘗有句云"水光散作百東坡"，因撰此焉。

琴德不忘十二友，
水光能作萬千身。

贈彭瑟軒前輩鑾。

瑟軒前輩出守粵西，取道榕垣，恖恖相見，各老蒼矣。迴憶甲戌迄丙子都門文酒過從，互爲主賓。故交零落，我兩人今尚健在，舊雨重逢，書此爲贈。

起家循吏二千石，
勝會清班十五年。

贈伏波輪船管駕許挺業

伏女受經存禹瀹，
波神借表讀歐阡。

贈振威輪船管駕林夢秋

振躡蓬山路，
威名鐵軸舟。

贈丘轄夫太守瑞錦之官建寧

一麾江海來循吏，
九曲神仙屬部民。

贈周麗生司馬有基。

恒春有樹已成村，話荒山磨盾，絶島獲樵，經始獨簑城，百里撫循𩙪結拜；
函夏無塵真似鏡，憶大海□□，廣渠□筧，縋幽先藝穀，十年勞瘁口碑傳。

贈萬澐丞二尹鵬。

居同孺子留賓地，

政比文公過化年。

贈吴霽軒軍門光亮。

緩帶晉叔子，
投壺漢弟孫。

贈莊淵其

青艾三年蓄，
丹砂十斛量。

贈陳毓菁

冰臺雙爪印，
珊海六鱗通。

贈陸沛泉

忠孝雙懷橘，
神仙一品茶。

其二

江湖三徙范少伯，
詩酒四明賀季真。

贈何家珍

富國桓寬論，
成名范蠡經。

贈曾頤齋廣文

三世詩書爲麴糵，

萬家桑梓作干城。

贈邱壽堂鎮軍

瓊山一柱立，
衡嶽五雲開。

贈許挺極

一門足循謹，
合室善文章。

贈蘇清臣協戎

天上將軍府，
隆中諸葛廬。

贈家聲甫

守父言小利勿貪，亟須破此關頭，視骨肉一團，遇事毋瞞毋飾；
遵師訓大局先顧，切莫壞其門面，固根基重地，待人必敬必和。

贈戴少棠軍門定邦。

關月隴雲，策勳百戰；
河聲嶽色，話舊廿年。

贈侯桂舲軍門名貴。

本色英雄，弱安强教；
血性男子，懦立頑廉。

贈王柳堂

進二千石爲時雨，

行九萬里乘長風。

贈伏波輪船管駕陳韞南游戎紹芳。

伏女受經傳治水，
波神效順送行舟。

贈薩醫士

一脈相繩，思蘭有後；
萬株在抱，種杏替人。

贈怡山住持和尚

一切有如荔子味，
大家無隱木樨香。

其二

蠻海萬錢持獻佛，
怡山一盋得傳人。

祝　嘏　上

魏和齋夫子敬中八十

夫子曾總纂通志。
史筆東甌，䚡籌八十；
儒林北斗，衣鉢三千。

覺羅九峰將軍耆齡七十

將軍工詩酒。
陶貞白壽，郭令公爵；

李汝陽酒,嚴節度詩。

曾峻軒觀察令伯七十

筵敞茶山,阜岡介壽;
弧懸葭室,歲月古稀。

劉岵農同年令叔七十

棗窗爲馮笏軿舍人舊宅,即今岵農所居。

勝地棗窗開,冬末秋初,七秩舞衣諸子列;
福星藜閣照,佩前黻後,九重封誥阿咸尊。

又　句代友。

臘鼓嘉辰,雙修佩黻;
石芝情話,無量觥籌。

代陳仲谿祝岳父

洛社冠耆英,扶杖温公家室樂;
眉山刊壽相,捧觴子立斗星依。

林珠五膳正星聯壽

珠五生於六月。

盛會荔花開,四局衣冠尊外部;
稱歡萊子戲,一堂絲竹祝東山。

徐壽蘅學使祖大人壽

壽蘅曾司文衡於四川、山左,今又督學吾閩。

耆德重南州，三祝華封男富壽；
人師尊北海，一庭文苑蜀齊聞。

陳某六十

恭甫太史之姪。绛跗草堂，太史所居。
緑鬢神仙，絳跗門第；
金庚節序，綺甲春秋。

郭蒹秋副郎伯蒼五十

列宿星辰，大衍日月；
有道佩黻，無量觥籌。

林程甫孝廉一鵬壽

程甫生於十二月十六日。
擁南面百城，有道角巾醉明月；
先東坡三日，無邪庭館拜梅花。

楊參戎五十

屏幛萬花開，鈴閣旌旗春一色；
海天雙鶴舞，樓船簫鼓月中央。

年伯林劭甫助教懋烈七十

年伯生於九月十五日，與朱子同生日。
文章兩許國，
日月同考亭。

又　句代友。

杖履一門尊，享福地清閒，書續仲蒙，詩傳和靖；

箕裘三世篤，羨經師作述，生同徽國，官並昌黎。

又　句代友。

太年伯曾掌教鼇峰，省軒同年司鐸晉江。

學傳鼇岫，書授鯉城，模楷繼承天爵貴；

官麗虎門，隱招烏麓，觵觴稱頌古稀年。

沈幼丹制軍葆楨六十

衮衣一品，拜元戎大江南，大江北；

燈火萬家，祝生佛八千春，八千秋。

又　句代友。

三萬六千場，錫元老期頤，羽翼聖朝歌有道；

四百八十寺，遍黎民跽拜，瞻依生佛祝無量。

又　句代友。

帝命作霖雨以慰蒼生，江左夷吾領山海；

天錫大富貴必兼壽考，汾陽柱國拜星辰。

劉炯甫刺史存仁七十

聖朝多壽耇，

循吏屬詩人。

代祝高鏡洲正郎明遠七十

正月二十五日生日，夫人爲謝秋槎司馬之妹。

值覽揆七旬，設將弧矢帨鞶，進梨棗雙行，滋味似當年，柳汁花糕，曾醉南宮風月；

展元宵十日，留得星橋火樹，衍魚龍百戲，名山都入座，木公金母，是爲桃隖神仙。

其　二

東溪溯著作淵源，書守納楹，喜諸子承歡，祝百歲耄耋期頤，矍鑠共瞻壽者相；

西幄話寄生門第，詩成詠絮，有阿兄斂手，萃一庭封胡羯末，才華競讓大姑賢。

林虹屏廣文星炳七十

古稀歲月蒼官健，

有道門庭目宿香。

家質齋七十

酒熟屠穌，有元日餘香人語，祝早春富貴；

圖開耄耋，正雙星高照華堂，拜平地神仙。

湘陰相國七十

四裔畏威，玉關定遠；

三朝宣力，銀州令公。

林穎叔方伯六十

時庚辰四月，穎叔掌教鍾山。因其生辰避游金、焦二山，予由都旋繞道往訪。

秦晉誦生佛，

金焦壽寓公。

心如伯兄永亮五十雙壽

上巳生日，與予同庚寅。

修禊集鴒原，慬逢弧帨重三節；
同庚騰虎氣，喜溢觥籌五十春。

何稷坰廣文七十壽並令孫幼硯完娶

騎節拜重闈，值歲古稀花長好；
入廚遲三日，喜爵無算羹初調。

又　句代林省軒同年。

曾近鱣堂居，喜舅氏懸車，絳帳同瞻壽者相；
剛逢牛渚夜，正文孫合巹，青廬齊唱善哉行。

慎齋從叔亮敬七十雙壽

極婺同輝，恩寵新頒北闕；
籍咸一脈，古稀齊祝東園。

又　句代作。

九重近識德星尊，訓迪多賢，表里無慚曾長者；
八十能圓明月好，唱隨小隱，持家更得翟夫人。

家性初六十雙壽

人月拜團圓，值滿屋觥籌，齊唱介眉聯酒醴；
卿雲看糺縵，正一牀袍笏，初周綺甲富春秋。

周景祈六十雙壽

平地起樓臺，文苑一庭歌佩黻；
陽春先嶺嶠，壽筵十月富鶯花。

代林子石祝其師鄭惕齋七十

授讀不其山，丱歲追隨親杖履；

秋歡長至節，古稀矍鑠進觥籌。

林勿村中丞鴻年八十

出與五柳異，歸與五柳同，還讀我書，大纛高牙傳弟子；

名在百花先，生在百花後，是爲人鑑，光風霽月屬儒臣。

其　二

河上老人，古槎兀坐；

天下寒士，廣厦歡顔。

又　句代林純友。

人海仰魁筐，泛虬海槎，綢渤海樹，排瓊海畫戟，建滇海高牙，九萬里海上宦游，遍南朔東西，海水知寒，正閩海歸舟，風定收帆福海晏；

名山授衣鉢，侍象山席，繪香山圖，拜孤山梅花，獻商山芝草，八十齡山中師表，祝期頤耄耋，山林適性，更越山卜宅，星光當户壽山尊。

又　句代作。

九寺拜恩初，雲爛星陳，歌吹附孫曾，三鱣祝堂前都講；

五朝植望重，登山入海，宦游遍華夏，七騶爲天下達尊。

其　二

九重香案繞卿雲，糺縵是斯文元氣；

八十華筵開霽月，團圓爲有道形容。

劉魯汀司馬端八十

絳縣老人是舊部民，千里郵筒頌父母；

聖朝大耋爲今良吏,一家治譜授兒孫。

方銘山觀察勳壽

三月初四日生日,時統兵防海。

生嵩歲月重三節,

横海威名第一流。

陳舜耕親家六十雙壽代雒兒。

河嶽拜雙星,三月觥籌週綺甲;

乾坤分六子,一堂佩瀫慶芳辰。

林雨蕃甥女壻五十雙壽

大衍占蓍歌至日,

渭陽錫醴祝雙星。

其　二

春半祝花神,二月良辰逢艾齒;

閨中稱宅相,雙星佳會羡棃眉。

代祝四川夏觀察五十

九月生,筦鹺務。

芝山四皓得傳孫,煮海掄才,筦鑰綜蜀滇黔楚;

菊水九秋祝大衍,繡衣迎節,觥籌進耄耋期頤。

代祝四川李太守六十

四月生,瀘州鹽局提調。

櫻筍臚歡,溯延壽名門,六十年初週綺甲;

鹽梅管領，話出師舊地，二千石亦擅綸巾。

林心北太守拱樞六十雙壽

生日均臘月。

喜傳雀報四環，伯起子孫皆顯宦；

齊唱鶴飛一曲，東坡夫婦兩神仙。

楊石泉制軍昌濬六十

道德勳勞，唱善哉行，爲羅山、湘陰，衣鉢一門稱繼起；

期頤耄耋，拜壽者相，遍越圻、閩海，笙歌萬帳祝長生。

其　二

餚酒華山，無量壽佛；

旂常鑾海，不世勳臣。

何筱宋制軍璟七十

霖雨足疆圻，天下望斯人再出；

門庭羅將相，嶺南祝我佛長生。

莊鼒卿農部鼎元五十

緹室管吹葭，觀政農曹，春回鳳闕；

漆園觴祝艾，稱歡子舍，香滿燕山。

陸梅村六十雙壽

甬上敞瓊筵，綺甲齊眉，是壽相木公金母；

雲間奏葭琯，斑衣繞膝，有佳兒武達文通。

陳子良比部承裘六十

參天古柏看兒輩，

老圃黄花壽故人。

苑桂族弟五十

遐祝艾年，繞膝三珠樹長；
歡稱荔月，駢頭百葉蓮開。

家梧岡游戎六十

七夕生辰。
草木威名傳六甲，
天河吉慶渡雙星。

壽峰太守廷愷六十雙壽

佩㶀集華堂，皇冑齊眉，欣逢五馬巡郊，天見清廉一片石；
觥籌開福地，上元周甲，喜值六鼇駕海，民歌康樂萬枝燈。

潘茂如觀察駿章六十雙壽

壽盃歲煖雙星會，
臘鼓春回六甲周。

陳桂生學使學棻雙壽

羽翼冠青宫，文墨高持，上爵一齊封鄭國；
珊瑚網閩海，觥籌競獻，後堂兩序列彭宣。

林時甫太常維源五十雙壽

一騎誦皇華，持節長懸霄漢日；
雙躔占大衍，稱觥遥捧海天雲。

雲舫太守吉昌五十雙壽

佩黻佐昇平，喜編户壺觴，拜二千石；
弧鞶占大衍，正諸天簫管，奏卅六宫。

楊石泉制軍六十晉三

潼關三公，濂洛一脈；
太華九日，空同千年。

心如伯兄六十雙壽

比屋慶齊眉，修禊題詩，正值稱歡爲上巳；
卜年喜周甲，讀騷飲酒，請歌覽揆共庚寅。

其二

是吾家崔嫂沙哥，花甲初週，三月三日；
爲平地木公金母，蟠桃正熟，千春千秋。

又　句代其壻作。

西幄隸曾坑，弧帨雙陳，綺甲剛週六十；
東牀依子舍，觥籌畢集，佳辰正值重三。

己丑六十自壽

左文襄公生於十月初七日，曾文正公生於十一日，予在初八日。兹當六十平頭，撰此自壽，或老天將補蹉跎也。

笑我生偏介曾左之間，覽鏡自嘲乏奇相；
冀來歲儻進期頤以上，銜盃但願作詩人。

彭紀南軍門楚漢六十

剛逢甲子周躔，問僕射起居，萬艦齊心，懽拜高牙頌日月；

同溯庚寅覽揆，容書生長揖，一堂聚首，喜迎小隊出郊坰。

又　句代沈西垣軍門。

河嶽見精神，出處同方，週甲喜賡松柏頌；
鄉關篤恩誼，追陪列座，高牙幸附蔦蘿緣。

傅砥人六十

覽揆溯庚寅，騷客誕生多上壽；
占躔週甲子，冷官教士出成均。

紹雲少司空烏拉布雙壽

廣厦拓萬間，月斧重修，采梁棟，育英才，卿相及門列房魏；
副笄尊一品，星軺雙駕，仰山河，徵壽骨，神仙平地拜劉樊。

徐少青觀察震耀六十

鵲印傳家，稱歡孺子；
豸衣壽國，覽揆左徒。

太和族弟五十雙壽

三月進觥籌，大衍良辰斟社酒；
雙星燦弧帨，上庠令子食天廚。

祝　嘏　下

曾太守母六十

週甲祝魚軒，奉八座起居，東冶稱觴逢竹醉；

運籌司虎幄，看一麾江海，南豐戲綵著萊衣。

葉敷恭孝廉祖母七十晉一

十二月二十九日生日。

再二十九年，便足期頤，壽母華鬘爲國瑞；

殿三百六日，初迴斗柄，文孫刷羽待春風。

曾鼎三孝廉母壽

時鼎三在正誼書局襄予爲覆校，生日爲臘月。

法曲舞霓裳，稱壽茶山同拜母；

春暉催臘鼓，分光藜閣正窺仙。

葉協恭孝廉母五十

傳硯誦清芬，韋幔六經分子舍；

添籌符大衍，霓裳一曲奏寅賓。

又　句代作。

蘇母史，韋母經，六子傳書繇甲第；

鍾家禮，郝家法，一門食報富春秋。

劉贊軒孝廉母壽

正月十五日生日。

純嘏錫，

孟陬貞。

某尚書妾七十

壽母拜扶風，七秩稱歡三月閏；

尚書尊列宿,一星長傍九霄明。

彭紀南軍門母黄太夫人七十

華鬘壽母甘泉貴,
繞膝將軍大樹高。

蘇少伊同年母八十

年母爲鼇石制軍冢媳,正月八日生。

耄耋觥籌開穀日,
節樓閥閱拜蘐華。

張母梁太夫人七十

兕斝頌古稀,興慶首行褒命婦;
蠡舟秉慈教,博昌大柄握兒曹。

林程甫孝廉母七十

合室能文,分授六經慈母訓;
孟陬初吉,古稀一曲右仙歌。

王芝九孝廉母百齡

聖天子曰惟汝賢,詔錫百齡壽婦;
太夫人爲吾師母,觥稱兩序生徒。

又　句百歲坊。

帝有絲綸文章,請繹棃眉滿陌;
臣能刻劃金石,爲歌蘐背在堂。

其　二

綽楔拜恩言,一例甘泉賜圖畫;

絳紗授官禮,滿庭書帶注期頤。

奎樂峰觀察母拉那太夫人七十晉四

斑衣繡豸拜龍津,更從海島觀兵,領郡六諸侯,愛士愛民,事必歸親,齊唱善哉行,有舊屬武夷君,命曲荷香奏東幄;

髫齔聽雞依雁塞,卻羨將門下嫁,起家兩工部,教忠教孝,賢能得婦,同瞻壽者相,是兼師孟博母,應官奎宿認西躔。

又　句代家蓁舲。

太妙拜華鬘,看階前豸節錦窠,兩序舞斑衣,萱草宣風三郡共;

古稀歌國腹,聽海上鳳韶牙拍,萬家獻篚酒,荷花誕日二旬先。

又　句代家懷臣茂才。

百榼荔支香,剛逢龍節,排衙簫鼓奏兩行,登拜高堂公瑾母;

十洲火棗熟,競喜烏衣,列島笄珈迎一品,趨陪末座杲之賓。

吴霽軒軍門母鄧太夫人七十

帝命寵笄珈,惟聖朝純嘏錫親,正當月滿曲江,篚酒臚歡,萬帳拜慈顔,仰軼蕩天恩,晉國翟車譙國繖;

臣躬資砥柱,有賢母精忠教子,大好風平嵌海,樓船導樂,雙旌開帥府,守排和家訓,涪王節鉞信王圖。

彭軍門母黄太夫人七十晉八

湘江星斗婺孀明,祝千秋,逾甲子古稀,緑鬢朱顔,是習仉氏機,賜文宣幔,封湛姑魚，排譙國繖，特班興慶首行，八座侍起居，無量兕觥捧日月；

瀛海樓船簫鼓簇，溯七業，肇庚寅覽揆，高牙大纛，能下潯陽瀨，然牛渚犀，麾秣陵扇，枕隴水戈，更拜澶淵節度，十閩統鈐轄，長依象服護山河。

蔡母許恭人六十

集萬安橋碑字。

翼蔡紊功，紀庚六十；

嘉許錫善，樂事萬千。

陳直齋比部母趙太恭人七十晉七

集萬安橋碑字。

金石錫年，三千扶實成三飲；

谿圖合樂，七十紀庚紊七嘉。

羅穀臣司馬母劉太恭人六十

稱觥封鮓池前，正慈母湛姑，日月雙緜週綺甲；

吹琯釣龍臺下，有佳兒仲素，生徒兩序拜華鬘。

長青從嫂六十

筍水拜華鬘，蟾滿一輪秋月皎；

蓉園開笑口，鶴銜六箭海雲高。

唐薇卿觀察母太夫人壽

八座奉起居，吹管黄門迎壽母；

雙星瞻富貴，稱觴赤嵌拜天孫。

黄俊生太守母馮太夫人壽

任岬贍百家，治佐容臺，積六十年絲枲劬勞，是鄭善果賢母；
起居迎八座，歡騰臘鼓，羡二千石觥籌拜獻，有潘孟陽佳兒。

陳直齋母趙太恭人八十

八千春，八千秋，歌耋太丘奏葭室；
十一月，十一日，臚歡比部拜萱堂。

又　句代作。

郎署祝長生，葭室臚歡簇袍笏；
耋齡稱上壽，萲闈衍慶進觥籌。

鄧斌儀副戎母七十

生近百花辰，環佩萬千王母宴；
歡臚三竺會，觥籌七十鄂侯家。

又　句代作。

九轉望衡陽，雲日重開介福地；
一行冠興慶，管絃競奏古稀年。

彭軍門母黄太夫人八十

朱氏武，韋氏文，畫地教兒，有犀甲三千，横海控九萬程門户；
鍾家禮，郝家法，登堂拜母，正鶴鬘八十，賓雲奏五百指孫曹。

施至達母七十

年届古稀，觥稱羯末；

日方長至,帨設緱回。

又　句代作。

名閥拜笄珈,七龤筵開鳴玉佩;
升辰獻韤履,一陽律轉酌金罍。

喜　慶

太年伯林鑑塘太史春溥重宴瓊林

太年伯刊有《竹柏山房叢書》,著述甚富。

周甲宴南宫,上壽期頤宅五福;
傳薪尊北海,等身著述富千秋。

光欽從叔景文入泮

品題作佳士,
充秀稱得人。

世德姪壽辰入泮

同居曾坑鄉。鄉爲曾長者所居,因名。

天下爲己任,
長者是鄉人。

蔡潤叔太守令郎入泮

潤叔時官在豫。

潁水門開,樂游芹藻;
嵩雲書到,喜溢椿萱。

龔詠樵太史令郎入泮

初步登梯,高翔雲路;
丱齡鼓篋,善讀石渠。

黄筱雲令郎入泮

門第最高,授經累代;
天下自任,發軔初基。

世雍姪培英入泮

璧水蜚聲,蔚爲阿閣九苞鳳;
雲程發軔,喜是吾家千里駒。

陳經亭令郎入泮

明允文名,前彰厥後;
子京才調,弟先於兄。

蘇仙根農部令郎入泮

一門軾轍貴,
兩世紀群交。

何稷垌令孫幼硯入泮

訂三世交,後起能天下任;
居一日長,及門多高才生。

龔詠樵次子入泮

欒城繼起一門盛,

渤海清芬四代緜。

黄亦高令姪入泮

萬仞飲香桂樹潤，
一庭挺秀荔花妍。

陳鐵香比部令郎入泮

上庠發軔程萬里，
中表含飴喜一門。

吴霽軒軍門令郎萼良入泮

侍學習龍韜，兼擅文通，初軔展鵬摶，子舍喜勝天下任；
歡顔承象服，正當日永，重闈稱兕酌，孫班看織月中名。

世華姪冠斌入泮

清紫朋羅，靈氣萃衆山，喜今日初程發軔；
蒙存淺達，遺篇守四子，盼他年大器亢宗。

唐亦樵入泮

鷺島多俊才，擔簦曾至；
黌宫與兒輩，採藻同游。

李唐臣入泮

舊德緜長，占鼇頭應歸貽厥；
深交累叠，附驥尾幸有兒曹。

何硯劬司馬令郎劍甫入泮

祖硯看親傳，喜汝曹杞楠競挺；
父書真善讀，幸予季芹藻同搴。

黄幼臣司馬令郎拔元

鯨牙鏖戰拔太華，
驥足高騁貢王庭。

集句賀吕淵甫瀓拔元

三千士裏文章伯，
十二樓前侍從臣。

黄益齋謙光秋捷

益齋由優貢獲雋，旋加中書銜，司鐸興化。

一士學而優，船上孝廉，能掌絲綸當綺歲；
天子命之教，門羅都講，同攜桃李列春官。

林鷺雲鶴年秋捷

鷺雲父蘭圃多善舉，修安溪試廨、賑澎湖饑，尤其著者。鷺雲以策陳時務，爲主司所賞識。

風檐任葺，孤島賑荒，果報善人先甲第；
棘院論才，海疆畫策，星辰主宰重文章。

家硯癡毓駿秋捷

子榜訂同年，兩世科名聯雁序；

孫枝衍吾道，一門宗派溯龜山。

伯畬姪壽慈秋捷

蟾魄兆一枝，桂樹分香，兒輩同科慚作貢；
龍文譽千里，竹林遺蔭，我家別室喜增輝。

陳子良比部長孫懋鼎秋捷

九萬里高唱羽霓，綦代看聯翩，更欣合室隨肩，六子先登五子；
十四人遥傳衣鉢，盛朝成鼎峙，應啟重闈笑口，一元已兆三元。

何劍甫鍔先秋闈連捷

范硯能摩，一老兼師勤授業；
晏書善讀，諸昆讓弟早成名。

葉季菁在衍秋捷

科第聯翩，合室能文曾六子；
弟兄岐嶷，同年得捷又三人。

其　二

醮阼導郎官，緹室四圍春醞釀；
入門迓祥女，螺江一片月團圝。

莊姓娶秦姓續絃

褵結漆園，近重三節；
車迎淮海，譜第二絃。

聯鶴汀觀察令郎策三娶

五雙美璧種藍田，喜同弋雁凫，有木公左酒，金母右漿，催曉拜堂前，晝成好

月初三,眉史新修京兆筆;

十二寶燈開紫府,看齊飛鸞鳳,正中扆題名,南宫射策,傳宣來殿上,認得春風第一,妝樓預唱狀頭詩。

世遠姪完娶

筍水乘龍,登科有兆;
蓉園弋雁,戒旦能賢。

倪俞宣司馬惟欽續絃

眉月畫初三,捧硯新傳青鳥使;
神絃調第二,對琴長伴紫薇郎。

王姓完娶

葭琯豔催妝,傅粉佳人真婉嫿;
蘆簾歌合巹,裼裘公子是瑯琊。

家季璿完娶(下原缺)

冠悔堂楹語卷下

哀　輓　上

黄滄秋官庶圖南。

滄秋使黔回籍省親,百九十日復入都,卒於天津舟次。

百九日銜命歸田,夕膳能馨循束晳;

七二沽招魂落月,春華竟謝哭劉楨。

同社輓林珠五膳正

瓜李憶前游,忽慟元瑜登鬼録;

山河成大夢,重來處仲吊黄壚。

又　句代麗村同年。

卅載慟兄亡,又劚同根,每撫藐孤時搶地;

一春憂我病,方占勿藥,豈知子季竟生天。

又　句代林穎叔京兆。

袁浦阻歸舟,司醖未成,空盼輭塵來舊侶;

孤山傷落月,妻梅有後,相期清供讀遺書。

又　句代姚南坡太守。

廿載訂心交,憶結客南州,良夜曾懸孺子榻;

一函傳惡耗，悵屯兵西蜀，故鄉未返巨卿車。

代輓表叔某大令

地下儻傾筐，把臂蘇程重擊鉢；
天涯應插竹，招魂召杜爲刊碑。

家笙友觀察和鳴。

歸隱謝郎官，廿載入山知有母；
失聲多吊客，百家舉火待斯人。

又　句代作。

觀察嘗爲師贖兒。其僕孟某殉主。
完卵贖千金，恩報師亡，齎鏡江干真孺子；
嘔心留一帙，痛辭孾去，負囊天上有奚奴。

馮茂谿明府榮萱。

茂谿久客都門，得補江西臨川令，僕從誤投以藥，未莅任卒。
傭筆早離鄉，燕市十年，長爲他人金綫壓；
登天纔得第，臨川一夢，竟辭阿孾玉樓歸。

葉香谷同年楠。

香谷工試帖，與弟紀六明經相繼而逝。
十一年爾汝相忘，不諱諫争真古道；
五八日弟兄競逝，可傳著述有長城。

鄭九丹學使瓊詔。

由四川丁外艱旋。先有噩夢，相傳爲神。卒於同治元年。

撒手謝清班,噩夢有靈,柱國死生皆上爵;
攀髯遲隔歲,斬衰迭痛,世隆忠孝本完人。

又　句代作。

宦海共歸舟,憶師門執業,仕國依光,兩世雷陳敦氣誼;
名山空設帳,悵瑣院掄才,黌宮校士,一時齊蜀慟心喪。

劉綺田刺史齊衢。

二十年心瘁治絲,慟忠簡遺言,易簀不忘軍國事;
一萬里魂驚歸旐,幸歐陽有後,表阡共吊宰官身。

又　句代作。

旁午羽書,喜長才佐治,岷峨展驥多能,百里士民資保障;
零丁衣鉢,歎惡耗傳來,甌粵騎鯨竟去,廿年香火感因緣。

年伯孫復生鎮軍雲鴻。

末座許談詩,感百里郵筒,不惜齒牙成孺子;
空山傷卧病,歎十年鍵户,重生髀肉老英雄。

厦門吴德禄丈

聞涼秋扶病支牀,讀予父片紙訃書,曾泣晨星零落,詎延陵雲黯,碩果無存,竟約四十年來車笠良交,同入泉臺重把臂;

憶去歲奔喪旋籍,賴有子一衿發軔,方紓晚景悲哀,胡厦島霜寒,靈椿忽謝,空令六百里外塊苫殘喘,難齎鏡具拜遺容。

葉雨村明經尊甫

時其母先卒,相距不過百日。與予戊午年同憫凶。

濁世謝衣冠，五七齡來去得時，餔歠不甘漁父聽；
終天嗟岵屺，百一日塊苫同轍，蓼莪又抱故人悲。

鄭介庵師應祺。

三載抱心喪，齎鏡江干來孺子；
千秋留眼淚，援琴海上哭成連。

王壯愍公有齡。

時殉杭城難，與饒枚臣鎮軍同日授命。

先帝託專城，涕泣出師，絶筆文章留一表；
將軍同授命，號跳罷社，故山祠宇拜雙忠。

江仙航孝廉舟。

少同里閭，長同硯席，薦鶚同登剡牘，歌驪同踏槐花，十年來膠漆知交，詩卷遺留應屬我；

堂有老母，帷有生妻，占熊有子初胎，射牛有弟弗穀，五載間繁華春夢，酒壚過訪竟亡君。

林鶴修同年壽齡。

鶴修與予交最密，自丙辰報罷，天各一方。旋丁母憂，遭絃戚，奔三晉，依戚里爲生。繼入西川，依其族兄戟門刺史。己未，由蜀入都，挈妾同行。將還鄉，乃竟於五月十四日卒於虎坊新館。

得天末來書，六千里外，故人忽謝風塵，絶慟爾母柩在堂，妻棺滯室，忍甘拋撇作長眠，兩地遺留，閩嶠孤雛燕市妾；

憶春明判袂，卅七月中，逐客杳無消息，只聞説兄家餬口，戚屬棲身，詎料别離成永訣，半生斷送，汾河杯酒劍門詩。

丁九冬盦

冬盦爲劉氏壻。劉藏書甚富，延司檢别，與同人纔結石芝吟社，"笠澤停車"，爲其絶筆句也。

垂老只耽書，六十載傭筆依人，捫腹博陵都入笥；

忘年纔結社，廿八言遺詩兆讖，傷心笠澤竟停車。

代輓舅氏

南嶠舉旛祠寇準，

西州扣策慟羊曇。

陳翥亭師鴻儀。

師之哲嗣垂昆、穀友均入庠。

憶髫齡問難執經，六載相隨，侍長者備承桀訓；

闡畢世幽光潛德，一衿競爽，羡兒曹能蔚家聲。

林鏡颿太史汝舟。

海上騎鯨，箕星千古；

天涯吊鶴，薤露三章。

代葉雨蒲輓岳父梁吉甫駕部

時寓浦城。

銜清夏署，組解黄堂，敝屣一官，春草溪山成大隱；

召赴玉樓，魂招南浦，倚廂半子，艾花時節痛中腸。

代葉芑恭輓師董更生明府

烽火四鄰愁監郡，

春秋一卷慟師門。

黄少仙明府奉樾。

少仙由蜀乞歸，養其祖母，就臨江關鹺席。卒於除夕，或言疥毒内陷。

雄長冠騷壇，憶車笠論交，十年結社，攜觴烏麓，款款笑談，詎料除夕祭詩，感逝一篇添鬼録；

清貧歸宦橐，歎江湖帶甲，萬里陳情，解組犍爲，嗷嗷待哺，翻慟他鄉作客，飢驅二字讀郵筒。

又　句代聞亦步。

烽火苦離鄉，南嶠四年，籬下棲身叨顧恤；

溪山來惡耗，西州一慟，天涯淚眼望歸魂。

代鄭芝生明府輓妹倩陳海門孝廉

孝廉之子澍農、壻林錫三均秋捷。

嫁妹佐篝燈，憶弟輩兒曹，曾附葭莩沾化雨；

替人繩甲第，幸壻鄉子舍，競成杞梓慰重泉。

代何稷垌輓姑丈翁蟫仙孝廉

伏勝老耽書，地下問奇呼弱息；

湛姑傷撤瑱，燈前吊影課雛孫。

廖文恪公鴻荃。

五朝元老鬚眉，悵千古留碑，遍海内門生故吏；

一代青宫羽翼，羨重逢造榜，是前身太史文昌。

代輓舅氏

端午日卒。

屬纊值懸鋮，一曲招魂悲宋玉；
哀絲感華屋，再來撾策哭羊曇。

謝大鏡芙

同社凡七人，死者四，存者三。

卌年未博一衿，潦倒名場，憎命文章多我輩；
七子竟忘四友，後先鬼録，窮途貧病了斯人。

王生墉同襟

誤於藥丸，不知何物所製。

羅刹竟句魂，春夢完場，誤咽一丸成不起；
封姨何薄命，秋風泣影，長號三口慟無依。

代林程甫輓岳父王萇生刺史

兩度謁藍田，船泊張憑，末座得人慚弟子；
八年傷蓋篋，齊營元稹，夜臺有女侍雙親。

徐清惠公宗幹。

是人間父母神明，大被萬家，遺愛長留鉅鹿笏；
遍海内門生故吏，心香一瓣，失聲同哭峴山碑。

王子希徵君尊甫

大夢百年醒，隴表文章神鬼哭；
名場千佛選，烏衣門第子孫多。

代葉敷恭輓岳父黄壽臣制軍

傳硯荷憐才，方期天末歸雲，侍立峰頭依日觀；

騎箕成大夢，長慟春初就道，招魂海上哭仙龕。

許小山比部祖涝。

去年乙丑，黄嗜南同年以貧死。今歲丙寅五月，莊小潭觀察又卒潮州六祖故居。乃不數月，而小山惡耗亦至。里人以其甫拜東鼓樓，上梁歸，忽逝，相傳即爲樓神。小山前數日，尚以所校《熊勿軒集》相贈，更向予索瑯琊碑，且言襆被不日來談。痛哉。

故鄉有幾心交，慧業生天，宰官成佛，那堪更召修文，一紙上梁，説汝爲神同咄咄；

前日纔傳書到，打碑索負，校字分勞，長慟忽孤吾道，數行遺墨，盼君逆旅尚栖栖。

楊丹山副戎尊甫

丹山德州人，武進士。

華表拜將陵，風雨重陽剛化鶴；

科名傳子舍，干城一旅正鳴騶。

陳肖丞同年慶年。

肖丞司臨江關鹺席，醉後墜城傷腦，歸家數日卒。

一夢竟如泡，太華作書傷吏部；

十年曾結社，南皮異物悵元瑜。

又　句代女壻。

肖丞死數時許，髮際氣尚蓬勃如蒸黍。

未死曲中星，炊黍猶留昌谷氣；

遲成牀下拜，摧梁忽抱泰峰悲。

又　句代劉岵農同年。

岵農與肖丞同蹈武林之難，後先脱歸。

入幕課吾兒，蛩蟨相依，浩劫餘生同患難；

束書棲逆旅，米薪莫措，痛心左計在毛錐。

又　句代作。

作如此收場，天道寧論，焠掌半生真負汝；

曾幾時小别，故鄉相見，嘔心一夕竟亡君。

林峙屏孝廉起貞。

記纔聽曲大羅，一第泡漚，慧業餘生寧作佛；

奪卻讀書種子，百家嗚咽，名場何處更逢君。

鄭芝生明府世祺。

末座侍論文，雞犬封壇，拜手下車三世祝；

寢門同放哭，龍蛇叶讖，傷心易簀一牀書。

又　句代虞臣農部輓兄。

悵諸曹或仕他方，差慰大兒親視含；

痛垂老忽逢多難，獨瞞阿孾説生存。

又　句代葉協恭輓岳叔。

協恭與海騶乙丑同會榜，與心雅己未同鄉榜。

子同甲科，孫同乙科，幸味契岑苔，每逐名場葭末附；

文足八斗，酒足五斗，痛枝分岱樹，忽抛老淚棣華枯。

又　句代作。

酒國隱仙曹，溯百里去思，高密題碑皆故吏；

花磚留子舍，羡一門繼起，中牟治譜有傳孫。

王蓮叔司馬師師儉。

爨下識琴材，問字停車，十載頻叨長者賜；

江干齎鏡具，遺經在笥，一官贏得子孫貧。

劉岵農同年之叔

平地神仙，睡足白雲片席；

遺書孫子，春生璧水一池。

鄭海騶太史守孟。

海騶與予同社，每有撰書事，予擬文，海騶搦管，潤筆但索酒，裒集之作累夕飲。戊辰與之都門，同寓地藏寺，歸又同舟。乃自其弟守銛卒，旋丁父艱，而其子心雅又歿於婺源任所，心雅所生兒亦殤。辛未四月，予出都，相别黯然。詎知九月而惡耗至。

話酒同燈，論文同硯，歸計同舟，寓廬同爨，廿年形影蛩蟨相依，可堪回首名場，賸燕市前塵，别汝纔經三月久；

終天哭父，薄宦哭兒，不祿哭弟，早殤哭孫，六載淚聲江河並竭，長慟灰心人世，有婺源變局，讀君垂死數行書。

又　句代何卓爾。

海騶之兄小硯亦官編修，爲卓爾之岳父，早卒。

一病爲慟亡兒，問造化何慳，百里宰官成幻夢；

九原儻逢樂丈，知弟兄相聚，廿年清秘哭遺書。

陳子駒明經通祺。

子駒與予同庚寅，工詩善畫，所居丁戊山麓。

六如慧業悔多才，慟同降庚寅，桃塢蹉跎艱一第；

十子名家生並世，吊卜居丁戊，蓉園著述各千秋。

孟夢石孝廉宗湜。

左爵帥開正誼書局，夢石佐予覆校。時尊甫綺序廣文爲局之提調。乃綺丈卒，而夢石今又亡，同局如王肖曾沂卒於庚午，林峙屏孝廉卒於丙寅。夢石工詩善書，與吾社之黄聖莞上舍經、陳子駒明經同稱於時，惜皆不禄。

大府求讀書真種，溯同局則肖曾卒午，峙屏卒寅，已矣十萬言鉛槧勞心，中壘又隨名父逝；

生天多慧業文人，與吾社之聖莞殉詩，子駒殉畫，傷哉卅五載雲煙過眼，輞川更抱右丞哀。

昭宗伯兄維修。

服賈别雙親，卌年中大局獨持，遍吾儕施惠，衆客輸誠，忽奪善人，闤闠失聲摧巨棟；

臨終無片語，一室内苦心共喻，願予季和衷，諸孤習儉，長消外侮，家庭努力衛同根。

林翊仲同年纁。

丙辰，予與翊仲計車同返。至衢州，而翊仲瘧作；每狂時，刺刺數百言若遺囑。丁卯，予從征關中，翊仲在風陵渡于役，相隔僅一河，亦來書言其病甚。乃聞其署陽城、補聞喜，甚慰。旋丁内憂，歸，竟卒。

廿年事與子相依,記南浦伏痁,風陵病暍,預留死別一書,歷歷前言墳上酒;
百里才斯人何屈,歎析城小試,憙邑去憂,博得遺清兩字,蕭蕭長物篋中氈。

王德夫明府懋修。

京華話別十年强,聞戒石刊碑,日下傳聲饒治譜;
里鄰論交諸子在,憶南皮壓酒,夜闌和淚讀遺詩。

代徐公可輓文勤公崇實。

文勤官盛京將軍。既卒,其妾殉之。

喪之自遼海歸也,由闉扉泣到髫鉗,白叟黄童,惜未爲救時良相;
死有如泰山重焉,持箕帚笑隨旌節,人間天上,那得此不櫛男兒。

鄭仲濂銓部守廉。

乙亥嘉平抵都,仲濂病甚,乃肺癰,急往視。聲啞,所言千百,略得其半,尚趨兒煮酒。洎春,遂卒。瀕死,所語似深傷其手足也。小硯太史爲仲濂胞兄,亦歿於都門。

煮燈扶病話家山,喜我重來,賸廿載前塵,兒女促羅燕市酒;
易簀遺言傷手足,嗟君何往,有三生慧業,弟兄同纂玉樓文。

陳季涵孝廉寶琦。

爲伯潛太史之弟,旅都門,苦學至廢寢食,獲病卒。

羲鬼在腕,選哥有胸,弱冠竟焚蘭,史筆仗兄補傳一篇傷焠掌;
范硯有孫,韋經有子,故鄉猶望杏,名場誤汝遺書千里痛歸魂。

梁禮堂觀察鳴謙。

禮堂卒於丁丑端午日。

南社數人文,三十年下上雲龍,盾墨分持,報國同傷奇李廣;
春明勞問訊,六千里死生魂夢,布帆剛返,叫閽何處哭靈均。

又　句代兄作。

嚴君楹帙幸傳薪,丱角相依,遺命提撕循蛾術;
伯氏墓門成宿草,棣華又謝,平分生死慟鴒原。

又　句代弟作。

兄本兼師,四十年晨夕起居,黽勉披蒲同焠掌;
我猶薄宦,八千里關河風雨,悽惶插竹爲招魂。

又　句代姪作。

師道重斗山,輟樂共悲韓子逝;
兒曹同卵翼,授書曾憫阿咸癡。

又　句代鄭香巖。

率子輩孫曹羅拜門牆,三代荷栽培,每語葭莩,玉麈多時傾肺腑;
綜文通武達支撑海嶠,九重方倚畀,忽歌薤露,丹砂無術起膏肓。

丘彤臣明府書勳。

丙辰與予計車同往返,偕伴爲陳魯泉、林翊仲兩同年,均化古人。
冠男笄女尚茫然,負諸弟重寄,纍纍門户誰持,知爾蓋棺難瞑目;
釃酒闔詩都已矣,慟故交生存,落落舟車同伴,賸予題碣一含毫。

陳剛勇公勝元。

公與先大夫交最篤,往返省垣,多寓予家。癸丑,官福山鎮,戰歿蕪湖。子敦五孝廉，至丁丑覓骸歸葬。

栗里侍清談，四十年前解榻相迎，報國敢忘摩頂語；

蕪湖藏毅魄，三千里外蜕衣重捧，表忠合繪負骸圖。

又　句代作。

刺桐城上大星沈，每俎豆故鄉，肹蠁如生聞叱咤；

采石磯頭明月挂，正江山良夜，忠魂相遇哭團圝。

林星航刺史錫賡。

無慚陶靖節，

頓失魯靈光。

竹銘從弟昭赫。

茗荈費經營，百事上心憐老父；

棣華傷凋謝，九泉聚首慟而兄。

雷午橋太守瑞光。

交訂廿年初，一束生芻傷孺子；

魂歸三月暮，萬家插竹吊萊公。

劉冰如方伯齊銜。

冰如卒於十二月十九日。東坡爲奎宿，乃此日生。

奎宿竟歸魂，知噩夢有靈，柱國死生膺上爵；

秦關曾把臂，憶軍書相佐，鄮侯飛輓借前籌。

林巽甫觀察維讓。

巽甫淡水人，近助捐至五十萬元。

不勞下詔問寃言，破産輸邊，天子終知緱氏德；
曾記登堂成死别，驅車會葬，故人可待巨卿來。

孟伯演上舍宗疇。

伯演爲船廠能吏，曾襄予辦桑棉事。
訂交乃在習船先，萬户籧筐，桑柘同心持大局；
感逝恰逢啼鴂後，滿城風雨，茱萸遍插少斯人。

徐仲眉游戎葆齡。

仲眉工詩。甲戌與予同在李子和制軍幕。
小隊出元戎，記室同參，曾匹馬短衣，議戰排和書咄咄；
一官嗟宿將，遺書重讀，正修蚰赴壑，天時人事淚浪浪。

代輓鍾桐樵司馬大榮。

扶病下苕溪，爲國勞心，榷算頻年膺上考；
招魂傷蒿里，抵家撒手，門閭垂老哭雙親。

莊印潭觀察俊元。

鸚䳇久銜恩，説隴上清風，侍從曾迎周柱史；
剌桐時入夢，悵城西落月，老成頓失魯靈光。

林錫三學使天齡。

六千君子已收功，偃武修文，禮樂起大江南北；
八百孤寒齊下淚，登山入海，淵源探天上星辰。

林笏臣同年爾康。

燕市昔重逢，記曾共話青燈，相送前塵看捧撤；

塔江新于役，聞道纔歸丹旐，每懷舊雨慟招魂。

陳仲溪明府紀。

仲溪與海騶均豪於飲，諱言醉。海騶飲予宅，凡三嘔。曾戲欲刊碑曰“鄭某三吐處”。鴟鴞，謂鄭也。

公真健飲冠同儕，每於小榭花時，相謔鴟鴞，三吐欲刊碑，長慟舊交多異物；

我已倦游歸故里，記得京華雪夜，重依蛩蟨，一官如嚼蠟，何期强别忽生天。

又　句代子良比部。

仲溪素裕，後赤貧。近大挑縣令，得河工。

眼前纔漸入亨途，辛苦一官司竹石；

心上有未完憾事，晨昏老母哭門閭。

家子恂觀察仲愈。

子恂卒於滬上，同人輓章甚多，予幾擱筆。無已，以四言輓之。沈幼丹制軍曰：“我做此，有‘斯人亡矣，當世惜之’八字。然最親切者無如其兄豫庭太守云：‘功名富貴盡儻來，祇因願望太奢，致一時事不如心，萬慮交煎，未免此中鬱鬱；才力聰明俱絶頂，可惜精神誤用，迨今日勢成孤注，半途遽隕，依然妙手空空。’”附録之。

長沙賦鵩，

采石騎鯨。

章果堂觀察倬標。

觀察祖籍閩之浦城，先塋尚在。甲戌守泉州時，與予多聚談。

秋雨刺桐城，二千石表率海天，記曾列幕侍元戎，杯酒談兵晨夕共；

春波南浦地，三百年生同里閈，難得正丘有循吏，繡衣執法子孫賢。

又　句代林虹屏廣文。

觀察之封翁，著有語録。

每聆先德善繼繩，教孝教忠，聰聽一篇刊語録；

曾附末僚叨拂拭，濟寬濟猛，開誠兩字凖心書。

陳桂屏明經步蟾。

桂屏赴秋闈，因病急回泉，不十日而訃音至。

强别不及十天，讀訃書，疑夢幻，尚盼生存，水鏡重逢來德操；

論交已逾廿稔，勗道義，勵文章，共憎命達，秋風何處哭劉蕡。

黄半庵司訓貽林。

半庵之死，與桂屏僅隔月。其子莪士能文，司鐸連江。

生同昭諫寓居，一第縱蹉跎，浩劫難灰文字焰；

死與桂屏隔月，舊交漸零落，多才還慰子孫賢。

代何稷坰輓古香太守延楷。

烏府擅彈章，旌直一麾，忠祚無慚秀實笏；

鄞江聞惡耗，招魂萬户，冷齋爲罷上元燈。

沈文肅公

憂深力挽千尋鎖，

劫後功收一局棋。

李冰如孝廉藍田。

春明數共晨夕，彼此過從，每爲囊空傷趙壹；

冥漠有真是非，萬千抑鬱，好憑舌在訴遮斯。

家松友明經毓材。

忽抛父母、昆弟、妻孥，天何其酷；
爲問宗族、鄉黨、朋友，人無間言。

藍旭初教授向葵。

旭初由大令改官漳州教授，六月下浣卒。
解組賦歸來，苜蓿一官甘耐冷；
停杯傷大暮，荷花生日後招魂。

劉春亭司馬

春亭與吴春波鎮軍爲舊交，近其喪自雷防歸，妻亦繼逝。
把臂話當年，吴質故人多顯宦；
傷心嗟隔歲，劉綱與婦共昇仙。

年伯林劭甫助教

壬子同年省居四十二人，皆失怙恃。
已矣魯靈光，溯交拜登堂卌二子，合譜同城，今日蓼莪齊廢讀；
儵然梅直講，羡長吟鍵户七三齡，一官退隱，名山竹柏有傳賢。

又　句代陳弼夫方伯。

年伯爲弼丈之姪女壻。
爲道韞擇名門，詠絮撒鹽，地下團圝應再唱；
幸昌容有令子，習船秉鐸，庭前岐嶷尚多材。

又　句代何稷坰。

一例泣然鬚下山，儻采蘼蕪，此日相逢仍首聚；

三年悵分手歸里，正思鱸膾，何期再見竟緣慳。

又　句代鄭聖孩。

聖孩爲年伯之姪孫女壻，小銘舍人之女壻。小銘先卒於海東。

傷心遠道隔秋風，纔别阿虔，薄宦爲謀堂上養；

回首岱巔賸落日，重逢小阮，無言寄慰海東魂。

又　句代作。

福地享大年，能讀遺書，曾教胄殿前，義府庠門禮閣拜；

中天缺明月，竟成噩夢，正思兒海角，笥江漳水析津哀。

林聽孫觀察聰彝。

爲公刊第二碑，遺愛西湖，梁木後先同抱慟；

剛節過重五日，失聲南國，薜蘿來去一招魂。

又　句代左爵相。

尺地拜荆州，溯款酒舟中，倚側識象賢，少日相逢知己感；

甲兵富小范，憶馳書海上，乞師全民命，故鄉無恙再生功。

又　句代全中堂。

中堂與觀察同在塞外，甚知交。

勞瘁侍荷戈，八萬里毳幕韋韝，記雨雪相親，馳馬看隨蘇武節；

後先同入塞，三十年電光石火，悵海天長别，詧阡遲報巨卿車。

又　句代壻作。

倚丈人峰，重索金泥遺草杳；

過古仙里,忍聞玉笛落梅哀。

長青伯兄慶霖。

爲今孟嘗,數百里賓客來歸,億中寄籌能市義;
奪我鮑叔,一千日弟兄再慟,善承家督幸多材。

又　句代作。

沈痾纔百日,光陰心血早枯,習苦半生勞護衛;
卓識綜四端,綱紀棟梁忽挫,失聲群季痛零丁。

代林勿村中丞輓謝秋槎司馬

並臂大羅天,是親串故交,法曲羽衣,零落同群多異物;
前身南昌尉,有神仙清福,畫叉詩卷,長留餘事作傳人。

黄敬堂學正謀熙。

並居日下逐名場,賸破廟文章,鵩鳥何辜生盛世;
獨夜病中驚惡耗,慟滿城風雨,茱萸再插少斯人。

楊　實　恂

爲芊笙明府令弟,墜海死。
鸞掖溯家風,把臂沙哥方共事;
馬當留著作,傷心王勃不生還。

代陳弼夫方伯輓姪子虞兵部

當九江之難,子虞隨其父貫甫觀察後奪馬乘渡,父子均脱。
羽檄報當關,匹馬奪來,曾許善謀而父脱;

戎曹歸閉户，一官落拓，何堪又哭阿咸亡。

代陳弼夫方伯輓范韻笙明府

科第話重重，與猶子翰墨多緣，正喜烏臺有後；
湖山嗟寂寂，誤慈親門閭空倚，最傷丹旐來歸。

代林雨蕃輓甥范韻笙

喬鳥能飛，曾望牧民多善政；
翣碪尚在，何堪哭子屬衰年。

楊止庭鹺尹

採藥活人多，卻歎長沙失醫聖；
品泉知己衆，應歸顧渚作茶神。

許訒夫司訓獻謨。

爲守真同年之弟，官長汀。近緣事撤任。
棣華感多難，
薏米痛微官。

代陳伯潛太史輓其師余少凡

巍然一代靈光，得棠棣來書，猶説杖藜能健步；
慟我昔年都講，正輶軒奉使，難齎鏡具拜遺容。

謝玉田觀察家瑞。

論交京邸八年强，殘臘圍罏，重念阿咸霓曲老；
襄事洪塘連榻共，横流楗竹，相資中尉水經多。

孫　副　戎

鄂褒生面識將軍,隔歲重來,忽愴騎箕歸北極;

涪信一門思介弟,故山再出,竟睽排戟語南州。

李康侯觀察端。

海上煮桃花,爲政一家,豸節無慚能富國;

階前環玉樹,亢宗多子,水曹不獨有傳人。

又　句代陳吉士。

剛依日觀四年,傳硯相承,再溯淵源江左物;

纔隔重陽一月,回風竟惡,空傷襆被建溪行。

又　句代林迪生。

仗鮑叔分金,中表沾恩三世共;

待晏嬰舉火,沿途垂哭百家多。

林虹屏廣文

訪我纔數天,杖履獨來,談近局息息相關,方欣飲啖如常,晨夕見古風,情話幸留親戚輩;

識君經卅載,雨雲不幻,論深交寥寥有幾,詎料鬚眉忽謝,江河到今日,典型痛失老成人。

又　句代林省軒。

初臘見梅花,鬼録忽登,故里猶温元亮酒;

餘生傷苜蓿,官書重檢,替人敢守鄭侯規。

代陳弼夫方伯輓龔任臣太守

聽鼓記應官，嶽色河聲，明月幾人稱健在；
罷春傷比舍，繩牀塵拂，清風如汝算能貧。

郭遠堂中丞柏蔭。

一代斗山尊，正抱道南歸，起起重呼，應懺忽辭黄璞里；
萬家霖雨足，更障川東去，嘐嘐同話，傷心不上塔江樓。

又　句代陳弼夫方伯。

冠蓋滿京華，綬結少年，每健羨東觀讀書，西臺視草；
文章重開府，碑思去日，最難忘吴中持節，漢上題襟。

又　句代家翕甫。

三世訂昏姻，偕昆弟載酒問奇，合室稱師，算生死論交，卵翼不忘癡叔託；
九原逢姑母，話兒孫讀書繼起，一麾出守，更郎曹累宦，本根差喜亢宗賢。

又　句代林省軒。

道在六經，曾教司籍嫏環，几杖追陪，每見孤羆參兀坐；
禮求諸野，近許隨班緜蕞，金絲考覈，頓嗟老鳳失清聲。

陳弼夫方伯景亮。

元方偕弟侍仲弓，每潁上將車，故里西豪叨過訪；
景略有孫拜征虜，正建康持節，朝廷南顧爲分憂。

鄭星甫内弟

算此行屬我誤君，薦牘纔酬，豈知撤幕失栖身，請劍無方，瘴癘廹憂愁，已矣

海天,七日遄歸成大夢;

痛再見亡親及姊,牽衣何説,爲道傭書仍坦腹,聞棋正劫,馳驅存喘息,傷哉家國,一官潦倒過中年。

家性初觀察

公真卜式輕財,値警檄傳囊,輸助待人爲,詎息壤纔歸,浩劫紅羊,望火忽枯千里淚;

子是孝侯善讀,歎謗書盈篋,憂愁成汝病,諒高天能鑒,須臾蒼狗,撥雲終慰九原心。

林悦讓副郎樑材。

東華冠蓋數晨星,曾幾時筍水新過,忽告公來,積憂商近局,篤舊話前塵,太息道孤,誰料分途成死别;

南紀屏藩驚劫火,儻此去蓬山再駐,能通帝謂,請命弭火區,辨姦論誤國,追原禍始,早除非種慰生靈。

鄭嘉士孝廉亨。

厦島結良儔,文字新交,執手每陪金谷飲;

儒山返初祖,夢魂甫定,愴懷遽赴玉樓游。

陳貽蕙英。

英雄空有淚,

男子要全忠。

又　句代作。

傷哉士卒不生還,歎馬服無成,過客獨來吊遺鏃;

死矣男兒復何恨，誓賀蘭共滅，忠魂如見繞浮圖。

其　二

噩夢梵宫猜，香火伽藍，天許葛三仍入道；
燐光官舫閃，血衣慘緑，人言南八尚如生。

林少屏森林。

瓣香忠孝篆，
棋劫後先差。

又　句代作。

持盒護香歸，身早許君猶戀母；
上書成錯鑄，世無知己枉生材。

其　二

厝火屢上書，賦鵬自傷，未必長沙不更事；
褁尸甘就革，飛鳶重吊，是真新息有傳人。

葉可堂琛。

地同灞棘戲，
天作種胥濤。

又　句代作。

陳濤斜再見於今，劉秩本書生，涕泣莫談覆轍事；
鴟夷革早拚一死，伍胥真賢者，喑嗚長作怒濤聲。

其　二

忠憤一腔填，瀕死猶呼殺此獠；
是非萬口唾，偷生何以答諸君。

許玉珊壽山。

褰革作完人，潦霧躬親剛匝月；
焦頭多上客，突薪公論自千秋。

吴伯恭

别汝赴蘅江，再面難期辜翦燭；
思兒隔嵌海，一官繼起盼兜鍪。

何稷垌廣文

是真讀書人，遍天下交游，如君背誦滔滔，足史足經，吾道賴兼師，礪阜幅巾曾有幾；
難得忘年友，念平生規勸，爲我心傷踽踽，許狂許狷，他山失此老，韓陵片石更誰言。

又　句代彭芍庭京兆。

海内失經師，教在皋比，七邑主□話何武；
生前慟庭訓，氣真沆瀣，一堂侍立愧彭宣。

又　句代徐壽蘅總憲。

忽辭五斗米，老解家□，松菊餘□集耆舊；
能讀萬卷書，生甘世棄，科名厚報食兒孫。

又　句代黄澤臣觀察。

有子善治絲，苦望故鄉，蒼狗白衣傷近局；
同官嗟捧檄，忽傳惡耗，檀花桃竹送歸舟。

又　句代陳子良比部。

古事更問誰，落落晨星，又報經師失當世；
前身纔悟汝，勞勞明月，忽辭親串感中秋。

又　句代林省軒。

垂死問囂氛，及群季傭筆未歸，休戚相關，北海抱經曾負笈；
餘生傷孤露，正諸甥祥琴纔鼓，老成又謝，西州灑淚一停鞭。

又　句代家子湖。

綺歲爇心香，念同堂授史授經，諸弟共隨肩，風雨每傷摧棣蕚；
冷官謝手版，羨後起傳書傳硯，有孫能坦腹，門楣深幸倚蒹葭。

又　句代邇孫。

誦賦失歸然，八月傷心感來去；
問安附貽厥，十年摩頂教詩書。

吴捷三茂才

幸得佳兒，有蘇頲趨庭，當過其父；
諱言貧字，如袁安卧雪，不肯干人。

家仿蘇茂才

佛日謫居，花朝生天，絶世聰明，問何來何去；
大阮拱木，小謝宿草，同宗寥落，思爾父爾昆。

高桂坡前輩大奎。

戊辰春，由秦入都，取道張蘭鎮。君官汾州司馬，駐此，獲見。方日中，君已卸予車,留三宿,比夏,春官罷試,友人將往關中,苦乏旅費。予作書爲□,慨然相助。

投轄訂縱談,連夕銜杯,歡勝平原聯十日;
郵書蒙許諾,中途贈策,感深季子謝多金。

家　俊　亭

奪我鮑叔牙,憶五年中下榻談心,事業遲夷吾,昏嫁累人謀一飯;
爲今范少伯,歎萬里外持籌浪□,治生傳猗氏,兒孫盼汝守扁舟。

李汝洲茂才觀濤。

滄海共遨游,能道文山縱酒日;
風塵同涕淚,最傷杜老獨吟時。

林　蒼　翹

汝南月旦尊耆宿,
鑿齒春秋付子孫。

蘇笑三守戎尊甫

乃翁是杜德機,可補古今長者録;
有子爲都軍主,能兼宿世畫師身。

家杰夫茂才

芹藻喜流芬,兩代香名誇第一;
棣華感多難,半年惡耗悵成雙。

家怡堂副郎和聲。

翦燈話雨,近十年燕市論交,每瀝膽肝相愛護;

索果來書，纔幾日鷺門傳秏，最傷手足漸凋零。

左文襄公宗棠。

將相、公侯，尊顯及身，獨荷五百年梁木仔肩，居近濂，游經洛，仕宦遍關閩，記曾創局有遺言，校字命重刊，自道生平，千仞干城立人表；

兄弟、夫婦，文章驚世，更憑十萬里江山神助，韜繼吕，訓續伊，謳吟比管樂，共痛蓋棺無長物，匡時留一疏，不忘典學，滿天雷雨啟君心。

代謝心丹輓其師孫少彭司馬

擔簦躡屩久追隨，侍坐後堂，曾許彭宣親問業；

推食解衣叨教育，稽遲一第，卻慚羅隱負量才。

龔詠樵太史顯曾。

鄉環無主雙龍泣，

宣室遺賢一鵩哀。

林勿村中丞

平生宗旨在遵朱，閒居守毋欺聖訓，溫室佩自愛恩言，好道遇異人，惟忠孝狀元，可作神仙，參同契獨下苦功，化鶴夢前塵，公有鄒訢書一卷；

垂老商量還讀選，世事説袖手厭看，風波憶橫身已過，遺詩投賤子，是文章祭酒，況兼親戚，歸去來未完情話，修蛇慟赴壑，我爲蕭統傳千秋。

又　句代閻中堂。

先帝命自愛一言，歷朝野五十年，進退不忘，抵玉無傷完太璞；

聖人戒毋欺二字，勖門庭三千士，晦明交質，佩刀猶在感傳衣。

又　句代李子和制軍。

蓄道德發爲文章，衣鉢授山中，絳帳傳心多命使；
總師干重親顔色，星辰近天上，玉堂回首憶横經。

又　句代林省軒。

丱歲荷撫摩，一例袒韝依子舍；
心喪報恩義，三年持服守師門。

又　句代林蓉臺。

是親串，是世交，况師弟緣深，江左佩刀傳合室；
亦富貴，亦壽考，更文章望重，韓陵片石鎮名山。

又　句代魏瓶孫。

記同先君子，效李涉移船，避寇倉皇，銜尾相隨依客邸；
頓失老成人，慟羊曇擿策，思親零落，椎胸何怨過州門。

又　句代何硯劬。

甲第占梅花，羡使節多賢，都講傳衣領東閣；
池塘夢春草，附孫班中表，先人擿策慟西州。

又　句代其戚屬。

幔亭習樂附曾孫，繞膝叨同齏臼愛；
華表題名慟亡父，歸魂重侍岱巔靈。

其　二

圭臬示彌甥，勸將孝養重闈，真不愧經師、人師，每語浮雲視富貴；

履綦侍長者，記得獎叨軌里，慟從玆國事、鄉事，誰持正氣植乾坤。

其　三

人間正祀黄羊，頓失經師，插竹豈徒三鄗痛；

天上重騎白鶴，定逢姑母，拈花同證廿年功。

其　四

四代附雲仍，問候長依，齏臼餘芬齏臼愛；

一峰先日觀，典型頓失，泰山絶頂泰山頽。

黄香圃太守貽檀。

少游稱鄉里善人，醵社總百端，念近歲欄橋中斷，鈴塔尖傾，捍衛獨宣勞，力策病軀，尚爲斯文延氣脉；

坡老記雨風生日，攔街遣一介，説故交埽徑待迎，累觴勸住，别離剛隔載，心傷殘臘，那堪吾道痛凋零。

趙壽林同年伯燾。

憂能傷人復何説，

老漸寡侶徒自嗟。

邱鏡泉觀察景湘。

芝帥爲戚黨，嘉丈爲姻親，吟臺玉尺互主賓，感涼風天末，華屋山丘，已矣一場，何堪海淺桑枯，杯酒悵追陪，竟喪斯人，往事負瓢真若夢；

勿師先浹旬，遠公先隔稔，講院絳紗失耆舊，慟空谷生芻，墓門宿草，傷哉三老，正值年頭歲尾，履綦嗟闃寂，益孤吾道，比鄰聞笛不勝哀。

代輓陳耀叔廣文

一官槐市老元方，幸諸子成名，嶺表初膺百里長；

重過竹林傷大阮，有吾兒問字，堂前痛失五經師。

范朓叔

晚步數過從，款款茶香，縱談時局；
舊交漸零落，幢幢燈燄，痛失斯人。

代莊淵其輓其師嚴某

先世本同宗，一竿大澤披裘老；
吾師竟長别，五月江城聞笛哀。

沈西友廣文

東矢有人能執法，
呪盤與婦共昇仙。

曾曉滄太守兆鼇。

卅年詩酒訂同群，看諸子成名，差喜故人真有後；
一角海天分片席，悵比鄰話舊，忽孤吾道失斯文。

紀筱洲

幕府十年依大樹，
江城五月落梅花。

盧小松廣文齊喬。

勤愛士、不重錢刀，黌舍遺清，八百孤寒都下淚；
憶論交、曾修緜蕞，圜橋習禮，三千經曲共論文。

林蘭圃觀察

東裴西裴，分眷屬兩圻，長緜福澤；

大范小范，看兒孫並轡，丕振名場。

胡菊舟

蓉城竟返傷禽語，

蓮幕相依得象賢。

葉清如方伯

傾産紓南州鋒鏑，死生瘞四十萬暴露髑髏，民命獲甦，遍凋户補苴，一體撫倒綳，任卹猶爲餘事；

羈身歷西島風濤，出入悴六三齡繁霜鬢髮，軍書弛治，正善門種果，百家待舉火，呼援忽失斯人。

黄蔚齋廣文

殘月刺桐成大夢，

清風苜蓿仰遺型。

際盛從弟慶周。

多病早耽憂，藥石無靈成大暮；

中年偏感近，棣華忽謝慟初秋。

張友山中丞兆棟。

十五月困守岐陽，始終真臣節不渝，歎釁啟遠人，連夕登陴，竟有梁松作蜚語；

二千石因官閩海，科第幸兒曹繼起，悵集留開府，殘年設几，徒令顧悌泣遺書。

陳松軒姊丈震亨。

近局正紛紜，忽脱紅塵，宅相還期門户立；

深閨久勷助，忍抛白首，女婴長痛蘽磪亡。

代林省軒輓鄭雲友農部

同譜丈人行，竟廢蓼莪傷口誦；
橫經都講輩，忽摧梁木抱心喪。

代家子湖輓鄭農部

先子結苔岑，是醇酒周郎，相處久敦道南宅；
亡兄倚葭樹，有渡江衛玠，重逢仍侍岱巔雲。

朱懋勳觀察明亮。

關塞治軍書，傭筆後先，同佐元戎依幕下；
鄉閭稱孝行，卧冰辛苦，忍拋阿嬰泣堂前。

蔡子衡表兄

列肆識君賢，感血性、待同儕聞病皇皇，咸盼再生賴摫鈲；
望衡聯戚誼，歎耄年、有老母傷心種種，未完一事負冠笄。

又　句代林雨蕃。

門下附兒曹，教授生徒拜嗣復；
岱巔望耆宿，慟隨中表泣羊曇。

何筱宋制軍

砥柱佐四朝，獨能大局支撐，守兩字不忘，必先教養；
節旄歷七省，祇此一心敬畏，與萬民相見，所至慈祥。

樂川正郎

奎樂峰廉訪之弟。

四十年人海隸清班，燕寢凝香，瘦骨趨公瘁銓部；
六千里仙都傳噩耗，鴒原隱淚，苦心諱病慰高堂。

何竟山司馬澂。

去思本何武一家，民懷南浦牽衣，相送河梁，感涕别離比阿母；
餘事是鄭虔三絶，我痛西窗翦燭，重搜金石，商量真膺失斯人。

果勇公穆圖善。

是儒將兼武達文通，感懷保障闉垣，小劫歷紅羊，礮石獨當仗元老；
真神仙本忠臣孝子，傳説簡書遼海，一宵跨黄鶴，雨風相送返純陽。

子澄從弟慶瀾。

闤闠羨君才，自立一方，獨運蠡舟心血瘁；
膏肓聞汝病，冀能再活，竟離雁陣影形孤。

默丞從弟慶潮。

傳人每念得象賢，只一端宗族光榮，望子科名能振起；
垂老何堪聞惡耗，不數日弟兄繼逝，嗟予手足漸凋零。

家渭臣舍人尊甫

市隱是善人，鷺島來書歎凋謝；
同官有令子，鱣堂會飯託婣連。

黄兼三廣文朝英。

耄年秉鐸領翠帷，署傍賢關，跬步習儒先，鹿洞况兼參院事；
舊德傳書祀黄石，庭騫貢樹，禔躬稱長者，鷺江久已著鄉評。

代奎樂峰廉訪輓善厚庵將軍

禁籞倚股肱，聽履相隨，是天上星辰，鈴轄護千牛，勳業長留逾衛霍；
巖疆資羽翼，握符遍歷，更海中砥柱，節旄讐九貉，威儀繼逝慟蕭曹。

代張筠臣觀察輓善將軍

周亞夫真將軍，競傳部曲森嚴，旌節遍山河，神算親承，左右長依温室樹；
郭汾陽大富貴，能令群酋羅拜，樓船威海國，儀型頓渺，去來剛散佛天花。

林子石親家豐疇。

孤子太零丁，一脈相望，鼎鼎承家傳祖硯；
庸醫真潦草，九閽敢訴，冥冥科罪補爰書。

鄭品三内弟

六秩有老親，更傷少婦撫孤，孑立獨支門祚；
九原逢阿姊，爲語而夫旅食，飢驅尚託皋比。

家健農副戎在田。

名將出湘中，萬柳環營，鈴轄廿年嗟魏尚；
噩音來甬上，百花萎地，雨風二月哭吴璘。

鶴汀廉訪聯興。

公真爲今史魚，歎藏拙一生，開布見心腸，留帳相期，樽勺精金失君子；
天乃奪我鮑叔，痛歸遲七日，凋零傷手足，蓋棺已定，丘山古柏吊仁人。

陳雨春表兄大源。

捍禦著桑榆，一檄趨公，大府下階迎長者；

徜徉遍山水,六經從事,遺書在笥付佳兒。

唐脈泉孝廉知源。

一第竟緣慳,進秩鷺階尊秉鐸;
諸兒曾業執,承家桃塢盼傳衣。

楊濱石太常泗孫。

京華旅食託比鄰,文字荷相期,長夜翦燈,待榜無成愧昭諫;
漢畤清齋掌諸廟,典型看宛在,匡居遺笏,亢宗有後羡元方。

家　開　昌

落月憶市廛,猗計子孫皆善賈;
朔風悲海島,劉樊夫婦共昇仙。

羅穀臣太守大佑。

穀臣有奔豘疾,或言鮮鵝血可治。甫寄方到臺而訃音至。
十六年問訊頻親,來札苦奔豘,鵝血方期瘳厥疾;
二千石守猷卓著,分符欣鑄虎,鯤身遽悵失斯人。

高孟宣芙漪昆仲

固田競逝傷殘臘,
秦晉過從感廿年。

李鏡湖茂才觀瀾。

春夢醒雨風,婁尾未過,訪舊那堪成鬼録;
奇才困箕斗,牀頭獨立,論文久已識英雄。

代何幼硯輓孫穀庭方伯

薇籀滌湘沅，久著循聲，忽謝屏藩返天上；
棠華枯泰岱，悵聞噩耗，未賫鏡局拜江干。

盧竹卿孝廉銓。

三世論交，丱歲識乃祖，壯齡識乃父；
一門濟美，承家得令子，繼業得令孫。

楊殿元副戎興科。

爲昔同宗，過從有文靖遺祠，記俎豆重修，二仲諸孫效奔走；
是今良將，謹慎如武侯領郡，慟扇巾頓渺，九旬阿嬰哭晨昏。

陳　雨　農

先世結心交，羯末相承，里閈傳書常過訪；
戚門聯臂使，研桑遽渺，海天聞笛不勝哀。

魏　介　眉

家事佐步兵，呼阮竹林年正少；
名場終太守，報劉泉路日偏長。

甘甸方司馬常俊。

憂患竟傷人，堪嗟近值角張，苦海一官賫志没；
文章能愛士，長憶遍栽桃李，及門小子感恩多。

洪　藍　田

鷺島玉生煙，緜樹痛枯介氏足；

鱷州花濺淚，蓉城悵返曼卿魂。

代吴春泉觀察輓衛靖瀾中丞

宦途迂拙愧蹉跎，曾聽鼓武林，三薦荷封章，特識樂羊，屏棄謗書感知己；
時局艱危關痛癢，正挂冠王屋，九重垂温詔，頓亡鉅鹿，悵留遺笏哭生民。

哀　輓　下

鄭虞臣農部妻許宜人

虞丈庚申迎眷入都，至蘇州，途梗不得達。
烽火苦蘇臺，心悸歸舟，早種根苗成錮疾；
糟糠諧左户，力持中饋，不辭椎布作清貧。

又　句代葉協恭。

協恭爲虞丈姪壻，其岳母陷於蘇。
三十年匜奉姑嫜，佐膳農曹，晨夕潔馨依子舍；
二千里袂分娣姒，愴懷泰水，死生消息斷胥門。

輓薛姻母代輅兒。

班附滂兒，隔幔未叨親授傳；
神傷樂丈，謍齋此去定留詩。

蕭澤之太守母

海嶠著官聲，令子揚名，循卓今爲二千石；
閨門垂女訓，大家遺範，雝和古之三百篇。

又　句代作。

爲吾姊撫諸孤，井臼繼操，椎髻高風三黨仰；
得佳兒賴賢母，紡機助讀，俸錢逮養一㢊尊。

其　二

頻年南嘯倚孤兒，金筑歸心，展墓無由澆酒絮；
此去北邙逢阿舅，渭陽聚首，宦途叵測話風波。

其　三

閩嶠廿年居，喜粉署長歡，獨樹棣華依子舍；
滇池萬里別，哭寢門無路，一官匏落隔天涯。

其　四

朱輦北堂，迎二千石晨夕起居，曾拜母儀參末座；
華筵南海，誕八七齡去來游戲，剛逢佛日赴諸天。

劉幼田茂才庶母

卒於四月八日。

浴佛正拈花，悵久别佳兒，萬里麻鞵歸蜀道；
經天偏落月，知重論宦況，九京巾櫛侍彭城。

又　句代葉淵如輓如岳母。

爲劉綺田明府妾。綺田卒於蜀，櫬纔返。

星傍丈人光，侍櫛卅年，鬖髮巫山歸宦櫬；
門纔生女送，袓鞲一月，椎心佛日散天花。

代輓如岳祖母

爲第二妾，河南人，卒年五十五歲。

塵世謝大千，豫水思鄉，易簀剛逢天地數；

尾星沈第二，岱巔望岵，比房重話子孫賢。

高伯寅司訓妻

伯寅秉鐸興化。

招魂定傍梅妃宅，

營奠新支司業錢。

哭五妹

依傍最多年，二十齡佐嫂持家，助兄視膳，同嘗甘苦，絶無間言，欣及秋將遂笄期，佳偶得瞻壻面；

聰明終薄福，一百日求醫乏術，禱佛罔靈，詎料膏肓，竟符噩夢，慟此去相逢泉路，雙親應鑒予心。

代曾于樂輓江西汪司馬母

迎養西江，側帽曾扶崔母輦；

歸真東浙，束芻遥唁郭公廬。

代陳次洛茂才輓岳母林可舟觀察夫人

觀察宦廣西，金田亂起，乃歸。夫人卒於四月。

隨宦避妖氛，粵海同旋，茹苦相夫司藴藻；

歸真遲佛日，泉臺再見，含酸有女奉盤匜。

同社輓葉協恭明府妻

時協恭新捷南宫。

窺客識群賢，憶結社良辰，投轄善謀中饋酒；

得官需内助，悵出山初日，營齋先辦俸囊錢。

又　句代芑恭明經。

天末得佳音，方期喜可消災，主饋長煩丘嫂助；
人間成大暮，共慟慧難兼福，障紗誰解小郎圍。

又　句代敷恭茂才。

時敷恭亦斷絃。

炊臼竟長離，雙鳧高飛，百里宰官誰共佐；
瘞琴曾自悼，一棺初返，九原妯娌可相逢。

又　句代鄭芝丈、虞丈兄弟輓姪女。

望夫一第竟登天，斗酒空存，翻別孤雛成永訣；
思母六年空仰屋，撒鹽小集，每從諸父話生還。

又　句代劉幼田輓内嫂。

上計盼秦嘉，已博笄珈，一襲靈衣空慰藉；
生天逢樂丈，重修襪履，九京至日侍容顏。

黄蘅洲太守夫人

五月十三日卒。

一醉西天慈母竹，
三章南國大夫蘋。

代輓内嫂

崔嫂竟昇仙，碧幰輪蹄歸五月；

潘郎工作誄,黄門詞筆定千秋。

代劉冰如輓岳姑沈母林太夫人

爲幼丹制軍之母。

帝命寄專城,涕泣陳情,入室獲聆庭誥語;
母儀尊列岳,後先歸宿,在天重續漢書成。

代輓岳祖母沈母林太夫人

東岱侍盤匜,久附孫班,十載袒韝王母笑;
西江專節鉞,莫辭君命,三章陟屺大夫悲。

代鄭硯孫輓祖姑

天涯纔返佳兒,視膳叨陪,十載望閭談蜀道;
地下儻逢大父,續書重抱,一篇在笥讀扶風。

許守真同年年母

守真殉蘇城難,時尚未得確耗。

拜母共登堂,憶十載論交,舊譜霓裳參末座;
思兒空仰屋,歎一官浩劫,餘生虎口望斯人。

哭亡室鄭宜人

己巳正月二十四日卒。予新從秦中入都,乞假南旋。

歷奉重闈,助予同荷欙梩,痛勞苦備嘗,垂死不忘慈母訓;
薄游萬里,累汝獨持門户,歎榮華誰共,他生莫作大夫妻。

林穎叔方伯夫人

穎叔與予同在秦司軍事。時夫人之兄張聽庵觀察亦同幕府。

與夫子同心轉漕，與阿兄並轡從戎，百二重秦地關河，車馬漫勞，歸里共傷營奠苦；

是孝婦護旐修途，是賢母課詩排日，十九載孤山眷屬，冠笄未辦，繞牀忍聽哭聲雛。

又　句代梁小嵐副郎輓岳母。

四載別慈顏，近事多艱，萬里奉姑歸旐苦；

一官滯郎署，初春聞病，數行念女寄書哀。

又　句代陳海門理問。

一體視小姑，扶病殷勤，猶把金鍼教吾女；

廿年相夫子，勞心擘畫，善藏斗酒愜諸親。

又　句代薩謙臣茂才。

夫人亡，距太夫人卒，僅十有七月。

卌一年夫子贊襄，天府紫薇，已備笄珈稱上福；

十七月姑嫜重拜，仙宮兜率，爲修襪履更傷神。

張聽庵觀察母太夫人

聽庵爲蘭沚中丞之子。中丞撫山左，因祭泰岱，夢爲神所迎而卒，蓋碧霞元君之侍從也。聽庵潼關人，予曾過其宅。

持節善相夫，更隨證果東山，頂禮重迎青鳥使；

登堂曾拜母，同憶解弢西時，蹉跎深負緑衣郎。

代何卓爾輓如岳太叔祖母

即鄭虞丈之生母。

歷泰巔更上二層,巾櫛侍衙齋,豸服遍留香草澤;
仰北斗共尊一代,荻灰傳子舍,象賢曾授絳紗經。

趙壽林同年年母

時壽林旅食厦門。
文戰共蹉跎,望子成名,同負終天留憾事;
飢驅長拋撇,遲親視含,最傷遠道作勞人。

某太守母

三百篇蘋采虔修,植壠護兒,苦述遺言阡表地;
二千石花封叠捧,登堂拜母,記曾同詠大羅天。

林虹屏廣文妻

曾參末座拜華鬘,治黍頻煩,佳日分嘗中饋酒;
纔茁孫枝開笑口,拈花長逝,秋風遽累冷官齋。

陳弼臣廣文妻

憂能傷人,哭子積悲成錮疾;
貧甘薄宦,佐夫茹苦奉晨饈。

郭遠堂中丞夫人

鄺侯同爵創官儀,文墨參持,應補遺功登漢表;
興慶首行尊命婦,奠齋告慰,獨留至性冠唐詩。

又　句代林訪西。

萬里引油幢,鈐閣圖開,鄺國侯封雙綬拜;

後堂瞻象服，絳紗春滿，扶風壼範七篇傳。

又　句代輓。

聽隴上鶯，話庾樓月，看茂苑花，旌節引雙圻，喁唱助成開府集；
進姜婦鯉，和柳母丸，續班姑筆，笄珈聯八詠，簡書榮策建昌封。

其　二

吴楚佐治，本洗譙國好心，百姓歲時思錦繖；
霅苕就養，散鄭江州秩俸，六姻感涕拜胡牀。

何稷垌廣文妻

末戚繫師門，溯授受絳紗，拜母登堂三世共；
冷官多惡耗，記商量丹藥，遲予炊臼十年强。

又　句代稷丈。

重結再來緣，破鏡又飛，吾命安排復何説；
早知今日事，俸錢自愧，一官抛撇太無聊。

又　句代鄭虞丈。

而夫遠宦寄當歸，回首了如前度夢；
我輩悼亡難破例，傷心都作過來人。

又　句代彭芍亭京兆。

相夫教子，爲海内經師，圖籍二山求點助；
孝婦仁姑，是人間家法，門庭一代郝鍾尊。

又　句代徐肖坡太守。

東閣麗名門，授絳幔六經，勸學後堂聞母德；

西川隔宦海,寄生芻一束,慰言空谷有兒賢。

代何稷丈輓郭氏婦

婦爲其内姪女,曾授業。

憶戚里授書,環讀庭前,每喜垂髫偏解慧;

侍威姑捧帚,追隨天上,忍聞臘鼓爲招魂。

劉岵農同年年母

岵農贖鍰,皆年母捐金力也。

孫策本同年,容小子登堂,華屋相過,廿載已陳觴詠事;

范滂真有母,贖孤兒入塞,助邊不恡,九重亦識翟釵賢。

家實庭母

實庭爲同宗又戚屬,習虬島業,今歲其弟纔游庠。

枝戚屬同宗,續班姑筆,和柳母丸,懿行當爲阡表立;

郎君稱競爽,乘虬島槎,樹黌宫幟,榮名合附閫儀傳。

曾于樂同年年母

同年拜母互登堂,更天姥峰頹,共廢蓼莪成憾事;

苦節撫孤能司户,有郎官星貴,得榮翟茀慰初心。

吴穀生妻

家螺州,有水木清華亭。

米鹽淩雜善持家,忽斷冰絃,同是過來人,事事不堪回首;

水木清華思在閾,重傷角黍,剛逢端午節,年年好爲招魂。

又　句代陳弼夫方伯。

結屋託比鄰，爲廡下罷舂，偕隱忽孤傷德曜；
生天逢午節，正江干競渡，招魂不返吊湘君。

輓　岳　母

卅載侍猶慈，備極護持，長感愛逾兒輩；
九原逢阿女，許多心事，全憑告與他知。

代何稷坰輓岳伯母

時稷丈秉鐸汀州，新有絃戚。

薄宦別華鬘，得一紙訃書，遥慟雲旗下清晝；
初春傷破鏡，儻九京團聚，應憐風絮詠寒天。

代陳子良輓王南卿明經妻

南卿有子八人。

舊物賸青氈，食德能賢，八士承歡同愛日；
後堂開絳幔，授經曾拜，六官分卷忝司秋。

梁　孺　人

山月天風，瑶臺幻景；
鵑心蝭夢，錦瑟華年。

哭鍾門二姊

生非於貧，嫁非於賤，爲雙親最愛最憐，冥漠得重依，有近喪弟妹在傍，念我那堪凋手足；

姑何曾惡，夫何曾頑，本八字注愁注苦，參商乖百事，更遺恨女雛寄食，遇人同未展眉頭。

代陳弼夫方伯輓姪女葉敷恭妻

風絮少能吟，愛汝掌珠，喜夫子一第初登，海嶠正籌中饋酒；
曇花忽長謝，枯予眼淚，痛而兄浹辰先逝，泉臺可續漢京書。

輓鄭如姻母代輔兒。

巾櫛得重依，愴瞻日覲；
門楣遲下拜，痛逝花朝。

林竹坪母

五羊睽子舍，
獨鶴返仙鄉。

又　句代林勿村中丞。

悵而夫早歲生天，慧業失文人，獨賸籌燈勞母教；
幸有子好音在泮，香名酬苦節，新鐫綽楔拜君恩。

又　句代郭遠堂中丞。

竹柏侍翁姑，羡茹苦冰霜，報在兒曹，髫髮能成陶侃貴；
石林感兄弟，溯寄生門第，誼關親串，鈿釵咸説左芬賢。

鄭蘭友廣文母

仙鄉本烽火無驚，儻叩榻見兒，話時局多艱，天上比人間差樂；
佛日是帨鞶初降，正登堂拜母，悵商音忽起，一庭有五代餘哀。

代林省軒輓陳澍農母

宧况戀青氈，子舍同嘗苜蓿味；
母儀拜絳幔，師門共廢蓼莪吟。

陳子良比部夫人

太尉謝專征，羽葆石頭來吊鶴；
都官傷同夢，白雲天上憶飛蟲。

又　句代林省軒。

翟茀冠人寰，建業高牙傷陟屺；
盤匜侍天上，渭陽清俸慟營齋。

林卓人孝廉妻

五月落梅花，偕隱西湖傷擫笛；
三章采蘋藻，祀先南國感持筐。

陳逸樵母

拜母感他鄉，空谷生芻容我奠；
訂交溯先世，當門大樹賴兒支。

王芝九孝廉母

白髮侍雙丁，隨拜恩言，閬苑九層見金母；
黄腸題上壽，厭聞時局，蓬萊三淺返麻姑。

代陳弼夫方伯輓曾姪孫女李門

食三品禄，久隨蓬閣南歸，羡後起多才，芋火紫袍傳子姓；

泛九曲溪，正向幔亭西宴，數女郎一輩，荷香圓鼓失孫曾。

洛陽張碧滄母郭安人

雞黍擾他鄉，借榻南來，風雨洛陽驚惡耗；
龍華歸法會，拈花西笑，海天隴表讀新碑。

黄香圃太守妾

經卷藥鑪，長侍維摩將佛禱；
人間天上，恰逢杜宇送春歸。

王惕若妻

江城玉笛梅花落，
門第烏衣蓋篋藏。

唐蓉石司馬夫人

今生月老早安排，偏逢海上應官，炊白醒黄粱，如夢一場，慰語請公爲達者；
向例文人多缺憾，共憶京華退直，圍鑪謀白酒，竟乖百事，傷心錯我亦黔婁。

又　句代王輔芝。

二十年卧病津沽，問訊託蘭言，未拜油幢崔嫂範；
六千里傳書海嶠，别離傷薤曲，誰施紗幛小郎圍。

沈西友廣文妻

望子慰成名，花誥白雲膺厚福；
相夫約偕隱，蓿盤明月戀清輝。

黄霽川同年年母太夫人

望子幸登科,勉赴徵車,但願齊名清詔使;

相夫曾開府,慟搜遺篋,尚留一疏辨冤書。

黄霽川同年庶母李淑人

長日蒲團依大士,

在天巾櫛侍尚書。

朱炳堂妻喻夫人

清俸營齋,慰爲極品婦;

中年夢臼,慟是過來人。

聯鶴汀觀察夫人

命婦寵笄珈,佐夫巡海三州,款款叙蘭言,癡叔解圍參末座;

誤人嗟藥石,替爾箋天萬里,冥冥溯荃宰,庸醫科罪補爰書。

又　句代吴霽軒軍門。

主梱佐南州,斗酒善藏,淩雜米鹽資巨嫂;

趨班隔東海,郵書慰藉,苦營齋奠悵而夫。

胡荺輝母陳宜人

是孝女,是孝婦,刲股重經,痛阿嬰殉城,更勤采藻祀尊章,四戚無間言,井臼親操梁氏廡;

爲賢母,爲賢姑,齊眉相敬,佐而夫入幕,獨善折葼教崽子,卅年多儉德,布荆不愧少君車。

吴秋溪母

郎署佐膳饈,當年燕壘重尋,袞袞烏及,曾是堂前王謝;
母儀垂耄耋,深夜熊丸自課,蕭蕭白髮,斯爲島上郝鍾。

彭紀南軍門夫人

首行榮備笄珈,猶治枲絲,教崽子,奉威姑,勞瘁終身師列女;
中饋善藏斗酒,每談風月,宴友朋,饗部曲,咄嗟良夜佐將軍。

傅節子太守夫人

四戚交推能教子,歷卌六年晝荻治絲,鹿馭出名門,柏下稱賢黄口始;
十姨多故獨相夫,進二千石讀碑校字,豸衣隨宦海,閨中論福白頭難。

蔡　孺　人

春色卸重三,燕羽抛將雙翦斷;
月華沈十五,蚌胎留得一珠圓。

林訪西觀察母葉太夫人

鸞音雙闕拜恩施,中饋佐虎林,英簜唱隨,諸子有成勞晝荻;
豸節曲江聞病返,片帆過鷺島,班荆慰藉,先庚豈料笑拈花。

唐春三母林太安人

三月共昇仙,傳籙劉綱看挈伴;
六珈爲命婦,授經韋逞盼成名。

鄧玉峰鎮軍母劉太夫人

八座侍起居,率婢登城韓氏智;

三珠羡羅列，生兒杖策仲華賢。

枋橋林母鄭太夫人

宸翰備榮哀，一品笄珈，太夫人忽歸玉闕；
耄齡完福壽，滿牀袍笏，副謁者正佐銀臺。

蘇年伯母汪太夫人

四十春拜母相親，公瑾本同年，南宅飲醇互賓主；
二千石哭兒不禄，斜川得後起，東坡抱器有孫曾。

洪晴川孝廉薛孺人

雲中朱字歸舟滯，
海上冰絃錦瑟僵。

龔藹仁方伯母邱太夫人

三萬六千場，冀享期頤，歡捧朱輪迎渤海；
四百八十寺，歸依菩薩，泣持金鏡灌吴門。

附　墳　塋

自題塋語

事業儻千秋，要歸何傳；
子孫守一脈，同拜此山。

趙又銘觀察塋

福地無雙，有丞相大夫，左右安排成息壤；

名山第一,恰七星八卦,後先拱衛奠佳城。

其　二

梅嶺迴環,五花誥捧;
蓮峰屹立,百子圖開。

其　三

沙明蝠穴神仙壽,
地接龜山子姓賢。

其　四

晏坐一丘参地藏,
發祥百禩衍天潢。

其　五

醍醐頂如灌甘露,
袈裟角復出此風。

李　家　塋

乾道爲潛,山丘成晝夜;
巽牀在下,皮骨卜歸藏。

其　二

巳字認豐城,代傳吉日;
亥珠照夜室,地比嫏嬛。

家怡堂副郎塋

冠蓋相容,幸得一坏净土;
子孫能拜,長留百代佳城。

其　二

息壤嘉禾雙穗,

參天喬木千年。

其　三

人海同歸白首，
仙鄉永閟黄腸。

冠悔堂楹語附録

冠悔先生大集刊成，公子幼雪、希滄摹遺照七幀，與同人題辭並壽梨棗。於是，林君畏廬顔曰"詩影"，而余妹壻放廬跋其後。論者多先生有子，以劍南之嗣子篴、子遹稱之。繼出先生所著楹語一册，凡八門，終哀挽。琛受讀數過，告兩公子曰："先生之挽人者務肖其人，而人之挽先生者，雖未能悉數生平，頗無諛贅，宜附梓以行。蓋亦放廬跋語'先生之詩已傳，人又以詩傳先生'意也。"公子泣而唯唯。琛遂得手録大半，以己一聯是殿。嗚呼！先生往矣，心喪難釋，遺藁空披；薤露之音，淒淒在耳。回憶鷺江春水，問字歸帆。曾幾何時，絳帷長掩。詎今日摭陳餘事，爲足表清芬哉！雖然，先生言行，其可傳者洵不藉此，此特以寄小子梁木之痛於無已耳。

光緒癸巳孟冬下澣，受業年表姪蔡琛謹識。

道學紹龜山，溯當年共拜遺祠，爲我分勞，土木浩繁心力瘁；
經師尊鷺島，悵濱海空留片席，誨人不倦，門牆環列哭聲哀。

通家宗愚弟楊昌濬

雁門積雪賦西行，憎命感文章，詎期綸綍專司，問夜如何，十載京華空儤直；
鯤島横流紀東渡，等身留著作，猶憶欃槍正見，叩閽歸去，三秋閩海共籌邊。

愚弟彭楚漢

握晤始關中，數君延納盡公卿，賢豪有幾；
栖遲共林下，悵我衰頽謝親黨，往復差疏。

姻愚弟林壽圖

挾策東西馳，即論草檄賦詩，晚景不應終濩落；
滄灾南北急，爲憶濬渠挽粟，同舟無那愴凋零。

愚弟陳承裘

壯懷如班定遠，疏勒歸來，盾鼻墨香，署録還登中祕籍；
博物似張茂先，嫏環仙去，牙籤藏富，貽謀能讀滿楹書。

愚弟陳　翼

四十年南社舊交，别後叙離悰，慰我不曾書斷絶；
三千里西湖遠隔，閒來思往事，憶君彌覺涕滂沱。

社愚弟郭式昌

荒草長元亭，問字車迴，多少生徒齊痛哭；
前塵論白社，催詩鉢冷，欷歔朋舊復凋零。

社愚弟葉大焜　大泳　大焯　大涵

兩島企師資，十一年教洽皋比，立雪方深多士念；
三山失耆舊，五百里魂歸左轂，清風無復故人來。

表姪陳榮仁

同譜已晨星，又弱一个；
著書多歲月，自足千秋。

年愚弟何履亨

通德拜經師，何堪讖應蛇龍，起起重呼驚噩夢；
遺清紹初祖，更見祥占雀鱣，繩繩累代頌先芬。

姻愚弟高　紀

天生絶頂聰明，綺歲通經，英年釋褐，曾櫜弓東撫，磨盾西征，輓粟南漕，司籛北直，才華推傑出，鳫繡榮膺，方欣望重道高，花甲從頭增鶴算；

我慕同心儔侶，薌江講學，禾輿傳衣，舉奉廩贍宗，修祠敬祖，書屏誡子，植果弄孫，情話慰相知，魚牋遠寄，何意風流雲散，瓣香含淚薦雞壇。

年如弟蘇瑞楨

老淚我無多，數同譜零星，馬帳傳經懷舊雨；

雄才君未盡，歎離家累月，鷺江歸旐哭秋風。

年愚弟林祚曾

六十年文字知交，可友可師，聚首鄉閭成往事；

數萬卷圖書坐擁，課徒課子，等身著述有傳人。

研弟陳桂林

交深文酒，美盡東南，三世頻叨厚誼；

學貫古今，望隆山斗，千秋猶仰芳型。

世愚弟陳燕貽

其書滿家，華國文章崇道學；

明德之後，名山事業有傳人。

愚弟王光烈

萬卷等身書，相簪纓匏史，脂粉葩經，才調昔曾過屈宋；

一篇耆舊傳，溯珥筆薇垣，運籌蓉幕，指揮今竟失蕭曹。

愚弟莊鼎元

績學不輸唐傑士，
招魂應讀楚些詞。

愚弟章德蔭

明德可風，當世曾爲霖雨望；
哲人其萎，於今共仰斗山尊。

教弟佘致廷

鯤身浪響，鹿耳風高，記里勒成書，曾羡東瀛濡大筆；
隴首雲飛，關頭月冷，登壇資上策，久慙西塞詠同袍。

晚生陳聯科

化雨媲嵩陽，海島歸輶來大鳥；
德星同崔里，雲津聯軔躍神龍。

愚弟 陸陳謙 劉壽鏗

閭里奉清塵，是平生文字交游，情話常通感親戚；
海天分片席，正永夕雨風接引，緣因不昧證神仙。

姻世愚弟陳鶴書

蕭穎士雅望無雙，作僕我甘充杜亮；
賈舍人詩名第一，和章君早壓王維。

愚姪林元賡

兩世論交，憶隨侍鷺門，每向講帷尊父執；
經年闊别，悵宦遊燕市，陡聞故里失人師。

年愚姪曾宗彦

龍閣澤偏長，數當今謝草江花，盡欲傾心尊北海；
鱣堂風自古，吊先生隻雞斗酒，頻教揾淚向南天。

愚姪鍾大焜 大椿

多才推當代偉人，派衍龜山正學紹；
累歲悵遠方薄宦，神傷蜀道噩音來。

世姪何念慈

與先君交好凡七年，參李蔡筆，訂歐趙篇，灾棗散千金，風雨毫欺鵝史俗；
悵小子重游遲半載，停里門春，聞海外耗，落梅過五月，波濤聲咽鷺江寒。

年世姪何壽章

肘後輯良方，濟世存心，剞劂棗梨留善本；
生平宏樂育，及門執業，栽培桃李長新陰。

年愚姪林燿曾

黄閣夙分猷，重藉運籌軍邊境；
青氈方講貫，倏驚曳杖夢當楹。

愚姪葉秉樞

據大宗師席，登著作家堂，金石文章，遺稿丹黄悲父執；
讀十萬卷書，歷數千里路，江山戎馬，運籌帷幄見才人。

世姪薩祖型

是先君文字舊交，何堪齊樓秦篝，曲哀歌招大鳥；
儲閩嶠圖書之富，從此吉金樂石，千年寶氣護高樓。

世姪梁孝熊

風誼篤先交，空谷置芻，徐穉昔曾奠我母；
雲情深我感，元亭載酒，侯芭今竟哭先生。

世愚弟陳桂元

天涯數知己幾何，每懷風誼超倫，肫摯常如一日；
海内若先生僅見，不獨文章驚世，緒餘亦足千秋。

世晚吴大經

文章道德早争推，方欣葭附兩重，膏馥常能沾我輩；
福命才情皆絶等，何意花周六甲，旌旗忽夢引天仙。

姻如姪馮廷城

薇省賦歸來，車停問字，席擁横經，齒德爵躬膺，閭里達尊推一老；
筍江溯支派，楹納藏書，墓留鐫表，子孫曾踵起，庭闈全福擅千秋。

姻愚姪施樞金

杖履感前游，追随禾嶼、薌江，末座正論文，忽驚近局多艱，馬瀆先期趁歸櫂；
簿書嗟遠宦，迢遞晉陽、汾水，故鄉猶問訊，孰意老成遽謝，鱣堂繼起望通材。

姻愚姪陳　雲

出山無意等閒雲，負厚重望，守清白風，能衍關西宗派；
抱道真傳承立雪，登著作堂，攬文章府，允推海内經師。

姻世姪蔡嘉驤

本達人，爲國士，文靖公裔，恪靖侯賓，華表樹千秋，敢以格天論事業；
有學問，自英雄，讀萬卷書，行萬里路，聰强逾六秩，是能平地作神仙。

愚姪蕭　頲

蠶功溯始造權輿，里社課工，衣被逮閭閻，千户植桑商大局；
水道滁上游支派，塔江襄事，河渠資保障，萬夫楗竹挽頹波。

年愚姪陳善貺

輪扶大雅，名子亦从車，信諸郎遠到懷才，能率邁箽繼明允；
塵净靈臺，寫真猶自鏡，笑幾輩多磨成世，獨留清鑒况高馮。

世姪劉崧英

壇席接龜山，著作堂荒，北斗千秋尊講學；
旌幢迎鷺島，文昌光掩，南天一夕黯招魂。

世再姪李宗言

講席重名師，學兼馬鄭，望比李韓，壽世文章光日月；
道山歸大雅，蔭庇璠璵，澤貽經史，傳家清白卜台衡。

世再姪朱金鏘

生逝並庚寅，想曾曳杖傷麟，起起蛇龍圓一夢；
子孫皆潔白，從此銜環憶雀，緜緜鸛鱣進三台。

受業年愚姪吕　澂

萬卷擁圖書，爲後進廣陶成，文苑儒林宜合傳；
八分參篆籀，與俗流殊嗜好，吉金樂石足平生。

受業黄肇麟

一鶚戾南天，後死悲乎，誰辨雌雄雙合劍；
三鱣朝北斗，先生升矣，長留潔白四枚環。

受業年愚姪葉大年

扢揚風雅，開二島先，綜陸海潘江，濟濟得英才繼起；
藏弆圖書，爲一時冠，媲曹倉鄴架，緜緜有真種長存。

受業周殿修

鷺島感先交，十載追隨尊父執；
龍門仰高隱，一堂瞻望失師承。

受業周麟書

初祖本温陵，誡子弟無改鄉音，魂魄故應戀桑梓；
游蹤半天下，佐公卿有裨國事，江山何只助文章。

受業賴上亨

吏部最憐才，絶代文章欽北斗；
孝標深篤舊，頻年泃沫感西華。

受業年愚姪林志濂 鈞天 志埏

中興□絶域馳驅，萬里星霜，入幕借籌丞相筆；
垂老留名山著作，一堂風雨，下帷憶讀鄴侯書。

受業劉元駿

派仰關西，滿室圖書皆手澤；
星昏斗北，及門冠佩盡心喪。

受業年愚姪薩芝昌

元草預雲亭，樽酒十年隨鷺島；
紫薇沈宿海，籯書萬卷壽鱣堂。

受業年愚姪王　瑩

鷺島拜經師，十載門牆感知己；
龜山延道脈，一家著作有傳人。

受業力捷三

金筴勒成書，容小子問字升堂，賦學紹四門正軌；
石芝聯雅詠，溯大父忘年結社，詩才颺六代元音。

受業世再姪何濬先 煒先

其次立言，著述千秋真作者；
多文爲富，庋藏萬卷有傳人。

宗姪廷傳

同輩半凋零，溯亭齊西峙，道紹南來，生本仙禽終證果；
吾宗惡衰歇，看堂啟德星，構承立雪，死宜大鳥爲招魂。

宗年弟仲恩 姪毓騋

胸藏數萬卷奇書，講學曾分鹿洞席；
夢醒六十年塵劫，招魂望斷鷺江飄。

宗姪清綬

左恪靖獨籌邊塞，殷勤借筯，功媲千秋，豈徒學術文章，著述等身，當代名流尊北斗；

先太師重葺遺祠，勞瘁庀材，道延一綫，何意泰山梁木，逍遥負手，同宗子姓愴南天。

宗姪炳奎

大府憫鴻嗷，商舶招徠，東渡達官書，十萬石挽粟輸將，桑梓昔曾籌近局；
先祠藉鳩集，工材擘畫，南來延道統，五百年傳薪蕃衍，芝蘭今更望同宗。

弟 慶澍 維川
　 慶賜 孫齡

師表壽名山，不料噩音來鵩鳥；
恩施叨別室，未能厚望副龍文。

姪培英

参文字禪，慧業已成無上果；
眄庭階樹，寸心深愧寄生桑。

亦子葉在浩

訓誨親□，子舍追陪逾廿載；
典型□□，經師聞望已千秋。

亦子葉在衍

華表望三山，曾因不棄附葭，累接邢譚丰采；
文章名四海，奚俟共哀遺藁，相驚李杜光芒。

襟愚弟方家玉

繼世有中表多才，六子象賢盡岐嶷；
生天儻大姑重遇，九京聚首亦團圝。

外姪鄭祖壁

蘭亭絕唱，槐市儲材，齒德爵備三尊，豈惟華國文章，譽擅絲綸閣下；
蓬觀祕書，杜田貽穀，子孫曾聯四代，不愧傳家金石，光騰吉樂樓中。

表甥謝銘勳

萬卷藤樓老矣，迦陵共命，彌勒同龕，住世孰前身，公是蘇頻陀尊者；
一官薇省歸歟，九邊歷三，五嶽覽四，足迹半天下，人稱楊觀頮先生。

表姪女壻鄭貞衍

情話夙追陪，悵餬口風塵，未附甥曹哭安石；
丹鉛勤校點，想等身著作，相傳弟子述升庵。

甥女壻林喬芳

一例視甥曹，深感渭陽遺訓在；
頻年嗟旅食，最傷鄂渚噩音來。

甥女壻林承藩

海内有幾家，典册高文能壽世；
江城過五月，黄蕉丹荔竟歸神。

甥女壻陳治安

卓犖觀群書，早知文陣縱横，不朽能留傳世業；
艱難營一飽，自愧宦途蹭蹬，相攸竟負外家情。

甥女壻林念祖

繡斧隱林泉，馬帳千年，家世能承三古學；
素旐來島嶼，鶴笙一曲，門人誰是大招才。

甥女壻葉大淞

潮汐馬江宅相，不才感傭筆；
雨風鷺島經師，有道慰傳薪。

甥陳懷熊

群欽北斗聲華，憶曾視草柏臺，看花薇省；
重過西州痛哭，不見訪碑兩漢，擁書百城。

甥林斯愰

瀛海遠□身，風雨有懷，數千里驚聞噩耗；
渭陽□□痛，斗山重望，三十年感佩遺言。

甥林葆懌

典籍富百城，好學畢生能不厭；
儀型尊列嶽，聞歌一例歎其頽。

姪女壻謝維瑜

雁使憶南來，纔幾時島上寄書，何圖墨瀋未乾，遺草數行悲絶筆；
臯比修北面，溯六載堂前傳硯，詎料文星不返，招魂一曲慟歸輀。

壻王　炎

大父結忘年交，每□□□商量，語録重刊，力爲斯文延氣脈；
半子膺坦腹選，方藉老成誘掖，歸期遠溯，愴聞中道失儀型。

壻林時柔

入選溯東廂，坦腹不才，啖餅卻應慙逸少；
問□□西蜀，草玄絶學，停車豈獨慟侯芭。

壻鄭福綏

豸甸表清風，忝附孫班看祖硯；
鷺門資□雨，忍教師範失□林。

孫女壻陳厚□

泰岱千尋嗟陟岵，
嘉禾一脉衍傳薪。

孫女壻林毓鈞

鷺島黯文星，遥聞濱海騎鯨，忝附孫曹悲返旐；
鱣堂緜教澤，轉盼他年奠雁，還從欒丈讀遺書。

孫女壻鄭守璋

□林講席夙瓣香，記鱣堂問字、鷺島傳經，秦望讀穹碑，頗許范雲爲後勁；
南社詩龕誰祭酒，愴絳雪齊名、紫陽歸宿，韓陵留片石，大□□□□□□。

受業年表姪蔡　琛

校點後記

《冠悔堂全集》,清楊浚著。

楊浚(一八三〇—一八九〇),字雪滄,號健公,晚號冠悔道人,又號觀頮道人,原籍福建晉江十九都曾坑(今屬石獅市),遷居福建侯官。清咸豐二年(一八五二)舉人,授内閣漢票簽中書、《國史方略》校對官。同治元年(一八六二),西北、西南時局動盪,楊浚"籌餉有功",被保舉以道員資格候選。三年、四年間,受福建巡撫徐宗幹委託,組織船隊往返臺灣海峽兩岸,徵購運送臺灣大米,平糶賑饑。隨後又應臺灣淡水廳同知陳培桂之請,主持編纂《淡水廳志》。六年,受閩浙總督左宗棠之托,任《正誼堂全書》的總校。光緒元年(一八七五),左宗棠督辦新疆軍務,奉命征討新疆叛亂,召楊浚赴大營,協助管理軍營事務,負責軍需供應。後以應禮部會試,落第返鄉。先爲漳州丹霞書院山長,光緒十年應聘主持厦門紫陽書院教務,隨後執掌金門浯江書院。

他的著述由撰述和編纂組成,撰述部分已刊者有《冠悔堂全集》二十一卷(是集包括《詩鈔》八卷、《駢體文鈔》六卷、《賦鈔》四卷、《楹語》三卷)、《鷺江感舊詩》一卷(已編入詩集)。稿本主要有《冠悔堂文》四卷、《詩》二卷、《詞》三卷,合爲一册;《冠悔堂集》不分卷,合爲一册;《冠悔堂剩稿》不分卷,合爲一册;《冠悔堂稿》不分卷,合爲一册;《冠悔堂日記》不分卷,合爲一册;《唐叢碑目稿》一卷,一册;《滕縣漢殷微子墓碑考》一卷,一册;《冠悔堂訪碑記》一卷,一册;《冠悔堂金石題跋》一卷;《冠悔堂書目》四卷,四册;《冠悔道人年譜》一卷,册數不詳。編纂部分主要有《島居隨録》十卷、《續録》十卷、《三録》十卷;《四神志略》十五卷;《淡水廳志》四卷;《閩南唐賦》六卷,附《考異》一卷。《冠悔堂叢書》現存一百二種一百四十七卷,册數不詳。

此次我們選取楊浚的《冠悔堂詩鈔》、《冠悔堂賦鈔》、《冠悔堂駢體文鈔》和《冠悔堂楹語》四部著作進行點校，組成《冠悔堂全集》。

《冠悔堂詩鈔》，輯録楊浚從清道光二十七年（一八四七）十八歲，到光緒十六年（一八九〇）六十一歲的古今體格律詩一六一六首，共釐爲八卷。光緒十八年季秋刊行，前有陳棨仁等人的序。陳棨仁的序言説楊浚"有獨立蒼茫之感，寫志拓抱，無不於詩發之"，並説"顧閩詩數十年來，旗鼓中原者，獨一亨父（按：即張際亮，號亨甫）。既落寞不得志，而先生之才與亨父埒，亦復悠悠無所於遇"，"以著述老"。

賦是楊浚所擅長的寫作體裁。楊浚去世後，其子輯遺稿四卷鏤版爲《冠悔堂賦鈔》，於光緒十八年季秋付梓。陳棨仁在序言中盛稱："雪滄先生生於閩而工於賦者也。逸氣雲上，雋才飆馳；託體既高，食古能化。或佇興而就，寂寥乎短篇；或縱筆而書，唐皇乎巨製。"

楊浚亦是清代福建寫作駢體文的名家。他爲官宦名人或親朋好友所作的壽序、祭文等，均收録入《冠悔堂駢體文鈔》，刊刻存世。

楊浚尤善楹聯創作，其聯語别出機杼，雅致可誦，膾炙人口，至今閩、臺等地尚留有楊浚的楹聯佳作。其後人將這些作品裒集成書，分上、中、下三卷，外加附録一卷，名爲《冠悔堂楹語》，光緒甲午（二十年，一八九四）孟夏開雕。

楊浚這四部著述皆付梓於其身後，雖雕版時間不一，但版式一致：半頁十行，行二十二字，黑口，左右雙邊，單魚尾。今據泉州市圖書館所藏本爲底本點校整理。

編　者

二〇二一年十二月

圖書在版編目(CIP)數據

冠悔堂全集／(清)楊浚著；何丙仲點校. —北京：商務印書館，2023
(泉州文庫)
ISBN 978－7－100－21552－7

Ⅰ. ①冠… Ⅱ. ①楊… ②何… Ⅲ. ①中國文學—古典文學—作品綜合集—清代 Ⅳ. ①I214.92

中國版本圖書館 CIP 數據核字(2022)第 150316 號

責任編輯　閻海文
特約審讀　李夢生

冠悔堂全集
(清)楊　浚　著

商　務　印　書　館　出　版
(北京王府井大街36號　郵政編碼100710)
商　務　印　書　館　發　行
山東韻傑文化科技有限公司印刷
ISBN 978－7－100－21552－7

2023 年 1 月第 1 版　　開本 705×960　1/16
2023 年 1 月第 1 次印刷　　印張 47.75　插頁 4
定價：350.00 元(全二册)